KB265608

중국의 문예인식

- 그 이념의 역사적 전개 -

임 종 욱

선진 시대부터 근세 19세기에 이르기까지 동아시아의 문학은 어떤 의미에서든 중국의 고전문학에 많은 빚을 지면서 발전해왔다. 중국은 동아시아의 공용문자로 정착한 한자漢字를 처음 고안하여 이를 표기와 묘사에 활용하기 시작했다. 그런 과정에서 문학에 대한 다양한 단상들을 글로 적고, 그 의미를 넓히면서 의미를 확대재생산하는 과정을 거치는데, 이런 다양한 생각들은 좋든 싫든 주변 국가의 문학과 문장 구사 방식에 적지 않은 영향을 끼쳤던 것이다. 그 결과 한·중·일을 포괄하는 동아시아는 때로 알력과 침략의 역사를 쓰면서도 한자라는 공용 문자 체계를 통한, 의미 수수 방식의 동일성을 바탕으로 한 동질 문화를 형성했던 것이다.

이 책은 상고 시대부터 근세까지 중국의 문인 작가들이 문학을 포함한 예술 전반에 대해 어떤 인식을 해왔는가를 작가순·연대순으로 모아 정리한 것이다. 동아시아의 문학 논의는, 그것이 특히 고전 시대의 것일수록 체계적이기보다는 대개 직관적이고 관조적인 언사와 표현으로 짜여져 있다. 때문에 정전이라고 할 만한 문학이론서가 그리 많지 않지만, 산발적이면서 지속적으로 쓰여진 수많은 작가들의 다양한 논의는 곧 이론과 그 실천의 끊임없는 자맥질의 흔적을 우리에게 보여준다. 그 물 위의 파문을 대강 그려본 것이 이 책이다. 역사적으로 문학 인식의 흐름을 개괄할 수 있으면서 한편 한 비평가의 문예 인식의 현황도 살펴볼 수 있도록 체제를 짜보았는데, 의도만큼 실효가 있을지는 지은이도 의문이다.

　다만 이 책이 세상에 나가 중국 문인들의 문예인식의 흐름을 파악하고, 이를 우리 고전문학의 이론사나 비평론의 흐름을 정리하고 이해하는 데 도움이 되기를 바랄 뿐이다. 책에 실린 글들은 꽤 오래 전에 다른 방식의 책으로 나온 것을 개수하여 전혀 다른 체제로 엮은 것이다. 개수했다고는 하지만 얼마만큼 오류나 오역들이 정정되었을지 자신이 서지 않는다. 행여 '옥의 티'가 아니라 '티의 옥'이 되지나 않을까 우려되기도 한다.

　우리의 고전문학계도 차츰 작품 해석사적인 연구에서 벗어나 입체적이고 거시적인 문학론사 및 비평사적 접근이 본격적으로 쓰여지는 시점에 다다랐다. 결국 이 책을 내는 뜻도 우리 문학 연구의 발전에 기여하자는 것인 만큼 그 발디딤에 작은 디딤판이라도 되었으면 대견하겠다.

　늘 보잘것없는 책을 선뜻 내주시는 도서출판 '이회'의 박영희 사장님과 편집부 직원들께 감사 드린다. 또 한번 그분들의 신세를 지는데, 특히 지금 출판사가 이런저런 일로 어려움이 많음에도 불구하고, 필자와의 인연을 잊지 않고 시간에 쫓기면서도 좋은 책을 엮어주었다. 아울러 작가들의 약력 입력을 도와준 후배 채상우, 서희원, 김양원 세 사람의 도움에 감사한다. 그리고 아내 지영과 올해 태어난 첫딸 견지에게도 감사의 말을 적는다. 그 밖의 여러분들에게도 고맙다는 인사를 적는다. 언제나 나에게 힘이 되고 격려가 되어주는 분들이 있음을 항상 고맙게 생각하면서 살아가겠다. 책을 낼 때마다 항상 보람보다는 후회가 앞서는데 이번에도 그런 징크스에서 벗어나지 못할 것 같다.

첫눈이 내리기를 기다리면서
2001년 11월에 적는다

□ 목 차 □

□ 보 론 □

중국의 문예인식

- 그 이념의 역사적 전개 -

주역(周易)

『**주역**』은 오경五經 중 하나다. 〈역경易經〉과 〈역전易傳〉의 두 부분으로 나뉘며, 전자는 주문왕周文王이, 후자는 공자가 지었다고 전해진다. 『주역』 자체를 『역경』이라고도 부른다. 『역경』은 복희씨가 창안한 팔괘八卦로부터 산생된 64괘와 384효를 바탕으로 우주만물의 이치와 변화를 추측하는 일정의 점성 철학이며, 괘사와 효사로써 이를 설명하고 있다. 『역전』은 『역경』을 해석한 것으로 〈단彖〉, 〈상象〉, 〈계사繫辭〉 각각 상하 편과 〈문언文言〉, 〈서괘序卦〉, 〈설괘說卦〉, 〈잡괘雜卦〉의 10익翼으로 되어 있다. 하대夏代의 『연산連山』과 은대殷代의 『귀장歸藏』에 상대해서 『주역』이라고 이름하였다. 위魏의 왕필王弼이 주석을 달고 당唐의 공영달孔穎達이 소疏했다. 송대에 13경經에 편입되었다.

■ 수사에는 진정성이 담겨야 한다 (修辭立其誠)

『주역周易・건괘乾卦・문언文言』편에 나오는데, 언어가 순수하고 바르며 충실하면 정확한 사상 내용을 잘 표현할 수 있다는 주장이다.

수사는 시어를 요령 있게 사용하는 것을 말하며, 성誠은 바른(正) 것을 가리킨다.

"구삼에서 말하기를……공자께서 말씀하시기를 '군자가 덕으로 나아가고 업을 닦음에 있어서 충성스럽고 신실한 자세는 덕으로 나아가는 방법이고, 시어를 사용할 때 바르게 세우는 자세는 업에 머무는 방법'이라고 하셨다.九三曰……子曰 君子進德修業 忠信所以進德也 修辭立其誠 所以居業也"

본문의 자왈子曰은 물론 공자에게 의탁한 말이지만, 공자의 사상을 구현한 것은 분명하다. 한 개인의 덕행과 공업功業과 언어의 관계를 설명하면서 먼저 진덕수업進德修業을 제시하고 이어 수사입기성을 제시함으로써 수사는 진덕수업의 뒤를 잇는 것임을 밝혀 놓았다. 그러나 간과하지 말아야 할 사실은 수사는 공업의 성패를 언급한다는 점이다. 이것이 양자 사이의 관계이다.

덕행을 중시하는 태도는 고대 중국의 전통적인 관념의 하나였다. 『좌전·양공襄公 21년』조에 보면 "가장 좋은 것은 덕을 세우는 일이고, 그 다음은 공을 세우는 일이며, 그 다음은 말을 세우는 일이다. 이것들은 비록 오랜 세월이 지난다고 해도 없어지지 않을 것이니, 이것을 일러 영원히 썩지 않는다고 한다.太上有立德 其次有立功 其次有立言 雖久不廢 此之謂不朽"는 말이 실려 있다. 공자는 이러한 관점을 계승하여 "도에 뜻을 두고 덕에 의거하며 인에 의지하고 문예에서 노닌다.志于道 據于德 依于仁 遊于藝"(『논어·술이述而』편)고 말했으며, "덕이 있는 이에게는 반드시 말다운 말이 있지만, 말이 있다고 해서 반드시 덕이 있는 것은 아니다.有德者必有言 有言者不必有德"(『논어·헌문憲問』편)이라고 지적하였다. 공자는 한 개인의 도덕과 공업, 언사言辭와 지식의 관련에 있어서 덕행을 우선적으로 강조하면서, 공업의 중요성을 고취했던 것이다.

그러나 공자는 개인의 덕업을 진작시키고 나라를 안정시키며 통치하는 작용을 한다는 측면에서 언사도 대단히 중시하였다. 『주역·계사繫辭』상편에 보면 공자의 말로 다음과 같은 기록이 실려 있다. "군자가 집에 머물면서 말을 내놓으면 천 리 밖에 있는 이도 이에 응할 것이니, 하물며 가까이 있는 사람이겠는가! 집에 머물면서 좋지 못한 말을 내놓으면 천 리 밖에 있는 이도 이를 어길 것이니, 하물며 가까이 있는 사람이겠는가!君子居其室 出其言 則千里之外應之 況其邇者乎 居其室 出其言不善 則千里之外違之 況其邇者乎" 언사의 착하고 악함은 천 리나 떨어져 있는 사람도 이에 응하거나 어길 뿐만 아니라 더 나아가 집안을 뒤흔들고 나라를 망치는 경우까지 나온다는 것이다. (『논어·양화陽貨』편에 보면 "공자께서 말씀하시기를, '……약삭빠르게 둘러대는 말이 나라를 뒤엎음을 미워하노라'고 하셨다.子曰……惡利言之覆邦家也"는 구절이 나온다.) 언사는 수신과 치국에 모두 심각한 영향을 끼치기 때문에 군자는 마땅히 수사입기성해야 한다고 강조했던 것이다. 이른바 언사가 착하고 바르다는 것은 실질적으로 공자가 주장한 사무사思無邪(『논어·위정爲政』편) 정신과도 부합한다. 즉 언사의 내용은 통치 계급이 규정한 윤리 도덕적 표준과 일치해야 하며, 통치자들이 안정적으로 통치하는 데 유익해야 한다는 것이다. 이는 시교詩敎 사상과도 무관하지 않다.

『주역』에서 주장된 수사입기성은 사람의 수양에 대해 논하고 도덕과 언사의 관련 문제를 말한 것이지, 문학만을 오로지 공부하라는 말은 아니다. 이것은 작가와 작품의 관련이나, 문文(꾸밈)과 질質(바탕)의 관계, 문학에 있어서 언어 형식의 중요성에 대해 논의할 때 요긴한 발언이기 때문에 후대 문학이론가들에 의해 거듭 인용되고 거론되어, 중국 고대 문학 이론의 발전에 적지 않은 공헌을 하였다. 중국의 고대 문학론은 질과 문의 관계를 논의하면서 질(즉 내용)을 강조하는 한편 문(즉 형식)도 소홀히 하지는 않았다. 작가의 인품과 덕성과 작품의 관계를 논의할 때에도 작가의 수양에 끼치는 문사文辭의 영향을 강조하였다. 이런 사실들은 고대 문학비평사에 있어서 중요한 이론적 전통을 형성했는데, 이는 『주역』의 수사입기성 이론과 밀접한 연원 관계를 맺고 있다.

예기(禮記)

『예기』는 49편으로 구성된, 유가의 5경 가운데 하나다. 대성戴聖이 편집하고, 후한의 마융馬融이 보집補輯하였다. 공자와 그 제자들이 예에 관하여 논한 내용을 수록하였다. 「곡례曲禮」, 「단궁檀弓」, 「왕제王制」, 「월령月令」, 「예운禮運」, 「예기禮記」, 「내칙內則」, 「학기學記」, 「악기樂記」, 「대학大學」, 「중용中庸」, 「투호投壺」 등의 편이 유명하다. 교육과 예절, 음악, 농사, 관혼상제 등 고대의 문화 전반에 관하여 유가의 입장에서 기록함으로써 유가의 중요한 경전이 되었다. 『주례周禮』와 『의례儀禮』와 더불어 '삼례三禮'로 불리운다. 특히 「대학」과 「중용」편은 따로 분리되어 송대 주희朱熹에 의해 『논어』, 『맹자』와 함께 사서四書에 편입되었다.

■ 시가의 궁극적 가치를 지적하다 (溫柔敦厚)

중국 고대 유가의 전통적인 시교詩敎. 이 말이 처음으로 보이는 문헌은 『예기禮記·경해經解』편으로, "(공자께서 말씀하시기를) 그 나라에 들어가면 그 가르침을 알 수 있다. 온화하고 부드러우며 돈독하고 두터운 것이 시의 가르침이다……그 사람 됨됨이가 온화하고 부드러우면서 돈독하고 두터우면서 어리석지 않으면 시에 대해 깊은 이해를 가진 사람이라고 할 수 있다. 入其國 其敎可知也 溫柔敦厚 詩敎也…… 其爲人也 溫柔敦厚而不愚 則深于詩者也"는 말이 실려 있다. 이것은 한나라 때의 유가가 공자孔子(전552-전479)의 문예 사상을 개괄한 말이다. 당나라의 공영달孔穎達(574-648)은 『예기정의禮記正義』에서 이것을 "시가 풍간하는 일에 어긋나 버리면 상황을 간절하게 지적하지 못하니, 때문에 온유돈후는 시의 가르침이라고 말한 것詩依違諷諫 不指切事情 故云溫柔敦厚是詩敎也"이라고 설명하였다. 이 말은 시가에 풍간하는 특징이 있다는 사실을 말하면서 작가가 작품을 쓸 때 지녀야 할 태도를 지적한 것이다. 동시에 『예기정의』에서 그는 "이 한 경전은 『시경』으로서 백성을 교화하는 것이니, 비록 돈후를 사용했지만, 능히 의리로써 조절할 수 있다. 백성들로 하여금 비록 돈후하면서도 어리석은 데 이르지 않게 하려면, 위에 있는 사람이 『시경』의 의리에 깊이 통달해야만 능히 『시경』으로서 백성을 가르칠 수 있다.此一經以詩化民 雖用敦厚 能以義節之 欲使民 雖用敦厚 不至于愚 則是在上深達于詩之義理 能以詩敎民也"고 말했다. 이것은 시가의 사회적 작용에 대해 말한 것으로, 온유돈후를 운용할 때 요구되는 원칙이 필요함과 동시에 예의를 구비하여 규범을 진행시키는 사실을 제시한 것이다.

온유돈후는 유가의 전통적인 시교로 자리하면서 오랜 기간 동양의 봉건 사회에 절대적인 영향을 끼쳤다. 한편으로 봉건 사회 통치 계급 내부에서는 이 시교를 이용해 계급 사회 구성원들 간의 관계를 합리적으로 운용하였다. 그러나 다른 한편으로 원자怨刺를 할 때에는 반드시 온유돈후한 바탕을 갖출 것을 규정해서 "예의에 머물 것止乎禮義"과 "꾸밈에 주력해 넌지시 간할 것主文而譎諫"을 강조하였다. 즉 "원망하지만 노여워하지 않는怨而不怒" 태도만 허용했지 날카롭게 비판하거나 폭로하는 방식은 허용하지 않았기 때문에 때로 소극적인 작용을 하기도 하였다. 이러한 예술적 강령에 대해 옛 사람들은 다양한 해석을 내놓았는데, 회의적인 견해를 피력한 이는 극히 드물었다. 청나라 초기에 이르러서야 비로소 왕부지王夫之(1619-1692)가 『강재시화薑齋詩話』에서 "시교에서 비록 온유돈후를 말했지만 빛나게 하려는 뜻은 하늘에 대해서도 두려운 것이 없으며, 사람들에 대해서도 근심하는 바가 없이 해와 달처럼 걸어놓고 나갔다. 어찌 아녀자나 소인배처럼 반쯤 삼킨 채 토로하지 못하는 태도가 있겠는가! <이소>가 비록 비유를 많이 쓰고 있지만, 직언을 하는 곳에서는 피하는 일이 없었다. 詩敎雖云溫厚 然光昭之志 無畏于天 無恤于人 揭日月而行 豈女子小人 半含不吐之態乎 離騷雖多引喩 而直言處亦無所諱"고 말하여 시교가 현실과 일치하지 않는 부분이 있음을 지적하였다. 그 후 원매袁枚(1716-1798)도 "『예기』라는 책은 한나라 때 사람이 만든 것이다. 그러니 반드시 모두 성인이 하신 말씀은 아닐 것이니, 온유돈후 네 글자도 역시 시교의 일단일 뿐이지 모든 작품이 이와 같을 필요는 없다……때문에 나는 공자께서 『시경』을 논한 말씀 가운데 믿을 만한 것은 흥관군원이고, 믿을 수 없는 것은 온유돈후라고 생각한다.禮記一書 漢人所述 未必皆聖人之言 卽如溫柔敦厚四字 亦不過詩敎之一端 不必篇篇如是……故僕以爲孔子論詩 可信者 興觀郡怨也 不可信者 溫柔敦厚也"(<재답이소학서再答李少鶴書>)고 하면서 시교는 믿을 만한 것이 아니라고 주장하였다. 그러나 두 사람의 부정 또한 철저한 것은 아니었고, 시교의 실질을 심각하게 인식하지도 못했다.

온유돈후설은 윤리적 원칙으로서의 의의 외에도 후세에 때로 예술원칙으로 인용되기도 하였다. 황주이況周頤(1859-1926)가 『혜풍사화蕙風詞話』에서 제출한 유후설柔厚說이 그 예다. 사론詞論에서의 유후설은 사를 지을 때 예술적 표현을 하면서 온자함축蘊藉含蓄하고 미완위곡微宛委曲하기를 요구하고, 내용상으로는 심울후독深鬱厚篤하기를 권장한 이론으로, 지나치게 과장하고 목소리를 높이는 태도도 지양하고 천박하게 감정을 직설적으로 토로하는 태도 역시 피해야 한다는 주장이었다. 이는 의심할 여지없이 사의 창작에 긍정적인 의의를 지닌 논의였다. 예술적 원리로서 유후설이 나왔음에도 불구하고 온유돈후는 윤리적 원칙을 다분히 내포한 규범적인 논의였음은 분명하다.

서경(書經)

『서경』은 『서書』 또는 『상서尙書』로도 불린다. 28편으로 구성되어 있다. 중국 고대 최초의 산문 모음집으로, 공자와 그 제자들이 모아 전국시대에 완성했다고 한다. 요순堯舜 시기부터 춘추시대 진목공秦穆公까지의 군주와 집정자들의 언사言事가 담겨 있다. 〈전典〉, 〈모謨〉, 〈훈訓〉, 〈고誥〉, 〈서誓〉, 〈명命〉의 6가지 체제가 있으며, 조령詔令과 주의奏議가 대부분이다. 한漢대 이후 학자들의 구술에 의해 만들어진 『금문상서今文尙書』와 공자의 유택에서 발견된 『고문상서古文尙書』가 있으며, 현재 이 둘을 함께 취해 59편으로 만든 것이 통용되고 있다. 13경經에 들어가 있다.

■ 시와 가의 특징을 지적하다 (詩言志 歌永言)

중국 고대 문학론 가운데 시가의 특징에 대해 발언한 최초의 주장으로, 『서경·우서虞書』편의 <순전舜典>에 처음 나온다.

"순임금이 말하기를, '기야, 명하노니 그대는 전악을 맡아 자제들을 가르치되 강직하면서도 온화하게 하고, 너그러우면서도 위엄을 잃지 않게 하며, 굳세면서도 거칠지 않고, 간략하면서도 오만한 점이 없도록 하라. 시는 뜻을 말하는 것이고, 노래는 말을 길게 읊조린 것이며, 소리는 가락에 의지하고, 음률은 소리와 조화를 이루어야 한다. 8음이 능히 조화를 이루어 서로의 음계를 빼앗지 않게 하면 신과 사람도 이로써 조화를 이룰 것이다.' 기가 대답하기를, '아아! 제가 돌을 치고 돌을 두드리니 짐승들도 따라와 춤을 추었습니다.'帝曰 夔 命汝典樂 敎冑子 直而溫 寬而栗 剛而無虐 簡而無傲 詩言志 歌永言 聲依永 律和聲 八音克諧 無相奪倫 神李以和 夔曰 於 予擊石拊石 百獸率舞"

주자청朱自淸(1898-1948)은 이것을 중국 역대 문학론 가운데 "첫 발걸음을 내디딘 강령開山的綱領"(<시언지변서詩言志辨序>)이라고 평가하였다. 이 말은 후대 문학론의 전개에 엄청난 영향을 끼쳤다. 춘추·전국 시대에 이미 이것은 보편적인 관점이 되었다.『좌전·양공襄公 27년』조에는 "시로써 뜻을 말한다.詩以言志"는 구절이 보이며,『장자·천하天下』편에도 "시로써 뜻을 말한다.詩以道志"고 했으며,『순자·유교儒敎』편에는 "시는 말한 것은, 그 뜻이다.詩言是其志也"는 말이 나온다. 이를 통해 이 말이 선진先秦 시대 중국에서 나온 최초의 시에 대한 정의였음을 알 수 있다. 이 말은 그 시대 사람들의 시의 특징과 효용에 대한 소박한 이해를 반영하고 있다. 이후 한나라 때 사람들은 시詩를 지志로 이해하여『설문해자說文解字』에서는 "시는 뜻이다. 뜻은 말에서 나온다. 언으로부터 나오며, 사는 소리를 알려준다.詩志也 志發于言 從言 寺聲"고 하였다. 일반적으로 지志는 사람의 내면에 담긴 지향점이나 정감을 가리키며, 주관적인 측면, 우리들이 사상이나 감정으로 부르는 두 측면을 수용하고 있다. "쌓이고 갈무려져 마음에 있으면 이것을 마음의 뜻이라고 한다.蘊藏在心 謂之心志"(<시서소詩序疏>)는 지적이 그것이다. 물론 논지로 보았을 때 사상적인 측면을 중시하는 것만은 분명하다. 지가 언어를 써서 표현될 때 시가 이루어진다는 것이다.

한나라가 들어서자 이에 대한 인식은 진일보해서 <시대서詩大序>에서는 "시라는 것은 뜻이 가는 바이다. 마음에 있으면 뜻이 되고 말로 나오면 시가 된다. 감정이 마음 속에서 움직이면 말로 형상화되고, 말하는 것으로 부족하기 때문에 탄식하게 되며, 그것으로도 부족하기 때문에 길게 노래하는 것詩者 志之所之也 在心爲志 發言爲詩 情動于中而形于言 言之不足故嗟嘆之 嗟嘆之不足故永歌之"이라고 부연 설명하였다. 여기서 정과 지는 연쇄적인 관련을 가진다. 반고班固(32-92)는『한서·예문지藝文志』에서 "『서경』에서 말하기를 '시는 뜻을 말하고 노래는 말을 길게 읊조리는 것'이라고 하였다. 때문에 슬프고 즐거운 마음이 느껴져 노래하고 읊조리는 소리가 나오게 된다.書曰 詩言志 歌永言 故哀樂之心感而歌詠之聲發"고 하였다. 여기서 말한 "슬프고 즐거운 마음哀樂之心"은 바로 감정을 가리키는 것이다. 시가가 가지고 있는 서정적 특징에 대한 이해가 차츰 깊어지면서 육기陸機(261-303)는 시가는 감정에 연유한다는 연정설緣情說을 제시하였다. 이를 통해 시언지설이 발전하는 과정, 즉 언지는 지에만 국한되며, 감정이 동반되면 연정에 이르는 과정을 확인하게 된다. 그러나 중국의 고대 문학론 가운데 시언지에 관한 설명의 주류는 감정과 지를 함께 제시한 쪽이다. <시대서>에서부터 유협劉勰과 종영鍾嶸, 공영달孔穎達, 백거이白居易를 거쳐 청나라의 섭섭葉燮과 왕부지王夫之에 이르기까지 모두 이 관점을 고수하였다. 이들의 관점과 주장은 중국의 고대 문학 발전과 문학 이론의 형성에 지대한 공헌을 하였다.

■ 뛰어난 문학은 갑자기 이루어지지 않는다 (切磋琢磨)

끊고 닦고 쪼고 갈다. 사람이 어떤 일을 하면서 성과를 거두기 위해 최선을 다하는 모습을 비유하는 말이다. 원래 이 말은 『시경·위풍衛風』의 <기오淇奧> 제1연에 나온다.

瞻彼淇奧	저 기수 물굽이를 바라보니
綠竹猗猗	왕골과 마디풀이 우거져 있네.
有匪君子	깨끗하신 우리 님이여!
如切如瑳	끊는 듯 닦는 듯
如琢如磨	쪼는 듯 가는 듯
瑟兮僴兮	묵직하며 위엄 있네.
赫兮咺兮	훤하고 의젓하시네.
有匪君子	깨끗하신 우리 님이여!
終不可諼兮	끝내 잊을 수가 없네.

이 작품은 위나라 무공武公의 덕을 찬양하는 노래라고 한다. 절차 탁마란 군자가 스스로를 수양하기 위해 힘쓰는 모양을 비유한 말로 원래는 옥이나 구슬을 다듬는 과정을 설명하는 말이다. 이 구절이 더욱 유명해진 것은 『논어論語·학이學而』편에 나오기 때문이다.

 자공이 공자에게 물었다.
 "가난하면서도 아첨하지 않고 부유하면서도 교만하지 않다면 어떻습니까?"
 공자께서 대답하셨다.
 "괜찮구나. 그러나 가난하면서도 도를 즐기고 부유하면서도 예를 좋아하는 것만은 못하다."
 자공이 말했다.
 "시에 나와 있는 〈끊는 듯 닦는 듯 쪼는 듯 가는 듯〉 하다는 것이 바로 이것을 말하는 것입니까?"
 공자께서 말씀하셨다.
 "사야, 이제야 비로소 너와 더불어 시를 이야기할 수 있겠구나. 지나간 것을 알려주었더니 앞으로 올 것까지 알아내는구나."
 子貢曰 貧而無諂 富而無驕 何如 子曰 可也 未若貧而樂 富而好禮者也 子貢曰 詩云 如切如瑳 如啄如磨 其斯之謂與 子曰 賜也 始可與言詩已矣 告諸往而知來者

『대학大學』에 보면 바로 이 구절을 인용하면서 다음과 같은 설명을 덧붙이고 있다. "여절여차는 배움을 말한다. 여탁여마는 스스로 수양하는 것이다. 슬혜간혜는 두려워하는 것이다. 혁혜훤혜는 위의가 당당한 것이다. 유비군자 종불가훤혜는 도가 풍성하고 덕이 지극한 것이다.如切如瑳者 道學也 如啄如磨者 自修也 瑟兮僩兮者 恂慄也 赫兮咺兮者 威儀也 有匪君子 終不可諼兮者 道盛德至善"
 이 말의 원래 의미는 자신의 현실적 처지에 만족하지 말고 끊임없이 수양하고 덕성을 닦으라는 것이었다. 그것이 문학 창작에 적용되었을 때에는 일가를 이루기 위해 쉬지 않고 노력하는 자세를 의미하게 되었다. 물론 이 말속에는 단순히 표면적인 수사에만 힘쓰라는 것은 아니다. 유가의 문학이론이 대개 그러한 것처럼 정신적인 덕성의 수양이 전제될 때 덕이 현현한 문학 또한 아름다워 진다는 전제가 절차탁마가 문학론으로 적용될 때 그것을 문채나 수사의 조탁을 의미하면서 동시에 정신적 인격의 도야를 뜻하기도 하게 되었다.

시대서(詩大序)

『시경』은 일명 『시詩』, 『시삼백詩三百』으로 불리는데, 중국 최초의 시가집이다. 5경經 중 하나로, 공자가 서주西周 초기부터 춘추시대 중엽까지 각제후국 지방의 시가 311편을 모아 정리한 것으로 현존하는 것은 305편이다. 풍風, 아雅, 송頌의 3부분으로 나뉜다. 풍 160편은 대부분 민가이며, 아 105편은 귀족의 연회에 쓰이던 악가이고, 송 40편은 귀족이 종묘에 제사지낼 때 쓰이던 악가이다. 이들 작품은 문학작품으로 뿐만 아니라 당시 약 500년간의 사회 모습을 반영하였으므로, 상주商周 시대를 연구하는 중요한 자료가 된다. 부賦, 비比, 흥興의 세 가지 수사 기교를 사용하는 등 발전된 문학 형태를 띠고 있다. 풍, 아, 송, 부, 비, 흥을 가리켜 육의六義라 한다.

■ 시가의 사회적 효용을 논하다 (風教)

고대 중국에서 시가의 사회적 작용에 관해 논의한 이론 가운데 하나인데, 봉건 시대 지배층들이 문학에 대해 요구했던 공리주의적인 입장을 반영한다. 가장 먼저 이 이론을 제기한 문헌은 <시대서>다. 이 글은 <모시서毛詩序>라고도 부른다. 먼저 서문 전문을 읽어보도록 하자.

〈관저〉는 후비(문왕文王의 비인 태사太姒)의 덕을 노래한 것으로, 국풍의 시작이다. 때문에 천하를 바람으로 덮어(풍자하여) 부부의 도를 바르게 하였다. 그래서 마을 사람들이 썼고, 나라에서도 쓰게 된 것이다. 풍은 바람이 부는 것으로, 가르침이다. 바람이 불어 사물을 움직이듯이 가르침으로써 사람들을 교화한다.

시란 뜻이 가는 바이다. 마음에 있으면 뜻이 되고, 말로 나오면 시가 된다. 감정이 가운데(마음)에서 움직임이 있으면 이것이 말로 나타나는데, 말로도 부족하게 되면 짐짓 탄식하게 된다. 그런 탄식으로도 부족하면 짐짓 길게 노래하는데, 길게 노래하는 것으로도 부족하면 자신도 모르게 손으로는 춤을 추고 발로는 땅을 구르게 되는 것이다.

감정은 소리에서 발하며 소리가 무늬를 가지면 음이 된다. 잘 다스려진 시대의 음은 편안하고 즐거우며, 그 정치는 조화를 이룬다. 어지러운 시대의 음은 원망스럽고 노여움에 차 있으며, 그 정치는 민심과 어그러져 있다. 망한 나라의 음은 애처롭고 상념에 젖어 있으며, 백성은 곤궁하다. 때문에 득실을 바르게 하고 천지를 움직이며 귀신을 감동시키는 것으로 시만한 것이 없다. 이전의 훌륭한 임금들은 이것으로써 부부 사이에 지켜야 할 벼리로 삼았고, 효성과 공경하는 마음을 이룩했으며, 사람들 사이의 질서를 공고히 하고, 교화를 아름답게 꾸미며, 풍속을 올바른 곳으로 옮겼던 것이다.

때문에 시에는 육의란 것이 있다. 첫 번째가 풍이고, 두 번째는 부이며, 세 번째는 비이고, 네 번째는 흥이며, 다섯 번째는 아이고, 여섯 번째는 송이다. 위에 있는 정치가는 풍으로써 아랫사람을 교화하고, 아랫사람은 풍으로써 윗사람들의 잘못을 지적한다. 문채를 주로 해서 넌지시 충고하기 때문에 말한 사람도 죄가 없고, 듣는 사람도 족히 경계로 삼을 수 있다. 때문에 풍이라고 말한다. 그러나 왕도(세상을 덕으로 다스리는 정치)가 쇠하고 예의가 사라지며 바른 다스림과 가르침이 없어지게 되면 나라는 다스림을 달리하며 집안도 풍속이 옮겨가서 변풍과 변아가 만들어지게 되었다. 나라의 역사는 득실의 흔적을 분명하게 밝혀 놓았고, 인륜이 무너진 것을 아파했으며, 형벌이 너무 가혹한 것을 슬퍼하면서 성정을 읊조려 윗사람에게 풍간을 올렸으며, 일의 변화에 통달해서 옛 (성왕聖王

의) 풍속을 가슴에 품은 것이다. 때문에 변풍은 정에서 발하여 예의에서 그친 것이니, 정에서 나왔다는 것은 백성들의 본성이요, 예의에서 그쳤다는 것은 선왕의 은택이다. 이런 까닭으로 한 나라의 일은 한 사람의 근본에 얽혀 있는 것이니 이것을 풍이라고 부른다. 천하의 일을 말하여 사방의 풍을 형상화하니 아라고 부른다. 아는 바른 것이다. 임금의 정치가 말미암아서 망하고 흥한 것을 말한다. 다스림에는 크고 작은 차이가 있으니 때문에 소아가 있고, 대아가 있다. 송은 풍성한 덕의 형용을 찬미한 것이다. 그 성공한 것으로써 신명에게 아뢰는 것이다. 이것을 일러 네 가지 시작이라고 하는데, 시의 지극함이다.

그런즉 〈관저〉와 〈인지〉의 교화는 덕으로 천하를 다스리는 임금의 풍이고, 때문에 주공과 연관이 있다. 남은 교화가 북쪽에서 남으로 뻗어나가는 것을 말한다. 〈작소〉와 〈추우〉의 덕은 제후들의 풍이다. 선왕들께서 가르친 것이니, 때문에 소공과 연관이 있다. 소남과 주남은 정시의 도이고, 임금의 교화의 기틀이다.

이 때문에 〈관저〉는 요조숙녀가 군자의 배필이 된 것을 기뻐했으며, 염려는 어진 이를 나아가게 하는 데 있었다. 그 얼굴빛은 지나치지 않았고, 요조스러움을 애처로워했으며, 현명한 재인을 생각하여 착한 마음을 상하게 하는 일이 없었다. 이것이 바로 〈관저〉의 의로움이다.

關雎 后妃之德也 風之始也 所以風天下而正夫婦也 故用之鄕人焉 用之邦國焉 風 風也 敎也 風以動之 敎以化之 詩者 志之所之也 在心爲志 發言爲詩 情動於中 而形於言 言之不足 故嗟嘆之 嗟嘆之不足 故永歌之 永歌之不足 不知手之舞之 足之蹈之也 情發於聲 聲成文謂之音 治世之音安以樂 其政和 亂世之音怨以怒 其政乖 亡國之音哀以思 其民困 故正得失 動天地 感鬼神 莫近於詩 先王以是經夫婦 成孝敬 厚人倫 美敎化 移風俗 故詩有六義焉 一曰風 二曰賦 三曰比 四曰興 五曰雅 六曰頌 上以風化下 下以風刺上 主文而譎諫 言之者無罪 聞之者足以戒 故曰風 至於王道衰 禮義廢 政敎失 國異政 家殊俗 而變風變雅作矣 國史明乎得失之迹 傷人倫之廢 哀刑政之苛 吟詠性情以風其上 達於事變而懷其舊俗者也 故變風發乎情 止乎禮義 發乎情 民之性也 止乎禮義 先王之澤也 是以一國之事 繫一人之本 謂之風 言天下之事 形四方之風 謂之雅 雅者 正也 言王政之所由廢興也 政有小大 故有小雅焉 有大雅焉 頌者 美盛德之形容 以其成功 告於神明者也 是謂四始 詩之至也 然則關雎麟趾之化 王者之風 故繫之周公 南 言化自北而南也 鵲巢

騶虞之德 諸侯之風也 先王之所以敎 故繫之召公 周南召南 正始之道 王化
之基 是以關雎樂得淑女以配君子 憂在進賢 不淫其色 哀窈窕 思賢才 而無
傷善之心焉 是關雎之義也

<시대서>는 『시경』에 수록된 15국풍國風의 사회적 효용과 그 특
징에 대해 "풍은 바람이 부는 것으로, 가르침이다. 바람이 불어 사물
을 움직이듯이 가르침으로써 사람들을 교화한다.風 風也 敎也 風以動
之 敎以化之"고 설명하였다. 여기서 말하는 풍風은 근원과 체제와 효
용이라는 세 가지 중복된 측면을 함축하고 있다. 먼저 근원의 측면에
대해 살펴보자. 그것은 음악이 대자연의 바람 소리를 모방한 결과라
는 옛 사람들의 의식에서 유래하였다. 『국어國語·주어周語』편에 보면
"고사와 음관은 풍토로써 한다.瞽師音官以風土"는 기록이 있고, 『여
씨춘추呂氏春秋·중하기仲夏記·고악古樂』편에는 "황제가……비룡을 시
켜 여덟 풍의 소리를 본받게 하였다.帝……乃令飛龍作效八風之音"고
기록되어 있다. 이렇게 해서 각 지방의 가요가 나왔던 것이다. 『좌
전·양공襄公 18년』조에는 "나는 북풍을 빠르게 노래했고, 또 남풍을
노래했다.吾驟歌北風 又歌南風"는 사광師曠의 말이 나온다. 여기서의
북풍과 남풍은 북방과 남방의 가요를 가리킨다. 『시경』 속의 <국풍>
도 당시 각 지방의 가요를 일컫는 말이다. 체제의 측면에서 보자면,
풍은 풍송음영風誦吟詠을 뜻한다. 『논형論衡·명우明雩』편에 보면 "무
우에서 풍했다고 하는데, 풍은 노래했다는 말風乎舞雩 風歌也"이라는
구절이 있다. 그 효용을 바탕으로 말한 것이 바로 풍교다. 공영달孔穎
達(574-648)은 『모시정의毛詩正義』에서 "바람이 불 듯이 가볍게 움직이
는데, 말이 나오면 허물을 고치는 것이 바람이 불면 풀이 눕는 것과
같아, 때문에 풍이라고 하였다.微動若風 言出而過改 猶風行而草偃 故
曰風"고 하면서 "『상서』에서 말한 세 가지 바람과 열 가지 허물은 질
병이고, 시인이 말한 네 가지 시작과 여섯 가지 의는 구제하는 약품

風詩尙書之三風十愆 疾病也 詩人之四始六義 救藥也"이라고 설명하였
다. 사시四始는『시경』에서 풍시風詩와 소아小雅·대아大雅, 송시頌詩가
시작되는 네 편의 작품을 일컫는 말이다. 사마천司馬遷(전145-전86?)의
『사기·공자세가孔子世家』에 보면 "<관저>의 어지러움으로 풍의 시
작을 삼고, <녹명>으로 소아의 시작을 삼으며, <문왕>으로 대아의
시작을 삼고, <청묘>로 송시의 시작을 삼는다.關雎䲧之亂以爲風始
鹿鳴爲小雅始 文王意大雅始 淸廟爲頌始"는 말이 나온다. 즉 시에서의
미자美刺는 당시의 정치적 질병을 치료하는 구제 약품으로, 어긋나는
것처럼 보이지만 결국은 교훈과 합치한다.

　동시에 풍교는 두 가지 방면의 요구를 한다. 하나는 시인이 창작한
시가가 사람들 사이에서 전파되면서 야기하는 교화적인 작용이다. <시
대서>에서는 이에 대해 "이런 까닭으로 한 나라의 일은 한 사람의
근본과 얽혀 있는 것이니, 이것을 일러 풍이라고 한다.是以一國之事
繫一人之本 謂之風"고 말했다.『모시정의』에서는 이것을 "시인은 한
나라를 살피는 마음으로써 자신의 마음을 삼기 때문에 한 나라의 일
은 이 한 사람과 연계되어 그로 하여금 말하게 한 것이다. 그러나 말
한 바는 바로 제후의 정치여서, 한 나라에 풍화가 시행된다.詩人覽一
國之意以爲己心 故一國之事繫此一人使言之也 但所言者 直是諸侯之政
行風化于一國"고 설명하였다. 시인이 창작한 시가는 당연히 사회 생
활 속에서 교화적 작용을 함을 지적한 말이다. 두 번째는 통치 계급
인 상上이 피지배층인 하下에 미치는 교화를 가리킨다. <시대서>에
서는 "윗사람은 풍으로써 아랫사람을 교화한다.上以風化下"고 했으
며,『백호통덕론白虎通德論·삼교三敎』편에서는 "가르친다는 것은 본받
는다는 것이다. 위에서 이를 하면 아래에서 이를 본받는다.敎者 效也
上爲之 下效之"고 설명하였다. 위에 있는 지배자는 반드시 시가를 운
용하여 아래에 있는 백성들을 교화해야 한다는 지적이다. 풍교는 시
가가 구체적으로 사람에게 감동을 주는 특징이 실현된 상태를 일컫

는다. <시대서>는 "득실을 바르게 하고, 천지를 움직이며, 귀신을 감동시키는 것으로 시만한 것이 없다.正得失 動天地 感鬼神 莫近于詩"고 강조하였다. 시가의 교화적 역량을 높이 평가한 발언이다. 이것이 동양 봉건 사회에서 장기간 성행한 풍교설의 실체인데, 거의 모든 문예 영역에서 광범위한 영향력을 행사하였다.

■ 풍자의 방식과 역할에 대해 논하다 (主文而譎諫)

유가의 비평가들이 시가 창작에 있어서 사상적·예술적으로 제시한 주장의 하나인데, <시대서>에 나온다.

"때문에 시에는 6의란 것이 있다. 첫 번째가 풍이고, 두 번째는 부이며, 세 번째는 비이고, 네 번째는 흥이며, 다섯 번째는 아이고, 여섯 번째는 송이다. 위에 있는 정치가는 풍으로써 아랫사람을 교화하고, 아랫사람은 풍으로써 윗사람들의 잘못을 지적한다. 문채를 주로 해서 넌지시 충고하기 때문에 말한 사람도 죄가 없고, 듣는 사람도 족히 경계로 삼을 수 있다. 때문에 풍이라고 말한다.故詩有六義焉 一曰風 二曰賦 三曰比 四曰興 五曰雅 六曰頌 上以風下化 下以風刺上 主文而 譎諫 言之者無罪 聞之者足以戒 故曰風"

후한 때의 학자 정현鄭玄(127-200)은 『전전』에서 이에 대해 이렇게 말했다. "풍화나 풍자는 모두 말을 배척하지 않았음을 비유한 것이다. 주문은 주로 음악의 궁성과 상성과 상응한 것이고, 휼간은 노래를 읊조려 빙둘렀다는 것으로, 직접적으로 간하지 않았다는 것이다.風化· 風刺 皆謂譬喩不斥言也 主文 主與樂之宮商相應也 譎諫 詠歌依違 不 直諫也" 공영달孔穎達(574-648)은 『모시정의毛詩正義』에서 이렇게 설명하였다. "시를 짓는 것은 마음에 근본을 두고 뜻을 주로 하여, 작품으로 하여금 궁성과 상성이 서로 조화를 이뤄 아름다운 문채를 만들게 하는 것이다. 이를 음악에 얹어서 부드럽고 완곡하게 간언을 올리니, 임금의 과실을 곧바로 지적하지 않기 때문에 말한 사람에게는 죄가 없는 것이다. 때문에 임금도 지은이에게 화를 내어 죄를 따져 죽일 수 없다. 오히려 듣는 이는 이것으로써 스스로 경계를 삼을 수 있어, 임금은 스스로 자신의 허물을 알고 반성하게 된다.其作詩也 本心主意 使合于宮商相應之文 播之于樂 而依違諷諫 不直言君之過失 故言之者無罪 人君不怒其作主而罪戮之 聞之者足以自戒 人君自知其過而悔之" 두 사람의 글 가운데 궁상宮商으로 쓰여진 어구는 사실 음률音律 전체를 가리키는 말이다. 주희朱熹(1130-1200)는 『여씨가숙독서기呂氏家熟讀書記』 권3에서 "문채의 부드러움을 주로 하여 이것으로써 간언을 한다.主于文辭而托之以諫"고 말했다. 이를 통해 주문은 시가의 창작 또는 시를 지을 때의 제목을 쓰고 의미를 세우는 과정을 지적함을 알 수 있다. 휼간은 시가에서 함축적이고 완곡하며 부드럽게 언어를 구사하는 것, 즉 비흥比興의 수법을 써서 작자의 통치자에 대한 비평과 현실에 대한 불만을 담는 것을 말한다. 시가는 통치 계급에 대해 풍자를 가할 수 있지만, 단지 이것은 우회적인 방식으로 표현되어야 하며, 직설적으로 과실을 지적하거나 폭로해서 통치 계급의 근본적인 이익을 침범해서는 안 된다는 논리다.

주문이휼간은 유가의 중요한 문학관 가운데 하나로, 공자가 제시한 온유돈후溫柔敦厚의 문학 사상을 구체적으로 서술한 것이다. 이렇게 봉건 통치를 옹호하기 위한 도구로 시가의 위치를 규정한 문학관은 통치 계급의 문학에 대한 요구를 반영하고 있어, 오랜 기간 봉건 사회에서 중대한 영향력을 행사하였다. 정통 사상을 견지했던 이론가와 사상가나 통치자들은 한 걸음 더 나아가 문학은 반드시 정치를 위해 복무해야 한다고 주장하기까지 하였다. 동시에 진보적이고 정직한 작가들과 비평가들은 문학의 형식주의적 경향을 반대하면서, 문학의 통치자들에 대한 풍자적 작용을 내세우는 한편, 문학은 현실의 어두운 국면을 폭로하고 잘못을 바로고치는 작용을 해야 한다고 거듭 강조하였다. 두보杜甫(712-770)나 백거이白居易(772-846) 등의 창작과 문학적 주장은 후자의 경우를 대표한다. 이런 점이 주문이휼간이란 문학적 관점의 적극적인 의의라고 할 수 있다.

■ 시가는 성정을 읊조리는 것이다(吟詠情性)

시가의 서정적 특징을 가리키는 말로, <시대서>에 나온다.

"나라의 역사는 득실의 흔적을 분명하게 밝혀 놓았고, 인륜이 무너진 것을 가슴 아파했으며, 형벌이 너무 가혹한 것을 슬퍼하면서 성정을 읊조려 윗사람에게 풍간을 올렸으며, 일의 변화에 통달해서 옛 풍속을 가슴에 품은 것이다.國史明乎得失之迹 傷人倫之廢 哀刑政之苛 吟詠性情 以風其上 達于事變而懷其舊俗者也"

여기서 <시대서>는 특히 시가의 서정적 특징에 대해 강조하였다. 이는 시언지설詩言志說에서 서정이 내적으로 함양된다고 주장한 논의를 명확히 하고 보충한 것이다. <시대서>는 중국문학비평사상 처음으로 감정과 의지를 서로 결합시킨 각도에서 시가의 성격을 규정한 글이다. 여기에는 "시란 뜻이 가는 바이다. 마음에 있으면 뜻이 되고, 말로 나오면 시가 된다. 감정이 가운데(마음)에서 움직임이 있으면 이것이 말로 나타난다.詩者 志之所之也 在心爲志 發言爲詩 情動于形而形于言"는 지적이 나온다. <시대서>는 시의 성정을 읊조리는 특징을 강조함으로써 중국 고대 문학론 발전사에 있어서 전통을 계승하고 후대 비평가들의 안목을 열어주는 역할을 수행하였다. 예컨대 육기陸機(261-303)는 <문부文賦>에서 "시는 감정을 연유해서 아름답게 된다詩緣情而綺靡"고 했으며, 유협劉勰(465?-520?)은 『문심조룡・명시明詩』편에서 "시란 지니는 것이다. 사람의 성정을 지니는 것詩者 持也 持人性情"이라고 했고, 종영鍾嶸(?-518?)은 <시품서詩品序>에서 "성정을 읊조리는 경우에 이른다면 또한 어찌 용사에서만 귀하겠는가!至乎吟詠

性情 亦何貴于用事"라고 말했다. 백거이白居易(772-846)는 <여원구서與元九書>에서 "시는 감정에 뿌리를 두고 말로써 싹을 틔우며 소리로 꽃을 피워 뜻으로 열매맺는 것詩者 根情·苗言·華聲·實義"이라고 주장하였다. 이상과 같은 시가의 서정적 특징을 중시하는 논의를 통해 <시대서>에서 주장한 음영성정이 후대에 끼친 심각한 영향을 살펴볼 수 있다.

■ 표현의 형식을 구분하다 (賦·比·興說)

부·비·흥은 고대 중국에서 시가 문학에서 표현하는 방식을 세 가지로 정리한 구분 방식으로, 『시경』 작품을 감상하면서 그 경험을 바탕으로 확정된 것이다. 최초의 기록은 『주례周禮·춘관春官』 조에 보이는데, "대사는……육시를 가르치는데, 풍·부·비·흥·아·송이 그것大師……敎六詩 曰風 曰賦 曰比 曰興 曰雅 曰頌"이라는 서술이 있다. 뒤이어 <시대서>에서는 육시가 육의六義로 바뀌어 "때문에 시에는 육의가 있는데, 풍·부·비·흥·아·송이 그것故詩有六義焉 一曰風 二曰賦 三曰比 四曰興 五曰雅 六曰頌"이라고 기술되었다. 당나라의 공영달은 『모시정의毛詩正義』에서 이 부분을 해석하여 "풍·아·송은 『시경』에서의 각기 다른 체제이고, 부·비·흥은 『시경』 문장에 있어서 각기 다른 문사일 뿐이다……부비흥은 시가 쓰이는 바이고, 풍·아·송은 시의 형식을 이룬다. 앞의 세 가지를 이용해서 뒤의 세 가지를 완성하기 때문에 함께 칭해 의라고 한다.風雅頌者 詩篇之異體 賦比興者 詩文之異辭耳……賦比興是詩之所用 風雅頌是詩之成形 用彼三事 成此三事 是故同稱爲義"고 설명하였다. 일반적으로 풍·아·송은 『시경』 내용에 대한 분류로, 부·비·흥은 표현 방법에 대한 분류로 인정되고 있다.

부비흥설이 나온 이후 한나라 때부터 2천여 년 동안 수많은 학자들이 이에 대한 의견을 발표하고 논의를 전개했지만, 구체적인 이해나 해석에 있어서 각기 다른 견해를 제시해 설명이 한결같지 않다. 이를 시대순으로 정리하면 다음과 같다.

1. 한나라 때의 부·비·흥에 대한 해석

한나라 때의 해석 가운데 가장 대표적이고 후세에 끼친 영향 역시 지대했던 주장은 정중鄭衆과 정현鄭玄(127-200) 두 사람의 설명이다. 정중은 "비는 사물에 비유하는 것이고⋯⋯흥은 사물에 일을 기탁하는 것比者 比方于物⋯⋯興者 托事于物"(<모시정의인毛詩正義引>)으로 설명하였다. 그는 비흥의 수법을 세상에 실존하는 사물과의 연관성으로 파악해서, 비는 수사학 가운데 이것으로 저것을 비유하는 방식으로, 흥은 "일으키는 것起也" 즉 "나무와 풀, 새와 짐승 따위에 빗대어 자신의 의사를 드러내는 것草木鳥獸以見意"으로 보았다. 논의는 비록 간단하지만 대단히 함축적이어서 비흥이라는 하나의 예술적 사유와 표현 기법의 특징을 정확하게 갈파한 말이라고 할 수 있다. 정현의 해석은 조금 달라서 그는 "부는 펼치는 것을 말한다. 오늘날의 정치와 교육의 잘잘못을 곧바로 펼쳐 진술하는 방식이다. 비는 오늘날의 실책을 드러내는 것으로, 감히 말로 배척하지 않고 비슷한 것을 취해 말하는 방식이다. 흥은 오늘날의 아름다움을 드러내는 것으로, 아리땁고 아부하는 것을 싫어하지만 좋은 일을 취해 비유하여 권장하는 방식賦之言鋪 直鋪陳今之政敎善惡 比見今之失 不敢斥言 取比類以言之 興見今之美 嫌于媚諛 取善事以喩勸之"(<모시정의인>)으로 풀었다. 이 말에서 부의 특징을 표현 기법상 어떤 사실을 펼쳐 진술하는 것으로 보는 태도는 비교적 실제와 부합하는 경우라고 할 수 있다. 그러나 나머지 해석은 모두 정치·교화敎化·미자美刺와 관련시켰고, 일정한 표현 기법을 가지고 특정 문체의 특징으로 간주하는 태도여서 억지로 끼워 맞췄다는 혐의를 면하기 어렵다. 『모전毛傳』과 『정전鄭箋』에 보이는 『시경』 해석은 작가의 감정을 정직하게 표출한 작품을 가지고 예술적 형상과는 분리시켜 군신부자君臣父子 사이의 일과 유관한 미언대의微言大義(은연중에 큰 뜻이 담겨져 있다는 주장)를 찾고자 하였다. 예컨대 애정시인 <관저關雎>를 "후비가 군자의 덕을 기뻐해서 부른 노래后妃說樂君子之德"라고 보는 방식을 들 수 있다. 이런 태도는 부비흥을 그릇되게 견강부회했던 방식과 직접적으로 관련된다. 때문에 공영달孔穎達(574-648)은 정현이 비흥을 미자로 분류한 방식에 반대하여 "사실 미자는 모두 비흥을 갖추고 있는 것其實美刺俱有比興者也"(『모시정의』)이라고 지적했던 것이다. 그러나 정현은 비흥을 미자풍유美刺諷諭의 높이에 맞춰 이해한 태도는 당나라의 진자앙陳子昻과 백거이 등이 제기한 미자비흥설美刺比興說이 나오는데 선도적인 역할을 하였다.

2. 위진남북조 시대의 견해

위진남북조 시대에 부비흥을 논의한 대표적인 인물로는 지우摯虞와 유협劉勰(465?-520?), 종영鍾嶸(?-518)을 꼽을 수 있다. 지우는 정중의 관점을 계승해서 "부는 부연해서 진술하는 것을 말하고, 비는 비슷한 것으로 비유하는 말이며, 흥은 느낌이 담긴 언사賦者 敷陳之稱也 比者 喻類之言也 興者 有感之辭也"(『예문류취藝文類聚』 권56)라고 보았다. 그는 아울러 한부漢賦의 "감정과 의리를 위주로 하지以情義爲主" 않고 "일의 형상을 근본으로 삼으면서以事形爲本" 굉장하고 사치스러우며 대단히 화려한 작품을 짓는 일만 능사로 삼는 기풍에 대해서도 날카로운 비평을 가했다. 한부가 창작되면서 보여준 부라는 표현 기법은 광범위하게 운용되고 발전하여 하나의 독특한 문체를 형성하기에 이르렀다. 그러나 다른 각도에서 보면 이런 풍조는 궁궐의 아름다운 장관이나 수렵하는 성대한 모습 따위를 상세하게 묘사하고 미사여구로 장식하는 일에만 치중하게 만들어 작품 속에 현실 문제를 점검하는 등의 작가 정신이 결핍되는 현상을 초래하였다. 지우가 한부를 비판한 것은 바로 이런 폐단에 경종을 울리기 위해서였다. 그리고 한부에는 비유적 성격이 강한 문채가 대량으로 사용되었기 때문에 사람들은 쉽게 부와 비는 긴밀한 연관성을 지니고 있는 반면 흥과는 무관한 것이 아닌가 하는 착각을 불러일으키게 만들었다. 때문에 유협은 한부에 대해 언급할 때 "날마다 비만 쓰니 달마다 흥을 잊어버려, 작은 것은 익히고 큰 것은 버려日用乎比 月忘乎興 習小而棄大"(『문심조룡·비흥比興』편), 결과적으로 "비체는 구름처럼 피어오르고 比體雲構" "흥의는 점차 사라져버리게興義銷亡"(『문심조룡·비흥』편)되었다고 통탄하였다. 사실 여기에서 말하는 비는 부 가운데의 비인 것이다. 이러한 원인과 동시에 고대 중국에서는 서정시가 서사시에 비해 더 일찍 발달했기 때문에 사람들은 때로 부는 비흥을 표시한다고 보아 비흥으로써 시의 삼의三義를 개괄할 수도 있다고 여기게 되었다.

유협은 비흥에 대해 서술하면서 일찍이 『모전』과 『정전』이 견강부회한 설명 방식에 영향을 받아 "저구새는 암컷과 수컷이 서로 유별하다. 그래서 후비에 대해 그와 같은 정결한 덕행에 관한 비유를 사용하였다. 시구새는 까치집에 살면서도 마음은 언제나 한결같다. 그래서 부인에 대해 그와 같이 마음의 한결같음에 관한 비유를 쓴 것關雎有別　故后妃方德　鳲鳩貞一　故夫人象義"(『문심조룡·비흥』편)이라는 등등의 의견을 제시하였다. 그러나 그는 동시에 정중의 견해도 계승하여 한 걸음 앞선 관점을 피력할 수 있었다. 그는 "비는 붙이는 것이고, 흥은 일으키는 것이다. 사물의 이치에 맡긴다는 것은 동류끼리 나눠 모아 사물을 지시한다는 뜻이고, 정서를 불러일으킨다는 것은 미세한 마음에 의탁하여 논의를 전개한다는 말이다. 정서가 일어나기 때문에 흥의 정체가 성립되며, 이치를 맡길 수 있기 때문에 비의 수법이 만들어지는 것比者 附也 興者 起也 附理者切類以指事 起情者依微以擬議 起情故興體以立 附理故比例以生"으로 이해하였다. 그리고 비는 "사물을 묘사하면서 뜻을 맡기고, 말을 떨쳐서 사실에 간절할寫物以附意 颺言以切事" 필요가 있다고 보았다. 이는 모두 비흥이 예술적 사유와 표현 기법의 특징이 되는 사실을 개괄한 것이다. 그는 또 "시인에게 있어서 비흥은 사물을 대하면서 두루 관찰하는 것詩人比興 觸物圓覽"이라고 지적하였다. 이 말을 통해 우리는 유협이 비흥이라는 사유와 수법은 반드시 외부의 사물을 관찰하고 촉감한 경험을 기초로 하여야 한다고 이해했던 점을 알게 된다. 이런 견해는 모두 대단히 가치 있는 관점으로 수용할 필요가 있다.

유협 이후에 종영이 부비흥에 대해 논의했는데, 그는 다시 새롭고 다양한 관점을 첨가하였다. 그는 "문장은 다했어도 뜻은 남음이 있는 것이 흥이고, 사물로 인해 뜻을 비유하는 것은 비이며, 사실을 곧바로 기술하여 말을 담고 사물을 묘사하는 것은 부文已盡而意有餘 興也 因物喩志 比也 直書其事 寓言寫物 賦也"라고 생각하였다. 그는 흥의 특징은 "문장은 다했어도 뜻은 남음이 있는 것"으로, 시미詩味 또는 자미滋味(<시품서詩品序>)가 마땅히 있어야 한다고 강조했던 것이다. 그러면서 그는 예술이 지니고 있는 독특한 감화력과 예술적 사유를 표현하는 특성을 연관지었는데, 이러한 입장은 진보적이면서 기존의 전통적인 태도를 극복한 견해였다. 바로 이와 같은 사실 때문에 전통적인 견해를 추종하던 후대의 몇몇 비평가들은 종영의 문학비평사상의 공헌을 승인하지 않고 오히려 비난을 퍼붓기까지 하였다. 예컨대 "비흥을 해설했지만 훈고와는 달랐고 어긋나 있다解比興 又與詁訓殊乖"(황간黃侃의 <문심조룡찰기文心雕龍札記>)거나 "설명이 명백하지 못하다說得不明不白"(여금희黎錦熙의 『수사학·비흥比興』편)는 지적이 그것이다. 우리가 특별히 관심을 두어야 할 사실은 종영은 부비흥 3

의는 각기 다른 특징과 장점이 있기 때문에 함부로 쪼개어 다루거나 운용해서는 안 된다는 점을 확실하게 인식했던 점이다. 그는 "만약 오로지 비흥만 쓴다면 걱정은 뜻이 심각해지는 데 있다. 뜻이 심각해지면 문맥의 흐름에 차질을 빚을 것이다. 만약 단지 부체만 쓰게 되면 걱정은 뜻이 떠버리는 데 있다. 뜻이 떠버리면 문장은 산만해질 것이다. 유동적이고 변화가 매끄러운 글을 짓는데 골몰하면 문장에는 돌아가 머무는 맛은 없어지고 거칠고 번잡한 폐단만 남게 될 것若專用比興 患在意深 意深則詞躓 若但用賦體 患在意浮 意浮則文散 嬉成流移 文無止泊 有蕪漫之累矣"이라고 경고하였다. 이 때문에 그는 부비흥 세 가지가 지닌 장점을 두루 갖출 것을 요구하면서 "이 3의를 넓혀서 적절하게 사용하고 풍력으로 조절하는 한 편 문채로 윤색하여, 맛보는 이로 하여금 한계가 없게 하고 듣는 이로 하여금 마음을 움직이게 만든다면, 이것이 시의 궁극적인 경지라고 할 수 있다.闊斯三義 酌而用之 干之以風力 潤之以丹彩 使味之者無極 聞之者動心 是詩之至也"(<시품서>)고 말했다. 그는 진정한 좋은 시는 단순히 비흥만을 써서 "뜻이 깊어져서意深" 내용을 난삽하게 만들지도 않고, 부법賦法만을 구사해서 "뜻을 옅게 드러내거나意淺" 거칠고 얽매이게 하지도 않으며, 다만 이 세 가지의 장점을 고루 취해서 감정을 적절하게 조절하여 비로소 사람을 감동시켜 "맛보는 사람들로 하여금 다함이 없도록 만드는使味之者無極" 데 있다고 인식하였다. 종영의 이러한 관점은 의심할 여지없이 정확한 판단이다. 시를 지을 때 정황을 선명하게 묘사하여 독자들이 제대로 이해하도록 만들기 위해서는 부의 수법을 사용하지 않을 수 없는 일이고, 시가가 작자의 정서를 표출하고 상상력을 자유롭게 구사하면서 독자에게 감동을 주고 읽을수록 더욱 참 맛이 드러나게 하려면 비흥의 수법을 사용하지 않을 수 없는 법이다. 종영이 "이 3의를 넓혀 적절하게 사용하여" "문장은 이미 다했어도 뜻은 남음이 있다"고 본 관점은 시가를 창작할 때 요구

되는 예술상의 규율과도 부합하는 생각일 뿐 아니라 후대의 시론가
들에게 적지 않은 영향을 준 부분이기도 하다.

3. 당송 시대의 논의

당나라 때의 비평가들이 부비흥에 대해 진술한 논의에도 새롭게
발전한 부분이 있다. 그들은 이 문제를 표현 기법으로서만이 아니라
미자풍유하는 내용상의 문제로까지 확장하였다. 이 점은 정현의 견해
를 계승한 부분이다. 그러나 정현은 정치와 교육에 있어서의 미자를
강조하여 비흥의 본질을 『시경』 작품에 견강부회한 한계가 있는 반
면, 당나라 문인들은 비흥의 개념을 근거로 자신의 창작적 입장을 표
현하면서 시가는 마땅히 미자풍유하는 효과를 발휘해야 한다고 강조
하였다. 이런 진술에서 우리는 억지로 짜맞춘 듯한 혐의를 찾을 수
없다. 유협과 종영도 비흥을 논하면서 때로 내용상의 문제를 언급하
기도 하였다. 예컨대 유협이 말한 "시가 풍자하는 방식이 사라지자
흥의 기법도 없어지고 말았다詩刺道喪 故興義銷亡"(『문심조룡·비흥』
편)는 주장이나 종영이 말한 "흥이 기탁된 것이 기이하지 않다.興托不
奇"거나 "기탁된 비유가 맑고 멀다.托諭淸遠"(『시품詩品』 중)고 한 말
이 그것이다. 당나라 때의 비평가들은 한 걸음 더 나아가 비흥을 흥
기興寄로 불렀다. 진자앙陳子昻(656-698)은 제량齊梁 시대의 시풍에 대해
평가하면서 "문채가 화려하여 다투어 번성했지만 흥기는 모두 뛰어
났다采麗競繁 而興寄都絶"(＜수죽편서修竹篇序＞)고 했고, 원진元稹
(779-831)은 당나라 초기의 "심전기沈佺期(656?-713?)와 송지문宋之問
(650?-712)에게는 흥이 담겨져 있지 않았지만沈·宋之不存寄興"(＜서시
기낙천서敍詩寄樂天書＞) 자신의 작품에는 "조금씩 흥기가 담기고 있다
稍存興寄"(＜진시장進詩狀＞)고 했는데, 여기서 말한 흥기는 바로 비흥
을 일컫는 용어였다. 진자앙은 또 "무릇 시는 비흥이 있어야 하니 말

하지 않고 어떻게 드러내겠는가?夫詩可以比興也 不言曷著”(<희마참군상우취가서喜(嘉)馬參軍相遇醉歌序>)라 했고, 은번殷璠도 제량 시대의 시풍을 평가하면서 “이치는 부족해도 말은 항상 넉넉했는데, 모두 비흥은 없고 가볍고 아름다운 것만 귀하게 여겼다理則不足 言常有餘 都無比興 但貴輕艶”(<하악영령집서河岳英靈集序>)고 했는데, 여기서 말한 비흥도 바로 흥기와 같다. 이를 통해 당나라 문인들이 논한 비흥의 대부분은 미자풍유라는 관점에 근거를 둔 사실을 알 수 있다. 유종원柳宗元(773-819)은 “풍유를 이끌어 떨친 것은 비흥에 근본을 둔 것이었다導揚諷諭 本乎比興者也”(<양평사문집후서楊評事文集後序>)고 명확하게 지적하였고, 심지어 백거이白居易(772-846)는 미자흥비美刺興比를 한 단어로 묶어 사용하기도 하였다. 그는 <여원구서與元九書>에서 “무릇 가고 느낀 것 가운데 미자비흥과 관련된 작품은……일컬어 풍유시라고 불렀다.凡所適所感 關于美刺比興者……謂之諷諭詩”고 하였다. 그들은 흥기 또는 비흥을 들어 시는 사회적 내용을 반드시 확보해야 하며, 사회적 기능을 발휘해야 한다고 강조했는데, 이런 주장은 당시唐詩가 긍정적인 발전을 하도록 유도하는 등 적극적인 영향을 끼쳤다.

송나라의 학자들은 부비흥에 대해 비교적 깊은 연구를 진행하였다. 구양수歐陽修(1007-1072)는 <시본의詩本義>에서, 정초鄭樵는 <시변망詩辨妄>에서 각각 한나라의 문인 학자들이 보여준 해석 방식에 대해 비판을 가하였다. 특히 주의할 만한 업적은 이중몽李仲蒙과 주희朱熹(1130-1200)의 해석인데, 두 사람의 성과는 후세에 대단한 영향력을 발휘하였다. 이중몽은 “사물을 서술해 감정을 말하는 것을 일러 부라 하는데, 감정과 사물이 모두 남김없이 드러난다. 적당한 사물을 찾아 감정을 의탁한 것을 일러 비라 하는데, 감정이 사물에 덧붙는 것이다. 사물에 감촉되어 감정을 일으키는 것을 일러 흥이라 하는데, 사물이 감정을 움직이게 한 것敍物以言情謂之賦 情物盡者也 索物以托情謂之

比 情附物者也 觸物以起情謂之興 物動情者也"(호인胡寅의 『비연집斐然集・여이숙이서與李叔易書』)이라고 보았다. 그는 서물敍物・색물索物・촉물觸物이라는 각도에서 부・비・흥을 구별하였다. 이른바 서물은 "사실을 펼쳐 진술하는鋪陳其事" 차원의 문제일 뿐만 아니라 반드시 언정言情과 결합되어야 하는데, 작가의 감정과 객관적 물상의 표현은 조화롭게 운치를 다해야 더욱 오묘해지고 닮아간다는 말과 같다. 이는 전통적인 관점에서 괄목할 만한 진보를 이룩한 태도인데, 시가 창작은 부라는 표현 수법과 부합해야 한다는 주장으로, 후세 학자들이 부를 연구하는 데 크나큰 영향을 주었다. 그리 많지 않은 고대의 서사시 가운데에도 이런 예가 발견된다. 예컨대 1745자에 달하는 서사시 <공작동남비孔雀東南飛>는 발단인 "공작새는 동남으로 날아다니며, 5리마다 한 번씩 배회한다.孔雀東南飛 五里一徘徊"는 구절을 제외하고 작품 전체가 부체로 이루어져 있다. 서술에 있어서도 오묘하고 현실감이 넘쳐흘러 작중 인물들의 영혼이 살아 숨쉬는 듯한데, 심덕잠沈德潛(1673-1769)이 지적한 깃처럼 "원기가 흘리 넘치고 반복이 거듭 이어지면서 십수 명의 사람들의 대화가 뒤섞여 각자 그들의 음성과 외모에 어울렸으니 어찌 뛰어난 공장이의 필치가 아니겠는가!淋淋漓漓 反反覆覆 雜述十數人口中語 而各肖其聲音面目 豈非化工之筆"(『고시원古詩源』) 그 후 북조北朝 시대의 <목란시木蘭詩>와 두보杜甫(712-770)의 <석호리石壕吏>, 백거이의 <매탄옹賣炭翁> 등에도 모두 부의 용법을 써서 유사한 특징을 실현하였다. 그리고 색물은 물상을 찾아 선별하여 감정에 기탁하는 것인데, 반드시 비유를 통해 작가의 심각하고 진지한 감정을 담아야 한다. 이러한 비의 수법은 자연스럽게 예술적인 감동을 갖추게 되었고, 한부漢賦와 같이 각종 비유적인 사조詞藻를 쌓아 대구법을 거듭 활용하는 기법에서는 찾을 수 없는 정취를 느끼게 만들었다. 이어서 촉물은 바깥 세계의 사물과 접촉하여 작가의 주관적인 감정의 충동을 불러 일으키는 기법이다. 매요신

梅堯臣(1002-1060)은 "일로 인해 격양된 바 있고, 사물로 인해 일어나 통하며因事有所激 因物興以通" "세태에 분해 하고 사악함을 질시하는 뜻은 초목과 벌레에게 기탁하였다.憤世嫉邪意 寄在草木蟲"(<답한삼자화한오지국한육옥여견증술시答韓三子華韓五持國韓六玉汝見贈述詩>)고 말했는데, 외물에 의해 격발되어 정서가 일어나기 때문에 감정이 묘사하고 있는 물상 가운데 침투되고 기탁되는 것이다. 이중몽의 부비흥에 대한 해석은 그보다 앞서 나온 수많은 견해에 비해 한 걸음 발전한 것이다. 그의 이러한 논점은 나중에 남송 때의 학자 왕응린王應麟의 『곤학기문困學紀聞』과 명나라 왕세정王世貞(1526-1590)의 『예원치언藝苑卮言』, 양신楊愼(1488-1559)의 『승암시화升庵詩話』 등의 저작에서도 거듭 등장하였는데, 후인들의 견해는 대부분 그의 관점을 인용하거나 변형한 것으로 새로운 입장의 창출은 거의 없었다.

주희가 부비흥을 해석한 태도는 "부는 사실을 부연하여 진술하고 곧바로 말하는 것이고賦者 敷陳其事而直言之者也" "비는 저것으로 이것을 비유하는 것이며比者 以彼物比此物也" "흥은 먼저 다른 상황을 말하고 음영하려는 것을 이끌어내는 작품이라는興者 先言他物以引起所詠之詞也"(『시집전詩集傳』) 등으로 기술되었다. 이것은 황철黃徹이 말한 "부는 사실을 펼쳐 진술하는 것이고, 비는 사물을 끌어들여 유사한 것과 연결하는 것이며, 흥은 사실로 인해 정서를 감발시키는 것賦者 鋪陳其事 比者 引物連類 興者 因事感發"(『시인옥설詩人玉屑』에 보임)이라는 주장과 기본적으로 동일하다. 주희는 비록 비교적 정확하게 부비흥이 표현 기법이 되는 기본적인 증거를 제시했지만, 그의 개괄은 이중몽의 해석이 문학 창작의 실제와 완연히 부합되는 것만은 못하다. 그의 설명이 후세 연구자들에게 큰 영향을 끼친 원인은 주로 그의 사상과 학설이 봉건 시대 후기 통치자들의 절대적인 지지를 받았기 때문이었다. 주희는 비록 한나라 때의 유학자들이 『시경』에 대해 해설한 몇몇 낙후한 관점에 비판을 가하기는 했지만, 자신의 시론 역시 미언대의微言大義라는 보수적인 입장을 털어 버리진 못했다. 예컨대 『시집전』에서 <관저>에 대해 주석을 달면서 그는 이 작품은 "흥이다.興也" 라고 한 뒤, "주나라의 문왕은 태어나면서부터 성덕이 있었는데, 또 성녀인 사씨를 얻어 배필로 맞이하였다. 궁중에 있던 사람들이 그녀가 처음 왔을 때 그녀에게 그윽하고 아름답고 정결하며 조용한 기품이 있는 것을 보고 이 시를 지었던 것이다. 저 꽉꽉 우는 관저 새는 바로 서로 모래톱에서 화목하게 우는 것을 말한 것이니, 이 요조한 숙녀가 어찌 군자의 좋은 배필이 아니겠는가? 서로 화목하게 즐기며 공경을 다하는 모습은 또한 관저 새가 애정을 도탑게 나누면서도 서로 구별이 있는 것을 말한 것이다. 후세에 무릇 흥에 대해 말하는 이는 모두 문장의 뜻을 이것에서 모방하였다.周之文王生有聖德 又得聖女姒氏以爲之配 宮中之人于其始至 見其有幽閑貞靜之德 故作是詩 言彼關關然之雎鳩 則相與和鳴于河洲之上矣 此窈窕之淑女 則豈非君子之善匹乎 言其相與和樂而恭敬 亦若雎鳩之情摯而有別也 後凡言興者 其文意皆放(倣)此云"고 길게 설명하였다. 이같이 <관저>에 나타난 흥의 의미를 분석한 것은 그가 명백하게 <시대서>와 『모전』『정전』에서 보여준 견강부회식의 설명 방법으로부터 영향을 받은 사실을 증명한다. 더구나 그에게는 종영과 같이 3의가 창작 활동 가운데 빠질 수 없는 상호 작용을 한다는 사실에도 주의를 기울이지 않았다. 그러면서 극단적으로 한 작품을 가지고 이것은 부이고, 비이고, 흥이라는 식의 재단 비평을 거침없이 전개하였다. 심지어 그는 『초사楚辭』에도 이러한 분석을 가해 결과적으로 생경하고 도식적인 답안을 작성하여 후세 평자들의 비난거리를 제공하였다. 예컨대 진정작陳廷焯은 『백우재사화白雨齋詞話』에서 "풍시 3백 편에 대해……후세 사람들이 일을 억지로 꿰맞춰 억측을 일삼아 비·흥·부라는 이름으로 연결시켰기 때문에 『시경』의 본뜻은 더욱 희미해져 버렸다. 주자의 경우 『초사』 조차도 장을 나누어 비·흥·부로 연결시켰으니, 더

욱 말할 가치조차 없다.風詩三百……後人强事臆測 系以比・興・賦之
名 而詩義轉晦 子朱子于楚辭 亦分章而系以比・興・賦 尤屬無謂”고
말했다.

여기서 반드시 지적해야 할 사항은 이렇게 시작품의 구체적인 예
술 형상과 배리된 채 형상 이외의 것, 이른바 군신이나 부자, 부부 사
이의 미언대의를 탐구하려는 태도는 송나라와 그 이후에는 비교적
보편적인 해석이 되었다는 사실이다. 황정견黃庭堅(1045-1105)은 일찍이
송나라의 문인들이 두보의 시를 억측을 펼쳐 견강부회한 현상에 대
해 예리한 비평을 가하였다. 그는 “저 견강부회하기를 좋아하는 이들
은 큰 뜻은 버려버리고 만나는 바 자연의 인물이나 풀과 나무, 벌레
와 고기 따위에서 흥을 취하고 등장하는 사물마다 기탁한 숨은 뜻이
있다고 여기고 있다. 세상에서 감추어진 말을 헤아리는 자들은 바로
두보의 시를 땅에 내팽개치는 짓을 한 것彼喜穿鑿者 棄其大旨 取其
興于所遇林泉人物・草木蟲魚者 以爲物物皆有所托 如世間商度隱語者
則子美之詩委地矣”(『대아당기大雅堂紀』)이라고 평가하였다. 남송 때의
문인 호자胡仔가 쓴 『초계어은총화茗溪漁隱叢話』에도 이 문제에 대한
논의가 적지 않게 실려 있다. 시를 설명하는 경우 외에도 사詞를 설명
할 때에도 같은 방식이 나왔다. 청나라 때 상주사파常州詞派의 사론詞
論에도 이러한 문제점들이 보인다. 주제周濟가 사를 논하면서 제시한
몇몇 관점도 이런 이유 때문에 왕국유王國維(1877-1927)의 비판을 받았
다. 청나라의 통치자들은 심지어 이처럼 비유를 분석해서 견강부회하
는 방식에 대해 거듭 문자옥文字獄을 일으켜 엄청나게 비극적인 결과
를 초래하기도 하였다.

4. 명청 시대의 연구

명청 시대에 이루어진 부비흥에 대한 연구 가운데 주목할 만한 성

과는 명나라의 이몽양李夢陽(1472-1529)과 청나라의 주제의 것이다. 명나라 전칠자前七子의 영도자인 이몽양은 왕숙무王叔武의 말을 인용해서 "시에는 6의가 있는데 비흥이 요점이다. 무릇 문인과 학자들은 비흥한 작품은 부족하고 직서하고 진솔한 성향이 강한 것은 무엇 때문인가? 정서는 부족하고 작품을 공교롭게 하려는 경향이 강한 데서 나온 결과다. 무릇 시정의 어리석은 사람들에게 문장다운 글은 없지만 내지르고 외치며 토하고 읊조리는 것들은 가다가 소곤거리고 앉아 노래하며, 먹으며 끌끌차고 자면서 탄식한 작품이다. 여기서 노래하면 저기서 화답하는데, 비흥이 아닌 것이 없고 정서가 토로되지 않은 것이 없다. 이에 족히 의를 볼 수 있다詩有六義 比興要焉 夫文人學子 比興寡而直率多 何也 出于情寡而工于詞多也 夫途巷蠢蠢之夫 固無文也 乃其謳也 咢也 呻也 吟也 行咕而坐歌 食咄而寤嗟 此唱而彼和 無不有比焉·興焉 無非其情焉 斯足以觀義矣"(<시집자서詩集自序>)고 말했다. 참된 감정과 현실 감각이 없는 작품이 유행처럼 쏟아지던 현실 속에서 이몽양은 비록 의고주의擬古主義를 표방하긴 했지만 그는 비흥은 참된 정서로부터 출발하고, 참된 시는 민간에 있다고 지적하였다. 이는 정통 시문은 민가民歌에서 배워야 한다는 주장이다. 이러한 견해는 정당하다고 평가할 수 있다. 청나라의 주제는 비흥을 사론에 이용하여 "기탁한 것이 아니면 넣지를 말고, 오로지 기탁만 한 것도 내놓지 않는다.非寄托不入 專寄托不出"(『개존재논사잡저介存齋論詞雜著』)는 유명한 이론을 제출하였다. 기탁은 비흥이라는 예술적 사유와 표현 기법이 창작하는 과정에서 운용되는 형태다. 작가가 작품을 쓸 때 기탁이 없을 수 없지만 그렇다고 억지로 기탁을 추구할 수도 없는데, 현실은 그렇지 않다는 말은 작품의 감화력에 영향을 주게 된다는 지적이다. 이 견해 역시 비교적 정확한 것이다. 이 밖에도 왕부지王夫之(1619-1692)가 말한 "흥은 의식할 듯 말 듯한 사이에 있고, 비 또한 새겨 담을 수는 없다.興在有意無意之間 比亦不容雕刻"(『강재시화薑齋

詩話』)는 지적 역시 비흥은 자연스럽게 작품 속에 수용되어야 함을 강조한 것이다. 진계원陳啓源이 말한 "때문에 반드시 사물을 철저하게 이해하고 방법에 대한 이치에 밝은 뒤에야 흥에 대해 말할 수 있다. 故必硏窮物理方可與言興"(『모시계고편毛詩稽古編』)는 지적도 다양한 생활 경험을 통해 비흥에 대한 충분한 훈련이 필요함을 강조한 것이다. 심상룡沈祥龍은 흥은 "풍경을 빌어 감정을 끌어들인 것借景以引其情"이고, 비는 "물건을 빌어 그 뜻을 담은 것借物以寓其意"으로 이해하면서, "비흥이 상보적으로 진술되기를比興相陳"(『논사수필論詞隨筆』) 요구하였다. 이것은 비흥은 예술적 묘사가 이루어지면서 감정과 풍경이 결합되어야 한다는 말이다. 그러나 이러한 설명은 대부분이 비교적 짜임새가 부족해서 특별히 주목할 만한 가치가 있는 견해를 담고 있지는 못하다. 전문적인 연구 저작으로는 진항陳沆(1785-1825)의 『시비흥전詩比興箋』과 요제항姚際恒의 『시경통론詩經通論』이 있는데, 다른 저작에 비해 비교적 새로운 견해가 표명되어 있다.

결론적으로 말해서, 부비흥에 관한 연구는 시를 설명하기 위해 억지로 견강부회한 부정적인 영향을 제외하고도 다음과 같은 긍정적인 의의를 찾을 수 있다. 첫째 오랜 기간에 걸친 연구와 검토를 통해 이러한 표현 방법에는 각자의 특징이 있다는 사실을 인식하게 만들었을 뿐만 아니라 이들이 문학을 창작하는 과정 중에도 서로 작용하고 영향을 준다는 점이다. 둘째 폭넓은 생활 경험과 진지한 감정, 형상화하는 표현 문제 등등에 이들이 중요하다는 사실에서 출발하여 문맥 밖에 담겨 있는 작품의 맛이 독자들에게 강렬한 미학적 감동을 준다는 점을 인식했다는 것이다. 이렇게 부비흥이라는 예술적 사유와 표현 방식에 관한 이론적 인식은 시대가 흐르면서 더욱 풍부해지고 구체적으로 실현되었는데, 그것은 그대로 문학 창작에 반영되었다. 문학 창작상의 규율을 인식한 논의들은 고대 중국의 문학이론을 대단히 풍부하게 만드는 데 큰 기여를 하였다.

■ 시의 본령에 대해 논하다 (詩者志之所之也)

시란 뜻이 가는 곳, 즉 시란 뜻을 담는 도구라는 말로, 원래『시경』의 첫 작품인 <관저>에 첨가되어 있는 서문에 나오는 말이다. 보통 사람들은 이 서문을 <관저>란 작품 하나에 대한 글로만 국한하지 않고『시경』전체의 성격을 규정한 글로 본다. 이 글의 저자에 대해서는 논란이 많지만, 일반적으로 알려져 있기는 공자孔子(전552-전479)의 제자인 자하子夏(이름은 복상卜商)가 지었다고 한다. <시대서>라 부르기도 하고, <모시서毛詩序>라고도 한다.

<시대서>는 고대에 문학 이론에 대해 논의한 대표적인 글 가운데 하나다. 한나라 때『시경』을 이어받은 사람들로는 노魯(신공申公이 전함)·제齊(한고생韓固生이 전함)·한韓(한영韓嬰이 전함) 등 삼가의 학설이 있었다. 이들은 모두 학관學官을 가지고 있었지만, 삼가의 시는 이후 모두 없어지고, 유일하게 모장毛萇이 전한『시경』만 명맥이 이어져 전해지게 되었다. 그 중 가장 앞에 실린 <관저>에 붙은 서문의 일부분(풍풍야風風也에서 마지막 구절까지)은 <시대서>로 불린다. 더 앞 부분은 <관저> 한 작품에 대해 붙인 <소서小序>에 해당한다. <시대서>의 작자에 대해서는 아직도 논란이 그치지 않고 있는데, 자하라 하기도 하고, 후한 때의 위굉衛宏으로 보기도 한다.

<시대서>는 중국 최초의 시론이다. 여기에는 시가의 내용과 성질, 체재, 표현 방식과 사회적 효용 문제 등에 대한 논의가 실려 있어서, 초기 유가 문학 사상의 집대성이라고 할 수 있다. 시가는 뜻을 말하고 서정을 담은 특징이 있다고 지적하고 있는데, 이른바 시자지지소지야나 발호정 지호예의란 진술이 그것이다. 이어 시가가 사회 상황이나 정치의 득실과 어떤 관련이 있는지 설명하고 있다. 치세지음治世之音부터 기민곤其民困까지가 그 부분이다. 시가는 교화를 강화시켜주고 풍속을 바로잡는 데 큰 영향을 끼친다는 것이다. <시대서>에는 6

의라 해서 풍·아·송·부·비·흥을 말하고 있다. 이것은 『시경』의 체제와 수사법에 대해 치밀한 분류를 시도한 결과 나온 이론이다. 비흥의 수법은 그 후 유협劉勰과 진자앙陳子昻, 이백李白, 백거이白居易 등에 의해 리얼리즘 문학 이론의 핵심적인 논거로 발전하였다. <시대서>는 후대에 대단히 광범위한 영향력을 행사해서, 고문부흥운동이나 시가혁신운동 등에도 추동적인 역할을 하였다. 그러나 발호정 지호예의라는 관점은 후대 작가들의 상상력에 손발을 묶는 좋지 못한 영향도 끼쳤다.

■ 문예 창작의 원리를 밝히다 (發乎情 止乎禮義)

감정에 바탕하여 나와 예의에서 머문다. 유가가 시가를 창작하고 비평할 때 견지해야 할 자세로 내세운 이념. 이 말은 <시대서詩大序>(<모대서毛大序>라고도 함)에 나온다.

"때문에 변풍은 감정에 바탕하여 나와서 예의에서 머무는 것이다. 감정에 바탕하여 나오는 것은 백성의 본성이고, 예의에서 그치는 것은 선왕의 은택이다.故變風發乎情 止乎禮義 發乎情 民之性也 止乎禮義 先王之澤也"

이 글 속의 발호정 지호예의는 비록 변풍에 대해 말한 것이지만, 시가 내지 예술에 대한 보편적인 요구로도 볼 수 있다. 이른바 변풍은 『시경』가운데 서주西周가 차츰 쇠약해지는 사실을 반영한 작품을 가리키는데, <시대서>에서 말한 "어지러운 시대의 소리亂世之音"를 뜻한다. <시대서>의 작자는 이들 작품이 비록 백성들의 감정으로 말미암아 나온 것이지만, 유가의 예의 규범에 위배되지 않는다고 보았던 것이다. 이것이 바로 이 용어의 실질적인 의미라고 할 수 있다. 여기서 <시대서>의 작자는 시가의 서정적인 특징을 긍정하는 한편, 그 감정도 봉건 시대의 정치 윤리 도덕의 규범과 호응하여 사람의 성정이 예의를 넘어서는 일은 없어야 한다는 기준을 세웠던 것이다. 이를 바탕으로 서정과 언지言志를 융합하여 마침내 유가의 시가 이론을 정립시키게 되었다.

이 관점의 가치와 영향에 대해 청나라의 기윤紀昀(1724-1805)은 일찍이 <설림시초서雪林詩鈔序>에서 이렇게 지적하였다.

"<대서> 한 편은 확실히 그대로 전수된 것으로, 다른 작품의 <소서>들과는 다르다. 왜냐하면 경전의 스승들이 거듭거듭 증가함이 있었기 때문이다. 그 가운데 발호정 지호예의 두 구절은 풍아의 큰 원리를 탐구한 것이다. 후세 사람들이 각자 한 가지씩 의리를 밝혀서 점차 그 으뜸을 잃고 말았다. 그 하나는 예의에서 그칠 줄 알았으면 감정에서 피었 나올 필요는 없는 것이다. 이것이 흘러 김인산의 염락 풍아라는 한 파를 만들어 엄우의 무리로 하여금 격발되어 이치의 길로 흐르지 않게 하고 말을 설명하는 논의에 떨어지지 않게 하였다. 또 하나는 감정에 바탕하여 나오는 줄 알았으면 예의에서 멈출 필요는 없는 것이다. 육평원의 연정(감정에서 연유한다) 한 마디가 갈림길로 들어서면서부터 그 탐구는 그림 그리듯 횡으로만 진술하여 성실하지 못한 태도가 이미 극에 이르렀도다!大序一篇 確有授受 不比諸篇小序 爲經師遞有增加 其中發乎情 止乎禮義二語 實探風雅之大原 後人各明一義 漸失其宗 一則知止乎禮義而不必發乎情 流而爲金仁山濂洛風雅一派 使嚴滄浪輩激而不流理路 不落言詮之論 一則知發乎情而不必止乎禮義 自陸平原緣情一語引入岐途 其究乃至于繪畫橫陳 不誠已甚歟"

기윤의 이러한 인식 태도도 다소 편파적이긴 하지만, 그 가운데에서도 <시대서>가 말한 발호정 지호예의의 관점이 후대에 끼친 영향의 한 양상을 상상할 수 있다.

노자(老子)

노자는 춘추시대 말기의 사상가로, 도가道家의 창시자다. 성은 이李씨이고, 이름은 이耳며, 자는 담聃이다. 초나라 고현苦縣(하남성 녹읍鹿邑) 출신이라고 한다. 생존 사실이 불명확하며, 따라서 생존연대도 공자孔子보다 이르다는 설과 공자보다 100년 늦게 태어났다는 설 등으로 분분하다. 무위자연의 도를 내세웠으며 장자莊子가 이를 계승한 뒤 두 사람의 사상을 합쳐 노장사상老莊思想이라고 한다. 도교道敎와 그의 사상과는 거리가 있지만 훗날 도사道士들이 이에 기탁하여 자신들의 학설을 폈다. 『도덕경道德經』(일명 老子)은 후세 사람이 그의 사상과 논의를 정리한 책이다.

■ 예술적 아름다움의 실체를 논하다 (大音希聲)

중국 고대 문학 이론 가운데 미학상 관념의 하나로, 노자가 처음 제시하였다. 이 말은 『도덕경道德經』에 보인다.

"큰 네모는 귀퉁이가 없으며, 큰그릇은 더디게 만들어진다. 큰 소리는 소리가 들리지 않으며, 큰 형상은 모양이 없다.大方無隅 大器晚成 大音希聲 大象無形"

이 글의 주석에 "들어도 들리지 않는 것을 일러 희라 한다.聽之不聞名曰希"는 말이 있다. 왕필王弼(226-249)은 주에서 "큰 소리는 능히 들을 수 없는 소리다. 소리가 있으면 즉 구분이 있고, 구분이 있으면 즉 궁음이 아니면 상음이다. 구분하면 능히 모든 것을 통제할 수 없으니, 때문에 소리가 있는 것은 큰 소리가 아니다.大音 不可得聞之音也 有聲則有分 有分則不宮而商矣 分則不能統衆 故有聲者非大音也"(『왕필집교석王弼集校釋』)라고 하였다. 중衆은 전체를 말하고 분分은 부분을 말한다. 사람이 듣는 궁음이나 상음 따위는 모두 부분일 뿐이지 전체는 아니다. 이 말의 뜻은 구체적이고 부분적인 소리의 아름다움은 소리의 자연스럽고 온전한 아름다움을 해친다는 것이다. 노자는 가장 아름다운 음악은 자연스럽고 온전한 소리의 아름다움이며 인위적이고 부분적인 아름다움이 아니라고 보았다. 이는 그가 말한 "도를 말할 수 있으면 도가 아니고 이름을 이름지을 수 있으면 이름이 아니다.道可道 非常道 名可名 非常名"(『도덕경』)는 견해와 일치하고, 나아가 "행함이 없어도 저절로 조화한다.無爲自化"(『사기・노장신한열전 老莊申韓列傳』)는 사상과도 완전히 일치하는 것이다.

노자를 이어서 장자莊子가 이 관점을 발전시켰다. 그의 <제물론齊物論>에 보면 그는 소리의 아름다움을 세 가지로 분류해 인뢰人籟와 지뢰地籟, 천뢰天籟가 있다고 하였다. "인뢰는 대나무로 만든 악기에 비교할 수 있다.人籟則比竹是已"고 하면서 퉁소나 피리 같은 무리인데, 하등에 속한다. "지뢰는 모든 구멍에서 내는 것으로地籟則衆竅是已" 바람이 바위 구멍을 지나면서 내는 소리인데, 중등에 속한다. 천뢰는 "대체로 만 가지 부는 것이 각기 다르지만 그것들로 하여금 저절로 불어내게 하는 것이다. 모든 것이 스스로 불어내지만 성내게 하는 것은 누구인가?夫吹萬不同 而使其自己也 咸其自取 怒者其誰邪"라고 하였다. 결연히 저절로 나는 자연의 소리가 바로 상등인 것이다. <천운天運>편에서 장자는 천뢰의 특징을 이렇게 부연 설명한다. "들어도 그 소리를 들을 수 없고 보아도 그 형체를 볼 수 없지만 천지에 가득 차 있고 육극을 감싸고 있다.聽之不聞其聲 視之不見其形 充滿天地 苞裹六極" 곽상郭象(?-?)은 이에 대해 "이것이 바로 즐거움이 없는 즐거움으로 즐거움의 극치此乃無樂之樂 樂之至也"라고 주석하였다. 이것이 바로 실제로 노자가 주장한 대음희성이다. 때문에 <제물론>에서 장자는 다시 "이루고 무너짐이 있었기 때문에 소문昭文이 거문고를 연주한 것이며, 이루고 무너짐이 없기 때문에 소문이 거문고를 연주하지 않았다.有成與虧 故昭氏之鼓琴也 無成與虧 故昭氏之不鼓琴也”고 하였다. 왕선겸王先謙(1842-1917)은 이에 대해 해설을 달아 “상음을 치면 각성을 잃고 궁성을 치면 치성을 잃는다. 두고 연주하지 않아 5음이 저절로 온전히 있는 것만 못하다. 이것은 정을 두어 도에서 어그러지고, 지혜를 잊어 참과 합치되는 것과 같다.鼓商則喪角 揮宮則失徵 未若置而不鼓 五音自全 亦猶存情所以乖道 忘智所以合眞者也”고 하였다. 그 뜻은 모두 부분적이고 유한한 소리와 음악이 자연스럽고 온전한 아름다운 소리를 파괴하거나 대체하는 것을 반대하는 데 있다.

노자와 장자가 이렇게 자연스럽고 온전한 아름다움을 제창하자 후대에 이에 영향을 받은 사람들이 많이 나왔다. 이런 영향은 문학가나 예술가들이 자연스럽고 하늘이 성취한 경지를 숭상하고 조탁이나 퇴고를 일삼지 않는 예술 세계를 만들어내게 하였다. 종영鍾嶸(466?-518)이 <시품서詩品序>에서 자연과 진미眞美를 주장한 것이나, 원결元結(723-772)이 <정사락씨訂司樂氏>에서 높이 평가한 자연스럽고 “소리를 온전히 지킨全聲” 아름다움을 숭상한 것, 사공도司空圖(837-908)가 <여이생논시서與李生論詩序>에서 “미를 온전히 하는 것으로 공교로움을 삼는다.以全美爲工”는 주장이 그것이다. 아울러 서문장徐文長이 <증성옹서贈成翁序>에서 말한 “참됨이란 거짓의 반대이다. 때문에 다섯 맛은 반드시 담담해야 이 참됨을 먹은 것이라 할 수 있다. 다섯 소리는 반드시 들어도 들리지 않아야 이 참됨을 들은 것이라고 할 수 있다. 또 다섯 빛깔은 반드시 화려하지 않아야 이 참됨을 본 것이라고 할 수 있다.夫眞者 假之反也 故五味必淡 食斯眞矣 五聲必希 聽斯眞矣 五色不華 視斯眞矣”는 주장과 유조성兪兆晟이 <어양시화서漁洋詩話序>에서 말한 “대음희성으로 지나치고 음란하며 꽉 막힌 습관을 고칠 수 있다.以大音希聲 藥淫哇錮習”는 말도 모두 같은 영향을 받은 견해이다. 고대 화론畵論에서도 이와 비슷한 주장을 적지 않게 찾을 수 있다.

그러나 음악과 시문의 성률聲律 문제에 대해서는 유와 무가 서로 생성시키고(有無相生), 유성과 무성은 상반되지만 서로를 이루며, 상호 비교되어 존재하고, 상보적인 관계에 서서 더욱 빛난다고 하였다. 백거이白居易(772-846)는 <비파행琵琶行>에서 말한 "이 때 무성이 유성을 이겼다.此時無聲勝有聲"는 언급도 노장이 주장한 대음희성의 논리에 접근한 것이다. 그러나 그 앞에 "따르륵 달각달각 여러 소리가 뒤섞이고, 큰 구슬 작은 구슬이 옥 소반 위로 떨어진다.嘈嘈切切錯雜彈 大珠小珠落玉盤"는 유성有聲이 없었다면 일정한 조건 아래에서 "이 때 무성이 유성을 이겼다."는 사실도 존재할 수 없을 것이다. 때문에 이덕유李德裕(787-850)는 <문장론文章論>에서 "지금 문장은 현악기나 관악기, 북 치는 소리와 같아 리듬을 재촉하기 바쁘니 성률이 폐단이 된 것이 심함을 알 수 있다.今文如絲竹鞞鼓 迫于促節 則知聲律之爲弊也甚矣"고 비판하는 동시에 "현악기와 관악기가 어우러져 연주되면 반드시 희성의 그윽하고 아득한 맛이 있을 것이고, 그것을 듣는 사람 역시 기뻐할 것이다. 마치 냇물이 급히 흐르면 반드시 돌고 구비구비 소용돌이치는 곳이 있는 것과 같으니 보는 사람 또한 물리지 않을 것이다. 종형이 편지에서 항상 말하기를 문장은 마치 천병만마와 같아 바람이 잦아들고 비가 걷혀 고요해 사람 소리가 없다 고 했으니 바로 이것을 말한다.絲竹繁奏 必有希聲窈眇 聽之者悅聞 如川流迅激 必有洄洑 逶迤 觀之者不厭 從兄翰常言 文章如千兵萬馬 風恬雨霽 寂無人聲 蓋謂是矣"고 밝혔다. 이 말 또한 문제의 핵심을 잘 짚은 지적이라고 할 수 있다.

공자(孔子)

공자는 춘추시대 말기의 대사상가이자 교육자다. 유가儒家의 창시자로, 이름은 구丘, 자는 중니仲尼이며, 노魯나라 추읍掫邑(산동성 곡부曲阜) 태생이다. 선조는 은殷나라의 왕손이 분봉받은 송宋나라의 공족公族 출신이며, 노나라로 들어와 성을 공孔씨로 고쳤다고 한다. 몰락 귀족의 자제로 태어나 집안이 곤궁했지만 15세 때 학문에 뜻을 두고 정진했다. 맹인 악사로부터 음악을 배우고 한때 노자에게 예禮에 대해 배웠다. 젊어서 노나라의 하급관리였다가 54세 대사구大司寇에까지 올라 재상의 일도 맡아보았다. 이어 자신의 정치이상을 실현하고자 노나라를 떠나 위衛·진晋·송宋·채蔡 등 여러 나라를 순회하였지만 뜻을 이루지 못했다. 13년 동안의 유랑 끝에 다시 노나라에 돌아와 수수洙水와 사수泗水 유역에서 제자들을 가르치고, 『시경詩經』과 『서경書經』, 『예禮』, 『악樂』 등을 정리했다. 인의仁義의 정치, 곧 덕치德治를 주장했으며, 그 실천 방법으로는 효제충신孝悌忠信을 중시하였다. 또 이상적인 인간상을 군자君子로 규정하고, 모든 사람은 군자가 되기 위해 노력해야 한다고 하였다. 일설에 『춘추春秋』를 그가 지었다고 한다. 제자가 3,000명에 달했으며, 육례六禮를 통한 제자만도 72명에 달했다고 한다. 제자들이 그의 언행을 담아 기록한 것이 『논어論語』이다. 『논어』 및 『춘추』 등에 담긴 그의 사상은 이후 2,000년 동안 유가라는 거대한 학술유파를 낳으며 중국을 비롯한 동양의 사상계에 가장 큰 줄기를 이루어 왔다. 역대로 '성인聖人'의 칭호를 받아왔으며, 세계 3대 성인으로 불린다.

■ 시가의 사회적 효용에 대해 논하다 (興觀群怨)

중국 고대 문학론 가운데의 기본적인 개념이자 술어의 하나로, 사실 시가(음악과 무용을 포괄한)가 사회적으로 발휘하는 효용에 대해 정리한 것다. 공자孔子(전552-전479)가 처음으로 제기하였다. 『논어論語·팔일八佾』편에 나온다.

"공자께서 말씀하시기를, 너희들은 어찌해서 저 시를 배우지 않느냐? 시는 불러일으킬 수 있고, 관찰할 수 있으며, 무리 짓게 만들고, 원망할 수 있게 만든다. 가깝게는 부모를 섬기고, 멀리는 임금을 섬기는 문제부터 하찮게는 새나 짐승, 풀과 나무의 이름을 많이 알게 만들기도 한다.子曰 小子何莫學夫詩 詩可以興 可以觀 可以群 可以怨 邇之事父 遠之事君 多識于鳥獸草木之名"

여기서 말한 흥은 "시에서 일어나 예에서 선다.興于詩 立于禮"(『논어·태백泰伯』편)고 할 때의 흥이다. 이 구절에 대해 하안何晏(190?-249)은 『논어집해論語集解』에서 "몸을 수양하기 위해서는 먼저 시를 배워야 함을 말한 것言修身當先學詩"이라고 풀이했는데, 시가가 수신을 할 때 교육적 효과를 발휘한다는 말이다. (흥은 시의 표현 방식을 뜻하기도 한다.) 관에 대해 정현鄭玄(127-200)은 "(이를 통해서) 풍속의 성쇠를 본다.觀風俗之盛衰"고 주석을 달았고, 주희朱熹(1130-1200)는 "득실을 살펴보는 것考見得失"이라고 설명하였다. 시가가 구비한 일정한 인식 작용을 말한 것이다. 군에 대해 공안국孔安國(?-?)은 "무리 지어 모여 서로 갈고 닦는 것群居相切磋"이라고 풀이하였다. 시가가 선비들을 불러모아 서로 기교와 재능을 연마하고 사상을 교류하는 작용을 갖추고 있음을 지적한 말이다. 원에 대해 공안국은 "윗사람의 정치를 원망하며 풍자한 것怨刺上政"이라고 설명했는데, 시가는 통치자들의 정치와 정책을 비판하고 원자怨刺하는 기능을 가진 점을 지적한 말이다.

흥·관·군·원은 일정한 역사적 상황 아래 만들어진 이론이면서 사회적으로 인정받는 내용을 구비하는 동시에 구체적으로 문학이 어떠해야 하는가를 지시한 개념이 내포되어 있다. 공자의 문학에 대한 담론은 당시 예교禮敎 정치의 윤리 규범과 일치한다. "문장으로 배움을 넓히고 예로써 이를 요약한다면 또한 어긋나지 않을 것博學于文 約之以禮 亦可以弗畔矣夫"(『논어·옹야雍也』편)이라는 관념이 바로 그러한 관점의 기본적인 바탕이다. "시에서 일어나 예에서 선다.興于詩 立于禮"는 논리도 시는 반드시 예를 규범으로 삼아야 함을 지적한 것이며, "풍속의 성쇠를 관찰한다觀風俗之盛衰"는 것도 주로 통치 계층의 입장에서 말한 것이다.『국어國語·주어周語』상편에 보면 고대에 시행되었던 헌시제獻詩制에 대해 말하면서 "천자가 정치를 들을 때 공경에서부터 선비들에 이르기까지 모두 시를 올렸으며, 악사는 곡을 올렸고, 사관은 책을 올렸다. 악사가 경계하면 소경이 시를 짓고 청맹과니가 암송하며 뭇 벼슬아치들이 간언을 한다……이런 과정을 거쳐 임금이 상황을 짐작해서 정치나 정책에 참작하기 때문에 일을 시행해도 실패하지 않는다.天子聽政 使公卿至于列士獻詩 瞽獻曲 史獻書 師箴 瞍賦 矇誦 百工諫……而後王斟酌焉 是以事行而不悖"고 기록하고 있다.『한서·예문지藝文志』에도 고대의 채시제도采詩制度에 대해 다음과 같은 설명이 나온다. "임금이 풍속을 살피는 까닭은 정치의 득실을 알아 스스로 살펴 바로잡기 위해서이다.王者所以觀風俗 知得失 自考正也" 이를 통해 고대에 시가 중시된 이유는 천자 또는 임금이 정치를 시행할 때 잘못되는 일이 없도록 하고 통치 방식을 개선하기 위해서였음을 알 수 있다. "무리 지어 모여 서로 갈고 닦는다.群居相切磋"는 것은 주로 통치 계층 내부의 교류와 권면 문제를 거론한 발언이다. "윗사람의 정치를 원망하며 풍자한다.怨刺上政"는 것은 비록 미리 허용받은 것이긴 하지만 시교詩敎가 요구하는 한계와 중화지미中和之美의 범주를 넘어서서는 안되었다. 즉 이러한 원자怨刺는 반드시 온유돈후해야 하며, "예의를 지키는止乎禮義"(비록 실제로 실천할 때에는 이처럼 완전하지는 않지만) 원칙을 준수해야 했다. 결론적으로 말해 시의 흥·관·군·원하는 효용을 제창한 것은 "가까이는 부모를 섬기고 멀리는 임금을 섬기는邇之事父 遠之事君" 정치적 목적과 "새와 짐승, 풀과 나무의 이름을 다양하게 아는多識于鳥獸草木之名" 지식을 늘리기 위한 목적이 있었다고 말할 수 있는데, 물론 후자는 종속적인 의의를 지닐 뿐이다.

흥·관·군·원설은 공자가 중국 고대 문학 비평과 이론에 끼친 중요한 공헌의 하나다. 그러나 비록 이 이론이 구체적인 사회 내용이나 구체적이고 역사적인 분석을 병행하긴 했지만, 특히 문학적인 관점에서 볼 때 중국 문학이 당시까지 이루어 놓은 창작상의 경험을 집결한 것, 특히 『시경』이 제공한 풍부한 경험과 사회적 효용을 상당히 완정完整하고도 전면적으로 개괄한 성과라고 할 수 있다. 때문에 이 논리에는 문학 현상에 대해 치밀하고 심각한 인식이 반영되어 있다. 중국 문학 발전사의 초기에 이러한 관점이 제시된 것은 대단히 귀중한 업적이라고 할 수 있다.

흥·관·군·원설은 이후 문학비평사가 전개되면서 중대하고 심원한 영향력을 행사하였다. 후세의 작가와 문학이론가들은 이 이론을 가지고 문학이 사회적 현실을 외면하거나 적극적인 사회적 내용을 결여할 때 그것을 비판하는 근거로 사용하였다. 예컨대 유협劉勰(465?-520?)은 원자하는 내용이 결여된 한부漢賦를 공격하면서 "한나라가 비록 흥성하긴 했지만 시인들은 연약해서 『시경』의 풍자 정신을 상실한 결과 흥의 의의도 잊어버리고 말았다.炎漢雖盛 而辭人夸毗 詩刺道喪 故興義銷亡"(『문심조룡·비흥比興』편)고 비판하였다. 당나라 때에는 제·량齊梁 시기의 문풍이 남긴 풍조를 거부하는 운동이 일어나면서 시인들은 시가의 흥기興寄(흥을 작품 속에 표현하는 것)와 신악부운동新樂府運動의 지도자들이 내세운 "풍자하고 비유하며 아름답게 공격하는諷諭美刺" 자세와 "당시의 정치를 살펴 보완하고, 사람들의 정서를 풀어 인도하는補察時政 泄導人情" 역할을 강조했는데, 모두 흥·관·군·원설이 문학의 사회적 효용을 중시한 전통을 계승한 것이었다. 이 이론의 영향은 이후 꾸준히 지속되어, 황종희黃宗羲(1610-1695)의 <왕부신시서王扶晨詩序>를 비롯하여 수많은 문인들의 문학론 가운데 끊임없이 이 이론의 흔적들이 잔존했던 것이다.

흥·관·군·원설이 중국 문학 발전사에 기여한 공헌은 대단히 적극적이었다고 단정지을 수 있다. 특히 정치적으로 부패한 시기나 민족적인 갈등이 팽배한 시대에 그 효용은 명확하게 드러났다. 예컨대 안사安史의 난(755-763) 이후 두보杜甫(712-770)의 시와 남송南宋 시대의 육유陸游(1125-1210)와 신기질辛棄窒(1140-1207)의 작품을 들 수 있다. 이처럼 여러 방향에서 문학의 흥·관·군·원적 작용은 발휘되었던 것이다. 그러나 이 이론이 후세의 문학에 끼친 소극적인 작용도 무시할 수는 없다. 사상적으로 편협한 성격은 제외하고라도 후세의 몇몇 문인들은 문학의 사회적 효용에만 골몰해서 예술 자체의 특징이나 규율을 외면하기도 했다. 그리고 지나치게 사회적 효용 문제만으로 문학을 편협하게 이해하여 산수시나 애정시 등을 배척하는 오류를 범하기도 했는데, 그 결과 효용 문제에만 편중된 문학관이 형성되기도 하였다.

■ 작가이기 이전에 인간이 되라 (繪事後素)

문학 창작을 할 때에는 먼저 인간으로서 품성을 닦은 뒤에 임해야 한다는 사실을 공자가 회화를 예로 들어 비유한 말이다. 이 말은『논어語·팔일八佾』편에 나온다.

"자하가 물었다. '『시경』에 방긋 웃는 웃음에 입술이 더욱 곱고, 아름다운 눈동자에 눈매가 더욱 고우니, 마치 흰 바탕에 채색을 한 것 같구나 라고 말한 것은 무슨 뜻입니까?' 공자께서 말씀하셨다. '그림을 그리는 데 있어서 흰 바탕이 있은 뒤에 채색을 하여 아름답게 됨을 말하는 것이니라.' 자하가 말했다. '덕을 갖춘 뒤에 예가 따른다는 말씀입니까?' 공자께서 말씀하셨다. '나를 일깨워주는 사람은 바로 상이로구나. 비로소 나와 더불어 시를 논할 만하구나.'子夏問曰 巧笑倩兮 美目盼兮 素以爲絢兮 何謂也 子曰 繪事後素 曰禮後乎 子曰 起予者商也 始可與言詩已矣"

회사는 그림 그리는 일을 말하며, 소는 흰색 바탕을 가리킨다. 회사후소에 대해 정현鄭玄(127-200)은 "회는 무늬를 그리는 것이다. 무릇 회화는 먼저 여러 가지 색깔을 배치한 뒤에 흰 바탕으로 그 사이를 배치하여 무늬를 이루는 것이다. 비유하자면 아름다운 여성이 비록 아름다운 눈매와 미려한 바탕을 가지고 있다고 해도 모름지기 예로써 그것을 완성하는 것繪畵文也 凡繪畵 先布衆色 然後以素分布其間 以其成文 喻美女雖有倩盼美質 亦須禮以成之"이라고 주석하였다. 송나라의 주희朱熹(1130-1200)는 『사서집주四書集註』에서 『고공기考工記』를 인용해서 "회화라는 일에서 흰 바탕의 공적 뒤에 한다는 것은 먼저 터전을 가루칠하여 바탕을 만든 뒤에 여러 가지 색채를 쓴다는 것이다. 이것은 아름다운 자질이 있은 뒤에야 문채로 수식을 할 수 있는 것과 같다.繪畵之事 後素功 謂先以粉地爲質 而後事五采 猶人有美質 然後可以加文飾"고 풀이하였다. 공자는 회화를 그릴 때 먼저 바탕을 분가루로 잘 바른 뒤 채색을 사용한다는 비유를 통해 작가의 덕성과 작품과의 관계를 설명하면서 작가의 사상적 품성과 수양의 중요성을 강조하였다.

한편 공자는 정치적인 측면에서 인仁을 핵심적인 사상으로 제시하면서 통치자는 반드시 덕德을 갖추어야 한다고 요구하였다. 그는 "덕으로써 정치를 하는 것은 마치 북극성이 그 자리에 있고 여러 별들이 그것을 중심으로 도는 것과 같다.爲政以德 譬如北辰 居其所而衆星拱之"(『논어·위정爲政』편)고 비유하였다. 이 때문에 그는 정치적 질서를 공고히 다지기 위한 문장이나 그런 문장을 쓰는 작가는 반드시 덕을 갖추어야 한다고 판단했던 것이다. 그는 "덕이 있는 사람은 들을 만한 말이 반드시 있지만, 말이 많다고 해서 덕이 있는 것은 아니다.有德者必有言 有言者不必有德"(『논어·헌문憲問』편)라고 하면서 작가가 이처럼 덕을 갖출 때 비로소 자하가 위에 말한 예禮, 정현이 주에서 지적한 "또한 모름지기 예로써 완성시키는亦須禮以成之" 과업을 달성할 수 있게 된다. 예와 합치한다는 것은 덕을 갖춘다는 말이고,

예는 봉건 사회에서의 가장 이상적인 규범이라고 할 수 있는 예의도
덕을 뜻한다. 공자는 작가의 정신적 수양을 강조했지만, 사실 원래 의
도는 작가들이 "예로써 요약하는約之以禮" 자세를 가지라고 당부한
것이다. 때문에 그가 작가의 품성과 수양을 강조한 자세는 비록 이론
적으로는 긍정적인 의의를 지니지만, 한편 통치 계층의 이익을 옹호
했다는 시대적·계급적 한계도 간과할 수 없다.

공자가 제시한 회사후소는 비록 인격의 함양을 주로 논의한 것이
지만, 문질론文質論의 차원에서도 문제를 정리할 수 있다. 공자는 문
질을 겸비할 것을 주장하면서 "바탕이 꾸밈을 앞서면 조야해지고, 꾸
밈이 바탕을 앞서면 번거로워진다. 꾸밈과 바탕이 잘 조화를 이룬 뒤
에야 군자라고 할 수 있다.質勝文則野 文勝質則史 文質彬彬 然後君
子"(『논어·옹야雍也』편)고 확언하였다. 문질이 통일을 이룰 것을 전
제하면서 그는 내용이 형식을 결정한다고 강조한 것이다. 그는 작품
을 쓰는 근거인 사상과 작품 속에 구현된 내용의 사회적 작용을 대단
히 중시하였다. 문학 작품은 반드시 먼저 좋은 바탕을 구축한 뒤에
윤색과 수식을 가함으로써 훌륭한 성취를 이룬다는 것이고, 공자는
이것을 회사후소라는 말로 정리했던 것이다. 이를 통해 공자는 사상
과 내용을 중시하는 한편 아름다운 문채의 가치도 배제하지 않았음
을 알게 된다. 즉 그는 "말이 꾸밈이 없으면 실행되어도 멀리 가지
못한다.言之無文 行而不遠"(『좌전·애공哀公 25년』조)는 사실을 언급
하는 일에도 소홀히 하지 않았다.

■ 글쓰기는 신실하고 공교로워야한다 (情欲信 辭欲巧)

공자가 작가의 감정과 언어 사용에 대해서 요구한 이론으로, 『예
기·표기表記』편에 나온다.

"공자가 말하기를, 군자는 얼굴빛을 좋게 하여 남과 친하지는 않는

다. 즉 감정상으로는 소원하면서 외모상으로만 친하게 여기는 행동을 말한다. 소인의 경우라면 작은 문을 뚫고 들어오는 도적이라고 하였다. 공자가 말하기를, 감정은 믿음직스럽고자 하고, 말은 공교롭고자 한다고 하였다.子曰 君子不以色親人 情疏而貌親 在小人則穿窬之盜也 與 子曰 情欲信 辭欲巧"

공자는 여기서 비록 사람의 감정과 말에 대해서 지적했을 뿐이지만, 이는 문학을 창작할 때 내용과 형식의 문제라는 각도에서도 이해할 수 있다. 정은 문장의 내용이고, 사는 문장의 형식이다. 신은 진실하고 성실한 것이고, 교는 아름답고 교묘한 것으로, 이는 문장에 대한 요구로도 볼 수 있다. 내용과 형식의 관계에 대해 공자는 『논어·옹야雍也』편에 다음과 같은 말을 남겼다. "바탕이 꾸밈을 앞서면 거칠어지고, 꾸밈이 바탕을 앞서면 요란해진다. 꾸밈과 바탕이 조화를 이룬 뒤에야 군자라고 할 것이다.質勝文則野 文勝質則史 文質彬彬 然後君子" 물론 이것은 사람의 도덕적 수양 문제를 거론한 것이지만 문학의 입장에서 보자면 내용과 형식의 통일 문제와도 결부되어 정욕신 사욕교의 정신과도 일치한다. 공자의 이 사상은 일관된 것으로, 『좌전·양공襄公 25년』조에도 다음과 같은 공자의 말이 기록되어 있다. "뜻이 마음에 담겨 있을 때 말을 통해 뜻을 충족시킬 수 있고, 글을 통해 말을 충족시킬 수 있다. 말하지 않는다면 누가 그 뜻을 알겠는가. 말에 글이 없다면 행해져도 멀리 전해지지 못할 것이다.志有之 言以足志 文以足言 不言誰知其志 言之無文 行而不遠" 여기서 말하는 지志나 문文은 사실상 내용과 형식을 달리 표현한 것일 뿐이다.

공자가 생각한 형식과 내용에 대한 관점은 비록 문예에 대해 전문적으로 논의한 것은 아니지만 후대의 문예 사상에 상당한 영향력을 행사하였다. 유협劉勰(465?-520?)은 『문심조룡·징성徵聖』편에서 "그런즉 뜻이 충족되면 말은 문장이 되고, 감정은 진실해지며 문체는 공교로워진다. 이것이 바로 문장이 옥같은 계보를 함유하는 것이며, 문학이 금같은 조목을 갖춘 것然則志足而言文 情信而辭巧 乃含章之玉牒 秉文之金科矣"이라고 말했다. 그리고 백거이白居易(772-846)도 <여원구서與元九書>에서 "사람의 마음을 감동시키는 것 가운데 감정만큼 앞서는 것이 없고, 말보다 근본적인 것은 없으며, 소리보다 간절한 것이 없고, 의리보다 깊은 것은 없다. 시란 감정을 뿌리로 하고 말을 싹으로 삼으며 소리를 꽃으로 삼고 의리를 열매로 삼는다.感人心者 莫先乎情 莫始乎言 莫切乎聲 莫深乎義 詩者 根情 苗言 華聲 實義"고 지적하였다. 유협과 백거이의 관점은 바로 공자의 사상을 계승하고 발전시킨 결과다.

■ 문학의 가치에 대해 말하다 (思無邪)

공자가 『시경』에 담긴 문학적·정신사적 가치를 평가하면서 말한 용어로, 『논어·위정爲政』편에 나온다.

"『시경』에 나오는 작품 3백여 편을 한 마디로 요약한다면 생각에 사악함이 없다고 할 수 있다.詩三百 一言以蔽之 思無邪"

사무사란 말은 원래 『시경·노송魯頌·경駉』의 마지막 장에 나오는데, 이 작품에서 사思는 어조사로 아무 뜻이 없었다. 무사는 목동이 방목을 할 때 오로지 소나 말을 키우는데 전심전력하는 모습을 묘사한 것이다. 이것을 공자가 『시경』 전체를 평가하는 표준으로 차용하였고, 그러면서 공자의 손에 의해 새로운 의미가 부여되었다. 사思에 대해 후세 사람들 중 어떤 이들은 허자虛字로 보아 어조사로서 별 뜻은 없다고 보는 사람(진환陳奐의 『시모씨전소詩毛氏傳疏』)도 있다. 그러나 대개 실사로 보아 사상으로 풀이하는데, 양자가 나름대로 일리는 있다. 무사로 보든 사무사로 보든 이 말이 의미하는 것은 작품의 사상과 내용이 순정純正한 경우를 일컫는 말로, 덕치德治와 인정仁政에 부합하는 기준임은 동일하다. 『논어집해論語集解』와 『논어정의論語正

義』에서는 "바름으로 돌아간다.歸于正"고 풀이하였다.

사무사에 담긴 비평적 의미를 좀더 다각도로 분석한다면 결국 세 방향에서 정리가 가능할 것이다. 첫째 작품 자체가 지니고 있는 내적 성격을 의미한다. 즉 작품에 담겨 있는 시 정신이 사악함이 없는 가운데 작품을 창작했다는 뜻이다. 둘째 작품을 창작한 작가의 창작 자세라고 볼 수도 있다. 작가는 사무사의 자세로 창작에 임해야 한다는 규범적 요구가 이 말에 담겨 있다는 말이다. 셋째 작품을 읽는 사람, 즉 독자의 태도를 말한다. 작품을 읽으면서 환기되는 독자의 정서가 사악함이 없다는 의미에서 공자는 이 말을 거론했다고 볼 수도 있다.

공자가 사무사라는 말을 비평적 기준으로 삼은 척도는 비교적 폭넓어서, 그는 『시경』에 나오는 무수히 많은 원자시怨刺詩와 애정시愛情詩를 사상적으로 긍정하는 방향으로 이해하였다. 전하는 이야기에 따르면 공자 이전까지 전해진 시는 3천여 편에 다다랐다고 하는데, 공자가 이를 유가의 정치·도덕 관념에 입각해서 산정했고, 그리하여 305편이 남게 되었다는 것이다. 이렇다면 결국 사무사는 공자가 시를 선별하면서 채택한 기준이었다고 할 수 있다. 즉 그는 예의에 합치되고 이단적인 사설邪說을 배제하는 방식을 사용했던 것이다. 유보남劉寶楠은 『논어정의』에서 "공덕을 논하고 찬송하면서 그윽하고 편벽되며 모방하거나 사악한 작품을 모두 바름으로 돌렸는데, 이 한 구절로 보아도 마땅하다고 할 수 있다.論功頌德 幽僻倣邪 大抵皆歸于正 于此一句 可以當之也"고 풀이하였다. 사실 사무사의 논리에도 실제와 부합하지 않는 부분도 있다. 『시경』 전 작품을 볼 때 그 안에는 작품성이 뛰어난 경우도 있는 반면 우열이 확연하게 드러나는 작품도 없진 않다. <국풍>계의 작품이 보여주는 것처럼 당시 노동 계급의 섬세하고 소박한 정서를 진솔하게 표현한 작품이 있는 반면, 통치 계급의 안이하고 형식적인 상황을 노래한 평범한 작품도 발견된다. 이처럼 사무사는 한 마디로 정의하기 어려운 부분이 있다. 송나라의 주희朱熹

(1130-1200)가 『사서집주』를 편찬하면서 정자程子의 "사무사란 말은 성실하다는 뜻이다.思無邪者 誠也"라는 구절을 인용하고 있는데, 참고할 만하다.

이처럼 공자에게도 한계는 있는데, 이 점은 그가 말한 "즐거워도 지나치지 않고, 슬퍼해도 몸을 해치지 않는다.樂而不淫 哀而不傷"거나 "예로써 그것을 요약한다.約之以禮"는 말이 그것이다. 중용이나 예라는 철학적이고 사변적인 원리를 내세워 문학을 규범화하는 태도는 반드시 긍적적이라고만은 할 수 없다. 여하간 공자의 사무사는 문학예술의 사상성과 사회적 작용을 중시했다는 점에서 합리적이고 타당한 의의가 있다고 하겠다. 다만 봉건 사회에서 예교禮敎에 얽매여 창작이 이루어지게 만들었다는 점에서 본다면 부정적인 요소도 일면 있다고 할 수 있을 것이다.

■ 문과 질의 개념을 논하다 (文質)

중국 고대 문학론 가운데 기본적인 개념의 하나로, 문文과 질質이라는 두 측면을 포괄하고 있다. 이 개념을 처음으로 거론한 사람은 공자였다. 그는 『논어·옹야雍也』편에서 "질(본바탕)이 문(아름다운 외관, 꾸밈)을 이기면 야(지나치게 원색적임)해지고 문이 질을 이기면 사(겉치레만 잘함)해진다. 문질이 잘 조화를 이룬 다음에야 군자라고 할 수 있을 것質勝文則野 文勝質則史 文質彬彬 然後君子"이라고 말했다. 하안何晏(190?-249)은 『논어집해論語集解』에서 이 구절을 해석하여 "야는 들판에 사는 사람으로 비루하고 소략한 것을 말한다. 사는 문채가 많고 바탕이 적은 것이다. 빈빈은 문채와 바탕이 서로 잘 어울린 모양野如野人 言鄙略也 史者 文多而質少 彬彬 文質相半之貌"이라고 지적하였다. 형병刑昺은 "문채는 화려하고 바탕은 순박하여 서로 잘 어울렸으니, 그런 뒤에야 군자로 자임할 수 있다.文華質朴相半彬彬然 然後可

以君子"고 풀이하였다. 공자는 또 "문채는 바탕과 같고, 바탕은 문채와 같다.文猶質也 質猶文也"(『논어·안연顏淵』편)고 말했다. 원래 이 말은 사람의 마음 속에 내재해 있는 덕성과 인품이 그 사람의 말투나 행동거지에 나타난다는 사실을 지적한 것이다. 문은 밖으로 드러나는 표현을 말하고 질은 도덕적 품성을 가리킨다. 이것은 그 중 한 가지 의미일 뿐이다. 후세의 많은 문학론들은 문질을 이용해서 무수히 많은 언어의 풍격 범주 중 화려하고 질박한 두 가지 상태를 지시하였다. 예컨대 소역蕭繹(508-555)은 <내전비명집림서內典碑銘集林序>에서 "무릇 세대가 빠르게 변하면서 문학을 논하는 이치도 하나가 아니게 되었다. 능히 아름다우면서 화려하지 말아야 하고 질박하면서도 촌스럽지 않아야 한다.夫世代亟改 文論之理不一 能使艶而不華 質而不野"고 하였다. 그리고 소식蘇軾(1037-1101)도 도연명陶淵明(365-427)의 시의 특징을 논하면서 "질박하지만 실제로는 고우며 야위었으면서도 실제로는 살져 있다.質而實綺 癯而實腴"(<여소철서與蘇轍書>)고 하였다. 더욱 후세로 오면 "질박함을 숭상한다.尙質"거나 "문식을 숭상한다.尙文"는 말도 나온다.

그러나 문질이 사용된 후대의 문학론에는 그 밖에 다른 의미도 담겨지게 되었다. 즉 문은 문채나 표현으로, 대체적으로 오늘날 우리가 쓰는 작품의 형식과 일치하며 질은 내용에 가깝다. 문학 풍격상의 화려와 질박을 대신하는 말로 시작하여 작품의 내용과 형식이 긴밀한 관련을 가지고 있다는 의미로 전환되었는데, 이 때문에 후세에 끼친 영향도 적지 않았던 것이다. 비평가 유협劉勰(645?-520?)은 『문심조룡』에서 몇몇 작가의 작품을 비평할 때 문질의 개념을 사용했는데, 바로 작품의 내용과 형식은 통일되어야 한다는 취지로 세운 논리였다. 한유와 유종원, 구양수를 비롯해서 황종희黃宗羲와 섭섭葉燮에 이르기까지 많은 이론가들이 형식과 내용에 관한 다양하고 체계적인 언급을 하고 있다.

  문질이 예술적 풍격, 형식과 내용이라는 두 가지 의미를 갖추고 있음에도 불구하고, 풍격의 화려하고 질박한 측면은 물론이고 형식과 내용상의 관련 문제에 있어서도 많은 이론가들은 질, 즉 질박함 또는 내용을 강조한다는 전제 아래 화려함과 질박함이 서로를 구제하는(華朴相濟) 질과 문의 겸비를 요구하였다. 그러나 문학 이론과 창작 과정 가운데에도 질박함 또는 내용에 편중되거나 화려한 문채 또는 형식에 편중되는 경향은 빈번하게 찾아볼 수 있다.

■ 내용과 형식미를 논하다 (文質彬彬)

  공자가 문학의 내용과 형식의 관련성에 대해 지적한 발언으로, 『논어 · 옹야雍也』편에 나온다.

  "공자께서 말씀하시기를, 바탕이 꾸밈을 이기면 야해지고, 꾸밈이 바탕을 이기면 사해진다. 꾸밈과 바탕이 조화를 이룬 뒤에야 군자라고 할 수 있다고 하셨다.子曰 質勝文則野 文勝質則史 文質彬彬 然後君子"

  문질빈빈은 바탕(내용)과 꾸밈(형식)이 겸비되고 감정과 문식文飾이 함께 풍성하기를 주장한 이론이다. 질승문質勝文은 문채가 없거나 문채가 부족한 상태로, 문장은 조야粗野하고 생동감이 떨어지게 되는데, 이는 좋은 문장이라고 할 수 없다. 반대로 문승질文勝質은 내용이 공허하고 다만 언사言辭만 화려하고 요란한 상태로, 문장은 부화하기만 할 뿐인데, 이 또한 좋은 문장이라고 할 수 없다. 오직 문질빈빈한 경우에만 꾸밈과 바탕이 조화를 이뤄 풍성해져서 내용과 형식이 통일을 이루게 되는데, 이것이 바로 군자가 글을 쓸 때 지켜야 할 준칙이라는 말이다. 공자가 문질빈빈을 요구한 태도는 그가 일관되게 주장한 질문겸비質文兼備의 문예사상을 분명하게 드러낸 경우다. 그는 일찍이 "말은 뜻을 나타내면 족하고, 문장은 말을 적어내면 족하다.言以

足志 文以足言"거나 "말에 꾸밈이 없으면 실행되어도 멀리가지 못한
다.言之無文 行而不遠" "감정은 믿음직스럽고자 힘쓰고, 언사는 교묘
하고자 힘쓴다.情欲信 辭欲巧"는 등의 발언도 남겼는데, 모두 문장 속
에 질문質文이 함께 풍성하기를 주장한 것이다.

■ 뜻이 통하는 표현이 소중하다 (辭達)

중국 고대 문론文論 가운데 언어와 내용과의 관련에 대한 관점의
하나인데, 원래 이 말은 『논어·위령공衛靈公』편에 "공자께서 말씀하
시기를 '언사는 뜻이 통하면 그 뿐'이라고 하셨다.子曰 辭達而已矣"는
구절에서 나왔다. 여기서 말하는 사는 원래 사령辭令을 가리키는데,
언사言辭의 사를 뜻하는 것이지 문사文辭의 사는 아니었다. 공자가 이
말을 한 것은 언사(말)를 발하는 목적은 뜻이 통하는 데 있다는 사실
을 강조하기 위해서였다.

후세의 문론가들은 공자의 생각에 근거해서 사달을 가지고 문론상
에서 활용하였다. 육기陸機(261-303)는 <문부文賦>에서 문장은 "말이
통달되어 이치가 들어올려지는데辭達而理擧" 중점을 두어야 한다고
주장하였다. 특히 소식蘇軾은 <답사민사서答謝民師書>에서 공자의 사
달설辭達說을 인용한 뒤 이를 해석하고 의미를 부연해서 사달의 의의
를 확장하였다. 그는 다음과 같이 말하고 있다.

"공자는 말하기를 '말할 때에 꾸미지 않는다면 실행되더라도 멀리
가지 못할 것'이라고 하셨고, 또 '말은 뜻이 통하면 그 뿐'이라고 하
셨다. 무릇 말이 뜻을 통하는 데서 그친다면 이는 꾸미지 않는 것이
라고 의심할지도 모르지만 이는 결코 그렇지 않다. 사물의 오묘함을
구하는 것은 마치 바람을 엮어 그림자를 잡으려는 것과 같다. 능히
이 사물로 하여금 마음에 분명하게 이해되도록 만드는 것은 대개 천
만 사람일지라도 한 번 만나기도 어려운 일이다. 하물며 그 하여금

입과 손에 딱 맞아떨어지도록 하는 것이겠는가? 이것을 일러 사달이라고 한다. 말이 능히 통달하는 경지에 이르게 되면 문장 또한 이루 다 쓸 수가 없을 것이다.孔子曰 言之不文 行而不遠 又曰 辭達而已矣 夫言止于達意 卽疑若不文 是大不然 求物之妙 如系風捕影 能使是物了然于心者 蓋千萬人而不一遇也 而況能使了然于口與手者乎 是之謂辭達 辭至于能達 則文不可勝用矣"

이 밖에도 그는 <답왕상서答王庠書>와 <답유괄서答兪括書>에서도 공자의 사달설을 인용해서 자신의 주장을 보충하였다. 이로부터 사달은 중국 고대 문학론 가운데 중요한 미학적 원칙의 하나로 자리잡았다.

■ 문학에서의 중용을 논하다 (樂而不淫 哀而不傷)

공자가 『시경』의 <관저關雎>편에 대해 붙인 논평으로, 『논어 · 팔일八佾』편에 수록되어 있다.

"관저의 시는 즐거우면서도 음란하지 않고, 슬프면서도 마음을 상하지는 않는다.關雎 樂而不淫 哀而不傷"

『논어집해論語集解』에 실린 공안국孔安國(?-?)의 주에 보면 "즐거우면서도 음란한 데 이르지 않고, 슬프면서도 마음을 상하는 데 이르지 않았다는 것은 조화로움을 말한 것樂不至淫 哀不至傷 言其和也"이라 했고, 주희朱熹(1130-1200)는 <시집전서詩集傳序>에서 "음란하다는 것은 즐거움이 지나쳐서 정도를 잃은 것이다. 마음을 상했다는 것은 슬픔이 지나쳐서 조화를 해친 것淫者 樂之過而失其正者也 傷者 哀之過而害其和者也"이라고 설명하였다. 두 사람이 해석에 임하면서 보여준 기본적인 정신은 <관저>편의 즐거움과 슬픔은 분수를 넘어서지 않고 절제가 있다는 것인데, 유가에서 문학을 평가하는 온유돈후의 시교와 부합하는 입장이다.

공자가 <관저>에 대해 내린 이러한 평가를 통해서 그의 중요한 문예 이론 가운데 하나를 알 수 있다. 즉 문예 이론으로서 중화의 아름다움(中和之美)을 주장하고 있다는 사실이다. 공자는 낙이불음 애이불상이라는 중화지미에 입각한 비평적 원칙을 제시하면서 예술은 슬픔이나 기쁨과 같은 정서를 표현하는 특징이 있다는 사실을 인정하고, 정서의 중화지미를 강조했던 것이다. 이러한 공자의 문예 이론은 후대에 많은 영향을 끼쳤다. 본질적으로 공자의 이같은 관점은 그가 자신의 철학을 전개하면서 강조한 중용지도中庸之道가 문예 사상에서 반영된 것이다.

■ 수식보다는 진실이다 (巧言令色)

이 말은 원래 사람의 귀를 즐겁게 하는 미묘한 언사나 아부하고, 말투와 아리따운 자태로써 사람을 즐겁게 만드는 태도를 가리켰다. 『서경·고요모皐陶謨』에 보면 "어찌 교묘한 말과 아름다운 외모를 두려워하겠는가.何畏乎巧言令色"라는 말이 나온다. 『논어·학이學而』편에도 "말을 교묘히 하고 얼굴빛을 예쁘게 하는 이 가운데 어진 사람은 드물다.巧言令色 鮮矣仁"고 하였다. 어짐(仁)은 공자 사상의 핵심으로, 그는 정치적으로 어진 정치 시행할 것을 주장하였다. 문학에 대해서도 공자는 문학이란 말을 이용해 사상을 표현하는 것으로 인식하여 "말이란 통하기만 하면 그 뿐辭 達而已矣"(＜위령공衛靈公＞편)이라고 생각했다. 말과 글은 사람의 사상을 표현하는 도구이고, 이 때문에 그가 하는 말투를 통해 그의 사람 됨됨이를 알 수 있다는 것이다. 공자는 사람이 내뱉은 말이라고 모두 긍정적인 의의가 있는 것은 아니라고 보았다. 그는 "덕이 있는 사람은 반드시 말다운 말이 있지만, 말이 있는 사람이라고 해서 반드시 덕이 있는 것이 아니다.有德者必有言 有言者不必有德"(＜헌문憲問＞편)라고 하여, 덕을 갖춘 사람의 말만이 비로소 좋으며 덕이 없는 사람은 비록 말이 있고 교묘하더라도 귀히 여길 것이 못된다고 구별지었다. 공자는 작가는 반드시 먼저 덕을 갖출 것을 요구하면서 그렇지 못하다면 훌륭한 문장을 나올 수 없다고 강조하였다.『논어·팔일八佾』편에 보면 “사람이 되어서도 어질지 못하다면 음악이 무슨 소용이겠는가? 人而不仁 如樂何”라는 말이 나오는데, 사람이 인에 대한 수양이 없으면 감동을 주는 음악을 만들고 감상할 수 없다는 것이다. 덕과 말의 관계로 볼 때 공자는 덕과 말의 통일을 주장한 셈이다. 그는 덕이 없이 “말만 있는有言” 사람을 거부했으며, “교묘한 말이나 하고 예쁘게 표정을 꾸미는巧言令色”사람 가운데 “어진 이는 드물며鮮矣仁”, 이런 사람은 “아부하는 사람佞人”이라고 규정하였다. 공자는 제자들에게 “아부하는 사람을 멀리하고……아부하는 사람은 위태롭게 될 것遠佞人……佞人殆”(<위령공>편)이라고 못박았다.『논어·공야장公冶長』편에서는 “말을 교묘하게 꾸며대고 얼굴빛을 수시로 바꾸어 남을 지나치게 공경하는 것을, 좌구명도 부끄럽게 여겼고, 나 역시 부끄럽게 여긴다.巧言令色足恭 左丘明恥之 丘亦恥之”고 토로하였다. 공자는 왜 이렇게 교언영색을 혐오했는가? 그는 “자신의 이익을 위해 나라를 망치는 사람을 미워한다惡利口之覆邦家者”(<양화陽貨>편)고 했는데, 이구利口와 교언巧言은 모두 나라를 망치고 천하를 어지럽힐 소지가 다분하다고 공자는 판단했던 것이다. 공자는 말이 문학에 끼치는 작용과 영향력은 나아가 국가의 장래를 안정시키고 평화를 구가하는 데 중요한 동기를 제공한다고 생각하였다.

유가(儒家)

 유가는 춘추전국시대에 발생한 학술사상 혹은 그 유파를 일컫는다. 공

자孔子가 창시했으며, 공자의 대표적 제자인 자장子張, 안회顔回, 증삼曾
參 등이 이 학파에 속한다. 이후 공자의 손자인 자사子思를 비롯하여 맹
자, 순자 등이 학풍의 맥을 이었으며, 송대 주희朱熹에 이르러 학문적 체
계가 완성되었다. 한무제 이후 현대까지 중국의 전통사상으로 자리잡았
다. 인의를 바탕으로 하되 개인적으로 충서忠恕와 중용의 도를, 사회적으
로는 예악을, 국가적으로는 덕치德治와 인정仁政을 펴야 한다고 주장하
였다.

■ 진정한 문학의 가치에 대해 말하다 (盡善盡美)

중국 고대 문학 비평에서 문예 작품을 평가하는 기준의 하나로,
『논어·팔일八佾』편에 나온다.

"공자께서 소라는 음악을 들으시고는 '참으로 아름답고, 또 착하구
나'라고 하셨다. 무라는 음악을 들으시고는 '참으로 아름답지만, 착하
지는 않다'고 하셨다.子謂韶 眞美矣 又眞善也 謂武 眞美矣 未眞善也"

정현鄭玄(127-200)은 이 구절에 대해 다음과 같이 해설하였다. "소는
순임금 때의 음악이다. 순임금은 스스로 덕으로써 요에게 선양하였기
때문에 아름답다고 한 것이다. 또 지극히 착하다는 말은 태평성대를
말한다. 무는 주나라 무왕의 음악이다. 그가 이 무력의 힘으로 천하를
평정했기 때문에 아름답다고 한 것이다. 그러나 착하지 못한 것은 태
평성대에 이르지는 못했기 때문이다.韶舜樂也 美舜自以德禪于堯 又眞
善 謂太平也 武周武王樂 美武王以此功定天下 未眞善 謂未致太平也"

미美는 예술에 대해 심미적 평가를 내릴 때 요구되는 조건이고, 선
善은 예술에 대해 사회적 도덕과 윤리 규범을 적용하여 평가할 때 필
요한 조건이다. 공자는 예교를 숭상했기 때문에 정치적으로 요순이
"예로써 선양한 사실禮讓"을 높이 칭송하였다. 『논어』에서는 이 점을
"지극한 덕성至德"이라고 부르면서 두 가지 예를 들고 있다. 하나는

주周나라의 조상이 공단보公亶父의 큰 아들 태백泰伯을 도와준 사실이며, 또 하나는 문왕文王인데, 모두 겸손하게 자신의 이익을 양보했기 때문이었다. 이 때문에 예양禮讓을 노래하고 칭송한 소악韶樂에 대해 그는 아낌없이 칭찬했던 것이다. 동시에 이는 예술적으로도 지극히 아름다울 뿐만 아니라 도덕적으로도 이상적인 윤리 규범과 부합하기 때문에 지극히 착하다고 지적하였다. 즉 미와 선이 고도로 통일된 전범에 이 음악은 속한다고 보았다. 『논어·술이述而』편에 보면 공자는 제齊나라에 가서 소악을 들을 때 "삼일 동안 고기 맛도 알지 못했다.三日不知肉味"고 했으며, "노력하지 않아도 음악이 이런 경지에까지 이르게 된다.不圖爲樂之至于斯也"고 극찬하였다. 『논어·위령공衛靈公』편에서는 제자 안연顔淵이 공자를 향해 "나라를 다스리는 방법에 대해 여쭙자問爲邦" 공자가 몇 가지 조목을 들어 설명하고 있다. 그 중 한 조목에 "음악이라면 소와 무를 써야 한다樂則韶舞(武와 같음)"고 말했다. 미와 선이 통일된 소악을 추종했던 자세가 공자의 일관된 사상이었음을 알 수 있다. 이상적인 정치관과 위배되며 무력으로 천하를 평정한 업적을 가송歌頌한 무악武樂에 대해 공자는 비록 예술적으로는 지극히 아름답지만, 도덕관념으로 보자면 지극한 덕성을 표현하지는 못했기 때문에 지극히 착하다고는 할 수 없다고 보았다.

공자의 진선진미설은 사실상 문예 작품을 비평할 때 견지할 수 있는 두 가지 방식의 기준에 대해 논의한 것이다. 즉 사회적 기준과 미학적 기준이 그것이다. 그가 주장한 미와 선의 기준은 모두 구체적인 역사적 근거와 특정 계급이 지향하는 이상이 은연중에 내포된 결과인 점은 분명하다. 그러나 진선진미설은 중국 문학 이론 비평과 미학의 발전사에서 볼 때 최초로 문예 작품의 미학적 비평에는 반드시 사회와 도덕상의 윤리 규범이 결합되어야 한다는 원칙을 분명하게 제시한 성과로 큰 의의를 가진다.

■ 아름다움의 본질에 대해 말하다 (中和之美)

중국 고전 미학에 나오는 범주 가운데 하나로, 슬픔과 기쁨이 적절히 조화를 이루어 정도에 맞아 아름다움을 주는 것을 말한다. 공자가 처음으로 제시했는데, 『논어』에서 <관저關雎>편에 대해 "즐거우면서도 지나치지 않고, 슬프면서도 마음을 상하진 않는다.樂而不淫 哀而不傷"고 말했다. 중화지미의 궁극적 경지를 가장 적절하게 보여주는 예라고 하겠다. 『예기·중용中庸』편에 보면 "즐겁고 노여우며 슬프고 기쁜 감정이 아직 나타나지 않은 것을 중이라고 하고, 이것이 나타났지만 절도에 맞는 것을 화라고 한다.喜怒哀樂之未發謂之中 發而皆中節謂之和"는 설명이 나온다. 유가는 예의와 제도로써 사람의 사회적 행동을 제어하고 도덕적 원칙에 부합하도록 살게 함과 동시에 감성을 구체화하는 시와 음악의 중화지미로써 사람들의 성정을 도야하고자 하였다. 그래서 그들로 하여금 이러한 미감美感을 향수하는 가운데 자연스럽게 온유돈후하고 단결화목하는 교육을 받도록 만들었다.

중화지미라는 미학 사상은 사실상 중용 철학을 미학 사상에 반영한 것이었다. 중화지미는 중국의 고대 미학 사상 가운데 후세에 가장 큰 영향을 끼친 미학 사상으로, 후대에 완성된 유가 미학 사상의 근원이었다. 이는 중국 고대 미학사상사 가운데 어느 시대나 항상 지배적인 지위를 차지하였다. 지금까지도 이 사상은 여전히 동양인의 의식 세계와 예술 규범, 심지어 행동 양식까지 잠재적으로 지배하는 중요한 요소 가운데 하나라고 할 수 있다.

■ 문학은 정치와 교육의 중심이다 (政敎中心說)

중국 고대의 유가들이 문학의 사회적 작용에 대해 생각한 관점. 정교중심설은 시교설詩敎說이 바탕이 되어 만들어졌다 『예기禮記·경해

經解』편에 보면 "공자가 말하기를, 그 나라에 들어가면 그 가르침을 알 수 있다. 그 사람 됨됨이를 온유돈후하게 만드는 것이 시의 가르침이다……그 사람 됨됨이가 온유돈후하면서 어리석지 않으면 시에 대한 조예가 깊은 사람이라고 하겠다.孔子曰 入其國 其敎可知也 其爲人也 溫柔敦厚 詩敎也……其爲人也 溫柔敦厚而不愚 則深于詩者"는 구절이 나온다. 이것이 반드시 공자가 한 말이라고 보기는 어렵지만, 이 관점이 공자를 대표로 하는 유가의 사상인 것만은 분명하다. 일반적으로 시교는 공자 문예 사상의 핵심이며, 시교의 중심된 주장은 문예가 정치에 도움을 주고 사람을 교화하는 데 수단으로써의 역할에 충실해야 한다는 것이다. 때문에 학자들은 이 사상을 정교중심설이라고 부르게 된 것이다.『논어』에서 우리는 여러 곳에서 공자의 이러한 생각이 드러난 발언을 읽을 수 있다. "시를 배우지 않으면 말할 방법이 없다.不學詩 無以言"(<계씨季氏>편)거나 "공자가 말하기를, 너희들은 어찌해서 저 시를 배우지 않느냐? 시는 생각을 일으킬 수 있고, 사태를 볼 수 있으며, 무리 지을 수 있고, 원망할 수 있느니라. 가까이는 어버이를 섬기는 일부터 멀리는 임금을 섬기는 일까지 원만하게 이룰 수 있으며, 날짐승과 길짐승, 풀과 나무의 이름조차도 풍부하게 알 수 있다.子曰 小子何莫學夫詩 詩可以興 可以觀 可以群 可以怨 邇之事父 遠之事君 多識于鳥獸草木之名"(<양화陽貨>편)고 하였다. 그리고 "공자가 말하기를, 시 3백 편을 암송하고도 나랏일을 맡겼는데 통달하지 못하고, 사방 외국으로 사신을 보냈는데 제대로 일을 처리하지 못하면 비록 많이 외었다고 해도 어디에다 쓸 수 있겠는가?子曰 誦詩三百 授之以政 不達 使于四方 不能專對 雖多 亦奚以爲" 라는 구절도 보인다. 공자는 시가의 성격과 특징에서 출발해서 시가는 몸을 수양해서 교화하는 작용뿐만 아니라 국가를 다스리고 경영하는 정치적 도구이기도 하다고 지적하였다.

　이러한 정교중심설은 후대의 문학 이론의 발전과 전개에 지대한 영향을 끼쳤다. 역대의 문론가들은 이 관점을 계승해서 다양한 논의를 전개하였다. 한나라 때 쓰여진 <시대서詩大序>에는 "득실을 바로잡고 천지를 울리며 귀신을 감동시키는 데 시만큼 가까운 것이 없다. 옛 임금들은 이것으로써 부부를 경영하고 효경을 이루며 인륜을 두텁게 하고 교화를 미화했으며 풍속을 좋은 방향으로 옮겼다.正得失 動天地 感鬼神 莫近于詩 先王以移經夫婦 成孝敬 厚人倫 美教化 移風俗"는 말이 나온다. 조비曹丕(187-226)는 문장을 "국가를 경영하는 큰 사업經國之大業"(<전론·논문典論論文>)이라고 설파하였다. 당나라 이후의 많은 문론가들도 "문장은 도를 싣는文以載道" 그릇이라는 기치를 높이 내걸었는데, 이를 통해 중국 봉건 시대에 정교중심설이 끼친 영향의 정도를 짐작할 수 있다. 특히 문학이 사회에 끼치는 효용 문제에 대한 치밀한 접근은 중국 고대 문학의 창작과 이론의 발전에 대단히 능동적인 기여를 하였다. 그러나 이 학설도 나름대로 한계는 있어서 문학의 심미적 특징을 경시했었고, 여기서 말하는 정치는 하층 계급의 입장을 무시한 정치라는 색채가 짙었다.

묵자(전468-전376)

묵자는 춘추전국시대의 사상가로, 묵가墨家의 창시자다. 이름은 적翟이고, 송宋나라 사람이다. 겸애설兼愛說을 주장했다. 이는 개인이건 국가건 상대를 사랑하여 일체의 전쟁을 배격해야 하며, 이를 위해서는 누구나 차별 없이 사랑하고 이익을 나누어야 한다는 학설이다. 그는 또 유가의 예악禮樂을 반대하고 절용節用과 절장節葬을 내세웠다. 그가 제창한 묵가 학설은 유가의 학설을 비판한 내용이 많다. 유묵 양가의 학파를 합쳐 현학顯學이라 한다. 두 학파의 사상 대립은 후일 백가쟁명百家爭鳴의 서막이 되었다. 후세 사람이 묵가와 제자들의 학설을 묶어『묵자墨子』를 편찬했다.

■ 창작할 때의 세 법칙을 제시하다 (三表法)

묵자墨子가 제시한 글을 쓰고 문장을 지을 때 지켜야 할 원칙과 표준. 이 말은『묵자·비명상非命上』편에 실려 있다.

"때문에 말(기록 행위, 즉 창작 행위까지 포함한 의미)에는 세 가지 법이 있다. 무엇을 세 가지 법이라 하는가? 자묵자가 말했다. 근본을 두는 것과 바탕을 삼는 것과 쓰임을 삼는 것이 그것이다. 무엇에 근본을 둔다는 것인가? 위로 옛날에 근본을 두니 성현과 위대한 군주의 일이다. 무엇을 바탕으로 삼는다는 것인가? 아래로 백성들의 이목의 실질을 관찰하는 일이다. 무엇을 쓴다는 말인가? 형벌과 정치로서 발생시켜 그 가운데에서 국가와 백성, 인민들의 이익을 살핀다는 말이다. 이것을 일러 말에는 세 가지 법이 있다는 것이다. 故言必有三表 何謂三表 子墨子言曰 有本之者 有原之者 有用之者 于何本之 上本之于古者 聖王之事 于何原之 河原察百姓耳目之實 于何用之 發以爲刑政 觀其中 國家百姓人民之利 此所謂言有三表也"

유본有本은 말이 근거로 삼아야 할 것을 지적한 것으로, 고대 성현과 어진 임금의 언행을 본체로 삼으라는 뜻이다. 유원有原은 말을 할 때에는 아래로부터 나온 감정에서 출발하라는 말로, 백성들이 실제로 체험한 사실을 근거로 삼아야 한다는 뜻이다. 유용有用은 말을 세우고 문장을 지을 때에는 국가와 백성들에게 이익이 되는 긍정적인 정치적 효과를 염두에 두어야 한다는 뜻이다. 일부 효용론적인 문학관의 편린도 보이고 있어 편파적인 시각을 배제할 수는 없지만, 묵자의 3표법은 나름대로 창작에 임하는 작가에게 글의 본질과 의미를 되새기게 하는 측면은 인정된다.

맹자(전372-전289)

맹자는 전국시대의 사상가로, 유가를 대표하는 인물이다. 이름은 가軻이고, 자는 자여子輿며, 성인의 다음 서열인 아성亞聖으로 불린다. 노나라 부근 추鄒에서 출생하였다. 어려서 어머니의 이른바 맹모삼천지교孟母三遷之敎를 받고 자란 뒤에 공자의 손자인 자사子思의 문인이 되었다고 하나, 두 사람 사이의 생존연대는 맞지 않는다. 여러 나라를 주유하면서 관직을 구했지만 뜻을 이루지 못하고, 말년에 문인들과 시詩, 서書 등 유학儒學을 강론했다. 공자의 학풍을 계승해 왕도정치에 의한 이상세계의 실현을 주장했으며, 고대 요순우탕문무堯舜禹湯文武의 치세를 그 전범으로 삼았다. 성선설性善說에 입각하여 인간의 본성을 탐구하였다. 공자와 더불어 '공맹孔孟'으로 불린다. 저서에 『맹자孟子』 7편이 전한다.

■ 사람을 알고 시대를 알면 문학이 보인다 (知人論世)

맹자孟子가 문학을 비평할 때 원칙으로 삼아야 한다면서 제시한 이론의 하나. 이 말은 『맹자·만장장구萬章章句』 하편에 나온다.

"그의 시를 낭송하고 그의 글을 읽었으면서 그 사람에 대해 모른다면 말이 되는가? 이런 까닭으로 그 시대를 논하는 것이니, 이것이 옛 사람과 벗삼는 일이다.頌其詩 讀其書 不知其人 可乎 是以論其世也 是尙友也"

본문 중 상尙은 상上과 같은 말로, 상우尙友는 곧 상우上友다. 이 말은 옛 사람들로 벗을 삼는다는 뜻이다. 문학을 창작하다 보면 어떤 경우에는 옛 사람들의 성과를 빌리고 거울삼을 필요가 있다. 옛 사람의 작품에 대해 비평하고 감상할 때에는 옛 사람을 이해하는 작업이 필수적이다. 사람이란 시대와 떨어져서는 생활할 수 없는 것이 당연한 이치인데, 이 때문에 그 사람이 산 시대를 이해할 필요가 생기는 것이다.

지인논세의 원칙을 성공적으로 실행하기 위해서는 고대의 문학 작품을 한 예로 들어 이해함으로써 도움을 받을 수 있다. 예컨대 북송의 매요신梅堯臣(1002-1060)은 <화회양연수재和淮陽燕秀才>에서 "내 음서 출신이라 부끄러우니, 어찌 그대의 버선인들 매어줄 수 있으리. 마음은 비록 명예를 선망하지만, 재주와 운명은 빠지고 가라앉은 처지를 달게 여긴다.慙予廷蔭人 安得結子革蔑 心雖羡名場 才命甘汨沒"고 말했다. 그는 자신이 음서蔭敍로 관직에 나왔기 때문에 연수재처럼 진사 시험에 급제해서 관직에 나온 사람과는 달라 부끄럽기 짝이 없다고 생각하였다. 그러나 두보杜甫(712-770)의 생각은 전혀 다르다. 그는 <장유壯游>에서 "기운은 굴원과 가의의 성채를 갈았고, 안목은 조식과 유정의 담장을 낮추었다. 아래를 거슬러 고시에 급제한다 해도, 내 홀로 경윤의 집은 사양하리라.氣磨屈賈壘 目短曹劉墻 忤下考功第 獨辭京尹堂"고 말했다. 두보는 과거에 나가 합격하지 못하자 홀연히 박차고 돌아와 버렸다. 그러나 매요신은 낙방하자 반평생을 헛되이 살았다고 탄식하는 것이다. 이는 당나라 때는 독서인들이 입신하는 방법에는 다양한 경로를 거칠 수 있었지만, 송나라 때는 오직 한 길밖에 없었기 때문이다. 그래서 그는 관직에 나가 벼슬을 할 때마다 우적공랑右迪功郎처럼 항상 우右자가 붙은 관직에만 취임했기 때문에 평생 이를 치욕으로 여겼던 것이다. 이 때문에 당송 두 시대의 풍토가 어떤지 모른다면 왜 득의한 가운데서 두보는 오불관언 느긋한 자세를 취했고, 매요신은 그토록 절치부심했는지 이해할 수 없는 것이다. 오직 그들이 산 시대를 이해할 때 비로소 그들과 그들의 문학 작품을 이해하는 일이 가능해진다. 이처럼 지인논세는 논세가 우선이고 지인은 두 번째가 되는 것이다. 문학 비평에 임하면서 반드시 지인논세의 과정을 거쳐야 비로소 작품에 대한 정확한 평가가 가능해진다.

■ 창작은 언어를 알고 기운을 기르는 데 있다 (知言養氣)

맹자가 도덕적 수양과 언어를 분석하는 문제의 관련성에 대해 논하면서 제시한 관점으로, 『맹자·공손추장구公孫丑章句』 상편에 실려 있다.

감히 선생님께서는 어떤 점이 훌륭한지 묻습니다? 나는 말을 알고, 게다가 나는 호연지기를 잘 기르고 있다. 감히 호연지기가 무엇인지 묻습니다. 말하기 어렵다. 그 기운됨은 지극히 크고 굳세니 곧바로 길러 해될 것이 없다면 천지 사이를 메울 수 있을 것이다. 그 기운됨은 의와 도와 배합하니 이것이 없다면 굶주릴 것이다. 이것은 의를 모아서 생성시키는 것으로, 의가 아닌 데도 받아들여 취하고 행함에 마음에 흡족하지 않으면 역시 굶주릴 것이다……말을 안다는 것은 무엇입니까? 치우친 말을 들으면 가리고 있는 것이 무엇인지 알며, 지나친 말을 들으면 빠진 곳이 어딘지 알고, 사악한 말을 들으면 이간하려는 바가 어딘지 알며, 감추는 말을 들으면 바닥난 곳이 어딘지 아는 것이다.

敢問夫子惡乎長 曰我知言 我善養吾浩然之氣 敢問何謂浩然之氣 曰難言也 其爲氣也 至大至剛 以直養而無害 則塞于天地之間 其爲氣也 配義與道 無是 餒也 是集義所生者 非義襲而取之也 行有不慊于心 則餒矣……何謂知言 曰詖辭知其所蔽 淫辭知其所陷 邪辭知其所離 遁辭知其所窮

지언은 말투를 잘 분석한다는 것으로 편벽된 부분(詖)이나 지나친 부분(淫), 정도에서 어긋난 부분(邪), 애매한 부분(遁)이 있는 네 가지 말을 잘 식별할 수 있다는 것이다. 양은 도덕적인 수양을 가리키며, 기는 지극히 크고 굳센 호연지기를 말한다. 집의소생集義所生과 배의여도配義與道는 사람이 오랜 기간 정의로운 활동과 도덕적 수양을 거듭하면 다다르게 되는 경지를 뜻한다. 후세 사람들은 때로 기氣와 언을 정신적 수양과 문학적 수양과의 관계라는 각도에서 이해하여 맹자의 지언양기설을 문학론을 전개하는 하나의 관점으로 받아들였다. 즉 말을 알고 "말로 표현하기表言" 위해서는 반드시 "기운을 길러야 하며養氣", 좋은 문장과 좋은 비평을 하기 위해서는 일종의 정신적 수양과 공부가 필요하다고 정리했던 것이다. 이 때문에 맹자의 지언 양기설은 중국 고대 문학비평사에 커다란 영향을 끼치게 되었다.

한유韓愈(768-824)의 "기운이 풍성하면 말이 마땅하다.氣盛言宜"는 주장이나 위료옹魏了翁의 "문장은 기운에 근거한다.辭根于氣"는 주장, 방효유方孝孺(1357-1402)의 "기운이 왕성하면 문장은 통달한다.氣暢辭達"는 주장은 모두 맹자의 논리를 명백하게 계승 발전시킨 것들이다. 중국 고대 문학론 가운데 문기설文氣說도 이에서 영향을 많이 받았다. 물론 맹자가 말한 기나 배의여도는 정치적·도덕적 내용을 담은 유가적 도의道義다. 동시에 그가 제창한 수양도 사회적 현실에서 벗어난 유심론적 수양이라고 해야 할 것이다. 그의 양기설은 뒷날 도학道學과 선학禪學에서 주장한 "마음을 밝혀 본성을 본다.明心見性"는 수양론의 거가 되었다.

■ 시를 이해하는 방법을 제시하다 (以意逆志)

중국 고대 문론 가운데 하나. 시를 이해하는 방법 중 하나로, 맹자가 제시하였다.『맹자·만장장구萬章章句』상편에 "시를 말하는 사람은 문장 때문에 문체를 해치지 않으며 문체 때문에 뜻을 해치지 않는다. 시인이 작품 속에 표현한 생각(意)을 근거로 시인의 주제와 의도를(志)를 탐색할 수 있다. 이것이 바로 터득했다는 것說詩者不以文害辭 不以辭害志 以意逆志 是爲得之"이라는 말이 나온다. 맹자는 시를 평론하는 사람은 시에 적혀 있는 몇몇 글자를 근거로 단장취의斷章取義해서 작품을 곡해해서는 안되며, 시구에 표현된 표면적인 의미를 가지고 작품 속에 담긴 진실한 의의를 곡해해서도 안 된다고 보았다. 그는 마땅히 작품 전편에 담긴 의미를 바탕으로 작가의 본뜻을 찾아야 한다고 주장하였다.

후대에 이의역지 가운데 의는 결국 시를 말하는 사람의 뜻(意)이라든가, 시를 지은 사람의 뜻이라는 식으로 의견이 분분해졌다. 한나라의 경학자와 송대의 성리학자들은 대개 의를 시를 말하는 사람의 뜻으로 보았다. 예컨대 조기趙岐(?-전201)는 『맹자주소孟子注疏』에서 "자신의 뜻으로써 시인의 뜻을 돌이킨다.以己之意逆詩人之志"고 하였고, 주희朱熹(1130-1200)는 『맹자집주孟子集注』에서 "마땅히 자신의 뜻으로 작자의 뜻을 맞아들인다.當以己意迎取作者之志"고 말했다. 청나라의 오기吳淇는 『육조선시정론연기六朝選詩定論緣起』에서 이의역지는 "옛 사람의 뜻으로 옛 사람의 뜻을 찾는 것으로, 시를 가지고 시를 논하는 것以古人之意求古人之志 乃就詩論詩"이며, 그렇지 않은 말은 바로 한나라의 유학자들이 시에 대해 말한 식의 견강부회가 될 뿐이라고 생각하였다. 왕국유王國維(1877-1927)는 이의역지에 대해 맹자의 지인논세知人論世와 결합해서 해석을 시도하였다. 그는 <옥계생연보회전서玉溪生年譜會箋序>에서 다음과 같이 말했다. "돌아보아 의는 내게 있고 지는 고인에게 있다면 과연 무엇을 닦아 능히 내가 생각한 것으로 하여금 고인의 뜻을 잃지 않게 하겠는가? 그 방법에 대해 맹자는 또한 이렇게 말했다. '그 시를 읊고 그 책을 읽었으면서 그 사람을 모른다면 되겠는가? 이런 까닭으로 그 시대를 논하는 것이다.' 이 때문에 시대를 말미암아서 사람을 알게 되고, 사람으로 말미암아 뜻을 알게 되는 것이라면 고인들의 시는 비록 해독하지 못할 것이 있다고 해도 적을 것이다.顧意逆在我 志在古人 果何修而能使我之所意 不失古人之志乎 其術 孟子亦言之曰 誦其詩 讀其書 不知其人可乎 是以論其世也 是故由其世以知其人 由其人以逆其志 則古人之詩雖有不能解者寡矣" 그는 역지는 비록 시를 말하는 이에게 있다고 해도 설시자說詩者가 작품에 대해 해석할 때에는 반드시 지인논세의 원칙을 관철해서 주관적으로 독단하는 폐단을 피해야 한다고 보았다. 이 입장은 비교적 합리적인 해석이라고 할 수 있다.

장자(전369-전286)

장자는 전국시대의 사상가다. 도가의 대표적 인물로, 이름은 주周이고, 자는 자휴子休이며, 송나라 출신이다. 맹자와 동시대 사람으로 노자의 학설에 근본을 두고 유가를 비난했다. 도를 우주의 본체로 보아 도만이 절대적이고 기타 만물은 모두 상대적이라고 주장했다. 즉 빈부·귀천·선악·시비가 구별될 수 없으며, 따라서 인간은 모든 희로애락에서 초월해야 한다는 것이다. 현실도피적이며 허무주의적인 그의 학설은 인간의 절대자유 추구를 목표로 했다는 점에서 의의가 있다. 저서로『장자』33편이 전해지고 있는데, 내편內篇 7편만 자신의 저작이며, 나머지는 제자들의 집필이라고 한다.

■ 진정한 예술의 경지를 논하다 (天籟)

원래 천뢰라는 말의 의미는 어떤 외부의 힘도 빌리지 않고 발생하는 자연계의 소리(音響)를 가리킨다. 뢰는 사람의 인체에 있는 구멍에서 나오는 소리(吟聲)이다. 천뢰란 말은 장자莊子가 자신의 음악에 대한 미학 사상을 정리하기 위해 만든 개념 가운데 하나다. 이 말은 『장자·제물론齊物論』편에 "너는 사람의 소리는 들었지만 땅의 소리는 듣지 못했고, 너는 땅의 소리는 들었지만 하늘의 소리는 듣지 못했구나!女聞人籟而未聞地籟 女聞地籟而未聞天籟夫"라고 하여 나온다. 그러면서 자유子游가 "땅의 소리는 여러 구멍의 소리가 그것이고, 사람의 소리는 피리 소리이군요. 하늘의 소리에 대해 감히 묻습니다.地籟則衆竅是已 人籟則比竹是已 敢聞天籟"라고 하자 자기子綦가 수없는 것에 바람이 불어 서로 다른 소리를 내고 있어도 각기 스스로가 "소리를 내는 것이다. 그러나 모두 제각기 자기 소리를 고른다고 생각하지만 정말 사나운 소리를 내게 하는 것은 누구인가?夫吹萬不同 而使 其自己也 咸其自取 怒者其誰邪"라고 대답하였다. 결국 장자는 천뢰란 모든 소리를 내게 하는 근원적인 힘을 가리켰다고 할 수 있다. 장자 는 소리의 아름다움을 세 가지, 즉 인뢰·지뢰·천뢰로 나누어 분석 하였다. 인뢰는 사람이 악기를 빌어 만들어내는 소리와 연관된다. 지 뢰는 자연계의 크고 작으며 다양한 구멍들에서 나는 소리를 말하는 데, 이는 바람의 크고 작음과 구멍의 각기 다른 형상에 따라 여러 가 지 재능을 만들어낸다. 그러나 이것으로써 소리의 아름다움이 완벽하 게 표현되는 것은 아니다. 천뢰는 일종의 완전히 자발적이어서 어떤 외부의 힘에 의지하지 않고 천연적으로 만들어지는 소리를 말한다. 인뢰와 지뢰는 "사납게 하는 것怒者"의 제약을 받지만 천뢰는 어떤 구속도 받지 않고 완전히 천연스러운 것이다. 장자는 이러한 천뢰야 말로 진정 최고의 아름다움이며, 천뢰가 형성하는 음악이 천악天樂이 라고 생각하였다. 그는 "하늘과 조화를 이룬 것이 바로 천악與天和者 謂之天樂"(<천도天道>편)이라고 말했다. 그는 또 <천운天運>편에서 는 신화 속의 이야기를 빌어 천악이 무엇인가를 생동감 넘치게 묘사 하였다. 황제黃帝가 동정호 근처의 들판에서 불던 함지咸池라는 음악 은 북문성北門成으로 하여금 차츰 정신까지 혼몽해지게 만드는, 완전 한 도취의 지경에까지 이르게 만들었다는 것이다. 왜냐하면 "먼저 인 간 세상의 사실에 응하고, 하늘의 이치에 순종했으며, 다섯 가지 덕에 맞춰 실행하고, 자연의 모습대로 응했기 때문인데應之以人事 順之以 天理 行之以五德 應之以自然", "그 소리는 능히 짧을 수도 길 수도 있으며, 부드러울 수도 굳셀 수도 있는 등 변화가 가지런하지 않다. 늘 있던 그대로의 항상성을 고집하지 않으니 골짜기에 있을 때면 골 짜기를 채우고, 구덩이에 있을 때면 구덩이를 채운다.其聲能短能長 能柔能剛 變化齊一 不主故常 在谷滿谷 在坑滿坑"고 말했다. 곽상郭象 (?-?)은 이 말에 주석을 달아 "이것이 바로 하늘의 음악이 주는 즐거움으로, 음악 가운데 가장 극진한 것此乃天樂之樂 樂之至也"이라고 밝혔다.

장자가 제창한 천뢰는 자연의 소리이며, 이는 자연미를 표방하고 인공미를 반대한 장자의 미학 사상이 중심된 내용을 이루고 있다. 이러한 미학 사상은 자연에 몸을 맡기고 천명天命에 순응하며 무위無爲를 최고의 미덕으로 여기고 사람의 주관적인 능동성을 거부한 그의 철학 사상이 반영된 것이다. 그의 이러한 미학 사상은 후대의 문학 비평과 창작에서 본색미本色美와 자연미自然美를 옹호한 논리를 형성하게 하는데 크게 기여하였다. 예컨대 후대의 많은 비평가들은 문학 작품이 자연스러워 인위적인 흔적이 전혀 없는 상태를 일컬어 천뢰란 용어를 사용하였다. 송나라 때의 비평가 포회包恢는 <답증자화논시答曾子華論詩>에서 이렇게 말했다. "옛 사람들은 시에 있어서 짓는 일에 구차하지도 않았고, 많이 짓지도 않았다. 그러나 때로 한 작품을 내놓으면 반드시 천하의 지극한 정성을 다 쏟아 부었다. 이치를 묘사하면 이치와 정취가 혼연일체가 되었고, 감정을 묘사하면 사정이 밝히 드러났으며, 사물을 묘사하면 사물의 모양이 완연히 드러났다. 이는 지혜를 다하고 온 힘을 들여도 이를 수 없는 것으로, 조화가 자연스러울 때 가능한 소리인 것이다. 대개 천기는 절로 움직이고, 천뢰는 절로 울리는 법이니, 격렬한 천둥이 치면 희열이 일어나고, 이를 시로 발하면 절조에 잘 맞아서 소리가 저절로 문장을 이루게 된다. 이것이 바로 시의 지극함이다.古人于詩不苟作 不多作 而或一詩之出 必極天下之至精 狀理則理趣渾然 狀情則事情昭然 狀物則物態宛然 有窮智極力之所不能到者 猶造化自然之聲也 蓋天機自動 天籟自鳴 鼓以雷霆 豫順以動 發自中節 聲自成文 此詩之至也"

■ 지극한 즐거움은 즐거움이 없다 (至樂無樂)

장자가 주장한 철학적 명제의 하나로, 『장자·지락至樂』편에 나온다.

"지금 세상 사람들이 하는 짓이나 즐기는 것을 나는 아직 그 즐거움이 과연 즐거움인지 과연 즐거움이 아닌지 알 수 없다. 내가 보기에 세상 사람들이 즐기는 모양이란 때를 지어 달려가며 죽어도 그만둘 수 없다는 듯한 꼴이다. 그러면서도 그들은 모두 즐겁다고 하나 나는 아직 그것들을 즐겁다고 생각지 않는다. 그렇다고 또 그것들을 즐기지 않는다고 할 수도 없다. 그렇다면 즐거움이란 있는가 없는가? 나는 무위無爲를 참된 즐거움으로 삼고 있지만, 세상 사람들에게는 큰 고통이다. 때문에 '지극한 즐거움에는 즐거움이 없으며, 지극한 명예에는 명예가 없다'고 하는 것이다. 천하의 시비란 과연 결정할 수가 없다.今俗之所爲與其所樂　吾又未知樂之果樂邪　果不樂邪　吾觀夫俗之所樂　擧群趣者　誙誙然如將不得已　而皆曰樂者　吾未之樂也　亦未之不樂也　果樂無有哉　吾以無爲誠樂矣　又俗之所大苦也　故曰　至樂無樂　至譽無譽　天下是非果未可定也"

장자가 말한 즐거움(樂)은 음악을 말한 것이 아니라 쾌락과 행복을 가리킨다. 그러나 이 말 속에는 장자의 문예 미학 사상이 반영되어 있다.

장자 철학 사상의 핵심인 도道는 노자老子와 마찬가지로, 우주 만물의 본체이며 정신적인 것이자 만물이 발전하고 변화하는 근원적인 원동력이다. 세상의 유형적인 물건은 무형의 정신인 도에서 생성된 것이다. 도는 존재하지 않는 곳이 없으며, 인간의 주관적인 의식 속에 숨겨져 있다. 장자는 인간의 맑고 고요한 무위와 무지무욕無知無欲은 "천지와 내가 함께 자라나며, 만물과 내가 하나가 되는天地與我幷生而萬物與我爲一"(『장자·제물론齊物論』편), 주관적인 정신과 객관적인 도가 합일한 경계로 진입할 수 있는 원리로 파악하였다. 그는 인간이 자연(天)을 개변하는 방식을 반대했으며, 자연에 대한 능동적인 작용도 부정했고, 인식 작용마저 부정했는데, 지락무락은 이러한 철학 사상의 반영이다. 장자는 세상 사람들이 "즐기는 것은 몸이 편안하고, 맛이 좋으며, 아름다운 옷을 입고, 아름다운 미인을 좋아하며, 듣기 좋은 소리이고……괴로워하는 것은 몸이 안일을 얻지 못하고, 입으로 맛좋은 음식을 먹지 못하며, 몸에 아름다운 옷을 걸치지 못하고, 눈으로는 어여쁜 미인을 보지 못하고, 귀로는 즐거운 소리를 듣지 못하는 것所樂者 身安·厚味·美服·好色·音聲……所苦者 身不得安逸 口不得厚味 形不得美服 目不得好色 耳不得音聲"이라고 인식하였다. 그는 또 세상 사람들이 즐기는 것은 진정한 즐김이 아니며, 진정한 쾌락, 즉 지락至樂은 무위, 즉 "나는 무위를 참된 즐거움으로 여긴다.吾以無爲誠樂矣"고 생각하였다. 무위란 무엇인가? 이는 자연에 내맡겨 욕심 없이 고요하게 아무것도 추구하지 않고 상황에 따라 편안히 여기고 만물과 더불어 조화를 이루는 것이다. 이럴 때 비로소 어디를 가든 즐겁지 않은 때가 없게 된다.

장자는 이러한 철학적 명제에서 출발하여 자신의 문예 미학 사상을 전개하였다. 도의 특징은 온전하고(全) 큰(大) 것으로, 이는 포괄하지 않은 것이 없고 존재하지 않은 곳이 없다. 어떤 특정한 물건을 빌어 도를 설명하는 것은 구체적인 표현 형식일 뿐이며, 도는 일체의 객관적인 진리를 모두 포섭한다. 사람의 구체적인 인식도 그것의 일부분일 뿐으로, 이는 모두 편향적인 것일 뿐 온전한 것은 아니다. 온전한 도를 획득하기 위해서 일체의 편향되고 온전치 못한 인식은 배척해야 한다. 예술적으로 볼 때 인간의 예술 창작은 모두 불완전한 것으로, 단지 "편향된 아름다움偏美"과 "조각난 아름다움殘美"일 뿐이지 도의 온전한 면모나 도의 본질을 체현할 수는 없다는 것이다. 이것이 장자의 기본적인 미학 사상이다.

음악에 비유하면 장자는 도가 들려주는 음악과 "종이나 북이 들려주는 소리鐘鼓之音"로서의 음악을 구분하였다. 도의 음악은 사람이 들을 수 없는 것이다. 도는 자연이며 동시에 무다. 능히 자연에 순응할 때 "하늘과 화합하여與天和" 도에 통달하게 된다. 이 때에야 비로소 "하늘의 즐거움天樂"에 이를 수 있게 된다. "지극한 즐거움至樂"은 하늘의 즐거움이고, 자연의 소리다. 그가 말한 천뢰天籟란 어떤 외부의 힘에도 의지하지 않고 저절로 발생한 자연계의 뭇 구멍(衆竅)이 내는 "저절로 울리는自鳴" 음성의 아름다움이다. 이는 장자가 주장한 최고의 음악적 경계다. 사람들이 생각하는 종고지음鐘鼓之音의 음악은 "도의 참 모습을 터득할 수는 없는不足以得彼之情"것으로, "즐거움의 말단樂之末"(『장자·천도天道』편)이다. 이 때문에 그는 현실의 예술, 즉 유가가 제창한 예악禮樂에 대해 부정하고 배척하는 한편 오성육률五聲六律은 모두 조금도 가치가 없는 것으로 단정하였다. "육률같은 가락을 흩뜨려 놓고 피리나 거문고를 태워 없애며, 사광의 귀를 막아 버리면 비로소 온 세상 사람들이 본래의 듣는 힘을 안에 간직하게 된다.擢亂六律 鑠絶竽瑟 塞瞽曠之耳 而天下始人含其聰矣"(『장자·거협胠篋』편) 그는 유명한 음악가인 사광師曠의 명明과 총聰도 도와 비교할 때 유한한 것이고 인위적인 것이어서 오성을 해친다고 생각하였다.

장자의 자연을 숭상하고 인위적인 예술을 반대한 지락무락의 미학 사상은 당시의 통치 계급에 대해 경종을 올렸다는 점에서 의의가 없을 수 없다. 그러나 이러한 논리는 필연적으로 소극적이고 허무주의적인 색채가 강해서 문화 예술의 발전에 불리한 작용을 하기도 하였다. 물론 천연天然을 제창하고 인공과 조탁이 없는 예술을 옹호한 자세는 후세의 문학 창작과 문예 이론에서 자연미와 본색미本色美를 중시하는 유파들에게 어느 정도 적극적인 기여를 하였다.

■ 언어에 마음을 다 담지는 못한다 (言不盡意)

언어로는 자신의 생각을 완전하게 표현할 수 없다는 주장으로, 장자에 의해 처음으로 제기되었다.

"세상에서 도를 얻기 위해 소중히 여기는 것은 책이다. 그러나 책은 말을 늘어놓은 것에 지나지 않는다. 말에는 소중한 데가 있는데, 말이 소중하게 여겨지는 이유는 뜻 때문이다. 뜻에는 가리키는 바가 있는데, 뜻이 가리키는 바를 말로는 전할 수 없다. 그런데도 세상에서는 말을 소중히 여기기 때문에 책을 소중하게 전하고 있다. 세상이 아무리 소중하게 여긴다고 해도 소중하게 생각할 만한 것은 아니다. 그들이 소중히 여기는 것이란 진실로 소중하지는 않다. 도대체 눈으로 보아서 보이는 것은 사물의 형체와 빛깔이고, 귀로 들어서 들리는 것은 사물의 이름과 음성이다. 슬프다! 세상 사람들은 그 형체와 빛깔·이름·음성으로 도의 참 모습을 터득할 수 있다고 생각한다. 그 형체와 빛깔·이름·음성으로는 도저히 도의 참 모습을 터득할 수는 없는 법이다. 그렇기 때문에 진실로 아는 이는 말하지 않고, 말로 설명하는 이는 아는 것이 없다고 한다.世之所貴道者 書也 書不過語 語有貴也 語之所貴者 意也 意有所隨 意之所隨者 不可以言傳也 而世因貴言傳書 書雖貴之 我猶不足貴也 爲其貴非其貴也 故視而可見者 形與色也 聽而可聞者 名與聲也 悲夫 世人以形色名聲足以得彼之情 夫形色名聲果不足以得彼之情 則知者不言 言者不知 而世豈識之哉"(『장자·천도天道』편)

윤편輪扁이 바퀴를 깎는다는 우화의 서두를 장식하면서 나오는 이 이야기는 정교하고 미세한 뜻은 "입으로 능히 말할 수 없다.口不能言"는 이치를 담고 있다. 이는 언어와 의미 사이의 관계에 대한 하나의 견해로, 언사는 의사를 완전하게 전달하지 못한다, 즉 언어는 사상을 온전하게 표현하지 못한다는 함의가 담겨 있다. 장자가 말한 의意

가 가리키는 내용은 도道, 즉 "뜻이 가리키는 바意之所隨者"이다. 그는 말은 고작 사물의 "형체와 빛깔·이름·음성形色名聲"만을 표현할 수 있다고 인식하였다. 이러한 사물의 자취만으로는 "뜻이 가리키는意之所隨" 도를 구현할 수 없다는 것이다. 사물의 정교하고 미세한 바탕은 다만 통찰력으로 깨우칠 수 있을 뿐이지 말로는 전할 수 없는 법이다. 왕필王弼(226-249)은 장자의 사상을 계승하여 언불진의 관념을 보다 상세하게 논술하였다. "때문에 말은 형상을 밝히기 위한 것이니, 형상을 얻었으면 말은 잊어야 한다. 형상은 뜻이 담기기 위한 것이니, 뜻을 얻었으면 형상도 잊어야 한다. 이는 토끼 올가미는 토끼를 잡기 위한 것으로, 토끼를 잡았으면 통발은 잊어야 하는 것과 같다.故言者所以明象 得象而忘言 象者所以存意 得意而忘象 猶蹄者所以在兎 得兎而忘筌也" 기본 골격은 언불진의 논의와 일치한다. "말에 머물면 형상을 얻을 수가 없으며, 형상에 머물면 뜻을 얻을 수가 없다.存言者非得象者也 存象者 非得意者也"는 것이다. 왕필은 한 걸음 더 나아가 "형상을 얻었으면 말은 잊고得象忘言" "뜻을 얻었으면 형상은 잊으라.得意忘象"고 주장하였다. 진실로 뜻을 얻을 수 있으려면 말에 대한 집착을 버려야 하니 말을 잊으라는 것이다. 장자와 왕필의 이러한 주장은 후대의 문학 이론에 큰 영향을 주었다. 육기陸機(261-303)의 <문부文賦>와 유협劉勰(465?-520?)의 『문심조룡』, 소자현蕭子顯의 『남제서南齊書·문학전론文學傳論』, 유지기劉知幾의 『사통史通·서사敍事』편 등에도 장자의 언불진의 관점을 인용하여 사물의 정교한 뜻은 말로 전하기 곤란하며 창작 규범은 언어로 설명되기 어렵다는 사실을 설명하였다. 언불진의 관점은 언어와 사상 표현 사이에 개재된 모순을 지적하는 동시에 최선을 다해 언어의 표현 능력을 제고할 것을 강조해서 긍정적인 의의를 지닌다. 그러나 한편 언어가 사람들의 사상을 정확하게 전달하는 최종적인 수단이라는 사실을 인정한다면, 이처럼 언어의 표현 능력을 부정하는 태도는 정확한 이해는 아니라고 말할 수도 있다. 언불진의는 문예 창작에 있어서 언외言外의 뜻을 추구하도록 계도하여 작가의 형상 사유나 예술 창작을 촉진시키는 적극적인 영향을 주었다.

송옥(전340?-전278?)

송옥은 전국시대 초나라의 문인이자 사상가다. 경양왕頃襄王의 문학 시종이었지만 불우하여 큰 뜻을 펴지 못하고 죽었다. 사부辭賦에 능하고 음률에 정통하였다. 작품으로 「구변九辨」과 「초혼招魂」 등의 부가 있는데, 실의에 빠진 작가의 비통한 심정을 표현한 내용들이다.

■ 통속 문학을 논하다 (下里巴人)

범용하고 통속적인 문학 예술 작품을 비유하는 말이다. 원래는 기원전 3세기경에 유행한 초楚나라의 가곡 이름인데, 당시 사람들에게 비교적 저급한 음악으로 인식되었다. 이 말은 송옥宋玉의 <대초왕문對楚王問>에 나온다.

"나그네 가운데 영 땅에서 노래하는 이가 있었는데, 처음에는 <하리>와 <파인>을 불렀다. 그러자 나라 안에서 이에 맞춰 화답한 사람이 수천 명에 이르렀다. 다음으로 <양아>와 <해로>를 불렀는데, 나라 안에서 이에 화답한 이가 수백 명에 이르렀다. 이어 <양춘>과 <백설>을 불렀는데, 이에 화답한 이는 고작 수십 명에 불과했다……이렇기 때문에 곡조가 점점 고아해질수록 화답하는 이도 더욱 적어지는 것이다.客有歌于郢中者 其始曰下里·巴人 國中屬而和者數千人 其爲陽阿·薤露 國中屬而和者數百人 其爲陽春·白雪 國中屬而和者不

過數十人……是以其曲彌高 其和彌寡"

이주한李周翰의 주석에 따르면 "<하리>와 <파인>은 하류의 곡조 이름이고, <양춘>과 <백설>은 고아한 곡조 이름下里巴人 下曲名也 陽春白雪 高曲名也"이라고 한다.(『문선文選』 권45) 육기陸機(261-303)는 <문부文賦>에서 "<하리> 가운데 <백설>을 담았으니, 나 또한 저 훌륭한 바를 건너가리라.綴下里中白雪 吾亦濟夫所偉"고 서술하였다. 이 말에 나오는 <하리>는 문학 작품을 엮으면서 비교적 범용한 문구를 비유하며, <백설>은 아름다운 구절을 상징한다.

가의(전201-전168)

가의는 서한西漢 시대의 문학가이자 정치가로, 낙양洛陽(하남성 낙양) 출신이다. 18세 때 문재文才로 이름이 났고, 20세 때 문제文帝의 신임을 받아 박사博士가 되었다. 이듬해 태중대부太中大夫가 되어 개력정치를 주장하다가 권신인 주발(周勃)의 미움을 사 장사왕長沙王 태부太傅(보좌역), 양회왕梁懷王(문제의 아들) 태부로 밀려났다. 양회왕이 낙마하여 죽자 울며 통곡하기를 한 해를 넘게 하다가 33세의 젊은 나이로 죽었다. 저서로는 정치평론서인 『신서新書』가 있으며, 진秦나라의 정치를 비판한 「과진론過秦論」을 비롯하여 「치안책治安策」 「논적저소論積貯疏」 등 정론政論의 문장이 한대의 보기 드문 명문으로 정평이 나 있다. 유명한 「조굴원부弔屈原賦」는 굴원의 불행한 일생을 자신의 처지에 빗대어 읊은 서정시가이다.

■ 문학의 오묘한 경지를 노래하다 (化工)

조물주가 빚어낸 듯 공교롭다는 뜻으로, 자연이 창조한 만물이 순리대로 성장하는 내밀한 힘을 가리킨다. 이 말은 본래 가의賈誼(전201-전168)의 <복조부鵩鳥賦>에서 나왔다. "천지는 화로와 같으니, 조화가 공교롭기만 하네.天地爲爐兮 造化爲工" 이상은李商隱(812-858)도 <헌상두복야상공獻上杜僕射相公>에서 "진실로 조물주와 꼭 같으니, 헛되이 화공에게 양보했구나.固是符眞宰 徒勞讓化工"라고 노래하였다. 고대의 문학론에서도 화공이란 말로 예술적 표현이 진실하고 자연스러운 것을 가리키기도 했다. 이 말은 화공畫工(그린 듯이 공교롭다는 뜻으로, 인위적 흔적이 완연한 것을 일컬음)이라는 평어와 상대적인 의미로 쓰였다. 명나라의 이지李贄(1527-1602)는 <잡설雜說>에서 "『배월정기排月亭記』과 『서상기』는 조물주가 만든 듯이 공교롭고, 『비파기』는 그림으로 그린 듯이 공교롭다. 이른바 화공이라는 것은 능히 천지의 화공을 빼앗을 수도 있다고 여기겠지만, 누가 천지에 공교로움이 없음을 알겠는가?……조화는 공교로움이 없음을 알고자 한다면 비록 신성한 능력이 있다 하더라도 또한 능히 화공의 소재를 알지 못할 것이니 누가 능히 그것을 터득하겠는가? 이로 보건대 화공이 아무리 공교롭다고 해도 이미 두 가지 의에 떨어진 것이다.拜月·西廂 化工也 琵琶 畫工也 夫所謂畫工者 以其能奪天地之化工 而其孰知天地之無工乎……要知造化無工 雖有神聖 亦不能識知化工之所在 而其誰能得之 由此觀之 畫工雖巧 已落二義矣" 이지는 동심설童心說을 주장하면서 문학 창작에서는 진실된 감정과 사상이 담기고 예술 표현도 자연스러워야 한다고 주장하였다. 때문에 화공化工이란 말로 『배월정기』와 『서상기』의 예술적 성과를 찬양한 것이다. 이것이 그가 문학 창작과 이론적 비평이 추구해야 할 최고의 예술적 경계境界로 화공을 제시했던 이유다.

동중서(전179-전104)

동중서는 서한西漢 시대의 경학가經學家이자 사상가다. 광천廣川(하북성) 출신으로, 유가儒家에 심취했으며 특히 『춘추春秋』의 해석에 밝았다. 경제景帝 때 박사博士가 되었으며, 현량賢良으로 불렸다. 무제武帝 때에는 '천인삼책天人三策'을 건의하여 채택되었다. 이로 인해 백가百家의 사상이 배척되고 유가의 사상이 봉건사회의 통치이념이 되어 이후 2천여 년간 면면히 이어지는 계기를 마련했다. 이밖에 삼강오상三綱五常의 윤리도덕 개념을 수립하여 봉건 종법宗法 사상의 확고한 틀을 마련했다. 태학太學의 설립을 건의하여 백성의 교화를 추진하기도 하였다. 춘추공양학파公羊學派의 대표로 일컬어진다. 저작에 『거현량대책擧賢良對策』을 비롯하여 『춘추번로春秋繁露』, 『동자문집董子文集』 등이 전한다.

■ 주석이 작품을 다 설명하지는 않는다 (詩無達詁)

『시경』을 감상하기 위해 반드시 훈고訓詁에 통달할 필요는 없다는 말로, 고대 시론 가운데 시를 해석하는 관점의 하나이다. 이것이 발전해서 시가나 문예 작품을 감상하는 방법론이 되었다. 실질적으로는 문학 예술 작품을 감상할 때 발생하는 심미적 차이를 가리키는 것이다. 시무달고란 말은 동중서董仲舒(전179-전104)의 『춘추번로春秋繁露』 권3 <정화精華>편에 나온다. 달고의 의미는 정확한 훈고 또는 해석을 말한다. 춘추·전국 시대에는 『시경』을 단장취의斷章取義하는 풍조가 성행했는데, 『좌전·양공襄公 29년』 조에 보면 "노포계가 말하기를……『시경』의 한 구절을 잘라 뜻을 부여해서 나는 내가 구하는 바를 얻었다.盧蒲癸曰……賦詩斷章 余取所求焉"는 구절이 있다. 이런 방식은 당시 문헌 속에서 무수하게 발견된다. 각기 필요한 바를 취한다면 단장에 속하고, 옛 말을 빌어 나의 감정을 말하는데, 이 때문에 인용한 시는 그 뜻이 사람에 따라 달라지게 되었다. 즉 "좌씨가『시경』을 인용한 것이 모두『시경』을 쓴 사람의 의도는 아니다.左氏引詩皆非詩人之旨"(증이曾異의『방수당문집紡授堂文集』권5 <복증서기서復曾敍祈書>)는 것이다. 한나라 때 사람들이『시경』을 해석한 성과들, 예컨대『한시외전韓詩外傳』따위도 역시 이러한 방법을 사용하였다. 때문에 "『시경』을 감상할 때 훈고에 통달할 필요는 없다.詩無達詁"는 말이 나오게 되었는데, 노문초盧文弨가 말한 "『시경』에는 일정한 형식이 없기 때문에『시경』을 읽는 방식에도 일정한 해법은 없다.詩無定形 讀詩者亦無定解"(『포경당문집抱經堂文集』권3 <교본한시외전서校本韓詩外傳序>)는 지적도 이런 의미에서 나온 것이다.

　예술 작품을 감상할 때에도 종종 시의 함의가 분명하게 드러나지 않거나 심지어 "흥은 여기에서 일어나지만, 뜻은 저쪽으로 가는興發于此 而義歸于彼"(백거이白居易의 <여원구서與元九書>) 경우도 있으며, 감상자의 심리나 감정이 다를 때에는 같은 작품이라고 해도 감상자는 전혀 다르게 해석할 수도 있다. 때문에 시무달고는 후세에 작품을 심미적으로 감상할 때 나타나는 차이를 의미하게도 되었다. 이 점은 중국의 고문론 가운데에도 풍부하게 기술되어 있다. 예컨대 송나라의 유진옹劉辰翁(1232-1297)은『수계집須溪集』권6 <제유옥전제두시題劉玉田題杜詩>에서 "각각 얻은 바에 따라 시를 보니, 때로 이 말과는 본래 교섭이 없었다.觀詩各隨所得 或與此語本無交涉"고 말했다. 그의 아들 유장손劉將孫이 지은 왕안석王安石(1021-1068)의 <당백가시선서唐百家詩選序>에는 "옛 사람이『시경』을 노래한 것은 오직 단장하여 뜻을 드러낸 것이다. 진실로 본래 말 본래 뜻이 있어서 아마도 여기에 미치지 못하니, 자연을 접해 마음이 움직이는 것은 따로 격발되는 바가 있다.古人賦詩 獨斷章見志 固有本語本意若不及此 而觸景動懷 別有激發"(『영락대전永樂大典』권907 <시詩>)는 말이 나온다. 여기서 말한 각수소득各隨所得이나 별유격발別有激發은 예술 작품을 감상할 때 사람에 따라 느낌이 달라지는 것을 가리킨다.

이 밖에도 왕부지王夫之(1619-1692)가 『강재시화薑齋詩話』 권1에서 말한 것과 같은 "작자는 일치된 생각을 쓰지만 독자는 각각 자신의 감정으로 이를 해석한다……사람의 감정이 노니는 것은 끝이 없어서 각자 자신의 감정으로 만나는 것이니, 이 때문에 시가 있는 것을 귀하게 여긴다.作者用一致之思 讀者各以其情而自得……人情之遊也無涯 而各以其情遇 斯所貴于有詩"는 지적도 그런 관점의 하나를 표명한 것이다. 또 상주사파常州詞派는 사에 대해 논의하면서 "처음 사를 배울 때에는 기탁한 바가 있기를 구하지만, 이미 격조를 이루면 기탁함이 없기를 구하게 된다. 기탁함이 없으면 사물을 가리키는 것이 정서와 같아질 것이니, 어진 이는 어짐을 보고 지혜로운 이는 지혜를 보게 된다.初學詞求有寄托……旣成格調求無寄托 無寄托則指事類情 仁者見仁 知者見知"(주제周濟의 『개존재논사잡저介存齋論詞雜著』) 라고 말했다. 담헌譚獻(1832-1901)은 『복당사화復堂詞話』에서 "이른바 작자가 반드시 그렇게 하지 않았는데, 독자가 어찌 반드시 그렇지 않다 하겠는가.所謂作者未必然 讀者何必不然"라 하고, <복당사록서復堂詞錄序>에서는 "옆에서 그 말을 내면 옆에서 그 감정을 통하니 닮은 것에 부딪혀 느끼고 닮은 것을 가득히 채워 극진히 한다. 심지어는 작자의 마음씀씀이가 반드시 그렇게 하지 않았는데, 독자의 마음씀씀이가 어찌 반드시 그렇지 않다 하겠는가?側出其言 傍通其情 觸類以感 充類以盡 甚且作者之用心未必然 而讀者之用心何必不然"라고 말했다. 이들 발언은 모두 예술을 감상할 때 나오는 심미상의 차이점을 설명한 것이다. 같은 작품이라고 해도 감상자가 어진 사람이면 어짊을 보고 지혜로운 자면 지혜를 보는 등 각각 자신의 감정으로서 이해한다는 것으로, 이는 예술 작품을 감상할 때 빈번히 경험하는 현상이다.

당연히 심미상의 차이를 인정할 때 반드시 전제해야 할 조건은 이 때문에 심미적 감상에 있어서 공통성 또는 객관적 기준이 존재하지 않는다고 부정할 수는 없다는 사실이다. 전자를 인정하지 않는다면 심미 감상의 실제와 어긋나고, 후자를 인정하지 않는다면 심미 감상에 대해 절대적 상대주의에 빠지게 될 것이며, 동시에 예술 감상의 역사적 사실들과도 부합하지 않는 일이 되기도 한다.

사마천(전145-전86?)

사마천은 후한後漢의 사학자로, 『사기史記』의 저자이다. 자는 자장子長이고, 하양夏陽(섬서성 한성漢城) 출신이다. 태사령太史令이었던 부친 사마담司馬談의 영향을 받아 10세 때부터 한학에 능통했다. 20세 때 전국을 돌아다니며 지형·풍속·역사고적을 익히고 전설을 채집했다. 처음에 낭중郎中의 직책을 맡으며 부친의 사서史書 편찬을 돕다가 부친의 뒤를 이어 태사령이 되었다. 천한天漢 3년(전98) 흉노에 항복한 이릉李陵을 변호하다가 무제武帝의 노여움을 사 궁형宮刑에 처해졌다. 출옥 후 중서령中書令에 임명되어 사서 편찬에 몰두한 끝에 방대한 양의 『사기史記』(원명 太史公書)를 완성하였다.

■ 시가의 작용과 특징을 논하다 (詩以達意)

사마천司馬遷이 시가의 특징과 작용에 대해 논의하면서 제시한 관점인데, 『사기·태사공자서太史公自序』에 보인다.

"이 때문에 『예』로써 인간의 행위에 절도를 부여하고, 『악』으로써 인간 생활의 조화를 가져오며, 『서』로써 사실을 가르쳐 주고, 『시』로써 뜻을 통하게 해주며, 『역』으로써 변화의 원리를 가르쳐 주고, 『춘

추』로써 대의를 가르쳐 주게 된 것이다.是故禮以節人 樂以發和 書以
道事 詩以達意 易以道化 春秋以道義"

이렇게 사마천은 유가 경전의 특징과 사회적 효용에 대해 개괄하
고 비교하였다. "『시』로써 뜻을 통하게 해준다.詩以達意"고 했을 때의
의意에 대해 사마천은 같은 글에서 좀더 상세하게 설명을 가한다.
"『시경』3백 편은 대개 성인과 현인이 발분해서 지은 것이다. 결국
사람이란 누구나 마음 속에 뜻이 울연이 맺혀 있어서 그 도에 통달할
수 없었던 것이다. 때문에 지난 일을 기술해서 앞으로 올 사람을 생
각하였다.詩三百篇 大抵賢聖發憤之所爲作也 此人皆意有所鬱結 不得
通其道也 故述往事 思來者" 이를 통해 사마천이 말한 의는 사상과 감
정을 뜻하고, 이 사상과 감정은 작자가 현실에서 생활하면서 느껴 밖
으로 드러내지 않을 수 없는 것을 말한다는 사실을 알 수 있다. 이
때문에 시이달의는 시가의 특징과 작용은 사상과 감정을 표출하는
데 있음을 설명한다고 볼 수 있다. 사마천은 다시 시는 산천초목이나
짐승 따위의 구체적인 사물을 기술함으로써 작사의 사상과 감정을
표현하는 양식이라고 주장한다. 사마천의 시이달의설은 시언지설詩言
志說과 사달설辭達說을 계승하여 발전시킨 논리이다.

■ 고통 속에서 문학은 꽃을 피운다 (發憤說)

고대 중국에서 우수한 문학 작품이 만들어지게 된 이유를 설명하
는 방식의 하나로, 고분설孤憤說이라고도 한다. 굴원屈原(전339-전278)의
<석송惜誦>에 보면 "분함을 발하여 감정을 서술한다發憤以抒情"는
구절이 보이고, 『회남자·훈제속訓齊俗』에서는 "마음 속에 분함이 있
으면 밖으로 형용된다.憤于中而形于外"고 하였다. 사마천은 이러한
설명 방식을 계승해서 자신이 어려움을 겪은 사실을 근거로 발분설
을 제시하였다. 그는 역사상 우수한 작품들은 모두 작가가 사회 생활

을 하면서 심각한 불행에 처했을 때 쓰여졌다고 보았다. 이를 그는 『사기·태사공자서太史公自序』와 <보임소경서報任少卿書>에서 "마음 속에 막혀서 맺혀진 것이 있어도 통할 길을 얻지 못하면意有所鬱結 不得通其道" "발분하여 작품을 쓰게 된다.發憤之所爲作"고 말하였다.

이러한 관점이 중국문학사에 끼친 영향은 대단히 컸다. 한나라의 환담桓譚은 "가의가 좌천되어 뜻을 잃지 않았다면 그의 문채가 빛나 지 못했을 것賈誼不左遷失志 則文彩不發"이라고 말했으며, 당나라의 한유韓愈(768-824)는 "평화로운 상태에서 쓰여진 소리는 담담하고 옅으 며, 근심에 젖어 내는 소리는 오묘하게 되는 것이다. 기쁨에 싸여 만 들어진 구절은 공교롭기 어렵고, 궁핍하고 괴로울 때 나온 작품은 쉽 게 좋아진다.和平之音淡薄 而愁思之聲要妙 歡愉之詞難工 而窮苦之言 易好"고 하였다. 송나라의 구양수歐陽修(1007-1072)는 "시는 궁핍해진 뒤 에야 공교로워진다.詩窮而後工"고 했고, 진사도陳師道(1053-1102)는 "오 직 궁핍함이 심해질수록 작품은 더욱 많아진다.惟其窮愈甚 故其詩愈 多"고 말했다. 청나라의 왕국유王國維(1877-1927)는 "사물이 평정을 얻지 못하면 울리는 법이다. 때문에 기쁨에 싸여 만들어진 구절은 공교롭 기 어렵고, 근심에 젖어 있거나 괴로울 때 나온 작품은 쉽게 공교로 워진다.物之不得其平而鳴者也 故歡愉之詞難工 而窮苦之言易巧"고 했 는데, 모두 이 관점을 반복하거나 변주한 것이다.

송원宋元 이후에는 소설 창작이 번성했는데, 역시 많은 사람들이 훌륭한 소설이 나온 이유를 발분한 작품이기 때문이라는 방식으로 설명하였다. 이지李贄(1527-1602)는 『수호전』의 작가가 "비록 원나라 때 태어났지만 송나라 때의 일에 대해 실로 분해 한 것雖生元日 實憤宋 事"이라 하여 "발분하여 만들어낸 작품發憤之所作"으로 보았다. 또 김성탄金聖嘆(1608-1661)은 『수호전』의 작가가 "발분해서 책을 쓰고發憤 作書" "노여워 독한 마음으로 책을 지었던 것怒毒爲書"은 "천하에 도 가 없는 사실天下無道"을 참지 못했던 "여러 사람들의 논의庶人之議"

때문이라고 말하였다. 또 진침陳忱(1613-1670?)은 자신의 『수호후전水滸後傳』은 "분함을 터뜨린 작품泄憤之書"이라 했고, 장죽파張竹坡는 『금병매』의 작가는 "마음 가득 울분이 맺혀 이 책을 지었다.乃日腔憤懣而作此書"고 말했다. 포송령蒲松齡(1640-1715)은 자신의 『요재지이聊齋志異』는 "외롭고 분함을 견디지 못해 쓴 책孤憤之書"이라고 말하는 등 그 예는 일일이 열거할 수 없을 정도로 많다.

이처럼 봉건 시대에 발분하여 책을 쓰는 풍조는 확실히 보편적인 현상으로, 발분설은 이 현상을 한 마디로 요약한 용어라고 할 수 있다. 이른바 발분은 비록 작가 개인의 불행과 직접 관련이 있지만, 사실은 당시 사회의 불합리한 현실에 대한 비판적 성격을 띤 말이라고 할 수 있다. 그렇기 때문에 발분설에는 사회성이 명확하고 심각하게 내포되어 있는 것이다.

■ 『이소』의 문학적 가치를 논하다 (文約辭微)

사마천이 『이소離騷』를 평가하면서 제시한 평어. 이 말은 『사기·굴원가생열전屈原賈生列傳』에 나온다.

"<국풍>은 색을 좋아하면서도 지나치지 않고 <소아>는 원망하고 비방하면서도 문란하지는 않았는데, 『이소』는 이 둘을 겸했다고 할 수 있다……문장은 간략하고 문체는 은미하며 뜻은 깨끗하고 행동은 청렴하다. 문장에 드러난 것은 작지만 담긴 뜻은 아주 크고 사례를 든 것은 가깝지만 의리를 보인 것은 멀다. 뜻이 깨끗하기 때문에 사물을 칭한 것이 향기롭고, 행동이 청렴하기 때문에 죽어도 스스로 소홀해지는 것을 용납하지 않았다.國風好色而不淫 小雅怨誹而不亂 若離騷者 可謂兼之矣……其文約 其辭微 其志潔 其行廉 其稱文小而其旨極大 舉類邇而見義遠 其志潔 故其稱物芳 其行廉 故死而不容自疏"

약約은 간결하고 다듬어져 있다는 뜻이며, 미微는 세밀하고 구체적인 것을 일컫는다. 문약사미는 바로 문체는 간결하고 다듬어져 있으며 형상화가 성공적으로 실현되어 있다는 뜻이다. 이런 지적은 사마천이『이소』에 담긴 정서와 굴원의 인격을 분석해서『이소』의 예술적 장점을 개괄한 것이다. 문장 가운데 "문장에 드러낸 것은 작지만 담긴 뜻은 아주 크고, 사례를 든 것은 가깝지만 의리를 보인 것은 멀다"고 지적한 말도 문약사미를 보다 구체적으로 해석하고 평가하기 위해 쓴 예이다. 이를 통해 그는 굴원이 세밀하고도 구체적으로 사물을 묘사하는 데 능란했던 사실을 설명하고, 동시에 작가의 깊고 웅대한 정신적 경지를 표현하였다. 사마천은 작은 것으로써 큰 것을 드러내고 가까운 것으로서 먼 것을 비유한 솜씨를『이소』의 예술적 특성으로 지적하였다. 뿐만 아니라 간접적으로『이소』가 비흥比興의 수법을 광범위하게 운용한 사실을 설명했으며, 문학 창작 가운데의 전형화와 개괄화에 관련된 이론적 문제들에 대해서도 거론하였다. 이 점은 중국 고대 문론사에 있어서 시사적이고 선도적인 의의를 갖는 사실이다. 가장 일찍 굴원과 그의 문학에 대해 평가한 사람은 회남왕淮南王 유안劉安(전179?-전122)인데, 그는 일찍이 <이소전離騷傳>(지금은 없어졌음)을 남겼다. 사마천이『이소』에 대해 문약사미하다는 평가를 내린 것도 유안의 관점을 계승하고 발전시킨 성과라고 할 수 있다.

■ 의법 (義法)

중국 고대 문론 가운데 창작 방법에 대한 명칭이면서, 문장을 창작할 때 요구되는 원칙의 하나이다. 의법이란 용어는 사마천의『사기·12제후연표十二諸侯年表』에 처음 나온다.

"그 문체와 문장을 요약하고 번거롭고 겹친 것을 제거하여 의법을 제어한다.約其辭文 去其煩重 以制義法"

여기서 말하는 것은 공자가『춘추』를 지었을 때 제시한 포폄褒貶의 원칙과 글을 쓸 때의 특징이다. 송나라의 구양수歐陽修(1007-1072)는 사전史傳 문학에 대해 "일이 믿을 만하면 문장으로 말한다.事信言文"(<대인상왕추밀구선집서代人上王樞密求選集序>)는 원칙을 제시하였다. 사신事信은 역사상의 요구로 참된 사실과 악행을 숨기지 않아야 하며, 언문言文은 문학적 요구이다. 전자는 후대의 의법설義法說 가운데 의란 개념의 선구적 논의이고, 후자는 법이란 개념에 대한 선구적 발언이 되었다. 구양수와 동시대인인 증공曾鞏(1019-1083)도 이와 비슷한 생각을 가지고 있었다.

청나라 때 동성파桐城派가 등장한 이래 그들은 의법을 아주 중시했는데, 의법은 마침내 동성파 문론의 중요한 골격이 되었다. 가장 강력하게 주장한 사람은 동성파의 시조인 방포方苞(1668-1749)로, 그는 의법을 다음과 같이 풀이하였다. "의는 『주역』에서 말한, 말에는 대상(物)이 있다는 것이고, 법은 『주역』에서 말한, 말에는 순서(序)가 있다는 것이다. 의로써 날줄을 삼으며, 법으로써 씨줄을 삼는다. 이런 뒤에야 체제를 완성한 문장이 된다.義 卽易之所謂言有物也 法 卽易之所謂言有序也 義以爲經 而法緯之 然後爲成體之文"(<우서화식전후又書貨殖傳後>) 의는 내용이고, 법은 형식이다. 체제와 결합된 문장은 응당 내용이 충실해야 하고 체득한 일을 서술해야 한다. 즉 일정한 내용은 일정한 방식으로 표현되고자 한다. 그러나 동성파가 주장한 의법은 내용상으로 성리학과 밀접한 관계가 있을 뿐만 아니라 팔고문八股文과도 일맥상통하는 것이었다.

양웅(전53-전18)

양웅은 한漢대의 유학자로, 성도成都(사천성) 출신이며, 자는 자운子

雲이다. 눌변이었지만 박학하였다. 40여세 때 경사京師로 나아가 후한 성제成帝의 부름을 받고 나라의 정치를 찬양한 「장양부長楊賦」를 지었다. 이로 인해 낭랑이 되었다. 王莽 때는 대부 벼슬을 지냈다. 말년에 부賦를 버리고 철학에 심취했다. 저서에『주역』을 모방한『태현경太玄經』 10권,『논어』를 모방한『법언法言』 13권,『방언方言』 12권이 있으며, 작품에「반이소反離騷」,「광소廣騷」,「감천부甘泉賦」 등이 있다. 모방 작가로 유명하다.

■ 한대 사부의 한계를 논하다 (諷一勸百)

한漢나라 때의 작가 양웅揚雄이 한부漢賦의 주제와 효과에 관해 비평한 말. "하나로 풍자하지만 백 가지로 유혹한다.諷一而勸百"는 말은 그의『법언法言·오자吾子』편에 나온다.『한서·사마상여전찬司馬相如傳贊』에도 "백 가지로 고취시키면서 하나로 풍자한다.勸百而諷一"는 말이 있는데, 역시 양웅의 입에서 나온 것이다. 그는 또 이런 말도 남겼다. "어떤 사람이 물었다. 부로도 풍자할 수 있습니까? 이에 대답하였다. 풍자한다. 풍자하면 그 행위를 그쳐야 한다. 그치게 하지 못한다면 나는 고취시키는 꼴을 면치 못할까 두려워진다.或曰 賦可以諷乎 曰諷乎 諷則已 不已 吾恐不免于勸也" 권勸이란 말 속에는 제창하고 고취하고 유혹한다는 의미가 있는데, 풍諷과는 완전히 상반되는 개념이다. 양웅의 주장은 이렇다. 한부는 실제로 풍유諷諭하는 작용은 아주 약하지만, 반대로 작품 속에 서술된 사실을 고취하는 성향은 왕성하다는 것이다. 양웅의 이러한 관점은 한부 작가들의 주관적인 의도와 객관적인 효과 사이의 모순을 심각하게 지적한 것이다. 한부 작가는 풍간하려는 의욕을 가졌음에도 불구하고 부를 지을 때에는 결미 부분에서 풍간의 성격을 띤 몇 구절의 말을 첨가했을 뿐이었다. 그리하여 문채를 다채롭게 꾸미고 지나치게 과장하여 "문인들의 부는 화려하지만 지나치게 방탕한辭人之賦麗以淫” 경향을 보이게 되었다. 이런 병폐는 독자로 하여금 부의 “사치스럽고 화려하며 광대하고 부연하는侈麗宏衍” 문채와 다양하게 전개되는 시상을 즐겨 감상할 줄만 알았지 부의 풍유하는 작용은 망각하게 만들었다. 결과적으로 풍간의 효과를 거두지 못했을 뿐만 아니라 오히려 풍간하고자 하다가 유혹하는 작용만 부산물로 나오게 하였다. 예컨대 한무제가 신선 사상에 심취하자 사마상여(전179-전118)가 <대인부大人賦>를 지어 이를 풍간했는데, 무제는 이 작품을 읽으면서 신선을 묘사한 구절이 나오자 풍간의 의도를 파악하기보다는 자신도 신선과 같이 구름을 타고 노닐려는 생각을 가지게 되었다. 이는 결국 창작의 의도와는 달리 황제에게 유선遊仙을 고취시키는 결과를 가져온 셈이다. 때문에 풍일권백이라는 관점은 정확한 지적으로, 한부의 맹점을 제대로 간파한 논의라고 할 수 있다. 유협劉勰(465?-520?)은 『문심조룡·잡문雜文』편에서 한부에 대해 이렇게 분석하였다. “대략적인 귀추로 보아서는 어느 것이나 높은 수준으로 궁진과 누각을 이야기하고, 장대한 말로 수렵의 양상을 묘사했으며, 진귀한 의복이나 요리를 그렸는가 하면, 매혹적인 음악이나 여성에 대해 묘사하는 일에 주력하였다. 감미로운 내용은 골수까지 흔들어놓았고, 염정적인 언어는 혼을 흔들고 만다. 이것들이 처음에는 비록 지나치고 사치한 묘사로 시작되지만 끝에 가서는 정직한 말로 종결된다. 그러나 하나를 풍유하는 데 백 배의 유혹을 서술해 가지고는 그 세의 돌이킴이 어려울 것이다.觀其大抵所歸 莫不高談宮館 壯語畋獵 窮瑰奇之服饌 極蠱媚之聲色 甘意搖骨髓 艶詞洞魂識 雖始之以淫侈 而終之以居正 然諷一勸百 勢不自反” 양웅은 이 사실을 깨달았기 때문에 한부의 맹점을 통렬하게 비판한 뒤 “사내라면 이런 짓은 하지 않는다.丈夫不爲”고 갈파하면서 부 짓는 일을 그만두었던 것이다.

■ 한대 사부의 문제점을 논하다 (雕蟲篆刻)

양웅이 한부漢賦에 대해 전개한 비평. 충은 조충서鳥蟲書를 말하는데, 이것은 옛날의 글씨체로 필획에 장식성이 풍부하며 무기나 기치, 부신符信에 사용되었다. 각은 부호를 새긴다는 뜻이다. 이 말은『법언法言·오자吾子』편에 "어떤 사람이 묻기를 '그대는 젊었을 때부터 부 짓기를 좋아했다지요?' '그렇습니다. 어린애가 글자를 파고 새기는 정도지요.'얼마 후 '장부라면 그렇게 하지 않았을 겁니다.'或問 吾子少而好賦 曰然 童子雕蟲篆刻 俄而曰 壯夫不爲也"라고 한 글에서 나왔다. 진秦나라 때의 서체書體는 여덟 가지가 있었는데, 한나라 때에 어린이가 서법을 공부할 때에는 항상 이것들로 모범을 삼아 학습하였다. 충서나 전각은 그 중 두 가지인데, 섬세하고 교묘해서 배우기가 쉽지 않다. 양웅은 한부가 사물을 자세히 서술하고 문채를 세련되게 다듬는 풍조를 비판하면서, 이는 마치 어린아이가 조충서를 조탁하고 전사각부篆寫刻符하는 것과 같은 자잘한 재주로 문장의 본령이 아니어서 장부는 하지 않는다는 것이다.

양웅보다 앞서 한부에 대해 비평을 가한 이는 사마상여司馬相如(전179-전118)다. 그는『서경잡기西京雜記』에서 "모으고 꿰맨 것을 합해 문장을 이루고, 비단에 수를 놓아 열거하여 바탕을 이루며, 한 올의 날줄과 씨줄을 엮고 궁성과 상성을 배분하니, 이것이 부의 자취이다. 부를 짓는 사람의 마음은 우주를 포괄하고 인물을 두루 살펴서 이에 마음 속에 얻어지는 것이 있지만 이를 알 수는 없는 일合纂組以成文 列錦繡而爲質 一經一緯 一宮一商 此賦之迹也 賦家之心 包括宇宙 總覽人物 斯乃得之于內 不可得而知"이라고 말했다. 사마상여는 사실상 한부가 이미 사물을 나열하고 과장으로 얼룩져 있으며 문채가 화려한 예술적 특징에 대해 지적하였다. 양운은 "어려서부터 부 짓기를 좋아했는데少而好賦", 한부의 이러한 특징에 대해 극도의 칭찬을 아끼지 않았다. 『한서·양웅전』에 따르면 그는 "이보다 앞서 촉나라에 사마상여가 있었는데, 부를 지으면 대단히 넓고 아름다우며 온화하고 우아했다. 양웅은 마음 속으로 이를 훌륭하다고 여겨 부를 지을 때면 그로써 모범을 삼았다.先是時 蜀有司馬相如 作賦甚爲弘麗溫雅 雄心壯之 每作賦嘗擬之以爲式"고 한다. 그는 사마상여의 홍려온아弘麗溫雅한 부풍賦風을 모방했는데, 스스로 뛰어난 부를 지었다고 자부하였다. 그러나 만년이 되자 양웅은 젊은 날의 태도를 바꾸어 한부의 현실에 대해 혹독한 비판을 전개하였다. 『한서·양웅전』에는 이 일에 대해 다음과 같은 기록을 남기고 있다.

양웅은 부는 풍자하기 위해 쓰는 것으로 생각하였다. 반드시 경우를 미루어 보고 말해서 화려하고 아름다운 문채를 극진히 해서 크고 사치스럽고 거대하며 넘쳐흘러 사람들이 능히 첨가할 글이 없는 데까지 다투어 나갔다. 이미 그러고도 바른 곳으로 돌아갔는데, 보는 이들은 그만 이를 지나쳐 버렸다. 옛날 무제가 신선 사상을 좋아해서 사마상여가 〈대인부〉를 올려 풍자했지만 황제는 오히려 구름을 넘나드는 뜻이 깔려 있다고 보았다. 이를 통해 말하건대 부를 써서 권했는 데도 그치지 않았음이 분명하다. 또 배우 순우곤과 우맹의 무리들과 자못 같아 법도가 존재하는 현인과 군자들이 지은 시부의 바름이 없다고 여겨졌다. 이에 그는 모든 것을 걷어치우고 더 이상 부를 쓰지 않았다

雄以爲賦者 將以風也 必推類而言 極麗靡之辭 閎侈巨衍 競于使人不能加也 旣乃歸之于正 然覽者已過矣 往時武帝好神仙 相如上大人賦 欲以風 帝反縹縹有凌雲之志 繇是言之 賦勸而不止 明矣 又頗似俳優淳于髡·優孟之徒 非法度所存 賢人君子詩賦之正也 于是輟不復爲

『법언·오자』편에도 "어떤이가 말하기를 '부를 지어 풍자할 수 있는가?' 대답하기를 '풍자할 수 있느냐고? 풍자했으면 그런 행동을 그쳐야 하는데, 그치지 않으면 권하는 것을 면하지 못할까 두렵다.'或曰 賦可以諷乎 曰諷乎 諷則已 不已 吾恐不免于勸也"는 글이 나온다. 양

웅의 입장은 유가가 교화 작용을 강조하는 문학관에서 출발하여 부를 쓰는 원래 의도는 통치자들의 잘못을 풍간諷諫하고 비판하는 데 있다고 생각하였다. 그러나 한부의 "화려하고 아름다운 문채를 극진히 해서 크고 사치스럽고 거대하며 넘쳐흐르는極麗靡之辭 閎侈巨衍" 예술적 형식은 "권하고도 그치지 못하게 하는勸而不止" 결과를 만들어냈다. 그는 부가 문채를 다채롭게 엮고 문장을 지을 때 사물을 나열함과 동시에 풍간의 역할을 발현하는 식의 모순에 도달했다고 보면서, 사마상여의 부가 풍자하려다가 오히려 권계勸戒에 실패하고 말았던 객관적 효과에 불만을 가졌다. 이에 그는 스스로 <습렵부羽獵賦>와 <감천부甘泉賦> 등을 지어 서문에서 특히 풍간이라는 핵심적인 문제를 강조했지만 결과적으로 이 목적을 달성하지는 못했다. 왕충王充(27-97?)은 『논형論衡・견고譴告』편에서 "효성황제가 궁실을 넓히는 일을 좋아하자 양웅이 <감천부>를 지어 올렸다. 여기서 그는 오묘하게 신괴한 문제에 대해 칭송했지만, 사실은 '이는 사람의 힘으로 능히 할 수 있는 것이 아니고 귀신의 힘이 있을 때 이룰 수 있다'는 점을 말하고자 한 것이었다. 그러나 황제는 깨닫지 못하고 그 일을 그치지 않았다.孝成皇帝好廣宮室 揚子雲上甘泉賦 妙稱神怪 若曰非人力所能爲 鬼神力乃可成 皇帝不覺 爲之不止"고 말했다. 양웅은 자신과 다른 작가의 부는 더 이상 풍간하는 역할을 수행하지 못하며 자신의 유가적 문학관과도 부합하지 않는다는 사실을 인식하게 되었다. 이 밖에 당시 부를 짓는 작가들의 사회적 위치는 상당히 낮은 편이어서 "자못 배우와 같은頗似俳優" 처지였지 "현인이나 군자가 아니어서非賢人君子" 작품이 "시부의 바름詩賦之正"을 얻을 수 없었다. 이런 현실이 마침내 양웅으로 하여금 시부에 대한 태도를 전환시키게 만들어 부는 "어린애가 글자를 파고 새기는 것으로……장부라면 그렇게 하지 않는다.童子雕蟲篆刻……壯夫不爲"고 비판하기에 이르렀던 것이다.

중국문학비평사에서 양웅은 최초로 한부에 대해 비평 활동을 전개한 사람이다. 그의 관점은 후세 부에 대해 거론하는 사람들에게 찬반 여부를 막론하고 영향을 주었다. 『한서·예문지』에서는 "한나라가 들어서자 매승과 사마상여, 양웅에 이르기까지 다투어 사치하고 화려하며 크고 흘러 넘치는 문채를 구사했지 풍자하고 비유하는 의리는 없었다.漢興 枚乘·司馬相如 下及揚子雲 競爲侈麗閎衍之辭 沒其風諭之義"고 말했다. 유협劉勰(465?-520?)도 『문심조룡·전부詮賦』편에서 다음과 같이 평가하였다. "그러나 형식적인 것만을 추구하는 사람들은 근본을 소홀히 하니, 비록 천 편의 부를 읽는다 해도 부의 본질을 터득하지 못하고 오히려 더욱 의혹에 빠질 것이다. 꽃이 지나치게 충실하면 가지를 상하게 하고, 몸에 기름기가 너무 많으면 뼈를 상하게 하는 것처럼 그러한 태도는 어떤 모범을 세우는 데 아무런 도움도 되지 못할 것이다. 양웅과 같은 작가도 자신이 젊은 시절에 부를 지은 일에 대해 조충서를 쓰는 것과 같았다며 후회하였고, 또한 부 짓는 일는 얇은 실로 고운 비단을 짜는 것과 같다고 비웃었던 것이다.然逐末之儔蔑棄其本 雖讀千賦 愈惑體要 遂使繁華損枝 膏腴害骨 無貴風軌 莫益勸戒 此揚子所以追悔于雕蟲 貽誚于霧縠者也"

소식蘇軾(1037-1101)도 <답사민사서答謝民師書>에서 이렇게 지적하였다.

"양웅은 심오하고 어려운 문장으로 천박하고 쉬운 이야기를 즐겨 꾸몄다. 만약 바르게 그것을 말한다면 누구나 다 알 것이다. 이것이 이른바 조충전각한 것으로, 『태현』이나 『법언』이 그러한 경우다. 그런데 홀로 부를 지은 것을 후회한 까닭은 무엇 때문인가? 평생을 조충전각이나 하다가 유독 그 음절을 바꿔놓고 이것을 일러 경전이라 한다면 옳겠는가? 굴원이 『이소경』을 지었는데, 대개 풍아의 정신이 다시 한 번 바뀐 것이니 비록 해와 달과 그 빛을 겨룬다고 해도 가하다. 부를 지어놓고 그것을 조충이라 해서 비난하는 것과 가히 비슷하겠는가?……양웅의 비루한 것이 이와 같으니, 이에 견줄 이는 대단히

많을 것이다.揚雄好爲艱深之辭 以文淺易之說 若正言之 則人人知之矣
此正所謂雕蟲篆刻者 其太玄·法言皆是類也 而獨悔于賦 何哉 終身雕
刻 而獨變其音節 便謂之經 可乎 屈原作離騷經 蓋風雅之再變者 雖與
日月爭光可也 可以其似賦而誚之雕蟲乎……雄之陋如此 比者甚衆"

이러한 비평을 통해 우리는 역사적으로 양웅이 한부에 대해 펼친
비판을 찬성한 이도 있고 반대한 이도 있음을 알 수 있다. 오늘날의
학자들은 대부분이 양웅의 비판은 핵심을 찔렀으며, 한부가 내용은
경시한 채 문채에만 충실했던 형식주의 경향을 강력하게 비판했다고
인정하고 있다. 그러나 어떤 사람은 양웅이 지나치게 부의 풍간하는
역할을 강조해서 한부의 우미한 문학성을 말살시켰다고 평가한다. 이
는 양웅이 문학의 예술적 특성에 대한 인식이 부족한 결과 나온 오류
이고, 문장의 현실적 효용을 과다하게 강조한 그의 문학관의 한계라
고도 하겠다.

■ 사부에 대해 평하다 (詩人之賦麗以則 辭人之賦麗以淫)

양웅이 사부辭賦에 대해 내린 평가로, 『법언法言·오자吾子』편에 나
온다.

"어떤 사람이 물었다. 경차와 당륵, 송옥과 매승의 부는 이로움이
있습니까? 반드시 지나치게 방탕할 것이다. 방탕하다는 것은 무엇입
니까? 시인의 부는 화려하면서도 법도에 맞지만, 사인의 부는 화려하
면서도 지나치게 방탕하다. 만약 공자의 문하에서 부를 쓴다면 가의
는 마루에 오를 정도이고, 사마상여는 방에 들 것이라고 대답하였다.
或問 景差·唐勒·宋玉·枚乘之賦也益乎 曰必也淫 淫則奈何 曰詩人
之賦麗以則 辭人之部麗以淫 如孔氏之門用賦也 則賈誼升堂 相如入室
矣"

양웅은 한나라의 부가 내용에 있어서 풍간諷諫의 법도를 잃고 형식

상으로 무작정 화려한 것만 추구하는 경향에 우려를 표명하였다. 이러한 인식을 기초로 그는 한 걸음 더 나아가 부 작품에 대한 분석과 평가를 시도했는데, 그것이 바로 유명한 시인지부려이칙 사인지부려이음이다.

양웅은 사부가의 작품을 두 가지로 구분지었다. 굴원屈原으로 대표되는 시인의 부와 위에서 열거한 작가들로 대표되는 사인의 부가 그것이다. 시인의 부는 "본체가 『시경』의 우아함을 함께 한體同詩雅"(『문심조룡·변체辨體』편) 것으로, 『시경』에 담겨 있는 창작 정신을 계승해서 풍아風雅의 뜻을 터득하여 교화에 도움을 주는 작품들을 일컫는다. 가의와 사마상여司馬相如의 부는 성취가 비교적 높아서 공자의 문하에서 부를 쓴다면 두 사람은 승당입실의 경지에 이르렀다고 평가할 만하다고 보았다. 그러나 두 사람의 부 역시 사인의 부에 속한다고 판정하였다. 양웅이 부를 두 종류로 나눈 태도는 물론 편파적이고 공평하지 못한 부분도 있는데, 송옥과 가의도 사인의 부에 넣어 비평을 가한 점으로 미루어 대략 실제와 거의 부합하지 않는다고 말할 수 있다. 다만 총체적으로 볼 때 그는 굴원의 소부騷賦와 한부漢賦를 구분하면서, 이를 통해 체제상의 차이뿐만 아니라 내용과 예술상의 차이를 구별했다는 점에서 실제와 부합한다고 말할 수 있다.

양웅은 부의 공통적인 특징은 "화려함(麗)"에 있다고 보았다. 이는 아름답고 기교적이며 부화한 특징을 가리키는 평어다. 양자의 구별점은 여기에 있는 것이 아니라 칙則과 음淫에 있다. 칙은 법도를 말하는데, 유가에서 주장하는 교화의 법칙에 상응한다. 그가 말한 "일이나 문체가 법칙이나 경전과 일치하고, 말이 용모나 덕을 표현하기에 족한 문장事辭稱則經 言足容德之藻矣"(『법언·오자』편)과도 부합한다. 꾸밈(형식)과 바탕(내용)이 서로 조화를 이루어 문장이 말을 충분히 수식하고 또 사용하기에 적합하여 풍간의 목적에 이바지하는 것이다. 음은 번다하고 방탕한 것으로, "화려하고 아름답기만 한 문체가 넓고 사치스러우며 크고 넘쳐흘러靡麗之辭 閎侈巨衍" "화려한 단채가 그 윽함을 어지럽히고華丹亂窈窕" "지나친 말투가 법도를 더럽히는淫辭 漏法度" 것을 일컫는다. 형식에 치우쳐서 아리따운 수사에만 골몰하여, 주제를 표현하는 것을 방해하고 풍간의 준칙을 해치는 경우가 이에 해당한다. 이에 대해 양웅은 극도의 불만을 토로하였다. 심지어 만년에 이르자 이론적으로 한부에 대해 비평을 가했을 뿐만 아니라 자아 비판까지도 서슴치 않아 다시는 부를 짓지 않겠다고 맹서하기에 이르렀다.

양웅의 이러한 논단은 사부가 한창 발전하던 시점에서 제기된 주장으로, 비록 그것이 현실 생활에서 일탈한 창작상의 한계를 근본적으로 지적하지는 못했지만, 당시 한부가 지닌 형식주의적 경향에 대해 일관된 비판을 가했다는 점에서 의의가 있다. 그가 부체賦體 문학 창작의 발전 과정에서 굴원의 소부와 한부를 대조와 비교를 통해 이러한 논단을 내놓은 것은 부체 작가로서의 창작 경험을 이론적으로 정리한 일이었다. 이 때문에 그의 이론은 논리적으로 강한 흡인력을 지녀 후세에 굴원의 작품과 한부에 대해 어떤 태도를 지녔든 부체 문학을 비평하면서 양웅의 입장을 거론하지 않은 이가 없게 되었다. 반고班固(32-92)는 부에 대해 논의하면서 "양웅은 화려하고 아름다운 부는 백 가지로 권하면서 풍자는 하나만 담고 있다고 보았는데, 오히려 정나라와 위나라의 음탕한 소리를 써서 가락은 마치고도 아악을 연주했으니, 이미 우스운 일이 아닌가!揚雄以爲靡麗之賦 勸百而諷一 猶騁鄭衛之聲 曲終而奏雅 不已戲乎"(『한서・사마상여전찬司馬相如傳贊』)고 말했다. 이는 양웅의 관점을 반대한 논리였다. 진晉나라 때의 비평가 지우摯虞(?-311)는 부를 "고시의 부古詩之賦"와 "동시대의 부今之賦"로 나눈 뒤, "고시의 부는 감정과 의리를 위주로 했다.古詩之賦 以情義爲主"고 칭송하면서 동시대의 부는 "형상을 빌린 것이 지나치게 컸고假象過大" "그윽한 문채는 지나치게 웅장하며逸辭過壯" "화려하고 아름다워 지나치게 미려하다.麗靡過美"(『문장유별론文章流別論』)고 비판하였다. 유협劉勰(465?-520?)은 "감정을 바탕으로 문장을 만들며爲情而造文" "문장을 위해 감정을 만드는爲文而造情"(『문심조룡·정채情采』편) 두 성향을 문제시하였고, 청나라의 문인 정정조程廷祚(1691-1767)는 "이치가 승한 경우는 비록 원칙을 잘 지켰어도 아름답지 않으며, 문채가 승한 경우는 비록 아름다워도 원칙이 잘 지켜지지 않는다. 원칙이 잘 지켜지지 않고 아름답지 않은 것을 작자는 하지 않는다.以理勝者 雖則不麗 以詞勝者 雖麗不則 不則不麗 作者不爲也"(<소부론騷賦論> 하편)고 밝혔다. 확실히 이러한 관점은 양웅의 주장을 계승한 논리임이 분명하다. 현재에도 굴원의 작품과 한부를 연구할 때 양웅의 관점이 중요한 참고 자료로 사용될 정도이다.

왕충(27-97?)

왕충은 후한 초기의 사상가이자 문학가이다. 자는 중임仲任이고, 상우上虞(절강성) 출신이다. 젊어서 작은 벼슬을 하다 그만두고 고향에서 저술 활동에 전념하였다. 30년 동안 노력한 끝에『논형論衡』30권을 완성했다. 이를 통해 당시 유행하던 유가의 학설을 비판하고, 기타 도가와 묵가의 학설에 대해서도 의심을 갖고 비판하였다.『기속譏俗』,『정무政務』,『양성養性』등의 책을 펴냈지만 암살되었다.

■ 지나친 과장은 경계하라 (言事增實)

왕충王充이 형식주의 문풍에 대해 가한 비판으로,『논형論衡·예증藝增』편에 나온다.

"세상 사람들이 걱정하는 바는 사실을 말할 때 실질보다 과장하는 일을 걱정하는 것이다. 문장을 짓고 문사를 드리우는데, 문사가 나오면 그 참됨을 덮어버리고, 아름다움을 칭송해 그 좋은 정도를 넘어서며, 악으로 나아가 죄를 없애버린다.世俗所患 患言事增其實 著文垂辭 辭出溢其眞 稱美過其善 進惡沒其罪"

왕충이 말한 문은 광의의 개념으로 학술 저작을 총칭하는데, 그 가운데에는 문학 창작도 포함된다. 그가 살았던 시대는 참위讖緯나 미신적인 학문이 성행해서 학술 저작 속에도 "기괴한 말奇怪之語"이나 "허망한 뜻虛妄之義"이 "실제 일을 늘려 더하여 아름답고 풍성한 말을 만들며, 붓끝을 놀리는 이는 헛된 문장만 조작해 만들어 허무하고 망령되이 전하는增益實事 爲美盛之語 用筆墨者 造生空文 爲虛妄之傳"(『논형・대작對作』편) 폐단이 자못 성행하기에 이르렀다. 이러한 문풍을 대면하면서 왕충은 분명하게 반대하는 입장을 표방하였다. 그는 "사실을 말하면서 실질보다 과장하고言事增其實" "문사가 나오면 그 참됨을 덮어버리며 아름다움을 칭송하면서 그 좋은 정도를 넘어서서辭出溢其眞 稱美過其善", 사실에 의거하지 않고 마음대로 과장하거나 허무맹랑한 이야기를 날조하는 태도는 "본령과 진실을 잃고 떠난失本離實" 허망한 말이고, 사물의 참된 아름다움을 훼손시키는 결과만 낳는다고 꼬집었다. 그는 자신의 저작인 『논형』에 대해서도 저작 동기를 "십수 개 편으로 구성되었지만 의미는 한 마디로 귀결되니, 허망함을 미워하는 것篇以十數 亦一言也 曰疾虛妄"이라 했고, "9허와 3증은 세속으로 하여금 진실과 정성에 힘쓰게 하기 위해서 쓰여졌다.九虛三增 所以使俗務實誠也"(『논형・대작』편)고 토로하였다. 질허망疾虛妄과 무실성務實誠은 왕충이 『논형』을 쓰게 된 직접적인 동기 가운데 하나였다. 그가 말이 실질을 넘어서는 현실을 거부한 태도는 큰 의미를 지닌 견해였다.

왕충은 "사실을 말하면서 실질을 덧붙이는言事增其實" 문풍에 반대하면서 사실상 문학 창작상의 과장과 허구의 문제에 대해 다루면서, 창작 속의 예술적 진실과 실생활에서의 진실은 어떤 관계가 있는가를 이론적으로 논술하였다. 왕충이 말한 증增은 증식增飾 또는 과식夸飾으로, "사실을 말하면서 실질을 과장한다.言事增其實"는 말로 총결산된 것이다. 『논형』 가운데의 3편, 즉 <어증語增>과 <유증儒增>, <예증>은 증식에 대해 전문적으로 토론한 장이다. <예증>에서 그는 경서 속의 과식에 대해 긍정적인 태도를 견지하였다. 그는 과장된 언어와 묘사는 사실을 비유하고 아름다움을 찬송하며 해악을 풍자하는 데 적극적인 작용을 하여 "멍하게 의혹에 빠진 사람을 두루 살피고 가려 뽑게 하여 마음을 열고 뜻이 통하게 만들며, 분명하게 깨우쳐 각성하게 만든다.令悅惑之人 觀覽采擇 得以開心通意 曉解覺悟"고 인식하였다. 아울러 그는 증은 그 본령을 잃거나 진실에서 떠날 수 없다는 원칙을 제시하였다. 그는 『시경』 가운데 "학이 높은 언덕에서 우니, 소리가 하늘에까지 들린다.鶴鳴九皋 聲聞于天"는 시구를 예로 들어 "하늘에까지 들린다고 말한 곳은 과장한 부분言其聞于天 增之也"이라고 했고, "시인이 혹 몰랐다고 해도 이는 정성이 극진해서 그렇게 된 것이며, 혹 알았다고 해도 이를 비유하고자 했기 때문에 과장해 심하게 만든 것詩人或時不知 至誠以爲然 或時知 而欲以喩事 故增而甚之"이라고 말했다. 그는 또 『시경』 가운데 "우리 주나라의 백성들이여, 아무도 남아 있지 않도다.維周黎民 靡有孑遺"는 구절을 예로 들어 "한 사람도 남아 있지 않다는 말은 늘려놓은 부분言無孑遺一人 增之也"이며, "'아무도 남아 있지 않다'는 그 문장을 늘려 더하여 가뭄이 심함을 말하려고 한 것而言靡有孑遺 增益其文 欲言旱甚也"이라고 주장하였다. 왕충이 『시경』에 등장하는 구절을 바탕으로 과식을 분석한 몇몇 대목을 볼 때, 그는 맹자가 이 문제에 대해 밝힌 의견과 문학 창작 속의 과장과 허구 수법에 대해 일정 정도 인식하고 있었으며, 문학상의 과장은 사물의 본질을 더욱 선명하고 흥미롭게 부각시켜 문장에 설득력을 제공한다는 사실도 인식하고 있었음을 알게 한다. 그러나 왕충의 인식은 극히 제한적이어서, <어증>과 <유증>에서 유가의 경전뿐만 아니라 제자백가의 저작 속에 나오는 과장이나 일련의 신화와 전설에 대해 그는 비판적인 태도로 일관하였다. 예컨대 그는 <대작>편에서 이렇게 말하고 있다.

"『회남서』에서 말하길, 공공이 전욱과 천자의 자리를 두고 다투었는데, 이기지 못하자 화가 나서 불주산을 쳐서 하늘을 받들던 기둥이 부러져 버렸다. 이에 땅이 끊어졌다……세상에 전해지는 책에 이러한 이야기가 꽤 많은데, 쓸데없이 망령되고 공허한 거짓이어서, 바르고 옳은 것을 얻지 못했다.淮南書言 共工與顓頊爭爲天子 不勝 怒而觸不周之山 使天柱折 地維絶……世間傳書 多若等類 浮妄虛僞 沒奪正是"

이런 식의 비판은 확실히 피상적인 수준을 면치 못하였다.

인식상의 이러한 모순은 그의 문학의 특성에 대한 인식이 명징하지 못했음을 반영한다. 그는 생활상의 진실로 예술적 진실을 대체하면서 지나치게 생활상의 진실을 강조했기 때문에 예술 창작 과정중의 과장과 허구의 중요한 역할을 진정으로 이해하지 못했던 것이다.

왕충의 과장과 허구에 대한 관점은 후세에 소극적인 측면과 적극적인 측면 양 방향에서 영향을 주었다. 진晉나라의 좌사左思(250?-305?)는 창작에 있어서 허구와 과장을 반대하면서 한부漢賦가 "수사에 있어서는 문장의 수식에 열을 올렸으며, 의리에 있어서는 허탄하여 징험할 것이 없다.于辭則爲藻飾 于義則虛而無徵"고 하면서 "사물을 찬미하는 이는 그 근본에 의지함을 귀하게 여기고, 일을 찬미하는 이는 그 진실에 근본을 두어야 한다.美物者貴依其本 贊事者宜本其實"(<삼도부서三都賦序>)고 주장하였다. 그는 직접 <삼도부>를 지으면서 "산천의 형세나 성읍의 배치는 지도를 통해 살폈으며, 조수와 초목의 이름과 생태에 대해서는 지방지 따위에서 확인하였다.其山川城邑 則稽之地圖 其鳥獸草木 則驗之方志"고 한다. 좌사의 문학론과 그 실천 양상은 분명 왕충의 영향을 받은 결과다. 유협劉勰(465?-520?)은 문학의 과식 방법에 대해 논의하면서 "과장하지만 절도가 있고 꾸미지만 속임이 없어야 하는夸而有節 飾而不誣"(『문심조룡·과식』편) 원칙을 제시하였다. 이 또한 왕충의 증增은 실기본失其本하고 이기실離其實해서 안 된다는 원칙을 진일보시켜 발휘한 것이다. 왕충의 언사증실의 관점은 중국문학비평사에 있어서 일정한 자리를 잡았다고 정리할 수 있다.

■ 작가는 진실한 감정을 담아야 한다 (論發胸臆 文成手中)

왕충이 문장을 쓸 때에는 작가의 진실한 감정을 담아야 한다고 하면서 내세운 주장으로, 『논형·일문佚文』편에 나온다.

"문인은 마땅히 5경과 6예를 좇아 글을 써야 하고, 제자들이 전한 글을 좇아 글을 써야 하며, 논란을 만들고 글을 짓는 전통을 좇아 문장을 써야 하고, 위로 글을 올리고 기록을 아뢰는 흐름을 좇아 글을 써야 하며, 문장의 덕이 갖춰지도록 글을 써야 한다. 이 다섯 가지 글이 서서 세상에 있다면 모두 훌륭할 것이다. 논란을 만들고 이야기를 밝히는 글은 더욱 마땅히 힘을 들여야 하니 무엇 때문인가? 마음 속에 담긴 생각을 발하여 세속의 일을 논하는 것이기 때문이니, 다만 옛날 경전을 풍유할 뿐만 아니라 오래된 문장을 잇는 일일뿐이다. 논란은 가슴에서 피어나고, 문장은 손안에서 이루어지는 것이니, 경전을 말하는 사람이 능히 할 수 있는 바가 아니다.文人宜遵五經六藝爲文 諸子傳書爲文 造論著書爲文 上書奏記爲文 文德之操爲文 立五文在世 皆當賢也 造論著說之文 尤宜勞焉 何則 發胸中之思 論世俗之事 非徒諷古經 續故文也 論發胸臆 文成手中 非說經藝之人所能爲也"

왕충은 문장을 크게 다섯 가지로 나누었다. 5문五文 가운데 그는 "마음 속에 담긴 생각을 발하여 세속의 일을 논하고發胸中之思 論世俗之事" "논란을 만들고 이야기를 밝히는 글造論著說之文"이 가장 중요하다고 생각했는데, 그런 글이 제시하는 내용은 바로 작가의 진실된 감정이기 때문이다.

왕충은 문장을 논하면서 문학의 사회적 효용을 강조하면서, "화려하고 거짓된 글華僞之文"이나 "허탄하고 망령된 글虛妄之文"은 반대했는데, 그가 『논형』을 지은 근본적인 이유도 "허탄하고 망령된 것을 미워했기疾虛妄" 때문이었다. 왕충은 『논형·대작對作』편에서 다음과 같이 말했다. "이 때문에 『논형』을 지은 것은 뭇 책을 들어보면 모두 진실을 잃었고, 허탄하고 망령된 말이 참다운 아름다움을 이기고 있기 때문이다. 때문에 허탄하고 거짓된 말이 없어지지 않으면 화려한 문장이 사라지지 않을 것이고, 화려한 문장이 널리 퍼지면 참다운 일이 쓰여지지 못할 것이다. 때문에 『논형』의 목적은 경중의 말을 조리에 맞춰 설명하고, 진위의 공평함을 바로 세우려는 것이지, 문장을 조율하고 시구를 수사해서 기이하고 웅장한 모습을 갖추려는 것만은 아니다.是故論衡之造也 起衆書幷失實 虛妄之言 勝眞美也 故虛僞之語 不黜 則華文不見息 華文放流 則實事不見用 故論衡者 所以詮輕重之言 立眞僞之平 非苟調文飾詞 爲奇偉之觀也" 왕충은 문학 가운데 형식주의를 반대했고, 특별히 문학 작품이 내용상으로 진실할 것을 주장하였다. 그는 『논형·초기超奇』편에서 이렇게 말했다. "문장은 가슴속에서 우러나오고, 마음은 문장으로써 겉으로 드러난다……아래에는 뿌리와 줄기가 있고, 위로는 꽃잎과 잎사귀가 있으며, 내부에는 열매와 씨앗이 있고, 외부로는 가죽과 껍데기가 있다. 문장과 사설은 선비에게 있어서 꽃잎과 잎사귀와 가죽과 껍데기와 같다. 진실한 정성이 가슴속에 있으면 문장은 종이 위에 밝히 드러나는 법이다. 외부와 내부·겉과 속이 절로 서로를 돕고 호응할 것이다. 생각이 떨쳐져 붓끝으로 옮겨가 놀려지는 것이니, 때문에 문장은 드러나고 진실은 노출된다. 사람에게 문장이 있는 것은 날짐승에게 털이 있는 것과 같다. 털에는 다섯 가지 빛깔이 있는데, 모두 몸에서 생겨나는 것이다. 진실로 문장만 있고 실질이 없다면, 5색을 갖춘 날짐승이라도 털은 망령되이 생겨난 것일 뿐이다……정성이 가슴속에서 우러나왔기 때문에 문장이 사람에게 깊은 감동을 주는 것이다.文由胸中而出 心以文爲表……有根株于下 有榮葉于上 有實核于內 有皮殼于外 文墨辭說 士之榮葉皮殼也 實誠在胸臆 文墨著竹帛 外內表裏 自相副稱 意奮而筆縱 故文見而實露也 人之有文也 猶禽之有毛也 毛有五色 皆生于體 苟有文無實 是則五色之禽 毛妄生也……精誠由中 故其文語感動人深”왕충은 문장 속에 담긴 진실된 내용은 작가의 가슴 속에 서려 있는 진실된 감정에서 연원한다고 생각하였다. 왕충은 근주根株와 실핵實核으로 작가의 흉중에 깃든 진실된 감정을 비유했고, 영엽榮葉과 피각皮殼으로 언어 문자를 비유했다. 작가가 글을 쓸 때에는 먼저 “진실된 정성이 가슴속에 있은實誠在胸臆” 뒤에야 문장의 재능도 종이 위에 펼쳐지는 법이라는 것이다. 실성實誠은 진실한 사상과 감정을 말하며, 문묵文墨은 언어 문자를 가리킨다.

왕충이 말한 실성과 문묵의 관계는 작가의 사상과 품성이 문학 작품의 풍모에 미치는 영향 관계를 언급한 것이다. 왕충은 “생각을 불러일으켜서意奮” 비로소 “붓끝을 놀리는筆縱” 수준에 도달해야 한다고 강조하면서, 작가의 정신적 품격과 사상과 감정은 대단히 중요한 요소로서, 독자의 심금을 울릴 수 있는 전제가 된다고 보았다. 그는 작가의 진실된 정성은 “두루 보고 많이 들으며, 학문이 익숙해지는 것博覽多聞 學問習熟”만은 아니라고 하면서, 진실된 정성은 “다만 두루 본 사람만이 능히 지을 수 있는 것도 아니고非徒博覽者所能造” “익숙해진 사람만이 능히 할 수 있는 것도習熟者所能爲”(『논형·초기』편) 아니라고 생각하였다. 실성과 문묵의 관계는 내용과 형식의 관계라고 정리할 수 있다. 왕충은 실성이 주가 되며, 문묵은 종의 관계인데, 양자가 상보적으로 조화를 이루어야 한다고 말했다. “외부와 내부·겉과 속은 절로 서로 돕고 호응해야 한다.外內表裏 自相副稱”

는 지적은 내용과 형식의 완미完美한 통일을 말한 것이다. 그는 내용과 형식을 중시하는 한 편, 형식상의 문채의 아름다움도 강조하였다. 『논형·일문』편에 나오는 "성현들은 붓끝에서 뜻을 정립하여 글귀가 모이면 문장을 이루었고, 문장이 갖춰지면 감정이 밝아졌다.賢聖定意 于筆 筆集成文 文具情顯"는 구절이나 "무릇 사람은 꾸밈과 바탕이 있은 뒤에 완성된다. 사물 가운데에는 화려함만 있고 실질은 없으며, 실질만 있고 화려하지 않은 것도 있다.『주역』에서는 성인의 감정은 말에서 드러나 입 밖으로 나오면 말이 되고 예의를 모으면 문장이 되는데, 이렇게 문장과 문채에서 펼치게 되면 진실된 감정은 더불어 빛나게 되고 말했다.夫人有文質乃成 物有華而不實 有實而不華者 (易)曰 聖人之情見乎辭 出口爲言 集禮爲文 文辭施設 實情敷烈"는 구절이 이를 대변한다. 확실히 그는 외적인 화려함과 내적인 충실함이 서로 일치하고, 문채와 감정이 함께 풍성한 경지를 옹호했던 것이다.

　왕충의 이러한 문학적 주장은 후세 비평가들에게 적지 않게 영향을 주었다. 유협劉勰(465?-520?)이 제시한 "감정을 바탕으로 문장을 지으라爲情而造文"하고, "문장을 위해 감정을 꾸미는爲文而造情"태도를 반대한 논의나, 백거이白居易(772-846)가 말한 "사람의 마음을 감동시키는 것 가운데 감정만한 것이 없다.感人心者 莫先乎情"는 시가 이론은 모두 왕충의 문학론으로부터 영향을 받은 논의라고 할 수 있다.

반고(32-92)

　반고는 동한東漢의 사학자이자 문학가로, 『한서漢書』의 저자이다. 자는 맹견孟堅이며, 부풍扶風 안릉安陵(섬서성 함양咸陽) 출신이다. 사학자인 부친 반표班彪의 영향을 받아 학문에 심취했으며, 부친이 완성하지 못한 『사기후전史記後傳』을 보충해 완성했다. 사사로이 역사를 편찬한 죄로 옥살이를 하다가 동생 반초班超의 상소로 풀려난 후 명을 받아 20여 년 동안 중국 최초의 기전체 단대斷代 역사서인 『한서漢書』를 편찬했다. 〈답빈희答賓戱〉 등의 부부를 지었고, 정치제도를 논한 『백호통의白虎通義』를 편찬하였다.

■ 체험한 경험이 좋은 문학을 이룬다 (緣事而發)

악부시樂府詩에 담긴 사상적 내용에 대한 평어로, 반고班固의 『한서·예문지藝文志』에 나온다.

"효무제 때 악부를 세워 가요를 채집했는데, 이 때 대와 조의 노래, 진과 초의 풍이 있었다. 모두 슬프고 기쁜 감정을 느껴 일에 따라 나온 것으로, 또한 풍속을 살펴 그 엷고 두터움을 아는 데 도움을 주었다.自孝武立樂府而采歌謠 于是有代趙之謳 秦楚之風 皆感于哀樂 緣事而發 亦可以觀風俗 知薄厚云"

이 글에 나오는 대조지구 진초지풍은 한나라 악부에서 수집한 각 지방의 민요를 가리킨다. 연사이발은 그것들이 모두 실제 생활을 영위할 때 구체적인 사건 또는 사물을 대하면서 얻은 생각들이 있는데, 자신의 생활 속에서 절실하게 피부로 느껴 술회했다는 말이다. 악부 민요들 속에 비교적 강한 현실성이 담겨 있는 이유는 바로 그것들이 "주로 사건을 서술했기往往敍事" 때문이다. 한나라 때의 악부 민요는 맑고 신선하며 소박하고 진실한 시풍을 바탕으로 노동에 종사했던 민중들의 생활상과 감정을 진솔하게 반영하고 있었다. 어떤 작품은 전쟁과 빈곤이 민중에게 주는 고통을 노래하기도 했고(<전성남戰城南>, <십오종군정十五從軍征>, <동문행東門行> 등), 봉건적인 예교에 억압받던 부녀자들의 절규라든가 순수하고 뜨거운 애정이 담겨지기고 하였다.(<공작동남비孔雀東南飛>, <상야上邪>, <유소사有所思> 등)

결론적으로 말해 이들 작품들은 모두 현실 생활을 바탕으로 쓰여져서 사상적 내용이 충실하며, 진실한 감정과 실질적인 감동으로 충만해 있다. 악부 민요의 감우애락 연사이발한 특징은 『시경·국풍國風』에서 보여준 리얼리즘적 전통이 계승되어 있어서 후세 시가의 발전에 커다란 영향을 끼쳤던 것이다.

조비(187-226)

조비는 삼국시대 위의 문제文帝다. 자는 자환子桓이고, 조조曹操의 둘째 아들이다. 패국沛國(안휘성) 출신이다. 오관중랑장五官中郎將의 벼슬을 지내다가 조조가 죽자 그의 자리를 이어 승상이 되었다. 이 때 구품중정제九品中正制를 시행하여 문벌정치의 기틀을 마련했다. 연강延康 원년(220) 한漢을 멸망시키고 위魏 왕조를 세워 스스로 칭제하였다. 도읍은 낙양洛陽이다. 부친 조조, 아우 조식曹植과 함께 문학적으로도 큰 재능을 보였다. 현존 시가는 약 40수이며, 그중 〈연가행燕歌行〉이 유명하다. 저서인 『典전론論』 5권 중 현존하는 〈논문論文〉편은 문학비평의 발전에 큰 공헌을 했다. 『열이전列異傳』 3권과 문집 23권은 산실되었다. 명대 사람이 『위문제집魏文帝集』을 펴냈다.

■ 문장은 국가 통치의 기틀이다 (文章經國之大業)

문장은 나라를 경영하는데 있어서 없어서는 안될 큰 사업이다. 조비曹조가 자신의 <전론·논문典論論文>에서 밝힌 문학에 대한 입장이다. 원래 『전론』은 문학에 관한 이론서로 집필된 것인데, 지금은 없어지고 <논문> 한 편과 <자서自敍> 부분만 남아 전한다. 그 전문을 읽어보면 다음과 같다.

  문인들이 서로를 가볍게 여기는 것은 옛날부터 그러하였다. 부의가 반고에게 있어서 실력은 백중한 사이였을 뿐이었는데 반고는 그를 작게 여겼으니, 〈여제초서〉에서 이렇게 말했다. "부의(?~89, 무중은 그의 자)는 글을 잘 지어 난대영사가 되었는데, 한번 붓을 잡으면 자신도 쉬지 못해 마주 늘릴 정도였다." 무릇 사람이란 자기를 드러내는 일은 잘하지만 문장이란 한 체제만은 아니어서 모든 체제를 다 잘하는 경우는 드물다. 이 때문에 각자의 장점을 가지고 남의 단점을 가볍게 보는 것이다. 상말에 이르기를 "집에 있는 헌 빗자루를 천금인 듯 여긴다"는데, 이것이 바로 스스로를 드러내려고 하는 데서 생긴 우환이다.

  지금 문인들 가운데 노나라의 공융 문거와 광릉의 진림 공장, 산양의 왕찬 중선, 북해의 서간 위장, 진류의 원우 원유, 영남의 응창 덕련, 동평의 유정 공간, 이 일곱 사람이 배움에 있어서 남긴 것이 없고 문장에 있어서 빌어온 것이 없이 모두 스스로 천리를 내달리고 뛰어다닌다. 그리고 우러러 다리를 나란히 하면서 함께 내달으며 이로써 서로 복종하니 또한 참으로 어려운 일이다. 대개 군자가 자신을 살펴 남을 헤아린다면 능히 이런 얽매임에서 벗어나 논리를 갖춘 글을 지을 수 있을 것이다. 왕찬은 사부에 능한데, 서간이 때로 기상을 가지런히 하니 왕찬의 짝이 될 만하다. 왕찬의 〈초정〉과 〈등루〉, 〈괴부〉, 〈성사〉와 서간의 〈현원〉와 〈루치〉, 〈원선〉, 〈굴부〉와 같은 글은 비록 장형張衡과 채옹蔡邕을 넘어서지는 못하지만 다른 문장과 비교한다면 능히 이들 작품과 대등할 수는 없을 것이다.

  진림과 원우의 표장서기는 이 시대의 걸작이다. 응창은 조화를 이루어도 웅장하지 않았으며, 유정은 웅장하면서도 엄밀하지 않았고, 공융은 체제와 기운이 높고 오묘해서 남들보다 뛰어난 점이 있지만 그러나 능히 논리를 지키지 못하고 이치가 문채를 이기지 못하여 잡스럽게 조소하고 희롱하는 글에 이르러 잘하는 바에 미치게 되었으니 양웅揚雄이나 반고와 비견할 수 있을 것이다.

  범상한 사람은 먼 것을 귀하게 여기고 가까운 것을 소홀히 여기는 경향이 있다. 명성만 좇아 실상과 어그러지게 되고, 또한 자신의 견해에만 빠지는 병폐인 것이다. 그러면서도 스스로 일러 현명하다고 여긴다. 무릇 문장은 본질은 동일하지만 말미에 다다르면 달라진다. 대개 주의는 우아해야 마땅하고 서론은 이치가 바르게 이어져야 마땅하다. 명뢰는 사실을 숭상하며 시부는 아름답게 꾸미고자 애쓴다. 이 네 가지는 각각 다르니 때문에 이에 능한 사람도 치우쳐 있다. 오직 두루 통하는 재주를 가진 사람만이 그 체제를 갖출 수 있을 뿐이다.

문학은 기를 주로 삼는다. 기의 청탁에 따라 체도 다르게 나타나는 법이니, 억지로 힘으로 밀어붙여 이를 수는 없는 일이다. 이 사실을 음악과 비교한다면 곡조가 비록 고르고 절주가 같은 수법을 취했다고 해도 기운을 끌어들인 것이 가지런하지 못하기 때문에 공교로움과 졸렬함은 원래 타고난 바탕이 있는 것과 같으니 비록 아비와 형에게 있다고 해도 이를 자식과 아우에게 옮길 수 없는 노릇이다.

문학은 국가를 경영하는 데 있어서 중요한 일일 뿐만 아니라 결코 썩지 않는 성대한 사업이다. 목숨이란 때가 되면 사라지고 영예와 즐거움도 자신에 머물 뿐이다. 이 두 가지는 반드시 정해진 기한이 오게 마련이니 문학이 다함이 없는 것만은 못하다. 이 때문에 옛날에 글을 짓는 사람들은 모두 문장에 몸을 맡기고 글 속에서 뜻을 펼쳤다. 그래서 굳이 훌륭한 사관의 글을 빌리지 않고 날듯이 뛰는 말의 기세에 의지하지 않더라도 명성은 절로 후세에 전해졌던 것이다. 때문에 서백 문왕은 옥에 갇혔을 때 『주역』을 구연했고, 주공 단은 현달하자 『예기』를 지었던 것이다.

숨기고 요약한다고 해서 더 힘쓰지 않을 것도 아니고, 편안하고 즐거운 것이라 해서 생각을 더하는 것도 아니다. 무릇 이러했기 때문에 옛 사람들은 옥구슬과 같은 보배는 천하게 여기고 한 치 시간을 중하게 여겼던 것이다. 시간이 자신을 지나쳐 흘러가 버려도 사람들이 애써 더 힘을 기울이지 않는 것이 두렵구나. 가난하면 굶주리고 추위에 떠는 것은 두려워하고, 부유하고 귀해지면 일락에 빠져든다. 그리하여 목전에 닥친 업무만 완수하지 천년을 길이 갈 공훈은 놓치게 된다. 해와 달은 하늘 위에서 노닐며 지나가고 신체는 땅 아래에서 쇠약해지기만 하다가, 갑자기 만물과 더불어 죽음에 이르게 된다. 이것이 바로 뜻있는 선비가 가슴 아파하는 일이다. 공융 등은 이미 세상을 떠났고, 오직 서간의 빛나는 논문만이 일가의 말을 이루었다.

文人相輕 自古而然 傅毅之於班固 伯仲之間耳 而固小之 與弟超書曰 武仲以能屬文 爲蘭臺令史 下筆不能自休 夫人善於自見 而文非一體 鮮能備善

是以各以所長　相輕所短　里語曰　家有弊帚　享之千金　斯不自見之患也　今之
文人　魯國孔融文擧　廣陵陳琳孔璋　山陽王粲仲宣　北海徐幹偉長　陳留阮瑀元
瑜　汝南應瑒德璉　東平劉楨公幹　斯七子者　於學無所遺　於辭無所假　咸以自
騁驥騄於千里　仰齊足而並馳　以此相服　亦良難矣　蓋君子審己以度人　故能免
於斯累　而作論文　王粲長於辭賦　徐幹時有齊氣　然粲之匹也　如粲之初征登樓
槐賦征思　幹之玄猿漏巵圓扇橘賦　雖張蔡不過也　然於他文　未能稱是　琳瑀之
章表書記　今之雋也　應瑒和而不壯　劉楨壯而不密　孔融體氣高妙　有過人者
然不能持論　理不勝辭　至於雜俄嘲戲　及其所善　揚班儔也

　常人貴遠賤近　向聲背實　又患闇於自見　謂己爲賢　夫文本同而末異　蓋奏議
宜雅　書論宜理　銘誄尙實　詩賦欲麗　此四科不同　故能之者偏也　唯通才能備
其體　文以氣爲主　氣之淸濁有體　不可力彊而致　比諸音樂　曲度雖均　節奏同
檢　至於引氣不齊　巧拙有素　雖在父兄　不能以移子弟　蓋文章經國之大業　不
朽之盛事　年壽有時而盡　榮樂止乎其身　二者必至之常期　未若文章之無窮　是
以古之作者　寄身於翰墨　見意於篇籍　不假良史之辭　不託飛馳之勢　而聲名自
傳於後　故西伯幽而演易　周旦顯而制禮　不以隱約而弗務　不以康樂而加思　夫
然則古人賤尺璧而重寸陰　懼乎時之過已　而人多不彊力　貧賤則懾於飢寒　富
貴則流於逸樂　遂營目前之務　而遺千載之功　日月遊於上　體貌衰於下　忽然與
萬物遷化　斯志士之大痛也　融等已逝　唯幹著論　成一家言

이 글은 엄격한 의미에서 문학에 대한 저술로서는 가장 오래된 것
이라고 할 수 있다. 이전의 고대 문헌 가운데에도 문학 이론이나 비
평이 뒤섞여 있는 경우가 적진 않지만 오로지 문학론만을 전개하고
작가 또는 문체에 대해 논리적으로 기술한 문헌은 없었다. 이와 비교
할 때 <전론·논문>은 문학에 대해 전문적인 견해를 다루었을 뿐만
아니라 다양한 문체와 작가에 대해 종합적인 검토를 수행하면서 독
창적인 견해를 풍부하게 담고 있다. 이런 점에서 이 저작의 출현은
문학의 자각 시대를 연 선구적인 업적이라고 할 수 있다.

　<전론·논문>은 조비가 태자로 있을 때 만든『전론』이란 저작의
한 편이다. 지금 이 책은 없어졌고, 현전하는 부분은 <논문>과 <자
서>가 있다. <논문>은 비록 천 자도 안 되는 적은 분량이지만, 다루

고 있는 분야는 광범위하다. 이를 다음과 같은 네 방면으로 정리할
수 있다.

1. 문학의 작용에 대한 논의

조비는 이전에는 없었던 평가를 만들었다. 그는 "문학은 국가를 경
영하는 데 있어서 중요한 일일뿐만 아니라 결코 썩지 않는 성대한 사
업"이라고 했는데, 여기서 핵심은 불후不朽에 있다. 왜냐하면 그는 이
어서 "목숨이란 때가 되면 사라지고 영예와 즐거움도 자신에 머물 뿐
이다. 이 두 가지는 반드시 정해진 기한이 오게 마련이니 문학이 다
함이 없는 것만 못하다"고 분명히 밝히고 있기 때문이다. 한위漢魏
시대에는 전란이 끊이지 않아서 뜻있는 문인들은 인생의 짧고 고달
픔에 대해 뼈저리게 통감하고 있었다. 그래서 생명의 가치를 어떻게
하면 드높일 수 있을까 많은 궁리를 하였다. 조비는 문장을 짓는 일
은 "덕을 세워 명예를 드날리는立德揚名" 일과 마찬가지로 정신적인
불후의 경지에 도달할 수 있다고 생각하였다. 이러한 관념은 문학의
사회 생활 속의 위치를 대단히 높여 놓았고, 필연적으로 문학 창작이
활발하게 이루어질 수 있도록 기틀을 다졌다.

2. 문기文氣에 대한 논의

조비는 "문학은 기를 위주로 한다"는 유명한 가설을 제시하였다.
이른바 기는 작가의 기질과 재성才性 및 그것이 문학 작품 속에 표현
된 상태를 아울러 말하는 것이다. 때문에 조비의 문기설은 사실상 문
학 이론 가운데 중요한 문제, 즉 작품의 풍격과 작가의 개성 사이의
관련을 언급한 셈이다. 선진 시대 유가 문론의 핵심은 정교공능설政教
功能說이었다. 한나라 때의 문론은 주로 유가의 정통적인 문학 사상을

계승하고 발전시켰다. <시대서詩大序>에 나오는 "시는 뜻을 말하는 것이다.詩言志"는 발언 외에도 "성정을 노래한다.吟詠性情"는 사실을 주장하기도 하였다. 그러나 그들이 마지막으로 강조한 부분은 "성정에서 나와서 예의에서 그친다.發乎情 止乎禮義"하여 풍교風教로 귀결되는 논리였다. 비록 시가의 감정적 차원에 주의를 기울이기도 했지만, 작품의 개성이 드러나는 특성 문제에까지는 이르지 못했다. 반고班固는 부賦를 논하면서 "풍자하고 비유하며 교화를 이룩한다.諷喩敎化"는 특징 외에 "윤색하고 사업을 넓힌다.潤色鴻業"는 점을 내세웠다. 이는 문학이란 공덕을 노래하고 태평성대를 구가하는 기능을 발휘해야 한다는 점을 편향적으로 강조한 말이다. 한부漢賦는 초사楚辭의 생동감 넘치는 문풍을 포기하고, 도식화된 크고 아름답고 전아(弘麗典雅)한 풍격을 추구하기에 바빴다. 그런 상태에서 작가의 독자적인 예술적 풍모를 발휘하기란 어려운 일이었다. 한나라 문단은 이론에서 창작에 이르기까지 작품의 개성적 특징에 대해서는 관심을 두지 않았던 것이다. 조비는 문장은 다양한 기를 갖추고 있으며, 그것은 작가가 가지고 있는 다양한 기로부터 비롯된다고 이해하였다. 이 점이 바로 고대 문학 이론 발전사에 있어서 하나의 큰 비약이라고 할 수 있다.

그러나 조비는 작가의 개성이 형성되는 문제에 있어서는 잘못된 해석을 하였다. 그는 "기의 청탁에 따라 체도 다르게 나타나는 법이니, 억지로 힘으로 밀어붙여 이를 수는 없는 것이다. 이 사실을 음악과 비교한다면 곡조가 비록 고르고 절주가 같은 수법을 취했다고 해도 기운을 끌어들인 것이 가지런하지 못하기 때문에 공교로움과 졸렬함은 원래 타고난 바탕이 있는 것과 같으니 비록 아비와 형에게 있다고 해도 이를 자식과 아우에게 옮길 수는 없는 노릇"이라고 말했다. 그는 생각하기를 각기 다른 기는 결국 청탁 두 가지로 구성된 것이며, 사람이 부여받은 청탁 두 가지 기는 선천적으로 타고난 것이어서 후천적으로 배양할 수도 없고 혈연이라고 해서 전할 수도 없다고 보았다. 이는 문학을 신비화할 소지가 다분한 발언이다. 사회적 요인들을 배제한 측면은 그렇다고 해도 문기라는 복잡한 문학적 현상에 대해 정확한 해설을 제공할 수 없도록 차단하였다. 그럼에도 불구하고 조비의 문기설이 지닌 역사적 의의는 여전히 긍정적이다. 조비의 성글기는 하지만 각고에 찬 개척이 있었기에 나중에 유협劉勰에 의해 비교적 총제적이고 과학적인 풍격형성론이 나올 수 있었기 때문이다.

조비는 비록 막연하게 "문학은 기를 위주로 한다"고 말했지만, 각종의 다양한 기에 대해 그 우열을 가리지 않은 것은 아니었다. <전론·논문>을 근거로 하면 그는 공용孔融과 응창應瑒, 유정劉楨, 왕찬王粲, 서간徐幹 등에 대해 품평을 가하고 있는데, 그는 특히 강건준일剛健俊逸한 기운을 높이 평가하였다. 노신魯迅은 "조비가 만든 시부는 대단히 뛰어나다. 게다가 그는 기를 위주로 생각했기 때문에 작품이 화려한 외에도 장대한 풍격을 갖추고 있다"(<위진 시대의 풍도 및 문장과 약·주와의 관계魏晉風度及文章與藥及酒之關係>)고 말했는데, 대단히 정확한 작품 이해라고 할 수 있다. 장대함은 건안문학建安文學의 시대적 특징 중 하나로, 이처럼 조비의 문학적 경향과도 일치했던 것이다.

3. 문체에 대한 논의

<전론·논문>에 나오는 문체에 관한 언급은 고대 문학 문체론의 시발이라고 할 수 있다. 조비는 "문장은 본질은 동일하지만 말미에 다다르면 달라진다"고 지적하였다. 이는 각종 문체는 우선 공통되는 근원을 가지면서 동시에 서로 달라야 한다는 논자의 요구를 설명한 말이다. "대개 주의奏議는 우아해야 마땅하고 서론書論은 이치가 바르게 이어져야 마땅하다. 명뢰銘誄는 사실을 숭상하며 시부詩賦는 아름답게 꾸미고자 애쓴다"고 그는 말했다. 그는 문체를 크게 4과8체四科

八體로 분류했는데, 너무 소략한 측면도 없진 않지만 이전 문학론자들과 비교하면 상당히 진보한 규정이었다. 그는 몇몇 비문학적인 체재는 제외시키고 대체로 후세에 널리 통용될 문학의 범위를 확정하였다. 이런 작업을 통해 문학의 개념은 한층 명확하게 규정될 수 있었다. 이 4과 가운데 앞 2과는 운이 없는 문체이고 뒤 2과는 운이 있는 문체이다. 이미 은연중에 문체를 문文과 필筆, 산散과 운韻이라는 두 가지 특징으로 구분하려는 의도가 깔려 있다. 그는 4과에 대해 각기 다른 요구를 하면서 이를 한 글자로 개괄하고 있지만, 여전히 정당한 주장이었다. 특히 주의해야 할 사실은 이 아雅·리理·실實·려麗 네 자가 이미 유가의 정신사적 속박에서 벗어나 있다는 것이다. "시부는 아름답게 꾸며야 한다"는 발언은 문학은 형식적으로 화려해야 한다는 요구를 과감하게 탈피하면서 사상으로부터 문학이 해방되어야 한다는 조비의 믿음이 표현된 부분이다. 유가의 전통적인 관점에서 볼 때 예술의 형식미 또는 심미적 가치는 무엇보다 우선되는 덕목이었다. 때문에 "시부는 아름답게 꾸며야 한다"는 주장은 유가 문론에 대한 대담한 도전으로 볼 수 있다. 노신도 이 점을 극구 칭찬하면서 "그는 문학은 반드시 교훈을 담을 필요가 없다고 말하면서, 당시 많은 이론가들이 견지한 시가를 창작할 때 교훈을 담아야 한다는 견해에 반대하였다. 이는 근대적 문학관에 속하는 것으로 조비의 시대를 일컬어 문학의 자각 시대라고 할 수 있는 것이며, 달리 근대 문학에서 주장한 예술을 위한 예술의 한 유파를 열었다고 할 수도 있다"(위의 논문>)고 단언했던 것이다.

4. 문학 비평에 대한 논의

조비는 문체에 대한 인식을 기초로 하여 자신의 비평론을 전개하였다. 그는 "문장이 한 체재만은 아니어서 그 잘하는 점들을 두루 갖추는 경우는 드물다"고 하면서 "때문에 이에 능한 사람도 치우쳐 있고, 오직 두루 통하는 재주를 가진 사람만이 그 체재를 갖출 수 있을 뿐"이라고 이해하였다. 문장의 체재는 이처럼 다양하고 한 작가가 이를 모두 갖추기란 대단히 어려운 일이어서 이른바 통재通才가 나오기란 극히 드문 노릇이다. 때문에 그는 "각자의 장점을 가지고 남의 단점을 가볍게 보는 "옛날부터 있어온 "문인들이 서로를 가볍게 보는" 잘못된 관습을 반대하고 "자신을 살펴 남을 헤아리는" 원칙을 제창한 것이다. 그는 작가가 모든 문체에 통달하기를 강요하지 않고 대신 개성적이고 독창적이며 참신한 문학을 창조하라고 권고하였다. 그는 공융을 비롯한 칠자七子를 칭찬하면서 "배움에 있어서 남긴 것이 없고 문장에 있어서 빌려온 것이 없이 모두 스스로 천리를 내달리고 뛰어다닌다."고 했는데, 바로 그러한 관점을 대변하는 부분이다. 때문에 그는 "먼 것을 귀하게 여기고 가까운 것을 천하게 보며 명성만 좇고 실상은 등지는" 즉 옛 사람만 숭배하고 동시대인을 깔보는 태도와 헛된 명성만 좇지 실제를 구하지 않는 자세를 반대한 것이다. 조비의 문학 비평에 관한 이러한 견해는 기본적으로 정당하다. 뒷날 유협이 『문심조룡・지음知音』편에서 나름대로 발전한 논리를 내세울 수 있었던 것도 이러한 견해를 등에 업었기 때문에 가능했다고 볼 수 있다.

■ 갈래에 따라 달라지는 글쓰기 (本同而末異)

근본은 같아도 말미에 이르면 달라진다. 조비가 문체의 공통점과 하위 갈래와의 관계를 설명하면서 내세운 관점인데, <전론・논문典論論文>에 나온다.

"무릇 문장은 본질은 동일하지만 말미에 다다르면 달라진다. 대개 주의는 우아해야 마땅하고 서론은 이치가 바르게 이어져야 마땅하다. 명뢰는 사실을 숭상하며 시부는 아름답고자 애쓴다.夫文本同而末異

蓋奏議宜雅 書論宜理 銘誄尙實 詩賦欲麗"

본동은 각종 문장의 창작에 공통적으로 적용되는 원칙, 즉 공통성을 말하고, 말이는 각기 다른 체재의 문장이 지닌 각기 다른 특징, 즉 개성을 말한다. 조비는 문장에 대해 연구하면서 문장의 공통성에 관심을 가졌을 뿐만 아니라 더욱 중요한 부분은 문장의 개성이라고 강조해서 이전 사람들에게서는 볼 수 없었던 입장을 제시하였다. 그는 주의奏議·서론書論·명뢰銘誄·시부詩賦 네 종류 여덟 가지의 문장을 거론하면서 아雅·리理·실實·려麗라는 특징으로 구분하였다. 조비의 논설은 비록 간략하고 소략한 편이긴 하지만 후대에 나올 문체론과 풍격론에 큰 영향을 끼쳤다. 위魏나라 말기 환관桓寬(?-?)의 <세요론世要論>과 서진西晉 때 육기陸機(261-303)의 <문부文賦>, 이충李充(?-?)의 <한림론翰林論>을 비롯해서 유협劉勰(465?-520?)의 『문심조룡』에 이르기까지 문체와 풍격을 논의한 비평문들은 모두 정도는 다르지만 <전론·논문>에 실린 이 관점으로부터 영향을 받았다고 할 수 있다.

■ 명성보다는 실상에 주의하라 (貴遠賤近)

먼 것은 귀하게 여기고 가까운 것은 소홀히 여긴다. 조비가 문학에 대해 비평하면서 사용한 용어다. 이 말은 <전론·논문典論論文>에 나온다.

"범상한 사람들은 먼 것만 귀하게 여기고 가까운 곳은 소홀히 하는 경향이 있다. 명성만 좇다가 실상과 어그러지게 되니 또한 자기 눈에 보이는 것에만 빠지는 병폐인 것이다. 그러면서도 스스로 자신이 낫다고 여긴다.常人貴遠賤近 向聲背實 又患闇于自見 謂己爲賢"

이 말은 당시의 문학 비평이 보여준 옛 것만 숭상하고 현재를 가볍게 여기며, 먼 것은 중시하고 가까운 것은 경시하는 잘못된 경향을 비판한 것이다. 조비가 살던 시대에 일반인들은 늘 고대의 작가와 작품은 숭상하면서도 당대의 작가와 작품은 무시하며, 먼 곳에 있는 작가와 작품은 귀하게 여기면서도 주위에 있는 작가와 작품은 상대적으로 도외시하는 풍조가 있었다. 조비는 이같은 비평 태도는 잘못된 것으로 인식하였다.

사실 이런 식의 비평 태도는 조비 시대에 나타난 풍조가 아니라 일찍부터 사람들에 의해 제기된 것이었다. 한나라 때의 환담桓譚(전24-후56)은 일찍이 말하기를 "세상 사람들은 모두 옛 것은 존중하고 지금 것은 낮게 보며, 들은 것은 귀하게 여기고 본 것은 천하게 여기는 못된 폐단이 있다. 이 때문에 경시하고 쉽게 보는 것世咸尊古卑今 貴所聞賤所見也 故輕易之"(『신론新論·민우閔友』편)이라고 하였다. 왕충王充(27-97?)도 "일을 서술하는 사람들이 옛 것은 높이 평가하고 근래의 것은 낮게 본다……오래 되고 먼 거짓된 일은 믿고 가깝고 새로운 진실한 것은 소홀히 한다.述事者 高古而下今……信久遠之僞 忽近今之實"(『논형論衡·수송須頌』편)고 하면서 "속된 인간들이 옛 것만 진귀하게 여겨 좋아하고 지금 것은 귀하게 여기지 않으면서 말하기를, 지금의 문장은 옛날의 글만 못하다고 한다.夫俗好珍古不貴今 謂今之文不如古書"(『논형·안서案書』편)고 지적한 바 있다. 그러나 문학 비평의 입장에서 이 말을 처음 사용한 사람은 역시 조비임에 틀림없다.

육기(261-303)

육기는 서진의 문학가이자 서예가다. 자는 사형士衡이고, 화정華亭(상해上海) 출신이다. 삼국시대 오吳의 명장 육손陸遜의 손자이고, 대사마大司馬 육항陸抗의 아들이다. 젊어서 병법을 좋아했지만 오가 망한 뒤 은거하여 독서에 몰두했다. 후에 아우 육운陸雲과 함께 낙양洛陽에서 문재를 크게 떨쳐 세인들이 두 사람을 일컬어 '이륙二陸', 혹은 '기운機雲'이라 불렀다. 8왕의 난 때 후장군後將軍, 하북대도독河北大都督에 임명되어 장사왕長沙王 사마의司馬義와 싸우다 패했으며, 참소를 당하고 성도왕成都王 사마영司馬穎에 의해 살해되었다. 시부에 능하여 〈부락도중작赴洛道中作〉을 비롯하여 〈위고언선증부爲顧彦先贈婦〉, 〈증조언선贈照彦先〉, 〈탄서부嘆逝賦〉, 〈부운부浮雲賦〉 등을 남겼다. 문학이론서인 『문부文賦』를 지었다. 후인이 『육사형집陸士衡集』을 펴냈다. 서예 방면에서는 장초서章草書에 훌륭한 족적을 남겼다.

■ 문장은 조화를 이루어야 한다 (意不稱物 文不逮意)

육기陸機가 문文·의意·물物 세 가지가 서로 조화를 이루지 못한 것에 대해 지적한 말로, <문부文賦>에 나온다.

"무릇 말을 풀고 문채를 운용하는 데에는 참으로 다양한 변화가 있다. 예쁘고 못생기고 좋고 싫은 것을 다 능히 말할 수 있는데, 매번 스스로 글을 지으면서 더욱 그 심정을 볼 수 있었다. 항상 걱정하기는 마음의 뜻이 사물에 정확하게 일치하지 못하고 문장이 뜻을 정확하게 담아내지 못할까였다. 대개 아는 것이 어려운 것이 아니라 능한 것이 어려운 것이다.夫其放言遣辭 良多變矣 姸蚩好惡 可得而言 每自屬文 尤見其情 恒患意不稱物 文不逮意 蓋非知之難 能之難也"

여기서 말하는 의는 생각을 엮으려는 의도를 말하고, 물이란 것은 문장으로 표현되는 대상을 뜻한다. 이 두 구절의 정확한 뜻은 "항상 생각을 엮으려는 의도와 표현되는 대상이 일치하지 못하고, 운용되는 문체가 생각을 엮으려는 의도를 표현하지 못할까 근심했다."고 풀이할 수 있다. 당대원唐大圓은 『문선주文選注』에서 "엮으려는 의도가 대상과 서로 일치될 수 없으면 그 근심은 마음이 거친 데 있다. 때로 의도가 비록 잘 엮어졌다고 해도 괴롭게도 문채가 이를 통달시키지 못하면 또 근심은 배움이 결핍된 데 있다. 이 두 근심을 구제하고자 한다면 첫 번째 마음을 함양하는 방법이 있으니, 조야한 것이 세밀하게 다듬어지게 된다. 두 번째는 열심히 배움에 힘쓰는 것이니, 결핍된 부분이 풍부하게 바뀌게 된다.所構之意 不能與物相稱 則患在心粗 或意雖善構 苦無詞藻以達之 則又患在學儉(學問貧乏) 欲救此二患 則一在養心 使由粗以細 一在勤學 使由儉以博”고 말했다. 이 주에서 자세하게 밝힌 이환二患의 원인과 이를 보완할 방법이 반드시 정확한 것은 아니다. 문·의·물 삼자는 창작상의 주관적·객관적인 3대 요소로서, 육기는 세 요소가 서로 갖추어야 할 관련성을 밝혀 의도가 대상과 일치하고 문장은 의도와 부합해야 한다고 보았던 것이다. 이러한 관점은 창작상의 주체와 객체의 관계를 제시한 것으로, 문예 창작의 일반적 규범과도 부합하는 측면이 많다. 육기가 보여준 문·의·물 3자의 관계에 대한 논의는 공자孔子(전551-전479)의 사달설辭達說을 좀더 발전시킨 것이다. 나중에 유협劉勰(465?-520?)이 『문심조룡』 속에서 사思·의意·언言 3자의 관계에 대해 논의하면서 실제적으로 육기의 관점을 계승하고 발전시켰다.

■ 창작은 독창적이어야 한다 (謝朝華 啓夕秀)

문학을 창작할 때에는 독창성을 발휘해야지 과거의 유산을 답습하거나 부화뇌동해서는 안 된다는 주장으로, <문부文賦>에 나온다.

“역대에 걸쳐 빠진 글을 수집하고, 수천 년 동안 버려버린 운율(시가)을 모은다. 이미 피어난 아침 꽃은 버려 두고, 아직 피지 않은 저녁 꽃을 피운다. 한 순간에 고금을 살피고, 천하를 눈 깜작할 사이에 어루만진다.收百代之闕文 採千載之遺韻 謝朝華於已披 啓夕秀於未振 觀古今之須臾 撫四海於一瞬”

당대원唐大園은 『문부주文賦注』에서 해당 항목에 대해 “앞 구절은 진부한 표현을 없애기에 힘쓰고, 뒤 구절은 독창적인 심상을 펼치라는 말上句是務去陳言 下句是獨出心裁"이라고 풀이하였다. 여기서 육기는 꽃을 비유로 들어 문학을 창작할 때에는 옛 사람이 이미 사용한 진부한 말과 무뎌진 의미는 이미 피었다가 떨어진 꽃 떨기처럼 마땅히 버려야 하며, 옛 사람들이 아직 진술하지 못한 새로운 의미와 문채는 아직 터지지 않은 꽃처럼 모두 거둬 사용해야 한다고 주장하였다.

육기는 창작을 하면서 이전 선배나 옛 사람들의 경험을 본받을 것을 강조하였다. <문부>의 창작 목적도 다른 작가나 자신의 창작 경험을 총결산하면서 "마음의 뜻이 사물에 정확하게 일치하지 못하고, 문장이 뜻을 정확하게 담아내지 못하는意不稱物 文不逮意" 상황을 바꾸고자 하는 데 있었다. <문부>에서 그는 창작을 할 때에는 반드시 "뭇 말들의 진액群言之瀝液"과 "육예의 향그러움과 촉촉함六藝之芳潤"을 섭취해야 한다고 권고하였다. 일체 과거의 문화 유산은 "역대에 걸쳐 빠진 글百代之闕文"이자 "수천 년 동안 남겨진 운율千載之遺韻"이니, 모두 창작할 때 이용해야 할 귀중한 자산들이다. 육기의 입장에서 볼 때 이전 선배들의 경험을 배우고 새로운 의경을 창조하는 일 사이에는 아무런 모순도 없었다. 그는 비판 없이 흉내내거나 부화뇌동하는 행태를 거부했고, 대담하게 창조력을 발휘하라고 주장하였다. <문부>에는 이러한 그의 태도가 여러 곳에 개진되어 있다. "때로 시상을 엮어 곱게 합하니, 맑고 고움이 우거져 있다. 빛나기는 채색을 수놓은 듯하고, 처연하기는 급한 거문고 가락 같다. 모의한 것이 이전 선배들의 것과 다르지 않으면, 이에 자신도 모르는 사이에 옛 작품과 합치되어 버린다. 비록 나의 마음 깊은 곳에서 우러나와 문장을 짓지만, 다른 사람이 나보다 앞설까 두려워한다. 맑은 덕을 손상하고 정도를 어긴다면, 비록 어여쁘다 해도 반드시 해로우리라.或藻思綺合 清麗芊眠 炳若縟繡 悽若繁絃 必所擬之不殊 乃闇合乎曩篇

雖杼軸於予懷 怵他人之我先 苟傷廉而愆義 亦雖愛而必捐" 이것은 자신이 쓴 작품이 성과를 거두고 문채가 아름답고 화려하고 풍격이 맑고 고우며 입의立意가 새로운 까닭은 모두 "마음 깊은 곳에서 우러나와 문장을 지어杼軸於予懷" 자신의 진실을 남김없이 드러내고 고심한 결과라는 술회다. 아울러 옛 선배들이 짜놓은 문학의 둥지에 빠지지 말아야 한다면서, 이전 작품을 흉내내고 덕과 도를 해친다면 이는 반드시 버려 써서는 안 된다는 것이다.

육기는 이론상으로 창신創新을 주장했지만, 실제 그의 작품을 보면 제재나 내용, 문채에 있어서 과거의 유산을 본받거나 뇌동한 폐단이 없지도 않았다. 호응린胡應麟(?-?)은 일찍이 그 사실을 이렇게 지적하였다. "진부한 말을 씻어내고 준마를 내달리게 하는데 뜻을 두어야 한다. 그런데 육기(평원은 그의 세칭)의 여러 글을 보면 모방한 작품이 어찌 그리 많으며, 스스로 창작한 작품은 어찌 그리 드문가? 또 그의 여러 시를 보면 구성은 어찌 그리 번거로우며 독창적인 부분은 어찌 그리 적은가? 이 때문에 아는 일이 어려운 게 아니라 실천하는 일이 어렵다고 말하는 것이다.有意乎濯陳言而馳絶足也 然平原諸文 模擬何衆而獨造何希也 平原諸詩 藻繪何繁而獨造何寡也 故曰非知之艱而行之艱也" 그러나 <문부>는 그의 만년에 쓰여진 작품으로, 이 시기에 들어서면 모방한 작품은 현저히 줄어들어 육기의 진면모를 충분히 볼 수 있다. 때문에 그가 문학 이론사에 끼친 공적은 긍정적으로 평가될 수 있는 것이다.

육기의 창신론은 대개 예술 작품을 구상하는 과정에서 실천적으로 고찰된 것이었다. 그래서 후대의 유협劉勰(465?-520?)이 『문심조룡·통변通變』편에서 문학사의 변천을 계승과 창신으로 나눠 기술한 것과는 구별된다. 그러나 유협이 육기의 입장을 원용했음은 분명하다. 명대의 공안파公安派는 복고파의 이론에 반기를 들면서 "오직 성령을 서술하라.獨抒性靈"는 강령을 제창하였다. 원중도袁中道(1575-1630)는 <완

집지시서阮集之詩序>에서 이렇게 말했다. "선형 원굉도가 이를 바로잡아 그 뜻을 성령을 펴는 것을 위주로 하였다. 이에 비로소 그 뜻이 말하고자 한 바가 크게 드날려서 운치를 극진히 하고, 변화를 다했으며 아침 꽃은 버리고 저녁 꽃을 피우는 등 이목을 완전히 새롭게 바꾸었다.先兄中郎矯之 其意以發抒性靈爲主 始大暢其意所欲言 極其韻致 窮其變化 謝華啓秀 耳目爲之一新" 이러한 이론이 나온 데에도 육기의 영향이 있었음을 간과할 수는 없을 것이다.

■ 간략하면서 이치가 통하는 글을 써라 (辭達理擧)

육기가 문학에 있어서 형식과 내용을 상호 통일시키는 문제에 대해 주장한 논리의 하나로, <문부>에 실려 있다.

"비록 구분이 여기에 있다고 해도 또한 사악함을 금하고 방종을 막으려면 말이 통달되고 이치가 들어올려져야 한다. 때문에 글이나 말이 쓸데없이 길어서는 취할 데가 없는 법이다.雖區分之在玆 亦禁邪而制放 要辭達而理擧 故無取乎冗長"

사달은 말이란 뜻을 통하는 데 역점을 두어야 한다는 지적이고, 이거는 문장의 이치는 모름지기 확고해야 한다는 말이다. 육기는 이를 통해 언어 형식과 사상 내용 두 각도에서 시문학에 대한 자신의 입장을 밝혔다. 사달리거는 육기가 이전 사람들이 말한 사달설辭達說에 근거해 제시한 논리로, 언어 형식과 사상 내용 두 방면을 모두 아우르는 견해였다. 그러나 육기가 양자에 대해 바라보는 시각은 균등하지 않고 주종의 구분이 있었다. 그는 "이치는 본질을 도와 줄기를 세우고 문장은 가지를 드리워 번화함을 연결시킨다.理扶質以立幹 文垂條而結繁"고 말했다. 이理와 사辭는 나무로 말하면 줄기와 가지와 같은 관계에 있기 때문에 양자는 서로 상보적인 역할을 해야 한다는 지적이다. 즉 문장은 이치를 근본으로 삼고 문채로써 수식한다는 말이다.

육기는 이러한 관점을 견지하는 동시에 사달리거라는 형식주의적 경향에서 탈피한 비평도 시도하였다. 그는 "때로 이치는 버려두고 기이함만 남겨 헛되이 빈 것을 찾고 은미한 것을 좇기도 하였다. 이 때문에 정서는 부족하고 읽을만한 부분도 드물어져 문채는 부화하고 떠다니기만 해서 다시는 원래 깊이로 돌아오지 못했다.或遺理以存異 徒尋虛而逐微 言寡情而鮮愛 辭浮漂而不歸"고 지적하기도 하였다.

비록 육기의 창작 방면의 성과는 그의 이론을 따를 만한 성과는 거두지 못했고 일정 정도 형식주의적 색채가 있었던 것도 사실이지만, 그가 주장한 사달리거라는 이론은 정확한 것이었다. 나중에 유협劉勰(465?-520?)은『문심조룡』에서 육기가 미처 설명하지 못했던 부분을 밝혀 논증해서 이론화하는 성과를 거두었다.

■ 핵심을 꿰뚫어야 한다 (警策)

육기의 <문부>에 나온다.

"한 마디 말을 세우고도 요점을 찌른다면 이것이 그 작품의 경책이다. 비록 수많은 말로 가지를 친다 해도 반드시 이것을 기다린 뒤에야 효과를 거둘 수 있을 것이다.立片言而居要 乃一篇之警策 雖衆辭之有條 必待玆而效績"

이 말의 의미는 작품의 관건이 되는 부분은 간략하고 핵심을 찌른 한 마디 말로 전편의 요점을 부각을 시켜야 하는데, 이렇게 주제를 부각시키는 말을 그 작품의 경책이라고 부를 수 있다는 것이다. 이선李善은『문선文選』의 주석에서 이에 대해 다음과 같이 부연해서 설명하였다. "문장을 말에 비유한 것으로, 말이 채찍을 받음으로써 더욱 날래진다는 사실을 말한다. 문장은 짧은 한 마디의 도움을 받아 더욱 명확해진다는 것이다. 무릇 말을 타는 방법은 채찍을 들고 타는 것인데, 지금 한 마디 좋은 언사를 가지고 뭇 언어들을 잘 다스릴 수 있다면 이것은 마치 채찍을 들고 말을 내달리게 하는 것과 같기 때문에 경책이라고 부르는 것이다.以文喩馬也 言馬因警策而彌駿 以喩文資片言而益明也 夫駕之法 以策駕乘 今以一言之好 最于衆辭 若策驅馳 故云警策" 진주陳主는 이에 대해 이렇게 말했다. "무릇 문장은 반드시 한 단락 또는 몇 마디 말로 한 작품의 정신이 깃들여 있는 부분으로 삼거나 한 작품의 정신이 발원하는 부분으로 삼아야 한다.凡文章必有一段或數語爲一篇之精神所團聚處 或爲一篇之精神所發源處" 시가를 창작하면서 주제를 부각시키는 어구를 쓰고자 노력하는 작업은 확실히 작품 전체의 가치를 배가하고 광채를 불어넣는 일일 수 있다. 그러나 지나치게 주제 어구가 작품 속에서 차지하는 비중을 강조하면 그 밖의 많은 구절들은 긴요하지 않다는 오해를 살 수 있는데, 이런 관점은 물론 정확하지 못한 견해다.

심약(441-513)

심약은 남조시대 양梁의 문학자이자 사학자이다. 자는 휴문休文이고 무강武康절강성) 출신이다. 어려서 늘 밤늦도록 공부를 하여 이를 걱정한 모친이 항상 등잔에 기름을 조금만 채웠다고 한다. 이부상서吏部尚書를 거쳐 태자소부太子少傅의 관직을 지냈으며, 건창현후建昌縣侯에 봉해졌다. 말년에는 견책 당하여 우울한 세월을 보냈다. 시호는 은후隱侯다. 시문에 능했으며 당시 경릉팔우景陵八友의 한 사람이었다. 사성론四聲論과 팔병설八病說을 펴 시문의 운율 등 형식미를 강구, 근체시 태동의 계기를 마련하였다. 사조謝朓 등과 함께 수사와 성률을 통한 형식미를 추구하는 이른바 영명체永明體를 탄생시켰다. 작품으로 「팔영시八詠詩」, 「육억시六憶詩」가 있으며, 역사서로 서애徐愛의 『송서宋書』에 기초하여 24

사史에 속하는『송서』100권을 편찬하였다. 그 밖의 저서로『진서晉書』,『고조기高祖記』,『이언邇言』,『익례謚例』,『송문장지宋文章志』,『사성보四聲譜』등을 남겼다. 명대 사람이『심후은집』을 펴냈다.

■ 창작은 내용과 형식의 조화다 (以情緯文 以文被質)

남조南朝 양梁나라의 심약沈約이 문학을 창작할 때 내용과 형식 사이의 관계에 대해 논의하면서 제시한 관점으로,『송서宋書 · 사령운전론謝靈運傳論』에 나온다.

"건안(헌제獻帝 때의 연호, 196-220) 시대에 이르러 조씨가 기초를 다지고 이조와 진왕이 함축하여 문체를 풍성하게 하면서 감정으로써 문체를 조직하고 문체로써 바탕을 덮게 되었다.至于建安 曹氏基命 二祖 · 陳王 含蓄盛藻 甫乃以情緯文 以文被質"

위는 조직한다는 말이고, 질은 감정을 가리킨다. 이 두 구절의 뜻은 감정에 근거해서 문체를 조직하고 문체를 이용해서 내용을 수식하여 서로 배합하면 이상적인 통일체를 이루게 된다는 것이다. 심약은 여기에서 감정과 문체가 서로 호응하는 문제를 제기하였다. 이것은 공자의 문학이론으로서의 문질관文質觀을 바탕으로 발전한 논리다. 그는 창작은 모름지기 "감정을 근거로 문체를 짜고以情緯文" "문체는 감정에 따라 변해야 한다.文以情變"고 인식하였다. 즉 내면에 움튼 사상이나 감정을 살펴 언어 형식을 조직하고, 형식은 내용의 변화를 좇아 변화해야 한다는 것이다. 심약의 입장에서 보면 감정이 우선적이고 모든 글쓰기의 기초가 된다. 그러나 심약도 형식을 대단히 중시해서 조씨 부자의 작품들이 "함축적이고 풍성한 문체를 가졌다含蓄盛藻"고 칭찬하였다. 동시에 그는 동진東晉 시대의 현언시玄言詩가 "지나치게 아름다운 문체를 써서 들을 만한 것이 없다.遒麗之辭 無聞焉爾"고 비평하였다. 아울러 그는 성률미聲律美를 갖추기를 요구했으며, 시가는 언어가 지닌 음운상의 조화에 관심을 기울어야 한다고 주장하였다. "고아한 말과 오묘한 구절은 음운이 저절로 이루어져 모두 남모르게 이치와 화합하는 것이지 의지로 말미암아 되는 것은 아니다. 高言妙句 音韻天成 皆闇與理合 匪由思至" 이를 통해 심약의 문질관은 감정과 문체가 상호 결합해서 내용과 형식이 완미完美한 통일을 이루는 것임을 알 수 있다. 유협劉勰(465?-520?)은 『문심조룡·정채情采』편에서 "감정이란 문장의 날줄情者 文之經"이고 "감정을 바탕으로 문장을 만들며爲情而造文", "문장은 이치의 씨줄文者 理之緯"이라고 했는데, 심약의 입장과 일치하는 논리다.

■ 사성팔병설 (四聲八病說)

남조 제齊나라 영명永明(무제武帝 때의 연호, 483-493) 연간에 심약과 주옹周顒 등이 주장한 시가에 대한 성병설聲病說이다. 심약 등은 이전 사람들이 성운聲韻에 대해 연구한 성과를 바탕으로 이를 문학에 적용하여 4성四聲을 확립시켰다. 심약에게는 『사성보四聲譜』(없어짐)라는 저술이 있었고, 주옹도 『사성절운四聲切韻』(없어짐)을 남겼다. 그들은 시문을 창작할 때에는 모름지기 평·상·거·입平上去入 4성을 잘 분별해야 한다고 보았다.

심약은 4성을 엄격하게 구분할 것을 강조한 외에도 8병설을 제시하였다. 팔병은 창작에 임하면서 4성을 운용할 때 반드시 피해야 할 여덟 가지 병폐를 가리키는 말이다. 송나라 이숙李淑이 지은 『시원류격詩苑類格』에 따르면 심약이 말한 8병은 다음을 지적한다고 한다. 즉 평두平頭와 상미上尾, 봉요蜂腰, 학슬鶴膝, 대운大韻, 소운小韻, 방뉴傍紐, 정뉴正紐를 일컫는다. 이를 하나씩 정리하면 다음과 같다.

① 평두 : 5언시에 있어서 제1자가 제6자와 같은 성조일 수 없고, 제2

자가 제7자와 같은 성조일 수 없다. 여기서 같은 성조라고 하는 것은 평성은 평성과 같고 측성은 측성과 같다는 말이다. 예컨대 고시 가운데 "오늘의 이렇게 좋은 잔치, 기쁨과 즐거움 설명하기 어려워라今日良宴會 歡樂難具陳"는 구절이 있다. 여기서 금今과 환歡은 다같이 평성이고 일日과 락樂은 다같이 측성이다. 여기에는 세 가지 다른 학설도 있다. 1. 제1자와 제6자의 같은 성조만 피한다는 설과, 2. 제2자와 제7자의 같은 성조만 피한다는 설, 3. 제1·제6, 제2·제7을 함께 피한다는 설이다. 그러나 절대적으로 꺼리는 경우는 2.이다.

② 상미 : 5언시에서 제5자는 제10자와 같은 성조일 수 없다. 다시 말하면 압운하지 않는 구의 끝자는 압운하는 구의 끝자와 같은 성조일 수 없다는 말이다. 예컨대 고시 가운데 "서북쪽에 높은 누대가 있는데, 위쪽은 뜬 구름과 맞닿아있네西北有高樓 上與浮雲齊"에서 누樓와 제齊는 같은 평성인데, 누는 우운尤韻이고 제는 제운齊韻이다. 그러나 압운으로서 같은 운을 썼을 경우는 무방하다. 예컨대 "푸르디 푸른 강가의 풀잎, 쉼없이 이어지는 먼 길 향한 그리움青青河畔草 綿綿思遠道"에서 초草와 도道는 다같이 호운皓韻이다.

③ 봉요 : 5언시에서 제2자와 제5자가 같은 성조인 경우다. 몸의 양쪽이 크고 중심이 가는 것이 마치 벌의 허리와 같기 때문에 붙여진 이름이다. 예컨대 "멀리 님과 오래전에 이별하고, 이제 안문관에까지 왔도다遠與君別久 乃至雁門關"에서 여與와 구久는 같은 성조다.

④ 학슬 : 5언시에서 제5자와 제15자는 같은 성조일 수 없다. 예컨대 "새로 제나라 비단으로 옷감을 만들었는데, 깨끗하기가 서리와 눈 같구나. 다듬어 합환 부채도 만들었는데, 둥글기는 보름달과 같네新製齊紈素 皎潔如霜雪 裁爲合歡扇 團團似明月"에서 소素와 선扇은 다같은 거성이다. "강을 건너 부용을 따는데 난초 핀 강가에는 향기로운 풀 가득하구나. 이를 따서 누구에게 보내려는가, 먼 곳에 계신 님께 보낸다네涉江采芙蓉 蘭澤多芳草 采之欲遺誰 所思在遠道"에서 용蓉과 수誰는 다같이 평성이다. 이것은 비단 제1구와 제3구만을 기피하는 것이 아니라, 제3구와 제5구, 또는 제5구와 제7구도 마찬가지로 기피한다.

⑤ 대운 : 5언시에서 한 연에서 압운자와 같은 운의 글자를 다시 쓸 수 없다는 것이다. 예컨대 신자新字로 압운했다면, 진운眞韻에 속하는 글자를 한 연 안에서 쓸 수 없다. 즉 인人이나 진津이나, 이러한 자는 못

쓴다는 말이다. 고시 가운데 "가만히 앉았자니 솟구치는 괴로운 심사, 옷깃을 여미며 서쪽 기슭으로 나가노라端坐苦愁思 攬衣起西遊"에서 수愁와 유遊는 같은 우운尤韻이다.

⑥ 소운 : 제10자인 각운脚韻을 제외한 아홉 글자 중에서 같은 운인 글자가 중복될 수 없다는 것이다. 예컨대 "좋은 나무 조양에 자라니, 이슬은 그 가지에 맺혀 있다嘉樹生朝陽 凝霜封其條"에서 양陽과 상霜은 평성으로 양운陽韻에 속한다. 그리고 "가녀린 생각은 밝은 달에 비치고, 맑은 바람은 내 옷깃에 스민다薄惟鑒明月 淸風吹我襟"에서 명明과 청淸은 평성으로 경운庚韻이다.

⑦ 방뉴 : 한 구 안에 쌍운자雙韻字를 쓸 수 없다. 이 경우는 격자隔字일 경우를 말한다. 예컨대 "웅장해라 임금님 계시는 곳, 아름답고 화려해 뭇 성들과 다르네壯哉帝王居 佳麗殊百城"에서 거居와 가佳가 쌍성이다.

⑧ 정뉴 : 한 구나 한 연 안에 한 꿰미〔紐〕의 동일한 음을 쓸 수 없다는 것이다. 한 음이 4성으로 변하는 한 뉴이니, 예컨대 금金(평성)·금錦(상성)·금禁(거성)·급急(입성)이 한 뉴이다. "나는 본래 한나라의 여자인데, 오랑캐 선우의 집으로 시집왔다네我本漢家女 來嫁單于庭"에서 家가(평성)·가嫁(거성)는 한 뉴이다.

사성팔병은 주로 시가에 대해 지적한 것이지만 당시에 작품의 성조미聲調美에 대해 관심을 가졌던 사부辭賦나 병려문騈儷文에도 나아갈 방향을 제시하는 성과를 거두었다.

■ 성률설 (聲律說)

고대 중국에서 시가를 창작하면서 성조聲調와 음률音律에 대한 이론의 하나다. 남조 제나라의 심약과 주옹周顒 등이 제안하였다. 그 내용은 크게 두 가지로 구분된다. 하나는 4성四聲의 확립과 운용이고, 두 번째는 병범病犯에 대한 논의다. 심약은 <사성보四聲譜>를 지었고, 주옹은 『사성절운四聲切韻』을 남겼는데(둘 다 전하지 않는다), 성률 이론을 전개한 저서다. 그들은 글을 지을 때 평·상·거·입 4성을 분별할 것과 평두平頭·상미上尾·봉요蜂腰·학슬鶴膝 등 성운이 조화를 이루지 않는 경우를 피할 것을 주장하였다. 두 사람 모두 남조 제나라 영명永明(무제武帝 때의 연호, 483-493) 연간의 작가였기 때문에 후세 사람들은 이것을 영명성병설永明聲病說이라고 불렀다.

　성률설은 한진漢晉 시대부터 싹텄는데, 『서경잡기西京雜記』에 이미 궁상宮商에 관한 이야기가 나오며, 육기陸機(261-303)의 <문부文賦>에도 음성音聲에 대한 설명이 있다. 그러나 본격적인 발전은 남조 시기부터였고, 남조 영명 연간에 형성되었다. 몇 차례의 변천 과정을 거쳐 한위 육조 시대 시부詩賦와 병려문의 창작과 발전은 나날이 형식미를 추구하는 방향으로 나가면서 더욱 가속화되었다. 이 밖에 성률설의 성행은 당시 성운학聲韻學의 발전과도 밀접한 관련이 있다. 남조 때에는 불교가 크게 성행했는데, 문인들은 불경을 읽으면서 성운의 아름다움에 관심을 기울이는 과정에서 영향을 받았다. 이런 사실 또한 성률설이 완전한 이론 체계를 형성했던 시대적 흐름과 무관하지 않았다. 성률설은 이후 시부와 병려문에 성률을 적절하게 운용하고 음운미音韻美를 갖추는 데 기여하는 등 긍정적인 역할을 했으며, 중국 고대에 엄밀한 격률시의 형성과 발전에도 적극적인 공헌을 하였다. 그러나 성병설의 내용은 규칙이 너무 엄격하고 번잡해서 시가의 원활한 발전을 제약하기도 하였다. 때문에 유협劉勰(465?-520?)은 『문심조룡·성률聲律』편에서 성률설에 대해 긍정적인 평가와 함께 주의할 점에 대해서도 언급한 것이며, 종영鍾嶸(466?-518) 역시 <시품서詩品序>에서 당시 문풍을 비판하는 가운데 성률설에 대해서도 "문장에 지나치게 제약과 금기가 많으면 참된 아름다움을 해치게 된다.使文多拘忌傷其眞美"며 이의를 제기했던 것이다.

강엄(444-505)

강엄은 남조시대의 시인으로, 자는 문통文通이고, 고성考城(하남성) 출신이다. 송宋·제齊·양梁 3대에 걸쳐 관직을 지냈으며, 광록대부光祿大夫까지 올랐다. 작품으로 〈효완공시效阮公詩〉와 〈도실인悼室人〉, 〈청사시淸思詩〉, 〈와질원별유장사臥疾怨別劉長史〉, 〈한부恨賦〉, 별부別賦〉 등이 전한다.

■ 형상을 빌어 뜻을 드러내라 (假象見意)

시를 지을 때에는 형상形象을 빌어 작가가 세운 뜻을 표현해야 한다는 주장. 이 말은 교연皎然(720?-793?)의 <시평詩評>에 나온다. 교연은 강엄江淹(444-505)과 반첩여班婕妤(?-?)가 단선團扇(둥근 부채)을 노래한 시를 평하면서 이렇게 말했다. "강엄은 형상을 빌어 뜻을 드러냈고, 반첩여는 제목을 본받아 곧바로 썼다.江則假象見意 班則貌題直書" 그는 또 "강엄은 시에서 '그림을 그렸으니 진나라 왕녀가, 난새를 타고 희미한 안개 속으로 날아가도다.'라고 했는데, 흥취는 마음에서 절로 나왔지만 옛 이야기의 흔적은 전혀 없다.江生詩曰 畫作秦王女 乘鸞向烟霧 興生于中이나 無有古事"고도 말했다. 가상현의는 시를 창작할 때 비흥比興의 수법을 운용하는 문제를 논한 것이다. 『시식詩式』에 보면 용사用事에 대해 언급하면서 "형상을 취하는 것을 비라 하고, 의리를 취하는 것을 흥이라 한다. 의리는 즉 형상이 있는 다음에 있다는 뜻이다. 새와 물고기, 풀과 나무, 인물과 명수를 풍자하는 온갖 형상 가운데 의리가 같은 것은 모두 비흥에 들어간다. <관저>는 바로 그 의리를 취한 것取象曰比 取義曰興 義卽象下之意 風禽魚草木人物名數 萬象之中義類同者 盡入比興 關雎卽其義也"이라고 지적하였다. 그는 온갖 일과 물상들은 모두 겉으로 드러난 형상이고, 각종 물상의 배후에는 일정한 의의意義가 내포되어 있다고 생각하였다. 함의가 서로 비슷하거나 상통하는 것은 모두 비흥의 방법을 써서 표현할 수 있다는 것이다.

형상과 의미의 관계는 『주역』에서 이미 상당히 치밀하게 검토된 바 있다. <계사繫辭> 상편에 보면 "성인이 천하의 심오한 원리를 보고 이를 본받아 형용하여 물건의 마땅함을 형상화했기 때문에 상이라 부른다.聖人有以見天下之賾 而擬諸形容 象其物宜 是故謂之象"는 말이 나오며, "성인이 형상을 세워 뜻을 다하였다.聖人立象以盡意"는 말도 나온다. 형상으로써 뜻을 표현하는 문제는 『주역』 가운데에서도 이미 명확하게 설정된 개념이다. 그러나 이는 구체적인 사물을 지적한 것이지, 문학 창작에서의 형상은 아니었다. 순자荀子는 <악론樂論>에서 음악이 "맑고 밝은 것은 하늘을 형상화한 것이고, 넓고 큰 것은 땅을 형상화한 것이며, 우러러보고 내려다보아 두루 돌고 있는 것이 네 계절과 비슷하다.其淸明象天 其廣大象地 其俯仰周旋有似于四時"고 말했다. 이는 음악에 있어서의 형상을 표현하는 문제를 거론한 것이지만, 문학에서도 시사하는 바가 크다. 유협劉勰(465?-520?)은 『문심조룡·신사神思』편에서 "독자적인 조예를 가진 장인은 의미와 형상을 잘 살핀 뒤에 도끼를 사용한다.獨照之匠 窺意象而運斤"고 말했다. 그는 형상을 가지고 문학 창작의 문제를 극명하게 논의했을 뿐만 아니라 의意와 상象을 결부하여 연관 관계까지 거론하였다. 가상현의는 앞에서 기술한 의상意象 문제에 대한 논의와 일맥상통한다. 의상설意象說은 문학 창작에 있어서의 형상 사유 문제와 연관된 것이면서, 창작 이론상으로도 중요한 위치를 차지한다. 이 때문에 그 논의는 후세 비평가와 작가들에게 많은 영향을 끼쳤다.

유협(465?-520?)

유협은 남조시대 양梁의 문학이론가다. 자는 언화彦和다. 어려서 부친을 잃고 가난하게 살았다. 일찍이 건강建康(강소성 남경南京)의 정림사定林寺에서 승려 우우祐를 좇아 불경의 교정 작업을 했으므로 불교 경전에 관하여 해박한 지식이 있었다. 또 문학을 좋아하여, 10여년 간의 노력 끝에 중국 최초의 체계적 문학비평서인 『문심조룡文心雕龍』을 지었다. 당시 심약沈約이 이 책을 읽고 크게 칭찬하여 관직에 천거했으며, 이후 거기창조참군車騎倉曹參軍, 보병교위步兵校尉의 관직을 지냈다. 만년에 조정의 명을 받고 정림사에서 불경의 편정編定 작업을 했으며, 이후 삭발하고 승려가 되었다. 법명은 혜지慧地다. 기타 저작으로 『멸혹론滅惑論』, 『양건안왕조섬산석성사석상비梁建安王造剡山石城寺石像碑』가 있다.

■ 내용의 진정성과 표현의 정확성을 지적하다 (志足言文)

유협劉勰이 작품의 내용과 형식에 대해 논의하면서 내세운 주장으로, 『문심조룡 · 징성徵聖』편에 나온다.

"그런 즉 뜻은 만족스러워야 하고, 말은 문채를 갖추어야 한다. 그리고 감정은 진실하여야 하고, 문장은 교묘해야 한다. 이렇게 해야 문장의 옥처럼 아름다운 계보를 담게 되며, 문장의 금과옥조를 획득하게 된다.然則志足而言文 情信而辭巧 乃含章之玉牒 秉文之金科矣"

지족언문은 공자가 말한 "말이란 것은 뜻을 충족시켜야 하고, 문장은 말을 충족시켜야 한다.言以足志 文以足言"는 주장을 요약한 것이다. 지志는 정지情志로, 문장의 사상과 내용을 가리킨다. 언이족지言以足志는 사용된 언어가 사상과 감정을 훌륭하게 표현하는 것을 말한다. 문은 문채다. 문이족언文以足言은 문장의 사상과 내용이 아주 충실하고 언어 또한 문채를 갖추고 있어서 형식이 우미優美해야 하는 것을 말한다.

지족언문은 유가가 문장 창작에 대해 일관성 있게 주장한 요구의 하나로, 이 말은 『좌전·양공襄公 25년』조에 처음으로 나온다. 공자는 정鄭나라의 재상 자산子産(?-전522)이 외교 협상을 하면서 사령을 잘 짓고 적절하게 인용하는 수완을 칭찬하면서 이렇게 말했다. "뜻을 가지고 있다면, 말은 뜻을 표현하는 일을 충족시켜야 하고, 문장은 말을 꾸미는 일을 충족시켜야 하리라. 말하지 않는다면 누가 그 뜻을 알겠는가? 말에 꾸밈이 없다면 실행해도 멀리 가지 못할 것이다.志有之 言以足志 文以足言 不言誰知其志 言之無文 行而不遠" 두예杜預(222-284)는 이에 대해 "이것(志)이 성취하는 것과 같다.是猶成也"는 주를 달았고, 『문심조룡·징성』편에서는 지족이언문 정신이사교志足而言文 情信而辭巧라고 개괄했는데, 문학을 창작할 때 내용과 형식이 아름답게 통일되어야 한다는 기본 원칙을 제시하면서 이를 제창한 발언이다. 지족이언문은 유협이 견지한 기본적인 문학 사상의 하나이며, 동시에 『문심조룡』전체를 관통하고 있는 핵심 가운데 하나이기도 하다.

■ 경전을 본받아 글을 써라 (宗經六義)

유협이 문장이 경전을 본받을 때 얻어지는 장점을 정리한 용어로, 『문심조룡·종경宗經』편에 나온다.

"때문에 문장이 경전을 으뜸으로 삼을 경우에, 체제는 여섯 가지가 있다. 첫 번째는 감정이 깊어져서 속이지 않으며, 두 번째는 풍격이 맑아져서 잡스럽지 않고, 세 번째는 일이 믿을 만해 허황되지 않으며, 네 번째는 의리가 곧아져서 우회할 필요가 없고, 다섯 번째는 체제가 간략해져 어지럽지 않으며, 여섯 번째는 문채는 화려해지지만 지나치지는 않게 된다.故文能宗經 體有六義 一則情深而不詭 二則風淸而不雜

三則事信而不誕 四則義直而不回 五則體約而不蕪 六則文麗而不淫”

이 말의 뜻은 다음과 같다. 문장이 훌륭하게 경전의 법도를 본받으면 각종 문체는 여섯 가지 장점을 획득한다는 것이다. 우선은 감정이 심후深厚해져 사악함에 치우치지 않게 되며, 둘째 시풍이 순수하고 올곧아 혼잡하지 않게 된다. 셋째 서술이 진실되어 허위를 꾸미지 않으며, 넷째 함축한 의미가 정확하고 단아하며 직접적이어서 구부러지나 왜곡되지 않는다. 다섯째 언어가 정교하고 세련되어 번거롭거나 쓸데 없는 시어가 없어지고, 여섯째 문채가 화려해져서 붕 뜨거나 아리땁지만은 않게 된다. 이는 유협이 실제로 작품을 창작할 때 준수해야 할 원칙으로 제시한 것이다. 그가 종경을 내세워 진송晉宋 이래 문단을 지배해온 기미綺靡한 문풍을 바로잡고자 한 것은 적극적 의의가 있다. 그러나 종경한다고 해서 반드시 이 6의에 도달하는 것은 아니다. 때문에 경서 자체에 심취한다고 해서 당연히 6의를 이룰 수는 없다. 이 때문에 그가 종경을 강조한 이론에도 제한이 있을 수밖에 없는 것이다.

■ 문장의 내용과 형식의 문제를 거론하다 (情采)

유협이 문장의 내용과 형식의 문제를 거론하면서 내세운 용어이다. 『문심조룡·정채』편에 따르면 정은 작품이 표현하려는 생각이나 감정을 말하는데, 바로 작품의 내용을 형성한다. 정은 때로 질質이나 리理와도 통용되며, 정리情理라고도 부른다. 채는 작품의 문채 또는 사조辭藻로, 작품의 형식을 형성한다. 채는 때로 문文이나 사辭와 통용되며, 문채文采 또는 사채辭采라고도 부른다.

유가는 “꾸밈과 바탕이 잘 조화를 이루기文質彬彬”를 강조하는 한편 “감정은 진실하고자 하고 문체는 공교롭고자 하고情欲信 辭欲巧”, “말이 꾸밈이 없으면 실행되어도 멀리 가지 못한다.言之不文 行而不

遠”(『좌전·양공 25년』 조)고 밝혔다. 유협은 유가의 이러한 전통을 계승해서 문질이 함께 풍성해야 한다는 입장을 견지했는데, 양자의 관계를 “꾸밈은 바탕에 기대고文附質” “바탕은 꾸밈을 기다린다質待文”고 하면서 상호의존적임을 분명히 하였다. 즉 우미優美한 문체는 사상과 감정을 정확하게 표현하는 데 쓰여지며, 정확한 사상과 감정은 우미한 문체로 표현하는 것에 의지한다는 말이다. 유협은 한 걸음 더 나아가 작품의 내용은 형식을 결정한다고 명확하게 지적하였다. 그는 <정채>편에서 “감정은 문학의 날줄이고, 문체는 이치의 씨줄이다. 날줄이 바른 뒤에야 씨줄이 성립하고, 이치가 정해진 뒤에야 문채가 활짝 드러난다. 이것이 문장을 세우는 근본적인 원천情者 文之經 辭者 理之緯 經正而後緯成 理定而後辭暢 此立文之本源也”이라고 지적하였다. 이 때문에 반드시 “감정을 바탕으로 문장을 만들어야지爲情而造文” “문장을 위해 감정을 조작해서는爲文而造情” 안 된다고 하였다. 아울러 그는 같은 편에서 이런 말도 남겼다. “무릇 초목과 같이 미미한 존재도 정성스럽게 다루어야 열매 맺기를 기다릴 수 있는데 하물며 문장에서이겠는가? 뜻을 기술하는 것을 근본으로 삼아야 하며, 말이 뜻과 어긋난다면 문장이 어떻게 소기의 목적을 이룰 수 있겠는가!夫以草木之微 依情待實 況乎文章 述志爲本 言與志反 文豈足徵” 유협은 “복숭아나무와 오얏나무는 말이 없어도 그 아래 절로 길이 생긴다.桃李不言 下自成蹊”는 고대 민요와 『회남자淮南子·무칭훈繆稱訓』에 나오는 “남자는 난초를 심은 듯해서 아름다워도 향기롭지 않다.男子樹蘭 美而不芳”는 말을 빌어 진실한 감정의 중요성을 강조하였다. 문장은 감정과 뜻을 토로하고 묘사하는 것을 근본으로 삼는데, 만약 작품이 작가의 감정과 일치하지 않고 심하게 어그러진다면 이런 작품은 털끝 만한 의의도 없다는 것이다. 유협은 “문장을 연결하고 문채를 결합하는 것은 경전을 밝히기 위해서인데, 문채가 지나치고 문장이 속이는 지경에 이르면 마음의 이치 또한 더욱 어두워질 것聯辭結釆 欲將明經 釆濫辭詭 則心理愈瞖"이라고 판단하였다. 문장을 지을 때 문채를 구사하는 목적은 사물의 이치를 밝히기 위해서인데, 문채가 지나치게 화려해서 감정을 적절하게 수용하지 못하고 괴이하기만 하다면 사상과 내용도 따라서 조잡해진다는 말이다. 과도하게 형식적인 배치에만 골몰하는 것은 오히려 사상과 감정을 표현하는 것을 방해하는 온당치 못한 처사라는 것이다. 때문에 유협은 "작가가 능히 작품의 전체적인 규모를 설정할 수 있게 되면 자신이 표현하고자 하는 생각을 배치할 수 있다. 이어서 그 기초를 마련할 수 있으면 자신의 감정을 전달할 수 있게 된다. 전달하려는 감정이 정해진 뒤에야 비로소 음률을 배합할 수 있으며, 이치가 바르게 자리한 뒤에야 문체를 활용할 수 있다. 그래야만 문채가 바탕을 없애버리거나 방대한 사례들이 사람의 마음을 가려버리는 일을 예방할 수 있는 것이다. 그래야만 붉은 색이나 쪽빛과 같은 정색正色이 빛을 발하고, 홍색이나 보라색 같은 잡색雜色을 제거할 수 있다. 그런 일들이 가능할 때 비로소 아름다운 문장을 제대로 조탁할 줄 안다고 하겠으며, 바탕과 꾸밈이 잘 조화를 이룬 군자라고 불릴 수 있는 것設模以位理 擬地以置心 心定而後結音 理正而後摛藻 使文不滅質 博不溺心 正釆耀乎朱藍 間色屏于紅紫 乃可謂彫琢其章 彬彬君子矣"이라고 거듭 강조하였다. 창작은 먼저 문장의 내용(즉 사상)과 표현하려는 감정을 확정한 뒤에 음률을 배치하고 문채를 구사해야 한다는 말이다. 형식이 아무리 화려하고 아름다워도 내용을 충분히 소화하지 못했다면 무의미하고, 문채가 아무리 풍부하고 다채로워도 작가의 심리가 원활하게 드러나지 않는다면 이 또한 무용지물일 뿐이다. 바른 빛깔이 제 역할을 수행하고 잡스런 빛깔이 적절하게 쓰여질 때 내용과 형식은 합리적으로 운용될 수 있다고 주장하였다. 물론 유협은 작품의 형식미도 대단히 중시하였다. <정채>편은 이런 말로 서두를 꺼내고 있다. "성현이 쓴 저작을 모두 일컬어 문장이라고 한다. 만약 문채란 것이 담기지 않았다면 어찌되겠는가?聖賢書辭 總稱文章 非采而何" 그리고 같은 편의 결미는 "말은 문채를 빌어야 멀리 퍼질 수 있으니, 진실로 그것이 사실임을 징험할 수 있다.言以文遠 誠哉斯驗"고 끝맺었다. 내용이 요구하는 수준에 적응할 때 형식미도 원활하게 작용하며, 정과 채의 통일도 가능하고 충실한 내용과 우미한 예술 형식의 통일도 달성된다는 것이다. 이러한 유협의 주장은 문학 이론의 전개에 커다란 공헌을 남겼으며, 그만큼 후세에 끼친 영향 또한 지대했다.

■ 대상과 정서, 문장에 대해 논하다 (情以物遷 辭以情發)

유협이 대상(物)과 정서(情), 문장(文) 삼자의 관계에 대해 바라본 관점. 이 말은 『문심조룡·물색物色』편에 나온다.

"새해를 맞아 봄기운이 완연하게 되면, 우리의 정서는 유쾌하고 상쾌해진다. 여름이 되어 양의 기운이 왕성하게 되면, 우리의 심정은 초조해지고 답답해진다. 가을날 하늘이 높아지고 날씨가 적막하고 고요해지면, 우리의 심정도 침울해지고 심원해진다. 겨울날 대지가 무성한 눈보라로 뒤덮일 때, 우리의 영혼은 숙연하고 심오한 사색으로 무겁게 침잠한다. 한 해의 어느 계절이나 서로 다른 경치가 펼쳐지며, 그러한 경물들은 서로 다른 생김새를 갖추고 있다. 우리의 정서는 경치에 따라 변화하고, 문장은 그러한 감정에서 유래하여 생겨난다.獻歲發春 悅豫之情暢 滔滔孟夏 郁陶之心凝 天高氣淸 陰沈之志遠 霰雪無垠 矜肅之慮深 歲有其物 物有其容 情以物遷 辭以情發"

정이천물은 경치를 접하여 정서가 우러나는데, 정서는 대상의 상황이 변화함에 따라 옮겨간다는 설명이다. 유협은 춘하추동 네 계절의 각기 다른 풍경을 열거하고 그 때마다 달라지는 사람의 정서를 예시하였다. 그는 물과 정은 인과 관계에 놓여 있다고 보면서 물을 일차적인 원인으로 인정하였다. 이는 객관적인 대상이 창작 욕구를 환기시키는 점을 긍정한 발언이다. 이러한 논의는 부분적으로 유물론적 반영론反映論에 입각한 논리라고 하겠다. 사이정발에서 유협은 정과 사 또한 인과 관계에 있다고 보면서, 정은 사를 결정한다고 주장하였다. 이런 주장은 "정서가 마음 속에서 움직이면 말로 형상화된다.情動于中而形于言"(<시대서詩大序>)거나 "정서가 움직이면 문장으로 나타난다.情動而辭發"(『문심조룡·지음知音』편)는 말과 동일한 견해다. 유협은 문학 창작에 있어서 정서의 중요성을 특히 강조하였다. 유협이 바라본 물·정·사 삼자의 관계를 논의한 관점은 실제 창작 상황과 잘 부합된다.

이러한 관점은 유협 이전에도 이미 논의한 사람이 없지 않았다. 육기陸機(261-303)는 <문부文賦>에서 "네 계절이 흐름을 보면서 그 가버림을 탄식하고, 만물이 성장했다 시드는 것을 보면서 분분함을 생각한다. 차츰 추워지는 가을날 떨어지는 이파리를 보면서 비감에 잠기고, 향기로운 봄날 가녀린 가지에 물이 오르는 것을 보면서 기뻐한다. 遵四時以嘆逝 瞻萬物而思紛 悲落葉于勁秋 喜柔條于芳春"고 비유하거나, 종영鍾嶸(466?-518)은 <시품서詩品序>에서 "기운이 사물을 움직이고 사물은 사람을 감동시킨다. 때문에 성정이 내면에서 꿈틀거리면 춤추고 읊조리는 것으로 드러나는 것氣之動物 物之感人 故搖蕩性情 形諸舞詠"이라고 한 말 등이 그 예다. 유협은 물·정·사 삼자가 창작 과정에 개입하는 양상을 전면적으로 거론했는데, 이는 육기와 종영의 관점을 발전시킨 논의라고 할 수 있다.

■ 문학의 창작 과정에 대해 논하다 (情動言形 理發文見)

유협이 문학의 창작 과정에 대해 요약한 표현으로, 『문심조룡·체성體性』편에 나온다.

"무릇 감정이 움직이면 말로 형상화되고 이치가 발현되면 문장에 나타나게 된다. 이는 대개 숨어 있던 것이 상황에 맞춰 드러나게 되며, 내부에 있던 것이 계기가 있어서 밖으로 실현되는 것을 뜻한다.夫情動而言形 理發而文見 蓋沿隱以至顯 因內而符外者也"

이 말은 감정이 환기되면 언어를 빌어 표현되며, 도리가 표현되기 위해서는 문장을 통해야 한다는 뜻이다. 그리고 마음 속에 갈무리되어 있던 정리情理를 좇아 가시적인 언어 문자로 표현된다는 지적으로, 내용과 형식이 상호 부합하는 문제를 거론한 것이다. 유협의 이러한 관점은 같은 책 <지음知音>편에도 "문장을 엮는 것은 감정이 움직여서 문채로 발현되는 것綴文者情動而辭發"이라고 하여 재론되어 있다. 유협의 생각의 근원을 따져보면, 이는 <시대서詩大序>에 나오는 "시란 뜻이 가는 바이다. 마음에 있으면 뜻이 되고 이것이 말로 발현되면 시가 된다. 감정이 마음 가운데에서 움직여 말로 형상화되는 것詩者志之所之也 在心爲志 發言爲詩 情動于中而形于言"이라는 논의에서 찾을 수 있다. 시언지설詩言志說이 한 단계 발전한 논리가 바로 유협의 이론인 것이다.

■ 감정과 체재, 문세의 관계를 논하다 (因情立體 卽體成勢)

유협이 감정과 체재體裁, 문세文勢 세 가지의 관계에 대해 설명하면서 내세운 관점으로, 『문심조룡·정세定勢』편에 나온다.

"무릇 사람의 감정과 흥취는 매우 다양하기 때문에 이와 관련된 창작 수법 역시 변화가 다양하기 마련이다. 그러나 사람의 사상과 감정에 의해 확정되지 않는 문장의 체제란 있을 수 없는 것이니, 체제에 맞추어 형성된 것을 일러 문장의 기세라고 한다.夫情致異區 文變殊術 莫不因情立體 卽體成勢也"

즉 사람의 감정과 정취는 사람마다 달라서 창작 방법 또한 다양한 차이가 나온다는 것이다. 그러나 어떤 경우든 감정과 사고에 의거해서 체제를 확정하고 체제의 흐름에 따라 문장의 기세가 형성되는 점은 분명하다. 이것이 유협이 주장한 "기세를 정하는定勢" 것이다. 세에 대해서 유협은 다음과 같이 해석하고 있다. "세라는 것은 이로움을 타서 체제를 갖추는 것이다. 마치 시위를 떠난 화살이 똑바로 나아가고, 골짜기의 굽은 모양 때문에 물줄기가 굽이치며 흐르는 것과 같은 자연의 이치이다. 원은 둥글기 때문에 그 형세는 절로 구르려 하며, 네모는 각지기 때문에 그 형세는 절로 편안해진다. 문장의 체제와 기세 역시 이와 같은 이치라고 할 수 있다.勢者 乘利而爲制也 如機發矢直 洞曲湍回 自然之趣也 圓者規體 其勢也自轉 方者矩形 其勢也自安 文章體勢 如斯而已" 여기서 유협은 문세는 바로 문장의 체세體勢임을 지적하면서 여러 가지 비유를 통해 문장의 체세는 자연스런 흐름임을 설명하고 있다. 유협을 이런 논의를 바탕으로 정세설定勢說, 즉 문장의 체세는 어느 정도 문체의 요구에 따라 정해진다는 이론을 제시하였다. 즉 "체제에 맞추어 기세가 이루어지며卽體成勢" "문체를 좇아 기세가 이루어진다.循體成勢"는 것이다. 유협이 이러한 주장을 제기한 의도는 작가가 자신의 감정이나 사고를 기준으로 문체를 확정해야 하고, 문체상의 특징에 따라 문장의 풍격과 기세도 자연스럽게 형성되어져야 함을 강조하기 위한 것이다. 정情·체體·세勢 세 가지는 각각 정이 기초가 되고 체는 중심이 되며 세는 결과가 된다. 유협의 정세설은 당시 기궤미奇詭美만 추구하던 잘못된 문풍에 대해 일침을 가하기 위해 제기된 것이다. 그는 "오늘날의 작가들은 대부분 기괴함과 교묘함을 좋아한다. 그들 작품의 체제를 살펴보면, 그것은 그릇된 경향이 빚어낸 변화임을 알 수 있다……대단히 난해한 내용이 담겨있는 것처럼 보이지만 사실은 별다른 내용이 있는 것이 아니라 정상적인 것을 거꾸로 뒤집어놓은 것일 뿐自近代辭人 率好詭巧 原其爲體 訛勢所變……似難而實無他術也 反正而已"이라고 말했다. "그릇된 경향訛勢"은 문체의 자연스런 흐름을 위반했다는 말이다.

■ 창작에서의 두 가지 표현 방법 (隱秀)

문학 창작에 있어서 두 가지 표현 방법을 거론한 것으로,『문심조룡・은수』편에 나온다.

"문학 작품의 아름다운 꽃(뛰어난 작품)은 빼어난 것도 있고, 은미한 것도 있다. 은미한 것이란 문장 밖에 있는 드러나지 않은 뜻을 말하며, 빼어난 것이란 작품 속에서 유독 뛰어난 구절을 말한다. 은미함은 생각이 복잡해야 공교롭다 여기고, 빼어난 구절은 탁월한 구성에 의해서 교묘하게 된다. 이것이 과거 문학 유산의 정화를 이루는데, 작가의 재능과 감정이 아름답게 만난 결과인 것이다.文之英蕤 有秀有隱 隱也者 文外之重旨者也 秀也者 篇中之獨拔者也 隱以復意爲工 秀以卓絶爲巧 斯乃舊章之懿績 才情之嘉會也"

장계張戒(?-?)는『세한당시화歲寒堂詩話』에서 위의 <은수>편에서 지금은 없어진 문장을 인용하고 있다.

"감정이 문장 밖으로 스미는 것을 은이라 하고, 광경이 눈앞에서 넘쳐나는 것을 수라 한다.情在詞外曰隱 狀溢目前曰秀"

은은 문장이 함축미를 얻어서 읽을수록 맛이 우러나는 것을 말하고, 수는 한 작품 속에 구사된 경구警句나 선명하고 돌발적인 수사가 문장의 색채를 증강시켜 독자에게 마음의 감동을 불러일으키는 것을 가리킨다. 유협은 우수한 작품은 은과 수가 없을 수 없으며, "만약 작품 가운데 은이 부족하면 오래 유학을 배운 이가 무식한 것과 같다. 때로 한 번 두드리면 말은 바닥나고, 시구 사이에는 빼어남이 드물어서 마치 고대광실에 진귀한 보배가 적고, 백 번 꾸짖어도 색상은 바래는 것과 같으니, 이는 재주와 생각이 부족한 것이고, 또 문장에 대해 부끄러운 일若篇中乏隱 等宿儒之無學 或一叩而語窮 句間鮮秀 如巨室之少珍 若百詰而色沮 斯不足于才思 而亦有愧于文辭矣"이라고 말했다. 그는 "무릇 문집 중에서 걸출한 작품은 10분의 1도 안되며, 한 작품 가운데 빼어난 구절은 백에 두 개도 될까 말까 할 정도다. 걸작이나 빼어난 구절은 사고 작용을 거듭하다가 운좋게 절로 만나는 것이지 아무리 재주를 짜낸다고 얻을 수 있는 것은 아니라고凡文集勝篇 不盈十一 篇章秀句 裁可百二 幷思合而自逢 非研慮之所術也” 했는데, 뛰어난 작품과 감동적인 구절은 쉽게 쓰여지지 않음을 지적한 말이다. 유협은 줄곧 “감정을 바탕으로 문장을 만들라爲情造文”(<정채情采>편)고 강조했고, 뛰어난 작품과 감동적인 구절은 “감정을 풀어 체제를 자리매기고設情以位體” “문채를 잘 모아 요점을 들어올리는撮辭以擧要”(<용재熔裁>편) 가운데 나온다고 생각하였다. 그러나 이런 것들은 모두 자연스럽게 형성되는 것이지 무리하게 의도한다고 해서 이루어지는 것은 아니라는 점도 지적하였다. “어떤 이는 의미를 흐리고 감추는 것으로 심오하다고 여기지만, 비록 오묘하다 해도 이것은 은이 아니다. 또 조탁한 것으로 기교를 얻었다고 여기지만, 이것은 비록 아름답다고는 해도 수는 아니다.晦塞爲深 雖奧非隱 雕削取巧 雖美非秀” 라고 하면서, “자연스런 오묘함은 마치 초목이 꽃을 피워 빛나는 것과 같으며, 윤색하여 아름답게 꾸며 놓은 것은 마치 비단에다 붉은 물 파란 물을 들여 놓은 것과 같다. 빨갛고 파란 염료는 비단에 깊이 스며들어 농후한 광채를 발하고, 나무를 빛내는 꽃은 옅으면서도 불같은 광채가 타오른다. 빼어난 구절이 문학의 정원에서 빛을 발하는 까닭도 대개 여기에 있는 것自然會妙 譬卉木之耀英華 潤色取美 譬繪帛之染朱綠 朱綠染繪 深而繁鮮 英華曜樹 淺而煒燁 秀句所以照文苑 蓋以此也”이라고 말했다. 함축적인 문장이 문단에서 광채를 더하고, 빼어난 구절이 문단에 빛깔을 첨가하는 이유는 그들이 자연미를 갖추었기 때문이라는 것이다.

은과 수는 수사학적으로 볼 때 두 종류의 수사 기교와 같다. 이는 문학을 창작할 때 늘상 쓰여지는 표현 방법이기도 하다. 중국의 고대 유학자들은 일찍이 “문장은 간략하지만 뜻은 풍부해야 한다辭約而旨

豊"거나 "말은 가까워도 뜻은 멀어야 한다言近而意遠"고 주장했으며, 육기陸機(261-303)는 <문부文賦>에서 "작품 속에는 핵심이 되는 부분이 있다.一篇之警策"는 관점을 제시했는데, 유협은 이러한 논의를 계승, 발전시켰던 것이다. 이는 예술 창작과 이론 수립에 상당히 유용한 개념으로, 후대의 문인들에게 커다란 영향력을 행사하였다. 당나라의 유지기劉知幾(661-721)는 "말은 가까워도 뜻은 멀며, 문장은 옅어도 의미가 심오하면 비록 표현한 말이 이미 다했다고 해도 함축된 의미는 다하지 않은 것言近而旨遠 辭淺而義深 雖發語已殫 而含義未盡"(『사통史通·서사敍事』편)이라고 주장하였다. 그리고 송대의 구양수歐陽修(1007-1072)는 『육일시화六一詩話』에서 매요신梅堯臣(1002-1060)의 말을 빌어 "묘사하기 어려운 경치를 그려내 눈앞에 펼쳐진 듯 만들고, 다하지 않는 뜻을 함축해서 말 밖으로 드러나게 한 뒤에야 지극한 경지에 도달했다고 하겠다.狀難寫之景 如在目前 含不盡之意 見于言外 然後爲至矣"고 말했다. 유희재劉熙載(1813-1881)는 사곡詞曲에 대해 논의하면서 "사는 장법을 다지는 것으로 은을 삼고, 자구를 다지는 것으로 수를 삼는다. 수하면서 은하지 못하면, 이는 밝은 구슬 꿰미가 백 개 있어도 한 줄로 꿰지 않은 것과 마찬가지詞以煉章法爲隱 煉字句爲秀 秀而不隱 是猶百琲明珠而無一線穿也"(『예개藝槪·사곡개詞曲槪』)라고 비유하였다. 그는 또 시안詩眼과 사안詞眼은 작품의 구절 속에서만 오로지 구할 수는 없는 것이라고 하면서, "말은 다했어도 소리와 의미는 무궁해야 한다.言有盡而音意無窮也"(같은 책)고 강조했는데, 모두 은수 논의를 재론한 것이다.

■ 문학을 감상하는 여섯 가지 방법 (六觀)

유협이 문학 작품을 감상하는 방식에 대해 설명하면서 사용한 말로, 『문심조룡·지음知音』편에 나온다.

"글 속에 담긴 정신을 살피고자 한다면 먼저 여섯 가지 평가 기준을 갖추어야 한다. 첫째는 위체이고, 둘째는 치사며, 셋째는 통변이요, 넷째는 기정이며, 다섯째는 사의요, 여섯째는 궁상이다. 이러한 기술이 이미 드러났다면 작품의 우열도 동시에 드러날 것이다. 將閱文情 先標六觀 一觀位體 二觀置辭 三觀通變 四觀奇正 五觀事義 六觀宮商 斯術旣形 則優劣見矣"

이른바 6관은 여섯 가지 방향에서 문학 작품을 관찰해서 그 우열을 감별하는 것을 말한다. 위체를 보라는 것은 작품의 체재와 구성에 따른 안배를 살피라는 지적이다. 치사를 보라는 것은 작품의 언어상의 기교를 살피라는 지적이다. 통변을 보라는 것은 작품이 어떤 전통을 계승했으며 어떤 면에서 창신創新한지 살피라는 지적이다. 기정을 보라는 것은 작품의 표현 방법을 살피라는 지적이다. 사의를 보라는 것은 전고典故나 용사用事의 운용이 어떠한지 살피라는 지적이다. 궁상을 보라는 것은 작품의 운율을 살피라는 지적이다. 6관법의 제시는 결국 문학 작품이 지니고 있는 내용과 형식의 문제에 대해 모두 관심을 가지라는 의미로 정리할 수 있다. 위체·치사·궁상은 형식적 문제에 속하며, 통변·기정·사의는 내용과 관련되며 표현 방식과도 연관이 있다. 유협의 이러한 6관법이 문학 감상에 있어서 절대적인 원칙이라고 할 수는 없지만 참고할 만한 가치는 충분하다고 말할 수 있다.

■ 창작하는 두 가지 방식을 말하다 (爲情造文 爲文造情)

유협이 두 가지 창작 태도에 대해 개괄하면서 쓴 말로, 『문심조룡·정채情采』편에 나온다.

"옛날 시인들의 시편들은 정서를 표현하기 위해 창작된 것이지만, 사부가들의 부와 송은 창작을 위해 정서를 꾸며낸 것이다. 昔詩人什篇

爲情而造文 辭人賦頌 爲文而造情"

　　이른바 위정조문은 서정을 위해서 창작한 경우이고, 위문조정은 창작을 위해서 감정을 만들어내는 것을 가리킨다. 전자는 『시경』의 작자, 즉 시인을 말하며, 후자는 부·송의 작자, 즉 사인을 말한다. 유협은 이 두 가지 창작 태도를 구분하는 방식에 대해 『시경』과 한부漢賦를 가지고 대비적으로 설명한다.

　　"어떤 점을 근거로 그와 같은 사실을 알 수 있는가? 『시경』에 들어 있는 풍과 아의 작품들은, 작가가 지향하는 생각과 그에 따른 울분의 내용이 담겨 있으며, 거기에 대한 감정을 직접 노래하거나 풍자를 사용함으로써 위정자들로 하여금 근신하고 경계하도록 유도한 것이다. 이러한 것들은 감정을 표현하기 위해 창작된 경우이다. 반면에 사부가들의 마음 속에는 억누르기 힘든 열정 같은 것은 존재하지 않으며, 그들은 마음이 내키는 대로 과장을 활용함으로써 온갖 수단을 부려 단지 세상의 명성만을 추구하고자 한다. 이러한 것들은 창작을 위하여 감정을 꾸며낸 경우이다. 그러므로 감정을 표현하기 위해 창작된 작품들은 언어가 간결하고 진지한 감정을 묘사하지만, 창작을 위해 감정을 조작한 작품들은 표현이 화려하며 내용이 난잡하고 과장되어 있다.何以明其然 蓋風雅之興 志思蓄憤 而吟詠情性 以諷其上 此爲情而造文也 諸子之徒 心非鬱陶 苟馳夸飾 鬻聲釣世 此爲文而造情也 故爲情者要約而寫眞 爲文者淫麗而煩濫"

　　유협이 위정조문하는 태도를 소중하게 보는 까닭은 주로 "작가가 지향하는 생각과 그에 따른 울분이 담겨 있고志思蓄憤", "작품이 간략하게 요약되어 있으면서도 진실을 쓰고 있기要約而寫眞" 때문이다. 즉 진지함과 충실함, 정성스럽게 단련하는 특징을 갖추고 있다는 것이다. 그리고 위문조정하는 태도가 사람들에게 환영받지 못하는 까닭은 "마음 속에 억누르기 힘든 열정 같은 것은 존재하지 않으며心非鬱陶", "표현이 화려하며 내용이 난잡하고 과장되어 있기淫麗而煩濫"

때문이다. 즉 진실된 감정이나 사실을 보고 실감하는 자세가 없이 부화하고 아름답게만 꾸미려고 한다는 것이다. 양웅揚雄(전53-후18)은 일찍이 "시인의 작품은 화려하면서도 원칙이 있는데, 사인들의 작품은 화려한 데다가 과장까지 더해진다.詩人之賦麗以則 辭人之賦麗以淫"(『법언法言·오자吾子』편)고 지적하였다. 유협은 이러한 두 가지 현상을 이론적으로 체계화시켜 문제의 핵심이 어디에 있는가를 지적해 한결 치밀하게 논증하였다. 이러한 논의가 나오게 된 배경은 당시 문단이 "과장된 표현에 힘을 기울이고 진지한 감정에 대해서는 소홀히 하며, 고대의 풍아에 스며 있는 정신을 멀리하고 근래의 사부를 모범으로 삼고자 하기 때문에 진지한 감정을 다룬 작품은 나날이 줄어들고 화려한 표현에만 주력하는 작품이 점점 더 많아지고 있는採濫忽眞 遠棄風雅 近師辭賦 故體情之製日疎 逐文之篇愈盛" 잘못된 경향에 대해 나름대로 강력하게 비판하고자 한 데서 출발하였다. 유협의 이러한 위정조문을 강조하고 위문조정에 반대했던 문학 정신은 중국문학비평사상 큰 의의를 가진 것이라고 할 수 있다.

■ 시대에 따라 문풍도 변화한다 (時運交移 質文代變)

시대가 끊임없이 변화함에 따라 문풍文風의 순박함과 화려함도 부단히 발생했다가 변화한다는 말이다. 『문심조룡·시서時序』편에 나온다.

"시대의 운명은 차례로 옮겨가며, 바탕과 문채를 좋아하는 문학의 취향도 시대를 따라 변화한다. 고금을 통한 문학의 정서와 이치를 가히 말할 수 있겠는가?時運交移 質文代變 古今情理 如可言乎"

이 편의 <찬贊>에서 말한 "문학의 두 취향은 시대를 따른다.質文沿時"는 지적도 같은 관점을 진술한 것이다. <통변通變>편에서 유협은 송宋나라 이전의 질문대변한 정황을 간략하게 요약하면서 이렇게 말했다. "이런 까닭으로 역대의 시가를 검토해보면 사상적인 공통의 기반 위에 문학으로서의 발전 법칙을 가지고 있다. 황제 시대의 노래 <단죽>은 질박함이 지극하고, 요임금 때의 노래 <재석>은 황제 때보다 더욱 넓어졌다. 순임금 때의 노래 <경운>은 요임금 때보다 기교적이고, 하나라 때의 <조장>은 순임금 때보다 풍만하다. 그리고 상나라와 은나라 때의 시편들은 하나라 때보다 화려하다……초나라의 초사는 주나라의 작품을 규범으로 삼았고, 한나라의 부와 송은 초나라 작품에서 영향을 받았다. 위나라의 책과 제는 한나라의 문풍을 배웠고, 진나라의 사와 장은 위나라 문학의 화려함을 추구하였다. 다시 분석해보면 황제와 요임금 때의 문학은 순수하고 질박했으며, 순임금과 하나라 때의 문학은 질박하면서도 분명했다. 은나라와 주나라의 문학은 아름답고 전아했으며, 초나라와 한나라의 문학은 과장되고 염정적이었다. 위나라와 진나라의 문학은 옅으면서 화려하기만 했고, 송나라 초기의 문학은 인위적이면서 신기할 뿐이다.是以九代詠歌 志合文則 黃歌斷竹 質之至也 唐歌在昔 則廣于黃世 虞歌卿雲 則文于唐時 夏歌雕牆 縟于虞代 商周篇什 麗于夏年……暨楚之騷文 矩式周人 漢之賦頌 影寫楚世 魏之策制 顧慕漢風 晋之辭章 瞻望魏采 権而論之 則黃唐淳而質 虞夏質而辨 商周麗而雅 楚漢侈而艶 魏晋淺而綺 宋初訛而新" 이를 통해 유협은 이전 시대의 문풍에 대해 처음에는 순후淳厚하고 질박했다가, 뒤에는 전아하고 화려하게 바뀌었으며, 다시 과장되고 염정적인 경향이 나타나고, 부화浮華하고 옅으면서 화려하기만 하다가, 궤탄詭誕하고 신기新奇한 방향으로 발전해 왔다고 정리했음을 알 수 있다. 결국 <시서>편에서 지적한 것처럼 시대의 추이에 따라 문풍도 끊임없이 변화했던 것이다. 유협은 이같은 흐름을 "울연히 10대에 빛을 드리우고, 문학은 다양하게 아홉 번 모습을 바꾸었다.蔚映 十代 辭采九變"(<시서찬>)고 결론지었다.

　시대마다 어떠한 풍격風格을 숭상하는가는 그 시대의 풍조나 경향

에 좌우될 문제이다. 과거의 문풍이 유협의 말과 일치하는지의 여부
는 차치하더라도 개인적인 한계는 있을지 모르겠지만, 비교적 정확한
지적으로 보여진다. 아울러 유협이 문학의 풍모는 고정불변의 것이
아니며, 끊임없이 발전하고 시대마다 그 시대에 맞는 문풍이 꽃피웠
음을 주장한 사실은 탁견이라고 아니할 수 없다. 이는 문학이 시대의
발전과 변화에 발맞춰 변화하는 것은 당연한 규율이며, 움직일 수 없
는 진실임을 지적한 것이다. 문학이 시대의 변화에 따라 변화한다는
논리는 문학 발전의 객관적인 규율이며, 때문에 문학은 응고되어 불
변하는 것이 아니라 반드시 부단히 변화하고 혁신해야 하는 유기체
와도 같은 것이다. 바로 이러한 규율에 근거하여 유협은 통변通變이라
는 문학의 발전 원칙을 제시한 것이고, 문학은 과거의 전통을 계승함
과 동시에 개혁하려는 의지를 가져 "날마다 그 과업을 새롭게 해야
한다.日新其業"고 요구했던 것이다. 시운교이 질문대변이라는 논리
속에 담긴 문학관은 그가 제시한 "문학은 세상의 정세에 따라 변화하
고 물들며, 흥망은 시대의 흐름과 관련된다.文變染乎世情 興廢系乎時
序"거나 "가요에 담긴 문리는 시대에 따라 옮겨간다.歌謠文理 與世推
移"는 관점에 담긴 기본적인 생각과 일치한다. 문학과 시대와 사회의
긴밀한 관련성을 설명하고, 문학은 시대적 산물임을 설명한 이 말은
대단히 과학적인 문학사관이면서 지극히 가치 있는 사고의 결실이다.
이러한 문학관이 동양의 고대 문학의 발전에 끼친 영향은 대단히 길
고 멀다고 말할 수 있을 것이다.

■ 문예 창작 과정의 세 기준 (三準)

유협이 창작 과정에 대해 논의하면서 제시한 용어인데, 『문심조
룡·용재熔裁』편에 실려 있다.

"처음 작품을 구상하는 순간에 우리는 언어의 선택을 위한 혼란으

로 고심하게 된다. 사람의 마음이란 저울과는 달라서 그 형세가 정확하게 경중을 잡을 수 없기 때문에 반드시 크고 작은 결점이 생겨나게 마련이다. 이런 이유 때문에 우리는 하나의 문학 작품을 훌륭하게 완성하자면 우선 고려해야 할 세 가지 기준을 잊어서는 안 된다. 첫 번째는 정리情理에 근거해서 체재를 결정하는 일이다. 두 번째는 전달하려는 주제과 관련된 소재들을 선별하는 일이다. 마지막 세 번째는 중요한 문제들을 충분하게 부각시킬 수 있는 강력한 언어의 형식을 창조하는 일이다. 그런 뒤에야 꽃을 피울 수 있고 열매를 맺게 할 수 있다. 이렇게 훌륭한 것은 수용하고 좋지 못한 것은 버리며, 또한 문채를 조절할 수 있게 된다면, 작품은 마치 먹줄 밖의 부분이 이미 제거된 목재와도 같이 되어서 자연스럽게 처음과 끝이 원만하게 합쳐지고 논리도 일관성 있게 될 것이다.凡思緒初發 辭采苦雜 心非權衡 勢必輕重 是以草創鴻筆 先標三準 履端于始 則設情以位體 擧正于中 則酌事以取類 歸餘于終 則撮辭以擧要 然後舒華布實 獻替節文 繩墨以外 美材旣斫 故能首尾圓合 條貫統序"

"때문에 세 가지 기준이 정해진 다음에는 언어의 선택이나 문장의 구성을 어떻게 할 것인가를 생각해야 한다.故三準旣定 次討字句"

3준이란 것은 먼저 표현하고자 하는 주제, 즉 내용에 맞는 체재를 확정하는 일이 있어야 하고, 뒤이어 주제를 부각시키고 타당성을 얻을 수 있는 다양한 사례와 증거물, 전고 사항들을 잘 가려야 한다는 것이다. 그리고 끝으로 주제를 분명하게 인식시킬 수 있는 핵심어구를 찾아 배치해서 주제를 예각화시키는 작업이 있어야 한다는 말이다. 이렇게 3준이 확정되었으면 큰 문제부터 사소한 사항에 이르기까지 글자 하나 하나와 수사 방식에 대한 배려를 거듭해서 내용과 형식이 조화를 이루도록 최선을 다하라는 것이다.

유협의 3준설은 글을 쓸 때 주의를 기울여야 하는 몇 가지 사항을 순서를 정해 제시한 것이다. 비교적 이론의 개진이 창작 과정 전반을 정확하게 반추하는 안목을 지니고 있어서 문학 창작에 있어서, 일정 정도 고려할 만한 가치가 있는 제안이라고 할 수 있다.

■ 가요와 문리는 시류와 함께 옮겨간다 (歌謠文理 與世推移)

유협이 시가 창작과 사회 발전의 관계에 대해 논하면서 내세운 말로, 『문심조룡·시서時序』편에 나온다. 유협은 도당陶唐(요堯) 때부터 상주商周 시대까지 시가의 발전 과정을 총괄적으로 개관한 뒤, "때문에 가요와 문장의 이치는 시류와 함께 옮겨가는 것임을 알겠으니, 바람이 위에서 움직이면 물결이 아래서 출렁이는 것과 같다.故知歌謠文理 與世推移 風動于上 而波震于下者"고 말했다. 유협은 문학은 시대를 반영하는 것이며, 시대는 끊임없이 변화하는 것이고, 문학의 내용과 풍격風格도 시대의 변화에 따라 부단히 변화한다고 생각하였다. 요순堯舜 시대에는 정치가 맑고 밝아서 사람의 마음과 감정도 유쾌하고 즐거웠는데, 이 때문에 불려진 가요 또한 음성이 조화를 갖추고 태평했다는 것이다. 그러다가 서주西周 말기에 이르러 여왕厲王과 유왕幽王 시기에 정치가 혼란의 극에 달하자 『시경』의 <판板>과 <탕蕩> 등의 작품에는 분노한 감정이 반영되었다. 주나라 평왕平王이 동쪽으로 수도를 옮기면서 국세는 더욱 쇠미해졌는데, <서리黍離> 등의 작품에는 그 때의 비통한 심경이 담기게 되었다. 때문에 시가의 발전은 사회 정치나 세태의 변화와 긴밀한 관련이 있다고 말할 수 있는 것이다. 같은 <시서>편에서 유협은 "시대의 운명은 번갈아 옮겨가며 바탕과 문채를 숭상하는 것도 시대에 따라 변화한다.詩運交移 質文代變"거나 "문학의 변화는 세상의 정태에 따라 물들며, 흥성함과 무너짐도 시대의 순서와 관계가 있다. 원천을 이루는 원인을 규명하여 결과를 찾는 방법을 채택한다면 비록 백 세가 흘러도 알 수 있다.文變染乎世情 興廢系乎時序 原始以要終 雖百世可知也"고 했는데, 기본 정신은 일치한다. 세정世情과 시서時序에는 사회 사조와 사회상의 변란變亂이 함축되어 있다. 그러나 중요한 것은 임금의 지혜로움과 어리석음으로, 통치 계층의 문학에 대한 태도는 문학의 발전과 변화에 영향을 끼친다.

맹자는 일찍이 "사람을 알고 세상을 논한다.知人論世"는 주장을 펼쳤는데, 비평적 입장에서 문학 작품과 작가 개인의 사회 역사적 관계를 탐구한 결과다. 『예기·악기樂記』편과 <시대서詩大序>에서도 "잘 다스려진 시대의 음악은 편안하고 즐거우며, 그 정치는 조화롭다. 어지러운 시대의 음악은 원망에 차있고 노여우며, 그 정치는 어그러져 있다. 망해 가는 나라의 음악은 애처롭고 상념이 많으며, 백성들은 피곤하다.治世之音安以樂 其政和 亂世之音怨以怒 其政乖 亡國之音哀以思 其民困"고 지적하였다. 왕충王充(27-97?)은 문학은 "세상을 위해 쓰여져야 한다爲世用"고 주장했고, 갈홍葛洪(284-364)은 "시대가 옮겨가면 세태도 바뀐다.時移世改"고 했는데, 문학이 시대의 변화에 따라 변모하는 사실을 규범화한 말이다. 그러나 이들의 논의는 대개 엉성하고 조직적이지 못했다. 유협은 이들의 논의를 발판으로 삼아 비교적 이 문제에 대한 전면적인 검토를 전개하였다. 그러나 유협도 아직은 경제적 기초나 계급 투쟁 등과 같은 기본적인 사회 요소들을 가지고 문학과 현실의 관계를 규명하는 단계에까지는 나아가지 못했다. 그는 지배 계층이 선도하는 정책의 향방과 그들의 작용을 지나치게 강조했는데, 이는 그의 피하기 힘든 시대적 한계였다. 그러나 그가 풍부한 사료들을 분석하는 작업을 거쳐 제시한 이 관점은 기본적으로 문학과 사회 발전의 관계를 규명한 성과로서, 긍정적으로 평가해야 할 것이다.

종영(466?-518)

종영은 남조시대 제량 시대의 문학이론가다. 자는 백위仲偉이고, 영천潁川 장사長社(하남성 장갈長葛) 출신이다. 시랑侍郎과 참군參軍 등을 지냈으며, 양梁나라 때 진안황晋安黃의 기실記室에 임명되었으므로 세칭 종기실鍾記室이라 했다. 중국 최초의 시가평론집인 『시품詩品』을 펴냈다.

■ 경험을 바탕으로 창작에 임하라 (直尋)

시가는 사람들이 직접 경험하고 목격한 구체적인 사물을 작품 속에 반영해야 한다는 주장을 일컫는 말로, 남조南朝 양梁나라 때의 비평가 종영鍾嶸의 <시품서詩品序>에 나온다.

"성정을 읊조리는 일에 이르면 또한 어찌 용사를 귀하게 여기겠는가? '그대 향한 그리움은 흐르는 물과 같다'는 구절은 눈으로 본 것을 읊었고, '높은 누대에 슬픈 바람 가득하다'는 구절 또한 본 것을 노래했다. '맑은 새벽에 언덕 위를 오른다'는 시구는 전고가 하나도 없으며, '밝은 달빛은 쌓인 눈 위를 비춘다'는 시구는 어느 경전이나 사서에서 나왔겠는가? 고금의 아름다운 시구를 살펴볼 때 항상 빌리거나 보탠 것이 없으니, 모두 직접 찾아본 것이다.至乎吟詠情性 亦何貴于用事 思君如流水 旣是卽目 高臺多悲風 亦惟所見 淸晨登隴首 羌無故實 明月照積雪 詎出經史 觀古今勝語 多非補假 皆用直尋"

송宋·제齊 이래 성행한, 시가를 창작하면서 다투어 전고와 용사를 사용하던 풍조는 시가로 하여금 사람을 감동시키는 예술적 매력을 상실시키고 말았다. 종영은 이러한 불량한 경향에 반대하면서 이론적으로 문학과 현실의 관계를 제시하였다. 그는 문학은 모두 객관적 사물을 반영한 것이며, 자연 현상과 사회 현상이 작가를 격앙시킨 뒤에 비로소 문학 작품은 탄생하는 것이라고 보았다. 즉 "기운이 사물을 움직이고, 사물이 사람을 감동시키기 때문에 성정을 흔들어대면 춤과 읊조림으로 형상화된다.氣之動物 物之感人 故搖蕩性情 形諸舞詠"는 것이다. 그는 시인은 생활을 하면서 보고들은 사물을 의식적으로 묘사하고, 사람들이 접촉을 통해 경험한 사실들을 직접 반영해야 한다고 하면서, 이를 "눈이 닿고卽目" "본 것所見"이라고 비유하였다. 그는 과거의 많은 작품들, 예컨대 서간徐幹(170-217)의 <실사室思>에 나오는 사군여유수思君如流水, 조식曹植(192-232)의 <잡시雜詩>에 나오는 고대다비풍高臺多悲風, 사령운謝靈運(385-433)의 <세모歲暮>에 나오는 명월조적설明月照積雪 등은 모두 형상이 생동감 넘치고 의경意境이 우아하고 아름다우며 커다란 감동을 주는데, 왜냐하면 그 묘사는 작가가 생활 속에서 절실하게 체험한 사실을 바탕으로 쓰여졌기 때문이라는 것이다. 살아 숨쉬는 현실은 사람들이 직접 견문한 구체적인 사물이지 경전이나 역사에 나오는 전고典故는 아니라고 그는 주장하였다. 종영이 제시한 직심은 특히 시인은 사회 생활을 하면서 사람들이 겪는 불행과 그에 따라 원망하고 분노하는 감정을 묘사해야 한다고 강조하였다. 그는 이에 대해 이렇게 설명하였다. "좋은 모임에는 시에 친근함을 담고, 무리를 떠날 때는 원망을 시에 기탁한다. 초나라의 신하(굴원屈原을 말함)가 국경을 떠나고, 한나라의 첩(왕소군王昭君을 말함)이 궁궐을 떠나거나, 혹은 뼈가 삭막한 들판을 뒹굴고 혼백은 날리는 쑥대처럼 흩어지며, 혹은 창을 들고 먼 변방으로 수자리를 나갔을 때 살기는 흉흉하게 변방을 감돌 때……무릇 이러한 경험들은 사람의 심령을 뒤흔드니, 시로 진술하지 않는다면 어떻게 그 뜻을 펴겠으며, 노래로 길게 하지 않는다면 어떻게 그 감정을 달래겠는가?嘉會寄詩以親 離群托詩以怨 至于楚臣去境 漢妾辭宮 或骨橫朔野 魂逐飛蓬 或負戈外戍 殺氣邊應……凡斯種種 感蕩心靈 非陳詩何以展其義 非長歌何以騁其情"(<시품서>)

이렇게 문학 창작에서 현실 반영을 중시하고 사람들의 다양한 감정을 대변하기를 강조한 주장은 선진先秦 시대 이래 내려온 시언지詩言志 이론과 사마천司馬遷(전145-전86?)의 발분저서론發憤著書論이 발전한 결과로, 후대의 문학 창작과 문학 이론의 발전에 커다란 영향을 주었다. 한유韓愈(768-824)는 문학 창작은 모두 작자의 울분과 불평스런 감정이 표출된 것이라고 보아 "통곡하는 것은 회포가 있기 때문이고, 노래하는 것은 생각이 있기 때문其哭也有懷 其歌也有思"(<송맹동야서送孟東野序>)이라고 주장하였다. 그리고 유희재劉熙載(1813-1881)는 시인은 "직접 사회 현실로 들어가 사실을 목격해서身入閭閻 目擊其事" 그들의 고통을 작품 속에 풀어야 하고, 시가는 "평범한 사람들의 목소리를 대변해야 한다.代匹夫匹婦語"(『예개藝槪・시개詩槪』)고 강조했는데, 모두 종영이 제시한 직심 이론과 일맥상통하는 견해다.

■ 시가 창작의 본령에 대해 논하다 (指事造形 窮情寫物)

종영이 시가가 사물을 묘사하고 감정을 서술하는 문제에 대해 논의하면서 제시한 의견으로, <시품서詩品序>에 나온다.

"5언시가 여러 갈래 가운데 중요한 까닭은 많은 작품들이 자미를 지니고 있기 때문이다. 때문에 세속적인 기호와 만나기 마련이니, 어찌 사물에 따라 형상을 만들고 감정을 다하여 대상들을 묘사하는 것이 가장 상세하고 절박한 일이 아니겠는가!五言居文詞之要 是衆作之有滋味者也 故云會于流俗 豈不以指事造形 窮情寫物 最爲詳切者耶"

지사조형은 사물을 형상화하여 묘사하는 것을 말하고, 궁정사물은 구체적으로 사물을 묘사하는 방식으로 심각한 사상과 감정을 토로하는 것을 말한다. 종영은 5언시는 "많은 작품들이 자미를 가지고 있다.衆作之有滋味者"고 했는데, 그 이유는 사물을 묘사하고 감정을 토로하는 것이 치밀하고 심각하기 때문이라는 것이다. 종영이 여기서 지적한 물物은 자연 풍경을 가리킨다. 즉 "봄바람과 봄 새들의 지저귐, 가을달과 가을날의 매미 소리, 여름날의 구름과 무더위 속에 내리는 소나기, 겨울밤의 달빛과 매서운 추위 등은 모두 네 계절의 느낌이 시 작품 속에서 감지된 것들春風春鳥 秋月秋蟬 夏雲暑雨 冬月祁寒 斯四侯之感諸詩者也"이라는 말이다. 동시에 물은 사회 생활을 포괄하기도 한다. "아름다운 만남은 시에 담아 친근함을 나타내고 무리들과 이별할 때에는 시로써 원망을 기탁한다. 초나라의 신하(굴원屈原을 말함)가 국경을 떠나고, 한나라의 첩(왕소군王昭君을 말함)이 궁궐을 떠날 때, 또는 해골이 북방의 들판에 뒹굴고 혼백이 흩날리는 덤불을 좇을 때, 아니면 창을 진 병사가 멀리 수자리를 가서 살벌한 기운이 변방에 가득 찼을 때, 국경의 나그네가 허술한 옷차림으로 방황하고 외로운 과부가 규방에서 눈물이 다하도록 슬피 울 때 이 모든 것들이 시 속에 용해되어 있다.嘉會寄詩以親 離群托詩以怨 至于楚臣去境 漢妾辭宮 或骨橫朔野 魂逐飛蓬 或負戈外戌 殺氣雄邊 塞客衣單 孀閨淚盡"고 하였다. 종영의 이러한 사물을 묘사하는, 사회적 내용을 중시하는 관점은 전통적인 시언지설詩言志說이나 육기陸機(261-303)의 연정설緣情說이 발전한 결과다. 유협劉勰(465?-520?)의 위정조물설爲情造物說과 비교할 때 한층 현실적 의의를 갖춘 이론이다. 이러한 이론은 후대에 도래할 리얼리즘적인 시가 창작에 지대한 영향을 끼쳤다.

■ 자미설 (滋味說)

종영이 제시한, 시가에 관한 비평적 주장으로, <시품서>에 나온다.

"5언시가 문학에 있어 중요한 위치를 차지하는 까닭은 많은 작품들이 자미를 갖추고 있기 때문이다.五言居文詞之要 是衆作之有滋味者也"

자미는 시가 독자들에게 감동을 주는 예술적 흡인력을 가리키는데,

좋은 시는 감상하면 할수록 더욱 감동을 불러일으킨다는 말이다. 한 나라 말기 이래로 5언시가 그 모습을 나타낸 뒤 시가 창작에 있어 4언시의 자리를 대신하여 점차 중심적인 위치를 차지하게 되었다. 5언시는 4언시와 비교할 때 용량도 비교적 클 뿐만 아니라 날로 복잡해지던 사회 생활의 모습들을 표현하기에 적합했고, 사람들에게 감동을 주는 강렬한 힘도 갖추게 되었다. 종영은 자미를 기준으로 삼아 영가永嘉(진晉나라 회제懷帝 때의 연호, 307-312) 시기에 한 때 유행한 현언시玄言詩가 "이치가 문사를 넘어섰고 담담하여 맛이 부족한理過其辭 淡乎寡味" 사실을 비판하였다. 현언시는 현리玄理를 드러내기에 골몰해서 정작 시의 형상이나 의경은 소홀히 했으며, 추론만 중시해서 격정은 결핍되어 있었다. 이 때문에 현언시의 전반적인 병폐는 독자들에게 정서적으로 호소할 수 있는 힘을 찾을 수 없다는 것이었다. 종영은 시미詩味의 창조 문제에 관한 선명한 주장을 제기하였다. 그는 "풍력을 근간으로 삼아 단청과 채색으로 윤색하면 이를 맛보는 사람이 다함이 없을 것이고, 듣는 사람의 가슴은 진동할 것干之以風力 潤之以丹彩 使味之者無極 聞之者動心"이라고 말했다. 풍력과 단채丹彩의 결합은 시미를 창조하는 골간이 된다. 종영은 자미설로써 시를 논하는 표준으로 삼았을 뿐만 아니라 이를 바탕으로 독특한 비평 방법을 만들어냈다. 종영은『시품』에서 조비曹丕(187-226)의 시를 평하여 "아름답고 넉넉해서 즐길 만하다.美瞻可玩"고 말했다. 그리고 곽박郭璞(276-324)의 시에 대해서는 "범 가죽처럼 빛나 즐길 만한다.彪炳可玩"고 했고, 사섬謝瞻의 시에 대해서는 "남달리 풍류와 아름다운 운취를 얻었다.殊得風流媚趣"고 해서 시의 취미趣味가 있다고 지적하였다. 이런 몇 가지 품평을 통해 우리는 종영이 품평이나 감상을 할 때 맛을 감상할 만한(玩味) 작품을 살피는 데 주의를 기울인 사실을 알 수 있다.

맛으로써 시를 논하는 전통은 육기陸機(261-303)가 처음 단초를 열었다. 그는 <문부文賦>에서 시를 평하면서 "태갱(옛날 제사 때 사용하던

육즙. 여기서는 소금으로 간을 맞추지 않은 채소를 말한다)의 남긴 맛이 부족하고, 주현(악기에 달린 붉은 색 줄, 여기서는 소리가 담담한 것을 말한다)의 맑은 물과 동일하다.闕太羹之遺味 同朱絃之淸汜”는 비유를 통해 맛을 가지고 시 작품의 흡인력을 비유하였다. 유협劉勰(465?-520?)도 『문심조룡』에서 일찍이 맛으로 시를 논했는데, “채색만 요란하고 감정이 부족하면 그 맛은 반드시 물릴 것繁采寡情 味之必厭”(<정채情采>편)이라고 지적했고, “양웅揚雄(전53-후18, 자운은 그의 자)은 가라앉고 고요했으니, 때문에 뜻은 숨었어도 맛은 깊었다.子雲沈寂 故志隱而味深”고도 하였다. 당나라 시대에 접어들자 사공도司空圖(837-908)가 이를 더욱 이론화시켜 집대성해서 “맛을 잘 가릴 줄 안 뒤에야 시를 말할 수 있을 것辨于味 而後可以言詩也”(<여이생논시서與李生論詩書>)이라고 강조하였다. 또한 양만리楊萬里(1127-1206)는 시를 논할 때에는 “맛으로써 해야지 형태를 가지고 해서는 안 된다.以味不以形”(<강서종파시서江西宗派詩序>)고 주장하면서, 시미를 통해 시가 창작의 풍격과 유파를 구별해야 한다고 강조하였다.

배자야(469-530)

배자야는 남조 양梁의 사학가이자 문학가이다. 자는 기원幾原이고, 하동河東 문희聞喜(산서성) 출신이다. 배송裵松의 증손이자 배인裵駰의 손자다. 형인 여黎 그리고 동생인 해楷와 작綽과 더불어 명성을 떨쳐, 당시 ‘사배四裵’라 불리었다. 어려서부터 학문을 좋아하고 글짓기를 잘했다. 제齊 시기에 처음으로 무릉왕국좌상시武陵王國左常侍가 되었고, 뒤에 강하오행참군江夏五行參軍을 맡았다. 양에 들어서는 제기령諸暨令에 임명되었다. 당시 심약沈約은 『송서宋書』에서 “배송의 이후로는 전하여 들리는 말이 없다."고 했다. 이후 배자야는 『송서』에 의거하여 줄여서 『송략宋略』 20권을 편찬했는데, 그 서사와 평론이 대체로 훌륭했으며, 특히 회남태수 심박沈璞을 죽인 것은 그가 의사義師를 따르지 않았기 때문이라고 기술했다. 이에 심약은 두려움을 느끼고 잘못을 인종하고 자탄했지만 이미 늦고 말았다. 소침蕭琛은 『송략』이 〈과진론過秦論〉에 비할 수 있다고 여겼고, 서면徐勉 또한 매우 존중했을 뿐만 아니라 아울러 무제에게 언급함으로써 마침내 저작랑著作郎에 임명되었고, 후에 원외랑이 되게 하였다. 당시 대거 북진하면서 배자야에게 〈이위문移魏文〉을 짓게 했는데, 조서를 받자마자 즉시 완성하니 많은 신하들이 탄복하였다. 이에 무제는 배자야를 보며 "그 용모는 비록 약해 보이지만 그 문장은 매우 웅장하다."고 말했다. 이로부터 부격符檄의 문장은 모두 그의 손에서 나왔다. 후에 중서시랑中書侍郎에 임명되었으며, 홍로경鴻臚卿, 영보병교위領步兵校尉까지 올랐다. 만년에는 불교를 깊게 믿어 죽을 때까지 채식을 했다. 원래 문집 20권이 있었는데 다 없어졌다. 그의 문장은 전중典重하고 화려한 문사를 중시하지 않았으며, 체재는 대체로 고인을 본받아 당시의 문체와는 달랐다. 〈조충론雕蟲論〉이 비교적 유명한 작품으로, 당시의 수식을 중시하는 형식주의 경향에 대한 불만을 표시하고 창작은 마땅히 권선징악하고 예의에 맞아야 한다고 주장했다. 그의 시로는 〈영설詠雪〉 등 3수가 전한다. 이밖에 〈중승전家僧傳〉, 〈속배씨가전續裴氏家傳〉, 〈방꾸기도方國伎圖〉 등을 저술했지만 모두 없어졌다.

■ 공소하고 정도를 벗어난 문학을 비판하다 (淫文破典)

배자야裴子野가 남조南朝 송宋·제齊 이래 성행한 문학 창작상의 부화하고 염정적인 문풍을 비평하면서 사용한 말. 음문淫文은 당시 기미綺靡하고 화려하면서 사상적 내용이 결핍된 문학 작품을 가리키며, 파전破典은 유가가 주장하는 시교詩敎의 원칙에서 벗어났다는 뜻이다.

이 말은 <조충론雕蟲論>에 나온다. "이 때부터 여염의 연소자들이나 놀기를 좋아하는 총각들은 육예를 배척하고 떨어뜨려 성정을 읊조렸고, 학자들도 박식하게 의존하는 것을 급무로 여겨 장구에 지나치게 힘을 기울인다고 말했다. 음란한 문자로 경전을 깨뜨리면서 문채가 빛나는 것으로 공교롭다 하니, 음악에 올릴 수도 없었고 예의에서 머문 것도 아니었다. 깊은 마음은 꽃이나 나무를 중심으로 삼았으며, 먼 운치는 바람이나 구름을 노래하기에 바빴으니, 그 홍취는 붕 떠 있었고, 그 뜻은 연약하기만 했다. 교묘하지만 요령이 없었으며, 숨겼지만 심오하지는 못했다. 그리고 주된 방향을 살펴보면 또한 지난 날 송나라의 유풍이 남아 있었다.自是閭閻年少 貴遊總角 罔不擯落六藝 吟詠情性 學者以博依爲急務 謂章句爲專魯 淫文破典 斐爾爲功 無被于管絃 非止乎禮義 深心主卉木 遠致極風雲 其興浮 其志弱 巧而不要 隱而不深 討其宗途 亦有宋之風也" 배자야는 유가의 전통적인 문학관을 견지하면서, 문학은 마땅히 "임금의 교화를 본체로 삼고王化爲本" "감정에서 피어나 예의에 머물러야 한다.發乎情 止乎禮義"고 주장하였다. 그는 특히 문학은 권선징악勸善懲惡하는 작용을 해야 한다고 생각했으며, 육예에 힘쓰고 장구를 다듬는 학문을 숭상하였다. 그는 『시경』은 "이미 사방의 풍토를 형상화했고, 군자의 의지를 드날렸다. 旣形四方之風 且彰君子之志"고 평가하면서 문학의 전범으로 인정하였다. 초나라의 <이소離騷>와 사마상여司馬相如(전179-전118) 이후 문학 창작은 "소리를 좇고 그림자를 따르며隨聲逐影", "돌아가야 할 곳은 버리고 잡은 것이 없는棄指歸而無執" 추세를 형성하여 형식주의적인 화려하고 부탕浮蕩한 측면만 추구하였다. 특히 송·제 이래 출현한 많은 문인들의 창작을 살펴보면 내용은 유락이나 초목을 읊조리면서 기교적인 화려함에만 골몰했고, 오로지 예술적 기교를 연마하기에 급급했다. 배자야는 이러한 "음란한 문자로 경전을 깨뜨리면서 문채가 빛나는 것으로 공교롭다.淫文破典 斐爾爲功"고 여기는 문풍에 맹공을 가하는 동시에 육의六義의 원칙을 잃고 유가의 발호정 지호예의하는 시교 규범을 망각한 작태라고 비난했던 것이다. 그의 이러한 주장은 남조 시대의 부미浮靡한 형식주의 문풍을 바로잡으려는 의도에서 나왔다는 점에서 긍정적이고 적극적인 의의를 지닌다.

그러나 배자야의 유가적 전통적인 문학관을 고수한 태도는 봉건 사회의 예의 도덕을 옹호하는 입장에서 출발하여 발호정 지호예의를 철칙으로 삼아 남조의 문풍을 음문파전으로 매도한 것이었다. 때문에 그는 진晉·송宋 이래 이루어진 문학 예술의 새로운 발전을 소홀히 한 혐의를 벗을 수 없고, 문학은 유가에서 말하는 장구지학章句之學의 속박에서 벗어날 필요가 있다는 사실에 대해서는 관심을 두지 않았다. 소강蕭綱(503-551)은 일찍이 배자야의 논의를 반박하면서 이렇게 말했다. "성정을 읊조리는 소리를 들어 보지 못하면 거꾸로 『내칙』의 작품을 모방하게 되며, 붓을 들어 생각을 서술하면 다시 <주고>의 작품을 모사하였다. '느리고 느린 봄날이여'는 <귀장>을 뒤집어 배운 것이고, '담담한 강물이여'는 마침내 <대전>과 같아졌다.未聞吟詠情性 反擬內則之篇 操筆寫志 更摹酒誥之作 遲遲春日 翻學歸藏 湛湛江水 遂同大傳"(<여상동왕서與湘東王書>) 이 말은 배자야의 문학관이 지닌 보수적이고 시대착오적인 성격을 비평한 것이다.

소통(501-531)

소통은 남조시대 양梁나라의 문학가로, 소명태자昭明太子로 많이 알려져 있다. 자는 덕시德施이고, 양무제 소연蕭淵의 장자로, 천감天監 원년(502) 황태자가 되었다가 뒤에 병사하였다. 시호가 소명이다. 문사들과 더불어 주周 시대에서부터 양梁 왕조까지의 각종 시문을 모아 중국 최초의 시문집인 『문선文選』을 편찬하였다. 이를 세칭 『소명문선』이라 한다. 불교에 관한 시문을 자주 지었으며, 대표작으로는 「강석장필부講席將畢賦」가 있다. 문집으로 『소명태자집』이 전한다.

■ 문장 체제와 형식은 끊임없이 변한다 (踵事增華)

소통蕭統이 문장의 체제와 형식은 끊임없이 변화하고 발전한다는 사실을 이론적으로 개괄한 말로, <문선서文選序>에 나온다.

"문장의 시의(시세時勢로 인해서 발생하는 작용과 가치, 시의時宜로도 씀)가 멀도다. 저 추륜(바퀴에 살이 없는 질박한 수레)은 대로(천자가 타는 수레)의 시원이지만, 대로에 어찌 추륜의 바탕이 남아 있겠는가? 겹으로 쌓인 얼음은 고인 물이 만든 것이지만, 고인 물에는 일찍이 겹으로 쌓인 얼음의 늠름함을 지니고 있지는 않았으니, 이는 무슨 말인가? 대개 그 사실을 밟아서 화려함을 보태고, 그 본체를 변화시켜 기교를 덧붙이는 것이기 때문이다. 사물이 이미 이러하다면 글 또한 마땅히 그럴 것이다. 文之時義 遠矣哉 若夫椎輪爲大輅之始 大輅寧有椎輪之質 增冰爲積水所成 積水曾微增冰之凜 何哉 蓋踵其事而增華 變其體而加厲 物旣有之 文亦宜然"

소통은 세상의 모든 사물은 변화하고 발전하며, 이러한 발전의 기본 추세는 간소한 것에서 번화한 방향으로, 질박한 상태에서 화려한 상태로 진행한다고 이해하였다. 사물은 모두 "사실을 밟아서 화려함을 더하며踵事增華" "근본을 변화시켜 기교를 덧붙이는變本加厲" 과정을 밟는데, 문학도 여기에서 예외일 수 없다는 것이다. 그는 문장의 체제도 간소한 데서 번화한 방향으로 나가며, 언어 형식 또한 질박한 상태에서 화려한 상태로 진행한다고 인식했는데, 이는 문학 자체의 발전 규칙이라는 것이다.

소통이 생각한 문학의 변화와 발전에 대한 관점은 실제 문학사의 진전과도 부합한다. 그는 주진周秦 시대에서 제량齊梁 시대까지의 문학 작품을 포함한 각종 저작물을 일일이 고찰하고 검토한 결과 이러한 결론을 얻었다. 이러한 관점은 육조六朝 시대의 문학 창작이 예술 형식상에 있어서 거둔 성과의 하나로, 주목할 만한 일이었다. 또한 이는 그가 『문선』을 편찬하면서 문학성이 강한 작품만 수록할 수 있었던 이론적 근거이기도 하다.

■ 창작과 학문의 차이점을 밝히다 (事出于沈思 義歸乎翰藻)

소통이 제시한 문학 작품과 학술 저작을 구분하는 기준이다. 사事는 작품이 묘사하는 대상을 가리키며, 침사沈思는 깊이 가라앉은 구상構想을 말한다. 의義는 사상 내용을 가리키고, 한조翰藻는 작품에 담긴 문채의 아름다움을 말한다. 이 말은 <문선서文選序>에 나온다.

"일을 기록한 역사나 연대를 이어놓은 책에 이르면 포폄과 시비를 따져 이동을 구별하여 기록하는 역할을 했으니, 이것을 일상적인 글과 비교하면 이미 크게 다르다. 만약 찬론이 문사의 색채를 종합·편찬하거나 서술이 문장의 화려함을 뒤섞어 늘어놓은 경우에는 대상은 깊은 구상 끝에 나오고, 내용은 화려한 문채 속으로 들어가는 것이다. 때문에 다른 작품들과 함께 뒤섞어 모아 놓았다.至于記事之史 系年之書 所以褒貶是非 紀別異同 方之篇翰 亦已不同 若其贊論之綜輯辭采 序述之錯比文華 事出于沈思 義歸乎翰藻 故與夫篇什 雜而集之"

소통이 편집한 『문선』은 중국 최초의 시문 선집으로, 주진周秦 시대부터 남조 양나라 보통普通 7년(526) 때까지 1천여 년 동안 쓰여진 수많은 작품 가운데 "거칠고 수준이 낮은 것은 버리고 맑고 꽃다운 것들만 모아略其蕪穢 集其淸英" 편집한 책이다. 『문선』에는 경전이나 역사, 제자諸子들 및 현인변사賢人辯士들의 글들은 수록하지 않았다. 소통은 경전의 문장이나 공자의 저작은 "효경을 지키기 위한 준칙이

고 인륜을 배우는 데 스승孝敬之準式 人倫之師友”과 같은 예의도덕
을 천명한 책이어서 임의로 가려 뽑을 수 없다고 생각하였다. 장자와
맹자의 저작은 이치를 밝히는 일을 중심으로 하고 있으며, 철학 저술
들은 문장으로서의 문학성을 결여하고 있어 역시 수록하지 않았다.
현인변사들의 글도 “비록 작품이나 문서로 전하긴 하지만 내용이 편
장과는 달라雖傳之篇牘 而事異篇章” 문학 작품과 같지 않기 때문에
제외하였다. 사건을 기술하고 연대를 엮은 역사서들은 일의 옳고 그
름을 따지거나 내용의 차이를 변증하는 일에 치중하기 때문에 역시
진정한 의미의 문학 작품은 될 수 없어 할애하고 말았다. 그러나 역
사서 가운데 찬贊이나 논論, 서序와 술述은 “문사의 색채를 모아 종
합·편찬하거나綜輯辭采” “문장의 화려함을 뒤섞어 늘어놓아錯比文
華” 시부詩賦가 갖추고 있는 특징을 보여주기 때문에『문선』안에 수
록하였다.『문선』에는 반고班固의『한서』와 간보干寶의『진서晉書』, 범
엽范曄의『후한서後漢書』, 심약沈約의『송서宋書』에 실린 찬론과 서술
가운데 일부가 선록選錄되어 있다. 소통은 이들을 독립된 작품으로 설
정하여, 원전에 실린 내용과 조금 다르게 편집하기도 했는데, 이는 문
채나 대구, 음률, 전고 등과 같은 예술 형식에 대해 비교적 많은 고려
를 했기 때문이다. 작품이 묘사한 대상은 적극적인 의의를 갖추었으
며, 내용의 표현과 형식의 안배에 있어서도 모두 작가의 진지한 예술
적 구상을 거친 것이었다.

　　사출우침사 의귀호한조는 비록 찬론과 서술에 대해서만 국한하여
한 말이지만, 사실상 소통이『문선』을 편찬할 때 작품을 선별한 기준
이기도 했다. 경전이나 사서, 제자에 실린 글들이 배제될 수밖에 없었
던 것도 이러한 기준을 만족시키지 못했기 때문이었다. 이는 소통이
문학과 기타 학술 저작을 구별할 때 바탕한 근거가 무엇인지 설명해
주며, 문장의 본질적인 특성에 대한 자신의 인식이 한층 선명해졌음
을 보여주는 예이다.

왕통(584-618)

왕통은 수대의 사상가이다. 자는 중엄仲淹이고, 용문龍門(산서성 하진河津) 출신이다. 일찍이 문제文帝에게 '태평책太平策'을 상주했다가 권신들의 시기를 받아 쓰이지 못하고 향리에서 강학과 저술 활동에만 전념했다. 유가에 기초를 둔 유불도 3교의 합일을 주창하였다. 저서에『문중자文中子』등이 있다.

■ 소인과 군자의 문학을 논하다 (歌以貢俗 賦以見志)

수나라의 왕통王通이 시가의 작용에 대해 논의한 관점으로, <중설中說>에 나온다.

"설수가 말했다. 내가 일찍이 선생님께서 시를 논하는 것을 들었는데, 위로는 삼강을 밝히고 아래로는 오상에 통달하였다. 이에 존망을 징험하고 득실을 변별하였다. 때문에 소인은 노래하여 풍속을 알리고, 군자는 서술해서 뜻을 드러냈으며, 성인은 이를 모아 변화를 관찰하였다. 薛收曰 吾嘗聞夫子之論詩矣 上明三綱 下達五常 于是徵存亡 辯得失 故小人歌之以貢其俗 君子賦之以見其志 聖人采之以觀其變"

왕통은 유가의 전통 사상을 견지하여 "실용을 숭상하는尙用" 문학적 관점을 바탕으로 협소한 정치적 공리주의의 방향을 정리하였다. 그는 시가는 삼강오륜을 중심으로 한 봉건 윤리 도덕을 옹호하는 도구가 되어야 하며, 봉건 사회의 기강을 선양하는 매개체가 되어야 한다고 강조하였다. 그의 입장에서는 통치 당하는 입장에 서있는 소인은 시를 낭송해서 다만 민중들의 풍속과 세상의 정황을 표현하면 그뿐이고, 사회적으로 상층부에 속한 군자는 시를 지어 뜻을 말할 수 있으며, 가장 높은 위치에 있는 성인이 시를 채집해서 사회와 정치의 변화를 분석할 수 있다고 보았다. 왕통은 도를 중시하고 예술을 경시했으며, 실천을 중시하고 문학을 가볍게 보았다. 그는 또한 시가의 예술적 특성과 사회적 작용에 대해서도 소홀히 취급하였다. 그의 이론은 당나라 때의 역사가와 송나라 때의 이학자理學者들이 도를 중시하고 문학을 경시한 태도에 일정 정도 영향을 끼쳤다.

■ 시가는 조화가 우선이다 (剛柔淸濁)

시가에서 평측平仄이 서로 간섭하는 격률상格律上의 특징을 가리킨다. 왕통의 <중설中說>에 보면 다음과 같은 이야기가 나온다. 이백약李百藥이 일찍이 왕통에게 시가상의 문제에 대해 물었지만 왕통은 회피하며 대답하지 않았다. 이백약은 물러나와 설수薛收에게 이렇게 말했다. "내가 위로는 응창應瑒과 유정劉楨(?-217)에 대해 설명하고, 아래로는 심약沈約(441-513)과 사조謝朓(464-499)에 대해 진술하면서, 사성팔병을 나눠 강유청탁으로 각각 실마리와 순서를 두었지만, 소리가 조화를 이루는 문제에 대해서는 선생님께서 응하지 않으셨으니, 나도 통달하지 못하겠구나.吾上陳應·劉 下述沈·謝 分四聲八病 剛柔淸濁 各有端序 晉若塤篪 而夫子不應 我其未達歟" 여기서 말한 강유청탁은 시가의 성률聲律을 말하는 것인데, 이백약은 두 개의 고대 악기인 질나팔과 저를 비유로 들어 보충 설명하였다. 훈塤은 고대 음악에서 토음土音인데, 강하면서 탁하다. 지篪는 고대 음악에서 죽음竹音인데, 부드럽고 맑다. 이백약이 말한 "강유청탁으로 각각 실마리와 순서를 두었다.剛柔淸濁 各有端序"는 것은 시가에서 평성平聲과 상·거·입上去入 3성聲의 글자를 간격을 두어 사용함으로써 시어가 잘 뒤섞여 귀를 즐겁게 하는 것을 일컫는다. 일찍이 제齊나라 영명永明(무제武帝 때의 연호, 483-493) 연간에 심약 등은 사성론四聲論을 고안해서 사성으로 시의 운율을 고를 것을 제창하면서 다음과 같이 말했다. "궁우가 서로 변하고 낮아지며 오름이 서로 마디를 맞추는데, 만약 앞에 뜬 소리(평성)가 있으면 뒤에는 절박한 음향(상·거·입성)이 뒤따라야 한다. 한 간 안에서도 음운이 다 다르고, 두 구절 속에서도 경중이 다 달라야 한다.宮羽相變 低昻互節 若前有浮聲 則後須切響 一簡之內 音韻盡殊 兩句之中 輕重悉異"(『송서·사령운전론謝靈運傳論』) 그가 말한 궁우宮羽와 저앙低昻·부성浮聲과 절향切響·경중輕重 등은 모두 평·상·거·입 사성을 2조로 나눠 번갈아 사용하는 것을 말한다. 그러나 당시에는 평측이 서로 간섭하는 방식이 아직 없었다. 나중에 유협劉勰(465?-520?)은 『문심조룡·성률聲律』편에서 "소리에는 경쾌한 것과 중후한 것이 있고, 음향에는 쌍성雙聲과 첩운疊韻이 있다.聲有飛沈 響有雙疊"고 말했는데, 같은 의미가 담겨 있다. 이백약이 말한 강유청탁이라는 성률 이론을 계승한 것이다. 이후 당시唐詩의 격률이 고정화되면서 평측의 논리도 나오게 되었다. 은번殷璠은 『하악영령집河岳英靈集』에서 이렇게 말했다. "조조曹操(155-220)와 유정에 이르러 시는 직설적인 운치가 많아졌고, 시어도 절박한 대구가 적어졌다. 때로 다섯 자가 나란히 서기도 하고 열 자가 모두 평성인 경우도 있었지만, 그윽한 값어치는 끝내 남았다.至如曹·劉詩多直致 語少切對 或五字幷側 或十字具平 而逸價終存" 평성과 측성을 대칭시키는 관행은 당대에 이르러 불변의 원칙으로 고정되었다.

진자앙(656-698)

진자앙은 당대의 문학가이자 시인이다. 자는 백옥伯玉이다. 진사로 있으면서 무측천에게 〈대주수명송大周受命頌〉을 상주하여 관직이 좌습유左拾遺에 올랐다. 이후 관직을 내놓고 낙향했다가 모함을 받아 옥사했다.

직간을 서슴지 않는 사람으로 유명하다. 남조 시대 이래의 연약한 귀족 시풍을 버리고 한위漢魏의 기골 있는 시로 돌아갈 것을 주장하여 당대 고문운동의 선구자가 되었다. 장구령張九齡과 더불어 초당初唐 시풍을 일변시킨 시인으로 꼽힌다. 시 작품으로 〈감우시感遇詩〉 38수와 〈등유주대가登幽州臺歌〉 등이 유명하다. 시문집에는 『진습유집陳拾遺集』이 있다.

■ 시가 시답게 되는 방식을 논하다 (興寄)

'흥'은 비흥比興이라는 표현 방식을 가리키고, '기'는 내용상으로 기탁한다는 뜻이다. 이 두 말이 합쳐져서 "사물에 의지해 흥을 일으키거나托物起興" "사물을 빌어서 뜻을 비유하는因物喩志" 표현 방식으로 작자의 감정과 생각을 서술하고 시가 작품에 심오한 의미를 담는 것을 지시하게 되었다. 흥기라는 말은 진자앙陳子昻의 <여진방좌사규수죽편서與陳方左史虯修竹篇序>에 처음 등장한다.

"내가 한가로울 때 제량 시대의 시를 읽어보니, 문채의 화려함이 마침내 번성할 뿐 흥기는 모두 끊겨 있어서 항상 탄식하였다.僕嘗暇時觀齊·梁間詩 采麗竟繁 而興寄都絶 每以永嘆"

이는 진자앙이 그간의 문학이 보여준 폐단을 시정하려는 운동을 전개한 이유이기도 하다. 그의 논리는 당나라 때 시가 혁신 운동이 전개되는 데 촉진제적인 역할을 수행하였다. 이러한 주장은 직접적으로 이백李白(701-762)과 두보杜甫(712-770)에게 영향을 주었으며, 백거이白居易(772-846)는 이론과 창작 양 방면에서 이를 계승하고 발전시켰다. 그는 <여원구서與元九書>에서 이런 말을 남겼다. "시인 가운데 호탕한 이로 세상에서는 이백과 두보를 든다. 이백의 작품은 재능이 넘치고 기이하여 남들이 도저히 따를 수 없을 지경이다. 그러나 풍아나 비흥을 찾는다면 열 작품 가운데 하나도 없을 정도다.詩之豪者 世稱

李杜 李之作 才矣奇矣 人不逮矣 索其風雅比興 十無一焉” 여기서 말한 비흥은 흥기가 함축되었다는 의미와 유사하다. 진자앙 이후의 시인들은 비흥이란 말 대신 주로 흥기란 말을 사용하였다. 예컨대 두보는 원결元結(732-772)의 <용릉행舂陵行>을 평가하면서 “비흥의 체제比興體制”(<동원사군용릉행병서同元使君舂陵行幷序>)를 갖추었다고 지적하였다. 때문에 주자청朱自淸(1898-1948)은 <시언지변詩言志辯>에서 “시에 대해 논한 부분에 이르러서는 비흥은 당나라 이래 줄곧 가장 중요한 관념의 하나가 되었다.至于論詩 從唐以來 比興一直是最重要的觀念之一”고 하면서, “시를 논한 사람들이 중시한 것은 비흥 자체가 아니라 시의 작용이었다.論詩的人所重的不是比興本身 而是詩的作用”고 분석했던 것이다. 이 논의에서도 중시한 측면은 시속에 담겨 있는 흥기(또는 비흥)의 의미였다.

유지기(661-721)

유지기는 당대의 사학자이다. 자는 자현子玄이고, 팽성彭城(강소성 서주徐州) 출신이다. 고종高宗 영륭永隆 원년(680) 진사가 되고 측천무후 재위시(699) 정왕부창조定王府倉曹를 지냈다. 이후 저적좌랑著作佐郞, 산기상시散騎常侍 등 높은 관직에 올랐다가 만년에 현종玄宗의 미움을 사 안주도독부별가安州都督府別駕로 폄적되고 안주에서 사망하였다. 연사의 연구 방법과 역사 비판, 시서史書의 체례 등을 기술한 역사 평론서 『사통史通』 20권을 저술하여 사학 이론의 발전에 크게 기여하였다. 이밖에 당대 제왕의 실록을 편찬하는 데에도 참여하였다. 편저로 『유씨가사劉氏家史』와 『유씨보고柳氏譜考』 등을 남겼다.

■ 서사는 간결하고 요점을 얻어야 한다 (簡要)

당나라 때의 사학자 유지기劉知幾가 사전史傳 문학의 표현 방법에 대해 내세운 주장으로, 『사통史通·서사敍事』편에 나온다.

"무릇 국사 가운데 아름다운 것은 서사를 공교롭게 해야하며, 서사가 공교로운 것은 간결하고 요점을 얻는 것을 주로 하였다. 간결하게 담을 때 의리도 커질 것이다.夫國史之美者 以敍事爲工 敍事之工者 以簡要爲主 簡之時義大矣哉"

간요란 문자가 간략하고 생략되어 있으면서 내용은 충실한 것으로, "말은 비록 간략해도 이치는 모두 핵심을 적확하게 꿰뚫고 있다. 때문에 성긴 듯해도 놓침이 없으며, 간결해도 빠진 것이 없으니, 비유하자면 날랜 병사를 쓰는 이가 병사 한 사람을 가지고 백 명을 감당하면서 능히 적군의 공격을 이겨내는 것과 같다言雖簡略 理皆要害 故能疏而不遺 儉而無闕 譬如用奇兵者 持一當百 能全克敵之功也"(『사통』)고 설명하였다. 이에 발맞춰 그는 사전 문학을 쓴 경험을 바탕으로 간요에 이를 수 있는 구체적인 방법을 제시하였다. 첫째 사람의 재능과 학문, 품행을 직접적으로 서술하는 것이고, 둘째 사실의 자취를 단출하게 기술하는 것이며, 셋째 언어를 통해 사람과 사건에 대해 표현하고, 넷째 작자의 논의와 평가를 거쳐 인품과 공적을 기술하는 것이라고 하였다. 유지기는 한 개인을 묘사할 때에는 모름지기 구체적인 정황을 근거로 삼아 이 가운데 하나를 적절하게 선별해서 사용해야 한다고 생각하였다. "만약 이를 겸비해서 글을 이루고자 한다면 若要兼而成書" 필연적으로 번잡하고 중복되는 폐단이 드러난다는 것이다. 『사통』은 문자가 간결하고 적당히 생략할 것을 요구하면서 먼저 구절을 생략하고 다음으로 글자를 생략해서 모든 번거로운 자구를 깎아 없애라고 권고하였다. 간결함을 숭상하는 태도는 당송唐宋 시대 고문운동가의 토론을 거치면서 유지기가 제시한 "역사서는 간요를 숭상해야 한다.史尚簡要”는 주장과 그 구체적인 방법은 후대의 고문가들에게 적지 않은 영향을 주었다.

왕창령(698?-756?)

왕창령은 당대의 시인이다. 자는 소백少伯이고, 경조京兆(섬서성 서안西安) 출신이다. 개원 15년(727) 진사에 합격하여 비서성교서랑秘書省校書郎, 사수현위汜水縣尉 등을 지내다 개원 말 강녕현승江寧縣丞으로 폄적되었으며, 다시 용표현위龍標縣尉가 되었다. 안사의 난 때 고향으로 돌아오다 살해되었다. 고적高適, 잠삼岑參, 왕유王維, 이백李白 등의 시인과 교유했으며, 7언절구에 능하고 변새시邊塞詩를 즐겨 지었다. 그의 시 작품은 기세가 웅장하며 격조가 높다는 평을 받고 있다. ‘시천자詩天子’라는 칭호를 받았다. 대표작으로 〈출새出塞〉, 〈부용루송신점芙蓉樓送辛漸〉, 〈규원閨怨〉 등이 있고, 문집에 『왕창령집』이 있다.

■ 시가가 창조하는 세 가지 경계 (詩有三境)

당나라의 시인 왕창령王昌齡이 주장한 시 이론이다. 그는 시가가 창조하는 경계境界는 세 가지, 즉 물경物境과 정경情境, 의경意境이 있다고 주장하였다. 그의 <시격詩格>에 나온다.

물경은 산수시를 창작할 때가 좋은 예인데, 시는 사물로 말미암아서 나온다는 것이다. 그는 “산수시를 쓰고자 한다면 샘물과 돌과 구름과 봉우리와 같은 환경을 벌여 놓는데, 지극히 아름답고 아주 빼어난 것들은 마음에 신령스럽게 깃들게 된다. 이런 경계에 몸을 두면 마음으로 경계를 보게 되어 화려한 빛을 내면서 손안에 쥐여지게 된다. 그런 뒤에 시상을 펼치면 분명하게 경계와 형상이 살아나 형사를 얻게 된다.欲爲山水詩 則張泉石雲峰之境 極麗絶秀者 神之于心 處身于境 視境于心 瑩然掌中 然後用思 了然境象 故得形似"고 설명하였다. 그는 작가는 자연 경관 속에 자신을 두면서 그 인상들을 마음 속에 담은 뒤에 붓을 들어 시를 지어야 작품 속에 산수가 형상화되는 형사形似를 얻을 수 있다고 주장하였다.

정경은 서정시를 창작할 때가 좋은 예인데, 시는 정서로 말미암아서 나온다는 것이다. 그는 "기쁘고 즐거우며 슬프고 원망하는 감정들은 모두 뜻 속에 펼쳐져 몸 안에 깃들게 되는데, 이런 뒤에야 시상을 내달릴 수 있다.娛樂愁怨 皆張于意而處于身 然後馳思"고 설명하였다. 작가는 희노애락과 같은 감정 속에 깊이 침잠한 뒤에야 작품을 구상해야 한다는 것이다. 그럼으로 해서 작품 속에 참다운 정서(眞情)가 드러난다고 보았다.

의경은 뜻으로 말미암아 시를 쓰는 경우다. 이 때 의意는 비록 주관적인 정서에 속하지만 정情과는 분명히 달라서 희노애락과 같은 구체적인 감정을 넘어서며, 작품 속에서는 모종의 사상으로 또는 생활을 하면서 얻은 모종의 사리事理들로 표현된다. 이러한 시를 쓰기 위해 시인은 "뜻에서 그것을 펼치고 마음 속으로 그것을 생각할張之于意而思之于心" 필요가 있고, 그렇게 했을 때 "참됨을 얻을 수 있다.得之眞矣"고 하였다. 확실히 삼경설은 왕창령의 창작 경험에서 나온 것이지만, 체계적인 진술이 결여되어 있는 흠이 보인다. 그러나 후대 의경설意境說의 출현과 발전에 적지 않은 공헌을 한 것도 사실이다.

■ 시상 구상의 세 정황 (詩有三思)

당나라의 시인 왕창령이 주장한 시 이론. 첫 번째는 생사生思이고, 두 번째는 감사感思이며, 세 번째는 취사取思다. 이 말은 왕창령의 <시

격詩格>에 나온다.

　시인들이 시상을 구성할 때 보여주는 세 가지 다른 정황을 이야기한 것이다. 그는 생사를 풀이하면서 "오랫동안 정교한 생각을 하게 되면 마음 속으로 생각한 상과 일치하기도 전에 힘은 딸리고 지혜는 바닥나게 된다. 이 때 신령스런 생각을 풀어두고 편안하게 만들고 마음이 우연히 경계를 비추게 되면 불현듯 (시상이) 드러난다久用精思 未契意象 力疲智竭 放安神思 心偶照境 率然而生"고 설명하였다. 이것은 고심을 해도 이루어지지 않다가 우연히 획득하게 되는 경우를 가리킨다.

　이어 감사를 풀이하면서 "이전의 말을 따라가 맛보고 옛 체제를 읊조리노라면 느껴지는 것이 있어 생각이 나온다.導味前言 吟諷古制 感而生思"고 설명하였다. 이것은 감지하는 바가 있어 시를 창작하는 경우를 가리킨다.

　그리고 취사를 풀이하여 "형상에서 찾아 구하다가 마음은 경지에 들게 되고, 정신은 사물에 모여져서 마음으로 인하여 터득하게 된다. 搜求于象 心入于境 神會于物 因心而得"고 설명하였다. 그는 인심이득 因心而得에 대해 모두 주관적인 사상의 활동과 같다고 부연했는데, 사실 수구우상搜求于象이나 신회우물神會于物은 모두 객관적 현실 생활에서 완전히 떨어질 수는 없는 일이다. 이것은 비교적 자각적인 구상 방식으로, 주관적 감정과 객관적 현상이 서로 융화하여 작품을 만들어내는 것이다. 삼사설은 왕창령이 실제로 창작을 하면서 얻은 경험을 바탕으로 제기한 이론이다. 비록 자신의 이론을 철저하게 증명하지는 못했지만, 후세 창작자들을 계발시킨 부분도 적지 않았다.

두보(712-770)

두보는 당唐대의 시인이다. 자는 자미子美이고, 자호는 소릉야로少陵
野老다. 공현鞏縣(하남성) 출신으로, 두심언杜審言의 손자다. 이백과 더
불어 중국 시문학의 태두로 일컬어진다. 청년 시절 산동성, 절강성 등지
를 유람하다 23세 경 진사에 응시하여 낙방하고 재차 방랑길에 나서 열
살 연상의 이백을 만나고 고적高適 등과 교유했다. 이후 약 10년간 장안
에 체류하다 44세 때인 천보天寶 14년(755) 우위솔부주조참군右衛率
府冑曹參軍에 임명되었다. 안록산安祿山의 반란 때 반군에 체포되었다가
도망하였으며, 숙종肅宗 지덕至德 2년(757) 좌습유左拾遺가 되었다. 이
후 방관房琯을 구하기 위해 상소를 올렸다가 화주사공참군華州司功參軍
으로 좌천되자 관직을 버리고 촉蜀 땅으로 가 성도成都에서 초당을 짓고
살았다. 2년 후 서천절도사西川節度使 엄무嚴武의 막하에 들어가 공부원
외랑工部員外郎이 되었으며, 이로 인해 세칭 '두공부杜工部'라 불렸다. 엄
무가 죽은 뒤 기주虁州(사천성)에 내려갔다가 대력大曆 3년(768) 가솔
을 이끌고 호남湖南에 정착하여 가난한 일생을 마쳤다. 뇌양耒陽의 상강
湘江을 건너다 죽었다고 한다. 그는 성당盛唐 이후 안사의 난을 겪으면
서 급격한 시대 변화에 휩쓸려 파란만장한 삶을 산 사람이다. 이로 인해
그의 시에는 인생, 특히 서민의 삶에 대한 깊은 애착이 담겨있으며, 흔히
민중시인, 애국시인으로 불린다. 또 배부른 탐관오리와 추위에 떠는 일반
백성을 대비시켜 계급 모순을 고발하고, 황폐화된 전장의 풍경을 담아
민족 모순에 따른 민중의 고통을 그렸다. 깊은 고뇌와 사색을 통해 작품
을 일구어 냈으므로 시어가 응축되어 있고, 사조辭調가 장엄하며 기상이
웅혼하다. 5·7언율시는 평측이 공교롭고 대장對仗이 정밀하다. 이백이
'시선詩仙'으로 불리는 데 대하여 그는 '시성詩聖'으로 불린다. 또 그의 시
자체에 당시의 역사가 함축되어 있다는 뜻에서 그의 시를 일컬어 '사시史

詩'라 하기도 한다. 대표작으로는 〈빈교행貧交行〉을 비롯하여 〈병거행兵車行〉, 〈여인행麗人行〉, 〈석호리石壕吏〉, 〈동관리潼關吏〉, 〈신안리新安吏〉, '삼별三別', 〈몽이백夢李白〉, 〈애강두哀江頭〉, 〈음중팔선가飮中八仙歌〉, 〈춘망春望〉 등이 있고, 시문집에 『두공부집杜工部集』이 전한다.

■ 옛것을 익혀 새롭게 나가라 (後賢兼舊制)

두보杜甫가 만년에 기주夔州(오늘날의 사천성 봉절奉節)에 거주할 때 지은 작품인 <우제偶題>에 나오는 시구.

> 後賢兼舊制　　후세의 현인들은 옛 체제를 겸비하여
> 歷代各淸規　　대대로 시인들마다 맑은 시규가 있었네.

이 말은 시가 전통의 계승과 창신創新에 대한 두보의 관점을 요약한 것이다. 이른바 후현은 역대의 시인들을 가리키는 것이고, 구제는 이전 시대에 이루어진 문학상의 규범이나 유익한 경험을 총칭한다. 이어지는 구절은 각 시대마다 시인들은 저마다의 창신성을 가졌음을 말한 것이다. 왕사상王嗣奭은 "옛 체제를 겸비하여 제재를 취한 것이 광범위하고, 저마다 규범이 있어서 시상을 담은 것이 특히 새로웠다. 兼舊制 取材者廣 各淸規 命意特新"(『두억杜臆』)고 풀이하였다. 물론 두보는 전 시대의 문학 전통을 계승하면서 맹목적으로 추수하는 자세를 보이지는 않았다. "거짓된 체제는 따로 마름질하면서 풍과 아를 가까이 하는 태도別裁僞體親風雅"를 전제로 삼았다. 그는 제량齊梁 시대의 퇴폐한 시풍에 대해서는 비판적인 태도를 보여 "제량 시대의 시풍에 쓸려 뒷 먼지나 날릴까 두렵다.恐與齊梁作後塵"고 토로하였다. 그러나 육조六朝 시대 작가들이라고 일방적으로 부정만은 하지 않아, 유신庾信(513-581)의 후기 작품에 대해서는 "노숙해져 더욱 완성되었다

老更成"거나 "구름을 찌를 듯한 당당한 필치凌雲健筆"라는 말로 칭송하였다. 그밖에 포조鮑照(421?-465)와 사조謝朓(464-499) 등과 같은 작가들에 대해서도 일정 정도 긍정적인 평가를 내렸다. 두보는 그들의 "맑은 시어와 아름다운 시구淸詞麗句"를 흡수하여(<희위육절구戲爲六絶句> 참조) 자신의 문학적 자산으로 수용하였다. 바로 이러한 자세를 성공적으로 달성할 때 비로소 시인은 현실을 반영하는 심도에 있어서 뿐만 아니라 예술적으로도 창신한 성과를 거둘 수 있는 것이다.

교연(720?-793?)

교연은 당唐대의 시승詩僧으로, 시가 이론가이기도 하다. 속세의 성은 사謝씨이고, 자는 청주淸晝이며, 오흥吳興(절강성 호주胡州) 출신이다. 출가하여 오흥의 저산杼山 묘희사妙喜寺에 거주하면서 시승으로 이름을 날렸다. 유우석劉禹錫이 그에게 시를 배우고, 안진경顔眞卿이 호주태수湖州太守로 있을 때 그와 교유하였다고 한다. 오언시를 잘 지었으며, 산수시가 주류를 이룬다. 불가의 고정 틀과 속박에서 벗어나 남녀간 애정을 다룬 시도 다수 지었다. 시가 창작의 이론을 담은 『시식詩式』과 『시의詩議』를 지어 문학평론 분야에 큰 업적을 남겼다. 시문집에 『저산집杼山集』이 전한다.

■ 조식의 시를 평하다 (語與興驅 勢逐情起)

당나라의 시승詩僧 교연皎然이 조식曹植(192-232)의 시가 지닌 특징을 비평하면서 한 말로, 『시평詩評』 가운데 '업중집鄴中集'조에 나온다.

"업중(업은 위魏나라의 수도)의 칠자 가운데 진왕 조식이 가장 뛰어나다. 유정(?-217)의 문장 기운은 치우쳐 있지만, 진왕은 중심을 얻어 작품을 짓는 일에 얽매이지 않았다. 우연히 얻어진 것이라고도 하는데, 어세는 흥취와 더불어 뛰고 기세는 감정을 좇아 일어나서, 작의를 부리지 않더라도 그 격조가 절로 고아하니, <19수>와 같은 부류라고 할 수 있다.鄴中七子 陳王最高 劉楨辭氣偏 王得其中 不拘對屬 偶或有之 語與興驅 勢逐情起 不由作意 其格自高 與十九首其一流也"

어여흥구는 비흥比興의 수법을 운용할 것을 강조한 말이고, 세축정기는 감정의 표출을 중시한 발언이다. 교연은 성병聲病이나 대우對偶 따위를 강구하다가 작가의 창작력이 제한 받는 현실에 반대하면서, 비교적 자연스러운 창작 방법을 채용하여 감정과 의사를 표현해낸 작품이 최상의 경지에 이를 수 있음을 강조하였다. 제량齊梁 시대부터 당나라 초기까지 번성한 형식주의 시풍에 일침을 가했다는 점에서 이 이론은 의의를 지닌다. 그러나 교연이 말한 정情은 대체적으로 사대부들의 한정일취閑情逸趣를 가리킨 것이며, 표현 방식과 시의 격률상에 있어서 자유로움을 요구하고 구속을 받지 말라고 했을 뿐 제량 시대 시가의 내용이 공허하다는 문제점을 근본적으로 해결하지 못한 한계도 지니고 있다.

■ 시상은 의경에 바탕을 둔다 (詩情緣境發)

시정은 의경意境에 연유하여 나타난다. 당나라 때의 비평가 교연이 시가에서 의경을 창조하는 문제에 대해 논의하면서 제시한 이론으로, 그의 시 <추일요화노사군유하산사숙양상인방론열반경의秋日遙和盧使君遊何山寺宿敫上人房論涅槃經義>의 한 구절이다.

한나라 이전에는 주로 시언지詩言志를 중심으로 문학론이 전개되었으며, 육기陸游(261-303)는 시연정詩緣情에 대해 논의했는데, 교연은 이 두 관점을 변증법적으로 발전시켰다. 그는 시가를 구성하는 두 개의 기본적인 요소인 정情과 경境을 인과론적으로 통일시키고자 하였다. 그래서 고안된 이론이 정경설情境說이다. 정경과 후대 사람들이 말하는 의경意境은 실질적으로 일치하는 개념이다. 시가는 주관적인 정과 객관적인 경이 상호 결합해서 만들어지는 것이지만, 전자 정은 결과이고 후자 경은 원인에 해당한다. 즉 "정은 경에 근거하여 나온다.情緣境發" 교연이 보여준 시정연경발이라는 관점은 시가의 실제 창작 과정과 사뭇 일치한다. 나중에 왕부지王夫之(1619-1692)가 정과 경의 관계에 대한 의견을 내고, 왕국유王國維(1877-1927)가 의경에 관한 이론을 제기했을 때에도 이들의 논점은 교연의 주장을 바탕으로 해서 진일보한 발전을 꾀한 결과였던 것이다.

■ 작시 수준의 다섯 등급 (詩有五格)

당나라의 교연이 주장한, 시에는 다섯 등급이 있다는 견해로, 『시식詩式』에 나온다.

"용사를 쓰지 않는 것이 제일 좋고, 용사를 쓰는 것은 두 번째다.(그 가운데 용사를 쓰지는 않았지만 가리키는 뜻이 높지 않으면 밀어내 제2격에 넣는다.) 곧바로 용사를 한 것은 세 번째다.(그 가운데에도 용사를 하진 않았지만 품격이 조금 낮으면 밀어내 세 번째에 둔다.) 용사가 있는 듯도 하고 없는 듯도 하면 네 번째에 속한다.(세 번째에 비해서 풍격 가운데 조금 떨어지기 때문에 네 번째에 넣는다.) 있는 듯 없는 듯하면서 정서와 품격이 모두 낮으면 다섯 번째다.(정서와 품격이 모두 낮으니 있는 듯 없는 듯하다는 것도 알 만하다.)不用事第一 作用事第二(其中有不用事而指意不高者 黜入第二格) 直用事第三(其中亦有不用事而格稍下 貶後第三) 有事無事第四(比于第三格中稍下 故入第四) 有事無事情格俱下第五(情格俱下 有事無事可知也)"

육조六朝 시대 이후 시가는 대우對偶에 골몰하고 전고를 대량으로 사용하면서 용사用事는 시가 창작에 있어서 중요한 관건으로 등장하였다. 어떤 시인은 전고 사용만 전문적으로 추구하는 등 좋지 못한 풍조가 형성되었다. 종영鍾嶸(?-518)은 일찍이 임방任昉(460-508)과 왕원장王元長에 대해 비평하면서 "문학이 기이한 것을 귀하게 여기지 않고 다투어 새로운 일만 찾아 나선다……마침내 구절에는 비어 있는 어투는 없게 되고 어투에도 비어있는 글자가 없어져서 때우고 기우는 일에 얽매이고 걸려 벌레 먹은 형편없는 문장이 더욱 많아졌다.詞不貴奇 競須新事……遂乃句無虛語 語無虛字 拘攣補衲 蠹文已甚"고 개탄하였다. 당나라 때가 되자 용사는 더욱 성행해서 교연은 용사를 하지 않는 것을 최고로 쳤고, 용사의 우열로써 시격詩格의 높낮이를 평가했는데, 당시의 그릇된 풍조를 교정하기 위한 자세였다. 그는 용사를 쓰지 말고 곧바로 마음 속에 담긴 감정을 펼치라고 주장하였다. 그는 말하기를 "심약이 말하기를 주변에 있는 경전이나 역사책에 매달리지 말고 곧바로 마음 속의 뜻을 풀라. '그런 사람을 나는 시를 아는 이로 인정하겠다.'沈約云 不傍經史 直率胸臆 吾許其知詩者也"고 했다는 것이다. 용사를 하지 않는다는 것은 고전에서 빌리거나 도움을 받지 않고 시인이 진실한 사상과 감정을 표현하라는 뜻이다. 그는 "하늘이 참다운 성품을 주었으니 말한 바가 저절로 높다天予眞性 發言自高"고 했는데, 이는 교연이 자연스러운 것을 숭상한 시론의 핵심과 일치한다. 작용사作用事에서의 작용은 예술적 구상을 가리키는데, 작용사는 먼저 뜻을 세운 뒤에 용사가 담긴 글을 지어서 문체도 뜻을 해치지 않기 때문에, 제2격에 넣은 것이다. 제3격의 직용사直用事는 전고만 잔뜩 쌓아올려 그 등급이 낮아진 것을 말한다. 교연은 "용사가 너무 직선적이지 않고자 한다면 의미의 유형을 살피는 태도가 깊어져야 한다.用事不直 由深于義類"고 했는데, "온갖 물상 가운데 의리가 같은 것은 모두 비흥에 들어간다.萬象之中義類同者 盡入比興"는 말이다. 교연은 비흥과 용사는 같은 선상에서 논할 수 없는 일로 보아서 "시인들은 모두 옛 것을 찾는 일로 용사를 삼는데, 반드시 다 그래야 하는 것은 아니다.詩人皆以徵古爲用事 不必盡然也"라고 말했다. 대개 비홍 수법을 쓰고 옛 일을 찾아 쓰는 태도는 시 전체의 의경意境과 서로 조화를 이룰 때에는 병폐가 되지 않는다. 다만 사건에 얽매여 전고를 써서 작품이 담고 있는 뜻과 어그러지면 이것이 용사의 병폐가 된다는 것이다. 때문에 교연은 다시 "비록 경전을 쓰더라고 서생의 수준에서는 벗어나야 한다.雖用經典 而離書生"고 밝혔다. 교연의 오격평시五格評詩는 용사를 중심으로 삼았지만 사실상 시에 있어서의 조의措意나 정격情格 등을 포괄하는 것이지 용사를 사용했는가의 여부에만 국한된 것은 아니었다. 역사적으로 볼 때 그의 시론에 담긴 주장은 합리적인 요소가 포함되지 않은 것은 아니지만, 용사의 우열만 가지고 시격의 높낮이를 재단하는 태도는 지나치게 편향적인 위험도 있다.

■ 좋은 시가 가진 일곱 가지 덕목 (詩有七德)

칠득七得이라고도 하는데, 당나라 때의 교연이 주장한, 시가에 대한 일곱 가지 요청을 가리킨다. 『시식詩式』에 나온다.

"시에는 일곱 가지 덕목이 있으니, 첫 번째가 이치를 아는 것이고, 두 번째는 고아하고 고졸한 것이며, 세 번째는 전아하고 아름다운 것이고, 네 번째는 풍류가 넘치는 것이며, 다섯 번째는 정신이 담기는 것이고, 여섯 번째는 질박하면서 줄기가 있는 것이고, 일곱 번째는 체재가 갖추어져 있는 것이다.詩有七德 一識理 二高古 三典麗 四風流 五精神 六質幹 七體裁"

그는 이 일곱 가지 덕목은 좋은 시가 반드시 갖추어야 할 조건으로 인식하였다. 첫 번째 식리識理에서 리는 사리事理와 문리文理 뿐만 아니라 불리佛理도 포함한다. 그는 원래 승려로서 "선자의 뜻禪者之意"

도 가지고 있었기 때문에 『시식』을 쓰게 된 것도 "불가의 이치에 정통했던精于佛理" 이홍李洪의 권고로 이루어졌다고 한다. 두 번째 고고高古는 교연이 가장 숭상했던 풍격이다. 그는『시식』에서 "체제를 구분하는 데 열 아홉 자가 있다.辨體有一十九字"고 했는데, 첫머리에 오는 것이 고일高逸로, 고일은 고고와 같은 의미이다. 고고와 상반되는 풍격은 허탄虛誕인데, "시에는 다섯 가지 거슬리는 것이 있다.詩有六逆"는 구절에서 "허탄으로 고고를 삼는以虛誕爲高古" 태도를 질책하면서 허탄은 시의 첫 번째 거슬림이라고 밝혀 놓았다. 세 번째는 전려典麗다. 교연은 의경意境을 중시한다는 전제 아래 문체에 대한 방법론을 논의하였다. 그는 "비록 말을 막고 뜻을 숭상하고자 해도 전려는 버릴 수 없다.雖欲廢言尙意 而典麗不得遺"(<시유이폐詩有二廢>)고 말했다. 그리고 "무염이 용모는 없어도 덕은 있다지만, 문왕의 아내 태사가 용모도 갖추고 덕도 있는 것과 어찌 같겠는가?無鹽缺容而有德 曷若文王太似有容而有德乎"라고도 말했다. 이를 통해 교연이 형식미를 대단히 중시했던 사실을 알 수 있다. 그러나 그는 "지극히 아름답고 자연스러운至麗而自然" 것은 오로지 조탁에만 힘을 쏟는 것과는 다르다고 밝히기도 했다. 네 번째는 풍류風流다. 그의 논시는 자연을 강조했는데, 남조 시대의 시인 가운데 특히 사령운謝靈運(358-433)을 높이 추켜세우면서 "성정에 참되고 작용을 숭상했으며, 작품의 문체는 돌아보지 않았지만 풍류는 자연스러웠다.眞于情性 尙于作用 不顧詞彩 而風流自然"고 평가하였다. 다섯 번째는 정신精神이다. 이는 창작하는 가운데 요구되는 영감의 작용을 가리키는 말이다. 그는 "어떤 때에는 뜻이 고요하고 정신은 우뚝하여 좋은 글귀가 종횡으로 쏟아져서 막을 수 없을 것 같았다. 완연히 정신이 돕는 듯한데, 그렇지 않다면 대개 먼저 정교한 생각을 쌓았다 하더라도 신왕으로 인해 터득할 수 있겠는가?有時意靜神王 佳句縱橫 若不可遏 宛如神助 不然 蓋由先積精思 因神王而得乎"고 생각했고, "문장의 으뜸이 되는 뜻文章宗旨"이라는 항목에서 사령운은 "어린 나이에 글을 잘 지었고, 품성이 빼어나고 정신이 맑아 내전(불경佛經)을 읽고난 뒤에는 마음 밭이 더욱 정교해져서 시를 지으면 한결같이 지극한 경지에 이르렀으니, 공왕의 도가 도운 것이 아니라 할 수 있겠는가?早歲能文 性穎神澈 及通內典 心地更精 故所作詩 發皆造極 得非空王之道助邪"라고 말했다. 공왕이나 신왕은 모두 부처를 가리키는 말로, 교연은 좋은 시를 쓰자면 신의 도움이 있어야 한다고 생각했던 것이다. 일곱 번째는 체재體裁다. 체식體式이나 격조를 구별하는 데 뛰어나야 한다는 말이다. 시에 일곱 가지 덕이 있다는 것은 언어와 문체는 간략하고 정교한 뜻이 함축되어 있으면서 드러나지 않은 상태를 가리킨다. 그러나 대체적으로 그의 이 논리는 직접 창작하고 작품을 감상하면서 얻은 경험이 바탕이 된 것으로, 참고할 만한 가치가 있다.

■ 시 창작에서 경계해야 할 네 가지 (詩有四離)

시를 지을 때 빠지지 말고 거리를 두어야 할 네 가지 상황을 말한다. 『시식』에 다음과 같은 말이 있다.

"비록 도의 정취를 기약한다 해도 과감하고 편벽된 경우에서는 떠나야 하고, 비록 경전과 사서를 쓴다고 해도 먹물 든 서생의 차원은 벗어나야 하며, 비록 고아하고 은일한 것을 숭상한다 해도 우원한 경우는 벗어나야 하며, 비록 날고 뛰고자 해도 경박하고 부화한 투식에서는 벗어나야 한다.雖期道情而離果僻 雖用經史而離書生 雖尙高逸而離迂遠 雖欲飛動而離輕浮"

이 말은 시를 지을 때 격조의 문제를 어떻게 처리할 것인가를 논한 것이다. 아무리 원칙이 옳다고 해도 이를 무분별하게 활용할 경우 생기는 폐단을 염두에 두면서 작품을 써야 한다는 지적이 담겨 있다.

■ 시 창작에서 어기면 안될 네 가지 (詩有四不)

시를 지을 때 범해서는 안될 네 가지 규칙을 말한다. 『시식』에 다음과 같은 말이 있다.

"기세는 높다고 해도 격노해서는 안되니 격노하면 속된 풍습에 휩쓸리게 된다. 힘은 굳세도 드러나서는 안되니 드러나게 되면 도끼질당해 다치게 된다. 정서는 다감하다고 해도 암울해서는 안되니 암울해지면 졸렬하고 노둔한 곳으로 미끄러진다. 재주가 그득하다고 해도 소루해서는 안되니 소루해지면 맥락을 잃게 된다.氣高而不怒 怒則失於風流 力勁而不露 露則傷於斤斧 情多而不暗 暗則蹶於拙鈍 才贍而不疎 疎則損於筋脈"

감정과 기상의 적절한 조절을 주장하는 글이다. 자기에게 주어진 재주에만 의지하지 말고 끝없는 수련과 단련을 통해 시의 깊이를 더해야 한다는 작자의 논지가 특히 강조되어 있다.

■ 좋은 시를 짓기 위한 네 가지 요점 (詩有四深)

시를 지을 때 드러나는 한계를 극복하기 위한 네 가지 심오한 수련 방법을 제시한 말이다. 『시식』에 다음과 같은 말이 나온다.

"기상이 작품 속에 가득 깔리는 것은 체제와 기세를 깊게 하는 데서 이루어지며, 의도가 넓게 펼쳐지려면 작용을 깊게 하는 데서 이루어진다. 운율을 쓰는 것이 막히지 않고자 한다면 성률에 대한 활용에 공을 들여야 하며, 사실을 사용하는 데 너무 직선적이지 않고자 한다면 의미의 유형을 살피는 태도가 깊어져야 한다.氣象氳氲 由深於體勢 意度盤礴 由深於作用 用律不滯 由深於聲律 用事不直 由深於義類"

작품의 내적 심도를 제고하기 위해 필요한 몇 가지 주의점이 기술되어 있다. 동양의 시론이 구체적인 사실을 논증적으로 서술하지 않고 축약해서 표현하기 때문에, 여기에서 논의된 문제들이 구체적으로 어떻게 극복될 수 있는가 하는 점은 보다 깊은 사고를 요한다. 그러나 함축된 문장 속에 담긴 깊은 뜻을 이해하게 되면 문학을 대하는 시야가 한층 넓어질 것은 분명하다.

■ 시의 예술성에 대해 논하다 (詩道)

이 말은 원래 교연의 『시식』에 나온다.

"강락공(사령운謝靈運)과 같은 고수들은……다만 정서와 성품을 보지 문학을 보지는 않는다. 대개 시도의 지극한 것이다.高手如康樂公…… 但見情性 不睹文學 蓋詩道之極也"

여기서의 시도는 시의 예술성을 가리킨다. 뒤에 백거이白居易(772-846)가 리얼리즘 시가 이론을 주장했을 때에도 이 용어를 사용하였다. 그는 <여원구서與元九書>에서 "저는 항상 시도가 무너진 일을 가슴 아파하고 있었습니다. 그래서 홀연히 분발해서 때로는 음식을 입에 대지도 않았고, 밤에 잠도 자지 않으면서 저의 재주와 역량은 헤아리지도 않고 이를 붙들어 일으키고자 했습니다.僕常痛詩道崩壞 忽忽憤發 或食輟哺 夜輟寢 不量才力 欲扶起之"라고 말했다. 백거이가 말한 시도는 『시경』 이래로 내려온 현실을 풍자하는 전통을 가리킨다. 그는 이러한 훌륭한 전통이 사라진 것을 유감으로 여기고 이를 회복하고자 노력하였다.

구체적으로 말하면 『시경』의 육의六義, 그 중에서도 풍風·아雅·비比·흥興을 일컫는다. 백거이의 눈으로 보았을 때 이것들은 단순한 시가의 체제나 표현 방법만이 아니고, 시가 창작이나 비평에 있어서 반드시 지켜야 할 원칙으로 이해되었다. 백거이는 시가는 비흥比興을 통해 현실을 반영해야 하며, 사회의 병폐를 풍자하고 폭로해야 한다고 생각하였다. 그렇게 해야 "당시의 정치를 보충하고 살피며 사람들의

정서를 내쏟고 인도하는補察時政 泄導人情” 정치 철학적인 목적이
달성된다는 것이다. 그의 시도에 대한 요구는 중국 리얼리즘 문학 이
론이 성숙해가는 증거이며, 일정 정도 시가 창작에 긍정적인 기여를
했다고 말할 수 있다. 그러나 그가 요구한 시도의 출발점 속에는 “임
금을 위하고爲君” “신하를 위하는爲臣”, 즉 봉건적 통치를 옹호하려
는 목적도 숨겨져 있었다. 물론 이런 점은 시대적 한계일 수밖에 없지
만, 좀더 포괄적인 문학론으로 나아가는 데에는 장애로 작용하였다.

한유(768-824)

한유는 당대의 시인이자 문장가, 사상가다. 자는 퇴지退之이고, 하양
河陽(하남성 맹현孟縣) 출신이다. 선대가 창려昌黎(요녕성 금주錦州)에
살았으므로 세인들은 그를 한창려韓昌黎라 불렀다. 3세 때 고아가 돼 형
수인 정부인鄭夫人 밑에서 컸다. 24세인 정원貞元 8년 벼슬에 나아가
감찰어사監察御史, 형부시랑刑部侍郎을 지내다 조주자사潮州刺史로 폄적
되었으며, 이후 복권되어 국자감좨주國子監祭酒, 이부시랑吏部侍郎에 이
르렀다. 시와 문장에 두루 능통했으며, 고문운동을 제창하여 화려한 형식
의 병려체를 배격하고 유가사상을 기초로 한 문이재도文以載道를 주창하
였다. 특히 대표적 산문인 〈원도原道〉를 통해 복고풍의 문체개혁운동 뿐
만 아니라 사상적 측면에서 복고명도復古明道를 주장하기도 하였다. 또
요, 순, 우, 탕, 문왕, 무왕, 주공, 공자, 맹자로 이어지는 유가의 도통설
道統論을 내세우기도 했다. 유명한 산문으로 〈제12랑문祭十二郎文〉, 〈사
설師說〉, 〈장중승전후서張中丞傳後序〉 등이 있다. 시문집에 『한창려선생
집韓昌黎先生集』이 있다.

■ 창작에서 진부한 표현은 없애라 (陳言務去)

당나라 때의 문인인 한유韓愈가 산문을 지을 때 주의해야 할 사항으로 내세운 조건으로, <답이익서答李翊書>에 나온다.

"이 원칙은 마땅히 마음에서 취하여 손끝으로 쏟아 부어야 할 것이다. 오직 진부한 표현은 없애도록 애써야 하니, 앞뒤가 잘 맞지 않아서는 이 일이 어려울 것이다.當其取于心而注于手也 惟陳言之務去 憂憂乎其難哉"

자신의 마음 속에 담긴 생각을 글로 옮길 때에는 진부하고 구태의연한 어투는 모조리 도려내서 없애야 하는데, 이 일만큼 어려운 일은 없다는 말이다. 그가 말한 진언무거가 내포하고 있는 의미는 두 가지 함의를 가지고 있다. 첫 번째는 남들이 많이 이용해서 진부해진 표현을 남용하지 말라는 것이고, 두 번째는 남들이 말한 대로 따라 흉내내는 용렬하고 통속적인 견해를 없애라는 것이다. 청나라 때의 문론가 유희재劉熙載(1813-1881)는 『예개藝槪·문개文槪』에서 이에 대해 비교적 정확한 해석을 내리고 있다. "한유는 진부한 표현은 애써 없애야 한다고 강조하였다. 그가 말한 진언은 반드시 옛 사람의 말을 강탈해서 자신의 것으로 만드는 것만은 아니다. 다만 식견이나 의론이 평범하고 비근한 데 떨어져서 능히 한 발자국 높이 나아가고 일관된 경계에 깊이 들지 못하는 것이다. 문장을 엮는 일부터 생각을 다지는 일에 이르기까지 이를 살펴보건데 모두 진언이다.昌黎尙陳言務去 所謂陳言者 非必剿襲古人之說以爲己有也 只識見議論落于凡近 未能高出一頭 深入一境 自結撰至思者觀之 皆陳言也" 즉 한유가 요구한 바는 형식에서 내용에 이르기까지 독창성이 있어야 한다는 것이었다. 이러한 관점은 그의 <답유정부서答劉正夫書>에도 피력되어 있다. "성인의 도와 같은 것도 문장으로 쓰지 않는다면 그만이겠지만, 쓴다면 반드시 그 능한 것을 숭상해야 한다. 능하다는 것은 다른 것이 아니다. 능히 스스로 세워서 근거삼거나 따르지 않는 것이 그것이다.若聖人之道 不用文則已 用則必尙其能者 能者非他 能自立不因循者是也” 이 글에서 말한 능자립불인순能自立不因循은 바로 진언무거와 의미가 동일하다. 그는 또 만년에 쓴 <남양번소술묘지명南陽樊紹述墓志銘>에서도 다시 한 번 이 원칙을 강조하였다. “오직 옛날에는 문장이 자신에게서 나왔다. 그러다가 시간이 지나면서 이것이 불가능해지자 도적질해 베껴 쓰게 되었으니惟古于詞必己出 降而不能乃剽賊”, “이전 사람들의 한 마디 말, 한 구절이라도 본받아 따라해서는 안 된다.不蹈襲前人一言一句” 한유는 이 원칙을 자신의 산문 속에서 실증적으로 실현하고자 노력하였다.

■ 시 쓰기의 한 방식을 제시하다 (以文爲詩)

산문을 짓는 방식으로 시를 쓴다는 말로, 특히 한유에 의해 창안된 새로운 시 창작 방식을 일컬을 때 쓰인다. 한유를 일컬어 “한 시대에 우뚝한 문장의 으뜸一代文宗”이라고 부르는 것은 이미 공인된 사실이다. 그의 시에 대한 평가는 대대로 비평과 찬탄이 교차되면서 이루어졌다. 그를 깎아내리는 이는 “한유의 시는 압운이 있는 문장일 뿐으로, 비록 강건하고 아름다우며 풍부하고 그득하다고 해도 결코 시일 수는 없다.退之詩 押韻之文耳 雖健美富贍 然終不是詩”(『냉재야화冷齋夜話』에서의 심괄沈括의 말)고 했으며, “한유는 시에 대해 원래 아는 바가 없다.韓退之于詩本無所解”(왕세정王世貞의 『예원치언藝苑巵言』)고 단언하기도 하였다. 그러나 반대로 칭찬하는 이는 “시는 마땅히 이와 같아야 하니, 나는 시인 가운데 한유만한 이가 없다고 말하겠다.詩正當如是 吾謂詩人未有如退之者”(『냉재시화』에서 여혜경呂惠卿의 말)고 했으며, 어떤 역사가는 보다 광활한 의미에서 한유의 시를 “과거에도 없었을 뿐만 아니라 이후로도 없을 것不僅空前 恐亦絶後”(진인

각陳寅恪의 <논한유論韓愈>)이라고 평가하였다. 이렇게 다양한 평가에서 비롯하여 송나라 비평가들은 한유에 대해 "산문으로써 시를 썼다.以文爲詩"고 결론지었다. 왜 그는 이문위시로 불렸는가? 역대의 평가를 종합하면 대개 다음과 같은 이유로 해서 나온 듯하다. 먼저 서술성 때문이다. 즉 그의 시는 사건을 자세히 기록하고 서사화하는 특징이 있다는 뜻이다. 그리고 의론화議論化하는 경향을 들 수 있다. 그는 즐겨 의론으로써 자신의 느낌과 정서를 직설적으로 표현하였던 것이다. 그는 산문을 쓰는 방식을 빌어 시를 창작했는데, 시에서 중시되는 평측이나 음운에 대해서는 심각한 고민을 하지 않았다.

그의 시는 부賦가 큰 비중을 차지한다. 마음이 생각하는 바와 눈이 목격한 사실을 붓가는 대로 그려내 순식간에 수십 운에 달하는 작품을 써냈다. 그가 5언 또는 7언을 바탕으로 창작한 장편서사 고시古詩는 50여 편에 달하는데, 그림을 그리는 듯이 묘사하면서 진지하고 세심하게 주제를 표현하지 않은 경우가 없다. 율시나 절구도 주로 사실을 기술하고 풍경을 묘사하는 성향이 강하다. 유명한 7언고시 <알형악묘수숙악사제문루謁衡岳廟遂宿岳寺題門樓>는 남악南岳의 빛나고 우뚝한 정경을 묘사하면서 정상에 올라 하루밤 묵기까지 화자가 목도한 경험을 곧바로 전하고 있다. 경계境界는 열려 드넓고 색채는 농밀하며 중후해서 변화가 다양한 서술 가운데에서도 시적 맥락은 여전히 분명하다. <산석山石>과 같은 작품은 마치 한 편의 기행문인 듯한 착각을 불러 일으켜 비록 시간 순서는 안배하고는 있지만 필치에 담긴 시의가 가볍고 영험스러워 다양한 각도로 시인이 내면 속에서 얻은 감정을 융합시키고 색채와 음향, 이미지를 변환시키고 있다. 이에 따라 작품은 변화무쌍한 층위 속에서 연이어진 포만감 넘치는 깨끗한 아름다운 의경意境을 짜내고 있다. 한유는 또 상황을 상세하게 기술하는 방식을 도입해 인물 형상을 묘사하여 "거침없고 통쾌하게 사가로서의 필봉을 휘둘러 시를 써 내려갔다.跌宕昭彰 以史筆爲詩"(전기박錢

基博의 『한유지韓愈志』) <화산녀華山女>에서는 도교를 신봉하는 화산녀가 짐짓 현허玄虛를 희롱하면서 염정의 기치를 높이 들고 미모를 이용해 불교를 믿는 관료의 자제들을 유혹하고, 나아가 궁궐의 비빈妃嬪들과 심지어 황제까지도 그녀의 희롱을 기꺼이 원하는 정경을 연출해서 그녀와 대가집 자제들이 함께 벌이는 추악한 작태를 폭로하였다. 사건의 구성이 시종일관 점층되면서 생동감 넘치게 형상화된 작품이다. 작품 속에 나타난 풍자성은 설명이 필요 없을 만큼 자명하게 드러나 있다.

한유는 시를 통해 의론을 전개하는 것을 즐겼다. 그는 악묘岳廟에 나아가 제사를 올리면서 벼슬길의 길흉을 점친 뒤 이렇게 탄식하였다. "내쫓겨 황폐한 땅에 왔어도 다행히 죽지는 않아, 의식이 괜찮으니 그런 대로 길이 살겠구나. 왕후장상의 꿈 버린 지 오래라, 정신은 마음껏 복을 누리고자 하니 공 세우기 어렵겠네.竄逐蠻荒幸不死 衣食才足甘長終 侯王將相望久絶 神縱欲福難爲功"(<알형악묘……謁荊岳廟……>) 이 작품은 시인이 억누를 수 없는 격정적인 감정을 자연스럽게 토로한 것이다. <산석山石>에서는 의론 부분이 작품의 말미에 나온다. "사람살이 이처럼 절로 즐거운데, 어찌 그렇게 얽매여 남의 속박을 당하는가. 오호라 몇몇 내 벗들이여, 무엇 때문에 늙도록 다시 돌아가질 않는가?人生如此自可樂 豈必局束爲人鞿 嗟哉吾黨二三子 安得至老不更歸" 대자연의 무한한 즐거움 속을 한가롭게 노닐면서도 벼슬길의 말할 수 없는 고통 속에서 빠져 나오지 못하는 시인의 마음 속 격렬한 갈등이 불꽃같은 시상으로 터져 나오고 있다. 한유의 시는 "분명히 독창적인戛戛獨造" 형상화된 시어를 가지고 의론을 전개하는데 능숙했다. 예컨대 이백李白과 두보杜甫를 비난하는 사람들을 공격하면서 그는 이런 시를 남겼다. "이백과 두보의 문장은, 그 빛이 만 길이나 뻗는다. 어리석은 아이들 그것도 모르니, 어찌 비방이 명성을 해칠까. 왕개미가 큰 나무를 흔드는 격이니, 가소롭다 자신의 역량도 모르는구나.李杜文章在 光焰萬丈長 不知群兒愚 那用故謗傷 蚍蜉撼大樹 可笑不自量"(<조장적調張籍>) 또 어떤 작가를 평가하면서 이렇게 말했다. "그대의 시는 모양도 가지가지, 뭉게뭉게 봄 하늘의 구름 같구나. 맹교(동야는 맹교의 자)가 움직이면 세속이 놀라고, 하늘의 꽃 떨기는 기이한 향기 뿜어낸다. 장적은 고아하고 담담함을 배워서, 당당한 학이 닭 떼를 피하 듯하지.君詩多態度 藹藹春空雲 東野動驚俗 天葩吐奇芬 張籍學古淡 軒鶴避鷄群"(<취증장비서취증장비서醉贈張秘書>) 여기에서 논한 것은 시인데, 그 언어가 모두 시적인 언어다. <화산녀華山女>나 <청영사탄금聽穎師彈琴>, <조춘정수부장십팔원외早春呈水部張十八員外> 등의 작품에서도 시인은 자신이 표현하고자 하는 감정을 서술하고 묘사하는 구체적인 형상 속에서 융화시키고 있어, 따로 의론을 구사하지 않더라도 이미 작품 속에서 충분히 형상화되었다고 불려진다.

한유는 고문의 작법을 가지고 시를 짓는데 뛰어났는데, 고문에서 작품을 구상하고 배치시키며 구성하는 방법을 시 창작에 응용하였다. 고문에 계승되어 흐르는 기맥을 바탕으로 이를 시가 창작에 이용했던 것이다. 예컨대 <8월15일야증장공조八月十五日夜贈張功曹>와 같은 작품은 "전편이 고문을 짓는 방법으로 되어 있다. 앞부분은 서술하고 중간에 가서는 뜻을 바르게 하고 말을 힘들게 고르며 거듭 쌓아서 빈어를 만드는데, 실제 방법을 피한 것이다. 응하고 일어나는 것을 거두었으니, 필치가 전환되는 묘미가 있다.一篇古文章法 前敍 中間以正意·苦語·重語作賓 避實法也 收應起 筆力轉換"(『소매첨언昭昧詹言』) 그는 또 사건을 묘사하고 인물을 형상화하며 상황을 구현하는 고문의 기술법을 바탕으로 시를 쓰는 데도 능했다. 예컨대 <치대전雉帶箭>은 시인 서주절도사徐州節度使 장건張建을 따라 사냥했던 치열하고 긴장된 장면을 묘사한 작품인데, 쇠 문고리가 서로를 치듯하고 "꼬불꼬불 엉겼으면서 튀어 오르듯 움직여서 생생한 기운이 멀리까지 나아간다.盤屈跳蕩 生氣遠出" 모두 10구로 된 이 작품은 시어의 배치나

구성이 신중해 금가루로 먹을 간 듯한 느낌을 준다. <석고가石鼓歌>
는 66구로 이루어져 있는데, 사물과 상황을 묘사하는 것이 먹을 물
뿌리 듯 시원하게 써서 운치가 질탕하게 드러난다. <기노동寄盧仝>
은 인물을 묘사한 필치가 세밀하고 대범한 부분에 있어 모두 치밀해
서 기복이 자유로우며 변화가 무궁하다. 한유는 또 고문의 구법句法을
시에서 응용하는 일에도 뜻을 두어 병려문騈儷文은 배제한 채 굴곡이
많은 문장의 아름다움을 살리고자 노력하였다. 예컨대 <하지수기자
질로성河之水寄子侄老成>을 읽어보자. "황하의 물줄기여, 유유히 흐르
는구나. 나는 그렇지 못한데, 물은 동쪽으로 흘러간다. 내겐 외로운
조카가 있는데 지금 바다 구석에 있다. 삼년을 보지 못했으니, 내 마
음은 근심으로 그득하다. 날이 지나고, 밤이 지나도록, 삼년 동안 너
를 보지 못했구나. 근심으로 내 머리털은 늙기도 전에 먼저 백발이
되었다.河之水 去悠悠 我不如 水東流 我有孤侄在海陬 三年不見兮 使
我心憂 日復日 夜復夜 三年不見汝 使我鬢髮未老而先化" 이 작품은
산문을 서술하는 듯한 느낌을 자못 풍긴다. 이와 동시에 그의 시는
시가 가진 일상적인 음절(音節:한시를 끊어 읽을 때 관습적으로 의미 단락을
구별하는 음절의 양을 말함)을 넘어서서 허자虛字를 구절 속에 삽입하기
도 한다. 5언시의 음절은 통상 앞 두 자와 뒤 세 자로 나누고, 7언시
는 앞 네 자에 뒤 세 자로 끊어 읽는다. 한유는 이러한 상식적인 규
칙을 고의로 깨뜨리고 있다. 예컨대 "일은 기다리지 않아도 자세히
말하고事不待說委"(<발리潑吏>)아 "때로 하늘은 어두워지며 큰 눈 내
린다時天晦大雪"(<남산南山>), "비록 뉘우치고자 해도 혀는 문지를
수 없네.雖欲悔舌不可捫"(<격혼화산擊渾火山>), "그대 떠날 때, 그 때
는 마치 기틀이 뜯긴 듯했네.子去矣時若發機"(<송구홍남귀送區弘南歸>)
등이 그것이다. 이런 음절로 된 시구를 대하게 되면 흐름이 순조롭지
못하다는 느낌을 피하기 어렵다. 그러나 거듭 읽다 보면 그 균형이
어긋나고 원만하며 매끄럽지 못한 가운데 파생되는 색다른 미감을

맛보게 된다.

한유가 문장을 쓰듯 시를 쓴 방식은 시가의 전통적인 표현 형태에 혁신을 일으키고, 중당中唐 이래 중국시가 보여준 유약하고 부탕浮蕩한 시풍을 바로잡는데 긍정적인 기여를 하여 시단에 신선한 생명력을 불어넣었다. 이런 태도는 대담하고 혁신적이긴 했지만 동시에 시험적인 일이어서 당연히 부정적인 측면과 문학적인 실패를 야기할 우려도 있었다. 이문위시는 때로 부당하게 운용되기도 했고, 시가의 언어가 가져야 할 세련되고 수사적 아름다움을 갖추며 형상화를 기하는 성격을 약화시키기도 하였다. 천여 자에 달하는 <남산>은 남산의 주변 경관과 사시사철 변화하는 정경 등을 묘사한 작품이다. 수사와 기술 방식이 웅장하고 화려하며, 조탁과 회화적인 공력을 극도로 기울이고 있어 겹겹히 어지럽게 쌓아올리고 함축미가 결여된 시의 모습을 부각시켜 읽으면서도 거듭 감탄하는 시정詩情이 현저히 부족할 뿐만 아니라 명작이라고 부를 수 있는 미덕도 찾기 어렵다. 지나치게 추상화된 의론은 시적인 긴장이 헤벌어지게 만들며, 시의 형상성과 운율미를 살리는 일에도 역효과를 빚고 있다. <천사薦士>는 완전히 시문학사를 논한 시이다. 작품 속의 몇몇 뛰어난 관점은 후세 사람들로부터 빈번하게 인용되곤 하지만, 형상화가 이루어지지 못한 묘사는 간결하고 직설적이어서 한 편의 정제된 논문을 읽는 듯하다. 그리고 <사자연시謝自然詩>의 후반부는 36구에 달하는 의론이 이어져 독자들에게 감동을 불러일으키지 못해서 시가가 마땅히 갖추어야 할 서정성이나 음악미는 완전히 상실된 형편이다. 이 밖에도 한유의 5언·7언 고시 가운데에는 빈번하게 문언투나 허자가 개입되어 있는데, 허자로 압운한 경우는 그리 모범으로 삼을 만한 장점은 발견하기 힘들다. 종합하면 한유가 구사한 이문위시는 장단점을 함께 보이고 있어 비평의 말을 꺼릴 필요가 없다고 하겠다.

한유의 이문위시 창작법은 당나라 때에도 따로 유파를 이루어 소이두小李杜 등과 같은 작가의 고시를 읽으면 한유의 영향을 받은 흔적을 쉽게 감지할 수 있다. 이상은李商隱의 7언고시 <한비韓碑>는 한유의 골수를 터득했다고 일컬어진다. 굴복屈復은 『옥계생시의玉溪生詩意』에서 "생경한 가운데에도 고풍스런 뜻이 풍부해서 한유(창려는 한유의 본적)와 아주 비슷하지만 맑고 신선한 특징은 그를 뛰어넘는다. 生硬中饒有古意 甚似昌黎而淸新過之"고 지적하였다. 그러나 한유가 진정으로 존중을 받은 시기는 송나라에 들어와서였다. 섭섭葉燮은 일찍이 이를 개관해서 "당나라의 시는 팔대 이래로 한 번 크게 변했는데, 한유는 당시 전통 가운데 가장 큰 하나의 변혁이었다. 그 힘은 컸고 생각은 웅장해서 울퉁불퉁 솟구친 풍격으로는 시초를 이루었는데, 송나라의 소순경蘇舜卿·매요신梅堯臣·구양수歐陽修·소식蘇軾·왕안석王安石·황정견黃庭堅 등은 모두 한유가 발단이 되었으니, 극성했다고 말할 수 있다.唐詩爲八代以來一大變 韓愈爲唐詩之一大變 其力大 其思雄 崛起特爲鼻祖 宋之蘇·梅·歐·蘇·王·黃 皆愈爲之發端 可謂極盛"(『원시原詩·내편內篇』)고 말했다.

당나라 문인들은 시학에 있어서 전에는 볼 수 없었던 풍부하고 위대한 공적을 남겼다. 이처럼 "송나라 시인들도 이러한 업적을 세우고자 했지만 부득이 스스로 문장을 구성해내서 당나라 시인들이 미처 능하지 못했던 부분을 바꾸어서 당나라 시인들이 미처 다하지 못했던 것을 발현하였다.宋人欲求樹立 不得不自出機杼 變唐人之所未能 而發唐人之所未盡"(무월繆鉞의 <논송시論宋詩>) 한유는 이문위시를 통해 시의 새로운 체제를 개척하였고, 시가 창작상의 예술적 수단을 풍부하게 다졌으며, 시가 언어의 해방을 촉진하는 한편 시의 제재를 확대시켰다. 이와 같은 작법은 변혁과 창신創新에 뜻을 두었던 송나라 시인들의 요구와 그대로 일치하는 것이어서 그들은 송나라 초기 서곤파西崑派가 보여준 부화浮華하고 염정적艶情的인 시풍을 말소하는데 큰 힘을 불어넣어서 새 시대의 시풍(후대 사람들이 말하는 산문화散文化)

을 확립하는 과업이 성공적으로 달성되도록 이념적 토대를 제공하였다. 당연히 산문화라는 말이 송나라 시풍을 개관하는데 완전한 용어는 아니지만, 서곤체를 부정하는 풍조가 지나간 뒤 산문화가 송시의 주류가 되었다는 점은 분명한 사실이다.

왕우칭王禹偁(954-1001)의 <대설對雪>과 <감유망感流亡> 같은 고체古體 장편시는 자못 한유의 작풍이 완연한데, 단조롭고 소박한 필치를 유지하면서 직설적으로 마음 속에 담긴 시상을 토로해서 생각을 회화적으로 표현하는 일에는 그다지 성공하진 못했지만, 송시가 산문화하는 풍격상의 특징을 일단은 보여주었다. 소순흠의 <성남감회정영숙城南感懷呈永叔>도 "산문으로 시를 짓고 의론을 통해 시를 쓰는以文爲詩 以議論爲詩" 전형을 보여준 작품이다. 그와 매요신은 서곤체의 유약하고 화려한 시풍을 바로잡는데 적지 않은 공헌을 남겼다. 두 사람에 비해 조금 시대가 뒤진 구양수는 북송 시대 문단의 맹주이자 송시혁신운동의 선봉장이기도 했다. 그의 시 또한 한유를 열심히 배워 7언고시에 뛰어났다. 작품이 호방하고 매서울 뿐만 아니라 구성 역시 산문화하는 경향이 농후하며, 시 가운데 의론이 빈번하게 등장해서 논리가 선명하고 막힘이 없다. 구양수는 한유의 이문위시론에 따른 장점을 흡수하면서 동시에 한유의 시가 보여준 조어상造語上의 생경하고 편벽된 약점은 애써 회피하였다. 때문에 그의 시는 언어상에 있어서 자연스럽고 유창하며, 난삽하고 발음하기 어려운 폐단이 비교적 적은 편이다. 그와 소순경, 매요신 등의 노력으로 송시는 나름대로 창조성의 문제에 발전적인 방향을 확정하면서 기초를 다지게 되었다. 왕안석은 송나라 때의 이름난 정치가로, 개성이 누구보다 강한 인물이었다. 시가 곧 그 사람과 뗄 수 없는 관계인 사실을 보여주듯이 그의 시에는 독특한 풍격이 잘 갖춰져 있다. 그 또한 한유를 대단히 추종하였다. 옛 사람들이 그의 시에 대해 한유의 시구를 다수 절취했다고 비방했듯이 그는 한유의 시를 배우는 일에 전심을 기울였다. 소식은 송시의 대가로서, 한유를 배운 송대 시인중 가장 가장 큰 성공을 거두면서 창조적인 작품을 쓴 인물이다. 청나라 때의 학자 조익趙翼이 지적한 것처럼 "산문체로 시를 쓰는 풍조는 한유에게서 시작되어 소식에 이르러 더욱 크게 그 사조를 드날려 달리 새로운 면모를 열면서 한 시대의 볼만한 장관을 이루었다.以文爲詩 自昌黎始 至東坡益大放厥詞 別開生面 成一代大觀"(『구북시화甌北詩話』) 소식은 시의 모든 방면에서 재능을 보였는데, 특히 장편 고시에 뛰어났다. 산문은 항상 직서법과 대구법을 활용했는데, 그의 시 <이씨원李氏園>은 "기서체로 글을 쓰면 질박하고 노숙해서 대적할 이가 없었고, 물결은 장대하고 드넓기 그지 없었다.以記序體行之 朴老無敵 而波瀾又極壯闊" 또 <유금산사遊金山寺>와 <백보홍百步洪> 등은 때로는 여정을 직서하기도 하고, 때로는 자연 경물을 담담하게 묘사했는데, 상황을 구체적이면서 감성적으로 회화화하여 시의詩意가 충만해 있다. 산문의 구성 방식도 소식시의 자연스럽고 호방한 풍격을 형성하는데 도움을 주었는데, 그의 많은 시작품을 읽으면 매편마다 다양한 변화가 서려 있고 문맥이 선명하게 이어져서 시인이 각고했던 흔적이 완연하다. 그의 시는 작품 전체가 의론으로 된 경우도 있지만, 대개 서정과 서사, 사경寫景이 의론과 잘 버무려져서 시의가 풍부한 가운데 이취理趣 또한 무르익어 있다. 소식과 이름을 함께한 황정견은 송시의 가장 큰 유파인 강서시파江西詩派의 창도자로, "그는 한유를 배웠지만 사실은 아버지 황서 때부터 노래된 것이었으며庭堅學韓愈 實自庶倡之"(『사고제요四庫提要』), 그는 "한유에게서 시풍의 6·7할을 본받았고, 두보를 매운 부분이 2·3할쯤 되었다.于公師其六七 學杜者二三"(이상李詳의 <한시정췌서韓詩精萃序>) 엄우嚴羽는 『창랑시화·시변詩辨』편에서 황정견과 강서시파에 대해 "문자로 시를 쓰고 의론으로 시를 만들며 재주와 학문으로 시를 지었던以文字爲詩 以議論爲詩 以才學爲詩" 사실을 질책했지만, 바로 이 점이 당시와 송시를 구별해주는 가장 중요한 특징었던 것이다.

■ 문학은 내용에 충실해야 한다 (師其意 不師其辭)

당나라의 한유가 고문古文을 학습하는 방법에 대해 말하면서 내세운 주장으로, <답유정부서答劉正夫書>에 나온다.

"어떤 사람이 물었다. 글을 쓸 때에는 무엇을 스승으로 삼아야 좋겠습니까?'나는 아주 조심스럽게 대답했다. '옛날의 성현을 스승으로 삼아야 할 것이다.'또 물었다. '옛날의 성현들이 써놓은 글이 모두 보존되어 있지만 말이 모두 다르니, 무엇을 스승으로 삼아야 좋겠습니까?'다는 다시 조심스럽게 대답했다. '그 뜻을 스승으로 삼아야지 그 말을 스승으로 삼아서는 안될 것이다.'或問 爲文宜何師 必謹對曰 宜師古聖賢人 曰古聖賢人所爲書俱存 辭皆不同 宜何師 必謹對曰 師其意 不師其辭"

한유는 문장을 논하면서 옛날을 스승삼고 경전을 으뜸으로 섬기라고 주장하였다. 그러나 한편 그는 작품 속에서 언어를 운용하고 표현 기교를 사용하는 방식에 대해서는 창신創新을 중시했지 모방하는 태도는 반대하였다. 그 뜻을 스승으로 삼으라고 주장한 목적은 옛날의 도(古道), 즉 요·순·우·탕堯舜禹湯과 문·무·주공文武周公, 공자와 맹자 등이 일궈놓은 유가의 도통道統을 회복하자는 데 있었다. 이는 비록 봉건적 성격이 농후한 발언이긴 하지만, 육조六朝 시대 문학이 보여준 일련의 부정적인 문학 풍토를 거부한 측면은 긍정적으로 평가할 수 있을 것이다. 그 말을 스승으로 삼지 말라는 것은 혁신과 창조를 요구하면서 독창성을 갖추라는 지적이다. 이는 그의 "오직 진부한 표현을 없애기에 힘쓰라.惟陳言之務去"는 말과 "말은 반드시 자신에게서 나와야 한다.詞必己從"는 주장과도 일치한다.

한유는 실제 산문을 쓰면서 이러한 자신의 주장을 실현하기 위해 노력하였다. 그는 과거의 말을 잘 버무리고 창조 정신을 작품 속에 새겨 넣어 당나라의 산문에 새로운 풍모를 출현시켰다. 한나라 때부터 일어난, 문학상의 복고와 창신의 문제는 부단히 지속적으로 토론이 진행되었다. 복고를 강조한 사람들은 대개 전통을 삼켜 소화시키지 못하기 일쑤였고, 창신을 주장한 사람들을 의례 신기함만 추구하면서 정도正道와 어그러지기 십상이었다. 한유가 고문운동을 일으키면서 제시한 사기의 불사기사라는 주장은 이러한 복고와 창신을 비교적 성공적으로 통일시킨 성과라고 할 수 있다. 그러나 한유는 형식상의 문제를 해결했을 뿐이었고, 사상과 내용 문제에 있어서 그는 여전히 경전을 으뜸으로 삼고 복고를 주장하는 등 보수적인 경향을 띠고 있었다.

■ 문학은 왜 쓰여지는가 (不平則鳴)

당나라의 한유가 작가의 생애와 창작과의 관련에 대해 논하면서 주장한 이론으로, 그의 <송맹동야서送孟東野序>의 앞부분에 나온다. 맹동야는 그의 제자이자 문학적 동지이기도 했던 맹교孟郊(751-814)를 말한다.

그는 사람들이 문학 작품을 창작할 때 언어로 표현을 하는 이유는 마음 속에 뭔가 평안하지 못한 것이 있거나 불합리한 사회적 지위, 또는 불공평한 대우를 받았을 때 이것을 표현하기 위해 나온다고 생각하였다. 그는 문학 작품의 창작은 작가가 처한 사회적 환경, 자신의 처지와 뗄래야 뗄 수 없는 관계가 있다고 주장하였다. 이러한 관계야말로 리얼리즘 문학이 생산되는 중요한 계기라는 것이다. 봉건 사회에서 사람의 재능이 펼쳐지지 못하고 정의가 실현되지 못해서 민중들의 고통을 해소하지 못하면, 재능을 지니고 민중을 동정하는 문학가는 예민하게 이러한 모순을 간파하고 불합리한 현실에 대한 비판을 문학을 통해 진행하게 된다. "그 노래하는 것이 생각이 있고, 통곡하는 것에 회한이 담겼다.其歌也有思 其哭也有懷"는 말은 격정적이고 진지한 감정이 토로되는 상황을 반영한다. 이것이 바로 불평이 울린다는 것이다.

한유는 또 각시대의 우수한 시인과 작가들은 역사상의 훌륭하게 운 사람들이라고 주장하였다. "초나라는 큰 나라이기 때문에 망할 무렵에 굴원이 나와 울었으며楚大國也 其亡也以屈原鳴" 한나라 때에는 사마천司馬遷과 사마상여司馬相如, 양웅揚雄이 잘 울었고, 당나라 때에는 진자앙陳子昻과 소원명蘇源明, 원결元結, 이백李白, 두보杜甫, 이관李觀 등이 모두 자신이 능한 분야에서 잘 울었다는 것이다. 그리고 지금 시대에는 맹교가 나와 비로소 시로써 운다고 결론지었다. 이들 잘 운 작가들에게는 공통점이 있는데, 그들의 작품에 현실 속에 존재하는 다양한 모순들이 반영되어 있다는 것이다. 그들은 불공평한 현실에 대해 항의하면서 억압 받는 이들에게 무한한 동정을 보냈다. 그러므로 불평즉명은 사실상 문학이 현실의 모순에 대해 항거하고 투쟁하는 기본적인 원리를 반영한 논리다. 한유의 이와 같은 주장은 사마천이 밝힌 발분설發憤說을 계승한 것이다. 한유는 <형담창화시서荊潭唱和詩序>에서 "기쁘고 즐거운 말은 공교롭기 어렵고, 괴롭고 힘든 말은 좋기가 쉽다.歡愉之辭難工 而窮苦之言易好"고 말했다. 이는 불평 즉명을 주장한 그의 논리를 재확인해주는 글이다. 나중에 구양수歐陽修(1007-1072)는 한유의 생각을 발전시켜 "시는 궁핍해진 뒤에야 공교로워진다詩窮而後工"(<매성유시집서梅聖兪詩集序>)고 결론지었다. 한유의 주장은 중국문학이론사에 상당한 영향력을 행사하였다. <송맹동야서>의 전편을 읽어보기로 한다.

무릇 물건이란 그 평정함을 얻지 못하면 울리게 된다. 풀과 나무는 소리가 없지만 바람이 흔들면 울리고 물은 소리가 없지만 바람이 쓸어버리면 우는 것이다. 튀어 뛰어오르는 것은 무엇인가가 그것을 치기 때문이며, 그것이 급히 흐르는 것은 무엇인가가 그것을 막았기 때문이다. 또 끓어오르는 것은 무엇인가가 그것을 데폈기 때문이다. 쇠와 돌도 소리가 없지만 무엇인가가 그것을 치면 울린다. 사람의 말에 있어서도 또한 그러하다. 부득이한 것이 있은 뒤에 말하는 것이다. 노래하는 것에도 생각이 담겨 있으며, 통곡하는 것에도 회한이 서려 있다. 무릇 입으로 나와서 소리가 되는 것은 모두 불평한 바가 있기 때문이다. 음악이란 것도 가슴속에 막혀 있다가 밖으로 새어나온 것이다. 잘 울리는 것을 가려서 이를 빌어 울리는데, 쇠와 돌과 실·대나무·박·흙·가죽·나무 여덟 가지는 물건 가운데 특히 잘 울리는 것이다. 그리고 하늘에서 일어나는 시간(계절)이란 것도 잘 울리는 것을 가려서 그것을 빌리는 법이다. 이런 까닭으로 새 소리로 봄을 울리고, 우레 소리로 여름을 울리며, 벌레 소리로 가을을 울리고, 바람 소리로 겨울을 울리는 것이다. 네 계절이 서로를 미루고 빼앗는 것도 반드시 평정됨을 얻지 못한 까닭일 것이다. 사람에게 있어서도 논리는 마찬가지다. 사람의 소리 가운데 정결한 것이 말이고, 문장은 말에서 더욱 정결한 것이다. 잘 울리는 것을 조심해서 가려 그것을 빌어 울리게 한다. 요순 시절에는 고요와 우가 잘 울린 이들이어서 그들을 빌어 울렸으며, 기는 문장으로 울 수 없었기 때문에 스스로 소라는 음악을 빌어 울었다. 하나라 때에는 다섯 사람이 노래로써 울렸고, 이윤은 은나라에서 울렸으며, 주공은 주나라 때에 울렸다. 무릇 시서와 6예에 실린 내용은 모두 울린 것 가운데 훌륭했던 성과물이었다. 주나라가 쇠약해지자 공자의 무리들이 이를 울려서 그 소리가 크고 멀리까지 울렸는데,『논어』에 따르면 하늘이 장차 공자로 하여금 목탁으로 삼고자 했다고 하니 또한 믿을 만하지 않은가? 그 말기에는 장자가 나타나 황당한 언사로써 초나라를 울렸는데, 초나라는 큰 나라였기 때문에 망할 무렵에 이르러서는 굴원이 한 시대를 울렸다. 장손진과 맹가와 순경은 도로써 운 사람들이다. 양주와 묵적, 관이오, 안영, 노담, 신불해, 한비, 신도, 전병, 추연, 손무, 장의, 소진과 같은 사람들은 모두 술수로써 세상에 울렸다. 진나라가 강성해지자 이사가 울렸고, 한나라 때에는 사마천과 사마상여, 양웅이 가장 잘 울렸다. 그 아래 위진 시대로 내려와서는 울린 것이 옛날만 못했지만, 그래도 끊어지지는 않았다. 잘 운 자들을 살펴보면 소리는 맑지만 떠있으며, 음절은 빠르지만 급하고, 문체는 지나친 데다 슬프기만 하고, 뜻은 늘어지고 방자하다. 그 말투를 보면 난잡하여 가치 있는 것이 없으니, 장차 하늘이 그 덕을 추하게 여겨 돌아보지 않은 것인가? 어찌하여 훌륭하게 울린 자들이 울지 못했는가? 당나라가 천하를 지배하자 진자앙과 소원명, 원결, 이백, 두보, 이관 등이 모두 자신이 잘하는 분야에서 이름을 울렸다. 그 중 지금 살아 있지만 낮은 지위에 있는 이로 동야 맹교가 있어 비로소 시로써 울렸다. 그 고아함은 위진 시대의 시풍을 넘어섰으니, 게으르지 않고 노력한다면 옛 문학의 경지에 이를 것이고, 그 밖의 다른 사람들도 한나라 문학에까지 이를 수 있을 것이다. 나를 따라 노니는 사람 가운데 이고와 장적도 뛰어난 이들이다. 세 사람들이 울린 것이 잘 울린 것임을 믿을 수 있다. 아마도 모르겠구나, 하늘이 장차 그 소리에 호응해서 그들로 하여금 국가의 풍성함을 울리려는 것인가? 아니면 장차 그들의 몸을 궁핍하고 굶주리게 만들어 생각이 심장까지 슬프게 하여 그들로 하여금 자신의 불행을 울게 하려는 것인가? 세 사람의 운명이라면 즉 하늘에 달려 있는 것이니, 높은 지위를 얻었다고 해서 무엇이 기쁘겠으며, 아래에 있다고 해서 어찌 슬퍼하겠는가? 맹교가 지금 강남 지방으로 먼 길을 가는데, 마음 속에 무엇인가 마땅찮은 심정이 있는 듯하기에 이에 내가 운명은 하늘에 있는 것임을 말해 그 심정을 풀어주노라.

大凡物 不得其平則鳴 草木之無聲 風撓之鳴 水之無聲 風蕩之鳴 其躍也 或激之 其趨也 或梗之 其沸也 或炙之 金石之無聲 或擊之 鳴 人之於言也 亦然 有不得已者而後言 其歌也有思 其哭也有懷 凡出乎口 而爲聲者 其皆有弗平者乎 樂也者 鬱於中 而泄於外者也 擇其善鳴者 而假之鳴 金石絲竹 匏土革木八者 物之善鳴者也 維天之於時也 亦然 擇其善鳴者 而假之鳴 是故 以鳥鳴春 以雷鳴夏 以蟲鳴秋 以風鳴冬 四時之相推奪 其必有不得其平者乎 其於人也 亦然 人聲之精者爲言 文辭之於言 又其精者也 尤擇其善鳴者 而假之鳴 其在於唐虞 咎陶禹 其善鳴者也 而假之以鳴 夔 弗能以文辭鳴 又自假於韶 以鳴 夏之時 五子 以其歌鳴 伊尹 鳴殷 周公 鳴周 凡載於詩書六藝 皆鳴之善者也 周之衰 孔子之徒 鳴之 其聲 大而遠 傳日天將以夫子 爲木鐸 其弗信矣乎 其末也 莊周 以其荒唐之辭 鳴於楚 楚大國也 其亡也 以屈原鳴 臧孫辰・孟軻・荀卿 以道 鳴者也 楊朱・墨翟・管夷吾・晏嬰・老聃・申不害・韓非・愼到・田駢・鄒衍・孫武・張儀・蘇秦之屬 皆以術鳴 秦之興 李斯鳴之 漢之時 司馬遷・相如・揚雄 最其善鳴者也 其下魏晉氏鳴者 不及於古然 亦未嘗絶也 就其善鳴者 其聲 淸以浮 其節 數以急 其辭 淫

以哀 其志 弛以肆 其爲言也 亂雜而無章 將天醜其德 莫之顧邪 何爲乎不鳴
其善鳴者也 唐之有天下 陳子昂·蘇源明·元結·李白·杜甫·李觀 皆以其
所能鳴 其存而在下者 孟郊東野 始以其詩鳴 其高出晉魏 不懈而及於古 其
他 浸淫乎漢氏矣 從吾游者 李翶·張籍 其尤也 三子者之鳴 信善鳴矣 抑不
知 天將和其聲 而使鳴國家之盛邪 抑將窮餓其身 思愁其心腸 而使自鳴其不
幸耶 三子者之命 則懸乎天矣 其在上也 奚以喜 其在下也 奚以悲 東野之役
於江南也 有若不懌然者 故 吾道其命於天者 以解之

■ 문맥에 어울리는 표현을 쓰라 (文從字順)

한유가 제시한 산문을 쓸 때 주의해야 할 요점인데, 그가 지은 <남
양번소술묘지명南陽樊紹述墓志銘>에 나온다.

"문장은 글자를 좇아 순조롭게 표현하되 문장과 글자가 각각 자신
의 직분을 알도록 하였다.文從字順各識職"

이 말에 대해 근대의 고문가 임서林紓(1852-1924)가 일찍이 정확하고
적절하게 해석하였다.

"이 구절에는 크게 배울 바가 있다. 문종자순은 사람마다 능할 수
있겠지만 어려운 것은 식직이다. 직분이란 것은 글자를 씀에 그 출처
를 얻어서 편안한 자리에 있도록 하는 것이니, 그 글자를 쓰게 되면
그 글자의 직분과 일치하게 되는 것이다.此句大有工夫 文從字順 似人
人能之 所難者識職 職字是用字能得其出處 能使寄安宅 用此字便稱此
字之職"(『한류문법연구韓柳文法研究』)

이 해석은 한유가 문학 언어는 자연스럽고 유창하면서 뜻이 명백
하고 정확해야 한다고 주장했다는 말이다. 한유는 제량齊梁시대 병려
문騈儷文이 수식이 복잡하고 화려하기만 한 문풍을 쇄신하기 위해서
문종자순 이론을 제창하였다. 때문에 문종자순과 "진부한 표현을 없
애기에 노력해야 한다.惟陳言之務去"는 주장은 한유가 고문 운동을
전개하면서 규정한 중요한 두 개의 강령이라고 말할 수 있는 것이다.

그리고 이 주장은 이후 문인들이 산문을 창작할 때 커다란 영향력을 행사하여 오늘날까지도 대단히 긍정적인 작용을 한다고 할 수 있다. 그러나 한유 자신도 문종자순이라는 조건을 자신의 산문 창작 속에서 완전히 실현하지는 못했다. 그의 산문에도 어느 정도 기이하고 험벽險僻한 문체를 숭상하는 폐단이 드러나고 있기 때문이다.

■ 저 기운부터 풍성히 하라 (氣盛言宜)

한유가 작자의 도덕적 수양 정도와 문학과의 관련 여부를 논의하면서 제시한 관점으로, 그의 글 <답이익서答李翊書>에 나온다.

"비유하자면 기는 물이고, 말은 뜨는 물건이다. 물이 그득하면 물건 가운데 뜨는 것은 크고 작은 것을 가리지 않고 모두 뜨게 된다. 기가 말에 대해서도 마찬가지 관계에 놓인다. 기운이 풍성하면 말의 길고 짧은 것, 소리의 높고 낮은 것을 가리지 않고 모두 마땅하게 될 것이다.氣水也 言浮物也 水大而物之浮者大小畢浮 氣之與言猶是也 氣盛則言之長短與聲之高下者皆宜"

기성氣盛은 작자의 도덕적 수양이 대단히 높은 경지에 이른 것을 말한다. 한유는 일단 기성이 이루어지면 발언이나 문장이 말이 길고 짧으며 소리가 높고 낮은 경우를 막론하고 모두 적절해진다고 생각하였다. 그러면서 기운과 말의 관계를 물과 부유물의 관계에 비유하였다. 과학적인 필연성은 결여되어 있다고 해도, 그가 작자의 주관적인 측면의 도덕 수양이 언어와 문장에 대해 결정적인 작용을 한다고 인식한 태도는 합리적인 추론이었다. 한유의 이러한 관점은 맹자孟子의 양기설養氣說에 근거를 두고 있다. 맹자는 "나는 나의 호연지기를 잘 기른다.我善養吾浩然之氣"거나 "그 기운됨이 의와 도에 배합한다.其爲氣也 配義與道"(『맹자·공손추장구公孫丑章句』 상편)고 말했다. 이는 한유가 기운을 중시하는 문학론을 촉발시킨 원인이 되었다. 다만 맹자는 자신의 논리를 기와 문의 관계로까지 확장하지 않았을 뿐이다. 나중에 조비曹丕(187-226)는 "문장은 기를 위주로 한다.文以氣爲主"(<전론·논문典論論文>)는 논리를 제시하면서 문학 창작은 기에 의해 결정된다는 논의가 자리잡아 문기설文氣說이 이에 형성되었다. 이후 유협劉勰과 종영鍾嶸 등도 모두 문기에 대해 논술했는데, 한유가 이들의 문기 이론을 계승하여 구체적으로 논의해서 영향력을 배가시켰다. 이에 따라 당나라 때의 고문운동古文運動도 견실한 이론적 기초를 다지게 되었다. 한유의 기성언의설은 유가儒家의, 덕행은 문장의 근본이라는 전통적인 관점을 발양한 측면도 배제할 수 없다. 한유는 도덕 수양은 실實이며, 문학은 실의 외부적인 현현이라고 이해하였다. 그는 "뿌리를 길러서 열매를 기다리며, 기름기를 더해서 광채를 바랄 일이다. 뿌리가 무성한 자는 열매가 반드시 이루어질 것이고, 기름기가 비옥한 자는 빛이 밝을 것이다. 어질고 의로운 사람은 그 말이 풍성할 것養其根而竢其實 加其膏而希其光 根之茂者其實遂 膏之沃者其光曄 仁義之人 其言藹如也"(<답이익서>)이라고 강조하였다. 한유의 기성언의설은 작자의 도덕과 인격을 중시하고 문장에 담긴 사상과 내용을 우위에 둔 것으로, 일단 긍정적인 의의를 지닌다. 다만 도를 중시하고 문학을 경시한(重道輕文) 경향은 문학의 발전에 부정적인 역할도 하였다.

이한(?-?)

이한은 당唐대의 문인으로, 한유의 제자였다. 그는 한유의 문집에 서문 <창려선생집서>를 썼는데, 이것으로 그의 이름이 알려졌다.

■ 스승 한유의 문학을 평하다 (文以貫道)

한유韓愈(768-824)의 문인 이한李漢이 한유의 문비을 편찬하면서 서문으로 쓴 글인 <창려선생집서昌黎先生集序>에서 한 말이다.

"문장이란 도를 꿰뚫는 그릇이다. 이 도에 깊어지지 않고 지극한 경지에 이른 사람은 없었다.文者 貫道之器也 不深于斯道 有至焉者 不也"

이 말은 한유가 문장과 도에 대한 관계를 규정한 기본적인 관점을 정확하게 표현한 것이다. 한유는 고문古文을 제창하면서 옛날부터 전해오는 도를 회복할 것을 강력하게 주장하였다. 그는 스스로도 일찍이 다음과 같은 말을 남겼다. "그러니 내가 옛날에 뜻을 둔 것은 그 말을 좋아했기 때문만이 아니라 그 도를 좋아했기 때문이다.然愈之所志于古者 不惟其辭之好 好其道焉爾"(<답이수재서答李秀才書>) 한유는 "나는 옛날의 도에 뜻을 두면서 또 그 언사를 특히 좋아하였다.愈之志在古道 又甚好其言辭"(<답진생서答陳生書>)고도 말했다. 그가 말한 도는 요순堯舜 임금부터 우禹와 탕湯, 문·무·주공文武周公, 공자와 맹자로 일맥상통하게 이어져온 유가의 도통道統을 일컫는 것이고, 고문이란 선진양한先秦兩漢 시대에 통용된 산체散體 문장을 가리킨 것이다. 한유는 문장이란 도덕을 표현하는 수단으로 인식해서, 옛날의 도와 옛날의 학문을 제창하자면 필연적으로 옛날의 도와 학문을 표현하는 데 쓰여졌던 고문을 사용해야지 병려문騈儷文이나 시문時文을 써서는 안 된다고 주장하였다. 한유의 문이관도는 한편 육조六朝 시대부터 초당初唐까지의 문학이 유가의 도통과 유리된 일련의 표현을 구사한 사실을 반대하는 입장이면서 문장이 내용을 소홀히 하고 문채의 아름다움에만 골몰하는 태도를 거부한 것이었다. 이는 각종 소극적인 사상에 거부감을 표현하고 형식주의 문풍을 부정해서 문학의 발전에 적지 않은 기여를 하였다. 그러나 문이관도는 유가의 도통을 옹호하면서 문학을 도통의 울타리 안에 묶어두는 한계를 보이기도 해서 문학의 발전을 저해한 부분도 없지 않았다. 문이관도는 한유 문학론의 핵심이면서 당나라 시대 고문운동의 이론적 기초의 하나를 제공하였다. 고문운동이 확산함에 따라 문이관도설은 광범위하게 전파되어 문학사상 거대한 영향력을 행사하였다.

이고(772-836)

이고는 당대의 사상가이자 문학가다. 자는 습지習之이다. 관직으로는 중서사인中書舍人과 관찰사觀察使, 절도사節度使 등을 지냈다. 한유韓愈의 조카사위로서 한유와 함께 『논어필해論語筆解』를 지었다. 고문운동에 적극 참여하였으며, 저서인 『복성서復性書』를 통하여 도통道統의 회복을 주장하였다.

■ 문장은 창의성이 바탕이 되어야 한다 (創意造言 皆不相師)

한유韓愈(768-824)의 제자 이고李翶가 제시한 고문古文 창작에 관한 주장인데, 그는 6경六經의 문장에 대해 <답주재언서答朱載言書>에서 이렇게 말했다.

"넓기는 강과 바다와 같고, 높기는 언덕과 산과 같으며, 빛나기는 해와 불과 같고, 포괄하기는 천지와 같다. 문장을 주워 헤아려 읊조리고, 괴이하고 화려한 것을 윤색하게 만들었다. 6경에 쓰여진 글들은 창의적으로 말을 만들어서 모두 서로를 본받지 않았다.浩乎若江海 高乎若丘山 赫乎若日火 包乎若天地 掇章秤詠 津潤怪麗 六經之詞也 創意造言 皆不相師"

이고는 문학의 창신성을 중시했는데, 이는 한유가 말한 "진부한 표현을 없애기에 힘써라.唯陳言之務去"거나 "그 뜻을 본받지 그 말을 본받지 말라.師其意 不師其辭"는 주장을 새롭게 발전시킨 것이다. 그는 창의를 주장하면서, 고대의 문학 작품들이 불후하게 남을 수 있었던 까닭은 그들이 각각 의미를 가졌고, 의리가 깊고 원대해서 모두 상대방을 스승으로 삼아 본받지 않았기 때문이라고 생각하였다. 그는 문장의 언어는 반드시 새로워야 한다고 지적하면서, 당시의 "기이함을 숭상하고崇異" "이치를 좋아하며好理" "시류에 빠져 있고溺于詩" "시에 병들었으며病于詩" "어려운 일을 좋아하고愛難" "심각한 것만 추종하는愛深" 등 여섯 가지 불량한 경향에 대해 비판을 가하였다. 그는 이런 병폐는 모두 "감정이 편벽되고 엉겨 있어 흐르지 못하고, 문장이 주장할 바가 무엇인지 알지 못하기 때문情有偏滯而不流 未識文章之所主也"이라고 진단하였다. 그는 언어를 창조할 때에는 반드시 문채가 공교롭게 되기를 추구해야 하지만, 문채가 공교롭게 되기 위해서는 창신創新을 귀하게 여겨야 한다고 생각했던 것이다.

백거이(772-846)

백거이는 당唐대의 시인이다. 자는 낙천樂天이고, 자호는 향산거사香山居士다. 신정新鄭(하남성) 출신이다. 27세 때 진사 시험에 급제하여 한림학사翰林學士, 좌습유左拾遺, 찬선대부贊善大夫 등을 지냈다. 이후 상소를 올렸다가 권신들의 미움을 사 강주사마江州司馬로 폄적되고, 목종穆宗 때 복권되어 항주杭州와 소주蘇州의 자사刺史를 역임했다. 문종文宗 때 태자소부太子少傅를 지낸 뒤 무종武宗 때에는 형부상서刑部尚書의 벼슬을 제수받았는데 사양하고 낙양洛陽의 향산香山에 은거하며 만년을 시와 술로 보냈다. 민중시인, 사회시인, 풍유시인 등으로 불릴 만큼 그의 시는 하층 백성의 입장에 서서 우민憂民하고 탄세歎世하는 내용이 많다. 문학의 가치도 심미적 기능보다는 사회에 대한 공능功能과 교화敎化에 두었다. 악부시를 많이 지었으며, 민중의 언어로 평이한 시를 쓸 것을 주장하였다. 그의 풍유시諷諭詩 170여 수와 신악부新樂府 50수는 평민의 비참한 생활과 사회의 여러 가지 모순을 인도주의적 견지에서 파헤친 것으로 유명하다. 대표적 작품에 현종玄宗과 양귀비의 사랑을 제재로 한 〈장한가長恨歌〉를 비롯하여 〈비파행琵琶行〉, 〈진중음秦中吟〉 등이 있다. 문집으로 『백씨장경집白氏長慶集』이 전한다.

■ 악부시의 본령을 지적하다 (言直而切)

백거이白居易가 신악부시新樂府詩의 언어적 특징을 논하면서 제시한 관점인데, <신악부서新樂府序>에 나온다.

"그 말이 직설적이고 간절한 것은 듣는 사람이 깊이 경계하도록 하기 위해서이다.其言直而切 欲聞之者深戒也"

신악부시의 시어는 의미가 명백해서 용이하게 이해할 수 있어야 하며, 날카롭고도 심각하면서 간곡하게 당시의 폐단을 꿰뚫는 특징을 갖추어야 한다는 지적이다. 이럴 때에만 읽는 이나 듣는 사람이 수용해 경계로 삼을 수 있다는 것이다. 직이절은 단순히 시어의 문제에만 국한된 논의는 아니었다. 오히려 더욱 중요한 부분은 현실을 긴밀하게 연관시키고 반영하며, 현실을 풍자하는 작가 정신의 문제였다. 백거이의 이러한 시풍은 전통적인 유가의 문학관인 온유돈후溫柔敦厚나 "원망하지만 화내지 않는다.怨而不怒"는 시교詩敎와는 배치되는 입장이었다. 그는 문학에는 적극적인 비판 정신이 담겨 있어야 한다고 주장하였다. 이 때문에 그의 이론은 대대로 유가의 보수적인 이론가들로부터 비판의 대상이 되었다. 송나라의 장순민張舜民(?-?)은 "백거이(낙

천은 그의 자)의 악부시는 거의 욕설에 가깝다.樂天樂府詩 幾乎罵”(왕약
허王若虛의 『호남유로집滹南遺老集』)고 했으며, 명나라의 호진형胡震亨
도 백거이의 악부시를 두고 “비방하고 비웃기 위한 도구謗訕之具”
(『당음계첨唐音癸簽』)라고 지적하였다. 이러한 지적은 모두 백거이의
이론이 가졌던 적극적인 측면을 역설적으로 설명하는 것이다. 그러나
언직이절의 관점을 지나치게 강조하면 시가가 폭로나 일삼고 온화한
수사가 결여될 우려도 배제할 수 없다. 그의 이론에는 이러한 약점도
함께 잠재해 있는 것이다.

■ 바탕을 중시하고 성의를 드러내라 (尙質抑淫 著誠去僞)

백거이가 시문학상의 유익한 풍기風氣를 세우기 위해 제시한 주장
이다. 그는 <책림68策林六十八>에서 “글을 쓰는 사람은 반드시 바탕
을 중시하면서 지나친 것은 억눌러야 하며, 성의를 드러내며 거짓은
없애야 한다.爲文者必當尙質抑淫 著誠去僞”고 말했다. 상질억음에는
내용과 형식의 문제에 있어서 내용을 중시해야 한다는 의미가 내포
되어 있다. 저성거위에는 작품은 마땅히 진실성을 갖추어야 하고, 현
실을 심각하게 반영해야 하며, “헛된 아름다움虛美”이나 “지나친 말
淫詞”를 써서는 안 된다는 뜻이 담겨 있다. 그의 이러한 주장은 현
실을 정확하게 간파한 것이다. 그는 같은 글에서 당시의 “붓을 잡은
사람들은 경솔하게 말하는 이들만 있다.秉筆之徒 率爾而言者有矣”고
지적하였다. 경솔하게 말한다는 것은 헛된 아름다움을 추구해서 부실
한 언어를 구사한다는 말로 바꿀 수 있다. “찬란하게 빛나는 문장을
이루기斐然成章” 위해서는 반드시 문장과 어구를 다듬고 정리하는
노력을 기울여야 한다. 그는 이러한 두 경향은 위험과 해악이 더 클
수 없다고 생각하였다. 그는 진실하지 못한 작품이 “만약 세상에 판
을 치면 선악을 속이고 시대를 의혹케 하며, 후세에까지 전해지면 진

위가 혼란스러워지고 장래를 의심하게 만든다.若行于時 則誣善惡而惑
當代 若傳于後 則混眞僞而疑將來"(<책림68>)고 하면서 선악과 시비
가 전도되는 결과를 초래한다고 우려했던 것이다. 따라서 그는 "위로
는 임금의 가르침과 이어지고 국풍과 연계되며, 아래로는 빛나는 경
계를 지키고 풍유에 통달하는上以紐王敎 系國風 下以存炯戒 通諷諭"
작용을 잃게 되면, "징계하고 권면하는 도리가 없어지며懲勸之道缺"
"보충하고 살피는 의로움이 폐지되는補察之義廢" 불행한 결과가 나
타난다고 주장하였다. 이렇게 되면 그가 제시한 "임금과 신하, 민중과
사물을 위하며 상황을 위해 글을 짓지 문장을 위해 글을 짓지 않는
다.爲君·爲臣·爲民·爲物·爲事而作 不爲文而作"는 창작 원칙과 어
긋나게 된다. 그는 또 "지나친 어구나 화려한 문채淫辭麗藻"는 "곡식
을 해치는 잡초나 쭉정이稂莠秕稗"와 같아서 밭을 망치듯이 문학을
해친다고 생각하였다. 때문에 그는 황제가 관리에게 명령을 내리는
것은 "농부가 잡초를 제거하고 쭉정이를 걸러내는農者耘稂莠 簸秕
稗" 것처럼 "지나친 어구를 잘라내고 화려한 문채를 깎아내는刪淫辭
削麗藻" 일과 같아서, 질박한 창작을 진작시키고 너무 화려함으로만
치닫는 문풍을 끊어 없애는 일이라고 판단하였다. 이와 같이 실천한
다면 "국가의 문장皇家之文章"이 "삼대와 같은 풍모를 갖출與三代同
風"(<책림68>) 것으로 기대하였다. 이것은 진자앙陳子昻(656-698)과 이
백李白(701-762), 두보杜甫(712-770)의 우수한 시풍을 계승하여 발전시킨
것이다.

■ 문학은 핵심이 찌르고 진실하여야 한다 (事核而實)

백거이가 신악부新樂府에 담긴 내용의 진실성에 대해 논의하면서
제시한 관점으로, <신악부서新樂府序>에 나온다.

"그 일이 핵심을 찌르고 진실하면 채집하는 사람이 믿음을 가지고

전하게 될 것이다.其事核而實 使采之者傳信也”

사핵이실은 신악부 작품 속의 내용이 진실하여 믿을 만하다는 뜻이다. 백거이가 이러한 예술 진실론을 펼친 목적은 “사람들의 병폐를 구제하고 세상에 부족한 바를 보충하기 위해서救濟人病 禅補時闕”(<여원구서與元九書>)였다. 그는 “포폄을 펼쳐야 할 문학이 핵심과 진실이 없다면 악을 징계하고 선행을 권해야 할 도가 빠진 것褒貶之文無核實 則懲勸之道缺矣”으로 인식했는데, 문학이 미자美刺를 실천할 수 있는 역량은 진실에 있다고 보았던 것이다. 그는 당시 “바야흐로 일어나려는 풍조를 움직이고 빠진 것을 구제하려는 도가 결여된方成之風動 救失之道缺”(<여원구서>) 좋지 못한 기풍에 느낀 바가 있어 “가영과 시부·비갈·찬영을 지음에 있어 때때로 헛되이 아름답게 꾸미거나 남 보기가 부끄러운 문장이 있는 경우가 있다. 이런 것들이 이 시대에 횡행한다면 선악의 구별을 속이고 이 시대를 의혹케 만들 것이다. 만약 후세에 전해진다면 진위를 혼란시키고 장래를 의심스럽게 만들歌詠·詩賦·碑碣·贊詠之制 往往有虛美者矣 有媿辭者矣 若行于時 則誣善惡而惑當世 若傳于後 混眞僞而疑將來”.것이라고 염려하였다. 때문에 그는 “거짓을 제거하고 음란을 억누르며 무성한 것을 베고 더러운 것을 치워버려 가지나 잎에 붙은 꽃잎은 몰아내고 근원에 둔 열매로 돌아가도록 끌어 구제하고자欲去僞抑淫 芟蕪划穢 黜華于枝葉 反實于根源 引而救之” 했던 것이다. 백거이의 이러한 관점은 부분적으로 이전 선배들의 입장을 계승하고 발전시킨 이론이었다. 예컨대 왕충王充(27-97?)은 『논형論衡』에서 “진실되고 성실한 것에 힘쓰고 務實誠” “헛되고 망령된 것을 미워하라.疾虛妄”고 했고, 유협劉勰(465?-520?)은 『문심조룡』에서 “일은 핵심이 있고 말은 세련되어야 한다.事核而言練”거나 “요약해서 진실을 쓰라.要約以寫眞”고 말했던 적도 있다. 이런 발언이 모두 백거이가 예술의 진실성을 강조하는 문학론을 펴게 만든 원천이었다고 할 수 있다.

■ 시가의 언어는 질박하면서 직설적으로 하라 (辭質而徑)

백거이가 신악부新樂府에 나타난 시어의 특징에 대해 논의하면서 제시한 용어로, <신악부서新樂府序>에 보인다.

"그 말은 질박하고 직설적이어서 나타내고자 하는 것은 손쉽게 비유할 수 있다.其辭質而徑 欲見之者易諭也"

사질이경은 작품의 시어가 질박해서 직접적으로 사실을 묘사한다는 뜻이다. 이러한 지적을 통해 백거이는 신악부에 쓰인 시어의 특징을 결산하면서, 한편 시가 전반에 있어서의 시어의 특징에 대해서도 일관되게 같은 주장을 피력하였다. 그가 남긴 시문학 작품은 이 주장의 실천이라고 말할 수 있다. 송나라 때의 비평가인 혜홍惠洪(?-1128)은 『냉재야화冷齋夜話』에서 다음과 같은 일화를 소개하고 있다.

"백거이(낙천은 그의 자)는 항상 시를 짓고는 노파에게 이를 풀어보라고 부탁하였다. 그러면서 '시내용을 잘 아시겠습니까?' 하고 물어 노파가 '잘 알겠다'고 하면 곧 채록하고, 잘 모르겠다고 하면 작품을 다시 고쳤다.白樂天每作詩 令一老嫗解之 問曰 解否 嫗曰 解 則采之 不解 則易之"

이 기록은 물론 과장된 이야기이겠지만, 그만큼 백거이가 시를 쓰면서 시어가 일반인들도 쉽게 알 수 있도록 통속적이고 평이하게 쓰여져야 한다는 점을 중시한 태도를 이해할 수 있다. 백거이는 스스로도 <여원구서與元九書>에서 다음과 같이 말했다.

"장안에서부터 강서 지방까지 오는데 그 거리가 3·4천 리에 이르렀다. 그 사이에 거쳤던 향교나 사찰, 여관, 배 안에서 자주 사람들이 나의 시를 써놓은 것을 볼 수 있었다. 그리고 선비나 승려, 과부와 부녀자들의 입에서 나의 시가 자연스럽게 읊어지는 것을 들을 수 있었다.自長安抵江西 三四千里 凡鄕校·佛寺·逆旅·行舟之中 往往有題僕詩者 士庶·僧徒·孀婦·婦女之口 每每有詠僕詩者"

■ 시가 창작의 근본 요소들 (根情·苗言·華聲·實義)

백거이가 시 창작의 특징에 대해 내린 정의로, <여원구서與元九書>에 나온다.

"시라는 것은 나무에 비유한다면 정서는 뿌리에 해당하고 말은 싹에 해당하며 소리는 꽃이고 뜻은 열매이다.詩者 根情 苗言 華聲 實義"

이 말은 시는 정서로써 뿌리를 삼고, 언어로써 가지와 잎을 삼으며, 성운聲韻으로써 꽃을 삼고, 심각한 의리로써 열매를 삼는다는 뜻이다. 백거이는 나무를 비유로 들어 문학이란 정서와 언어, 성률, 의미 등 네 가지 요소가 결합하여 구성되는 것임을 설명하였다. 아울러 그는 이 네 요소 사이의 관계와 위치에 대해서도 설명했는데, 정서와 의미는 내용이고 언어와 성률은 형식이며, 이 양자는 별개의 것이 아니라 하나의 통합된 유기체라는 것이다. 정서가 출발점이라면 의리는 종착지라고 할 수 있다.

백거이는 정서와 의리가 중심이 되는 내용이 강조되어야 함을 전제하면서도 형식 또한 대단히 중시하였다. 백거이의 이런 비유는 다소 통속적이고 상식적이라 할 수 있지만 정확하고 심각한 논의이기도 하다. 그는 한 걸음 더 나아가 이렇게 부연 설명하고 있다.

"사람의 마음을 감동시키는 것 중에 정서보다 앞서는 것은 없으며, 말보다 먼저 시작하는 것도 없고, 소리보다 간절한 것은 없으며, 뜻보다 심각한 것은 없다.感人心者 莫先乎情 莫始乎言 莫切乎聲 莫深乎義"

"위로는 성현으로부터 아래로 어리석은 이에 이르기까지 소리가 들어가 응하지 않는 작품이 없고, 정서가 섞여 감동을 주지 않는 작품이 없다.上自聖賢 下至愚騃 未有聲入而不應 情交而不感者"

그는 이런 논리를 통해 시가에 있어서 형상성과 음악성, 그리고 서정성은 같은 맥락의 특징임을 인식시키고자 하였다. 그가 시에 대해 내리고 있는 정의와 그의 리얼리즘에 바탕을 둔 문학관은 정신사적으로 일치하는 것이었다.

■ 문학의 사회적 의의를 논하다 (救濟人病 裨補時闕)

사람들의 병통을 구제하고 시대가 놓친 것을 보충한다. 백거이가 시가의 사회적 작용에 대해 논하면서 전개한 주장으로, <여원구서與元九書>에 나온다.

"내가 오늘 발탁되어 한림의 자리에 올랐습니다. 몸은 간관이 되었고 손에는 간언을 올릴 종이를 청하게 되었습니다. 위로 글을 올리는 외에도 사람들의 병통을 구제하고 시대가 놓친 것을 보충해야 옳을 것인데, 말로 가리키기 어려운 일이 있으면 곧 그것을 길게 노래하여 조금씩이나마 윗사람들의 귀에 들리게 하고자 합니다. 僕當此日 擢在翰林 身是諫官 手請諫紙 啓奏之外 有可以救濟人病 裨補時闕 而難于指言者 輒永歌之 欲稍稍遞進聞于上"

이 중 구제인병 비보시궐에 담긴 뜻은 사람들의 정신적·경제적 질병과 고통을 구제하고 당시 정치의 결점이나 오류를 보충한다는 것이다.

백거이의 이 주장은 "문장은 마땅히 때를 맞추어 드러나야 하고 시가는 마땅히 일에 따라서 지어져야 한다. 文章合爲時而著 詩歌合爲事而做"는 그의 창작상의 원칙이 구체화된 것이다. 그 목적은 시가가 민중들의 삶의 애환을 반영하고 위정자들의 폐단을 폭로하여 통치자가 이를 정확하게 깨달아 잘못된 것을 바로잡을 수 있게 하는 데 있었다. 그는 시가가 단순히 개인의 서정을 표현하는 오락적인 기능만 가져서는 안되며, 사회의 개혁을 촉진시키는 도구와 수단으로서 자리잡아야 한다고 보았던 것이다. 이와 같은 관점은 문학의 사회적 기능을 대단히 강조한 것으로, 현실 문제를 과감하게 문학에 도입한 신악부운동新樂府運動이 당시 문단에 자리잡는 데 결정적인 역할을 담당하였다. 백거이는 스스로 작품을 창작하면서 이런 자신의 주장을 실천에 옮겼다. 그의 많은 작품들 속에는 현실을 풍자하고 당시의 폐단을 예리하게 비판한 내용이 빈번하게 나타난다.

유종원(773-819)

유종원은 당대의 문학가이자 사상가이다. 당송팔대가 중 한 사람으로, 자는 자후子厚이며, 하동河東 해현解縣(산서성 운성運城) 출신이다. 세칭 유하동柳河東으로 통한다. 20세에 진사에 합격하여 관직에 나아간 뒤 감찰어사監察御史를 지냈다. 순종順宗 때 왕숙문王叔文의 정치 개혁에 참여하여 예부원외랑禮部員外郞에 발탁되었지만 개혁이 실패한 뒤 영주사마永州司馬로 폄적되었다. 이후 유주자사柳州刺史로 옮겼다가 그곳에서 사망하였다. 산문에 능했으며 한유韓愈와 함께 당대 고문운동의 쌍벽을 이룬다. 우언寓言의 형식을 빌려 풍자적인 글을 많이 썼으며, 내용은 주로 부패한 정치를 폭로하고 백성들의 애환을 드러낸 것이다. 대표적인 산문으로 단편 〈포사자설捕蛇者說〉과 연작 산문 〈영주팔기永州八記〉가 있고, 철리哲理를 담은 문장으로 〈천대天對〉와 〈천설天說〉이 있다. 시인으로도 이름이 났으며, 서정시와 산수자연시를 잘 지었다. 시문집에 『하동선생집』(일명 유하동집)이 있다.

■ 문장의 쓰임새를 논하다 (辭令褒貶 導揚諷諭)

이 말은 유종원柳宗元의 〈양평사문집후서楊評事文集後序〉에 나온다. 그는 이 글에서 "문장의 쓰임은 문구가 대상에 대해 포폄을 가하고 이끌어 풍유를 드날리도록 만드는 것일 뿐文之用 辭令褒貶 導揚諷諭

而已”이라고 말했다. 유종원은 문장의 효용은 시비와 선악을 맑게 구분해서 포상을 하고 폄하하면서, 풍간諷諫하거나 권계勸戒하는 데 있다고 생각하였다. 이는 유가에서 주장한 문학의 사회적 효능에 대한 전통적인 관점으로, 『춘추春秋』의 “한 글자마다 포폄이 담겨 있다.一字寓褒貶”는 말에서 유래하였다. 문학론의 입장에서 볼 때 이것은 『시경』의 미자설美刺說과 <시대서詩大序>의 풍유설諷諭說을 계승한 것이다.

사령포폄 도양풍유에는 또 다른 내용도 담겨 있는데, 그것은 경전과 역사, 학술 저작과 시가의 각기 다른 특징에 대해 기술했다는 점이다. 유종원은 “문장에는 두 가지 도가 있으니, 문구가 대상에 대해 포폄을 가하는 일은 원래 저작에 있는 것이다. 그리고 이끌어 풍유하도록 만드는 것은 본래 비흥에 있는 것文有二道 辭令褒貶 本乎著作者也 導揚諷諭 本乎比興者也”이라고 말했다. 전자는 학술 저작을 가리키는 것으로, 『상서』나 『주역』에 기원하고 있다. 그 특징은 “문장이 바르고 이치가 갖춰진 데詞正而理備” 있다. 후자는 시가를 일컫는 것으로, 순舜임금 때와 하夏나라 때의 영가詠歌와 은주殷周 시대의 풍아風雅에 기원을 두고 있다. 풍격상의 특징은 “말이 유창하고 뜻은 아름다운 데言暢而意美” 있다. 그는 이 두 종류의 문체는 “그 뜻과 의리를 살펴보면 괴리되어 있어 합치되지 않는다.考其旨義 乖離不合”고 말했는데, 이 때문에 작자는 때로 한 방면에만 뛰어나서 양쪽을 겸비한 이가 드물게 되었다는 것이다. 그의 이러한 생각은 확실히 육조六朝 시대에 문文과 필筆, 시詩와 필筆을 나눈 전례의 영향을 받은 것이다. 당나라 시대에는 고문운동이 발전함에 따라 문학과 비문학의 구분은 이미 크게 중시되지 않았다. 그리하여 유종원은 새삼스럽게 문학의 특징을 강조했던 것인데, 이런 점에서 그의 주장은 긍정적인 의의가 있다. 후세에 명나라의 이동양李東陽(1447-1516)은 <창주시집서滄州詩集序>에서 이렇게 말했다. “시의 체제는 산문과는 다르다. 때문에 기술에 능숙하고 음영에 부족한 사람은 죽을 때까지도 이를 능히 바꿀 수 없다.詩之體與文異 故有長于記述 短于吟諷 終其身而不能變者" 서문장徐文長은 "옛날에는 유가와 시는 하나였다……지금은 유가와 시는 둘이다. 이 때문에 이치를 말하는 사람은 반드시 성률을 맞추지 못하고, 성률에 능란한 이는 반드시 이치를 터득할 수 없는 것古者儒與詩一……今者儒與詩二 是故談理者未必諧聲 諧聲者未必得于理"(<초현당고서草玄堂稿序>)이라고 말했다. 이러한 견해는 유종원이 제시한 구분과 완전히 일치하는 발언이다.

■ 문장은 겉치레보다 내용이 중요하다 (文錦覆穽)

문채의 화려함에만 골몰하다가 내용이 빈약해지는 작품을 비유하여 비단을 펼쳐 함정 위에 덮어 사람의 이목을 유혹하는 것과 같다고 지적한 말이다. 유종원의 <답오무릉논비국어서答吳武陵論非國語書>에 나온다.

"무릇 책 한 권을 써냄에 있어서 문채를 화려하게 하는 데에만 힘쓰고 사실적 측면을 고려하지 않으며, 허무맹랑한 것을 보태고 허풍을 늘어놓으면서 후배들을 현란하게 유혹하고, 독단적으로 끝맺는 것은 마치 무늬 있는 비단을 함정 위에 덮어두는 것과 같다. 잘 알지 못하고 나가다가는 넘어지는 이가 속출할 것이다.夫爲一書 務富文采 不顧事實 而益之以誣怪 張之以閣誕 以炳然誘後生 而終之以僻 是猶用文錦覆陷穽也 不明而出之 則顚者衆矣"

그의 이 의견은 특히 『국어國語』란 책에 대한 이야기인데, 『국어』에 대해 그는 "문장이 깊고 크며 걸출하고 남다르며其文深閣傑異" "이야기는 속이고 지나친 내용이 많아서而其說多誣洼" 사람들로 하여금 용이하게 "그 문채에 빠져서 시비를 가리지 못하게 만든다.溺其文采而淪于是非"(<비국어서非國語序>)고 생각하였다. 그의 이러한 의

견은 보편성을 갖춘 것으로, 화려한 문장 형식이 때로 내용과 괴리되고, 나아가 독자를 편파적으로 호도하여 해를 끼치는 모순을 질책한 것이다.

■ 도와 문학, 문헌에 개재된 관련성 (道假辭而明 辭假書而傳)

유종원이 도와 문학 작품, 문헌과의 관계에 대해 제시한 구체적인 논점으로, <보최암수재논위문서報崔黯秀才論爲文書>에 나온다.

"그러니 성인의 말씀은 도를 밝히는 것으로 기약하였다. 학자는 도를 구하고 말(문학 작품)을 버리는 태도를 가지고자 힘써야 할 것이다. 말이 세상에 전해지는 것은 반드시 서적을 통해서이다. 도는 말을 빌어 밝혀지고 말은 서적으로 빌어 후세에 전해지는 것이니, 이를 요약하자면 도로 갈 뿐이다.然聖人之言 期以明道 學者務求諸道而遺其辭 辭之傳于世者 必由于書 道假辭而明 辭假書而傳 要之之道而已耳"

사는 언사言辭로서, 도는 말의 힘을 빌어 비로소 극명하게 드러나기에 이른다. 서는 서사書寫를 가리키는데, 문학 작품은 기록을 통해서만 광범위하게 전파될 수 있다는 뜻이다. 그러나 문학 작품과 서사 기록은 모두 가볍게 다룰 수 없는 부분이지만, 주체는 역시 도일 수밖에 없다. 도와 비교할 때 사와 서는 모두 외적인 표현 수단이거나 표현 형식일 뿐이다. 그는 이어 "지금 시대는 말을 귀하게 여기고 책을 아끼기 때문에 수식하고 윤기 나는 것을 공교롭다고 여기고 조류를 좇고 오밀조밀한 것으로 능란하다고 여기니 이 또한 외적인 요소가 아니겠는가!今世因貴辭而矜書 粉澤以爲工 邅密以爲能 不亦外乎"라고 비판하였다. 그런 뒤 "무릇 사람들이 말을 좋아하고 쓰기를 공교롭게 여기니 모두 병패凡人好辭工書 皆病癖也"라고 지적하였다. 이는 도를 밝히는 목적과 괴리되어 단순히 문채의 아름다움이나 기술상의 교묘함만 추구하는 태도를 지적한 발언임은 분명하다. 그는 도를 밝히는 문제를 논의하면서 도를 중시할 것을 강조하는 한편 문학을 폐지해서도 안 된다고 주장하였다. 그는 "그 문채를 없애고는 진실로 시대마다의 독자를 놀라게 하고 움직일 수 없으며, 후학에게 과시할 수 없다. 말을 세운다고 해도 썩어버릴 것이니 군자가 말미암을 수 없게 된다.闕其文采 固不足以竦動時聽 誇示後學 立言而朽 君子不由也"고 말했다.

선가(禪家)

■ 마음을 전하는 문학 (不立文字)

문자로는 세울 수 없다. 진정한 깊은 진리는 말이나 글을 써서 전할 수 없다는 말이다. 즉 인간이 각고의 숙고 끝에 얻은 정신이나 사고는 언어를 통해 표출하면 원래의 모습을 훼손시킬 수밖에 없기 때문에 문자를 매개로 해서는 온전히 전달할 수 없다는 뜻이 담겨 있다. 주로 불가佛家에서 주장한 부처의 이치를 전하는 방식은 말이나 글이 아니고 마음에서 마음으로 전하는 것이 최상의 방법이라는 논리가 문학론으로 확장된 것이다. 그렇게 마음으로 진리를 전하는 것을 이심전심以心傳心이라고 관용적으로 표현한다. 이 말은 원래 "가르침 외에 따로 전했는데 문자로는 세울 수 없기 때문이다. 곧바로 인간의 마음을 꿰뚫어서 본성을 본다면 부처가 될 것이다.不立文字 敎外別傳 直指人心 見性成佛"라는 말의 한 구절이다.

『전등록傳燈錄』에 다음과 같은 말이 있다. 지선사가 말하기를 성은 곧 부처요 부처가 곧 성이니 때문에 성을 보면 부처가 된다고 하는 것이다.智禪師云 性卽佛 佛卽性 故云見性成佛" 『석씨요람釋氏要覽』에도 "달마는 곧바로 인간의 마음을 꿰뚫어 성을 보고 부처가 된 사람이니 태어남이 없는 문제에 대하여 순식간에 명료해졌다.達摩 直指人心 乃見性成佛者 明頓了無生也"고 하였다.

결국 진리의 본체는 문자나 언어로 전달할 수 있는 성질의 것이 아닐 때 가시적이고 판독 가능한 체계가 아닌 초월적이고 초감각적인 방법을 써야 한다는 것이다. 불가에서 언어도단言語道斷이라고 해서 말이 끊어진 곳, 공기를 통한 목청의 떨림인 파동이 아닌 고차원의 감각을 이용해서 절대적 경지를 표현하는 방식을 중요하게 취급한 것도 이런 맥락에서 이해할 수 있다. 선가禪家에서 할喝이나 방棒을 써서 제자를 깨우친다거나 논리적으로는 어처구니없는 이야기인 화두話頭로서 진리를 참구參究하는 방식이 나온 것도 이러한 문자가 지닌 본질적인 한계를 깨닫는 데서 비롯되었다고 할 수 있다.

이와 아울러 불가에서 설파하는 문학의 본질에 대한 논의로는 이언절려離言絶慮를 들 수 있다. 말로부터 떨어지고 생각을 끊어버린 경지에서 나온 사고와 언어야말로 참된 것이라는 역설의 논리가 이 말에는 담겨 있다. 스님네들이 남긴 오도송悟道頌이나 열반게涅槃偈 등이 이런 특징을 강하게 가지고 있다고 하겠는데, 여기서는 한산寒山(?-?)의 시 한 편을 읽어보자.

偃息深林下	깊은 숲 속에 비스듬히 누었나니
從生是農夫	나는 날 때부터 농부였다네.
立身旣質直	몸을 세움에 이미 곧고 참되었고
出語無謟諛	말을 내었어도 거짓과 아첨이 없었네.
保我不鑒璧	나를 지켜 보배 따위를 돌아보지 않았으니
信君方得珠	그대가 바야흐로 구슬을 얻으리라 믿겠네.
焉能同汎灔	어떻게 세상과 함께 떠돌면서
極目波上鳧	물결 위의 오리를 엿볼 것인가?

제5구에 나오는 불감벽不鑒壁은 『장자·산목山木』편에 나오는 이야기로, 임회林回라는 사람이 달아날 때 천금의 보배는 버려 두고 갓난 아기만 업고 달아났다는 고사에서 유래한 구절이다. 제8구의 파상부波上鳧는 『초사楚辭·복거卜居』편에 나오는데, 세상의 이익을 좇아 일시적인 방편으로 행동하는 것을 일컫는 말이다. 결국 이 작품에는 타고난 천성을 잘 지킬 뿐이지 억지로 세속의 변화를 좇지는 않겠다는 시인의 의지가 담겨 있다. 전고가 많은 편이긴 하지만 전반적인 작품의 구성이 군더더기 없이 작가의 솔직한 심경이 잘 그려져 있다고 할 수 있다. 기교가 아닌 직서, 감추지 않고 솔직하게 드러내는 것, 이것이 어쩌면 진정한 이언절려에 도달하는 길이라고 볼 수도 있는 것이다.

■ 문학 창작의 깊은 경지 (詩歌三昧)

삼매는 불가 용어로, 범어를 차자借字한 것이다. 삼마제三摩提 또는 삼마지三摩地로 부르기도 한다. 의미는 정定 또는 정정正定인데, 일체의 잡념을 배제하고 마음과 정신을 평정 상태로 유지하는 것을 말한다. 『지도론智度論』권7에서는 "착한 마음을 한 곳에 두어 움직이지 않는 것을 일러 삼매라 한다.善心一處不動 是名三昧"고 설명하였다. 나중에 일체의 속박에서 해탈하는 것을 삼매라고 하였으며, 불가의 중요한 수행 방법 중 하나다. 당나라의 이조李肇는 『한림지翰林志』에서 "학사가 매번 인사를 하고 문을 나서서 서로 농지거리하는 것을 일러 작은 삼매라 하고, 은대를 나와 말을 타고 다니는 것을 일러 큰 삼매라고 한다. 예컨대 승려들이 속박을 벗어던지고 자재롭게 지내는 것과 같다.(學士)每下直出門 相謔謂之小三昧 出銀臺乘馬謂之大三昧 如釋氏之去纏縛而自在也"고 말했다.

옛날의 문학론을 읽어보면 문예 창작의 오묘하고 신비한 경지와 그 비결, 또는 성취한 최고의 경계를 뜻하는 말로 삼매를 즐겨 사용하였다. "삼매를 얻는다.得其三昧"든가 "삼매에 나아간다.造三昧"는 등의 표현이 그것이다. 이조는 『국사보國史補』에서 "장사의 승려 회소는 초서를 좋아했는데, 스스로 말하기를 초성(한나라 때의 서예가 장지張芝)의 삼매를 얻었다고 하였다.長沙僧懷素好草書 自言得草聖三昧"는 말을 남겼고, 송나라의 동유董逌는 <광주화발廣州畵跋>에서 "신명이 갑작스럽게 피어나는 때를 당하면 뜻과 모양이 덩달아 나오는데, 생각해보니 그림이 삼매에 들어가지 못하면 능히 이런 경지에 나아갈 수 없을 것至于神明頓發 意態隨出 顧非畵入三昧 不能造此也"이라 주장했으며, 육유陸游(1125-1210)도 <시자휼示子遹>에서 "바로 붓으로 솥을 들어올린다고 해서 필력筆力이 왕성한 것을 비유하는 말 삼매에 나아간 것은 아니다.正令筆扛鼎 亦未造三昧"라고 말했다. 『홍루몽紅樓夢』 48회에 보면 "보옥이 웃으면서 말하기를, '이미 이렇게 되었으니 따로 시를 볼 필요도 없습니다. 회심처가 먼 곳에 있는 것이 아니라 그대가 말한 두 구절을 들으니 삼매를 그대가 이미 얻은 것을 알 수 있군요.'라고 했다.寶玉笑道 旣是這樣 也不用看詩 會心處不在遠 聽你說了這兩句 可知三昧你已得了"는 것이다. 이상의 예문을 통해 삼매는 어떤 경우에는 예술 창조의 정교하고 오묘한 경지를 가리키기도 하고, 어떤 경우에는 예술 작품이 도달한 최고의 경계境界를 가리키기도 한다는 사실을 알 수 있다. 물론 이 말은 불교의 교리와 일정 정도 유관하기도 하지만, 불교의 교리에 제한을 받지 않고 쓰이기도 한다.

사공도(837-908)

사공도는 당唐대 말기의 시인이자 시가이론가이다. 자는 표성表聖이고, 호는 화비자和非子, 내욕거사耐辱居士다. 하중河中(산서성 영제永

濟) 출신이다. 32세 때 진사에 급제하여 희종僖宗 당시 중서사인中書舍人과 지제고知制誥를 지냈다. 주전충朱全忠이 당을 멸망시킨 뒤 그를 예부시랑禮部侍郎에 임명했지만 나아가지 않았으며, 후에 당唐 애제哀帝가 피살되었다는 소식을 듣고 식음을 전폐한 끝에 사망했다. 5·7언시에 능했으며 산림의 한적한 생활 묘사를 통해 은둔사상을 표출한 것이 많다. 이밖에 당시의 암울한 세태를 반영하며 염세적 풍격을 보인 작품도 다수 보인다. 작품으로 〈우거유감寓居有感〉, 〈즉사卽事〉, 〈하황유감河湟有感〉 등이 있으며, 시가 이론서로 유명한 『24시품二十四詩品』을 편찬했다. 문집에 『사도표성문집司徒表聖文集』(일명 一鳴集)이 전한다.

■ 운미설 (韻味說)

당나라 때의 비평가 사공도司空圖가 시가 창작에는 함축적이고 온자蘊藉한 아름다움이 담겨져야 한다면서 주장한 창작상의 원칙이다. <여이생논시서與李生論詩序>에 나온다. 그는 이 글에서 "맛을 잘 가릴 줄 안 뒤에야 시에 대해 말할 수 있다.辨于味 而後可以言詩"고 하면서, 시가에는 "운율 밖의 운치韻外之致"나 "맛을 넘어선 의미味外之旨"가 담겨야 "가까우면서도 부화하지 않고 멀면서도 다함이 없는 近而不浮 遠而不盡" 경지에 이를 수 있다고 주장하였다. 이 말의 의미는 시가에는 뜻으로는 이해할 수 있지만 말로는 전할 수 없는 현 밖의 소리(弦外之音), 즉 시가의 심각하고 가라앉은 함축적이고 온자한 아름다움이 있어야 한다는 것으로, 이러한 주장은 그의 『시품詩品』에도 그대로 제시되어 있다. 사공도의 운외지치와 미외지지는 그가 <여급포서與及浦書>에서 제시한 "물상 밖의 물상 경치 밖의 경치象外之象 景外之景"와도 밀접한 관련이 있다. 상외지상 경외지경은 형상形象과 의경意境 방면의 특징을 가리킨 말인데, 작품에 이러한 특징이 갖추어져 있으면 독자로 하여금 운외지치와 미외지지와 같은 예술미를 향수할 수 있게 만든다는 것이다. 사공도의 운미설은 시가의 의경과 표현 방법을 살피는데 일정한 기여를 할 수 있는 이론이다. 그의 시론은 『시품』에서 일관되게 기술한, 현실을 반영한 작품에 대한 폄하 또한 부정적인 한계만 담고 있는 것은 아니었다.

사공도의 운미설은 선배 비평가들의 성과를 바탕으로 해서 제출한 독창적인 문학론이다. 예컨대 유협劉勰(465?-520?)은 『문심조룡·은수隱秀』편에서 "숨긴다는 것은 글 밖에 의미가 중첩된 것隱也者 文外重旨也"이라 말했고, 종영鍾嶸(?-518)은 『시품』에서 "문장은 이미 다했어도 뜻은 남음이 있다.文已盡而意有餘"고 말했다. 은번殷璠은 『하악영령집河岳英靈集』에서 "그 뜻은 멀고 그 흥취는 치우쳤으니, 아름다운 구절이 문득 오면 오직 의표를 논할 뿐其旨遠 其興僻 佳句輒來 唯論意表"이라고 했고, 교연皎然(720?-793?)도 『시식詩式』에서 "두 가지 겹쳐진 뜻이 이미 그쳤으니, 모두 문장 밖의 뜻兩重意已止 皆文外之旨"이라거나 "다만 성정을 볼 뿐 문자 따위는 보지 않는다.但見情性 不睹文字"고 했는데, 모두 시가의 운미韻味와 함축의 문제에 대해 언급한 것이다.

■ 언어 밖에 숨겨진 뜻을 찾아라 (韻外之致)

시가 창작에 있어서 언어와 의미의 관련성에 대해 논의한 견해의 하나다. <여이생논시서與李生論詩書>에 나오는데, 그는 "친근하면서도 부화하지 않고 유원하면서도 다함이 없는 뒤에야 운외지치에 대해 논의할 수 있다.近而不浮 遠而不盡 然後可以言韻外之致耳"고 말했다. 운韻은 시의 언어이고, 치는 의태意態 또는 정취情趣를 가리킨다. 이른바 운외지치는 언외지의言外之意(언어 밖에 숨겨진 의미)란 말과 대개 비슷하다. 사공도는 시가 작품에 담긴 함의含意는 마땅히 심오하고 멀어야(深遠) 하며, 언어적인 묘사의 한계를 넘어서야 한다고 요구하였

다. 근이불부는 시의 형상이 선명해서 눈앞에 전개된 듯해야지 떠있
는 듯해서는 안 된다는 말이다. 원이부진은 시의詩意가 함축적이고 의
경意境이 심원해서 시구의 표면에서 바닥이 드러나지 않는 것을 일컫
는다. 시가 작품은 언어와 의미가 혼연일체가 될 때 비로소 운외지치
가 완성될 수 있다.

사공도가 제시한 운외지치와 "맛을 잘 구별할 수 있게 된 뒤에야
시를 논의할 수 있다.辨于味 而後可以言詩"는 이론은 정신사적으로
맥락이 일치한다. 그는 <여이생논시서>에서 이런 말도 남겼다. "강
령의 남쪽에는 입에 맞는 음식이 풍족하다. 젓갈이 시지 않은 것이
없지만, 신맛에서 그칠 뿐이다. 흰 술이 짜지 않은 것이 없지만, 짠맛
에서 그칠 뿐이다. 화 사람이 배고픔을 채우면 상을 물리는 것은 짜
고 신 맛 외에 순수하고 아름다운 것이 부족함을 알기 때문이다……
만약 온전한 아름다움으로써 공교롭자면 맛 밖의 맛을 알아야 할 것
이다.江嶺之南 凡足資于適口者 若醯 非不酸也 止于酸而已 若醨 非不
鹹也 止于鹹而已 華之人以充飢而遽輟者 知其鹹酸之外 醇美者有所乏
耳……倘復以全美爲工 卽知味外之旨矣" 사공도는 시가의 맛은 소금
이나 젓갈과 같이 짜고 신 맛과는 달라야 한다고 요구했으며, 시미詩
味는 "짜고 신 맛 밖에 있다.在鹹酸之外"고 강조하였다. 즉 시가의 창
작은 어구를 넘어선 곳에 깊고 먼 정취를 내포해야 읽는 이에게 심오
한 감동을 주고 영원한 의미를 전달할 수 있다는 주장이다. 이렇게
시는 근이불부하고 원이부진해야 비로소 운외지치를 담은 최고의 의
경意境을 구비할 수 있는 것이다.

운외지치는 사공도가 주장한 상외지상象外之象 이론과도 밀접한 관
련이 있다. 그가 말한 상외지상은 시가 예술의 형상적 특징을 가리키
는데, 좋은 시는 독자로 하여금 연상과 상상을 불러일으킬 뿐만 아니
라 독자의 뇌리에 예술 형상과 의경을 새롭게 창출시켜야 한다고 하
였다. 이것이 바로 상외시상이다. 사공도는 운외지치는 상외지상으로

부터 벗어날 수 없으며, 시가는 상외지상이라는 예술적 특징을 구비할 때 비로소 독자로 하여금 운외지치라는 예술적 감동을 환기시킬 수 있게 만든다고 생각하였다. 때문에 그는 『24시품二十四詩品』에서 "형상 밖으로 벗어나야 환중(공허해서 융통자재融通自在한 경지)을 얻을 수 있다.超以象外 得其環中"(＜웅혼雄渾＞)고 했는데, 한 편의 뛰어난 시는 독자로 하여금 작품 속에 갖추어진 구체적인 형상을 바탕으로 풍부한 정취를 깨닫게 한다는 것이다.

운외지치라는 이론은 시가에 담긴 모종의 특징을 제시한 논의다. 시가는 문장은 짧고 간단하지만 언어는 고도로 암시적이어야 하는데, 이 때문에 함축하고 정교하게 다듬어서 짧은 어구 속에 심장한 의미를 담기를 요구한다. 근이불부 원이부진의 개념은 『24시품』에도 논의되어 있다. "한 글자도 붙이지 않았지만 풍류를 모두 얻었으니, 언어가 어려움을 넘어서지 못한다면 근심을 감당할 수 없을 것이다.不著一字 盡得風流 語不涉難 若不堪憂" 비록 한 마디 말로도 주제를 부각시키지 않았지만, 묘사한 경상景象과 창조한 의경은 이미 풍류를 다했고, 어렵고 고통스런 감정이 그 가운데 모두 개진되어 사람으로 하여금 근심을 견딜 수 없게 만들 때 참다운 시의 역할은 달성된다는 말이다. 이것이 바로 시의 운외지치이고 미외지지이다.

사공도가 제시한 운외지치라는 문학 사상은 대단히 긴 역사적 과정을 거쳐 형성된 개념이다. 『문심조룡·은수隱秀』편에 보면 "숨긴다는 것은 글 밖에 중첩된 맛隱也者 文外之重旨也"이라는 말이 나오며, 종영鍾嶸(?-518)은 ＜시품서詩品序＞에서 "글은 다했지만 의미는 남아 있다文已盡而意有餘"고 말했다. 교연皎然(720?-739?)은 『시식詩式』에서 "조목을 중복시키고重複條" "의미가 두 가지 이상 중복되면 모두 글 밖의 맛兩重意以上 皆文外之旨"이라고 하였다. 사공도는 이러한 선배 비평가들의 성과를 바탕으로, 시의 의경과 형상이라는 미학적 측면에서 이 문제에 대한 일련의 체계적인 논의를 진행하여 운외지치와 미외지지라는 새로운 입장을 제시했는데, 그의 논의는 후대 문학사의 전개에 적지 않은 영향을 끼쳤다. 엄우嚴羽(1175?-1264?)가 주창했던 묘오설悟說이나 왕사진王士禛(1634-1711)의 신운설神韻說 등은 모두 사공도의 문학관이 발전한 결과다.

운외지치라는 문학 이론은 서정시를 비롯해서 시가 전반을 중심으로 한 미학이론의 발전에 크게 기여하였다. 그러나 그는 시가의 의경은 몽롱한 경지에 머물러야 좋다는 편향적인 생각을 강조한 결과 한적한 생활의 정취를 묘사할 것만 요구하여, 시가가 사회 현실을 반영한다는 중요한 기능에 대해서는 소홀히 하거나 심지어 반대하기까지 하였다. 예컨대 그는 원진元稹(779-831)과 백거이白居易(772-846)의 시에 대해 부당할 정도로 폄하하였는데, 이런 사실이 그의 시론이 버리지 못한 한계라고 할 수 있다.

■ 시가의 형상적 특징을 논하다 (象外之象)

시가의 형상적 특징을 지적한 말로, <여극포서與極浦書>에 나온다. 그는 이 글에서 "대용주가 말하기를 '시가 속의 경관은 마치 남전에 햇빛이 따뜻하게 비치면, 품질이 좋은 옥에서 서기가 나오는 듯해서 볼 수는 있지만 눈앞에 둘 수는 없다'고 했다. 형상 밖의 형상이나 경관 너머의 경관에 대해 어찌 쉽게 말할 수 있겠는가?戴容州云 詩歌之景 如藍田日暖 良玉生烟 可望而不可置于眉睫之前也 象外之象 景外之景 豈容易可談哉"라고 말했다. 상외지상에서 앞에 나오는 상은 작품 자체에 구현된 예술 형상을 가리키는데, 즉 예술 작품 안에 묘사된 구체적인 형상을 말한다. 뒤에 나오는 상은 독자가 작품 속에 묘사된 구체적인 형상에 의거해서 상상과 연상을 통해 새롭게 창출해낸 의경과 형상을 가리킨다. 사공도는 대용주의 말을 빌어 시의 의경意境과 형상의 특징을 설명하였다. 남전에는 고급의 옥석이 많이 생산되는

데, 날이 개여 햇빛이 따뜻하게 내리쬐면 사방은 안개로 자욱하게 뒤덮여 멀리서 바라보면 마치 옥의 푸른 광채가 가득 차 있는 듯한 아름다운 광경을 목격하게 된다. 이는 시의 형상과 의경이 생활 자체는 아니지만 생활 자체와 떨어질 수 없다는 사실을 설명한다. 그는 경치와 사물을 묘사할 때에는 힘써 생동감 넘치는 변화를 추구해야지 융통성 없이 얽매이면 안 된다고 주장했고, 감정을 토로하고 의지를 말할 때에는 온화하고 함축적인 풍격을 갖추고자 노력해야지 직설적인 언사는 삼가야 한다고 생각하였다. 바로 있는 듯하면서 없고 다가서는 듯하면서도 떨어져 있는 경지, 허와 실이 변증법적 통일을 이룬 상태에 시가는 도달해야 한다는 말이다.

상외지상과 운외지치韻外之致는 밀접한 관련이 있다. 사공도는 시가는 형상에 있어서 상외지상이라는 특징을 갖추어야 운외지치나 미외지미味外之味라는 예술적 효과를 기대할 수 있다고 보았다.

그는 시가가 상외지상을 갖추기 위해서는 창작을 할 때 외형이 유사해지는 것(形似)에 구속되지 말아야 하고, "외형에서 벗어나서 비슷함을 터득하고離形得似" 신사神似를 얻고자 한다면 사물에 내재해 있는 정신적인 지의旨意를 전달해야 한다고 주장하였다. 그는 『24시품·형용形容』편에서 이렇게 말했다. "신령스런 바탕을 기다리지 않는다면, 맑고 진실한 경지로 돌아가기 어려울 것이다. 마치 물 그림자를 찾는 듯하고, 봄날의 따뜻한 기운과 같으니, 바람과 구름이 끊임없이 모습을 바꾸어서, 화초에 담긴 정신과, 바다에서 이는 파도, 산을 이루는 가파르고 깊숙한 봉우리와 골짜기가, 갖추어져 큰길인 듯하여 오묘하게 일치하고 조화를 이룰 것이다. 형상에서 떨어져서도 비슷함을 터득한 이는 아마도 이 사람일 것이다.絶佇靈素 少回淸眞 如覓水影 如似陽春 風雲變態 花草精神 海之波瀾 山之嶙峋 俱似大道 妙契同塵 離形得似 庶幾斯人" 그는 "설사형사가 있더라도 손을 잡으면 이미 어그러졌다.脫有形似 握手已違"고 하면서 천박한 물상의 묘사 방식으로는 우미優美한 시의 의경을 창조할 수 없다고 생각하였다. 다만 "외형을 벗어나서 비슷함을 얻고離形得似" "살아 있는 기운이 멀리까지 뻗어나가 죽은 잿더미를 붙이지 않는生氣遠出 不著死灰"(<정신精神>편) 신사지상神似之象으로만 상외지상이라는 예술적 경계를 창조할 수 있다는 것이다.

사공도가 주장한 상외지상 이론은 그보다 앞 시대를 살아간 비평가들도 이미 주목한 문제였다. 사혁謝赫은『고화품록古畫品錄』에서 "만약 사물의 체제에 얽매인다면 정수를 보지 못할 것이고, 이를 형상 밖에서 취한다면 기름지고 살진 맛을 물리도록 즐기게 될 것이니, 이를 일러 미묘하다고 한다.若拘以物體 則未見精粹 若取之象外 方覺膏腴 可謂微妙也"고 말했다. 유우석劉禹錫(772-842)은 "시는 문장이 온화한 것인가? 의리는 얻어도 말은 잃게 되리니, 때문에 은미해서 능하기 어렵다. 경계는 형상 밖에서 생기는 것이니, 때문에 정교해서 화합하는 이가 드물다.詩者 其文章之蘊耶 義得而言喪 故微而難能 境生象外 故精而寡和"고 말했다. 사공도의 상외지상 논의는 이러한 선배 문인들의 논의를 계승하여 발전시킨 것이다. 그의 이론이 후대에 끼친 영향도 적지는 않았는데, 송나라 때의 엄우嚴羽(1175?-1264?)와 청나라 때의 왕사진王士禛(1634-1711) 등은 모두 사공도의 이러한 관점으로부터 영향을 받은 인물이다.

은번(?-?)

은번은 당唐대의 문인으로, 단양丹陽 출신이다. 진사 시험에 급제했으며, 저서로『하악영령집河岳英靈集』을 남겼는데,『사고촬요四庫撮要』권 186에 실려 있다.

■ **좋은 문학 작품의 기준을 논하다 (文質半取 風騷兩挾)**

문과 질은 반반씩 취하고 풍과 소는 양면을 모두 갖춘다. 당나라의 은번殷璠이 제시한 시가를 선별할 때의 기준인데, <하악영령집집론河岳英靈集集論>에 보인다.

"내가 지금 선집한 것은 자못 다른 분들의 것과는 다르다. 이미 새로운 작품에도 익숙해 있고, 옛 시체는 다시 자세히 살폈으며, 문과 질은 반반씩 취하고 풍과 소는 모두 갖추었다. 기골에 대해 말한다면 건안 문학이 짝이 될 것이고, 궁상(음악)에 대해 논한다면 태강 문학도 미치지 못할 것이다.璠今所集 頗異諸家 旣閑新聲 復曉古體 文質半取 風騷兩挾 言氣骨則建安爲儔 論宮商則太康不逮"

문질반취는 내용과 형식이 두루 겸비되었다는 말이며, 풍소양협은 『시경』의 질박하고 전아함과 『초사』의 화려하고 풍성한 특징을 모두 갖추었다는 뜻이다. 성당盛唐 시기의 문학은 한편으로 건안 시대의 풍골風骨을 추구하면서 "그와 짝이 될 만하고與之爲儔" 한편으로 남조南朝에서 초당初唐까지 견지되어 온 성률聲律의 합리적인 이론들을 섭취해서 "도대체 비흥은 없고 경박하고 아름다운 것만 귀하게 여겨都無比興 但貴輕艶" "오로지 얽매이고 기피하는 점만 일삼는專事拘忌" 단점을 극복하였다. 그리하여 내용과 형식에 있어서 비교적 긍정적인 조화를 이루어서 낭랑하고 화창하며 강건剛健한 풍격을 형성하였다. 은번은 성당에 이르러 시문학이 이러한 성률과 풍골을 겸비한 특색을 갖추었다고 보았기 때문에 성당의 작품으로 자신의 문학 비평의 준거를 삼았다. 그러나 구체적으로 작가를 비평할 때 그는 특히 풍골을 더욱 강조하였다. 예컨대 도한陶翰을 평하면서 "이미 흥취와 형상이 많은 데다가 풍골도 겸비하였다.旣多興象 復備風骨"고 했고, 고적高適(702?-765)을 평할 때에는 "가슴속에서 우러난 말이 많으며 겸하여 기골도 스며 있다.多胸臆語 兼有氣骨"고 했다. 그리고 최호崔顥를 평하면서 "만년에 들어서자 절조가 갑자기 평상시의 체제를 바꾸었는데, 풍골이 어엿하다.晚節忽變常體 風骨凜然"는 지적 등이 그것이다. 은번의 이러한 주장은 진자앙陳子昻(656-698)과 이백李白(701-762)이 한위漢魏 시대의 풍골을 강조한 사실과 정신사적으로 일치하는 것이다.

유개(947-1000)

유개는 송대 초기의 산문가다. 젊었을 때 한유와 유종원의 글짓기를 흠모하여 이름을 견유肩愈라 하였고, 자를 소원紹元이라 했다. 나중에 스스로 "성도聖道의 길을 열었다."고 여겨 이름을 개로 바꾸었고, 자도 중도仲塗라 했다. 책을 지을 때는 스스로 동교야부東郊野夫라 하였고, 또 보망선생補亡先生이라고도 했다. 대명大名(하북성) 출신이다. 태조 개보開寶 6년(973)에 진사에 급제했다. 진종 때에 대주代州와 흔주忻州의 자사가 되었고, 창주滄州로 옮겼으며 머리에 종양을 앓아 죽었다. 본래 문집 15권이 있었지만 지금은 『하동선생집河東先生集』 16권이 있다. 만당 오대의 부미浮靡한 문풍이 송초에는 많이 성행했지만 점차 의식 있는 선비들의 반대에 부딪히기 시작했는데, 유개와 목수穆修는 이 방면의 대표자들이다. 유개는 한유와 유종원의 계승자를 자처하면서 "이치는 옛스럽게 하고, 뜻을 높이는 방식古其理 高其意"의 고문을 쓸 것을 제창하였고 문文에 대한 도道의 결정 작용을 강조했다. 아울러 문을 짓는 데 있어서는 "시대의 변화에 적응시켜 옛사람의 방법과 같아야 한다."면서 현실을 위해 봉사해야 한다고 보았다. 송초의 내용이 공허하고 사조만 아름답게 꾸미는 문풍을 바꾸는 데 일정한 역할을 하였다. 홍매洪邁의 『용재속필容齋續筆』 권9에서 그가 북송 시문혁신운동의 선도자가 되었다고 하였는데, 이는 매우 적절한 말이다. 하지만 글을 짓는 데 있어서 도덕과

인의의 선양을 주로 강조하다 보니 현실과의 관계는 긴밀하지 못했고 문자 역시 생경함과 난삽함을 면하지 못했다. 그 결과 흡입력이 떨어지고 큰 영향을 주진 못했다. 유개는 또한 시에도 능하여 한유의 풍격을 배웠는데, 〈새상塞上〉은 널리 전송되는 유명한 작품이다.

■ 문장과 도는 상보적이다 (文道合一)

송초宋初의 유개柳開와 왕우칭王禹偁(954-1001), 석개石介(1005-1045) 등이 시문 혁신 운동 초기에 내놓은 관점의 하나. 문도합일은 명확하게 문학에 대해서만 한정되는 것은 아닌데, 다만 후세의 비평가들이 문학적 입장에서 정리한 것이다. 그 의미는 유가에서 말하는 도통道統과 문통文統이 합일한다는 말이다. 그러나 도는 목적이고 문은 도를 밝히는 수단일 뿐이다. 이렇게 목적과 수단이 서로를 보완하고 완성시켜 하나로 합치된다는 것이다. 유개는 <응책應責>에서 일찍이 "우리의 도는 공자·맹자·양웅·한유의 도이고, 우리 문은 공자·맹자·양웅·한유의 문吾之道 孔子·孟軻·揚雄·韓愈之道 吾之文 孔子·孟軻·揚雄·韓愈之文也"이라고 말했다. 이 글에서 유개는 도와 문은 한 몸에 모여 합일된다고 주장하였다. 문도합일에 대해서 그들의 이해는 비록 동일하긴 했지만 구체적으로 문과 도의 연관 관계에 이르게 되면 보는 방식에 다소간 차이가 있다. 유개는 도에 편중되어 있고, 왕우칭은 도도 중시했지만 문 또한 가볍게 여기지 않았다.

왕우칭(954-1001)

왕우칭은 북송 초의 문학가이자 사학자다. 자는 원지元之이고, 거야巨

野(산동성) 출신이다. 우습유右拾遺, 좌사간左司諫, 지제고知制誥, 한림학사 등의 관직을 지냈다. 글로써 직간을 잘하여 황주黃州(호북성 황강黃岡)의 지주知州로 폄적되는 등 자주 관직이 깎였다. 그의 작품 〈삼출부三黜賦〉는 몸은 굽힘을 당해도 도는 굽히지 않겠다는 강직한 의지를 표출한 것이다. 두보, 백거이 등의 시풍을 따랐으며, 산문으로는 한유와 유종원을 배웠다. 그의 시문은 화미華美하지 않고 도가 담겨 있다. 송대 복고주의 시문의 선구로 불린다. 저서에 『소축집小畜集』, 『소축외집小畜外集』, 『오대사궐문五代史闕文』 등이 있다. 이밖에 인물화에도 능했으며, 작품 〈오로회도五老會圖〉는 오도자吳道子의 풍격과 흡사하다는 평을 받고 있다.

■ 문학과 도의 관계에 대해 논하다 (傳道明心)

송나라의 왕우칭王禹偁이 문학과 도의 관계에 대해 논의하면서 전개한 논리로, 문학이 환기시키는 작용과 효과는 도를 전하고 마음을 밝히는 데 있다는 것이다. 전도는 도덕 논리를 전파하는 것을 말하는데, 유가에서 말하는 도통道統을 뜻한다. 명심은 작가의 사상을 표현한다는 의미다. 왕우칭은 <답장부서答張扶書>에서 다음과 같이 말했다.

"무릇 문장은 도를 전하고 마음을 밝히는 것이다. 옛날 성인께서는 부득이해서 문장을 썼었다. 또 사람이 마음을 오로지 해서 도에 이르고자 한다면, 몸을 수행하면 허물이 없고 임금을 섬기면 설 자리가 있을 것이다. 그러나 그 자리가 없어지자 마음에 가진 바가 밖으로 드러나지 않고, 도가 쌓인 것이 후세에 전해지지 않을까 두려워해서 이에 말이 있게 되었다. 또 말은 쉽게 없어지지 않을까 두려워해서 이에 문장이 있게 되었다. 그러니 부득이해서 문장을 지었다는 말이 믿을 만하지 않은가?夫文 傳道而明心也 古聖人不得已而爲之也 且人

能一乎心至乎道 修身則無咎 事君則有立 及其無位也 惧乎心之所有 不得明乎外 道之所畜 不得傳乎後 于是乎有言焉 又惧乎言之易泯也 于是乎有文焉 信哉不得已而爲之也"

이는 문학의 공용성功用性에 대해 지적한 발언이다. 문학에 이와 같은 공용성이 있으니 당연히 함부로 경시할 수도 없으며 문학이 자신의 효용을 제대로 발휘할 수 있도록 언어상의 운용에 더욱 주의해야 한다는 것이다. 그렇기 때문에 의미가 정확하게 전달되어 쉽게 이해할 수 있도록 북돋아야지 단순히 글자상으로만 옛 사람을 모방해서는 안 되는 것이다. 때문에 그는 다시 한 번 글을 쓸 때에는 "문구가 쉽게 말해지고, 의리가 쉽게 이해되도록使句之易道 義之易曉" 해야 한다고 강조하였다.

매요신(1002-1060)

매요신은 북송의 시인이자 문장가다. 자는 성유聖兪이고, 호는 완릉선생宛陵先生이며, 선성宣城(안휘성) 출신이다. 젊어서 진사 시험에 불합격하고 부친의 힘으로 하남주부河南主簿가 되었다. 인종 때『신당서新唐書』의 편찬에 참여하였다. 인종 가우嘉祐 초 50세의 나이로 진사에 응시하여 합격했으며, 구양수歐陽修의 추천으로 국자감직강國子監直講이 된 뒤 관직이 상서도관원외랑尚書都官員外郎에 이르렀다. 그의 시문은 평담하고 함축적인 가운데 심원한 뜻을 내포하고 있다. 소순흠蘇舜欽과 함께 명성을 떨쳐 '소매蘇梅'로 병칭되었다. 시문은 박실朴實하고 진지해야 한다고 주장하였으며, 화려하나 내용이 없는 서곤체西崑體의 문풍을 반대했다. 구양수 등과 함께 고문운동을 제창하였다. 시작품에 〈여분빈녀汝墳貧女〉를 비롯하여 〈전가어田家語〉, 〈도자陶者〉, 〈노산산행魯山山行〉,

〈동계東溪〉 등이 있고, 저서로 『완릉선생집宛陵先生集』이 전한다.

■ 감정에 충실한 창작을 하라 (作者得于心 覽者會以意)

매요신梅堯臣이 시를 평하면서 남긴 말. 시가의 창작은 언어 문자로 경관과 물상을 묘사하는 방식에 의지해 자신의 심정과 느낌을 서술한다는 것이다. 다만 이는 창작의 한 측면일 뿐으로, 진정으로 오묘한 경지를 얻기 위해서는 독자의 마음 속 깊이 파고들어 감상하기에 적합해야 비로소 작자가 뜻한 바를 인식시킬 수 있다고 하였다. 구양수 歐陽修(1007-1072)는 『육일시화六一詩話』에서 매요신이 말한 시는 반드시 "다하지 않은 뜻이 말 밖에 드러나도록 담고, 묘사하기 어려운 경관이 눈앞에 선연하게끔 그려내야含不盡之意見於言外 狀難寫之景如在目前" 비로소 공교로워진다는 논의를 인용한 뒤, 매요신에게 어째서 그러한지 묻자 이에 대답한 답변을 소개하였다. "작자는 마음에서 느끼고, 독자는 뜻으로 이해하는데, 일일이 설명하기는 어렵다.作者得于心 覽者會于意 殆難指陳以言" 그는 뒤이어 실제 예를 들어 그 의미를 풀이하였다. 즉 "버들 자란 연못가에 봄 풀은 질펀하고, 꽃 핀 마을에 석양 빛은 더디 진다.柳塘春水漫 花塢夕陽遲"는 시구에서 묘사한 것은 비록 버들 자란 연못가의 봄물과 꽃 핀 둑의 석양빛이지만, "하늘의 모습과 시절의 자태가 융화를 이루어 화창하니, 어찌 눈앞에 선연하게 드러난 것이 아니겠는가?天容時態 融和駘蕩 豈不如在目前乎"고 풀이하였다. 그리고 "괴이한 새는 광야에서 우짖고, 떨어지는 햇살에 나그네는 근심스럽다.怪禽啼曠野 落日恐行人"는 구절에서 새가 울고 해가 진다는 말만 있지만, "행로가 힘겨워 나그네의 근심이 하염없는 道路辛苦 羈愁旅思" 정황은 이미 말 너머에 드러나 있다는 것이다.

이는 동일한 문제의 양 측면이다. 작자의 입장에서 볼 때 "마음 속으로 느낀 바有所得于心"를 표현하고자 하면 반드시 구체적인 경물을 제대로 형상화하여 묘사하고, 그 경물의 묘사가 오묘하고 핍진해서 눈앞에 보이는 듯할 때 정의情意를 표현한 것이 완연하고 함축적이어서 말 밖으로 드러나게 된다. 이어 독자의 입장에서는 작품이 "뜻으로 가슴에 와 닿아會以意" 작자의 창작 의도를 진정으로 이해하고 반드시 잘 감상하려면 작자의 구체적인 묘사를 분석하고 소화해서 외경外景을 근거로 숨겨진 의미마저 체득하여 실경 밖에 감춰진 정취를 깨닫게 된다면, 그제야 작품이 잘되었다고 말할 수 있는 것이다.

■ 시는 현실을 반영한다 (因事激情 因物興通)

문학 창작은 사회 현실 생활과 긴밀하게 연계되어 구체적인 사물의 묘사를 통해 작자의 사상과 감정을 묘사해야 한다는 주장이다. <답한삼자화·한오지국·한륙옥여견증술시答韓三子華·韓五持國·韓六玉汝見贈述詩>에 나온다.

聖人于詩言	성인이 시에 대해 말할 때에는
曾不專其中	일찍이 그것을 중심에 두진 않았다.
因事有所激	사실에 바탕하여 격발되는 작품이 있었고
因物興以通	사물에 바탕하여 비흥으로써 통하는 작품도 있다.

인사유소격은 시와 현실 사물의 관계를 말한 것으로, "사실을 바탕으로 해서 쓰어져야 한다.因事而發"는 말이다. 인물흥이통은 시의 예술 표현상의 특징에 대해 논의한 것으로, 비흥比興 등의 수법을 이용해 형상을 표현해야 한다는 지적이다. 이는 매요신 논시論詩의 중요한 특징 가운데 하나다. 이러한 인식은 굴원屈原의 작품이 "세태에 분개하고 사악함을 미워했다.憤世嫉邪"(같은 작품)는 평가와도 완전히 일치한다. 둘 다 시와 현실 생활의 관계에 착안한 논의다.

그는 시는 현실 생활을 반영해야 하고 실제와 연계되어야 한다고 강조하였다. 이는 백거이白居易(772-846)가 "문장은 시세에 합당하게 쓰여져야 하고, 시가는 사실에 합당하게 지어져야 한다.文章合爲時而著 詩歌合爲事而作"는 리얼리즘 시론을 계승 발전시킨 결과다. 동시에 매요신의 논리는 당시 문단에 만연했던 서곤체西崑體의 형식주의 시풍을 비판하고, 송나라 초기에 일어난 시문혁신운동의 발전을 진작시키는데 적극적인 기여를 하였다.

구양수(1007-1072)

구양수는 북송의 문학가이자 사상가다. 자는 영숙永叔이고, 호는 취옹醉翁, 육일거사六一居士를 썼다. 영풍永豊(강서성) 출신이다. 4세 때 부친을 잃고 모친에게서 글을 배웠으며, 가난하여 나뭇가지로 땅에 글씨를 써가며 배웠다. 인종仁宗 천성天聖 8년(1030) 진사에 합격하여 서경추관西京推官이 되고 경력慶曆 3년(1043) 태상승太常丞에 올라 범중엄范仲淹의 신정新政을 도왔다. 신정이 실패로 돌아간 뒤 범중엄을 변론했다가 붕당으로 몰려 척주滁州로 편적되었다. 지화至和 초 한림학사翰林學士가 되어『신당서新唐書』등의 역사 편찬에 참여하였다. 이후 용도각학사龍圖閣學士, 지개봉부知開封府, 추밀부사樞密副使, 참지정사參知政事 등을 거쳐 태자소사太子少師로서 관직을 마감했다. 시호는 문충文忠. 만년에는 왕안석王安石의 청묘법靑苗法에 반대했다. 시, 사, 산문을 두루 잘 지었는데, 특히 산문으로 이름을 날렸다. 당대 한유의 영향을 받아 매요신梅堯臣, 소순흠蘇舜欽 등과 함께 송대의 고문운동을 크게 진작시켰다. 지공거知貢擧(진사의 시험을 관리하는 벼슬)의 벼슬을 이용하여 고문古文의 명사인 소순蘇舜, 소식蘇軾, 소철蘇鐵, 증공曾鞏, 왕안석王安石 등을 문하에 끌어들였다. 북송의 시문혁신운동에 참여하여 초기의 화려한 문풍을 사라지게 했다. 정론문 〈여고사간서與高司諫書〉, 〈붕당론朋黨論〉, 〈원폐原弊〉 등은 통치자에 대한 풍간과 함께 보수파를 배척하고 인민의 고통을 동정했다. 〈취옹정기醉翁亭記〉와 〈추성부秋聲賦〉가 대표적 산문으로, 문장이 정련되고 간결하여 후세에 애송되었다. 송기宋祁 등과 함께 『당서唐書』(신당서新唐書)를 편찬하고, 『오대사五代史』(신오대사新五代史)를 홀로 편찬했다. 경학에도 관심을 가져 『시본의詩本義』와 『역동자문易童子問』, 『춘추론春秋錄』 등을 남겼다. 금석학 방면에서는 금석 탁본을 근거로 『집고록集古錄』을 편찬했다. 이밖에 『육일시화六一詩話』를 펴내 새로운 체제의 시가평론서인 '시화詩話'를 탄생시켰다. 시문집에 『구양문충집歐陽文忠集』이 전한다.

■ 도가 풍성하면 문장도 지극하다 (道盛文至)

송나라의 구양수歐陽修가 문장과 도의 관련에 대해 말하면서 내놓은 관점으로, <답오충수재서答吳充秀才書>에 나온다.

"성인의 문장에는 비록 미칠 수 없지만, 대개 도가 풍성한 사람은 문장도 어렵지 않게 저절로 지극해질 수 있다.聖人之文 雖不可及 然大抵道盛者文不難而自至也"

여기서 지적한 "도가 풍성한 사람은 문장도 어렵지 않게 저절로 지극해질 수 있다."는 말은 도덕적 수양을 강조한 것으로, 글을 위한 글쓰기에 힘쓰지 말고 도를 중시하는 글쓰기를 해야 한다는 뜻이다. 즉 사상이 정확하고 충실하면 문장은 자연스럽게 광채를 발휘한다는 말이다. 이런 각도에서 보면 구양수는 도가 본질이고 문장은 지엽이니 도를 배우는 것이야말로 문장의 내용을 충실하게 다지는 관건으로 보았던 것을 알 수 있다. 물론 궁극적인 목적은 글쓰기에 있었다고 해도 도를 중시할 때 비로소 문장 역시 중시될 수 있다는 입장에 서 있었던 것이다.

이런 주장에 힘입어 후대의 도학가들은 문장은 경시하고 도만 중시하게 되었으며, 심지어 글쓰기는 도를 해친다고까지 인식해서 도와 문장은 대립적인 존재라고 파악하기에 이르렀다. 이리하여 제기 방식에 있어서 근본적인 구별이 나오게 되었다. 이 밖에도 "덕이 있는 사람은 반드시 말다운 말이 있다.有德者必有言"는 식의 주장이 나오게 되었는데, 이 말은 도(혹은 덕)가 있으면 반드시 거기에 합당한 문(혹은 말)이 있다는 식으로 일종의 인과 관계에 입각한 설명이다. 이것은 문장이 지극해지는 일은 어렵다는 말로 간추릴 수 있다. 그 뜻은 작가는 문장에 탐닉해서 도덕적인 수양을 경시해서는 안 된다는 사실을 강조한 것이다. 구양수는 <답오충수재서>에서 "학자가 탐닉에 빠지는學者有所溺" 현상에 대해 이렇게 상술하였다.

"대개 문장이 말이 되는 데 있어서 공교로우면서 기뻐할 만하기는 어렵고 즐거워하면서 자족하기는 쉽다. 세상의 학자들이 왕왕 이에 빠지니 하나라도 공교로운 것이 있으면 나의 학문은 족하다고 한다. 그래서 심한 사람은 모든 일을 버려 버리고 마음에 두지 않으면서도 자신은 문사라고 떠벌리며 문장을 쓰는 데 직분을 둘 뿐이라고 한다. 이것이 바로 지극한 문장이 드문 이유다.蓋文之爲言 難工而可喜 易悅而自足 世之學者 往往溺之 一有工焉 則曰 吾學足矣 甚者至棄百事不關于心 曰吾文士也 職于文而已 此其所以至文之鮮也"

이렇게 구양수는 글 쓰는 이가 "즐거워하며 자족하기 쉬워易悅而自足" 스스로 그릇된 풍조에 얽매이는 오류를 지적하는 동시에 글 쓰는 사람은 모름지기 도를 중시하고 많이 배워야 할 필요성을 역설했던 것이다.

■ 시인에게 궁핍이란 무엇인가 (窮而後工)

송나라의 구양수가 제시한 논시論詩의 한 관점. 이 말은 <매성유시

집서梅聖兪詩集序>에 나온다.

"내 들으니 시인 중에는 출세한 사람은 적고 대개 곤궁하게 살았다고 하는데, 어찌하여 그렇게 된 것인가! 대개 세상에 전해지는 시는 상당수가 옛날 곤궁했던 사람들의 문장에서 나온 것이다. 무릇 선비가 자신이 가진 것을 온축했다가도 세상에 그것을 펼치지 못하면 산자락이나 물가의 밖으로 자신을 내던지기를 좋아하여 벌레나 물고기, 풀과 나무, 구름과 바람, 새와 짐승의 무리들을 보고 때로 그 기괴함을 찾기도 한다. 그러나 마음 속에는 슬픈 생각과 울분을 느끼는 심정이 응어리져 있어서 참을 수 없는 번민이 글을 통해 나타나 쫓겨난 신하나 외로운 과부가 탄식하는 것을 말하거나 인정상 말하기 어려운 바를 묘사하기도 한다. 그러니 시인은 곤궁해질수록 더욱 작품은 공교로워지는 것이다. 그런즉 시가 사람을 곤궁하게 만드는 것이 아니라 아마도 곤궁해진 다음에야 시가 공교로워지는 것이 아닌가 생각된다. 予聞世謂詩人少達而多窮 夫豈然哉 蓋世所傳詩者 多出于古窮人之辭也 凡士之蘊其所有 而不得施于世者 多喜自放于山巓水涯之外 見蟲魚草木風雲鳥獸之狀類 往往探其奇怪 內有憂思感憤之鬱積 其興于怨刺 以道羈臣寡婦之所嘆 而寫人情之難言 蓋愈窮則愈工 然則非詩之能窮人 殆窮者而後工也"

여기서 말하는 궁은 단순히 경제적인 빈궁을 뜻하는 것이 아니고, 생활하면서 난관이 많아 뜻을 이루지 못하여 이로 말미암아 터져 나오는 평안하지 못한 감정을 말한다. 때문에 궁이후공이 담고 있는 의미는 생애를 통해 이런저런 곤란을 겪으면서 싹터 오른 감정이 곧 좋은 시를 쓰는 결과를 빚는다는 비유적인 표현으로 볼 수 있다. 구양수는 이런 생각을 다른 글인 <설간숙공문집서薛簡肅公文集序>에서도 토로하였다.

"뜻을 잃은 사람에게 이르러서는 외롭게 머물면서 고생스럽게 살다보니 마음은 괴롭고 생각은 위태로워 생각은 극도로 정밀해지기 마련이다. 아울러 감격하고 발분한 것들이 세상에 쓰일 바가 없어진 것들은 모두 문장 속에 담겨지게 된다. 때문에 말하기를, 곤궁한 사람의 말은 공교로워지기가 쉽다는 것이다.至于失志之人 窮居隱約 苦心危慮 而極于精思 與其所感激發憤 惟無所施于世者 皆一寓于文辭 故曰 窮者之言易工也"

구양수가 주장한 "시는 곤궁해진 뒤에야 공교로워진다."는 논리는 사마천司馬遷(전145?-전86?)이 말한 "발분해서 글을 지었다.發憤著書"는 논리나 한유韓愈(768-824)의 "마음이 평안하지 못하면 울린다.不平則鳴"는 생각을 계승한 것이다. 그는 궁이후공의 논지를 펼치긴 했지만, "시인은 출세하지 못하고 대개 곤궁하다."는 태도에는 동의하지 않았다. 때문에 "시가 사람을 곤궁하게 만드는 것이 아니라 아마도 곤궁해진 다음에야 공교로워질 것이다."는 단서를 달았던 것인데, 이 역시 사마천과 한유의 관점을 보충하고 발전시킨 견해였다.

소순(1009-1066)

소순은 북송의 문학가다. 자는 명윤明允이고, 호는 노천老泉이며, 사천四川 미산眉山(사천성) 출신이다. 27세가 되어서야 학문에 전심하여 누차 진사 시험에 응시했으나 실패하였다. 이후에도 꾸준히 노력하여 육경과 백가의 학문에 능통했다. 인종仁宗 가우嘉祐 원년(1056) 아들 소식蘇軾, 소철蘇轍과 함께 경사京師로 가 구양수歐陽修, 한기韓琦 등으로부터 문재를 인정받았다. 구양수가 〈기책幾策〉, 〈권서權書〉, 〈형론衡論〉 등 그의 문장 22편을 조정에 상주하여 인종의 칭찬을 받았으며, 이후 비서성교서랑秘書省校書郎의 관직을 제수받았다. 문안주부文安主簿로 있으면서 『태상인혁례太常因革禮』를 편찬한 후 병사했다. 그의 산문은 대부분 시정을 논한 것이며, 시대의 병폐를 날카롭게 적시하고 합리적인 비평을 가했다. 또 필력이 강하고 언어가 질박했다. 〈육국론六國論〉이 명저로 남아 있다. 시는 문장에 비해 떨어진다. 당송팔대가 중 한 사람으로 아들 식軾·철轍과 함께 '삼소三蘇'로 불린다. 저서에 『가우집嘉祐集』이 전한다.

■ 자연스럽게 이루어지는 문학을 옹호하다 (風水相遭)

송나라의 소순蘇洵(1009-1066)이 흥회興會로써 문장을 논의할 때 사용한 비유법의 하나다. 그는 〈중형자문보설仲兄字文甫說〉에서 "바람과 물이 서로 만난다.風水相遭"는 비유를 사용해서 "서로 구하기에 뜻을 두지 않았고 기약하지 않았는데도 서로 만나 문장이 되는無意于相求 不期而相遭 而文生焉" 작품이야말로 "천하의 뛰어난 문장天下之至文"임을 설명하였다. 여기서 말한 물(水)은 작가의 평상시의 도道와 문文에 대한 수양과 공부를 비유하는데, 작가의 주관적인 조건을 말한다. 바람(風)이란 것은 외부의 적당한 기회를 비유하는 것으로, 객관적인 조건을 말한다. 소순은 문장이 생성되기 위해서는 "사물이 바람唯水與風" 가운데 하나라도 빠져서는 안 된다고 생각하였다. 풍수 상조하여 문장이 이루어지는 과정은 "물건이 서로 시켜서 문장이 그 사이에서 나오는 것物之相使而文出于其間"이며, 이렇게 자연스럽게 생산된 문장을 일러 "뛰어난 문장至文"이라고 하였다. 글귀를 애써 조탁하고 다듬은, "새기고 파며 조직하고 수놓은刻鏤組繡" 문장과는 비교할 수 없다는 것이다.

소식의 논의는 육기陸機(261-303)가 "느낌에 대응한 모임이며 막힌 것을 뚫는 실마리여서 오는 것을 막을 수도 없고 가는 것을 잡을 수도 없다.應感之會 通塞之紀 來不可遏 去不可止"(〈문부文賦〉)고 한 논의를 계승하고, 한유韓愈(768-824)의 "마땅히 마음 속에서 얻어서 손으

로 쏟아내는 것으로, 물결치듯 오는 것當其取于心而注于手也 汨汨然
來矣”(<답이익서答李翊書>)이라는 주장을 발전시킨 것이다. 또 그의
논의는 은번殷璠의 “문장은 신령이 오고 기질이 오고 감정이 와서 이
루어진 것文有神來 氣來 情來”(<하악영령집서河岳英靈集序>)이라는
주장의 영향도 받았다. 그러나 그는 이러한 논의에 얽매이지 않고 객
관적인 흥회의 작용을 강조하였다. 풍수상조하듯이 주관과 객관이 상
보적으로 호응할 때 비로소 문장을 완성할 수 있다는 것이다. 이는
이전 문인들의 논의와 비교할 때 대단히 총체적이고 구체적인 지적
이다. 그의 이론은 후대 문인들, 특히 소식蘇軾(1037-1101)의 문학론이
형성되는 데 적지 않은 영향을 주었다.

정이(1033-1107)

정이는 북송의 사상가다. 자는 정이正伊이고, 세칭 이천선생伊川先生
으로 불린다. 낙양洛陽(하북성) 출신이다. 정호程顥의 아우다. 원우元祐
초 사마광司馬光 등의 천거에 의해 비서성교서랑秘書省校書郞이 되었으
며, 소식蘇軾과 화합하지 못해 여러 번 관직이 깎였다. 소성紹聖 연간에
는 부주涪州로 쫓겨났다. 휘종徽宗 때 복권되어 낙양으로 올라왔지만 벼
슬을 내놓고 야인생활을 했다. 형 정호와 함께 주돈이周敦頤를 사사하여
송대 이학파의 태두가 되었으며, 형제간 주장한 학설이 비슷하다. 두 사
람을 일컬어 ‘이정二程’이라 하였다. 천하에는 단지 하나의 ‘이理’만이 있
으며, ‘이’는 곧 ‘이心’이라고 보았다. 유가의 입장에서 봉건의 삼강오상三
綱五常을 옹호하고 격물치지格物致知를 강조하였다. 또 멸사욕滅私欲,
명천리明天理를 주장하고 과부의 재가를 반대하면서, “굶어 죽는 것은 작
은 일이요, 절개를 잃는 것은 큰 일이다.餓死事小 失節事大”라고 주장했

다. 저서에 『역전易傳』과 『안자소호하학론顔子所好何學論』 등이 있는데, 『이정전서二程全書』에 수록되어 있다.

■ 문장 때문에 도를 해치지 말라 (作文害道)

송나라 때의 도학자들이 문학에 대해 잘못 인식한 태도의 하나. 그들의 사상은 주관적 유심주의에 바탕을 두고 있었기 때문에 오로지 마음 속에 있는 의리義理를 밝히는 학문만 중시했을 뿐 문학은 상대적으로 가볍게 보았다. 도와 문을 대립적인 개념으로 파악해서 도를 중시하고 문은 경시했던 것이다. 심지어 그들은 도는 본체이고 문은 말기末技리고 여겨 문학에 종사하는 것은 근본을 버리고 가지만 잡는, 본말이 전도된 태도라고까지 인식하였다. "사물을 즐기다가 근본 뜻을 잃는 것玩物喪志"이라고 하여 사람의 정력을 소모시키는 낭비라고 여겨, 도를 배우는 데 해만 될 뿐 이익은 없다고 판단했던 것이다. 이러한 작문해도의 관점은 정이程頤(1033-1107)의 말에 가장 명확하게 제시되어 있다. 그는 "글을 쓰는 일은 도를 해치는 것입니까?作文害道否" 라는 제자의 질문에 "해가 된다. 무릇 글을 쓸 때에는 뜻을 오로지 하지 않으면 공교롭게 되지 않으니, 만약 뜻을 오로지 한다면 의지는 여기에 국한될 것이다. 그러니 어찌 천지와 더불어 그 큼을 함께 하겠는가? 『서경』에서 말하기를 완물상지라 했는데, 문학을 하는 일 또한 완물인 것害也 凡爲文不專意則不工 若專意則志局于此 又安能與天地同其大也"(『이정어록二程語錄』 권11)이라고 지적하였다. 정호程顥(1032-1085)도 "학자가 먼저 글을 배우면 능히 도에 이를 사람이 드물다.學者先學文 鮮有能至道"(『이정어록』)고 말했다. 때문에 그들은 시가를 일컬어 "한가한 말閑言語"라고 폄하했으며, 작자가 "오로지 장구 짓기에만 힘써 남의 이목이나 즐겁게 한다면專務章句 悅人耳目"이는 배우와 다를 바 없다고 생각하였다. 문학의 가치와 그 사회적 작용을 완전히 부인한 발언이다. 물론 작문해도는 도학자들만 주장한 이론은 아니다. 실제로 몇몇 도학자들, 예컨대 주돈이周敦頤(1017-1073) 등은 비록 한유韓愈(768-824)와 같은 고문가들이 주장한 내용과는 조금 다르긴 하지만 문이재도文以載道를 주장하기도 하였다. 그러나 그들 역시 문학 창작을 완전히 방기한 것도 아니어서 정호의 경우 적지 않은 시를 쓰기도 하였다. 그러나 도학자들의 시는 대개 "강의나 어록에 압운을 단 정도講義語錄之押韻者"여서 문학적인 맛은 찾아보기 어려운 실정이다.

소식(1037-1101)

소식은 북송의 문학가이자 서화가, 정치가다. 자는 자첨子瞻, 화중和仲이고, 호는 동파東坡 또는 동파거사東坡居士이며, 미산眉山(사천성) 출신이다. 인종仁宗 가우嘉祐 2년(1057) 진사가 되고, 봉상부첨서판관鳳翔府簽書判官, 개봉부추관開封府推官 등을 지내다 왕안석王安石의 신법에 반대하여 투옥되었다. 이후 왕안례王安禮의 도움으로 구제되어 항주통판杭州通判, 지밀주知密州, 지서주知徐州, 지호주知湖州 등을 지냈다. 원풍元豊 2년(1079) 시로써 시정을 풍자하다 투옥되었고(오대시안烏臺詩案 사건), 다시 황주단련부사黃州團練副使로 폄적되었다. 이곳에서 동파를 짓고 시와 술로써 마음을 달랬다. 철종哲宗 즉위 후 사마광司馬光의 구법파舊法派가 집권하면서 예부낭중禮部郞中에 발탁되고, 이어 중서사인中書舍人, 한림학사 겸 시독侍讀에 기용되었다. 이후 신법파와 구법파 간의 정쟁에 휘말려 부침을 거듭하였다. 다재다능한 문학의 거장으로 시와 사, 산문을 비롯하여 그림과 글씨에도 성과가 높았다. 서곤체西崑體의 형식주의 영향을 받은 태학체太學體에 반대했으며, 행운유수行

雲流水하듯 자연스런 가운데 호방함을 드러내는 문장을 주장하였다. 또 "문리가 자연스러운 가운데 자태가 종횡으로 드러난다.文理自然 姿態橫生"는 이론으로 북송의 시문혁신운동을 주도하였다. 당송팔대가의 한 사람으로 부친 소순, 아우 소철과 함께 세칭 '삼소三蘇'라 하였다. 유명한 산문으로 '전적법구前赤壁賦」, 「후적벽부後赤壁賦」, 「조주한문공묘비潮州韓文公廟碑」, 「기승천사야유記承天寺夜游」, 「석종산기石鐘山記」 등이 있다. 시는 청신웅방淸新雄放하다는 평을 받으며 당시 시단에서 황정견黃庭堅과 함께 '소황蘇黃'이라 불릴 만큼 영향력 있는 시인으로 이름을 날렸다. 사詞의 경우 시로써 사를 지어 시인이 쓰던 제재를 사의 제재로 채용했으며, 필력이 종횡으로 내달리고 경지가 광활하며 기세가 거침없는 호방파 시인으로 이름을 날렸다. 「염노교念奴嬌」와 「수조가두水調歌頭」, 「강성자江城子」 등이 대표적인 사 작품이다. 남송의 신기질辛棄疾 등이 그의 호방한 사풍을 이었다. 그의 서화는 고목석죽枯木石竹을 제재로 한 것이 주류를 이루는데 "시속에 그림이 있고, 그림 속에 시가 있다.詩中有畵 畵中有詩"는 평을 받았다. 작품에 「고목석죽도枯木石竹圖」, 「목석도木石圖」 등이 있다. 시문 저작으로 「구지필기仇池筆記」와 『동파지림東坡志林』, 『동파칠집東坡七集』, 『동파악부東坡樂府』, 『동파전서東坡全書』, 『동파역전東坡易傳』 등이 있다.

■ 시의 회화성에 대해 논하다 (詩中有畵 畵中有詩)

소식蘇軾(1037-1101)이 왕유王維(701-761)의 시와 그림에 대해 논의하면서 제시한 평어로, <서마힐남전연우도書摩詰藍田烟雨圖>에 나온다.

"마힐의 시를 맛보면 시 안에 그림이 담긴 것 같고, 마힐의 그림을 감상하면 그림 속에 시가 있는 듯하다.味摩詰之詩 詩中有畵 觀摩詰之畵 畵中有詩"

시중유화란 말은 왕유의 산수시가 보여주는 선명한 형상성을 가리키는 것이고, 화중유시는 왕유의 산수화에 담겨 있는 심오한 의경미意境美를 지적한다. 소식은 이 발언을 통해 예술의 형상화라는 측면에서 시와 그림의 동일성을 밝히고자 하였다. 그는 "시와 그림은 본래 한 규율로 포섭된다.詩畵本一律"고 보았다. 어떤 비평가가 시를 두고 "소리나는 그림有聲之畵"이라 하고, 그림을 두고 "소리 없는 시無聲之詩"라고 표현했듯이 양자는 정신적 맥락에서 보면 일치하는 부분이 많다. 송나라의 장순민張舜民은 <발백삼시화跋百三詩畵>에서 "시는 형상이 없는 그림이고, 그림은 형상이 있는 시詩是無形畵 畵是有形詩"라고 했는데, 역시 같은 뜻이다. 소식의 이 두 구절은 물론 왕유의 시와 그림을 칭송한 것이지만, 사실상 시와 그림의 창작에 대한 자신의 요구를 담은 발언이다. 이 두 구절은 후대에 시와 그림에 대한 평어가 되어 역대의 문예 비평문들은 즐겨 이 말을 인용하고 있다. 이처럼 이 말은 후대 시와 그림의 창작과 감상 방법의 계발에 시사적인 의의를 가졌던 것이다.

■ 대상을 어떻게 모방할 것인가 (隨物賦形)

물物은 객관적인 사물을 가리키고, 형形은 사물의 형상을 말하는데, 외형과 내부 세계 또는 정신적 면모를 포괄한다. 사물을 좇아 형상을 묘사한다(隨物賦形)는 것은 객관적 사물의 본래 면모를 살펴 사물의 형상을 묘사하거나 구현하는 것을 말한다. 소식은 <자평문自評文>에서 이렇게 말했다.

"내 문장은 물이 그득한 샘의 원천과 같아 땅을 가리지 않고 어디든 흐를 수 있다. 평지에서는 도도하게 물결치며 흘러 하루에 천 리 길이라도 어려울 것이 없다. 그러다가 산과 바윗돌이 굽이치고 꺾이는 곳에 이르면 사물에 따라 형상이 어울리는데, 그 경지를 알 수 없을 정도다. 모른다는 것은 마땅히 흘러야 할 곳에서는 항상 흐르고 어쩔 수 없이 그쳐야 할 곳에서는 항상 그친다는 뜻이다. 그저 이와 같을 뿐, 나머지 일은 나도 역시 알 수 없다.吾文如萬斛泉源 不擇地皆可出 在平地滔滔汩汩 雖一日千里無難 及其與山石曲折 隨物賦形而不可知也 所不知者 常行于所當行 常止于所不可不止如是而已矣 基他 雖吾亦不能知也”

수물부형은 외형과 정신이 함께 갖춰지기를 요구한다. 소식은 <서포영승화후書蒲永升畵後>에서 이렇게 말했다.

“옛날부터 물을 그린 작품은 대개 아득히 멀리 펼쳐진 수면과 가늘게 주름잡힌 듯이 흐르는 물결을 묘사하였다. 그 중 잘된 작품은 물결 위로 기복이 드러난 장면을 잘 표현해서 사람들로 하여금 손으로 화면을 문지르게 만드는데 지나지 않는데 이것은 웅덩이고 저것은 솟구치는 물이라고 부르면서 지극히 오묘하다고 여기는 것이다. 그러나 그 품격을 보면 다만 그림판과 먹물과 종이를 들고 터럭 끝 사이에서 공교로움을 다툴 뿐이다. 광명(당나라 희종僖宗 때의 연호, 880-881) 연간에 처사 손위가 비로소 신의를 창출해서 거침없는 물줄기와 거대한 파랑을 그리고 산의 바위가 굽이치고 꺾인 모습은 사물에 따라 형상을 묘사해서 물길의 변화를 완벽하게 화폭에 담았다. 때문에 그의 그림을 일러 신비하고 아득하다고 부른다.古今畵水 多作平遠細皺 其善者不過能爲波頭起伏 使人至以手捫之 謂有注隆 以爲至妙矣 然其品格 特與印板水紙爭工巧于毫厘間耳 當廣明中 處士孫位始出新意 畵奔湍巨浪 與山石曲折 隨物賦形 盡水之變 號稱神逸”

시와 그림은 공통적인 특징을 공유한다. 구름이나 물과 같은 객관적 사물을 때로는 운동하는 상황을 바탕으로 묘사하고, 때로는 변화하는 상황을 바탕으로 묘사하기도 한다. 그러나 혹은 가고 혹은 멈추는 일은 모두 일정한 규율에 부합한다. 예컨대 물이 평지를 흐를 때에는 하루에 천 리 길을 간다면, “도도하게 물결치며 흐르는滔滔汩汩” 형상을 띠게 된다. 그리고 “산의 바윗돌이 굽이치고 꺾어지며與

山石曲折” “거침없는 물줄기와 거대한 파랑奔湍巨浪”이 넘실거리는 광태狂態를 드러낸다. 수물부형은 사물이 변화하는 양상을 존중하여 “무궁한 자태無窮之態”를 다하여 더욱 오묘하고 혹사酷似한, 신일神逸의 경계에 이르는 것이다. 때문에 소식은 “그림을 논할 때 형사로써 함은, 견해가 아이와 같다. 시를 지을 때 이것으로써 한다면, 시를 알지 못하는 사람論畫以形似 見與兒童隣 賦詩以此詩 定非知詩人”(<서언릉왕주부소화절지書鄢陵王主簿所畫折枝>)이라고 말했던 것이다. 소식의 이 말은 그의 다른 문장에서도 종종 목격된다.

수물부형은 격식의 제한을 극복하고, 예술의 창조적인 능력을 최대한으로 발휘해서 자유롭게 묘사하고 평이롭고 유창하게 “문장의 이치가 자연스럽고 자태가 종횡으로 일어나게文理自然 姿態橫生” 만들어 “법도 가운데 신의가 나오고, 호방함을 넘어서서 오묘한 이치를 담아라.出新意于法度之中 寄妙理于豪放之外”는 논지의 문학론이다. 수물부형은 자연을 숭상한다. 자연은 소식이 생각한 예술미의 최고 기준이며, 수물부형은 자연미에 도달하는 기본적인 방법이다.

수물부형의 물物은 주로 구체적인 특징을 지닌 객관적인 사물과 그것이 작가의 눈과 마음을 통해 환기된 반영을 가리킨다. 형形은 간단히 이해하기 어려운 대상의 외모와 표상을 표현하는 것으로, 예술적 형상을 넘어서서 심미적 대상으로서의 특징과 특질, 신운神韻 등을 포함하는 개념이다. 여기에는 심미 주체가 물과 접촉하면서 야기된 특정한 심미적 정서와 감수 단계까지도 포괄한다. 즉 형은 주관과 객관이 통일된 상태를 의미한다. 개괄해서 말하자면 수물부형은 각기 다른 표현 대상을 근거로 각기 다른 예술적 표현 방식들을 운용해서 각기 다른 예술적 형상을 창조하는 일이다. 간단히 말해 자연에서 방법을 얻어 자연과 조화를 이룬다고 할 수 있다. 수물부형은 노장老莊이 자연을 숭상했던 심미관을 계승하여 발전시킨 성과다. 많은 작가와 비평가들이 이와 유사한 주장을 전개하였다. 육기陸機(261-303)는 <문

부文賦>에서 "물건의 됨됨이는 다양한 모습을 띠며, 그 체제 또한 거듭 옮겨간다.其爲物也多姿 其爲體也屢遷"고 했으며, 유협劉勰(465?-520?)은 『문심조룡 · 물색物色』편에서 "하늘의 기운과 사물의 형상을 묘사했으며, 더 나아가 사물과 함께 밀착되어 거기에 부드럽게 몰입하였다. 아름다운 표현을 활용하고 다양한 소리들을 모사하여 자신과 연계된 심정을 돌아보고 헤아려냈다.寫氣圖貌 旣隨物以婉轉 屬采附聲 亦與心而徘徊"고 말했다. 그리고 <정세定勢>편에서는 "(문장의 세력은) 마치 틀에서 나온 화살이 곧게 나가고, 계곡이 굽었으면 물줄기도 굽이치는 것처럼 자연스런 취향이 있다.(文勢)如機發矢直 澗曲湍迴 自然之趣也"고 말하기도 하였다. 이백李白(701-762)은 "맑은 물에서 부용꽃이 솟아오르니, 천연스러워 꾸밈이 없다.淸水出芙蓉 天然去雕飾"(<경난리후천은류야랑억구유서회증강하위태수량재經亂離後天恩流夜郎憶舊游書懷贈江夏韋太守良宰>)고 했는데, 모두 수물부형이라는 예술 사상이 나오는데 모태적 역할을 한 발언들이다.

그러나 소식의 수물부형 이론은 언어가 자연스럽고 조작이 가해지지 않은 경지만 포괄하는 것은 아니다. 여기에는 객관적 사물에 대해서 충실하게 신사神似의 경지를 추구하라는 요구도 포함되어 있다. 옛 사람들은 대부분 물상을 묘사할 때에는 "외형을 궁구하고 형상을 극진히 하기窮形盡相"(육기의 <문부>)를 중시했으며, 수물부형하여 진실된 경계를 찾으라고 요구하였다. 이 발언들은 모두 소식이 수물부형설을 고안하도록 한 견인차가 되었다. 이 논의는 창작론에 속하는 논리로, 창작의 기본적인 규율의 문제에 대해 나름대로 대안을 제시하였다.

황정견(1045-1105)

황정견은 북송의 시인이자 서예가다. 자는 노직魯直이고, 호는 산곡도인山谷道人, 부옹涪翁을 썼다. 홍주洪州 분녕分寧(강서성 수수修水) 출신이다. 치평治平 4년(1067) 진사에 합격하여 엽현위葉縣尉, 북경국자감北京國子監 교수 등을 지내면서 소식, 문언박文彦博 등에게 문학적 재능을 인정받았다. 철종哲宗 때 교서랑校書郎, 신종실록神宗實錄 검토관, 기거사인起居舍人을 지내다 소성紹聖 초『신종실록』이 부실하다는 이유로 신당파新黨派에 의해 부주별가涪州別駕로 폄적되었다. 이후 다시 좌천되어 의주宜州(광서성 의산宜山)에서 죽었다. 시문을 잘 지어 장뢰張耒, 조보지晁補之, 진관秦觀과 함께 소문사학사로 불렸다. 두보의 시를 좋아했지만, 그의 시는 수사와 조구造句를 강구하여 형식주의적인 면이 두드러진다. 신기함, 생소함, 난삽함을 특징으로 하는 강서시파의 창시자로 받들어졌다. 특히 전고를 즐겨 쓰고 전인前人의 작품을 모방하는 이른바 '탈태환골'이라는 모방 이론을 제창하였다. 소식과 더불어 당시 시단을 풍미했으므로 두 사람을 일컬어 '소황蘇黃'이라고 하였다. 그의 서예는 행서와 초서가 뛰어났으며, 소식蘇軾, 미불米芾, 채양蔡襄과 더불어 송사가宋四家라 불렸다. 문집으로『예장황선생문집豫章黃先生文集』이 있고, 시집으로『산곡집山谷集』이 있다.

■ 창작하는 방식의 차이 (閉門覓句)

문을 닫아걸고 주관적인 생각에 따라 시를 쓰는 태도를 가리키는 말. 전하는 말에 따르면 북송 때의 시인 진사도陳師道(1053-1102)는 항상 시를 지을 때마다 문을 잠그고 방안에 누워 고민을 거듭했는데, 며칠 동안 끙끙대는 모습이 마치 병든 사람처럼 보였다고 한다. 황정견黃庭

堅(1045-1105)은 <병기형강정즉사病起荊江亭卽事>에서 "문 잠그고 시구 찾는 진사도(무기는 그의 자)閉門覓句陳無己"라는 시구를 남겼는데, 폄하하려는 의도는 없었다. 원호문元好問(1190-1257)은 <논시절구30수論詩絶句三十首>에서 작품을 쓰면서 현실은 외면한 채 외곬으로만 나가는 자세를 비판하면서 이렇게 평가하였다. "연못가에 봄 풀 피니 사령운의 집안은 봄인데, 만고천추에 다섯 글자 신기롭다. 들으니 문 잠구었다는 진사도는, 애석해라 공은 들이고도 얻은 게 없구나.池塘春草謝家春 萬古千秋五字新 傳語閉門陳正字 可憐無補費精神" 원호문은 진실하고 자연스런 시풍을 제창하면서 직접적인 체험과 느낌을 강조하였고, 주관적인 상념을 바탕으로 작시하거나 명상이나 고민만 가지고 창작하는 태도를 반대하였다. 그는 <논시절구30수> 가운데에서 이런 시를 남기고 있다. "눈으로 직접 보고 마음에서 일어나야 시구는 절로 신기해지니, 암중모색은 모두 진실이 아니다. 그림을 보면 진천을 그린 작품 많은데, 직접 장안에 와서 본 이가 몇이나 될 것인가?眼處心生句自神 暗中摸索總非眞 畵圖臨出秦川累 親到長安有幾人" 이처럼 그는 현실을 일탈해서 주관적인 독단으로 시를 쓰는 경향에 대해 비판을 가했다. 원호문은 사령운謝靈運(385-433)이 쓴 <등지상루登池上樓>의 한 구절인 "연못가에서는 봄 풀이 피고, 정원 버들에서는 새가 우짖는다.池塘生春草 園柳變鳴禽"를 예로 들면서, 이 시구의 맑고 참신하며 자연스런 풍격을 칭송하였다. 작품의 그러한 풍격 때문에 이 시구가 대대로 회자된 것이라고 주장하면서, 진사도가 문을 닫아걸고 시구를 찾기에 골몰하는 태도로서는 결코 우수한 작품이 나올 수 없음을 밝혔다.

■ 모방의 한계는 어디까지인가 (奪胎換骨)

송나라의 황정견이 옛 사람의 시의詩意를 운용하는 방식에 대해 쓴 비유적 표현. 이 말은 송나라의 승려 혜홍惠洪(?-1128)이 쓴 『냉재야화 冷齋夜話』에 나온다.

"황정견(산곡은 그의 호)이 말하기를, 시의 의경은 무궁한데 사람의 재주는 한계가 있다. 유한한 재주로 무궁한 의경을 좇는다면 도연명이나 두보라 할지라도 공교로울 수는 없을 것이다. 그래서 그 의경은 바꾸지 않고 시어만 만든 것을 환골법이라 하고, 의경 속으로 들어가 엿보아서 그것을 형용한 것을 탈태법이라 한다.山谷言 詩意無窮而人之才有限 以有限之才追無窮之意 雖淵明·少陵不得工也 然不易其意而造其語 謂之換骨法 窺入其意而形容之 謂之脫胎法"

환골은 원래의 시의를 바꾸지 않고 다른 시구를 따로 써서 표현하는 것을 말한다. 탈태는 옛 사람의 시의를 그대로 모방해서 개작하는 것을 말한다. 환골법은 문사文詞에 공교로움을 더하여 개작하는 것이고, 탈태법은 문의文意에 공교로움을 더하여 개작하는 것이다. 실제로 두 가지를 구별하기란 쉬운 일이 아니다. 둘 다 옛 사람의 작품을 교묘하게 모방하는 것인데, 어떤 사람은 일종의 모양을 새롭게 해서 독창적인 양식을 창조하는 것이라고 말하기도 한다.

황정견은 사람의 재능은 유한하기 때문에 새로운 의경을 무한히 창출해 낼 수는 없다고 생각하였다. 때문에 다만 이전에 뛰어난 성취를 거둔 시인들을 좇아서 그들의 우수한 작품을 바탕으로 개작해서 이용할 수밖에 없다는 것이다. 이러한 관점은 결국은 시를 배우고 시를 쓸 때 옛 사람의 작품의 범주에만 국한시켜 본받도록 만들고, 시인의 진정한 감정은 도외시하게 하여, 맑고 참신한 작품을 쓰는 일이 불가능하게 만들 우려가 있다. 금나라의 왕약허王若虛(1174-1243)는 일찍이 이에 대해 다음과 같은 평을 남겼다. "황정견(노직은 그의 자)이 시를 논한 이론 가운데 탈태환골과 점철성금의 비유가 있다. 세상 사람들은 이 이론을 훌륭한 착안이라고 생각하지만, 내가 보았을 때 이것은 다만 표절할 때의 교활함일 뿐이다.魯直論詩 有奪胎換骨 點鐵成

金之喩 世以爲名言 以予觀之 特票|竊之點者耳"(『호남설화湖南詩話』)

■ 쇠를 두드려 금을 만드는 것이 문학이다 (點鐵成金)

황정견이 옛 시인들의 문학 작품을 운용하는 방식에 대해 설명하면서 제시한 비유적 표현. 이 말은 <답홍구보서答洪駒父書>에 나온다.

"스스로 말을 만드는 것이 가장 어렵다. 두보杜甫가 시를 쓰고 한유韓愈가 문장을 지을 때 한 글자라도 유래가 없는 곳이 없었다. 그런데 후세 사람들은 글을 읽은 것이 적었기 때문에 두 사람이 직접 이 말을 만들었다고 본 것이다. 옛날에 문장을 잘 짓는 사람들은 진실로 만물에 대해 깊이 연구할 수 있어서 비록 옛 작가들의 진부한 언어를 문장 속에 취하더라도 신령한 단약 한 알과 마찬가지로 쇠를 두드려 금으로 만들어냈던 것이다.自作語最難 老杜作詩 退之作文 無一字無來處 蓋後人讀書少 故謂韓杜自作此語耳 古之能爲文章者 眞能陶冶萬物 雖取古人之陳言入于翰墨 如靈丹一粒 點鐵成金也"

이 말의 의미는 시문을 지을 때에는 먼저 사물에 대한 깊은 성찰을 해야 하고, 옛 사람들이 언어를 운용하는 방법을 잘 배워야 한다는 것이다. 도야만물陶冶萬物의 관점은 적극적으로 작문의 대상인 사물을 탐구하는 자세를 강조한 말로, 실제로 창작할 때의 자세와 부합하는 규율이라고 할 수 있다. 그리고 사물의 본질을 먼저 꿰뚫어 보아야 한다는 입장은 다소 유물론적인 사고의 일환이라고 볼 수도 있다. 옛 작가의 말을 운용하는 방법을 배우는 문제를 거론한 점철성금은 비록 진부한 말을 가려 새로운 말을 만든다는 의미를 함축하고 있지만, 황정견은 옛 작가의 말을 빌려 온다는 사실을 지나치게 중시해서 이를 연단과 점철성금이란 말로 비유한 탓에 다소 편파적이라는 우려를 자아낸다. 남의 말을 빌림으로써 창작을 대체할 수 있다면 그 논리는 결국 형식을 모방하고 옛 문풍을 맹목적으로 습용하는 폐단에 빠지게 될 것이다. 송나라의 위태魏泰는 이를 비난하면서 "황정견은 시를 지어 이름을 드날렸다. 그는 즐겨 남조 작가들의 말을 써서 오로지 옛 사람들이 사용하지 못한 일을 찾고자 노력하였다. 또 한 두 개 기이한 글자를 가지고 녹용을 엮어 시를 지었다며 스스로 공교롭다고 생각했는데, 사실은 소견에 다소 문제가 있는 점도 놓칠 수 없다.黃庭堅作詩得名　好用南朝人語　專求古人未使之事　又一二奇字　綴茸而成詩　自以爲工　其實所見之癖也"(『임한은거시화臨漢隱居詩話』)고 말했다. 송나라의 방회方回(1227-1305)도 『동강집桐江集‧유원휘시평劉元暉詩評』에서 "황정견은 오로지 경사에 실린 우아한 말과 진송 시대의 청담, 『세설』에 적힌 긴요하지 않은 글자를 사용해서 이를 뒤섞어서 시를 만들었다.黃專用經史雅言　晋宋淸談　世說不緊要字　融液爲詩"고 평하였다. 이러한 이론의 영향 아래 황정견은 확실히 적지 않은 작품 속에 옛 사람들의 말과 생각을 변형시켜 사용하였다. 이런 풍조는 당시 시단에도 영향을 주어 강서시파江西詩派가 형성되는 동기를 제공했는데, 책을 베껴 시를 쓰는 다소 부당한 시풍을 만들어내기에 이르렀다.

■ 이치를 얻으면 문장도 순조롭다 (理得辭順)

황정견이 문학을 평가하면서 사용한 용어. 이 말은 <여왕관복서與王觀復書>에 나온다.

"기이한 말을 즐겨 쓰는 것은 저절로 문장의 한 병폐가 된다. 다만 마땅히 이치로써 중심을 삼아야 하니, 이치를 얻으면 문체도 순조로워지고 문장도 자연스럽게 뭇 평범한 가운데에서 아주 우뚝해질 것이다. 두보가 기주에 도착한 뒤에 쓴 시와 한유가 조주를 떠나 조정으로 돌아온 뒤에 쓴 문장을 보면 모두가 원칙에 번거롭지 않으면서도 반듯하게 깎여져 절로 화합한 것을 알 수 있다.好作奇語　自是文章

一病 但當以理爲主 理得而辭順 文章自然出群拔萃 觀杜子美到夔州後
詩 韓退之自潮州還朝後文章 皆不煩繩削而自合矣"

　"이치를 얻는다.理得"는 것은 문장의 이치가 충실하고 공평하며 온
당하다는 뜻이다. 황정견이 여기서 지적한 이理는 독특한 의미가 함
축되어 있다. 도학자들의 추상적인 의미에서의 의리義理와 다를 뿐만
아니라 일반적으로 작가가 자신의 마음 속에 담긴 회포를 풀어내는
정리情理도 아니다. 그는 문리를 지적하면서 동시에 작가가 객관적 사
물에 대해 이해하는 인식을 포괄하였고, 인생을 바라보는 태도 문제
에까지 논의를 전개하였다. "문체가 순조롭다.辭順"는 것은 문사文辭
가 탁 트였고 통달해 있다는 말이다. 이 말은 육기陸機(261-303)가 주장
한 "말이 두루 통하여 이치도 들어올려진다.辭達而理擧"는 논의를 발
전시킨 것이다. 여기서 황정견은 "기이한 말奇語"은 문장을 쓰는 데
있어서 병폐라고 보았다. 그리고 "이치를 중심으로 해야 한다.以理爲
主"고 강조했는데, 이런 관점은 정확한 것이다. 그러나 그는 단지 두
보와 한유 두 사람의 후기 작품만을 증거로 들면서 이를 추종했는데,
이는 그가 좋아하고 긍정한 문학적 방향이 형식과 기교 측면이었음
을 보여준다. 두보가 기주에 도착한 뒤 쓰여진 시와 한유가 조주에서
조정으로 돌아와 지은 문장은 현실 문제에 대한 관심이 약화된 것들
이 대부분이며, 형식과 기교상으로 심혈을 기울인 작품이 많았다. 또
한 황정견의 시론을 종합적으로 살펴볼 때 그는 진정으로 자신의 이
리위주以理爲主 이론을 관철한 예를 찾기 어려우며, 주로 그가 강조하
고 실천한 부분은 점철성금點鐵成金와 탈태환골奪胎換骨에 대한 논의였
던 것이다.

장계(?-?)

장계는 남송의 문인이다. 정평正平(산서성) 출신이다. 휘종徽宗 선화宣和 중엽 진사가 되어 현령에 임명되었다. 고종高宗 소흥紹興 5년(1135) 국자감승國子監丞, 동 8년 병부원외랑兵部員外郞, 감찰어사가 되고, 다시 사농소경司農少卿을 지냈다. 소흥 12년 금과의 화의를 방해했다는 이유로 관직을 박탈당했다. 소흥 27년 좌선교랑佐宣敎郞이 되어 대주臺州 숭도관嵩道館을 주관했다. 저서에 『세한당시화世寒堂詩話』 등이 있다.

■ 참다운 문학이 가야할 길 (言志爲本 詠物爲工)

남송南宋 때의 비평가 장계張戒(?-?)가 제시한 시를 지을 때의 방식에 대한 주장. 그는 『세한당시화歲寒堂詩話』에서 "뜻을 말하는 것이 시인의 근본적인 목적이며, 사물을 읊조리는 일은 단지 시인이 한가로울 때 하는 일일 뿐言志乃詩人之本意, 詠物特詩人之餘事"이라고 말했다. 즉 사상을 담아서 표현하는 것이 시인이 창작을 하는 근본적인 목적이고, 자연 경물을 묘사하는 것은 감정을 토로하는 데 이바지해야 한다는 말이다. 여기서 말한 언지言志와 영물詠物의 관계는 동시에 시가의 사상 내용과 예술 형식과도 밀접한 연관이 있다. 특히 장계는 강서시파江西詩派의 불량한 폐단에 일침을 가하기 위해 이 주장을 전개했는데, 이 점이 그의 논지의 구체적이고 실제적인 의의라고 할 수 있다.

그는 강서시파가 "사물을 읊조리기에 모든 신경을 쓰는專意于詠物" 형식주의가 시의 사상 내용과 사회적 의미를 포기한 것이라고 생각했는데, 사실상 이것은 "중요한 해악—害"이기는 했다. "소식과 황정견이 용사하고 압운한 공교로움은 지극하고 극진하다. 그러나 그 실상을 살펴보면 이것은 시인들 가운데 중요한 해악이다. 후세 시인들로 하여금 용사하고 압운하면 시가 되는 줄 알게 만들고, 사물을 읊조리는 것을 공교롭고 뜻을 말하는 것이 본바탕이라고 여기지 않게 만들었다. 이 때부터 풍아의 본질은 세상에서 사라지고 말았다.蘇黃用事 押韻之工 至矣 盡矣 然究其實 乃詩人中一害 使後生只知用事 押韻之爲詩 而不知詠物爲工 言志爲本也 風雅自此掃地矣” 이러한 입장은 시가사상 리얼리즘적 전통을 견지한 발언으로 적극적인 의의를 지닌다.

언지위본은 감정과 의지가 시가의 근본이 된다는 사실을 강조한 말이고, 영물위공은 경치와 사물을 읊조리는 일이 시가가 뜻을 말하는 기능을 도와준다는 말이다. 여기서 장계는 언지와 영물에 대해 물론 일방적으로 한 쪽을 편애하지는 않았지만, 언지에 더욱 큰 비중을 둔 것만은 분명하다. 그는 “뜻을 말하는 일이 시인의 본래 추구하는 의도이고, 사물을 읊조리는 일은 다만 시인의 과외 일일 뿐言志乃詩人之本意 詠物特詩人之餘事”이라고 말했다. 이를 통해 언지와 영물이 모두 시가의 중요한 요소이기는 하지만, 본말에 따라 우선되는 점에서 차별이 있음을 알 수 있다. 장계는 언지가 시의 근본이고, 영물은 언지를 위해 봉사한다고 생각하였다. 영물은 반드시 감정과 경치가 서로 발생해야 비로소 그 묘미가 드러난다고도 하였다. 그의 이러한 관점은 강서시파江西詩派들의 일부 주장을 논박하려는 의도가 깔려 있었는데, 강서시파의 문인들은 “오직 사물을 읊조리는 일에만 골몰한다.專意于詠物”는 형식주의 문학이론을 제창하였다. 이 때문에 그의 주장은 시가가 현실주의적 전통을 견지하는 데 일정 정도 기여하였다.

언지위본 영물위공은 문학 규율이나 표현상으로 볼 때도 비교적 현실과 부합하는 주장이다. 언지위본은 사상 내용과 사회적 작용에만 국한된 것도 아니며, 도학자들이 주장하는, 시가 변해서 "어록이나 강의 내용에 압운한 것語錄講義之押韻者"이라는 식의 예술의 표현 형식을 배척하는 태도도 아니다. 이것은 언지言志를 "근본된다.爲本"는 위치에 놓은 것이다. 영물위공도 일괄적으로 예술의 표현 형식을 배척한 태도는 아니며, 사상 내용을 능히 표현하면서 "사물을 읊조리고자 기약하지 않았지만 사물을 읊조린 것이 공교로워진不期于詠物 而詠物之工" 영물시詠物詩를 존중하는 태도다. 다만 영물을 "한가로울 때 하는 일餘事"의 위치에 두었을 뿐이다. 장계는 사상 내용과 표현 형식 양자의 주종적主從的인 위치를 바로잡고 양자의 상호 관계를 정리해서, 이를 바탕으로 강서시파를 비평하는 논리를 세웠는데, 여기에 그의 탁월한 식견이 드러나 있다.

진사도(1053-1101)

진사도는 북송의 문학가다. 자는 무기無己, 이상履常이고, 호는 후산后山이다. 팽성彭城(강소성 서주徐州) 출신이다. 어려서 증공曾鞏을 사사했으며, 원우元祐 초 소식蘇軾의 추천을 받아 서주교수徐州敎授에 임명되고 태학박사太學博士를 거쳤다. 후에 신당파新黨派의 배척을 받아 영주교수潁州敎授로 밀려나고 소성紹聖 초에는 과거 출신이 아니라는 이유로 파직되었다. 원부元符 3년(1100) 다시 비서성정자秘書省正字를 지내기도 했지만 많은 환난을 입어 곤궁하게 살다가 추위와 병으로 사망했다. 강서시파의 대표적인 작가로서 황정견의 영향을 많이 받았지만 지나치게 기이함을 추구하는 황정견의 시에 불만을 느끼고 두보의 시를 본받고자 노력하였다. 그러나 끝내 강서시파의 그늘에서 벗어나지 못했다. 저서로 『후산집后山集』과 『후산담총后山談叢』, 『후산시화后山詩話』 등이 있다.

■ 문학이 가야할 길 (本色·當行)

본색은 본연지색本然之色이나 본래면목本來面目, 본색지설本色之說을 말하는데, 진사도陳師道의 『후산시화後山詩話』에 처음 나온다.

"한유는 문장을 쓰는 방식으로 시를 썼고, 소식은 시를 쓰듯이 사를 썼는데, 마치 교방 뇌대사의 춤처럼 비록 천하의 공교로움을 다하고 있지만, 결국 본색을 갖추지는 못했다.退之以文爲詩 子瞻以詩爲詞 如敎坊雷大使之舞 雖極天下之工 要非本色"

뇌대사는 뇌만경雷萬慶인데, 선화宣和(송나라 휘종徽宗 때의 연호, 1119-1125) 연간의 춤에 뛰어난 예인으로, 교방에 소속되어 있었던 사람이다. 도명준陶明濬은 『시설잡기詩說雜記』에서 본색을 이렇게 풀이하였다. "본색이란 하늘이 내린 풍취를 고스란히 보전하는 것을 말한다. 때문에 이광(서시西施를 말함)의 자태는 기름이나 분가루를 발라 바탕을 더럽힐 필요가 없으며, 난전에서 나는 옥은 붉은 색을 칠해 꾸밀 필요가 없으니, 이것이 바로 본색이 귀중한 까닭이다.本色者 所以保全天趣者也 故夷光之姿 必不肯汚以脂粉 蘭田之玉 又何須飾以丹漆 此本色之所以貴也" 엄우嚴羽(1175?-1264?)는 『창랑시화·시법詩法』편에서 시는 "모름지기 본색을 드러내야 하고 당행을 가져야 한다.須是本色 須是當行"고 주장하였다. 본색과 당행은 모두 시 본래의 체제를 파괴하여 재주와 학식을 자랑해서는 안 된다는 점을 말한다. 즉 시가 가져야 할 기본적인 특징은 문장을 쓰듯 시를 써서도 안되고 재주와 학식을 가지고 시를 지어서도 안 되는데, 왜냐하면 이는 시의 체제를 파괴하는 행위이기 때문이라는 것이다.

당행은 내행內行이라고도 한다. 금金나라의 왕약허王若虛(1174-1243)는 『호남시화滹南詩話』에서 조보지晁補之(1039-1112)의 말을 이렇게 인용하고 있다. "조보지(무구는 그의 자)가 말하기를, 소식(동파는 소식의 호)의 사는 거의 율격이 곡조와 맞지 않으면서도 대개 자유롭게 걸출한 경지를 풀어내니 노래 가락 가운데 묶여 머물지 않는 것이다. 그는 황정견(산곡은 그의 자)을 평가하면서 사는 진실로 높고 오묘하지만 당행가의 말이 아니다. 그저 곡조에 맞춰 노래한 시일 뿐이라고 말했다.晁無咎云 東坡詞小不諧律呂 蓋橫放杰出 曲子中縛不住者 其評黃山谷則曰 詞固高妙 然不是當行家語 乃著腔子唱和詩耳" 도명준은 『시설잡기』에서 당행을 다음과 같이 풀이하였다. "당행이란 무릇 시 한 수를 지을 때 사용하는 전고나 글자가 제목의 본분과 닮지 않은 것이 없고 지리멸렬한 부분도 없어서, 끝 부분을 다스리고 뒤집힌 것을 바로 이어야 시를 지었다고 말할 수 있는 것이다.當行者 謂凡作一詩 所用之典 所使之字 無不恰如題分 未有支離滅裂 操末續顚而可爲詩者也"

명청 시대의 희곡 이론 가운데에서 당행은 재행在行으로 나오는데, 희곡 예술이 지닌 규율과 부합하는 것을 가리킨다. 이어李漁(1610-1680)는 『한정우기閑情偶寄』에서 "더욱 다르다고 할 수 있는 것은 근래의 사인들이 이원의 입버릇에 익숙해 있고, 보는 이의 안목을 습득했기 때문이다. 제일 중요한 당행이라고 부르는 것이어야 법도로 취할 수 있고 이용해서 곡보로 만들 수 있다.更可異者 近日詞人因其熟于梨園之口 習于觀者之目 謂第一當行 可以取法 用作曲譜"고 말했다. 본색은 언어가 자연스러운 것이다. 그리고 언어가 자연스러운 것을 일러 본색파本色派라고 부른다.

섭몽득(1077-1148)

섭몽득은 남송의 문학가이자 사학자다. 자는 소온少蘊이고, 호는 석림거사石林居士이다. 소주蘇州 오현吳縣(강소성 소주蘇州) 출신으로, 오정烏程(절강성 오흥烏興)에서 살았다. 철종哲宗 소성紹聖 4년(1097) 진사가 되었으며 사부낭관祠部郞官에 임명되었다. 휘종徽宗 때 기거랑起居郞, 한림학사를 지내다 용도각직학사龍圖閣直學士의 벼슬로 여주汝州(하남성 임여臨汝)의 지주知州가 되었다. 이때 탐관오리를 탄핵하고 호강지주를 억누르는 데 공헌했다. 선화宣和 5년(1123) 주변의 시기를 받아 파직된 뒤 오흥의 변산卞山 석림곡石林谷에 살면서 저술활동에 전념했다. 고종高宗 때 복직되어 호부상서戶部尙書, 상서좌승尙書左丞에 오르고 소흥紹興 연간에 강동안무제치대사江東安撫制置大使 겸 건강建康(강소성 남경南京)의 지사가 되어 항금抗金 투쟁을 벌였다. 학문이 해박하였으며 저술업적이 많다. 시와 사를 잘 지었는데, 사풍詞風은 젊어서 완려婉麗하고 만년에 박실간담朴實簡淡하다는 평을 받았다. 또한 세사世事로부터 받은 감회를 표현한 것들이 많으며, 대부분 우국적 서정을 호방하게 표현했다. 저서인 『석림연어石林燕語』는 신종神宗 이후 고종에 이르기까지의 전장제도典章制度를 수필 형태로 기술한 것으로 역사적 가치가 높다. 그밖에 『석림시화石林詩話』와 『석림사石林詞』, 『건강집建康集』, 『피서녹화避暑錄話』, 『석림주의石林奏議』, 『춘추고春秋考』 등이 있다.

■ 창작과 사회상의 관계를 논하다 (興當時事)

송나라의 섭몽득葉夢得이 시를 평하면서 사용한 말로, 그가 두보杜甫의 시를 평하면서 제시한 것이다. 그의 책 『석림시화石林詩話』 권상에 보면 "두보(자미는 그의 자)가 쓴 <병백>과 <병귤>, <고종>, <고남> 네 편의 시는 모두 당시의 생활에서 보고 느낀 바를 쓴 것杜子美 病柏・病橘・枯椶・枯楠四詩 皆興當時事"이라는 말이 나온다. 흥興은 비흥比興의 뜻이고 시사時事는 사회 현실에서 일어나는 사건과 생활을 가리킨다. 이른바 흥당시사는 시에 담긴 의미와 사회 생활과의 관계를 말한 것이다. 그는 두보의 시를 예로 들어 시의 묘사 대상은 비록 구체적인 사물이지만 본래의 의도는 풍유와 풍자에 있음을

지적해서 사회 생활과 긴밀한 관계가 있다고 설명하였다. 이 때문에
그는 같은 책에서 "한위 시대 이래로 시인들이 뜻을 쓴 것이 깊고 멀
어 옛날의 시풍을 잃지 않았는데, 이 분(두보를 가리킴)이 유독 그러하
였다. 다만 언어만 공교로웠던 것은 아니다.自漢魏以來 詩人用意深遠
不失古風 惟此公爲然 不但語言之工也" 라고 말했던 것이다. 뜻이 깊
고 멀며 옛날의 시풍을 잃지 않았다는 것은 비록 두보만의 일은 아니
지만, 두보시의 심각한 사상적 내용에 대해 불실고풍不失古風한 특징
이 있다고 한 지적은 정확한 견해라고 할 수 있다.

■ 진정한 감정으로 창작에 임하라 (緣情體物)

송나라의 섭몽득이 시가에 대해 주장한 논의. 이 말은 『석림시화石
林詩話』에 나온다.

"시어는 교묘한 수사가 너무 지나친 것은 피해야 한다. 그러니 감
정에 연유해서 사물을 체현하면 저절로 천연스러움이 담길 것이다.
그러면 공교롭고 오묘한 것이 비록 기교에 넘친다고 해도 깎거나 잘
라낸 흔적을 찾아볼 수 없게 된다.詩語固忌用巧太過 然緣情體物 自有
天然 工妙雖巧而不見刻削之痕"

연정체물이란 말은 육기陸機(261-303)의 <문부文賦>에 나오는 "시는
감정에 연유하여 아름답게 되고, 부는 사물을 체현하여 맑고 밝아진
다.詩緣情而綺靡 賦體物而瀏亮"는 말에서 연정과 체물 두 용어를 결
합해 만든 것이다. 연정체물은 곧 감정을 서술하고 사물을 묘사하는
태도를 가리키는 데, 시가의 기본적인 특징이기도 하다. 섭몽득은 시
가는 지나치게 언어적 형식만 추구해서는 안되며, 기왕 공교롭기를
바란다면 조탁의 흔적이 없어야 시풍이 맑고 신선하며 자연스러워진
다고 생각하였다. 이렇게 할 때 감정을 서술하고 사물을 묘사하는 진
정한 목적이 이루어진다는 것이다. 그의 이러한 시가 창작에 대한 의

견은 창작의 참다운 정신을 달성하는데 긍정적인 의의를 부여하였다.

여본중(1084-1145)

여본중은 남송의 시인이다. 본명은 대중大中이고, 자는 거인居仁이며, 수주壽州(안휘성) 출신이다. 처음에 승무랑承務郎을 제수받았다. 휘종 성화宣和 6년(1124)에 추밀원 편수관이 되었다. 뒤에 방원외랑方員外郎으로 옮겼다. 고종 소흥紹興 6년(1136)에 중서사인을 지냈고 국토 수복의 계책에 대한 상소를 올리기도 하였으머, 후에 주화파主和派의 탄핵을 받아 파면되었다. 저작으로『동래시집東萊詩集』20권과『자미시화紫薇詩話』1권 등이 있다. 최근 사람이 그의 사 26수를 모아〈자미사〉1권으로 펴냈다. 그는〈강서시파종파도〉를 그리기도 했는데, 서부徐府와 홍염洪炎, 반대림潘大臨, 한구韓駒 등의 강서파 시인들은 모두 그와 시를 나누는 친구였다. 그는 스스로 강서시파의 계승자로 자처하였고, 작품도 황정견이나 진사도의 영향을 많이 받았다. 나중에 황정견 시의 부족함을 보고 다시 배움의 대상을 이백과 소식으로 바꾸었다. 그에 따라 그의 시 풍은 밝고도 활발하며, 강서파 시인들처럼 난삽하고 생경하지 않았다. 『병란후잡시兵亂後雜詩』는 정강靖康 2년 4일에 북송의 도성인 변경汴京이 금나라 병사들에게 유린당한 후의 몰락한 모습을 그려내고 있는데, 때를 슬퍼하고 나라를 걱정하는 작가의 심경이 잘 그려져 있어 감동을 준다. 그는 또한 사에도 능하여 완약하면서도 아름다운 것이 특징이다. 당시의 어지러운 사회상을 반영한 작품도 있는데,〈남가자南歌子〉에서는 여행길에 중양重陽을 지나갈 때의 처량함과 옛 중원 땅을 그리며 잠못 이루는 고민이 잘 드러나 있다. 감정은 침울하면서도 말에는 깊은 뜻을 담았다.

■ 살아 있는 문학의 원천 (活法)

송나라의 여본중呂本中이 시법詩法에 관해 논하면서 제시한 이론인데, 그는 자신의 문학론을 전개한 글마다 이 생각을 주장하였다. <하균보집서夏均父集序>에서는 이렇게 말했다.

"시를 배우려면 당연히 활법을 알아야 한다. 이른바 활법이란 규모와 원칙이 갖추어진 것이지만, 능히 이 규모와 원칙에서 벗어날 수 있어야 한다. 그리고 변화를 헤아릴 수 없지만, 규모와 원칙에서 벗어나지 않는 것이다. 이 도는 정해진 법도가 있으면서 없으며, 없으면서도 있는 것이다. 이 법을 안다면 함께 활법에 대해 말할 수 있을 것이다.學詩當識活法 所謂活法者 規矩備具 而能出于規矩之外 變化不測 而亦不背于規矩也 是道也 蓋有定法而無定法 無定法而有定法 知是者 則可以與語活法矣"

여본중의 생각은 시를 창작하는 데에는 일정한 법도가 있지만, 동시에 법도의 구속을 받으면 안되다는 것이다. 이를 통해 활법설活法說에는 일종의 예술상의 변증법 사상이 내포되어 있음을 알 수 있다. 그가 활법설을 제시한 이유는 당시 강서시파江西詩派가 주장한 탈태환골奪胎換骨이나 점철성금點鐵成金이 지나치게 작가의 개성을 억압한다고 보았기 때문이었다. 여본중은 <여증길보논시제2첩與曾吉甫論詩第二帖>에서 일찍이 "근래에 강서시파를 배우는 이들은 비록 규모와 원칙을 잘 지키지만, 너무 이에 얽매여 벗어날 줄 모른다. 때문에 백척 장대 위에서 한 걸음도 나아가지 못하는 것이니, 이 또한 황정견黃庭堅의 원래 의도를 모르는 짓近世江西之學者 雖左規右矩 不遺餘力 而往往不知出此 故百尺竿頭 不能更進一步 亦失山谷之旨也"이라고 밝혔다. 활법설은 강서시파의 사법死法 속에 갇힌 문풍을 자유롭게 해방시켰다는 점에서 긍정정인 평가를 받을 수 있다. 이러한 활법을 체득하기 위해서 그는 묘입妙入할 것을 강조하였다. 그는 묘입은 요행에 의해 얻어질 수 있는 것이 아니라 장기간의 수련과 학습을 통해 얻을 수 있는 단계라고 설명하였다. 이 밖에 강기姜夔(1155-1221)도 『백석도인시설白石道人詩說』에서 활법설을 제창하였다.

■ 깨우침을 통하여 시는 얻어진다 (悟入)

송나라 때의 문인 여본중이 자신의 시론을 전개하면서 차용한 용어로, <여증길보논문제일첩與曾吉甫論文第一帖>에 나온다.

"요컨대 이 일(활법活法을 가리킨다)은 모름지기 시를 짓는 이로 하여금 깨달아 들어가는 곳이 있게 하니, 자연스럽게 여러 작가들을 뛰어넘게 된다.要之 此事須令有所悟入 則自然超度諸子"

오입은 원래 불가에서 쓰는 "참구해 깨우쳐서 도로 들어간다.參悟入道"는 말에서 유래하였다. 여본중은 이 말을 차용해 시를 지을 때에는 자신이 말한 활법活法을 마치 참선 끝에 도를 깨우치는 것처럼 정신을 가다듬어 조화를 이루 듯 깊고 그윽하게 파고들어야 한다는 점을 설명하였다. 그러나 여본중은 선어禪語인 현허玄虛만을 드러내지는 않으면서, 심각하게 공을 기울여 노력하는 기초 위에 오입에 이를 것을 강조하였다. 그는 같은 글에서 "글을 쓸 때에는 반드시 깨우쳐 들어가는 곳이 있어야 하는데, 오입은 반드시 공부하는 가운데 오기 마련이다. 어쩌다가 요행스럽게 얻을 수 있는 것은 아니다.作文必要悟入處 悟入必自工夫中來 非僥倖可得也" 라고 말했다. 일방적인 깨우침만을 논하지 않고 깨우침에 이르기 위한 노력의 가치를 인정한 사실 때문에 그의 오입론은 한결 의의가 크다고 할 수 있다.

여본중이 오입설을 주장하기 이전에 소식蘇軾(1037-1101)이나 황정견黃庭堅(1045-1105) 등이 벌써 선오시禪悟詩라는 용어를 사용한 바 있다. 여본중 이후에도 엄우嚴羽(1175?-1264?)는 "오묘하게 깨우친다.妙悟"는 말로 자신의 문학론을 펼쳤다. 이런 사실에서 그의 오입설이 후대에 끼친 영향의 일부를 짐작할 수 있다.

이청조(1084-1155)

이청조는 남송의 여류문인이자 화가다. 호는 이안거사易安居士이고, 제남濟南(산동성) 출신이다. 부친 이격비李格非도 당시 유명한 학자였으며 모친 왕씨王氏도 박학했다. 어려서부터 조보지晁補之에게 재능을 인정받을 만큼 시와 사에 능했다. 18세 때 금석학자인 조명성趙明誠에게 시집가 부부가 함께 시를 화창하고 금석문 연구에 몰두하였다. 건염建炎 3년(1129) 남편이 죽으면서 유랑생활을 했으며, 소흥紹興 2년(1132) 장여주張汝舟에게 재가했다가 곧 이혼했다. 만년에는 고독한 생활을 하며 남편 조명성의 『금석문』을 정리하고 금화金華(절강성)에서 일생을 마쳤다. 그의 산문 〈금석문후서金石文後敍〉는 『금석록』에 대한 해설과 더불어 30년간의 결혼생활과 남편을 잃은 슬픔을 서정적으로 담았다. 그는 시보다는 사의 작가로서 더욱 유명하다. 전기의 사는 부부간의 애정과 한적한 생활, 자연 풍경을 노래한 것들이 많으나, 후기의 사는 자신의 차지와 사회의 암울함을 반영하여 애상과 격정이 넘친다. 완약파의 대표작가로 평가된다. 후기의 사로 〈성성만聲聲慢〉, 〈어가오漁家傲〉, 〈영우락永遇樂〉 등이 유명하다. 특히 『사론詞論』을 지어 작사作詞의 방법 등을 서술했는데, 이는 송사를 연구하는 데 매우 중요하다. 후세 사람들이 그의 사체를 이어받아 '이이안체李易安體'를 형성하였다.

■ 사도 하나의 문학이다 (別是一家)

송나라의 여류 사인詞人 이청조李淸照(1084-1155)가 사의 특수성을 강조하면서 사용한 용어. 이 말은 <논사論詞>에 나온다.

"이에 또 다른 일가인 것을 알겠는데, 이 사실을 아는 이가는 드물다.乃知別是一家 知之者少"

이 말의 의미는 사는 독립된 하나의 체제가 있는데 이를 제대로 인식하고 있는 사람은 많지 않다는 것이다. 이청조는 이 글에서 사의 특수성을 내세우면서 시나 문과는 구분되어야 한다고 주장하였다. 이러한 논리에는 나름대로 합리적인 부분도 있다. 때문에 하나의 문체가 형성되면 거기에는 그 문체만의 장점이 있는데, 작가는 마땅히 이 장점을 존중해서 개발하는 방향으로 창작에 임해야 하는 것이다. 이럴 때 비로소 내용과 형식이 어울리고 조화를 이루게 된다. 사의 음악성은 특히 제고될 필요가 있기 때문에 사를 지을 때에는 모두 보곡譜曲을 만들어 조응시킨다. 이청조는 바로 이러한 사의 음악적 특성에 관심을 기울여 "또 다른 일가가 있다別是一家"는 주장을 전개했던 것이다. 그녀는 가사歌詞는 마땅히 5음五音·5성五聲·6률六律·청탁淸濁·경중輕重을 구분해야 하고, 이들 특징들을 잘 활용해서 사를 하나의 독자적인 체제로 성립시켜야 한다고 주장하였다. 아울러 이런 사실을 사는 시와 별개의 갈래라는 증거로 제시하였다.

그러나 사회 상황의 발전과 변화, 예술 자체의 발전에 따라 예술 형식도 발전하기 마련이다. 소식蘇軾(1037-1101)은 일찍이 시사詩詞의 한계를 타파했으며, 남송南宋 시대에 접어들자 민족적 갈등이 첨예화되면서 시대적 요구에 따라 사도 필연적으로 "화려함을 추구하는 갈래艶科"라는 면모에서 벗어나게 되었다. 신기질辛棄疾(1140-1207)은 시사의 한계를 극복했을 뿐만 아니라 사부辭賦와 산문의 각종 문체를 이용해 사를 창작하였다. 사실 이청조 자신도 말년에 써낸 몇몇 수작들에서 궁률宮律을 엄격하게 지키지 않았다. 이것은 그녀가 내세운 별시 일가설이 실제 창작 상황과 완전하게 부합하지는 않으며, 사의 발전에 적극적인 영향을 주지 못했음을 설명하는 사실이다.

육유(1125-1210)

육유는 남송의 문학가이자 사학자다. 자는 무관務觀이고, 호는 방옹放翁이다. 산음山陰(절강성 소흥紹興) 출신이다. 북송이 금에게 망할 무렵 태어나 어려서부터 우국의 사상을 싹틔웠다. 소흥紹興 24년(1154) 진사에 응시하여 장원을 차지했으나 중원의 회복을 강력히 주장하다 간신 진회秦檜의 미움을 사 제명당했다. 진회가 죽은 뒤 영덕주부寧德主簿가 되고, 효종孝宗이 즉위한 뒤에는 진사 출신을 인정받아 추밀원편수樞密院編修 겸 유성정소검토類聖政所檢討에 임용되었다. 오래지 않아 다시 항금抗金을 주장하는 상소를 올려 폄적되었다. 건도建道 6년(1170) 기주통판夔州通判이 되고, 후에 촉수蜀帥 범성대范成大의 휘하에 들어가 사천제치사사참의관四川制置使司參議官을 역임했다. 효종 순희淳熙 5년 (1178) 촉을 떠나 동쪽의 복건福建과 강서江西 등지에서 관직생활을 했으나 끝까지 항금 투쟁을 주장하다 여러 번 파직되는 곡절을 겪었다. 그의 시와 사는 중원 회복을 염원하는 내용이 많다. 이 때문에 일반적으로 그를 애국시인, 애국사인이라 부른다. 그의 시는 약 9,300여 수에 이르며, 사상면에서, 문학적 성취면에서 모두 훌륭하다. 사詞 역시 100여 수에 이르며 비분 강개한 격정을 잃지 않았다. 신기질辛棄疾과 더불어 남송 사단의 대표적 인물로 꼽히며, 세칭 '신륙辛陸'이라 했다. 저서에『검남시고劍南詩稿』와『위남문집渭南文集』,『노학암필기老學庵筆記』,『남당서南唐書』 등을 남겼다.

■ 창작은 체험이 중요하다 (江山之助)

시를 창작할 때에는 자연 경물을 직접 관찰하고 체험한 뒤에 써야만 훌륭한 작품이 나온다는 주장으로, 송나라의 육유陸游가『검남시고劍南詩稿』에 실린 <우독구고유감偶讀舊稿有感>에서 한 말이다. "작품이 먼지 같은 것을 내 스스로 아나니, 이전의 여러 작가들을 그릇되게 기약했네. 글을 쓴다면 마땅히 강산의 도움을 얻어야 하니, 소상강에 가보지 않고 어찌 시가 나오겠는가.文字塵埃我自知 向來諸老誤相期 揮毫當得江山助 不到瀟湘豈有詩" 자신의 작품이 형편없음을 깊이 깨달았는데, 그 이유는 옛 선배들의 시를 모방하려고만 했기 때문이라는 것이다. 시를 쓸 때에는 자연 경물의 도움을 기대해야 하는 법이니, 실제로 소상강에 가보지 않고서는 그 경치를 성공적으로 묘사한 작품을 쓸 수 없다고 그는 생각하였다. 강산조江山助에는 시인이 자연 경물로부터 영향을 받아 환기된 격정을 바탕으로, 이를 형상화하여 창작에 임해야 불후의 명작이 나온다는 비유적 의미가 담겨 있다. 자연을 직접 체험한 뒤 이에서 얻어진 감정이 소중하다는 말이다. 그러나 육유가 실제로 창작한 작품을 검토하고 그의 이론을 좀더 세심하게 살펴보면, 사회 현실이나 생활상을 풍부하게 반영하고 있다는 사실을 확인하게 된다. 같은 책에 실린 <제여릉소언육수재시권후題廬陵蕭彦毓秀才詩卷後>에서 그는 다음과 같이 토로하였다. "법은 홀로 생기지 않는 것 옛부터 같으니, 어리석은 이나 허공에 새기려고 할 것이다. 그대 시의 묘처를 내 알겠거니, 모두 산길과 나루터 가운데 있구나.法不孤生自古同 痴人乃欲鏤虛空 君詩妙處吾能識 盡在山程水驛中"산정수역山程水驛이라고 말한 까닭은 말을 타고 배를 모는 여행을 가리키기 위해서 산광수색山光水色이라고 말하지 않은 것이다.

강산지조는 문학 창작과 현실 생활 사이의 밀접한 관련성을 설명한다. 현실 생활은 문예 창작의 원천이며, 시인의 다채로운 현실 생활에서의 체험과 풍부한 경험은 훌륭한 작품을 생산하는 밑거름이 된다. 이러한 관점은 문예 창작에 있어서 지향해야 할 보편적인 규율을 제시하면서, 작가로 하여금 현실에 눈을 돌리고 생활 속으로 깊이 잠입하게 만든다. 그리고 문학 창작의 건강한 발전을 적극적으로 촉진시키는 역할을 하기도 한다. 사실 이러한 입장은 고대 시론에서는 이미 오래 전부터 논의된 문제이다. 『예기禮記・악기樂記』편에서는 "무릇 소리가 일어나는 것은 사람의 마음으로부터 생겨난다. 사람의 마음이 움직이는 것은 사물이 그렇게 만든다.凡音之起 由人心生也 人心之動 物使之然也"고 말했다. 음악은 객관적인 현실 생활에서 발생한 결과물이라는 설명이다. 육기陸機(261-303)는 <문부文賦>에서 "차가운 가을날의 낙엽勁秋落葉"과 "향기로운 봄날의 가냘픈 가지芳春柔條" 등은 작가가 창작 욕망을 불러일으키는 중요한 조건의 하나라고 주장하였다. 『문심조룡・물색物色』편에 보면 "봄과 여름이 순서를 바꾸고 음양이 수축하고 펼쳐지면서 사물의 빛깔이 움직이면 마음 또한 움직인다.春秋代序 陰陽慘舒 物色之動 心亦搖焉"고 말했다. 그리고 "굴평이 능히 풍소에 담긴 감정을 통찰하고 살필 수 있었던 이유는 아마도 강산의 도움이 있었기 때문일 것屈平所以能洞鑒風騷之情者 抑亦江山之助乎"이라고 하여, 네 계절에 따른 경치의 변화가 작가에게 끼치는 영향력을 강조하였다. 종영鍾嶸(466?-518)은 『시품詩品』에서 자연 경물과 사회 생활을 결합시켜 "봄바람과 봄 새, 가을 달과 가을 매미, 여름 구름과 무더위 속의 비, 겨울 달과 매서운 추위, 이들은 네 계절이 시 작품에서 감지된 것春風春鳥 秋月秋蟬 夏雲暑雨 冬月祁寒 斯四候之感諸詩者"임을 강조하는 동시에, 아름다운 만남과 무리로부터 떠나가고 국경을 나가며 궁궐에서 멀어지는 것 등 "이런 일들이 때로 심령이 느껴 꿈틀거릴 때 시로 토로하지 않는다면 무엇으로 그 뜻을 펼치겠으며, 노래로 길게 하지 않는다면 무엇으로 그 감정을 펴겠는가.凡斯種種 感蕩心靈 非陳詩何以展其義 非長歌何以騁其情"라고 말했다. 자연 경물과 사회 생활은 작가의 창작 욕구를 진작시킬 뿐만 아니라 강렬한 격정을 불러일으킨다. 또한 이들은 문학적 표현의 대상이자 재료를 제공하고, 실제 현실 생활에서 문학 창작이 이룩할 수 있는 성과의 무한한 원천이자 근원이 된다. 육유는 이 사실을 정확히 간파해서 "글을 쓸 때에는 마땅히 강산의 도움을 받아야 한다.揮毫當得江山助"는 철칙을 제시했던 것이다. 금나라의 원호문元好問(1190-1257)은 <논시절구論詩絶句> 30수에서 "눈으로 보아 마음이 일어야 시구는 신령스러우니, 암중모색하는 일은 모두 거짓이라네. 진천의 경관을 그림 속에 담은 이들이, 직접 장안에 가 경치 본 이 몇이나 될까?眼處心生句自神 暗中摸索總非眞 畫圖臨出秦川景 親到長安有幾人"라고 지적했는데, 현실 생활에 대한 직접적인 관찰과 체험을 강조한 말이다. 청나라의 철학자 왕부지王夫之(1619-1692)는 『강재시화薑齋詩話』에서 "몸으로 겪고 눈으로 본 사실이 바로 쇠로 만든 문의 문턱身之所歷 目之所見 是鐵門限"이라고 했는데, 모두 육유의 이론을 계승, 발전시킨 것이다.

강기(1155?-1221)

강기는 남송의 문학가이자 음악가, 서예가이다. 자는 요장堯章이고, 호는 백석도인白石道人이며, 요주饒州 파양鄱陽(강서성) 출신이다. 여러 차례 과거에 응시했지만 급제하지 못하고 평민으로 일생을 마쳤다. 음률에 정통하여 영종寧宗 경원慶元 3년(1197) 조정에 〈대악의大樂議〉, 〈금슬고고도琴瑟考古圖〉를 올리고, 이듬해 〈송송요가고취聖宋饒歌鼓吹〉를 올렸다. 이로 인해 예부禮部에 응시할 기회가 주어졌지만 낙방했다. 양만리楊萬里, 범성대范成大, 신기질辛棄疾 등과 시문을 주고받았다. 그의 시는 처음에 강서시파江西詩派의 풍을 배우고 나중에 만당晚唐의 풍을 답습해 현실성이 부족하지만 평이하고 맑다. 사詞는 주방언周邦彦의 영향을 받아 격률을 강구하고 전고를 채용했으며 자구를 다듬는데 비중을 두었다. 신변 잡사나 경물景物, 교유交遊 등을 읊은 것이 대부분이다. 남송 말기 격률사파의 대표 인물로 꼽힌다. 저서로 『백서도인가곡白石道人歌曲』과 『백석시설白石詩說』, 『백석시집白石詩集』 등이 있다.

■ 시 창작의 법도와 작법을 밝히다 (詩法)

남송 때의 시인인 강기姜夔가 시를 쓸 때 지켜야 할 법도와 작법에 대해 한 말로, 『백석도인시설白石道人詩說』에 보인다.

"시의 병폐를 모르고 어떻게 시에 능하겠으며, 시를 쓰는 법도를 살피지 않고 어찌 그 병폐를 알겠는가?不知詩病 何由能詩 不觀詩法 何由知病"

강기가 제시한 시법에는 뜻을 세우고(立意), 시상을 배치하며(布局), 작품을 구성하고(結構), 시어를 안배하며(遣詞), 구절을 정리하는(造句) 등의 문제가 포괄되어 있다. 그는 이러한 시법을 모르고서는 시의 병폐가 어디에 있는지 알 수 없다고 생각했으며, 이러한 시법을 장악하기 위해서는 반드시 학문을 쌓고 시의詩意를 축적해야 한다고 강조하였다. 아울러 이들 시법을 능수능란하게 장악하고자 하다가 그것의 속박을 받아서도 안 되는데, 이렇게 해야만 능히 "살아있는 방법을 터득할 수 있다.能得活法者也"는 것이다. 강기는 자신의 창작에서도 이러한 원칙을 실천적으로 적용하였다. 그는 시법에 대해 비교적 융통성 있는 태도를 취하였다. 강기의 시법설은 명·청 두 시대에 비교적 광범위한 영향력을 행사하였다. 이동양李東陽(1447-1516)과 이몽양李夢陽(1472-1529)은 모두 시법에 대한 자신의 견해를 밝혔다. 옹방강翁方綱(1733-1818) 역시 <활법론活法論>이라는 전문적인 논문을 발표하였다.

시법에 대해 논의한 사람들의 관점은 한결같지는 않았다. 어떤 이는 융통성 있고 변화를 추구하는 활법活法을 제창하였고, 어떤 이는 기교와 형식을 중시해서 고정불변된 성법成法을 제시하였다. 섭섭葉燮(1627-1703)과 장학성章學誠(1734-1801)은 작품의 사상적 내용을 바탕으로,

형식과 기교에 있어서 정법定法과 무정無定의 법칙이 변증법적으로
결합하기를 요구했는데, 앞서의 두 사람의 주장과 비교할 때 비교적
공정한 입장을 보여주었다.

왕약허(1174-1243)

왕약허는 금金 말기의 문학가이자 사학자다. 자는 종지從之이고, 호는
호남유로濠南遺老, 용부慵夫이며, 고성藁城(하북성) 출신이다. 승안承安
2년(1197) 경의經義로 진사가 되었다. 응봉한림문자應奉翰林文字, 저
작랑著作郞, 평량부판관平凉府判官, 직학사直學士 등의 벼슬을 하다 금
이 망하자 은거하였다. 시를 잘 지었으며 강서시파江西詩派의 각의조탁
刻意彫琢에 반대하고 달의達意를 중시하였다. 저서에『호남유로집濠南遺
老集』과『용부집慵夫集』등이 있다.

■ 모방하기보다 독창적인 작품을 써라 (自得)

폐부 깊은 곳에서 유출되어 자신의 진실한 감정과 생각이 담겨 있
고, 다른 사람의 문풍을 모방하지 않아 독창성을 갖춘 작품을 일컫는
말로, 금나라 왕약허王若虛의 시 <논시論詩>에 나온다.

文章自得方爲貴	문장은 스스로 터득함을 귀하게 여기니
衣鉢相傳豈是眞	의발을 서로 전하는 것이 어찌 참되겠는가?
已覺祖師低一着	이미 조사가 닿은 경지 깨우치니
紛紛法嗣復何人	저 많은 제자들은 다시 어떤 사람인가?

그는『호남시화濠南詩話』권3에서도 "옛날의 시인들은 비록 취향은

각기 다르고 체제는 한결같지 않다고 해도 모두 스스로 터득한 데서
나왔다. 그 문체가 통달하고 이치가 순조로운 점에서는 모두 이름난
작가이니, 어찌 일찍이 구법으로써 사람을 묶어둔 적이 있었겠는가!
古之詩人 雖趣向不同 體制不一 要皆出于自得 至其詞達理順 皆是名家
何嘗有以句法繩人哉"라고 지적하였다. 왕약허는 자득을 문학 창작의
중요한 규율로 삼았다. 자득은 먼저 진실하여야 하며 가슴속에서 우
러나와야 하고, 진실한 사상과 감정이 담겨 있어 "의발을 서로 전하
는衣鉢相傳" 것처럼 남이 한 말을 다시 반복하는 일이 있어서는 안
된다. 두 번째 요건은 자연自然스러워 진실하면서도 허위로 조작하지
않은 경지, 즉 "손가는 대로 집혀져 나와信手拈來" 공교롭기가 하늘
이 만든 것처럼 선명하고 억지로 뜻을 만들어 공교로움을 구하지 않
은 경계가 있어야 한다. 세 번째 요건은 독창성으로, 창조적이어서 이
전 사람의 작풍을 모방하지 않고, 남이 만들어 놓은 관습에 떨어지지
않아야 한다는 것이다. 진실하고 자연스러우며 독창성을 갖추는 것이
자득의 기본적인 조건이라고 하겠다. 왕약허는 자득을 제창하면서 이
를 문학 창작에 있어 필수불가결한 조건으로 규정하였다. 그는 강서
시파江西詩派의 의발상전衣鉢相傳이나 분분법사紛紛法嗣한 폐단에 일침
을 가하면서 "문장은 스스로 터득한 것을 귀하게 여긴다.文章自得方
爲貴"는 사실을 강조하였다. 이는 강서시파의 맹점을 정확하게 꿰뚫
은 논의였다. 황정견黃庭堅(1045-1105)은 소식蘇軾(1037-1101)에게서 수학
하여 소문사학사蘇門四學士라는 칭호가 붙어 다니는데, 그의 시가는
이미 나름대로의 경지를 구축해서 스승 소식과는 판이한 모습을 보
여주었다. 그러나 황정견의 문학을 본받아 강서시파의 의발을 전한
여본중呂本中(1084-1145) 등과 같은 이들은 그야말로 옥하가옥屋下架屋이
어서 유파 전체의 작풍이 서로 너무나 비슷한 상황을 연출하였다. 왕
약허의 자득론은 강서시파가 남을 모방하고 작품을 조탁하기에 바빴
던 풍조에 반기를 든 행동이었을 뿐만 아니라 당시 문단의 폐단을 교

정하려는 현실적 목적도 숨겨져 있었다. 아울러 고대 문론이 보여준 건전하고 적극적인 전통을 계승해서 문학 창작에 지도적 의의도 가진 이론이었다.

■ 문장다운 문장은 이러해야 한다 (大體와 定體)

금金나라의 왕약허가 문장을 운용하는 문제에 대해 논의하면서 내세운 용어로, <문변文辨>에 보인다.

"어떤 사람이 묻기를 '문장에는 체가 있는가?' 하니 '없다'고 하였다. 그가 다시 묻기를 '체가 없는가?'하여 대답하기를 '있다'고 하였다. '그렇다면 과연 무엇인가?'대답하기를 '정해진 체라면 없지만, 큰 체라면 반드시 있어야 할 것이다.'或問文章有體乎 曰無 又問無體乎 曰有 然則果如何 曰定體則無 大體須有"

체는 본래 체제나 체례를 말한다. 여기에서의 대체는 기본적인 요구나 기본적인 원칙이라는 뜻이 담겨 있다. 즉 글을 쓸 때에는 기본적인 요구 또는 기본적인 원칙이 있지만, 구체적인 공식은 없다는 것이다. 그가 지적하는 문장을 쓸 때의 기본적인 요구란 "이치는 통달하고 문체는 순조로운理達辭順" 것을 말한다. 즉 쓰고자 하는 주제를 충분히 표현하고 언어는 순조롭고 유창하게 통달해야 한다는 주장으로, 내용과 형식이 조화를 이루어야 한다는 말이다. 이렇게 왕약허는 대체, 즉 이달사순해야 한다고 전제하면서 언어와 형식을 자유자재로 운용하는 동시에 고정되고 불변한 구법상의 속박에서는 자유로워야 한다고 보았던 것이다.

그는 <문변>에서 다시 이렇게 말하였다.

"옛날의 시인들은 비록 취향이 같지 않고 체제 또한 달랐지만 모두 스스로 터득한 바에서 나와 문체가 통달했고 이치가 순조롭게 되어 족히 대가가 되었다. 어찌 일찍이 구법 때문에 사람을 얽매이게 했겠는가! 황정견(노직은 그의 자)은 입만 열면 구법을 논했는데, 이것이 바로 그가 옛 사람의 경지에 이르지 못한 까닭이다. 그의 문하생들이 당을 이루어 의발을 서로 전하면서 법맥을 이은 정통이라 했으니 이것이 어떻게 시의 진리이겠는가?古之詩人 雖趣向不同 體制不一 要皆出于自得 至其辭達理順 皆足以名家 何嘗以句法繩人哉 魯直開口論句法 此便是不及古人處 而門徒親黨以衣鉢相傳 號稱法嗣 豈詩之眞理哉"

　　이 말은 그가 주장한 "대체는 반드시 있어야 하고 정체라면 없어야 한다.大體須有 定體則無"는 논리의 핵심을 보여준 설명이라고 할 수 있다. 정체는 대체와 대비하여 쓴 말인데, 고정되어 변하지 않아 사고를 속박하는 창작 규칙을 가리킨다.

엄우(1175?-1264?)

엄우는 남송의 문학비평가다. 자는 의경儀卿, 단구丹丘이고, 호는 창랑포객滄浪逋客이다. 소무邵武(복건성) 출신이다. 저작으로 『창랑집滄浪集』과 『창랑시화滄浪詩話』가 있다. 특히 『창랑시화』는 시변詩辨, 시체詩體, 시법詩法, 시평詩評, 시증詩證의 5부문으로 나누고, 「답오경선서答吳景仙書」를 부록에 첨부한 시화집으로서, 묘오妙悟와 흥취興趣를 시가 창작의 요체로 삼았다. 또 소식, 황정견 이후의 의론적 시풍을 반대하고 성당盛唐의 시를 모범으로 삼을 것을 주장하였다. 그의 시론은 시인들로 하여금 옛것을 모방하게 하는 악영향을 끼치기도 했지만 순수문학의 발달에 적지 않은 영향을 끼쳤다. 명청明淸 시대의 경릉파竟陵派, 신운설神韻說 등은 그의 사상적 영향을 받아 생겨난 것이다.

■ 흥취설 (興趣說)

　　고대의 시론 가운데 시가 창작에 대한 관점의 하나. 이 논리는 사실상 느낌이 있을 때 표현하고(有感而發) 흥취가 모이며 신령이 이르기(興會神到)를 요구한 것이다. 흥취라는 말은 송나라 이전에도 쓰여지긴 했지만, 창작상의 문제로 처음 거론한 경우는 엄우嚴羽(1175?-1264?)의 『창랑시화滄浪詩話』다. 그는 『창랑시화·시변詩辨』편에서 "시의 법식에는 다섯 가지가 있다.詩之法有五"고 하면서, 그 중 한 가지로 흥취를 제시하였다. 그는 "시라는 것은 성정을 읊조리는 것이다. 성당 때의 시인은 흥취에 뜻을 두어 영양이 뿔을 걸어두어 찾을 수 있는 자취가 없는 것과 같다.詩者 吟詠性情也 盛唐詩人惟在興趣 羚羊卦角 無迹可求"고 말했다. 흥은 시흥詩興, 즉 작가가 외부 사물과 접촉하면서 환기되는 감정과 창작 충동을 가리키는 말로, 『문심조룡·물색物色』편에서 말한 "감정이 자연의 선물이라면, 흥(시상詩想)은 마음에서의 보답과 같다.情往似贈 興來如答"고 할 때의 흥이다. 취는 시가의 운치상韻致上의 맛을 가리키는 것으로, 종영鍾嶸(466?-518)이 『시품詩品』에서 말한 자미滋味나 사공도司空圖(837-908)가 말한 "맛 밖의 맛味外之旨"(＜여이생논시서與李生論詩序＞)과 상통하는 개념이다. 흥취는 시가를 창작할 때에는 감정이 환기된 뒤에 써야 한다는 요구다. 상황에 닥쳐서 작품을 구상하고, 마음 속으로 흥취와 신령이 닿았을 때 예술적 직관에 호소하여 창작에 임해야지 명분이나 이치 또는 사고의 힘을 빌어서는 안 된다는 것이다. 결국 표현에 있어서 자연스럽게 이루어진 작품을 중시하고 조탁과 같은 일에 골몰해서는 안됨을 강조한 발언이라고 할 수 있다. 이는 송나라의 시가 추상적이고 이치를 논하는 방식으로 시를 쓰고, 전고를 쌓아올려 시를 짓는 경향에 대해 편향성을 보완하고 폐단을 구제하려는 적극적인 의의를 지닌 논리이다. 일부 서정성이 짙은 갈래에 대한 이러한 요구는 완전히 합리적이라고 할 수 있다. 시는 감정에 응해 자연스럽게 창작되어야 하는 것이지 억지로 아픔을 노래하고 신음한다고 해서 되는 것은 아니다. 그러나 순간적으로 흥취와 신령이 닿게 되면 명분이나 이치 또는 사고의 힘을 빌리지 않더라도 저절로 아름다운 작품이 이루어지며, 작품들이 모두 아름답게 구성되지 않더라도 사고가 침울한 가운데 시를 지으면 좋은 작품이 나오지 않을 수 없다는 것이다. 심각한 감정의 환기도 없이 진부한 표현만 덧붙여서 시를 짓는 풍조에 일침을 가한 주장이다.

그러나 이것만이 시가 창작의 보편적인 원칙이 될 수는 없다. 마음속의 회포를 토로하고 서사가 유창하며 의론이 강개한 작품은 당나라 때의 시에서 뛰어난 작품을 풍부하게 발견할 수 있다. 때문에 "성당 때의 시인은 오직 흥취위에 놓여 있다.盛唐詩人惟在興趣"는 말에도 단편적인 측면이 있음을 부인할 수 없다. 원칙은 나중에 신운파神韻派의 왕사진王士禛(1634-1711)에게 계승되어 명나라 때의 전·후칠자前後七子의 복고주의 운동을 공격할 때 효과적인 논리로 응용되었다. 그러나 그는 흥회신도興會神到나 "흥이 일어나기를 기다려 창작한다.佇興而作"거나 "빛깔과 형상이 공을 갖추었다.色相俱空"(『대경당시화帶經堂詩話·분감여화分甘餘話』)는 점 등을 편향적으로 강조해서 흥취설이 기형적으로 발전하는 결과를 낳았고, 예술의 구성상의 아름다움을 배척하는 구실을 제공하기도 하였다.

■ 시가의 최고 경지를 논하다 (入神)

엄우가 말한 시의 최고 경지 또는 수준으로, 전신傳神이라고도 하는데,『창랑시화滄浪詩話』에 나온다. 그는 "시의 지극한 경지는 하나가 있으니 입신이라 한다.詩之極致有一 曰入神"고 했고, "시를 지어서 입신했으면 지극하고 극진해서 덧붙일 것이 없다고 할 수 있다. 오직 이백과 두보만이 이를 터득하였다.詩而入神 至矣 盡矣 蔑以加矣 惟李

杜得之"고 말했다.

엄우는 시를 논하면서 한위漢魏 시대와 성당盛唐 시기의 시를 최고로 평가하였다. 그는 두보와 이백이야말로 "시를 써서 입신의 경지"에 도달한 대표적인 인물로 생각하였다. 이백과 두보는 "더 이상 덧붙일 것이 없는蔑以加矣" 작품을 남겼다고 보았는데, 이는 그들이 기상氣象과 흥취興趣, 본색本色 등 여러 방면에 걸쳐서 여느 작가를 뛰어넘는 정교하고 오묘한 풍격을 갖추었기 때문이라는 것이다. 입신설은 한위 시대의 문학과 이두를 존숭하고 있지만 실제적으로는 이백으로 전범을 삼을 수 있는 "침착하고 여유가 있는優遊不迫" 낭만주의적 전통과, 두보를 전범으로 한 "느긋하면서도 거침없이 꿰뚫는沈着快通" 리얼리즘 전통을 본받으려고 주장한 이론이다. 엄우가 특히 중시한 시론상의 입장을 잘 표현한 부분이라고 할 수 있다.

■ 창작 이전에 안목부터 갖추어라 (以識爲主)

송나라 때의 대부분의 이론가들과 마찬가지로 당시 시단을 휩쓸고 있던 위약萎弱한 시풍을 반대하면서 엄우가 내세운 주장. 그는 "옛 것을 스승으로 삼고師古" "옛 것을 배우기學古"를 제창하면서 학시學詩 태도는 마땅히 과거의 유산 가운데 정수를 배우면서 체득해야 한다고 주장하였다. 그러나 그는 무작정 옛 것을 배우자고 주장하는 이들과는 달리 독자적인 예술적 규율에 대한 인식을 출발점으로 삼았고, 비평적 안목이라는 측면에서 작가의 예술적 소양과 창작 사이에는 긴밀한 연관성이 있다고 지적하였다.

엄우가 말한 식識은 한 작가의 예술 감상 능력을 구현한 용어다. 그는 시를 배울 때에는 우선적으로 안목을 갖추어서 작품의 진위眞僞와 사정邪正을 구별할 수 있어야 한다고 보았다. 이러한 안목이 바로 식인데, 우수한 문학 작품을 꾸준히 학습한 결과 나온다는 것이다. 학습 대상을 인식해서 바른 방법으로 배워 나가는 것, 이것이 학시의 첫 발자국이라고 하였다. 동시에 이러한 학습은 반드시 "뛰어난 작품에서 낮은 작품으로 나가야 하기從上做下" 때문에 "최상의 것을 배워야 한다.學其上"는 것이다. 엄우는 한위漢魏 시대와 성당盛唐 시기의 문학을 배우는 것이 "바른 길正路"이라고 하면서 "정상에서부터 배워 내려와야從頂寧頁上做來" "꾸준히 향상된다向上一路"(『창랑시화·시변詩辨』편)고 설명하였다. 그는 이 두 시기의 시가는 일반적으로 넓고 큰 기상을 갖추고 있고, 형상이 선명한 특징을 가지고 있다고 평가하였다.

■ 시와 선은 같다 (以禪喩詩)

송나라 비평가들의 시론 속에서 자주 등장하는 논법의 하나로, 불가의 법리를 이용해 시도詩道를 비유하는 방식을 말한다. 엄우가 『창랑시화滄浪詩話』에서 가장 집중적이고 명확하게 논의하고 있는데, "시를 논하는 것은 선을 논하는 것과 같다.論詩如論禪"는 것이 그것이다. 선으로써 시를 비유하는 방식은 말 그대로 비유의 일종이기 때문에 비평가에 따라 이를 이해하는 방향도 제각각이어서 대체적으로 몇 가지 경우로 나눌 수 있다.

첫 번째가 선으로써 시를 품평하는 경우(以禪品詩)다. 마치 불교가 대승과 소승, 또는 보살과 나한羅漢 등으로 분류되는 것처럼 시 역시 상승上乘과 하승下乘의 부류로 나눠 등급을 매기는 방식인데, 이른바 "시의 도는 불법과 같아서 대승과 소승, 사마외도로 나눌 수 있다.詩道如佛法 當分大乘·小乘·邪魔外道"(『시인옥설詩人玉屑』 권5)는 발언이 여기에 해당한다. 엄우가 한위진漢魏晉과 성당 때의 시는 대승에 속하고, "대력(당나라 대종 때의 연호, 766-779) 이후의 시는 소승선大曆以還之詩 則小乘禪"이라고 정리한 예가 여기에 속한다. 명나라의 도륭

屠隆(1541-1605)은 "『시경』3백 편은 여래조사이고, 고시19수는 대승보살이며, 조·유·삼사는 대아라한…三百篇是如來祖師 十九首是大乘菩薩 曹·劉·三謝是大阿羅漢…"(『홍포鴻苞』권17)이라고 말했다.

　두 번째는 참선으로써 시를 배우는 것을 비유하는 방식이다. 오가吳可(?-?)는 그의 시 <학시學詩>에서 "시를 배우는 것은 참선을 배움과 완연히 같으니, 대나무 자리 부들 방석에 앉아 세월을 헤아리지 않는다. 곧바로 스스로 터득하기를 기다린다면, 어느새 엮어낸 시구가 초연한 경지에 들어있다.學詩渾似學參禪 竹榻蒲團不計年 直待自家都了得 等閑拈出便超然"고 말했다. 또 한구韓駒(?-1135)는 <증조백어贈趙伯魚>에서 "시를 배움에 마땅히 처음에는 선을 배우 듯해야 하니, 깨치지 못했기든 두루 여러 방법을 살펴아 한다. 하루아침에 정법안장을 깨치게 되면, 손가는 대로 시를 써도 모두 문장이 된다.學詩當如初學禪 未悟且遍參諸方 一朝悟罷正法眼 信手拈出皆成章"고 말했다. 이것은 곧 학시는 참선과 마찬가지여서 오랜 시간 반복하는 노력을 들여 "두루 여러 방법을 참구하다 보면參遍諸方" 점수漸修를 거쳐 돈오頓悟에 들 듯이 일순간에 선명하게 원리를 꿰뚫게 되기 때문에 물줄기가 마침내 강물을 이루는 것처럼 붓가는 대로 놀려도 좋은 문장을 쓰게 된다는 지적이다.

　세 번째는 선도禪道로 시의 경지(詩境)를 비유하는 방식이다. 이것은 엄우가 주장한 묘오妙悟와 일맥상통하는데, "선도가 오직 오묘한 깨우침에 있듯이 시도 또한 오묘한 깨우침에 있다.禪道惟在妙悟 詩道亦在妙悟"는 것이다. 엄우는 시를 쓸 때에는 반드시 "이치의 길을 넘어서지 말고, 말의 그물에 떨어지지 말아야 하며不涉理路 不落言筌", "영양이 뿔을 걸어두듯이 찾을 수 있는 흔적이 없어야 한다.羚羊掛角 無迹可求"고 생각했다. 즉 의리를 지나치게 내세우지 말고 배운 지식을 가지고 농짓거리를 해서도 안되며, 시가 흔적이나 현상을 초월해서 아무 얽매임이 없을 때 비로소 불즉불리不卽不離(나아가지도 않으며 떨어지지도 않는 경지), 불점불탈不粘不脫(들어붙지도 않고 떨어지지도 않는 경지)하게 되어 혼연일체가 이루어진 천연스러운 경계에 도달한다는 말이다. 마치 "하늘에 울리는 소리, 바탕 속의 빛깔, 물 속에 드리운 달빛, 거울에 비친 현상空中之音 相中之色 水中之月 鏡中之象"과 마찬가지로, 사람이 인식할 수는 있지만 말로 표현할 수 없는 경지와 같이 "말은 다했어도 뜻은 다함이 없는言有盡而意無窮" 오묘한 경지에 이른다는 것이다.

이선유시는 선도와 시도가 공유하고 있는 모종의 특징을 근거로 한 설명 방식으로 시사하는 바가 커서 신운설神韻說이나 성령설性靈說 등과 같은 후세 문학 이론이 계발되는 데 많은 영향을 주었다. 그러나 학시와 참선에는 결국 본질적인 차이가 있기 때문에 양자를 서로 비교하는 방식에도 오류가 발생할 소지가 적지 않게 잠재되어 있었다. 선종은 "이치를 문자로 표현할 수는 없다不立文字"거나 "스승에게서도 배울 수 없는 지혜를 터득하라.得無師之智"고 주장했을 뿐만 아니라 묘오는 스승의 방법을 배워 얻을 수 있다는 사실을 부정하면서 "나를 배우는 자는 죽으리라.學我者死"는 극단적인 논리까지 펼치고 있다. 이런 주장은 시를 배움에 규범과 법도를 찾아야 한다고 요구하는 방식과는 현격한 차이가 있을 수밖에 없다. 유극장劉克莊(1187-1269)은 "시인들은 두보로써 으뜸을 삼는데, 두보는 말하기를 '시어가 사람을 놀래키지 않으면 죽어도 그치지 않겠다'고 하였다. 선승들은 달마를 으뜸으로 삼는데, 달마는 말하기를 '문자로 세울 수는 없다'고 하였다. 시가 선이 될 수 없는 것은 부처가 시가 될 수 없는 것과 같다.詩家以少陵爲祖 其說曰語不驚人死不休 禪家以達摩爲祖 其說曰不立文字 詩之不可爲禪 猶釋之不可爲詩也"(<제하수재시선방장題何秀才詩禪方丈>)고 말했다. 하물며 선가에서 볼 때 한 번 깨우치면 모든 일들이 종료되어 평생 이를 수용하지만, 시인들은 깨치고 난 뒤에도 생활을 통해서 시세계를 거듭 보완하고 풍부하게 다져야 하는 측면을 보면 더욱 이 점은 수긍하기 어려워진다. 그러나 시에 내포된 궁극의 경지를 가시화하는 데 선승들의 참선 자세가 보여주는 모습이 가장 적절한 비유가 된다는 점에서 이 주장을 일방적으로 무시할 수도 없는 일이다. 한편 남송 때의 문인 대복고戴復古(1167-1248)도 "시의 오묘한 풍취는 문자에 의해 전해지는 것이 아니다.妙趣不由文字傳(<논시10절論詩十絶>)고 하며 엄우의 입장을 옹호하는 주장을 하기도 했다.

■ 창작은 특별한 재능이다(別材와 別趣)

엄우가 당시 강서시파 등이 의론이나 학문, 문자 등을 바탕으로 시를 쓰던 비문학적인 경향을 논박하면서 제시한 명제이다.『창랑시화滄浪詩話』에 나온다.

"무릇 시에는 특별한 재질이 있는데, 배움과 관련된 것은 아니다. 또 시에는 특별한 취향이 있는데, 이치와 관련된 것은 아니다夫詩有別材 非關書(學)也 詩有別趣 非關理也"

그의 별재라든가 별취에 대한 논의 속에는 문학에는 학문이나 이치와는 다른 특징이 담겨 있음을 강조한 것이다. 시인이면 당연히 수많은 책과 이치를 읽고 익혀야겠지만, 작품을 창작할 때에는 "이치의 길로만 나아가지 말고, 말의 그물망을 즐겨서도 안 된다.不涉理路 不樂言筌"는 사실, 즉 추상적인 설교를 해서도 안되고 잡다한 경전을 인용해서도 안되며, 예술적 사유에 입각한 규율을 사용해 구체적인 감동을 줄 수 있는 형상화를 이룩해야 한다는 것이다. 시가 창작의 우열이나 성패는 독서량이나 전거의 다과에 정비례하는 것은 아니다. "뛰어난 재주를 가지고 폭넓은 학문을 이루어서 전적에 대해 방대한 지식을 가진鴻才碩學 博通墳典" 사람이라면 대단히 뛰어난 문장을 쓸 수는 있겠지만, 그렇다고 반드시 좋은 시를 지을 수 있는 것은 아

니다. 심지어 학문을 전혀 하지 않았던 장군이었던 북제北齊의 곡률금
斛律金도 "자연의 아름다움이 능히 발현된能發自然之美" 명편 <칙륵
가勅勒歌>를 쓰기도 하였다. "이치와 관련된 것이 아니다.不關理也"는
말은 바로 시가 예술은 감정으로써 사람을 감동시키고 형상과 의경
을 통해 작품이 이루어지는 특징을 지적한 것이다. 엄우도 이성을 중
시하지 않은 것만도 아니어서 그는 정감이 일어나는 과정 가운데 이
치가 자연스럽게 작품에 내재하게 되는 예술적 특징을 강조하였다.
서투르게 설교조의 말투를 쏟아내고 오로지 형이상학적 주제를 부각
시키는 언어를 점철시키는 태도는 당시 도학시道學詩로 포괄되는 수
많은 송시宋詩의 보편적인 경향이었다. 이러한 현상이 발생하게 된 원
인은 예술 사유에는 나름대로 독특한 특징이 있다는 사실을 깨닫지
못하고 소홀히 했기 때문이었다. 엄우가 이 문제에 대해 자신의 견해
를 밝히고 비판을 가한 것은 합리적인 자세였고, 현실과도 부합하는
태도여서 당시의 폐단을 정확하게 꿰뚫은 비교적 심각한 논의였다.
그의 문학사상의 공헌은 이렇게 정리할 수 있다. 그는 "시는 성정을
노래하는 것吟詠情性"이라는 본질을 간파해서 별재와 별취라는 두
용어를 사용해서 시가의 특수성을 제고하고, 당시 사람들의 시가 예
술에 대한 인식의 깊이를 심화시켰다. 문예이론발전사라는 측면에서
볼 때, 중국의 문학 이론에 대한 연구는 문학의 발전과 일맥상통하는
데, 긍정적이거나 부정적인 양 방면의 경험의 총결이라는 과정을 거
친다는 것이고, 그에 내재하는 규율이나 특징 등에 대한 탐구와 인식
의 문제에 대해서도 진일보한 발전을 이끌어냈다는 점을 들 수 있다.

■ 시의 도는 오묘한 깨우침에 있다 (妙悟)

중국 고대 시가 이론 가운데 하나로, 엄우의 『창랑시화滄浪詩話·시
변詩辨』편에 처음 나온다.

"선정의 도는 오직 오묘한 깨우침에 있으며, 시의 도 역시 오묘한 깨우침에 있다.禪道惟在妙悟 詩道亦在妙悟"

"오직 깨우침이 바로 마땅히 행해야 할 바이며, 그 본색이 된다.惟悟乃爲當行 乃爲本色"

묘오라는 것은 원래 불교에서 선정에 들어 도를 깨우치는 것을 가리키는 말로, 돈오頓悟와 점오漸悟의 구분이 있는데, 이를 통해 선정으로써 시를 비유하였다. 글자 상으로 따지면 마음을 다스리고 정신이 모여 융화하면서 관통한다는 뜻이지만, 실제에 있어서는 시를 배우는 것과 시를 쓰는 오묘한 경지를 포괄하는 용어이다. 시를 배우는 데에는 반드시 안목을 갖추어야 하는데, 이는 승려가 선정에 들면서 정법안장正法眼藏을 갖추어 최상승最上乘을 좇아 배움을 일으켜 불법을 터득하는 것과 같다는 것이다. 한위진漢魏晋과 성당盛唐의 시풍을 스승으로 삼아도 만당晚唐 이후의 작품을 배우는 것을 없앨 수는 없다. 그러므로 옛 사람을 배울 때에는 참선하여 도를 깨우치는 것과 마찬가지로 오랜 기간 거듭해서 참구하면 그 핵심을 깨우치게 되어 시풍의 높고 낮음과 옳고 그름을 분별할 수 있게 된다. 시를 쓸 때에는 모름지기 "이치의 길을 넘어가지 말아야 하고, 말의 통발에 떨어지지도 말아야 한다.不涉理路 不落言筌" 즉 의론議論으로써 시를 지어 시 속에다 의론을 부산하게 일으켜 도학자의 의리와 성명性命을 전하는 앵무새가 되어서는 안 된다는 것이다. 또한 문자만으로 시를 지어 학문을 자랑하고, 시어를 주무르는 기교에 빠져 조탁의 흔적을 곳곳에 남겨서도 안 된다. 시의 경계는 나아가지도 떠나지도 않으며(不卽不離), 달라붙지도 떨어지지도 않고(不黏不脫), 이치는 정경情景 가운데 있고 말은 현상의 밖으로 초월하여 함축적인 맛을 풍겨야 한다고 주장하였다. 이를 비유적으로 "공중에서 들리는 소리와 같고, 상 안에 있는 빛깔과 같으며, 거울 속의 형상과 같아 말은 다해도 뜻은 무궁하다.空中之音 相中之色 鏡中之象 言有盡而意無窮"고 한다. 감상자로 하여금 단지 뜻을 알게 할 수는 있지만 말 속에 숨겨진 별경別境을 전하기는 어려운 법이다.

엄우는 묘오를 가지고 좋은 시를 짓는 중요한 조건을 제시했는데, 그는 이것을 "시에는 별다른 재능이 있지만 책과는 관계가 없다. 시에는 별다른 취향이 있지만 이치와는 관계가 없다.詩有別材 非關書也 詩有別趣 非關理也"고 말했다. 즉 시를 쓰는 비법은 책을 많이 읽었는가 아닌가에 있지 않고, 이치를 다 깨우쳤는가 아닌가에도 달려 있지 않으며, 오직 묘오의 정도에 달려 있다는 말이다. 그는 맹호연孟浩然(698-740)의 학문이 한유韓愈(768-824)와 비교해 차이가 나지만 시는 한유보다 났다고 보았다. 그 까닭은 "한결같이 묘오를 맛볼 수 있을 뿐이기一味妙悟而已" 때문이다. 깨우침에도 깊고 옅음이 있는데, 투철한 깨우침에 도달하면 영원히 사라지지 않을 시를 남길 수 있다고 하였다.

묘오설은 북송北宋 문단의 "문자로 시를 쓰고 재주와 학문으로 시를 쓰며 의론으로 시를 쓰는以文字爲詩 以才學爲詩 以議論爲詩" 경향에 일침을 가했다. 또 강서시파江西詩派의 병폐에 대해서도 비판을 가해 문학의 의경意景과 풍격을 강조하는 적극적인 의의를 가져 후세의 문학에 커다란 영향력을 행사하였다. 예컨대 명나라의 전·후칠자前後七子가 제안한 "시는 반드시 성당을 배워야 한다.詩必盛唐"는 구호와 왕사진王士禛(1634-1711)의 신운설神韻說, 원매袁枚(1716-1797)의 성령설性靈說 등과도 밀접한 관련이 있다. 다만 묘오설은 한층 신비적이고 현학적玄學的인 색채를 떨어내지 못해 어떤 경우 사람들이 포착하기 어려운 구석이 있었다. 묘오에 대한 이론은 비록 적든 많든 문학과 시가의 예술적 특징을 탐색하는 데 관여했지만, 다만 끝내 그 이론 속에는 문학과 생활 사이의 관계에 대한 이해가 근본적으로 부족했다. 또 문학 발전에 있어서 문학이 있게 한 원류와의 관계에 대한 규율을 심각하게 고려하지 못했다. 때문에 그들은 문학과 시가의 예술적 특징에 대해서도 정확한 결론을 이끌어내지는 못했던 것이다.

■ 작시의 요소 (氣象)

의태意態와 풍모風貌를 가리키는 용어로, 엄우가 제시한 작시오법作詩五法 가운데 하나다. 그 의미는 시를 지을 때 반드시 갖추어야 할 독특한 의태와 풍모를 뜻한다. 그는 『창랑시화·시변詩辯』편에서 "시를 짓는 법에는 다섯 가지가 있는데, 체재와 격력과 기상 등이 그것……詩之法有五 曰體制 曰格力 曰氣象……"이라고 말했다. 그는 또 "한위 시대의 고시는 기상이 혼돈해서 한 구절로 뽑아내기가 어렵다. 漢魏古詩 氣象混沌 難以句摘"고 했으며, "당나라 시인들과 송나라 시인들의 시는 공교롭고 졸렬함을 논하기도 전에 기상부터 다르다.唐人與本朝人詩 未論工拙 直是氣象不同"고도 지적하였다.

기상은 풍격風格과 관련이 있는데, 기상이 다르면 다른 풍격을 형성하게 된다. 그는 한위 시대의 고시와 당시唐詩, 송시宋詩를 풍격상으로 구별한 뒤 당시를 추켜세우고 송시를 폄하하며, 옛 것을 존중하고 현재의 문학 성과를 낮게 평가했는데, 이는 그가 주장한 고박자연古朴自然하고 혼연일체가 되어 체제를 이룬 풍격상의 특징을 구현한 것이다. 이러한 주장은 당시 서곤파西崑派와 강서시파江西詩派가 줄곧 과거의 문학적 전통을 모방하기에 급급하고, 문장이나 시구를 적출해서 시를 짓는 방식이 빚어낸 부정적인 영향에 대해 비판의 의미를 담고 있기도 하다.

장무순(?-? 명대)

장무순은 명대의 희곡작가이자 문학가이다. 자는 진숙晋叔이고 호는 고저顧渚이며, 장흥長興(절강성) 출신이다. 만력 8년(1580) 진사가 되어 남경국자감박사南京國子監博士가 되었고, 탕현조湯顯祖, 왕세정王世貞 등과 교유하였다. 박학다식하였고 시문에 뛰어났으며 특히 곡曲에 뛰어나 오가吳稼, 모유茅維, 오몽양吳夢陽 등과 더불어 '사자四子'로 불렸다. 저서로는 시문집인 『포부당고負苞堂稿』와 『고시소古詩所』, 『옥명당사몽玉茗堂四夢』 등이 있다. 그는 희곡의 보존과 전파에 큰 공헌을 했는데, 산동의 왕씨王氏, 호북의 유씨劉氏, 복건의 양씨楊氏가 소장하고 있던 원곡元曲 중에서 100부의 작품을 선별 수정하여 『원곡선元曲選』을 편찬하였다.

■ 원곡 창작의 어려움을 밝히다 (作曲三難)

명나라의 장무순藏懋循이 원곡元曲 창작의 어려운 점을 정리한 말. 그는 <원곡선서2元曲選序二>에서 작곡에는 세 가지 어려움이 있다면서 다음과 같이 지적하였다.

첫 번째는 "정다운 말을 온화하게 부르는 것이 어렵다.情詞穩稱之難"는 것인데, 언어를 사용하는 문제를 거론한 것이다. 극 가운데 등장하는 인물은 복잡다단하기 때문에 사용하는 언어 역시 광범위하고 정확하며 적절해서 "우아한 말과 통속적인 언어가 함께 겸비되어 뒤섞였어도 흔적이 없어야雅俗兼收 串合無痕" 하는데, 이는 그렇게 쉬운 일이 아니다.

두 번째는 "관목(연극의 절정을 이루는 대목)에서 팽팽하게 당겨 모으는 것이 어렵다.關目緊湊之難"는 것으로, 사건을 구성하는 문제에 대해 말한 것이다. 극중의 사건은 흐름에 곡절이 많기 때문에 반드시 구성이 엄격하고 긴밀해야 하며, 인물을 묘사하고 사건을 서술하는 데에는 생동감이 넘치게 표현하는 것이 중요하다. 즉 "사람은 그가 사는 지역의 방언에 익숙해야 하고 사건은 본질에 가까워야 하며, 상황은 옆으로 흐르는 일이 없고 언어도 밖에서 빌어오는 경우가 없어야 한다.人習其方言 事肖其本色 境無傍溢 語無外假"는 말이다. 이 또한 그리 쉬운 일은 아니다.

세 번째는 "음률이 조화를 잘 이루는 어려움音律諧葉之難"으로, 운율상의 문제에 대해 지적한 것이다. 곡사曲詞는 가창되기 때문에 율조와 합치되는 것이 필수적인데, 이를 위해서는 음양과 평측을 모두 깊이 연구해야 한다. 이 때문에 역시 어려운 일이라는 것이다. 이런 세 가지 점을 지적해서 장무순은 작곡삼난이라고 불렀는데, 희곡 창작을 할 때 겪는 실제 상황과 일치되는 분석으로 알려져 있다.

원호문(1190-1257)

원호문은 금金 말의 문학가이자 사학자다. 자는 유지裕之, 유산遺山이다. 선종宣宗 흥정興定 5년(1221) 진사에 급제하고 내향현內鄕縣, 남양현南陽縣, 진평현鎭平縣의 현령을 거쳐 상서성좌사원외랑尙書省左司員外郎을 지냈다. 금이 망하자 벼슬을 버리고 20여 년간 향리에 은거하면서 저술에 몰두했다. 시문을 잘 지었으며, 시는 망국의 현실을 담아 비장하고 진지하다. 사詞는 송대의 완약파, 호방파 사풍을 이어받았으며, 북방 지역의 경치와 자신의 상심을 다양한 형식에 담아 토로했다. 〈논시절구論詩絶句〉 30수는 한위漢魏 이래의 시가를 비교적 체계적으로 평론하면서 건안建安 시풍을 좇아야 한다는 주장을 담았다. 저서에 『유산집遺山

集』, 『임진잡편壬辰雜編』, 『중주집中州集』 등이 있다.

■ 체험 속에서 시심은 우러난다 (眼處心生)

자신이 직접 눈으로 목격한 경험이 있을 때 마음 속으로부터 생각과 감정이 발현된다는 말로, 시가 창작에 있어서 표현하고자 하는 객관적 사물에 대해 직접 관찰하고 몸소 체험해서 마음 속에서 진정한 실감이 우러날 때 비로소 성공적인 작품이 쓰여지는 사실을 강조한 것이다. 이 말은 원나라 때의 시인 원호문元好問(1190-1257)이 <논시절구30수論詩絶句三十首> 제12에 나온다.

> 眼處心生句自神　　안처심생하여 시구는 절로 신령하니
> 暗中摸索總非眞　　암중모색하는 일은 모두 거짓이라네.
> 畫圖臨出秦川景　　진천의 경관을 그림 속에 담은 이들 가운데
> 親到長安有幾人　　직접 장안에 가 경치 본 이 몇이나 될까?

이 작품은 눈으로 직접 목격하고 마음 속에서 우러난 시상을 가지고 쓴 시야말로 자연스럽게 신령스러움과 기이함을 지닐 수 있으며, 문을 닫아걸고 배를 만드는 식으로 현실을 외면하고 상상력에만 의존해서는 진정과 실감이 담긴 작품이 나오지 못한다는 사실을 지적하고 있다. 위에서는 진천의 경치를 예로 들어 자연 경관의 묘사 문제에만 국한시킨 듯이 보이지만, 원호문의 문학관이나 <논시절구30수>에 담긴 전체적인 논의를 감안하면 이는 사회 생활에서의 문제도 포함된다. 원호문은 시를 논하면서 건안建安 시기의 조식曹植(192-232)과 유정劉楨(?-217)을 존경해서 바람과 구름이 이는 것처럼 기운이 풍성하다고 칭송하였다. 그러나 아녀자들의 다정다감한 정서나 읊조리는 화려하고 유약한 시풍은 반대하였다.

그는 예술적 풍격의 문제에도 관심을 기울였지만, 사회 생활을 반영하는 문제도 중시해서, 문학은 그 시대의 숨결이 갖추어져야 한다고 생각하였다. 그가 완적阮籍(210-263)이나 유곤劉琨(271-318), 진자앙陳子昻(656-698) 등의 문학을 좋아한 이유도 그들이 자신의 작품 속에 당대의 사회 상황을 광범위하게 반영하려는 태도를 보여주었기 때문이었다. 원호문은 안처심생을 강조하면서 객관적인 사물을 관찰하고 체험하는 일을 중시하였다. 표현하려는 사물에는 진정과 실감이 깃들어야 한다는 요구는 고대 시론 가운데의 물감설物感說을 계승하여 발전시킨 결과로 보인다. 객관적인 사물이 시가 창작에 결정적인 작용을 한다는 것은 실제 문학 창작의 기본적인 요건과도 부합하는 논의다. 동시에 안처심생은 암중모색만 일삼는 작시作詩 태도에 경종을 울리는 의의도 있다. 즉 강서시파江西詩派가 과거의 문학 유산을 묵수하고 자구字句를 조탁하기에 골몰하며, 폐문조거閉門造車했던 착오적인 문학론에 대해 강렬한 비판을 제기한 의의가 있다는 말이다. 암중모색총비진暗中摸索總非眞이라는 주장은 "듣기에 문을 걸어 잠그고 시 썼다는 진정자는, 가련하게도 쓸데없이 정신만 낭비했다.傳語閉門陳正字可憐無補費精神"는 시구와 맥락이 일치한다. 시인으로 하여금 생활에 관심을 기울이고 현실을 직시하게 만들어, 거기에서 자양분을 흡수해서 자신의 창작 수준을 충실하게 다지고 제고시켰다는 점에서 이 관점은 긍정적인 의의를 지니고 있다.

이몽양(1472-1529)

이몽양은 명대의 문학가다. 자는 천사天賜, 길헌獻吉이고, 호는 공동자空同子다. 경양慶陽(감숙성) 출신이다. 모친의 품으로 해가 떨어지는 꿈을 꾸었다고 해서 몽양夢陽이라는 이름이 지어졌다고 한다. 홍치弘治 7년(1494) 신사에 합격하고 호부수사戶部主事, 원외랑員外郞을 지냈다. 정덕正德 원년(1506) 상서尙書 한문韓文 등과 함께 8호虎를 제거할 것을 주청했다가 환관 유근劉瑾에 의해 하옥되었다. 유근이 난을 일으켰다가 실패하여 살해된 뒤 강서제학부사江西提學副使, 형부관刑部官에 올랐지만 윗사람의 시기를 받아 벼슬을 버리고 은거했다. 만년에는 영왕寧王 주신호朱宸濠의 난에 연루되어 호적을 박탈당했다. "문장은 진한 시대를, 시는 성당의 것을 모방하자.文必秦漢 詩必盛唐"는 이른바 문학의 복고운동을 폈으며, 전칠자前七子의 한 사람에 속한다. 저서에 『공동전집空同全集』 66권이 있다.

■ 시는 장구와 결구가 우선이다 (翕闢頓挫 尺尺而寸寸之)

이몽양李夢陽제출한 이른바 척촌고법尺寸古法에 대한 구체적인 주장. 이 말은 그의 글 <박하씨논문서駁何氏論文書>에 보인다.

"그러니 열리고 닫히며 눌리고 드날리는 것 등 한 자면 한 자로 재고 한 치면 한 치로 재는 것에 있어서 처음부터 법이 없었던 것이 아니다. 이른바 둥근 데에는 컴파스가 있고, 네모난 데에는 삼각자가 있다는 것이다.然其翕闢頓挫 尺尺而寸寸之 未始無法也 所謂圓規而方矩者也"

그리고 그의 <답주자서答周子書>에 보면 다음과 같은 말도 나온다.

"지금 그 전해오는 말들은 마치 모래를 헤쳐 교룡을 희롱하는 것과 같아 흩어져 아무런 기율도 없다. 옛날 말했던 열리고 닫힘이 조응하고 뒤집히고 꽂히며 눌리고 드날리는 모습은 모두 없어지고 말았다.今其流傳之辭 如搏沙弄螭 渙無紀律 古之所云開闔照應 倒揷頓挫者 一切廢之矣"

이몽양은 자신의 주장에 대해 좀더 상세한 설명을 이렇게 붙이고 있다.

"옛 사람들의 작품은 그 법이 비록 여러 갈래라고 해도 대개 앞부분이 성글면 뒷부분은 조밀하고, 반이 트였으면 반은 반드시 세밀하며, 하나가 실하면 반드시 하나는 허를 갖추었고, 경관을 쌓아 올렸어도 뜻은 반드시 둘이었으니, 이것이 내가 말하는 법은 둥근 데에는 컴파스가 있고, 네모난 데에는 삼각자가 있다는 것이다.古人之作 其法雖多端 大抵前疏者後必密 半闊者半必細 一實者必一虛 疊景者意必二 此予之所謂法 圓規而方矩者也"

이를 통해 척척이촌촌지하는 "열리고 닫히며 눌리고 드날리는翕闢頓挫" 법은 주로 시를 지을 때 전후가 서로 조응하는 장법章法과 시문의 구성 방식이나 배치 문제를 가리키는 것임을 알 수 있다. 이몽양은 <재여하씨서再與何氏書>에서 심약沈約(441-513)의 성률론聲律論을 인용해 예증으로 삼았다. "만약 앞에 뜬소리가 있으면 뒤에는 반드시 절박한 소리가 와야 하고, 한 구절 안에 음운이 모두 다르면 두 구절 내에서는 가볍고 무거운 것이 각각 달라야 한다.若前有浮聲 則後須切響 一簡之內 音韻盡殊 兩句之中 輕重悉異" 이 구절 또한 이몽양이 말한 흡벽돈좌에 내포된 의미를 설명해 주는데, 결국 장법과 결구의 안배가 중심이 되고 있다. 이러한 방법은 일반적으로 형식상의 기법에 해당한다. 창작을 할 때 장법과 배치, 전후의 조응에 주의를 기울여 작품의 구성이 엄밀해지고 전후가 호응하게 만드는 일은 마땅히 고려해야 할 과제이며, 옛 사람들의 우수한 시문학 작품에는 확실히 이러한 미덕이 잘 드러나 있다. 이를 성실하게 배워 익히는 태도는 필요한 훈련이 아닐 수 없다. 다만 이몽양이 이러한 형식 기법을 가지고 고법古法의 중요한 법칙으로 삼은 태도는 부분적인 문제를 본질로 호도한 오류가 다분히 드러나 있다. 마치 나무만 보고 숲을 보지 못한 것처럼 단편적인 성격이 노출되어 있는 것이다. 더욱이 그가 이러한 형식 법칙을 가지고 "사물이 좇는 자연스런 원칙物之自則"으로 삼아 후세 문인들이 이를 추수하고 변함 없이 본받아야 할 덕목으로 강요한 것은 창작에 좋지 못한 영향을 주어 창작을 마치 이런 저런 골동품을 모아놓은 위조품으로 만드는 결과를 가져올 우려를 배제할 수 없다.

■ 시는 성당을 문은 진한을 본받으라 (詩必盛唐 文必秦漢)

시를 지을 때에는 성당의 시풍을 스승으로 삼고, 문장을 지을 때에는 선진과 양한兩漢 때의 문풍을 본받으라는 주장. 이 주장은 명나라 때 이몽양과 하경명何景明(1483-1521)으로 대표되는 전칠자前七子들이 복고주의 문학을 내세우면서 제기하였다. 그러나 두 사람의 시와 문장론에 보면 이러한 구절은 나타나지 않으며, 다만『명사明史·이몽양전』에 "그는 재주와 생각이 웅장하고 사나워서 우뚝 서서 복고로써 스스로의 책임으로 삼았다. 홍치(효종孝宗 때의 연호, 1488-1505) 때 재상 이동양이 문병을 잡자 천하 사람들이 모두 그를 으뜸으로 받들었지만, 이몽양만 홀로 그의 위약한 문풍을 비판하면서 문장은 반드시 진한을 본받고, 시는 반드시 성당을 본받아야 하니 그렇지 않은 것들은 말할 필요도 없다고 주장하였다.夢陽才思雄鷙 卓然以復古自命 弘治時宰相李東陽主文柄 天下翕然宗之 夢陽獨譏其萎弱 倡言文必秦漢 詩必盛唐 非是者弗道"는 기록이 있을 뿐이다. 이 말은『명사』의 작자가 이몽양 문학론의 핵심을 정리한 것이다. 이몽양과 하경명은 복고로써 구호를 삼아 대각체臺閣體와 팔고문八股文을 반대하는 등 여러 가지 점에서 일치하는 주장을 전개했는데, 고인을 본받는 방법론에서는 다소간의 차이가 난다.

가정嘉靖(세종世宗 때의 연호, 1522-1566)과 만력萬曆(신종神宗 때의 연호, 1573-1620)을 전후하여 이반룡李攀龍(1514-1570)과 왕세정王世貞(1526-1590)이 주축이 된 후칠자後七子가 나타나 전칠자들이 주장했던 문학론을 계승, 발전시켜 다시 한번 복고주의 문학 운동이 활기를 띠게 되었다. 『명사·이반룡전』에 보면 그는 "문장은 서경 이후로부터, 시는 천보(당나라 현종玄宗 때의 연호, 742-756) 이후부터 모두 볼 만한 것이 없다고 하였다. 명나라에 들어서서는 홀로 이몽양을 추켜세워 많은 문인들이 그에 화답했는데, 그렇지 않다면 송학을 한다고 비난하였다.謂文自西京 詩自天寶而下 俱無足觀 于本朝獨推李夢陽 諸子翕然和之 非是則詆爲宋學"는 기록이 있다. 『명사·왕세정전』에서는 이반룡이 죽은 뒤 왕세정이 홀로 20여 년 동안 문단을 제패했는데, "그의 지론은 문장은 전한을 본받아야 하고 시는 성당을 따라야 하며, 대력(대종代宗 때의 연호, 766-779) 이후의 책은 읽지 말아야 한다.其持論 文必西漢 詩必盛唐 大曆以後書勿讀"고 했다는 것이다. 이들은 전칠자의 복고주의 문학론을 한층 발전시켜 남의 작품을 표절하고 베끼는 방식마저 조장하게 되었다. 왕세정은 만년에 들어서면서 자신의 주장이 지나쳤다는 깨우침을 얻긴 했지만, 당시 문단에 끼친 좋지 못한 선례는 어쩔 수 없는 지경이었다. 뒤이어 당송파唐宋派와 공안파公安派가 등장하자 전·후칠자의 복고주의 문학론도 차츰 힘을 잃기 시작하였다.

강해(1475-1540)

강해는 명대의 문학가다. 자는 덕함德涵이고, 호는 대산對山이며, 무공武功(섬서성) 출신이다. 한림원수찬翰林院修撰의 관직을 지내다 무종武宗 정덕正德(1506~1521) 초 유근劉瑾의 난에 연루되어 파직되자 은거하였다. 시문을 잘 지어 당시 전칠자前七子의 한 사람에 속했다. 시문집으로 『강대산집康對山集』과 『무공지武功志』가 있다. 이밖에 잡극 작품 〈중산랑中山郎〉과 〈왕난경정열전王蘭卿貞烈傳〉이 있다.

■ 지방에 따른 문학 풍토의 차이 (南詞激越 北曲慷慨)

남사는 격정적이고 북곡은 강개하다. 명나라 때의 강해康海가 남북곡南北曲의 곡조에 담긴 풍격을 개괄하면서 지적한 평어. 이 말은 왕기덕王驥德(?-1623)의 『곡률曲律』에 나온다.

"성조로써 논한다면 관중 지방의 강해(덕함은 그의 자)가 지적한 말이 있다. 남사는 격정적인 경향이 중심이어서 유려하고 화려한 풍으로 변하기도 하였다. 북곡은 강개한 시풍이 주된 정조를 형성하여 소박하고 실질적인 풍을 띠기도 하였다. 소박하고 실질적이었기 때문에 성조에는 원칙이 있어서 빌어오기 어려웠으며, 유려하고 화려했기 때문에 노래함에 있어서 무리없이 전환하여 곡조를 바꿀 수 있었다는 것이다.以聲而論 則關中康德涵所謂 南詞主激越 其變也爲流麗 北曲主慷慨 其變也爲朴實 惟朴實故聲有矩度而難借 惟流麗故唱得宛轉而易調"

강해는 비록 곡조에 대해 지적한 것이지만 사실상 남북곡이 갖추고 있었던 예술적 풍격도 여기에서 크게 벗어나지 않았다. 나중에 격월과 강개라는 구별은 희곡에 있어서 뿐만 아니라 남북방의 문학 전반에 걸친 형식적 특징을 지적하는 말로 인정되었다. 강해의 지적은 중국 남북 희곡의 풍격상 특징을 정확하게 설명한 발언이었기 때문에 이후 비평가들에 의해 줄곧 인용되었다.

하경명(1483-1521)

하경명은 명대의 문학가이다. 자는 중묵仲默이고, 호는 대복산인大復山人이며, 산양山陽(하남성) 출신이다. 홍치 15년(1502)에 진사가 되었으며, 중서사인中書舍人을 제수받았지만, 당시 환관이 유근劉瑾이 권력을 장악하자 사직하고 귀향하였다. 유근이 죽은 뒤 다시 복직되었지만, "환관이 총애를 입으면 안 된다."는 상소를 올림으로써 9년이나 관직을 옮길 수 없었다. 나중에 섬서의 제학부사提學副使가 되었지만 병을 이유로 사직하고, 귀향한 지 엿새만에 죽었다. 이몽양李夢陽과 더불어 명성을 떨쳤으며, 전칠자前七子의 한 사람이다. 『대복집』 38권이 있다. 시문의 복고를 주장했으며, 나중에는 이몽양과 다소 차이가 생겼는데, 시를 지을 때는 "옛 전범을 따르는데 진력하고", "법도만을 고수해서"는 안 된다고 여기고, "표정을 파악하고 경치를 보고 구성을 하며, 의례를 모방하지 않아야 한다."고 주장하였다. 이 때문에 일찍이 이몽양과 격렬한 논쟁을 벌였다. 그래서 그의 시는 이몽양에 비해 청신하고 재기가 뛰어나며, 맑고 고상하다. 〈평패성남촌平壩城南村〉 3수, 〈협객행俠客行〉, 〈시어鰣漁〉 등의 그의 시가의 특징을 대표하며, 세상에 알려졌다. 그러나 그의 시에는 복고와 모방의 폐단이 뚜렷하게 존재하며, 명대 시문에도 좋지 못한 영향을 끼쳤다.

■ 모방에서 벗어나라 (元習)

명나라의 하경명何景明이 원시元詩와 자신의 시 창작상의 특징에 대해 비교하면서 사용한 용어로, <여이공동논시서與李空同論詩書>에 나온다.

"원나라 사람들은 빼어나고 우뚝한 듯이 보이지만 사실은 옅고 통속적인데, 지금 나의 시도 원나라 작가들의 습속을 면치 못하고 있다. 元人似秀峻而實淺俗 今僕詩不免元習"

여기서 말하는 원습은 원나라 작가들의 시풍, 즉 옅고 통속적인 특징을 가리킨 것이다. 하경명이 지적한 천속淺俗은 천박하고 조야하다는 뜻이 아니라 뜻이 쉽게 드러나고 통속적이라는 말이다. 그의 원습설은 이몽양李夢陽(1472-1529)에 대해 일침을 놓기 위한 말이기도 했다. 이몽양과 하경명 두 사람은 비록 모두 옛 것을 배우자는 주장을 내세웠지만 배우는 목적이나 방법론에 있어서는 각기 차이를 보였다. 하경명은 옛 것을 배우는 까닭은 "일가의 목소리를 내기 위해서成一家之言"였지만, 이몽양은 "아주 작은 원칙이라도 홀로 고수하기 위해서獨守尺寸"였다. 즉 옛날 법도에 평생 얽매여 있으면서 어떻게 옛 사람을 배울 것인가에만 골몰했던 것이다. 하경명은 "정신과 감정을 이끌어 모아야지領會神情" "형태나 자취만 모방해서는 안 된다不仿形迹"고 보았다. 그러나 이몽양은 "뜻을 새길 때에는 옛 전범에 따르고, 형체를 주조할 때는 오래된 모형에 바탕을 둔다.刻意古范 鑄形宿模"고 생각하였다. 하경명은 "법도는 같다고 해도 어투까지 같아야 할 필요는 없다.法同則語不必同"고 주장했지만, 이몽양은 한결같이 옛 사람들의 언어를 답습할 것을 강조하였다. 때문에 하경명이 "원나라 작가들의 습속을 면치 못했다.不免元習"고 한 말 속에는 이러한 쉽게 드러나고 통속적인 시 창작이 비록 예술적으로 그리 수준이 높진 못하다고 해도 자신만의 독창적인 성과라는 의미가 내포되어 있다. 이는 능히 "스스로 한 집안 체제를 짓고, 스스로 한 짝 문을 여는自創一堂室 自開一戶牖" 일이었다. 이몽양의 시창작은 비록 "간혹 송시의 경지에 들었지만間入于宋", 그러나 하경명은 "송나라 시인들은 늙고 노숙해 보이지만 사실은 성기고 아둔할 뿐宋人似蒼老而實疏鹵"이라고 인식하였다. 소로疏鹵란 형식뿐이고 내용이 없다는 말로, "옛 사람의 그림자古人影子"라는 것이다. 이것은 곧 이몽양의 시 창작은 옛 사람을 일관적으로 모방하기에 급급해서 자기만의 특색은 찾아볼 수 없고 생기가 부족하다는 지적이다. 두 사람의 실제 창작을 살펴보면 하경명의 비평이 실제와 일치한다는 사실을 확인할 수 있다.

313

■ 함의가 풍부한 창작이 소중하다 (辭斷意屬 聯類比物)

명나라 때 하경명이 제시한 시법詩法의 하나로, <여이공동논시서與
李空同論詩書>에 나온다.

"내가 일찍이 시문에 대해 말하기를 결코 바꿀 수 없는 법칙이 있
다고 하였다. 그것은 말은 끊어졌어도 뜻은 이어져야 하고, 유사한 것
에 연상하여 사물에 비유해야 한다는 것이다.僕嘗謂詩文有不可易之法
者 辭斷而意屬 聯類而比物也"

사단이의속은 자구는 서로 연결되지 않은 듯해도 문장의 의미는
실제로 연관되어야 한다는 말이다. 연류이비물은 시가 작품 안에 비
흥比興의 기법이 담겨 있어야 한다는 뜻이다. 이 말은『한비자·난언
難言』편에 "말이 많아 번거로울 정도로 유사한 것을 연이어서 사물을
비유하면 보기에 비어서 쓸모가 없는 것처럼 여겨진다.多言繁稱 連類
比物 則見以爲虛而無用"는 말에서 유래하였다. 연류는 유사한 것 가
운데 서로 같은 것으로 연결시킨다는 것이고, 비물은 사물 가운데 서
로 같은 것으로 비유한다는 말이다.

왕세정(1526-1590)

왕세정은 명대의 문학가다. 자는 원미元美이고, 호는 봉주鳳州, 엄주
산인弇州山人이며, 태창太倉(강소성) 출신이다. 가정嘉靖 26년(1547)
형부주사刑部主事로 있던 부친이 엄숭嚴嵩에 의해 억울한 죄를 입자 시
를 지어 엄씨 부자의 죄상을 폭로했다. 목종穆宗은 그의 송사를 받아들
여 부친의 죄를 사면해 주었다. 남경병부우시랑南京兵部右侍郎과 남경병
부상서南京兵部尚書 등의 벼슬을 지냈다. 고문운동을 제창하여 진한秦漢

의 문장과 성당盛唐의 시를 본받을 것을 주장했다. 시와 고문을 잘 지어 초기에는 이반룡李攀龍과 병칭되었으며, 이반룡이 죽은 후 20년간 문학계의 일인자로서 이름이 높았다. '가정칠재자嘉靖七才子' 또는 '후칠자後七子'로 불리는 의고파의 대표 인물이다. 저서로 『예원치언藝苑卮言』과 『엄주산인사부고弇州山人四部稿』 등이 있다.

■ 문학 창작의 네 요소 (才·思·格·調)

명나라의 왕세정王世貞이 문예 창작에 대해 제안하면서 사용한 말. 이 말은 『예원치언藝苑卮言』에 나온다.

"재능은 사고에서 나오고, 사고는 가락을 만들며, 가락을 품격을 만든다. 사고는 재능의 활용이며, 가락은 사고의 대칭이고, 멋(격조)은 가락의 경계다.才生思 思生調 調生格 思卽才之用 調卽思之境 格卽調之界"

여기서 재는 재능이나 재기才氣를 가리키고, 사는 창작적 사고를 말하며, 격조는 예술상의 경계境界를 일컫는다. 이러한 관점은 창작 주체의 작용에 주의한 결과 나온 것으로 그 의의가 있다. 나아가 왕세정은 격조에 대해 해석했는데, 형식적인 장법章法에 착안했을 뿐만 아니라 예술을 구성하는 사고라는 각도에서도 논의를 전개하여 그 의미를 제고하였다. 그러나 그가 지적한 재는 주로 선천적인 재능과 후천적인 학문을 가리키고 있어서 어느 정도 편향성을 보인 것도 사실이다.

■ 옛 경전은 모두 역사의 기록이다 (六經皆史)

6경으로 불려지는 고대의 경전은 모두 역사로 보아야 한다는 주장으로, 6경이 무엇인가에 대해서는 시대와 학자에 따라 설명이 분분하지만, 대개 『시경』과 『서경』, 『춘추』, 『예기』, 『주역』, 『악기樂記』(지금은 없어짐)를 가리킨다. 명나라의 왕세정이 이에 대해 비교적 구체적인 논의를 전개하였다. 그는 『예원치언藝苑卮言』에서 이렇게 말했다.

"이 세상 천지에 역사가 아닌 것이 없다. 삼황이 다스리던 시대의 것은 민멸되어 없어진 듯하고, 오제가 다스리던 시대의 것은 있는 것도 같고 없는 것도 같다. 오호라! 역사는 가히 없어질 수 있는 것이겠는가? 6경은 역사 가운데 이치를 말한 것이다. 天地間無非史而已 三皇之世 若泯若沒 五帝之世 若存若亡 噫 史其可以已耶 六經 史之言理者也"

이와 더불어 그는 구체적으로 6경을 구분해서 각 문체에 배분했는데, 어떤 것은 "역사의 정문史之正文"이고, 어떤 것은 "역사의 변문史之變文"이며, 어떤 것은 "역사의 쓰임史之用"이고, 어떤 것은 "역사의 실질史之實"이며, 어떤 것은 "역사의 정화史之華"라는 것이다. 왕세정의 방식에 따르자면, 문자 기록에 보이는 일체의 기록 문자는 모두 당연히 역사가 된다. 6경이 역사가 되면 문학도 자연스럽게 역사이자 역사의 기록이 되는데, 여기에는 사회의 역사와 사회 생활이 반영되어 있다고 그는 생각하였다. 문학이 역사성을 갖추고 있다고 강조한 것은 그것이 사회 역사의 진실된 기술이기 때문이다. 이러한 관점은 문학의 리얼리즘적 원칙과도 부합한다. 그러나 문학은 분명 역사는 아니다. 문학이 역사를 반영하는 것도 단순한 진실한 기록의 차원은 아니며, 문학에는 나름대로의 특징이 있는데, 일방적으로 문학은 역사라고 강조하는 태도는 문학의 특징을 편파적으로 바라볼 우려를 낳는다.

육경개사의 논리는 대대로 사람들 사이에서 논의되던 문제였다. 수隋나라의 왕통王通(584-618)은 다음과 같은 말을 남겼다. "옛날에 성인이 역사를 서술한 방식은 세 가지였다. 『서경』으로써 서술한 것이 있는데, 제왕의 제도가 갖추어져 있다. 때문에 찾아보면 다 얻을 수 있

다. 『시경』으로써 서술한 것이 있는데, 홍망성쇠의 원인이 잘 드러나
있다. 때문에 잘 연구하면 그 이치를 모두 터득할 수 있다. 『춘추』로
써 서술한 것이 있는데, 사악하고 정의로운 자취가 선명하게 드러나
있다. 때문에 잘 살펴보면 모두 마땅하다. 이 세 가지는 한결같이 역
사에서 나왔으니 섞일 수 없다. 때문에 성인이 나눈 것이라고 말하는
것이다.昔聖人述史三焉 其述書也 帝王之制備矣 故索然而皆獲 其述詩
也 興衰之由顯 故究焉而皆得 其述春秋也 邪正之迹明 故考焉而皆當
此三者 同出于史 而不可雜也 故聖人分焉" 이 밖에도 송나라의 진부
량陳傅良과 원나라의 학경郝經, 명나라의 송렴宋濂과 왕수인王守仁 등
도 비슷한 주장을 전개하였다. 명나라의 이지李贄(1527-1602)에게도 <
경사상위표리설經史相爲表裏說>이란 글이 있으며, 원매袁枚(1716-1797)도
『수원시화隨園詩話』에서 "6경은 모두 역사를 담고 있다.六經自有史耳"
고 밝혔다. 장학성章學誠(1738-1801)은 『문사통의文史通義・역교易教』 상
편에서 "6경은 모두 역사六經皆史也"라고 자신의 의견을 피력하였다.
왕중汪中(1744-1794)에게도 이러한 논의가 있다. 이를 통해 볼 때 중국
의 고대문학론사에서 이 논의가 끼친 영향이 얼마나 심대했던가를
알 수 있다.

■ 꾸미되 자취는 남기지 말아야 한다 (由工入微 不犯痕迹)

공교로움을 거쳐 은미한 경지에 드는데, 흔적을 남겨서는 안 된다.
문학 작품의 공교로움을 얻으려면 모름지기 은미隱微하고 아름다운
특성이 밖으로 드러나지 말아야 하며, 조탁한 흔적도 남기지 말아야
한다는 주장이다. 왕세정의 『예원치언藝苑巵言』에 나온다.

"왕유의 재주는 맹호연보다 뛰어났는데, 공교로움을 거쳐 은미한
경지에 들었고, 조탁의 흔적을 남기지 않았기 때문에 아름답게 되었
다.摩詰才勝孟襄陽 由工入微 不犯痕迹 所以爲佳"

　"도연명은 뜻을 기탁한 것이 충담하다. 시어를 만드는 솜씨가 지극히 공교로운 경우는 이어 크게 시상을 담아 넣어 이를 조탁하여 흔적이 없게 할 뿐이었다. 후세 사람이 모든 깊고 가라앉은 것을 괴롭게 여겨 외형만 비슷한 것을 취해 일러 자연스럽다고 하니, 천 리만큼이나 오류가 어긋나 버렸다.淵明托旨冲澹 其造語有極工者 乃大入思來 琢之使無痕迹耳 後人苦一切深沈 取其形似 謂爲自然 謬以千里"

　시를 지을 때에는 모름지기 공교로움을 좇아 은미한 경지에 들어가 흔적을 남기지 말아야 한다는 것은 왕세정이 문채를 중시하고, 시구와 시어를 정교하고 공교롭게 만드는 일을 반대하지 않았음을 말해준다. 즉 그는 윤색과 수식의 필요성을 인정했던 것이다. 왕세정은 일찍이 문학 작품은 반드시 "온갖 빛깔이 뒤섞여야 비로소 화려한 채색이 이루어진다.五色錯綜 乃成華彩"고 주장하였다. 작품이 "화려한 채색華彩"을 가지고자 하면 뜻을 가공하는 작업을 거치지 않을 수 없다. 그러나 왕세정은 비록 화려함을 요구했지만, 화려함이 실질을 넘어서는 것까지 허용하지는 않았다. 그는 조식曹植(192-232)을 비평하면서 "명예는 천고에 우뚝하지만, 실질은 형과 아버지에게 못 미친다.譽冠千古 而實遜父兄"고 했는데, 그것은 "재주는 대단히 높지만, 문채가 너무 화려하기才太高 辭太華" 때문이었다. 그의 조식에 대한 평가는 딱히 정확한 것도 아니고, 실제와 부합하는 것도 아니지만, 이를 통해 그가 부화浮華한 문풍을 반대한 사실을 확인할 수 있다. 그가 창작에 대해 공교로운 것을 요구하면서도 한편으로 유공입미 불범흔적하기를 주장하며, "조탁한 것이 흔적을 남기지 말아야 한다.琢之使無痕迹"고 말했던 것은 지나치게 조탁해서 노골적으로 윤색과 수식을 일삼는 작태를 우려했기 때문이었다. 그는 조탁과 수식을 하더라도 겉으로 드러나지 않게끔 감쪽같이 이뤄져야 한다고 누누이 강조하였다. 그는 이러한 경지에 이르기 위한 공부를 하기 위해서는 "크게 시상을 밀어 넣어야大入思來" 한다고 생각하였다. 즉 진정한 공력功力을 들여

야 한다는 것이다. 왕세정의 이러한 주장은 창작이 정교하고 공교롭
기를 주장하는 한편 지나친 과장이나 수식을 거부한 태도로써, 비교
적 취할 만한 부분이 많은 논의라고 할 수 있다.

■ 배움은 모름지기 높고 넓어야 한다 (師匠宜高 捃拾宜博)

왕세정이 제출한 모의模擬 원칙으로, 스승으로부터 전수받은 법의
본보기는 높아야 하고, 이를 배울 때에는 모름지기 광범위하고 다양
해야 한다는 것이다. 그의 저서『예원치언藝苑巵言』에 나온다.

"세상 사람들이 체제를 가릴 때 주로 한나라와 건안 시대의 문학을
말하면, 문득 도연명과 사령운을 가볍게 여기는데, 이는 해박한 것 같
지만 그렇지 못한 것이다. 저 시기의 여러 작가들은 말할 것도 없고,
제량 시대의 섬세한 풍조나 이백과 두보의 변풍 또한 절로 취할 만한
것이 있다. 정원(당나라 덕종德宗 때의 연호, 785-805) 이후의 문학은 장독
덮개로 쓰면 족할 것이다. 대개 시는 조예가 깊은 것으로 경계를 삼
으며, 풍부하고 아름다운 것으로 재료를 삼는다. 스승을 배울 때에는
그 법이 높아야 하고, 그것을 배울 때에는 마땅히 해박해야 한다.世人
選體 往往談西京·建安 便薄陶·謝 此似曉不曉者 毋論彼時諸公 卽
齊·梁纖調 李·杜變風 亦自可采 貞元而後 方足覆瓿 大抵詩以專詣爲
境 以饒美爲材 師匠宜高 捃拾宜博"

일반적으로 볼 때 이러한 주장은 논할 필요도 없는 당연한 것이다.
옛날의 시문을 배울 때 스승의 경지가 높고 범위는 넓어야 하는 것은
의심할 바 없이 좋은 학습 방식이다. 자신을 배양해서 넓고 정확하며
심오한 학문을 갖추겠다는 목적은 시를 짓는 데 있어서 중요한 기초
가 된다. 정확한 방법론을 바탕으로 자신의 재능과 학식을 풍부하게
다지지 않고, 이전 선배들의 우수한 창작 경험을 본받지 않으면서 좋
은 작품을 창작하기란 대단히 어려운 일이다. 그러나 왕세정의 이 주

장은 "문장은 진한 시대를 본받아야 하고 시는 성당을 본받아야 한다.文必秦漢 詩必盛唐"는 자신의 의고주의 문학관을 상술한 것이다. 그가 말한 사장의고는 주로 진한을 스승으로 삼으라는 것이며, 그는 "당나라 이후의 문장을 읽는 일讀唐以後文"을 반대하였다. 심지어 "정원 이후의 문학은 장독 덮개로나 족하다.貞元而後 方足覆瓿"는 극언까지 서슴치 않았다. 그는 이런 말도 남겼다. "이헌길이 사람들에게 당나라 이후의 문장은 읽지 말라고 했을 때 나는 그가 참으로 비좁다고 여겼다. 그런데 지금은 왜 그렇게 해야 하는지 믿게 되었다. 쓰고 묻는 일이 이미 복잡해서 글을 쓰는 동안에 자연 붓끝이 어지럽혀져 몰아내고 배척하려 해도 어렵게 된다.李獻吉勸人勿讀唐以後文 吾始甚狹之 今乃信其然耳 記問旣雜 下筆之際 自然于筆端攪擾 驅斥爲難"즉 본받은 법이 높지 않으면 당나라 이후의 문학을 읽는 것처럼 무익할 뿐만 아니라 오히려 글을 쓰는 데 해를 끼치게 된다는 말이다. 또한 자신도 모르게 글을 쓸 때에 나쁜 습성이 영향을 끼쳐 버리기가 어렵게 될 수도 있다. 그러므로 상승의 법을 취하면 비로소 중심을 얻게 되며, 하위의 법을 취하면 자연히 깊이가 낮아지게 되는 것이다. 이러한 주장은 유협劉勰(465?-520?)이 말한 "무릇 어린 아이의 문장 다듬기는 반드시 먼저 우아한 체제부터 시작한다.夫童子彫琢 必先雅制"거나 "배움은 처음 익힐 때를 조심하라.學愼始習"는 생각과도 일치한다. 그러나 당나라 이후의 문학은 읽지 말라고 했듯이 그가 말한 해박함의 범주는 당나라 이전, 주로 육경六經과 『사기』·『한서漢書』를 비롯해서 한유韓愈(768-824)와 유종원柳宗元(773-819) 등의 문장을 학습의 전범으로 삼는 것이었다. 이러한 해박함은 그의 의고주의 문학관의 영향 아래 나온 것으로, 편협한 성격을 불식시키지 못한 논의였다.

이지(1527-1602)

이지는 명대의 사상가다. 자는 굉보宏甫이고, 호는 탁오卓吾, 온릉거사溫陵居士를 썼다. 천주泉州 진강晋江(복건성) 출신으로, 회교도의 가문에서 태어났다. 가정嘉靖 연간에 거시擧試에 합격하여 휘현교유輝縣敎諭를 제수받았다. 이후 에부사무禮部司務 등을 지내다 운남요안지부雲南姚安知府를 끝으로 54세 때 관직을 그만두고 호북湖北 황안黃安에서 살다가 마성麻城의 불사佛寺로 옮겨 승려가 되었다. 왕간王艮 이래의 태주학파泰州學派와 왕기王畿 등 양명학 좌파를 숭배하여 동심童心을 존중하고, 도학자나 예교주의자의 위선을 매도했다. 육경 및 『논어』, 『맹자』 등 유교 경전의 해악성을 지적하다 체포되어 옥에서 사망했다. 역대의 정사를 근거로 『장서藏書』를 편찬했고, 명대의 자료를 널리 모아 『속장서續藏書』와 『사강평요史綱評要』, 『분서焚書』, 『속분서續焚書』 등을 편찬했다.

■ 동심설 (童心說)

명말청초明末淸初 때 이지李贄가 제안한 문학 이론으로, 동심은 바로 참된 마음(眞心)이며, 어린아이의 마음(赤子之心)이라고도 부른다. 그는 이 주장을 <동심설>이라는 글 속에서 집중적으로 개진하였다.

동심설의 내용은 "무릇 어린 아이의 마음은 참된 마음이다. 만약 동심이 옳지 않다고 여기면, 이러한 태도는 진심이 옳지 않다고 보는 것이다. 거짓을 끊고 순수하고 참되어서 최초의 한결같은 생각만 했던 본연의 마음夫童心者 眞心也 若以童心爲不可 是以眞心爲不可也 夫童心者 絶假純眞 最初一念之本心也"을 일컫는다. 그는 동심은 문학 작품을 창작할 때에 대단히 중요한 작용을 하기 때문에 "세상의 뛰어난 문장 중에 동심에서 나오지 않은 것이 없다.天下之至文 未有不出于童心焉者也"고 했으며, "진실로 동심이 늘 있으면 도리가 행해지지 않고 견문도 서지 않아 문장이 없을 때가 없고 문장이 없을 사람이 없으며, 체격과 문자를 만들어도 문장이 되지 않는 경우가 없다.苟童心常存 則道理不行 見聞不立 無時無文 無人不文 無一樣創制體格文字而非文者"(『분서焚書』 권3)고 보았다. 동심을 잘 지킨다면 어떤 속박에도 얽매이지 않아 좋은 문장을 지어낼 수 있지만, 반대로 "동심을 잃어버리면 참된 마음을 잃어버리고, 참된 마음을 잃어버리면 참된 사람됨을 잃게 되어若失却童心 便失却眞心 若失却眞心 便失却眞人" 결코 좋은 작품을 쓸 수 없다는 것이다. 동심을 잃게 되는 근본적인 까닭은 유가 경전을 공부하여 그 이론에 탐닉하기 때문이다. 그는 유가에서 전해지는 경전이나 정주程朱의 이학理學은 모두 거짓 사람이 거짓 이야기를 하는 것이라 보고 동심은 이와는 서로 대립되고 배척하는 위치에 서있다고 보았다. 때문에 그는 유가의 문학론을 맹렬히 비판하여 "육경과 『논어』, 『맹자』는 바로 도학에 대한 잡설로, 거짓된 사람들의 연못이자 숲六經語孟 乃道學之口實 假人之淵藪"이라고 하면서 거짓되지 않은 것이 없어서 "만세에 길이 전할 지극한 논의가 될 수 없다.不可以爲萬世之至論"고 못박았다.

이를 근거로 그는 문학상의 복고주의를 배격하였고, "시를 어찌 아주 옛 것에서 골라야 하며, 문장은 무엇 때문에 선진 시대의 것을 추종해야 하는가.詩何必古選 文何必先秦" 라며 동심에서 우러난 작품이라면 시대와 체재에 관계없이 "모두 옛날이나 당대나 지극히 참된 문장皆古今之至文"이라고 주장하였다. 때문에 그는 『서상기西廂記』와 『수호전水滸傳』 같은 작품에는 참된 정서(眞情)가 드러나 있다고 하면서 높은 평가를 내렸다.

동심설에는 전통을 타파하고 자유에로의 해방을 추구하는 정신이 담겨 있었다. 아울러 도학자들의 설교밖에 되지 않는 글을 부정하였고, 봉건적인 예교禮敎에 의한 구속을 거부하는 등 상당히 진보적이고 긍정적인 사고를 가지고 있다. 그러나 이 문학론 역시 주관적 유심주의唯心主義의 기초 아래 이루어졌고, 봉건 계급 사회 내에서 완성된 이론이었다. 사실상 이같이 추상적이고 초계급적인 동심은 근본적으로 존재하지 않는 것이었고, 동시에 그러한 이론으로 창작에 임하는 태도 또한 성립시키기 어렵다는 점도 분명하다.

예탁(명말)

예탁은 명나라 말기 때의 문학가이다. 그밖에 그에 대해 알려진 사실이 없다.

■ 문학의 생명이란 무엇인가 (事不奇則不傳)

일이란 기이하지 않으면 전해지지 않는다. 명청明淸 시대에 성행한 희곡戱曲의 창작 원칙으로, 명나라 말기의 예탁倪倬이 쓴 <이기연소인二奇緣小引>에 다음과 같은 말이 나온다.

"전기는 기이한 일을 적은 책이다. 전해짐에 기이하지 않은 것이 없으며, 기이하여 전해지지 않는 것이 없다傳奇 紀異之書也 無傳不奇 無奇不傳"

모영茅瑛도 <제모란정기題牡丹亭記>에서 이렇게 말했다.

"전기는 사건이 기이하고 환상적이지 않으면 전해지지 않으며, 문사가 기이하고 아름답지 않으면 전해지지 않는다. 그 사이에 정서가 머무는 곳은 있는 듯하면서도 없고, 없는 듯하면서도 있는 모습을 보여야 한다. 험준하고 기이하며 놀랍고 암시적인 내용을 갖추지 못하면 역시 전해지지 않는다.傳奇者 事不奇幻不傳 辭不奇艷不傳 其間 情之所在 自有而無 自無而有 不碻奇愕眙者 亦不傳"

청나라의 희곡이론가 이어李漁(1611-1679?)는 <향초정전기서香草亭傳奇序>에서 "연애 사건은 기이하지 않으면 전해지지 않는다.情事不奇不傳"는 원칙을 제시하였고, 『한정우기閑情偶奇』에서는 <탈과구脫窠臼>라는 한 장을 할애하여 "기이하지 않으면 전해지지 않는다.不奇不傳"는 이론을 상세하게 정리하였다. 그는 이렇게 주장하였다. "이 희극을 쓰려고 한다면 먼저 이전의 원본 가운데 일찍이 이와 같은 줄거리가 있었는지 여부를 확인한 뒤 만약에 없다면 속도를 내서 이를 전해야 할 것이고, 그렇지 않다면 쓸데없이 시간을 낭비하고 헛되이 고생하는 꼴이 되어 효빈한 아낙네의 꼴이 될 것이다.欲爲此劇 先問古今院本中曾有此等情節與否 如其未有 則急急傳之 否則枉費辛勤 徒作效顰之婦"이를 통해 그가 강조한 기奇의 핵심은 바로 신新이었음을 알 수 있다. 역시 희곡가인 공상임孔尙任(1648-1718)도 강희康熙 47년(1708) 3월에 쓴 <도화선소지桃花扇小識>에서 "전기는 사건의 기이한 것을 전한다. 사건이 기이하지 않으면 전해지지 않는다.傳奇者 傳其事之奇焉者也 事不奇則不傳"고 말했다. 그는 <도화선본말桃花扇本末>에서도 자신이 전기『도화선』을 창작할 때의 일을 기술하면서 "비록 다른 책에 나오지 않더라도 그 사건이 신기하면 전할 만한데,『도화선』은 이에 느낀 바가 있어 지어졌다.雖不見諸別籍 其事則新奇可傳 桃花扇一劇感此而作也"고도 말했다. 그러나 공상임이 말한 기奇는 기괴하기 짝이 없다는 의미만은 아니고, "사건 가운데 비천한 것事之鄙焉者"이나 "사건 가운데 세밀한 것事之細焉者" "사건 가운데 가벼운 것事之輕焉者" "사건 가운데 외설적이어서 말하기 어려운 것事之猥藝而不足道者" 등이 모두 기이한 사건을 구성할 수 있다고 생각하였다.『도화선』에서 부채를 묘사한 부분이 그것이다. "오직 미인의 핏자국과 부채에 그려진 도화는 외치는 소리가 입에서 나오는 듯하며, 생동감

이 넘쳐서 눈으로 보는 듯하다. 이것이 바로 사건이 기이하지 않으면서도 기이하고, 반드시 전할 필요가 없는 듯하면서도 전할 만하다는 것이다.惟美人之血痕 扇面之桃花 噴噴在口 歷歷在目 此則事之不奇而奇 不必傳而可傳者也"

사불기즉부전의 원칙은 명청 시대 많은 이론가들의 손을 거쳐 다양하게 발전하였다. 초기에는 "사건이 기인한 것事奇" 하나만을 강조한 것 외에도 "감정이 기이한 것情奇"도 요구하였다. 명나라 말기의 주유탁周裕度은 <천마매제사天馬媒題辭>에서 이렇게 말했다. "일찍이 천하에서 잘못 논의한 것은 더욱 기이할수록 더욱 전해지는 것이 있고, 더욱 진실할수록 더욱 기이한 것이 있다는 것이다. 기이하여 전해지는 것은 별 것도 아닌 사건이 그것이고, 진실하여 기이한 것은 사실을 전하는 실정이 그것이다.嘗謬論天下 有愈奇則愈傳者 有愈實則愈奇者 奇而傳者 不出之事是也 實而奇者 傳事之情是也"

정리하면 이 원칙의 제출과 발전은 사회에서 일어나는 중요한 제재를 취재해서 표현하는 데 유리한 논의였지만, 사람들이 단순하게 기이한 사건만 추구하게 만들어 "단지 과열되고 떠들썩한 일만 추구하고 근거나 까닭에 대해서는 논하지 않으며, 다만 기이한 사건만 꾸미고자 할 뿐 문장의 이치는 돌아보지 않는只求熱鬧 不論根由 但要出奇 不顧文理" 폐단이 형성되는 계기도 되었다.

도륭(1541-1605)

도륭은 명대의 희곡작가이자 문학가이다. 자는 장경長卿, 위진緯眞이고, 호는 적수赤水 또는 홍포거사鴻苞居士다. 은현鄞縣(절강성) 출신이다. 기이한 재주가 있었고 책을 읽으면 깊이 궁리하지 않은 적이 없었다.

만력 5년에 진사가 되어 영상지현穎上知縣을 제수받았고 정치 실적이 있었다. 일찍이 제방을 수리하여 밀물을 막았으므로 백성들이 녹파정綠波亭을 둑 위에 세워 그 공을 기록했다. 관직이 예부낭중禮部郎中에 올랐는데 유현경兪顯卿의 모함에 빠져 관직에서 쫓겨났다. 시와 술에 정을 쏟아 부으며 빈객들을 좋아하고 글을 팔아서 생활하였다. 희곡을 잘 짓고 시문에 능했으며, 시문집으로 『백유집白楡集』 20권, 『유거집由擧集』 23권 및 『홍포집』, 『고반여사考槃餘事』 등이 있다. 도 비파를 잘 연주하여 『금전琴箋』 1권을 지었다. 시문의 창작은 뜻에 따라 마음대로 펼쳐 공을 들이지 않았다. 전기傳奇 3종이 있는데, 〈담화기曇花記〉, 〈수문기修文記〉, 〈채호기彩毫記〉가 그것이다. 앞의 두 가지는 도를 닦아 신선이 되는 일을 쓴 것으로 미신이고 황당하여 취할 것이 없다. 〈채호기〉는 이백李白의 생애를 쓴 것으로 시인의 기질을 비교적 성공적으로 그려내고 있는데, 다만 여전히 신선과 허망한 이야기가 섞여 있고 곡문 역시 단조로운 편이다.

■ 창작된 시의 다양성을 논하다 (詩有虛實論)

명나라 때의 문론가 도륭屠隆이 시가 창작에 있어서 허실의 관계에 대해 논의하면서 제시한 이론으로, <여우인논시문與友人論詩文>에 나온다.

"시를 살펴보면 허한 것도 있고, 실한 것도 있으며, 허하디 허한 것도 있고, 실하디 실한 것도 있으며, 허한 듯이 보이지만 실한 것도 있고, 실한 듯이 보이지만 허한 것도 있는데, 이런 것들이 더불어 이어지고 뒤섞여 나오니 어찌 시작이 있고 끝이 있다고 하겠는가?顧詩 有虛 有實 有虛虛 有實實 有虛而實 有實而虛 竝行錯出 何可端倪"

도륭은 여기에서 시가를 허실이라는 두 가지 상황으로 구분짓고 있다. 그가 말한 허는 낭만주의적 수법에 가깝고, 실은 리얼리즘적 수법에 가깝다. 그는 이 허실론을 근거로 해서 당시 비평가들이 보여주었던 허와 실로써 이백李白(701-762)과 두보杜甫(712-770)를 높이거나 폄하하는 방식에 동의하지 않았다. 그는 이렇게 말하고 있다.

"이에 실을 숭상하고 허를 멀리해서 말하기를 이백과 두보의 우열은 허실의 구별에 있다고 하니 이는 무슨 소리인가? 두보의 <추흥>과 같은 작품은 뜻을 기탁한 것이 깊고 멀며, <화마행>과 같은 작품은 정신과 감정이 가득하고 그윽해서 곧바로 하늘과 땅, 사람을 뒤흔들면서 뭇 작품들을 고무하고 빚어냈다고 한다면 과연 어디에 온갖 경물이 다 실하다고 할 수 있는 근거가 있는가? 그리고 이백의 <고풍> 수십 수는 때를 느껴 사물에 기탁하여 감개무량한 정감이 가라앉고 드러나 있다고 한다면 과연 어디에 온갖 경물이 다 허하다고 할 수 있는 근거가 있는가?乃右實而左虛 而謂李·杜優劣在虛實之辨 何與 且杜若秋興諸篇 托意深遠 畵馬行諸作 神情橫逸 直將播弄三才 鼓鑄群品 安在其萬景皆實 而李如古風數十篇 感時托物 慷慨沈著 安在其萬景皆虛"

그는 또 굴원屈原(전339-전278)의 시가에 대해 "굴원은 세태에 상심하고 임금을 돌아보았는데, 그의 여러 작품들에 드러난 것은 진실로 실경이다. <원유>와 같은 작품들에 이르면 허공을 업씬 여기며 법도를 넘었으니 어찌 높지 않겠는가!屈大夫傷時眷主 見諸篇什 誠然實景 至其遠遊等篇 凌虛徑度 豈不高哉"라고 평가하였다. 이는 물론 이백과 두보는 물론이고 굴원의 작품에도 모두 허도 있고 실도 있음을 설명하는 말이다. 도륭의 이러한 시유허실론은 예술의 변증법적인 발전이론과 부합하는 것이어서 일정 정도 미학적 의의를 갖추고 있다고 할 수 있다.

■ 모방과 독창성을 겸비하라 (文必程古 見必超妙)

　문장은 반드시 옛 것을 드러내야 하고, 견해는 반드시 오묘함을 초월해야 한다. 명나라의 도륭이 제시한, 옛 것을 본받는 한편 독창성도 도모해야 한다는 주장을 말한다. <문론文論>에 나온다.

　"무릇 문장이란 옛 것을 드러내지 않으면 상등에 오를 수 없다. 그리고 견해가 오묘함을 초월하지 못하면 옛 사람의 울타리에서 서성거리는 일일 뿐이다.夫文不程古 則不登于上品 見非超妙 則傍古人之藩籬而已"

　이 말은 창작에 임하면서 옛날의 시문으로 규범을 삼아 원칙을 세우지 않으면 우수한 작품이 될 수 없다는 점을 지적하고 있다. 그러나 창작을 하면서 오묘함을 초월한 견식이 없다면 이 역시 옛 사람의 외양만 흉내낼 뿐이라고 하였다. 도륭은 6경六經에서 "풍골과 격력은 문장을 짓는 데 있어서 커다란 규범風骨格力 文章之大觀"이고, "천고를 우뚝하게 살피는 것高視千古"이지만 뛰어넘기란 어려운 일이기 때문에 창작할 때에는 반드시 6경을 모범으로 삼아야 한다고 이해하였다. 그러나 도륭은 옛 것을 배우더라도 그 가운데에는 자신의 남다른 견해가 담겨 있어야 한다고 주장하였다. 그는 "발을 높이 디디고 멀리 내다보면서 그윽함을 통찰하고 아득함을 극진히 하여 천 년의 긴 시간 속에 당당히 서야 한다. 그리고 옛 사람과 나란히 달려 그들을 앞지르고 길을 나눠 깃발을 다퉈야 한다高足遠覽 洞幽極玄 而特立于千載之下 與古人幷驅而前 分道而抗旌"고 말했다. 그러면서 동시에 "남다른 모습을 드러내고 내세워서 태고의 위에 서야 한다.標異而出之 立于太古之上"고도 말했다.

　도륭의 옛 것을 본받으면서 독창적인 견해를 내세우라는 주장은 일견 모순된 주장일 수 있었기 때문에 그의 논설은 자신의 주장을 원만하게 유지시키기 어려웠다. 그러나 그의 주장은 이몽양李夢陽(1472-

1529)이 한결같이 옛 것을 모방하라고 외친 주장에 대한 일종의 대안 으로서 그 의의를 자리매김할 수 있을 것이다.

풍몽룡(1574-1646)

풍몽룡은 명대의 문학가이자 희곡작가다. 자는 유룡猶龍, 이유耳猶, 자유子猶, 호는 용자유龍子猶, 고곡산인顧曲山人 등을 썼다. 장주長洲 (강소성 소주蘇州) 출신이다. 수녕현壽寧縣의 지현知縣으로 재직할 때 후금後金의 군대에 맞서 싸웠다. 이후 고향에 돌아와 저술 활동으로 생 애를 보냈다. 유가의 예교禮敎를 경시하는 태도를 보였으며, 학문 역시 경학이나 정통 문학보다는 소설, 희곡 등 서민적인 것을 좋아했다. 화본 집인 『유세명언喩世明言』, 『경세통언警世通言』, 『성세항언醒世恒言』을 펴냈다. 이를 세칭 '삼언三言'이라 한다. 이밖에 시조집時調集 『괘지아掛 枝兒』, 『산가山歌』, 산곡집散曲集 『태하신주太霞新奏』, 필기筆記 『고금 담개古今談槪』 등을 펴냈다.

■ 소설적 사건은 진위보다는 진정성이다 (事贋而理眞)

명나라 때 풍몽룡馮夢龍이 소설 창작에 대해 논의하면서 제시한 이 론의 하나로, <경세통언서警世通言序>에 나온다.

"사람이 반드시 그 사실에 있을 필요도 없고, 사실이 반드시 그 사람을 아름답게 만들 필요도 없다…사실이 진실하다고 해도 이치에 는 거짓이 있을 수 있듯이 사실이 거짓되다고 해도 이치는 진실을 담 을 수 있는 것이다.人不必有其事 事不必麗其人…事眞而理有贋 卽事贋 而理亦眞"

이 말의 의미는 이렇다. 소설 속의 이야기는 보기에 진실인 것처럼 여겨져 사람들이 진실하다고 믿으면 되는 것이지, 반드시 사실을 담아야 하는 것은 아니다. 그리고 이야기가 비록 허구라고 해도 그 이치는 진실한 것일 수 있어서, 정리情理와 합치되고 생활 논리와 부합할 수 있다는 것이다. 풍몽룡이 이 글에서 밝힌 진실은 예술적 진실에 속한다고 할 수 있다. 그는 소설을 창작하면서 사실과 이치, 거짓과 진실의 변증법적인 관계를 극명하게 밝혔다. 그가 제시한 사안이리진의 관점은 소설 창작의 규율과 부합하는 것으로, 소설 창작에 대해 일정 정도 유효한 논리를 제공하였다.

원굉도(1568-1610)

원굉도는 명대의 문학가다. 자는 중랑中郞이고, 호는 석공石公이며, 호북성 공안公安 출신이다. 만력 20년(1592) 진사에 합격하여 오현吳縣(강소성)의 지현知縣, 순천부順天府(북경北京)의 교수, 국자감조교國子監助敎, 주사主事, 원외랑員外郞, 낭중郞中 등의 관직을 지냈다. 형 종도宗道, 아우 중도中道와 함께 '삼원三袁'으로 불렸으며, 공안파의 중심 인물이다. 시문의 묘오妙悟를 중시하고 청신경준淸新輕俊한 문풍을 보였다. 왕세정과 이반룡 등의 의고파에 반대하고 개성과 독창을 중시했다. 저서로 『종경찰록宗鏡撮錄』이 있고, 후대 사람들이 『원굉도시문집』을 펴냈다.

■ 참다운 정취를 얻어야 참다운 시가 나온다 (眞趣)

명나라의 원굉도袁宏道가 주장한 시론상의 관점. 그는 <서경고서西

京稿序>에서 "무릇 시는 취로써 중심을 삼아야 한다.夫詩以趣爲主"고
말했다. 원굉도가 밝힌 논리에 따르면 취趣는 식識과 마찬가지로 성령
性靈의 범주에 속한다는 것이다. "세상 사람들이 얻기 어려운 것은 취
이다. 취는 산 위에 어린 빛깔이나 물 속에 잠겨 있는 맛, 꽃에 숨겨
져 있는 빛, 여인네의 아름다운 자태와 같아서 비록 설명을 잘하는
사람일지라도 한 마디 말로 표현하기 어려운 것으로, 오직 마음으로
터득한 자만이 이를 알 수 있다.世人所難得者趣 趣如山上之色 水中之
味 花中之光 女中之態 雖善說者不能下一語 唯會心者知之"(<서진정보
회심집敍陳正甫回心集>) 그는 이어서 "무릇 취라는 것은 자연에서 터
득한 것이 깊고, 학문에서 터득한 것은 옅다.夫趣 得之自然者深 得之
學問者淺"고 하면서 어릴 때에는 "취가 있는 줄 모르지만 가는 곳마
다 취가 아님이 없다.不知有趣 然無往而非趣也"(같은 글)고 주장하였
다. 그는 이것이 최고의 순정純正한 취라고 보았다. 이러한 취는 사실
상 그가 말한 진眞이 정신적으로 표현된 것이지 의식적으로 무엇인가
를 만들려는 방법으로는 달성되지 못한다는 것이다. 그의 주장은 개
성의 발전을 긍정하고 봉건 사회에서 강요하는 예교禮敎의 도덕 관념
에 얽매이기를 거부하는 태도의 발현이었다. 참된 사람에게만 참된
취가 있기 마련이다. 취가 시가 창작에서 실현되었을 때 우리는 이것
을 시취詩趣라고 부른다.

■ 세도에 따라 문학도 변화한다 (世道旣變 文亦因之)

세상의 도가 이미 바뀌었으면, 문학 또한 추세에 맞춰 바뀐다. 명
나라 때 원굉도가 문학이 발전하고 변화하는 원인에 대해 언급하면
서 제시한 관점. 이 말은 <여강진지與江進之>에 나온다.

"세상의 도가 바뀜에 따라 문학 또한 변화한다. 지금 반드시 옛 것
을 본받을 필요가 없는 것도 역시 추세인 것이다.世道之變 文亦因之

今之不必摹古者也 亦勢也"

　이렇게 원굉도는 문학이 발전하고 변화하는 원인을 시대의 발전과 변화에서 찾았다. 그는 또 "천하에 백 년 동안 변화하지 않는 문장은 없으며天下無百年不變之文章"(『가설재문집珂雪齋文集』 권1 <화운부인花雲賦引>), "문학이 능히 옛 것이 될 수 없고 현재의 것이 될 수밖에 없는 것은 시대가 그렇게 만드는 것文之不能不古而今也 時使之也"(<설도각집서雪濤閣集序>)이라고 말했다. 원굉도의 이러한 문학 발전관은 유협劉勰(465?-520?)이 말한 "시대의 운이 거듭 바뀌면 바탕과 문채도 대체되어 바뀌며時運交移 質文代變" "문학의 변화는 세상의 정서에 영향을 받는다文變染乎世情"는 문학 발전관을 계승하여 발전시킨 이론이다. 이런 관점은 문학의 발전을 시대와의 관련 아래 보려는 태도의 한 모습으로, 유물주의 문학 발전관의 전통과 부합한다.

■ 창작은 독창적이야 한다 (見從己出)

원굉도가 작가의 독창성에 대해 이렇게 말했다.

　"옛날에 노자는 성인을 죽이려고 하였고 장자는 공자를 심하게 헐뜯었다. 그러나 지금까지도 그들의 책이 없어지지 않았다. 그리고 순자는 성악설을 말했는데도 맹자와 함께 그 전기가 전해지니 이것은 무엇 때문인가? 의견이 자신으로부터 나왔지 조금도 옛 사람에게 의지하지 않았기 때문에 하늘에 이마를 두고 땅을 딛고 서있는 것이다. 지금 사람들이 비록 그들을 비방하면서 없애려고 해도 될 수 없을 것이다.昔老子欲死聖人 莊生譏毀孔子 然至今其書不廢 荀卿言性惡 亦得與孟子同傳 何者 見從己出 不曾依傍半個古人 所以他頂天立地 今人雖譏訕得 却是廢他不得"

　이 말은 그의 글 <여장유우與張幼于>에 나온다. 이 글에서 원굉도는 노자와 장자, 순자의 예를 들어 자신의 의견을 독창적으로 내는

것이 중요하다는 사실을 강조하고 있다. 그가 견종기출을 강조한 것
은 복고파復古派의 문학론을 거부하고 당시 사회에 만연되어 있던 문
학 창작에 관한 고루하고 진부한 관념을 타파하기 위해서였다. 그는
작품을 쓸 때에는 독창적인 작품을 써야 한다고 히면서 "시에 이르러
서는 제가 다만 희필을 하였을 뿐이나, 마음을 따라(믿고) 내고 입을
따라 했습니다至于詩 則不肯聊戱筆耳 信心而出 信口而談"라고 강조
하였다.

견종기출을 중시했던 그의 자세는 전통을 멸시하고 생각의 자유로
운 표현을 옹호하는 방향으로 진전되었다. 그는 이렇게 말했다.

"세상 사람들은 당나라 시풍을 좋아하지만 나라면 당나라에는 시
가 없었다고 말할 것이다. 사람들은 진한 시대의 문장을 좋아하지만
나라면 진한 시대에는 문장이 없었다고 말하겠다. 세상 사람들은 송
나라 문학을 낮게 보고 원나라에 대해서는 언급조차 하지 않는데 나
라면 시와 문장은 송나라와 원나라의 여러 대가들에게 있다고 말할
것이다.世人喜唐 僕則曰唐無詩 世人喜秦漢 僕則曰秦漢無文 世人卑宋
黜元 僕則曰詩文在宋元諸大家"

원굉도가 견종기출을 제창했던 기본적인 정신은 그가 주장한 "독
자적인 성령을 서술하고 격식이나 투어에 얽매이지 말며 자신의 마
음 속에서 나온 것이 아니면 글로 쓰려고 하지 말라.獨抒性靈 不拘格
套 非從自己胸臆中流出 不肯下筆"는 발언과도 일치한다. 그는 일찍이
이지李贄(1527-1602)가 말한 "능히 마음의 스승이 되어야지 마음을 스승
삼아서는 안되고, 능히 옛 사람의 문학을 새롭게 바꾸어야지 옛 것에
끌려 다녀서는 안되며, 발화된 말들도 하나 하나가 마음 속에서 우러
나와야 한다.能爲心師 不師于心 能轉古人 不爲古轉 發爲語言 一一從
胸臆中流出"는 주장을 높이 평가하였다.

그가 주장한 견종기출은 문학 창작에 대해 긍정적인 의미를 지닌
것이었다. 그러나 당연히 이러한 주장을 담고 있는 몇몇 작품을 읽어

보면 다소 일방적인 견해가 진술되어 있기도 하다. 예컨대 그도 스스로 말하기를 "제가 심하게 미워한 것은 입언立言한 것에 또한 절로 교왕矯枉의 허물이 있었던 것입니다.不肯惡之深 所以立言亦自有矯枉之過" 라고 하였다.

초횡(?-?)

초횡은 명대의 학자이자 문학가이다. 자는 약후弱侯이고, 호는 담원澹園이며, 강녕江寧 출신이다. 만력 때 전시에서 급제하여 한림수찬을 지냈다. 이때부터 그는 명성을 얻기 시작했지만 성격이 소탈하고 그릇된 일이 있으면 서슴치 않고 불만을 토로하여 조정의 대신들에게 미움을 샀다. 복녕주동지福寧州同知로 폄적되었다. 그는 방대한 독서량을 자랑하여 집안에 서루 두 채를 짓고 장서들을 일일이 손으로 교정하여 고문가로서의 능력과 명성을 쌓았다. 81세로 세상을 떠났다. 뒷날 문단文端이란 시호가 내렸다. 저서로 『역전우공해易筌禹貢解』를 비롯하여 『손국충신록遜國忠臣錄』, 『담연집澹然集』, 『지담支談』, 『초약후문답蕉弱侯問答』, 『초씨필승焦氏筆乘』, 『초씨유림焦氏類林』, 『옥당총화玉堂叢話』, 『노자익老子翼』, 『장자익莊子翼』, 『음부경해陰符經解』, 『헌징록獻徵錄』, 『희조명신실록熙朝名臣實錄』, 『속서간오俗書刊誤』, 『국사경적지國史經籍志』, 『중원문헌中原文獻』 등이 있다.

■ 진부성은 발라내고 참신함을 담아라 (化腐朽爲神奇)

옛 것을 배울 때에는 진부한 것을 발라내고 새로움을 드러내야 한다는 주장으로, 초횡焦竑의 <여우인논문與友人論文>에 나온다.

"무릇 문사는 문장에 있어서 급한 것이 아니다. 옛날의 말도 또한 서로 흉내내는 것으로 훌륭하다고 여기지 않았다. 『서경』은 『주역』에서 문채를 빌리지 않았으며, 『시경』은 『춘추』에서 꾸미기를 빌리지 않았다. 사마천이나 반고, 한유, 유종원에 이른다면 근본으로 삼았던 조종이 없을 수 없겠지만 돌아보면 이것은 꽃이 꿀 속에 있고 싹이 술 속에 있는 것과 같아 처음에는 이 두 가지 물건을 빌어서 잉태하지 않을 수 없지만 묵은 형해를 벗어 던지고 스스로 신령스런 문채를 드러낼 때에는 실제는 비게 만들고, 죽은 것은 살게 만들며, 냄새나고 썩은 것은 신기롭게 다듬게 된다. 광필이 곽자의의 군대에 들어가 깃발과 참호가 모두 색으로 변해버리는 것을 바뀌는 것과 같은 것을 일러 옛 것을 잘 본받은 것이라고 말하지는 않는다.夫詞非文之急也 而古之詞 又不以相襲爲美 書不借采于易 詩不假塗于春秋也 至于馬·班·韓·柳 乃不能無本祖 顧如花在蜜 蘖在酒 始也不能不借二物以胎之 而脫棄陳骸 自標靈采 實者虛之 死者活之 臭腐者神奇之 如光弼入子儀之軍 而旌旗壁壘皆爲色變 斯不謂善法古者哉"

이 주장은 전후칠자前後七子들이 기계적으로 의고擬古를 강조한 오류를 지적하기 위해 제시된 것이다. 초횡은 옛 것을 훌륭하게 본받는 행위에 있어서 비록 옛 사람들의 시문을 조종祖宗으로 삼을 필요는 있지만, 복고주의자들이 주장하는 것처럼 "서로 답습하는 것을 훌륭하게 여기는相襲爲美" 것이어서는 안되며, "옛날의 말로 오늘날의 일을 담는以古之詞 屬今之事" 것이어서도 안되다고 보았다. 즉 옛 사람의 투를 완전하게 옮겨서도 안되고, 옛날의 묵은 형해의 속박을 받아서도 안되며, 독창성을 살리고 옛 것의 속박에서 일약 뛰어나와 "묵은 형해를 벗어 던지고 스스로 신령스런 문채를 드러내는脫棄陳骸 自標靈采" 자세를 가져야 한다는 것이다. 진부함을 털어 내고 새로움을 내놓으며, 죽은 것을 살아 있는 것으로 바꾸고, 썩어 냄새나는 것을 신기한 것으로 변화시켜야 한다는 말이다. 결론적으로 옛 것을 훌릉하게 본받는 자세는 인습을 좇아 모방하거나 이미 해골이 된 관습을 맹목적으로 추수하는 것이 아니라 독창성을 내세우고 새로운 변화를 추구하는 것이다. 그의 주장은 복고주의에 대한 강력한 비판이면서 문학의 발전을 위해서도 타당한 시각으로, 대단히 가치 있는 제안이다. 그의 이러한 관점은 뒷날 공안파公安派들에게 커다란 영향을 주었다.

종성(1574-1624)

종성은 명대의 문학가다. 자는 백경伯敬이고, 호는 퇴곡退谷이다. 경릉竟陵(호북성 면양沔陽) 출신이다. 진사 합격 후 공부주사工部主事, 남예부의제사주사南禮部儀制司主事, 제사낭중祭司郎中, 복건제학첨사福建提學僉事 등의 관직을 지냈다. 시문을 잘 지었으며, 담원춘譚元春과 함께 『시귀詩歸』를 펴냈다. 당시 문단에 성행한 의고주의파에 반대하고 한위漢魏의 시풍을 제창하면서 경릉파를 형성했다. 저서에 『여설如說』을 비롯하여 『은수헌집隱秀軒集』, 『사회史懷』, 『종백경집鍾伯敬集』 등이 있다.

■ 옛 사람의 참된 시를 찾아라 (求古人眞詩)

옛 사람들의 참된 시를 찾다. 명나라의 경릉파竟陵派들이 의고파擬古派가 옛 것을 모방하기에 급급하고 공안파公安派가 옛 것을 변화시키기에 급급했던 것을 비판하면서 제창한 구호다. 종성鍾惺의 <시귀서詩歸序>에 나온다.

"무릇 방법이라는 것은 다르지 않을 수 없는 것이지만 그 변화는 한계가 있다. 정신이란 것은 같지 않을 수 없는 것이지만 그 변화는 한계가 없다. 한계가 있는 것을 가지고 변화를 구하고, 다른 것으로써 기운과 더불어 다투려고 한다면 나는 능란해지고 달라질 수도 있겠지만 끝내 높아질 수는 없을 것이라고 생각한다. 방법이 다하는 것을 연구하면 다른 것도 그와 더불어 다함을 갖출 것이니, 또한 수고로우면 수고로울수록 더욱 멀어지지 않겠는가? 이것이 바로 옛 사람의 참된 시를 구하지 않는 데서 오는 허물인 것이다.夫途徑者 不能不異者也 然其變有窮也 精神者 不能不同者也 然其變無窮也 操其有窮者以求變 而欲以其異與氣運爭 吾以爲能爲異 而終不能爲高 其究途徑窮 而異者與之俱窮 不亦愈勞愈遠乎 此不求古人眞詩之過也"

이 말이 담고 있는 뜻은 다음과 같다. 즉 시인이 방법의 변화를 묘사하는 데에는 한계가 있지만 정신의 변화는 무궁하다. 때문에 옛 사람을 배울 때에는 방법이 어떻게 변화하는가만 추구하지 말고 마땅히 정신적인 차원에서 어떤 변화가 있는지 살펴야 한다는 뜻이다. 바로 고시의 정신이 어디에 있는지를 찾아야 한다는 말이다.

이에 근거하여 종성 등은 의고파와 공안파들이 모두 방법적으로 다른 것만 취하려고 했기 때문에 옛 사람들의 참된 시를 구하지 못하는 과오를 저질렀다고 비판하였다. 전자는 한결같이 옛 것을 흉내만 냈기 때문에 겉만 얕고(膚) 비좁으며(狹) 난숙하기만(熟) 한 폐단을 면하지 못했고, 후자는 옛 것을 바꾸려고만 했기 때문에 "거칠고 편벽된險而僻" 폐단에서 벗어나지 못했다는 것이다. 그러나 경릉파는 실제적으로 "참된 시를 구하라.求眞詩"는 주장을 실천하면서 이른바 "그윽하고 단조로운 정서幽情單緖"와 "기이한 취향과 별난 이치奇醉別理"만 추구하여, 깊이 생각하고 아득한 경지를 찾아 나가는(覃思冥搜) 방식을 통해 그것을 표현하고자 하였다. 이것은 사실 일종의 "방법에 있어서 다른 것을 취하는取異于途徑" 것이었기 때문에 진정으로 시가 속에 담긴 정신상의 변화를 구하는 태도는 아니었다. 다만 일종의 풍격만을 편향되게 숭상한 것이어서 새로운 험벽한 시풍을 향해 내리 달려간 셈이었다.

담원춘(1586-1637?)

담원춘은 명대 말기의 문학가다. 자는 우하友夏이고, 경릉竟陵(호북성 면양沔陽) 출신이다. 시문을 잘 지었으며 종성鍾惺과 함께 『당시귀唐詩歸』와 『고시귀古詩歸』를 펴냈다. 당시의 후칠자後七子가 성당盛唐의 시만을 모범으로 삼은 데 반하여, 한위漢魏의 시를 좋아하고 시문의 청신성淸新性을 높이 평가했다. 종성과 더불어 세칭 '종담鍾譚'이라 불려졌으며, 경릉파를 대표하는 인물이다. 문집에 『담우하합집譚友夏合集』이 전한다.

■ 창작은 진실한 감정이 바탕이다 (法不前定 趣不强括)

창작은 마음 속의 진실한 감정을 바탕으로 이루어져야지 규칙에 얽매이거나 조작을 가해서는 안 된다는 주장으로, 담원춘譚元春의 <시귀서詩歸序>에 나온다.

"법이란 미리 정해진 것이 아니라 붓끝이 가는 곳이 법이 된다. 운취는 억지로 묶어서는 안되니, 나아갈 때 편안한 것이 운취가 된다. 문채는 옛 것을 기준으로 삼아서는 안되니, 감정이 절박한 상황에서 문채가 이루어진다. 재주는 하늘에서 내려진 것이 아니니, 생각이 그윽해지면 이에 재주는 존재한다.法不前定 以筆所至爲法 趣不强括 以詣所安爲趣 詞不準古 以情所迫爲詞 才不由天 以念所冥爲才"

법도나 취예趣詣, 용사用詞 등은 모두 일찌감치 제거해야 할 투식으로, 자연스럽게 유출되어 진실한 감정을 토로하는 것이 우선되어야

함을 말한 글이다. 그는 <왕자무기시서王子戊己詩序>에서 이런 말도 남겼다.

"무릇 시를 짓는 사람은 한 가지 감정이 홀로 오면 온갖 형상이 한꺼번에 열리게 된다. 입은 갑자기 읊조리고, 손은 절로 쓰게 된다. 즉 손과 입은 원래 내가 가슴속에서 유출시킨 것을 듣지만, 손과 입은 이를 예측할 수 없다. 즉 가슴속은 원래 나의 손과 입이 멈추는 바를 듣지만, 가슴속은 이를 강제로 시키지는 못한다.夫作詩者 一情獨往 萬象俱開 口忽然吟 手忽然書 卽手口原聽我胸中之所流 手口不能測 卽 胸中原聽我手口之所止 胸中不可强"

여기에서 주장한 내용도 위에서 말한 내용과 일치한다. 그는 창작은 감정에서 연유해서 통솔되어야 하고, 자연스럽게 발휘되어야 한다고 강조하였다. 감정을 바탕으로 글을 짓는 일은 결코 학습을 통해서 달성되는 것은 아니다. 종성鍾惺(1574-1624)은 <부랑초서涪郎草序>에서 이렇게 말했다. "무릇 시는 성정을 말하는 것이다. 발휘되어 말이 된다는 것이니 그 마음이 능히 간직하지 않을 수 없는 바를 말한 것이지, 그 일이 없을 수 없는 것이어서 반드시 말을 하고 자 한 것은 아니다. 일이 없을 수 없는 것이어서 반드시 말하고자 한 것은 명성이나 영예와 관련된 말이다. 부득이해서 말을 하고, 그 마음에서 능히 간직하지 않을 수 없는 바를 말한 것을 말한 것은 성정의 말이다.夫 詩道性情者也 發而爲言 言其心之所不能不有 非謂其事之所不可無而必 欲有言也 以爲事之所不可無而必欲有言者 聲譽之言也 不得已而有言 言其心之所不能不有者 性情之言也" "그 마음에 능히 두지 않을 수 없어서 말한其心之所不能不有" 것이라는 진술은, 창작이란 자연스럽게 유출되고 진실된 감정에서 피어나는 것이지 조작을 가해 만든 것이 아님을 의미한다. 이러한 관점은 공안파公安派의 "오직 성령을 서술할 뿐 격식이나 투어에 얽매이지 않는다.獨抒性靈 不拘格套"는 생각과도 일치하는 주장이다. 이들은 모두 진실한 감정을 자유롭게 표현하는 창작을 중시하고, 기교나 수식이 바탕에 깔린 형식의 속박을 거부하면서 모방이나 규칙에 얽매여 옛 법도를 답습하는 태도를 거부한 발언이다.

김성탄(1608-1661)

김성탄은 청대 초기의 문학비평가이자 시인이다. 자는 약채若采이고, 장주長州(강소성 소주蘇州) 출신이다. 성격이 호방하고 독서를 좋아하여 경사자집經史子集과 삼교구류三敎九流의 전적을 모두 수집, 탐독하였다. 그의 시문詩文은 자유분방하고 신의新意가 많아 과거시험에는 어울리지 않았으며, 괴탄怪誕스러운 글로 평가되었다. 이 때문에 과거에는 번번이 탈락하였다. 세상에서는 그를 서문장徐文長에 비유하였다. 명나라가 망한 후 관화당貫華堂에서 독서와 저술에 종사하며 고전문학 명저를 평점評點하는 일에 열성을 다하였다. 순치順治 18년(1661)에 곡묘안哭廟案에 참여하여 지현知縣 임유초任維初의 탄핵을 요구하다 하옥되고 강녕 남경으로 압송되어 사망하였다. 『장자』와 『이소離騷』, 『사기』, 『두시杜詩』, 『수호지水滸志』, 『서상기西廂記』를 천하의 여섯 재자서才子書로 간주하여 상세하게 비점批點하고, 당시唐詩 등을 평점하였다. 특히 여섯 재자서에 『수호지』와 『서상기』를 포함시켜 소설과 희곡의 문학적 지위를 높였다. 그의 의론議論은 언어가 간결 명쾌하고, 구상이 독특하여 사람들의 이목을 새롭게 함으로써 화룡점정畵龍點睛이라는 명성을 얻었다. 문집으로 『성탄전집聖嘆全集』이 전한다.

■ 소설과 역사의 차이점을 논하다 (以文運事와 因文生事)

청나라의 김성탄金聖嘆(성탄은 자, 이름은 인서人瑞)이 사전史傳 창작의 특징에 대해 논하면서 제시한 이론으로, <독제오재자서법讀第五才子書法>에 나온다.

"『사기』는 문장으로써 사실을 운용했으며, 『수호지』는 문장으로 인해서 사실을 만들어냈다. 이문운사는 먼저 이러이러한 사실이 만들어지고 난 뒤에 정확한 계산을 통해 한 편의 문장을 만들어낸다. 비록 사마천司馬遷(전145-전86?)이 뛰어난 재주를 가지고 있었지만, 그도 끝내는 사실 자체를 벗어날 수는 없었다. 인문생사의 경우는 그렇지 않아 높은 부분은 깎고 낮은 부분은 보태는 일이 모두 나의 자유 의지에 달려 있다. 史記是以文運事 水滸是因文生事 以文運事 是先有事生成如此如此 却要算計出一篇文章來 雖是史公高才 也畢竟是吃苦事 因文生事即不然 只是順着筆性去 削高補低都由我"

이문운사는 문학이라는 수단을 이용해 역사상의 인물이나 사건을 재현한다는 말이고, 인문생사因文生事는 작품의 주제에 맞추기 위해 가상의 사건과 이야기를 만들었다는 뜻이다. 여기에서 김성탄은 문학 작품으로서의 소설과 사전문史傳文의 차이점을 구분하고 있다. 소설은 사실을 기초로 해서 작자의 상상력이 빚어낸 허구와 과장이 개입되지만, 사전문은 반드시 사실을 엄격하게 중시해야 한다는 것이다. 이를 통해 김성탄은 이론적으로 문학 작품과 사전문이 지닌 각자의 특성을 증명하였다. 그는 『수호지』에 등장하는 "70여 회에 이르는 다양한 사건들은 모두 작자가 없는 사실을 허황되이 만들어낸 것七十回中許多事迹 須知都是作書人憑空造謊出來"이라고 강조하면서, "처음부터 끝까지 소설일 뿐이라며到底只是小說" 독자는 "그 인물과 사건이 있었는지 없었는지 물을 필요가 없다.不必問其人事爲有爲無"고 지적하였다. 그러면서 그는 "『수호지』가 『사기』보다 훌륭하다.水滸勝似史記"고 칭찬하였다. 왜냐하면 역사서는 철저하게 사실에 복종하지만 문학 작품은 허구이기 때문이라는 것이다. 이는 그가 허구로써의 문학이 지닌 예술적 가치를 인정한 사실을 설명한다. 그러나 그도 『사

기』는 여타의 역사서와는 다르며, 그 가운데 몇몇 뛰어난 열전列傳은
전기 문학 중에서도 뛰어난 작품이라는 점은 인정하였다. 그는 이 글
에서 문학 작품과 사전의 특징을 구분하는 동시에 역사적 진실과 예
술적 진실이라는 문제에 대해서도 언급했는데, 이는 소설 이론의 전
개에 있어서 하나의 큰 발전이라고 평가할 수 있다.

이어(1611-1679)

이어는 청대 초의 희곡 작가다. 자는 입홍笠鴻, 적범謫凡이며, 호는 입
옹笠翁, 각세패관覺世稗官이다. 난계蘭溪(절강성) 출신이다. 각지를 돌
아다니며 견식을 넓히는 한편 극을 좋아하여 극단을 조직, 각지에서 연
출하였다. 극본의 내용은 세정世情과 부합해야 한다는 인식 아래 허구나
조작을 배격했으며, 민간의 언어를 동원하여 극의 통속화와 대중화에 노
력했다. 전기傳奇 작품으로 〈풍쟁오風箏誤〉, 〈옥소두玉搔頭〉, 〈안령갑雁
翎甲〉 등 10여 종이 있고, 극이론서로 〈한정우기閑情偶記〉, 소설 〈12루
十二樓〉를 지었으며, 『시운詩韻』과 『사운詞韻』을 펴냈다.

■ 희곡의 전형성에 대해 논하다 (傳奇無實 大半寓言)

청나라의 희곡이론가 이어李漁가 희곡의 전형성에 대해 논단한 말.
이 말은 『한정우기閑情偶寄』 권1 <사곡부詞曲部・심허실審虛實>편에
나온다.

"전기는 실상은 없고 거의가 우언일 뿐이다. 만약 사람들에게 효행
을 권하고자 한다면 한 사람의 효자를 들어 이름을 내놓는데, 단지
한 줄이라도 행동을 기록하지 않는다면 반드시 그 일을 다할 수 없을

것이다. 무릇 효친하는 사람에게는 응당 있을 수 있는 일인데도 모조리 취해 덧붙인다. 또한 주임금의 악독함도 이처럼 심하지는 않을 것이다. 한 번 하류에 떨어지게 되면 천하의 온갖 악행을 모두 다 그에게 몰아붙이게 된다. 그 나머지 충성을 표방하고 절의를 표방하는 것과 종종 사람들에게 착한 일을 하라고 권하는 연극들도 모두 이와 마찬가지이다.傳奇無實 大半皆寓言耳 欲勸人爲孝 則擧一孝子出名 但有一行不紀 則不必盡有其事 凡屬孝親所應有者 悉取而加之 亦猶紂之不善 不如是之甚也 一居下流 天下之惡皆歸焉 其餘表忠表節與種種勸人爲善之劇 率同于此"

　　이 논의는 문학 예술의 전형화의 원칙을 거론한 것이다. 무실은 헛되이 모방한다는 것이고, 우언은 실제 생활에서 유래한 전형이 이미 생활의 원형으로부터 벗어나 있다는 뜻이다. 송원대 이후의 희곡 작가는 삶의 진실에서 예술의 진실을 찾는 과정을 거치는데, 이는 끊임없는 탐색을 거쳐야 이루어질 수 있다. 명나라의 홍구주洪九疇는 <삼사기제사三社記題辭>에서 "금원이 교체될 무렵 많은 사람들이 지나간 일들을 끌어들여 옛 사람에 의탁해 담기도 했으니, 남의 술잔을 빌어 자신의 언덕에 물을 대는 꼴이었다.金元以旋 多稱引往事 托寓昔人 借他酒杯 澆我壘塊"고 말했다. 그러나 이 원칙은 많은 문인들과 학자들도 잘 이해하지 못한 것이었다. 중국 문화는 옛날부터 문사철文史哲이 혼재되어 있어서 모르는 사이에 문학적 특징을 말살하기도 하였다. 그들은 역사 또는 현실 논리를 가지고 희곡의 오류를 배척하거나 바로잡으려고 하였다. 이에 대해 이어는 "무릇 전기를 읽고 그 사건은 어디에서 나왔으며 그 사람은 어느 지역에 살았는가를 따지고 드는 사람은 모두 꿈 속 이야기를 떠드는 어리석은 사람이니 대답할 가치도 없다.凡閱傳奇而必考其事從何來 人居何地者 皆說夢之痴人 可以不答者也"고 못박았다. 이는 곧 우언식 전기를 두고 한 말이다.

　　이 밖에도 역사극이 있어서 사람들이 이미 "마음 속으로 잘 알고 있는爛熟于胸中" 이야기도 있었다. 이어는 이에 대해 다음과 같이 말했다. "만약 지난 일을 써서 제재로 삼아 옛 사람 하나가 이름을 날리면 모든 극장의 각색과 더불어 덩달아 옛 사람을 쓰게 되니, 성명한 자도 날조할 수 없을 것이다. 그 사람이 행한 일은 반드시 서적에 기록되어 있어서 분명하게 확인할 수 있을 것이니, 한 가지 사실도 창작할 수 없을 것이다. 옛 사람의 성명을 쓰는 것이 어려운 것이 아니라 모든 극장의 각색들이 이 일을 공유는 것이 어렵다. 옛 사람의 사실을 찾기가 어려운 일이 아니라 원래의 정과 꿰어서 하나로 합당화하기가 어렵다.若用往事爲題 以一古人出名 則滿場脚色皆用古人 捏一姓名不得 其人所行之事 又必本于載籍 班班可考 創一事實不得 非用古人姓字爲難 使與滿場脚色同時共事之爲難也 非査古人事實爲難 使與本等情由貫串合一之爲難也" 이어가 결론적으로 제시한 원칙은 "허황한 일은 허황한대로 밀고 나가고虛則虛到底" "사실은 사실대로 밀고 나가라.實則實到底"는 것이다. 이렇게 풍격의 통일을 힘써 추구하는 주장은 원칙적으로 올바른 처사이지만, 이 주장은 지나치게 절대화될 우려가 있다. 후세의 희곡작가들 가운데에는 실제 창작에 임하면서, 특히 역사극을 창작하면서 점차 허와 실을 결합하여 실로써 허를 수렴하는 전형화 방식을 채택하여 좋은 효과를 거두게 되었다.

왕부지(1619-1692)

왕부지는 청대 초기의 사상가이자 사학자다. 자는 이농而農이고, 호는 강재姜齋며, 세칭 선산선생船山先生으로 불린다. 형양衡陽(호남성) 출신이다. 명대 말 숭정崇禎 15년(1642) 거인擧人이 되었다. 이후 계왕桂王(영력제永曆帝) 정부 아래에서 행인사행인行人司行人에 부임하고 항청

抗淸 활동을 했다. 계림桂林이 함락되자 은둔하며 저술 활동에 전념했다. 만년에는 형양의 석선산石船山에 상서초당湘西草堂을 짓고 살았다. 시문과 서화, 철학, 역사 방면을 두루 연구하여 학술적으로 큰 업적을 남겼다. 특히 철학에서는 유물론에 관심을 갖고 송명宋明의 유심론을 위주로 한 이학에 비판을 가했다. 저작이 70여 종이나 있으며, 대표적인 것으로 『황서黃書』, 『사문록思門錄』, 『장자정몽주張子正蒙注』, 『독통감론讀通鑑論』, 『송론宋論』, 『영력실록永曆實錄』, 『강재시집姜齋詩集』, 『강재시화姜齋詩話』 등이 있다. 후인이 이를 한데 모아 『船山遺書』를 펴냈다. 황종희黃宗羲, 고염무顧炎武와 함께 청대 초기의 학술사상계를 빛낸 사람으로 꼽힌다.

■ 시문 창작의 몇 가지 성격을 논하다 (以主代賓)

사상과 감정을 표현하기 위해서는 객관적인 경물景物을 흡수할 필요가 있다는 주장인데, 왕부지王夫之사 시론으로 감정과 경물 사이의 관계에 대해 기술할 때 제시한 중요한 논점의 하나다. 그는 <석당영일서론夕堂永日緒論>에서 이렇게 말했다. "시문은 주인과 나그네를 모두 갖추어야 한다. 주인이 없는 나그네를 일러 오합지졸이라 한다… 한 주인을 세워 나그네를 기다리는데, 나그네는 주인의 나그네가 아닌 것이 없어야 이에 감정을 가지고 서로 두루 퍼져 넉넉하게 된다. 詩文具有主賓 無主之賓 謂之烏合…立一主以待賓 賓無非主之賓者 乃俱有情而相浹洽" 主는 주제가 되는 사상을 말하는데, 이것은 그가 말한 시문은 "뜻으로 주인을 삼아야 한다.俱以意爲主"고 할 때의 의意 또는 그가 감정과 경관의 관계를 논했을 때의 정情에 해당한다. 빈賓은 객관적 경물을 말하는데, 이것은 그가 말한 "뜻으로 주인을 삼아야 하고, 추세는 그 다음俱以意爲主 勢次之"이라고 할 때의 세勢 또는 그가 감정과 경관의 관계를 논했을 때의 경景에 해당한다. 이주대빈은 객관적 경물의 묘사는 사상과 감정을 표현하려는 의도에 따라야 한다는 말이다. 그는 가도賈島(779-843)와 허혼許渾(?-?)의 작품을 예로 들면서, 그들이 사상과 감정을 고려하지 않은 채 경물의 묘사에 치중해서 "주인이 없는 나그네無主之賓" 꼴이 되어 작품이 실패했다고 설명하였다. 그리고 잠삼岑參(715-770) 등의 시를 예로 들었는데, 이들은 감정과 경물을 묘사할 때 사상과 감정을 적절하게 표현해서 "주인으로써 나그네를 맞이하는以主待賓" 자세를 지켰고, 나그네와 주인이 "한 조각으로 녹아 합치된溶合一片" 뛰어난 작품을 남겼다고 하였다. 그는 "해는 지는데 하늘에는 구름 한 점 없다.日暮天無雲"던가 "봄바람이 흩어지는데 가늘고 온화하다.春風散微和"는 경물 속에서 "도령의 당시 심정을 상상할 수 있다.想見陶令當時胸次"고 지적했으며, "나비는 남쪽 정원을 날고蝴蝶悲南園", "명월은 쌓인 눈 위에 비친다明月照積雪"는 시구는 주관적인 감정이 "경물과 서로 호응하는與景相迎" 것이라고 평가하였다.

이주대빈설은 소박한 변증법적 인식을 바탕으로 이를 시문 창작에 원용해서 주관과 객관, 감정과 경물, 사상 내용과 예술 형식의 관계를 논의한 것이다. 특히 문학 예술상의 형상사유形象思惟에 대해 언급한 부분은 대단히 가치 있는 논의였다고 할 수 있다.

섭섭(1627-1703)

섭섭은 청대의 문학가이다. 자는 성기星期이고, 호는 이휴已畦이며, 오강吳江(강소성) 출신이다. 강희 9년(1670)에 진사에 급제하였고, 보응현령寶應縣令을 지내다가 순무의 뜻을 거슬러 벼슬을 버리고 낙향했다. 각 곳의 명승지를 두루 돌아다녔고, 만년에는 오강의 횡산橫山에서 살면서 조그만 정원을 꾸며 독립창망처獨立蒼茫處라 하였고, 사람들은 그를 횡산성생橫山先生이라 불렀다. 『이휴문집』 10권과 『시집』 10군이 있다. 그의 중요한 성취는 시론으로서, 그가 지은 『원시原詩』 4권은 청대 시화 가운데 비교적 훌륭한 것이다. 문학은 변천한다는 시각에서 "수천u.간 시의 정변正變과 성쇠가 일어나는 까닭"을 논술하였고, 시는 "원류가 있으면 흐름이 있고, 본本이 있으면 말末이 있다."고 생각했으며, 그 변천 가운데에는 반드시 창조 발전이 있어 원시의 기초에서 옛것을 답습해서는 안 된다고 여겼는데, 그 견해가 상당히 정확하다. 나아가 명대 七子 이래 만연하던 의고의 기풍을 바로잡았다. 시가 창작이론 방면에서는 객관 사물을 원리(理)와 존재(事), 상황(情)으로 개괄하였고, 시인의 주관 활동을 재능(才), 식견(識), 역량(力)으로 파악하면서, 객관 사물이 중요한 것으로서 작가는 "의거하는 바가 없이 독창적인 견해를 제시하는 것은 불가능하다."고 여겨 공안파의 성령性靈의 표출을 핵심으로 하는 문학 주장을 바로잡았다. 재주와 식견에서는 후천적인 작용을 강조했다. 재주가 부족해도 열심히 연구하고 학문에 힘을 기울이면 풍부한 지식을 얻을 수 있다고 생각하였다. 또한 작가의 가슴속에 지식은 없고 객관 사물이 많이 있어 복잡하게 나열되면 얻는 바가 없게 되어 훌륭한 작품을 지을 수 없다고 주장하였다. 이러한 논점은 모두 매우 정당한 것이다. 섭섭은 또한 시와 고문에도 정통하여 왕사정은 그가 "고금을 한 데 녹여 일가를 이루었다."고 했는데, 실로 헛된 칭찬은 아니다. 그의 시는 수수하고 고풍스러우면서도 청량하며 말과 뜻이 새롭고 기이하여 독특한 풍격이 있다. 〈탁대유령度大庾嶺〉에서는 대유령의 험준함과 거대한 장관을 그려내고 있는데, 나름대로의 특색이 있다. 또한 많은 시작품에서는 백성들의 고통을 그려내고 있다. 하지만 때로는 지나치게 새로움을 추구하여 생경하고 난해한 점도 있다.

■ 좋은 창작의 실례를 제시하다 (自然之法)

청나라의 섭섭葉燮이 제시한 시법詩法에 대한 입장으로, <원시原詩>에 보인다.

"먼저 그 이치를 헤아려야 하는데, 이치를 헤아려서 틀리지 않았다면 이치는 얻어진 것이다. 다음으로 여러 상황 속에서 징험해야 하는데, 상황을 통해 징험하여 어그러지지 않았다면 상황은 얻어진 것이다. 끝으로 감정과 일치해야 하는데, 감정과 일치하여 통할 수 있다면 감정은 얻어진 것이다. 이 세 가지가 얻어져서 바꿀 수 없는 것이라면 자연의 법칙이 선 것이다.先揆乎其理 揆之于理而不謬 則理得 次徵諸事 徵之于事而不悖 則事得 終契諸情 契之于情而可通 則情得 三者得而不可易 則自然之法立"

자연지법이란 이치와 상황, 감정이 합치된다는 것이다. 이치와 일, 감정은 변화가 다양하기 때문에 미리 일정한 원칙을 설정해서 표현하는 방식으로 삼을 수 없는 것으로, 마땅히 이치와 일, 감정의 변화를 따를 수밖에 없다. 그 의미로 본다면 자연지법은 활법活法을 가리킨다. 섭섭은 "활법은 헛된 이름인데, 헛된 이름으로는 어떤 일을 할 수 없기活法爲虛名 虛名不可以有爲" 때문에 "작가의 장인으로써의 마음의 변화는 말할 수 없는 것作者之匠心變化 不可言也"이라고 주장했다. 그러나 법은 이치와 감정에 근본을 두고 있어 "헛된 것에 기대세울 수 없다면不能憑虛而立" "법이란 위치가 정해진 것法者定位也"이고, "위치가 정해져 있으니 없다고 할 수 없는 것이다.定位不可以爲無" 그러므로 이 위치가 정해진 법은 다만 일종의 죽은 법(死法)에 불과하다. 예컨대 시가의 격률格律과 장구章句 등은 처음 배우는 사람도 어떻다고 말할 수 있는 것이다. 이 때문에 섭섭은 힘써 법에 구애받는 것을 반대하면서 죽은 법에 얽매인 사람은 결국 남의 작품을 모방하던가 이미 세워진 원칙을 묵묵히 지키던가 하여 이치와 일과 감정을 절실하게 표현할 수도 없고 창조적인 작업에 임할 수도 없다고 말한 것이다.

왕사진(1634-1711)

왕사정은 청대의 문학가이자 사학자다. 자는 자진子眞, 이상貽上이고, 호는 완정阮亭, 어양산인漁洋山人이다. 본명은 사진士禛인데 나중에 옹정제雍正帝의 이름(윤진胤禛)을 피하여 사정士正으로 바꾸었다가 건륭乾隆 연간에 칙명을 받고 사정士禎이란 이름으로 다시 고쳤다. 신성新城(산동성 환대桓臺) 출신이다. 순치 12년(1655) 진사가 되고 양주부추관揚州府推官과 호부낭중戶部郎中, 국자감좨주國子監祭酒를 거쳐 형부상서刑部尚書의 관직을 지냈다. 전겸익錢謙益, 오위업吳偉業의 뒤를 이어 문단의 영수로 꼽힌다. 시의 이론으로 송대 사공도司空圖와 엄우嚴羽의 시론에 영향을 받아 '신운설神韻說'을 제창했고, 자신의 시작 경향은 당대의 왕유王維와 맹호연孟浩然을 종주로 삼아 청담하고 한적한 의경을 추구했다. 사는 이청조李淸照를 종주로 삼아 완려婉麗하고 함축적이며 감정이 진지하다. 저서로 『대경당전집帶經堂全集』과 『향조필기香祖筆記』, 『지북우담池北偶談』, 『분감여화分甘餘話』, 『어양시화漁陽詩話』 등이 있다.

■ 신운설 (神韻說)

중국 고대 시론 가운데 시가 창작과 비평에 관한 일련의 주장으로, 청나라 초기 왕사진王士禛에 의해 주도되었으며, 청나라 초기 시단을 100여 년 동안 지배한 이론이었다.

　신운설의 발생은 역사적으로 대단히 긴 연원을 가지고 있다. 신운이란 말은 일찍이 남제南齊 사혁謝赫의 『고화품록古畵品錄』에도 나온다. 사혁은 고준지顧駿之의 그림에 대해 평하면서 "신비한 운치와 기운 있는 힘은 과거 사람들만 못하지만, 정교하고 미세하며 삼가는 태도는 지난 사람들보다 뛰어나다.神韻氣力 不逮前賢 精微謹細 有過往哲"고 말했다. 여기서는 신운과 기력을 함께 열거해 아직 신운의 독자적인 의미를 밝히지는 못했다. 그는 또 "기운이 생동하는 것이 이것氣韻生動是也"이라는 말도 했는데, 여기서 생동은 기에 대한 설명이지 운에 대해서는 언급하지 않았다. 당나라의 장언원張彦遠은 『역대명화기歷代名畵記 · 논화육법論畵六法』편에서 "귀신이나 인물에 이르러서도 생동감 넘치는 묘사가 있는데, 모름지기 신운이 있은 뒤에야 온전해진다.至于鬼神人物 有生動之狀 須神韻而後全"고 했는데, 역시 사혁의 견해를 넘어서진 못하였다. 당나라 때의 운이란 대개 시운詩韻이나 시장詩章을 가리키는 것으로 시론의 성격을 넘어서지 못했다. 예컨대 무원형武元衡(758-815)이 ＜유상랑중집서劉商郎中集序＞에서 "이것이 외로운 운에서 번거로운 소리를 끊는 것是謂折繁音于孤韻"이라고 했을 때에도 시운을 가리키는 것이었다. 이어 사공도司空圖(837-908)는 ＜여이생논시서與李生論詩序＞에서 운외지치韻外之致를 언급했는데, 역시 시장을 뜻했다. 그의 『시품詩品 · 정신精神』편을 보면 "살아있는 기운이 멀리까지 뻗어있다.生氣遠出"는 말이 나오는데, 운에 대한 구체적인 언급이라고 할 수 있다. 근래의 학자 전종서錢鍾書는 이 구절을 다음과 같이 해석하였다. "기는 생기이고 운은 원출이다. 사혁이 처음 제기하고 사공도에 의해 윤색된 뒤 거칠었던 이론이 차츰 정교해지기 시작했다. 기니 신이니 말하는 것은 형체를 구별하려는 의도였고, 운이라고 말한 것은 소리의 울림을 구별하려는 의도였다. 신은 몸체 안에 있지 형체가 실제로 드러난 것은 아니며, 운은 소리 밖에서 하늘거리지 소리의 울림이 밝고 맑은 것은 아니다. 그러나 신은 반드시 몸체에 의탁해 밖으로 드러나는 것이고, 운은 반드시 소리를 좇아 들리는 것으로, 하나도 아니고 다른 것도 아니며, 나아갈 수도 없도 떨어질 수도 없는 것이다.氣者生氣 韻者遠出 赫草創爲之先 圖潤色爲之後 立說由粗而漸精也 曰氣曰神 所以示別于形體 曰韻 所以示別于聲響 神寓體中 非同形體之顯實 韻裊聲外 非同聲響之亮澈 然而神必託體方見 韻必隨聲得聆 非一亦非異 不卽而不離"(『관추편管錐編』) 여기서 말하는 기氣와 신神·운韻에 대한 논의와 그들 사이의 관계에 대한 해명은 대단히 정확한 설명이라고 할 수 있다.

송나라 때 신운을 논의한 이로 엄우嚴羽(1175?-1265?)가 대표적인 사람이다. 그는 『창랑시화滄浪詩話』에서 "시의 극치는 하나가 있으니 바로 입신詩之極致有一 曰入神"이라고 말했다. 실제로 범온范溫의 『잠계시안潛溪詩眼』(『영락대전永樂大典』 권807)에 보면 운의 내용에 대해서 천여 자에 걸친 상세한 논의를 펼치고 있다. 다양한 방면에 걸쳐 운의 문제에 대해 주도면밀하게 분석하면서 제량齊梁 시대부터 시작된 화운畵韻에서 시운詩韻으로의 급속한 전환 과정을 기술했을 뿐만 아니라 "조리를 융합하고 핵심을 종합해서 엄우가 미처 닿지 못했던 부분뿐만 아니라 육사옹이나 왕사진 등도 그 미덕을 잇기는 어려울 정도였다.融貫綜核 不特嚴羽所不逮 卽陸士雍·王士禎輩似難繼美也" "범온은 운을 성외의 여음과 유향, 또는 언외나 상외의 여의로 풀이하면서 인물의 풍모와 예술 풍격에서의 운이 무엇인가를 상세하게 파헤치는 한편 본격적으로 성음의 도에 비유하였다.范溫釋韻爲聲外之餘音遺響 及言外或象外之餘意 足徵人物風貌與藝術事風格之韻 本取譬于聲音之道"(『관추편』) 이 사실은 특히 주목을 요한다.

명청明淸 시대에 신운이라는 용어는 여러 가지 뜻으로 널리 사용되었다. 호응린胡應麟(?-?)의 『시수詩藪』에는 20군데에 걸쳐 신운에 대한 논의가 나온다. 예컨대 진사도陳師道(1053-1102)의 시에 대해 평하면서 "신운을 터럭 끝만큼도 남기지 않았다.神韻遂無毫厘"고 했고, 성당盛

唐 시기의 시를 논하면서 "성당 때의 기상은 뒤섞여 이루어졌다. 신운이 우뚝하게 들어 올려졌다.盛唐氣象混成 神韻軒擧"고 말했다. 왕부지王夫之(1619-1692)도 여러 차례에 걸쳐 신운을 논하였다.『명시평선明詩評選』에서는 패경貝瓊의 <추회秋懷>를 평하면서 "한 줄기 맑은 물에 물결은 만 이랑인데, 신운은 분주하게 내닫는구나.一泓萬頃 神韻奔赴"라고 말했고,『고시평선古詩評選』의 <대풍가大風歌>를 평하면서 "신운은 논하기를 기다리지 않을 정도다.神韻所不待論".라고 말했으며, 사조謝朓(464-499)의 <동작대銅雀臺>에 대해서는 "처량하고 맑음이 신운이 스며 있다.凄淸之在神韻者"고 평했다. 이들이 지적한 신운은 모두 왕사진 이전에 나온 발언이다. 종영鍾嶸(466?-518)이 <시품서詩品序>에서 써놓은 시에는 자미滋味란 말이 있고, 엄우의『창랑시화』에는 입신이란 표현과 공중지음空中之音·상중지색相中之色·수중지월水中之月·경중지상鏡中之象 등이 쓰였으며, "영양이 뿔을 걸어놓으면 찾을 수 있는 자취가 없다.羚羊掛角 無迹價求"는 말도 나온다. 사공도가 언급한 미외지지味外之旨나 맛은 "시고 짠 것 밖酸鹹之外"에 있다는 말에서부터 명나라 때 사람 서정경徐禎卿(1479-1511)이『담예록談藝錄』에서 논의한 신운에 이르기까지 모두 신운설이 나오게 된 계기를 만들었다고 하겠다. 왕사진은 일찍이 "나는 이전 사람들이 시에 대해 논한 글 가운데 종영의『시품』과 엄우의『창랑시화』및 서정경의『담예록』을 가장 좋아한다.余于古人論詩 最喜鍾嶸詩品·嚴羽詩話·徐禎卿談藝錄"(『대경당시화帶經堂詩話』)고 말했다. 그는 비록 "내가 어렸을 때 종영의『시품』을 아주 좋아했지만, 지금은 비로소 잘못되어서 틀린 부분이 적지 않음을 알게 되었다.鍾嶸詩品 余少時深喜之 今始知其蹉謬不少"(『어양시화漁洋詩話』)고 말했지만, 그의 회의는 종영이 삼품三品으로 나눠 시를 평가한 방식에 대한 것이었지 <시품서>가 제기한 이론 자체는 아니었다. 왕사진은 사공도와 엄우의 시론에 대해서도 자주 칭찬의 말을 썼는데, "사공도가 시를 논한 것에는『24시품』

이 있다. 내가 가장 좋아하는 구절은 '한 글자도 덧붙이지 않았지만 풍류를 다 얻고 있다.'는 여덟 자다. 그는 또 '넘실넘실 흐르는 강물 아련히 멀어지는 봄날'이라는 두 구절을 말했는데, 시의 경지를 묘사한 것이 절묘하여 바로 대용주의 '남전에 햇빛이 따뜻하게 비치자 좋은 옥에서는 광채가 인다'는 말과 뜻이 같다表聖(司空圖)論詩 有二十四品 余最喜 '不著一字 盡得風流' 八字 又云 '采采流水 蓬蓬遠春' 二語 形容詩景亦絶妙 正如戴容州 '藍田日暖 良玉生烟' 八字同旨"(『대경당시화』)고 말했다. 그는 또 사공도와 엄우 두 사람의 말을 읽고는 따로 마음에 맞아떨어지는 곳이 있었다.于二家之言 別有會心"고 말했다. 아울러 그는 두 사람의 논시 원칙을 바탕으로 당나라의 왕유王維(701-761) 이하 42사람의 시를 엮어 『당현삼매집唐賢三昧集』을 편찬하였다. 그리고 명나라 말기의 남종화南宗畵 화가인 동기창董其昌(1555-1636)이 남종산수화에 대한 논술에서도 왕사진의 시론은 영향을 받았다. 왕사진은 <지전집서芝廛集序>에서 시와 남종화의 관계를 논하면서 동기창을 높이 평가했는데, 그를 명나라 270년 동안 나온 화가 중 최고의 작가로 자리매김하였다. <향조필기香祖筆記>에서는 시의 묘처妙處는 남종화의 대가인 형호荊浩가 말한 "멀리 있는 사람은 눈을 그리지 말아야 하고, 먼 강물에는 물결이 없어야 하며, 먼 산을 그릴 때에는 산 주름이 없게 하여遠人無目 遠水無波 遠山無皴" "대략 필묵의 흔적만 갖추면略具筆墨" 된다는 말에 따라야 한다고 했는데, 이렇게 한다면 시가삼매詩歌三昧를 얻을 수 있다는 것이다.

왕사진 이전에도 비록 많은 사람들이 신운에 대해 논의했지만, 이를 시가 창작의 근본적인 문제로 보지는 않았다. 그리고 오랜 기간 범온의 운에 대한 논의는 전해지지 않아 신운의 개념 또한 고정되고 명확한 설명이 없었다. 다만 대체적으로 형사形似와 대비되는 신사神似와 기운氣韻, 풍신風神의 한 내용 정도로만 이해되었다. 왕사진 시대에 이르러서야 신운은 비로소 시가 창작의 근본적인 요구로 제시되기 시작하였다.

그는 젊은 시절에 『신운집神韻集』을 편집했는데, 의식적으로 신운설을 주장했지만 신운설에 관련된 전문적인 논술은 하지 않고, 다만 시문에 관한 단편적인 언급을 통해 자신의 견해를 피력하였다. 그러나 귀납적으로 접근하면 이를 통해 그의 신운설에 담겨 있는 성격을 짐작할 수 있다. 그는 시가의 예술적 표현에 있어서 일종의 공적초일空寂超逸하며 경화수월鏡花水月하고 형태의 자취가 남지 않은 경지를 추구하였던 것이다. 신운은 시 가운데 최고의 경지로, 왕사진이 제창한 신운은 그 자체가 크게 비난할 것이 아니었다. 그러나 단지 공적초일한 경지에 도달했다고 해서 신운이 있다고 할 수는 없다.『창랑시화・시변詩辯』에서 엄우는 "시의 법에는 다섯 가지가 있다.詩之法有五"고 하면서 "시의 품격에는 아홉 가지가 있는데, 높고, 고아하며, 깊고, 멀며, 길고, 웅장하며, 혼융되고, 표일하며, 비장하고, 처완한 것이다……큰 경개에는 두 가지가 있는데, 느긋하게 노닐면서 급박하지 않은 것과 침착하게 가라앉아 통쾌한 것이다. 시의 극치는 한 가지뿐인데, 입신이 그것이다. 시를 지어 입신에 이르면 지극하고 극진한 것이며, 더할 것이 없다. 오직 이백과 두보만이 이를 터득하였다.詩之品有九 曰高 曰古 曰深 曰遠 曰長 曰雄 曰渾 曰飄逸 曰悲壯 曰凄婉……其大槪有二 曰優遊不迫 曰沈着痛快 詩之極致有一 曰入神 詩而入神 至矣盡矣 蔑以加矣 惟李・杜得之"고 말했다. 이를 통해 신운은 시 가운데 뛰어난 작품만 홀로 소유한 것이 아니라 각 품격 가운데 좋은 시도 공유하고 있는 것임을 알 수 있다. 왕사진은 신운을 뛰어난 작품만 갖추고 있는 것으로 여겼는데, 이는 편벽되고 지나친 부분인 듯하다.

신운설이 요구하는 특징을 근거로 왕사진은 엄우가 말한 "선으로써 시를 비유하거나以禪喩詩" 선을 빌려 시를 비유하는 방식에 전적으로 동의했으며, 한 걸음 더 나아가 시는 선의 경지에 들어가야 하며, 불가에서 말하는 "색과 상이 함께 공한色相俱空"경지에 이르러야 한다고 주장하였다. 그는 "엄우가 말한 선으로써 시를 비유한다는 주장에 대해 나는 깊이 동의한다. 특히 5언시가 더욱 여기에 가까운데, 왕유와 배적의 <망천절구>는 글자마다 선의 경지에 들어있다.嚴滄浪以禪喩詩 余深契其說 而五言尤爲近之 如王(維)·裴(迪)輞川絶句 字字入禪"고 하면서 "당나라 시인들의 5언절구는 때로 선의 경지에 들었는데, 뜻을 얻어 말을 잊은 묘미가 있다. 유마보살의 묵연과 함께 달마가 골수를 얻은 것은 모두 빗장을 비틀었다는 점(핵심을 잡았다)에서 같다.唐人五言絶句 往往入禪 有得意忘言之妙 與淨名默然 達磨得髓 同一關捩"고 말했다. 그는 또 "시와 선은 일치하니 평등해서 차별이 없다.詩禪一致 等無差別"고도 했는데, 현실에 뿌리를 둔 시의 화경化境과 만물을 공으로 보는 선의 오경悟境은 터럭 끝 만한 차이도 없다고 보았던 것이다. 가장 좋은 시가는 "색과 상이 함께 공하고色相俱空" "영양이 뿔을 걸어놓으면 찾을 수 있는 자취가 없는羚羊掛角 無迹可求" "뛰어난 작품逸品"이라는 것이다.(『대경당시화』) 시가는 현실을 반영하지만 현실을 묘사하는 데 너무 집착하지 말아야 한다는 사실을 말했다는 점에서 그의 시론은 일정 정도 합리적인 요소가 있지만, 궁극적으로 그는 현실과는 멀리 이탈된 논리를 가지고 있었다.

신운설을 근거로 왕사진은 다시 한번 창작을 할 때에는 "흥이 모이고 신이 깃들어야興會神到" 하는 점을 강조하였다. 그는 "대개 옛 사람들의 시와 그림은 다만 흥이 모이고 신이 깃든 것을 취했다.大抵古人詩畵 只取興會神到"고 말했으며, 창작은 "한 순간의 흥을 모은 말이고一時佇興之言" "흥을 모아서 나아가는 것佇興而就"(『대경당시화』와 『어양시화』)이라고 했다. 시가 창작은 이념의 산물이 아니라 마땅히 "흥이 모이고 신이 깃든 것"이어서 느낀 바가 있을 때 발휘되는 것이다. 그러나 한 순간의 흥회興會는 폭넓고 심각한 생활 경험을 거쳐야 비로소 유의미한 존재가 된다. 이러한 근본적인 조건에서 일탈해서 한 순간의 흥회신도興會神到만 강조한다면 뿌리 없는 나무나 근원 없는 물줄기는 될 수 있어도, 예술은 필연적으로 현실과 유리된 길을 걷게 될 것이다.

신운설을 근거로 왕사진은 특히 충담冲淡과 초일超逸, 함축含蓄과 온자蘊藉한 예술적 풍격을 중시하였다. 충담과 초일에 관해서 그는 일찍이 공문곡孔文谷이 "시로써 본성을 통달하고 모름지기 맑고 먼 것을 숭상한다.詩以達性 然須淸遠爲尙"는 주장을 칭송하면서, 명나라 시 가운데 고계高啓(1336-1374)로 대표되는 고담파古澹派를 높이 평가하였다. 스스로도 시인을 비평할 때 일기逸氣와 일품逸品을 기준으로 삼았다.(『대경당시화』와 『어양시화』) 그는 사공도의 『24시품』중에서도 특히 충담冲淡과 자연自然, 청기淸奇 세 품격을 몹시 좋아하였다. 그는 "이 세 가지는 품격 가운데 최고是三者品之最上"라고 하면서 웅혼雄渾이나 침착沈著, 경건勁健, 호방豪放, 비개悲慨 등의 품격을 제시하지 않고, 유독 『24시품』 가운데 충담과 초일을 중시하는 미학적 관점만 발전시켰던 것이다. 함축과 온자에 대해서 그는 시가가 "침착통쾌한 기상만 극치로 여기는以沈著痛快爲極致" 태도를 반대했던 것처럼, 다시 한 번 엄우가 말한 "말은 끝났지만 의미는 다하지 않은言有盡而意無窮" 경지와 사공도의 맛은 "시고 짠 것 밖에 있다酸鹹之外"나 "한 자도 덧붙이지 않았지만 풍류를 다 얻었다.不著一字 盡得風流"는 등의 말을 강조했는데, "당시는 감정을 주로 해서 온화한 작품이 많으며, 송시는 기운을 주로 해서 가볍게 노출된 작품이 많다.唐詩主情 故多蘊藉 宋詩主氣 故多輕露"(앞의 책)고 이해하였다. 특히 두드러지는 것은 식부인息夫人을 소재로 쓴 몇몇 작품에 대해 평가한 발언이다. 두목杜牧(803-852)의 "마침내 식나라 망했으니 어쩐 일인가, 금곡의 누대에서 몸 던진 이만 가련하네.至竟息忘緣底事 可憐金谷墜樓人"란 구절에 대해 "바른 말이 대의로써 이를 꾸짖은 것正言以大義責之"이라며 그렇게 찬성하지 않았다. 그리고 왕유王維(701-761)의 "꽃을 보니 눈에서는 눈물만 흘렀고, 초 임금의 말과 함께 하지 않았다.看花滿眼淚 不共楚王言"는 구절에 대해 "작가의 판단이 들어간 말은 한 마디도 없는데, 이 점이 바로 성당의 시가 최고인 까닭更不著判斷一語 此盛唐所以爲高"이라고 이해하였다. 이런 발언이 엄우의 "이치의 길을 건너지 않고, 말의 저울에 떨어지지 않는다.不涉理路 不落言銓"는 관점을 한 단계 발전시킨 증거라고 할 수 있다.

이와 같은 이유 때문에 그는 『당현삼매집』을 선별하면서 이백과 두보의 시는 고르지 않았다. 책 이름도 왕안석王安石(1021-1068)의 『백가시선百家詩選』의 예를 본받았는데, 실제로 그는 이백과 두보의 시를 그렇게 좋아하지 않았다. 조집신趙執信(1662-1744)의 『담룡록談龍錄』에 보면 그는 "두보를 좋아하지 않았고不喜少陵" "백거이도 가볍게 보았다.又薄樂天"고 한다. 옹방강翁方綱(1733-1818)도 <7언시삼매거우七言詩三昧擧隅・단춘음조丹春吟條>에서 "홀로 충담하고 조화로우며 담담하고 먼 한 파에 머물렀으니, 이는 진실로 왕유의 후계이지 이백과 두보의 뒤를 이은 말은 아니다.獨在冲和淡遠一派 此固右丞之支裔 而非李・杜之嗣音"라고 말했다. 이는 충분히 근거가 있는 말이다. 그는 일찍이 왕유와 위응물韋應物(737-792)의 시가 "운치와 맛이 맑고 멀다.趣味澄夐"며 거듭 칭찬했는데, "위응물의 시가 보살의 말이라면 왕유의 시는 조사의 말韋如菩薩語 王右丞如祖師語也"이란 말도 남겼다. 이중화李重華의 『정일재시설貞一齋詩說』에 따르면 그는 일찍이 왕사진이 몰래 두보의 시를 지우는 것을 보았는데, 이로 인해 그는 "난쟁이가 연극판을 본다.矮人觀場"는 비난을 들었다고 한다. 이백과 두보에 대해서 뿐만 아니라 그밖에 현실 지향적인 많은 시인들, 백거이白居易와 원진元稹, 유우석劉禹錫, 두목, 두순학杜荀鶴, 나은羅隱 등에 대해서도 한결같이 배척하고 질책하는 태도를 취했다는 것이다. 그는 사공도의 말을 빌려서 원진과 백거이는 "시장 바닥의 호기에 찬 장사꾼乃都市豪估"이라고 폄하하였다. 유우석의 이름난 시구인 "가라앉은 배 옆으로 뭇 배들 지나가고, 병든 나무 앞에서는 온갖 나무 봄 맞았다.沈舟側畔千帆過 病樹前頭萬木春"에 대해 "가장 열등한 작품最爲下劣"이라 하였고, 두목과 두순학의 시도 모두 "형편없는 시惡詩"(『대경당시화』)라며 공격하였다. 이를 통해 우리는 그의 문학론이 지양했던 취지를 충분히 짐작할 수 있다.

왕사진 이전에는 명나라 때 전후칠자前後七子의 복고주의 운동이 한위漢魏와 성당의 문학만 최고의 전범으로 여긴 탓으로 시풍의 흐름이 천박하고 넓으며(膚廓) 모양만 답습하는(貌襲) 폐단을 낳았다. 공안파公安派가 나와 전·후칠자의 실책을 바로잡았지만, 공안파의 폐단은 옅고 솔직하다(淺率)는 데 있었다. 왕사진은 두 유파의 문제점들을 교정하고자 시도해서 신운설을 주장하는 한편, 시는 마땅히 맑고 멀며(淸遠) 가득하고 담담하며(沖淡) 뛰어넘고 그윽한(超逸) 방향으로 나아갈 것을 유도하였고, 표현상으로는 함축과 온자한 기풍이 담기고, 흥회신도興會神到하거나 "정신이 깃들어 뛰어넘고 오묘한神會超妙"경지에서 나오기를 요구하였다. 일면 시의 공적초일과 경화수월한 경지를 강조했지만 현실성이 강한 시가와 침착통쾌하고 감창임리酣暢淋漓(술에 취해 화창한 기운이 그득한 풍격)한 풍격은 반대하였다. 이는 새롭게 변화한 역사적 조건에서 사공도와 엄우의 이론에 포함된 소극적 요소들을 수용하고 발전시켜, 시가를 생활로부터 이탈시키고 현실에 대해 적당한 거리를 두는 방향으로 이끌어서 시가의 적극적인 사회적 작용을 말살시키는 결과를 빚었다. 왕사진은 일찍이 "인간 세상의 기운이 없는皆無香火氣" 작품들을 귀하다며 칭찬하였다. 어떤 사람은 그를 칭송하면서 이런 점에 적지 않게 관심을 집중하였다. 시우산施愚山은 그의 제자들에게 "그대 스승이 시에 대해 논한 것을 보면 화려하고 엄정한 누각과 같아 손가락을 튕기는 사이에도 드러나며, 또 신선이 사는 오성과 열두 누대와 같아 아득한 가운데 하늘가에 서있다.子師言詩 如華嚴樓閣 彈指卽現 又如仙人五城十二樓 縹緲俱在天際"

(『대경당시화』)고 했는데, 왕사진 신운파 시론의 핵심을 제대로 꿰뚫은 말이다. 왕사진 자신의 창작도 이런 사실을 증명한다. 그는 시를 쓰면서 대개 자연 경물을 묘사하는 데 치중하였다. <진주절구眞州絶句>와 <등화산하藤花山下>, <강상江上> 등은 자연을 묘사한 솜씨가 공교롭고 치밀하며 시정이 넘치고 그림을 그린 듯한 정취가 물씬 스며 있다. 그러나 초기의 작품을 제외하고는 민중의 고통을 대변하거나 현실성이 강한 시는 찾아보기 힘들고, 의식적이든 무의식적이든 태평성대를 구가하는 내용을 담기에 노력하였다. 이런 점 역시 그의 시론과 완전히 일치한다.

옹방강은 일찍이 "왕사진(어양은 왕사진의 호)이 신운을 내세운 까닭은 특히 명나라 때의 이몽양과 하경명 무리들이 외모만 답습하는 일에 대해 언급한 것漁洋所以拈擧神韻者 特爲明朝李·何一輩之貌襲者言之"(『복초재문집復初齋文集·요당시집서坳堂詩集序』)이라고 말했다. 그러나 이러한 이론의 제시와 창작상의 실천으로 명나라 칠자의 폐단을 바로잡고자 했지만 시가를 건강하고 탄탄한 대로로 이끌기에는 역부족이었다. 때문에 그들의 시와 시론은 당대 또는 후세에 여러 사람들에 의한 비평과 논쟁을 야기하였다. 오교吳喬는 왕사진은 "이반룡(우린은 이반룡의 자)보다 맑고 빼어나다.淸秀李于麟"(<답만계야시문答萬季埜詩問>)고 했는데, 그의 시가 후칠자의 한 사람인 이반룡李攀龍(1514-1570)과 비교할 때 청수한 점에서 조금 낫다는 뜻이다. 원매袁枚(1716-1797)도 "기뻐하고 화내며 슬퍼하며 즐거워하는 표현이 진실되지 못하다.喜怒哀樂之不眞"고 하면서, 그의 시는 방포方苞(1668-1749)의 산문과 마찬가지로 "한 시대의 표상이 될 만하지만 재주와 역량은 저절로 엷다.俱爲一代正宗而才力自薄"(『수원시화隨園詩話』)고 말했다. 심지어 신운에 대해서는 동의하면서도 "입에 어양의 시가 익어 문득 오로지 지목하기를 신운가라 하여 방자하게 논의했던口熟漁洋詩 輒專目爲神韻家而肆議之" 옹방강에는 동의하지 않았다. 아울러 왕사진의 신

운에 대한 이론에도 찬성하지 않아 그가 "아직 얽매인 자취에서 벗어
나지 못해서猶未免滯迹"(<요당시집서>) "한 쪽에 치우칠 수밖에 없
었다.不免墮一偏也"(『복초재문집·신운론神韻論』)는 평가를 내렸다. 옹
방강은 "신운이라는 것은 처음부터 끝까지 갖추지 않은 것이 없다.神
韻者 徹上徹下 無所不該"고 하면서 왕사진은 다만 공적空寂만 가지고
신운을 이야기해서 헛되이 "스스로를 덮어버렸을 뿐到自蔽而已矣"(앞
의 글)이라고 말했다. 이러한 평가는 정당하다고 볼 수 있다. 풍격을
갖춘 각종 시에 모두 신운이 담겨 있는 것이지 다만 일품逸品에만 신
운이 있는 것은 아닌 것이다.

방포(1668-1749)

방포는 청대의 경학가이자 문학가다. 자는 영고靈皐이고, 호는 망계望
溪이다. 동성桐城(안휘성) 출신이다. 젊어서 문학으로 이름을 날려 이광
지李光地 등의 신임을 받았다. 강희康熙 15년(1706) 전시殿試 시험을
보다 모친의 와병 소식을 듣고 시험을 포기한 채 고향으로 달려갔다. 후
에 대명세戴明世를 위하여 『남산집南山集』 서문을 써주고 하옥되어 사형
선고를 받았다가 이광지의 구명운동으로 풀려났다. 그후 남서방南書房에
들어가 문학시종文學侍從의 직책을 얻었고, 건륭乾隆 연간에는 내각학사
겸 예부시랑의 관직을 지냈다. 사상면에서 정주程朱의 이학理學을 중시
했으며, 학술면에서는 표절을 반대하고 '의법義法' 곧 사상과 예술 형식
의 조화를 주장했다. 동성파桐城派 고문운동을 창시한 사람으로 일컬어
진다. 저서로 『방망계전서方望溪全書』(일명 方苞集)와 『주관집주周官集
注』, 『춘추통론春秋通論』, 『예기석의禮記析疑』. 등을 남겼다.

■ 아결 (雅潔)

동성파桐城派 고문의 제창자의 한 사람인 방포方苞가 제시한 의법설義法說로, 그는 문장에 대해 논의할 때 유물有物과 유서有序에 대해 설명하면서, 법식法式과 의리義理가 부합해야 한다고 강조하였다. 동시에 그는 아결을 내세워 의법義法의 준거로 삼았다. 그는 맑고 진지하며 우아하고 바르며, 근엄하고 소박함이야말로 "맑음의 지극함이고, 자연스럽게 그 정교한 광채를 발휘하는澄淸之極 自然而發其精光" 문장이 좋은 문장이라고 생각하였다. 그는 또 <서소상국세가후書蘇相國世家後>에서는 "유종원은 사마천의 글을 칭송해서 깨끗하다고 말했는데, 이는 문채가 거칠고 얽매임이 없다는 말이 아니다. 대개 체제와 요점에 밝아 쓰여진 문채가 잡스럽지 않았으니, 기운과 체제가 가장 깨끗했을 뿐柳子厚稱太史公書曰潔 非謂辭無蕪累也 蓋明于體要而所載之辭不雜 其氣體爲最潔耳"이라고 말했다. 여기서 말한 아결은 바로 법식이 의리를 따라 발생하고, 법식과 의리가 상호 조화를 이루었다는 의미다. 심연방沈蓮芳은 <서방망계선생전후書方望溪先生傳後>에서 방포의 주장에 대해 이렇게 평가하였다. "남송과 원・명 이래 고문의 의법이 논의되지 않은지 오래되었다. 오・월 지역의 원로들은 더욱 방자하여 혹은 소설과 뒤섞이고 혹은 한림의 옛 체제를 본받았으니, 아결이 없는 것이다.南宋元明以來 古文義法不講久矣 吳越間遺老尤放恣 或雜小說 或沿翰林舊體 無雅潔者" 이로 볼 때 아결에는 부화한 문채를 삭제하고 번거로움을 없애면서 간결함으로 나아간다는 의미와 언어상으로 일체의 잡스런 바탕을 제거한다는 의의도 내포하고 있음을 알 수 있다. 방포는 <서귀진천문집후書歸震川文集後>에서 "그 문채가 아결하다고 말하지만, 속어에 가까워서 번거로움이 지나친 것도 있다.又其辭號雅潔 仍有近俚而傷于繁者"고 말했다. 속어에 가깝다던가 지나치게 번거로운 것은 모두 아결의 요건과 어긋나는 상태다. 이러한 주장에 호응해서 청징하고 아결한 산문을 창조한 것이 동성파 산문의 공통된 특징이다. 그러나 이처럼 엄격한 격식에 맞춰서는 논의를 자유롭게 전개하거나 기백이 웅장하고 당당한 문장을 쓰기는 불가능에 가까우며, 쓰여진 문장이 비록 아결하다고 해도 내용은 공소하고 빈약하게 되기 쉽상이다. 원매袁枚(1716-1797)는 "한 시대의 문호였으면서 재주와 힘이 엷었던 경우는, 방포의 문집과 왕사진王士禛(1634-1711)의 시一代正宗才力薄 望溪文集阮亭詩"였다고 지적하였다. 즉 한 시대를 대표하는 문인이라고 추앙하면서 한 편 재주와 힘은 엷었다고 폄하했는데, 이는 방포가 자신의 이론을 문장으로 실천하면서 드러낸 박약薄弱한 폐단을 비판한 것이다.

심덕잠(1673-1769)

■ 격조설 (格調說)

중국 문학사에서 시에 대해 논의한 주장의 하나로, 명나라 때의 전후칠자前後七子, 청나라 때의 심덕잠沈德潛(1673-1769)이 주장하였다. 시가 창작에 있어서 격조의 작용을 강조하였다.

격조는 체격體格과 성조聲調를 말하는데, 가장 초기의 해석에는 사상적 내용과 성률 형식 두 측면을 포괄하는 말이었다. 『문경비부론文鏡秘府論·논문의論文意』편에서는 "뜻은 격이며 소리는 율이다. 뜻이 높으면 격도 높고, 소리가 바로잡히면 율도 맑아진다.意是格 聲是律 意高則格高 聲辯則律淸"고 했는데, 이것은 두 측면을 모두 고려한 발언이다. 당나라 이후의 시가 이론 속에는 늘상 시의 격과 조에 대한 논의가 나온다. 당나라 교연皎然(720-793)은 『시식詩式』에서 "격은 높고

格高” “체는 정하며體貞” “조는 멀고調逸” “소리는 화해롭다聲諧”는 등의 논의를 전개했고, 송나라 강기姜夔(1155-1221)는 『백석도인시설白石道人詩說』에서 “뜻의 격은 높이려고 하고意格欲高” “구절의 격은 맑고 고아하고 조화롭게 하고자句格欲淸欲古欲和” 하라고 하였다. 엄우嚴羽(1175-1264)는 『창랑시화滄浪詩話』에서 “시법에는 다섯 가지가 있으니, 체제·격력·기상·흥취·음절이 그것詩之法有五 曰體制 曰格力 曰氣象 曰興趣 曰音節”이라고 하였다. 명나라 이동양李東陽(1447-1516)은 『회록당시화懷麓堂詩話』에서 “시는 반드시 안목을 갖추어야 하고 반드시 들을 줄 아는 귀를 갖추어야 하는데, 안목은 격을 주로 하고 귀는 소리를 주로 한다.詩必有具眼 亦必有具耳 眼主格 耳主聲”고 하였다. 이들 시론가들은 모두 시의 격조를 대단히 중시했지만, 다만 이런 논의를 바탕으로 시를 논하는 결정적인 방법론은 없었다. 명나라의 전후칠자에 와서야 비로소 격조를 하나의 핵심적인 부분으로 채택하여 그들의 시가 이론을 구성하였다. 전후칠자의 시가 이론은 모두 정연하게 일치하는 것은 아니다. 다만 그들의 시가 이론에서 격조는 비교적 특별한 위치를 점유하고 있다. 전칠자의 대표적인 인물인 이몽양李夢陽(1472-1529)은 “격은 옛스럽고 조는 멀다.格高調逸”(<잠규산인기潛虬山人記>)고 하면서 “높고 옛스러운 것이 격이고 완연하고 밝은 것은 조高古者格 宛亮者調”(<박하씨논문서駁何氏論文書>)라고 하였다. 후칠자의 대표적인 문인인 왕세정王世貞(1526-1590)은 “재능은 사고에서 나오고, 사고는 가락을 만들며 가락은 품격을 만든다. 사고는 재능의 활용이며, 가락은 사고의 대칭이고, 멋(격조)은 가락의 경계才生思 思生調 調生格 思卽才之用 調卽思之境 格卽調之界”(『예원치언藝苑巵言』)로 보았다. 그들은 모두 격조를 논시에 있어서 중요한 부분으로 보았다. 이몽양은 말하기를 “시는 당나라에 이르러 옛 율조가 없어져 버렸다. 그러나 당나라 율조에는 가히 노래하고 읊조릴 만한 것이 있어서 높은 것은 오히려 관현에 올리기에 충분했다. 송나라 사람들은 이치만 중시하고 율조는 중시하지 않아 이에 당나라의 율조 역시 없어지고 말았다.詩之唐 古調亡矣 然自有唐調可歌詠 高者猶足被管絃 宋人主理不主調 于是唐調亦亡"(＜부음서缶音序＞)고 하였다. 왕세정도 "내가 송시풍을 억누르는 이유는 격을 애석하게 여기기 때문余所以抑宋者 爲惜格也"(＜송시선서宋詩選序＞)이라고 말했다. 그들은 생각하기를 한위漢魏와 성당 이후부터는 시의 격조가 점차 떨어졌다고 보았다. 때문에 그들은 "문장은 반드시 진한을 본받아야 하고, 시는 반드시 성당을 본받아야 한다.文必秦漢 詩必盛唐"고 하면서 격조를 갖추기 위해서는 한위와 성당의 시가를 모방해야 한다고 주장하였다.

　전후칠자의 격조설은 명나라 초기의 대각체臺閣體가 보여준 위축되고 허약한 시풍을 거부하면서 내세운 대안으로, 당시 문단에 긍정적인 작용을 해서 큰 영향을 끼쳤다. 그러나 내용에 있어서 의고주의擬古主義 색채를 띠고 있었기 때문에 이지李贄(1527-1602)와 탕현조湯顯祖(1550-1616), 공안삼원公安三袁(袁宗道 · 袁宏道 · 袁中道) 등 진보적인 사상가와 비평가들의 비판을 받았다. 청나라 전기에 이르자 왕부지王夫之(1619-1692)와 섭섭葉燮(1627-1703) 등이 다시 시가 미학에 대한 이론에 따라 전후칠자의 격조설에 대한 체계적인 비판을 가하였다.

　심덕잠은 섭섭의 제자였지만 시가 이론에 있어서는 스승과 반대 입장을 취하여 새롭게 격조설을 제창하였다. 심덕잠은 전 · 후칠자를 대단히 높게 평가하였다. 그는 이몽양과 하경명何景明(1483-1521) 등을 "힘써 퇴폐적이고 문란한 풍조를 끌어내렸다.力挽頹瀾"고 칭찬하면서 "시도를 바른 길로 이끌었다.詩道復歸于正"고 평가하였다. 그는 전겸익錢謙益(1582-1664)이 왕세정과 이반룡李攀龍(1514-1570)을 폄하한 것에 불만을 가지고 "모래를 헤치니 놀랍게도 좋은 금이 나오고, 바른 격조는 마침내 두 사람을 쫓아내기 어려웠다.披沙大有良金在 正格終難黜兩家"(＜논명시12단구論明詩十二斷句＞)고 하였다. 그는 『설시수어說詩晬語』를 쓰고, 『당시별재집唐詩別裁集』과 『청시별재집淸詩別裁集』 등 여러 편의 시선집을 편찬하면서 평어를 덧붙여 체계적으로 격조설을 선양하였다. 그는 특히 시를 쓸 때에는 "옛 것을 본받고學古" "법식을 논해야論法" 한다고 강조하면서, "음란하고 지나친 것을 버리고 우아하고 바른 곳으로 돌아가야 한다는去淫濫 以歸雅正" 원칙을 근거로 시가의 체體·격格·성聲·조調 등 각 방면에 걸쳐 수많은 규칙을 제안하였다.

전후칠자와 마찬가지로 심덕잠은 비록 격조설을 강조하기는 했지만 충효와 온유돈후가 격조의 최종적인 근거가 되는 사실도 인정해서 격조의 중요성만큼이나 윤리와 도덕 규범도 대단히 강조하였다. 그는 학고와 논법을 강조하면서 시가의 체격성조에 대해서도 엄격한 규정을 마련했는데, 그 목적은 시가의 내용이 온유돈후라는 종지宗旨를 제대로 체현하고 윤리와 도덕 규범에 부합할 수 있도록 하기 위한 배려였다. 이것이 바로 그가 제창해서 이끈 격조설의 실체이다. 다만 시가의 내용을 충효와 온유돈후의 원칙에 부합시키려고 했기 때문에 격조설은 어느 정도 아정雅正한 이론이 되었다.

심덕잠의 격조설이 나온 이후 그의 이론은 많은 사람들의 공격을 받았다. 그 중 가장 대표적인 사람이 성령설性靈說을 제창한 원매袁枚 (1716-1797)였다. 원매의 시론은 대단히 많은 약점을 지니고 있었지만 격조설에 대한 비평만은 상당히 강한 자신감을 가지고 전개되었다. 그는 심덕잠과 여러 편의 문장을 주고 받으면서 논쟁을 벌였는데, 논조가 힘차고 거침이 없어서 당시 문단에 심각한 영향을 끼치게 되었다. 이 때부터 심덕잠의 격조설은 차츰 쇠퇴의 길로 접어들었다.

원매(1716-1797)

원매는 청대의 문학가다. 자는 자재子才이고, 호는 간재簡齋, 탕산거사倉山居士, 수원노인隨園老人 등을 썼으며, 전당錢塘(절강성 항주杭州) 출신이다. 건륭乾隆 4년(1739) 진사가 되어 강남 일대 여러 현의 지현知縣을 지내다 33세 때 관직을 버리고 강녕江寧의 소창산小倉山에 은거하며 시주詩酒 및 저술로써 생활하였다. 시부詩賦와 산문을 잘 지었다. 특히 시가 평론에서 왕사정의 '신운설神韻說'을 뛰어 넘어 '성령설性靈說'을 제창하였다. 또 시를 지을 때에는 지나친 조탁이나 모방을 피해야 한다고 주장하였다. 저서에 『소창산방시문집』, 『신제해新齊諧』, 『수원시화隨園詩話』 등이 있다.

■ 성령설 (性靈說)

중국 고대에 일련의 비평가들에 의해 제기된 시가 창작과 비평에 관한 학설로, 청나라 때의 원매袁枚(1716-1797)가 가장 강력하게 주장하였다. 이 학설은 신운설神韻說과 격조설格調說, 기리설肌理說과 더불어 청나라 전기 4대 문학론 학파 가운데 하나로 자리하였다. 일반적으로 성령설은 원매의 시론으로 알려져 있지만, 사실은 명나라 때 공안파公安派로 대표되는 "오직 성령을 풀어낼 뿐 격식이나 전형에 얽매이지 않는다.獨抒性靈 不拘格套"는 시가 이론이 계승, 발전한 것이다.

성령설의 핵심은 시가를 창작할 때 시인의 마음 속 영혼을 직접적으로 표출해서 진실된 감정과 사실적인 느낌을 표현하는 데 있다. 때문에 성령설은 시가의 본질은 감정을 표현하는 것이고, 사람의 감정은 자연스럽게 흘러나오기 마련이라고 생각하였다. 원굉도袁宏道는 일찍이 시는 마땅히 "감정은 참되고 말투는 곧아야만情眞而語直"(<도

효약침중예인陶孝若枕中囈引>) 한다면서 "자신의 가슴속에서 우러나온 것이 아니면 글로 옮겨서는 안 된다.非從自己胸臆流出 不肯下筆"(<서소수시序小修詩>)고 즐겨 주장하였다. 원매가 말한 성령은 거의 대부분이 성정性情과 동의어로 쓰였다. 그는 "시는 사람의 성정이며詩者人之性情也" "무릇 시가 전해지는 것은 모두 성령 때문인 것이지 전고나 덕지덕지 발라 놓는 문장과는 관련이 없다凡詩之傳者 都是性靈 無關堆垛"(『수원시화隨園詩話』)고 했고, "시는 마음의 소리요 성정이 흘러나온 것詩者 心之聲也 性情所流露者也"(『수원척독隨園尺牘·답하수부答何水部』)이라고 말했다. 시는 감정에서 나온 것이라고 보았기 때문에 성정의 진실은 당연히 "시의 근본적인 뜻詩之本旨"(<답시란타논시서答施蘭垞論詩書>)이라는 것이다.

성령의 본래 의미는 사람의 심령心靈을 가리킨다. 유협劉勰(465?-520?)은 『문심조룡·원도原道』편에서 사람이라는 것은 "마음을 담은 그릇有心之器"이라서 자연계의 "인식이 없는 물건無識之物"과는 다른 것이니, 즉 사람에게 있어서는 "성령이 모여 있으며性靈所鍾" 영성靈性이 있다는 것이다. 『문심조룡·서지序志』편에서 그는 "세월은 정처 없이 훌쩍 지나가는데 성령은 머물러 있지 않다.歲月飄忽 性靈不居"고 했을 때도 사람의 심령을 가리킨 것이다. <원도>편에서 말한 "마음이 생겨야 말이 서며 말이 서야 글이 밝아진다.心生而言立 言立而文明"는 것은 바로 문장, 즉 사람의 심령의 밖에 존재하는 물질을 표현한 것이다. 그 후 종영鍾嶸(466?-518)은 『시품詩品』 가운데에서 시가는 "성정을 읊조린다.吟詠性情"는 특징을 강조하면서 "곧바로 찾아갈 것直尋"을 주장하고, 시인이 "눈이라는 감각 기관으로 나아가서卽目" "본 것所見"을 묘사하며, 시가로 하여금 "자연의 빛나는 뜻自然英旨"인 참된 아름다움을 갖추도록 해야 한다고 말했다. 이렇게 말하면서 완적阮籍(210-263)의 시를 찬양하여 "성령을 도야할 수 있고 그윽한 생각을 드러낼 수 있다.陶性靈 發幽思"고 했는데, 이는 후세에 도래할 성령설의 주장과 아주 근접한 생각이었다. 때문에 원매는 "가려 나가다 종영의 『시품』에 이르던 날, 그 날이 바로 성령을 아는 때일세.抄到鍾嶸詩品日　該他知道性靈時"(<방원유산논시仿元遺山論詩>)라 했고, 안지추顔之推(531-590?)도 『안씨춘추顔氏春秋·문장文章』편에서 "흥회를 나타내 들어올려 성령을 끌어낸다.標擧興會　發引性靈"고 했는데, 역시 같은 뜻이다. 당나라 때의 비평가 교연皎然(720?-793?)과 사공도司空圖(837-908) 등의 시가 이론 또한 시가가 감정을 표현한다는 특징을 대단히 중시하였다. 교연은 "다만 성정을 보지 문자를 보지 않으니 도로 나가는 지극함但見情性　不睹文字　蓋詣道之極也"이라고 했으며, "성정에 참되고 작용을 숭상하며 문채를 돌아보지 않아야 풍류가 자연스러워진다.眞于情性　尙于作用　不顧詞采　而風流自然"(『시식詩式』)고도 말했다. 이상은李商隱(812-858)도 일찍이 "사람이 오행의 빼어남을 물려받고 칠정의 움직임을 갖추는 것은 반드시 읊조리고 탄식함이 있어서 성령과 통하기 때문人稟五行之秀　備七情之動　必有詠嘆　以通性靈"(<헌상국경조공계獻相國京兆公啓>)이라고 했는데, 이런 논의들을 원매는 고루 섭취하였다. 그는 『속시품續詩品』에서 "생각하니 우리 시인들은 뭇 오묘함으로 지혜를 돕지만 성정을 드러낼 뿐이지 문자에 집착하지 않는다.惟我詩人　衆妙扶智　但見性情　不著文字"고 말한 것도 여기에서 연유한 것이다. 『속시품』의 저술은 그가 "사공도의 『시품』을 아끼고 다만 오묘한 경지만 표시했을 뿐 고심한 흔적은 쓰지 않은 것을 애석하게 여긴愛司空表聖『詩品』而惜其祗標妙境　未寫苦心" 때문이었다. 송나라의 양만리楊萬里(1127-1206)는 강서시파江西詩派가 모방하고 표절하며 "남의 책 주머니나 들추는掉書袋"을 능사로 삼는 악습에 반대하여 "풍격과 취향은 오로지 성령만 그려야 한다. 趣專寫性靈"고 주장하는 한편, 성령설의 발생에도 커다란 기여를 하였다. 원매는 양만리의 이러한 문학관을 대단히 존중하였다.

　성령설이 비록 이처럼 긴 역사적 연원을 가지고 있지만, 명청 시대에 광범위하게 유행한 시문학론임은 분명하며, 당시의 구체적인 사회·정치적 조건과 문예 논쟁의 산물임은 의심의 여지가 없다. 이 때문에 성령설과 역사적으로 유관한 논술들 사이에는 상당한 차이가 난다. 명청 시대의 시가 이론에 대한 비평 가운데 성령설이 주장한 논리의 중요한 특징은 다음과 같다.

①성령설은 이지李贄(1527-1602)의 동심설童心說로부터 직접적인 영향을 받아 나왔으며, 당시 이학理學 논쟁의 흐름 속에서 문예 사상에 대한 논쟁의 결과 탄생하였다. 명나라 중엽 이후 봉건 체제가 차츰 와해되기 시작하고 자본주의 발생의 맹아적 단계를 거치면서 학술상으로는 성리학에 대한 비판과 대안 모색이 전개되었다. 이지는 유명한 <동심설>이라는 글에서 유가의 논리 가운데 가장 큰 특징은 거짓(假)이라고 지적하면서 참됨(眞)을 추구해야 한다고 주장하였다. 그는 참된 사람(眞人)과 참된 말(眞言), 참된 일(眞事), 참된 글(眞文)이라는 논리로써 거짓된 사람과 거짓된 말, 거짓된 일, 거짓된 글을 반대하였다. 그리고 문학은 어린아이의 마음, 즉 동심을 그려야 한다면서 동심은 바로 참된 마음(眞心)이라고 하였다. 진심이야말로 허위적인 이학의 침습을 받지 않은 "어린아이의 마음赤子之心"으로, 세상의 훌륭한 문장 가운데 동심이 발현되지 않은 것은 없다고 이해하였다. 문학이 동심을 표현하려면 참된 정서(眞情)를 표현해야 하며, 유가의 예교에 얽매인 거짓된 정서(僞情)를 단호하게 배격해야 한다는 것이다. 이런 발언이 성령설을 제창한 이론에 사상적 기초를 제공하였다. 이지와 가까운 지기였던 초횡焦竑은 동심설의 영향을 받아 "시란 다름이 아니라 사람의 성령이 깃들여 있는 것詩非他 人之性靈所寄也"(<아오각집서雅娛閣集序>)이라고 분명하게 규정하였다. 아울러 그는 시가 창작은 당연히 "거침없이 가슴속에서 쏟아져 나와야 하며沛然自胸中流出"(<필승筆乘>), "자연스럽게 발현해야 하고發爲自然" "하고 싶은 말을 스스로 하는 것自道所欲言"(<죽랑재시집서竹浪齋詩集序>)인데, 만약

"느낌이 오지 않고感不至" "감정이 깊지 않으면情不深" "마음을 놀래 키고 영혼을 움직일 수 없다. 無以驚心而動魄"(<아오각집서>)고 하였다. 이지를 대단히 존경했던 희극 작가인 탕현조湯顯祖(1550-1616)의 문학 사상도 이지의 그것과 완연히 일치하고 있다. 탕현조는 특히 정情을 강조하고 이理를 반대하면서 "정이 있는 사람은 반드시 이가 없을 것이고, 이가 있는 사람은 반드시 정이 없을 것情有者 理必無 理有者 情必無"(<기송관寄送觀>)이라고 주장하면서 공격의 화살을 성리학의 "하늘의 이치만 있고 사람의 욕망은 잠재워버리는存天理 滅人欲" 학설을 향해 세웠다. 탕현조가 말한 정은 사실상 성령으로, 그는 <신원장허운헌문자서新元長噓雲軒文字序>에서 문장이 "홀로 성령을 담아서 저절로 용이 되었을 뿐獨有靈性者 自爲龍耳"이라며 칭찬하였다. 이지와 초횡의 제자인 공안公安의 삼원三袁—원종도袁宗道·원굉도袁宏道·원중도袁中道가 주장한 성령설은 바로 여기에서 연유했던 것이다. 원매 역시 성령을 강조하면서 선배들이 이학에 반대했던 전통을 일정 부분 계승했는데, 그는 <답심대종백논시서答沈大宗伯論詩書>에서 온유돈후로 대표되는 논시 방식에 반대하면서 "돈유돈후가 시교溫柔敦厚 詩敎也"라는 말은 "공자의 말씀으로 경전에 올려져 의거하기에 족하지 않다.孔子之言 戴經不足據也"고 생각하였다. 그리고 <재답이소학서再答李少鶴書>에서는 "공자의 시에 대한 논의 가운데 믿을 만한 것은 홍·관·군·원이고, 믿을 수 없는 것은 온유돈후孔子論詩 可信者 興·觀·群·怨也 不可信者 溫柔敦厚也" 라고 분명히 밝혔다. 그는 시를 쓸 때 온유돈후에 얽매이게 되면 진실한 성령을 표현하는 데 장애가 뒤따를 것으로 파악하였다. 성령을 주장하는 데에서 출발해서 그는 대담하게도 남녀 사이의 애정 문제를 다룬 시도 긍정하였고, 도학자들이 떠들어대는 "음란하고 제멋대로淫奔" 라는 논리도 반대하면서 "음양과 부부는 염정시의 시작陰陽夫婦 艶詩之祖也"(<재여심대종백서再與沈大宗伯書>)이라고 이해하였다. 이는 봉건적 예교, 특히 성리학을 명백하게 부정했다는 의의가 있다. 성령설은 시가는 시인의 개성을 자유롭게 표현해야 한다고 강조했고, 자신의 욕망과 감정을 숨김없이 진실하게 표출할 수 있어야 한다고 지적하였다. 이는 명나라 중엽 이후 자본주의가 맹아적 형태를 드러내면서 야기한, 개성을 해방하려는 조류가 성장하면서 빚어진 상황으로, 진보적인 의의를 지닌 것이었다.

②성령설은 당시 문예상의 복고 풍조와 모방하는 조류에 반대하는 과정에서 발생하였다. 명나라의 전후칠자前後七子는 "문장은 반드시 진한을 좇아야 하고, 시는 반드시 성당을 본받아야 한다.文必秦漢 詩必盛唐"는 복고주의를 표방하면서 문예 창작에 좋지 못한 해악을 끼쳐 문학을 모방과 답습이라는 막다른 골목으로 몰아넣어 버렸다. 이지는 <동심설> 속에서 "시가 어찌 반드시 옛날 문선일 수 있겠으며, 문장이 어찌 반드시 선진일 수 있겠는가?詩何必古選 文何必先秦" 라는 문제를 제기하면서 동심을 표현한 작품이야말로 좋은 작품이라고 인식하였다. 이는 복고주의 문예 사상에 대한 강력한 반격이 되었다. 공안파는 이지의 이러한 생각을 더욱 발전시켜 변變이라는 관점을 제시하였다. 즉 각 시대의 문학은 그들마다의 특성이 있는데, 반드시 독창성을 갖추어야만 비로소 훌륭한 작품으로 성립한다는 것이다. 원굉도가 <설도각집서雪濤閣集序>에서 제시한 "새로움을 다하고 변화를 극진히 한다.窮新極變"는 원칙은 전·후칠자의 답습과 모방 이론과 비교할 때 창작 원리 면에서 근본적으로 다른 것이었다. 공안파의 변의 사상은 성령설의 이론적 기초를 세운 이론이었다. 때문에 시문의 창작은 모두 성령의 표현이었고, 성령은 인간이 스스로 지니고 있는 것이었다. 또한 시대마다 사람마다 다른 것이어서 문학 작품을 비평할 때의 기준으로 삼을 때 시대를 가지고 우열을 가릴 수는 없는 일이고, 참된 성령이 표출되었는가의 여부에 의거해야 마땅하다는 것이다. 왕부지王夫之(1619-1692)가 말한 것처럼 "심령은 사람마다 고유한 것

이어서 서로 빌릴 수도 없고 방편상의 법문으로 좇아 열어 어리석은 사람에게 맡겨 주고받을 수도 없는蓋心靈人所自有 而不相貸 無從開方便法門 任陋人支借也”(『강재시화薑齋詩話』) 것이다. 원매가 살던 시대는 복고주의가 명 대처럼 창궐하지는 않았지만 그 여파가 심덕잠沈德潛(1673-1769)의 격조설로 이어져 있었다. 이 때문에 원매는 성령설을 바탕으로 심덕잠의 격조설에 대해 맹공을 퍼부었다. 그는 <답심대종백논시서>에서 “시에는 공교롭고 졸렬한 차이는 있어도 옛날과 현재의 차별은 없다.詩有工拙 而無古今”고 분명하게 확언하였다. 때문에 “성과 정이 만나야 만날 때마다 사람들마다 자아가 그 곳에 존재한다.性情遭遇 人人有我在焉”는 것이다. 그는 또 “성정이 있으면 격률이 있는데, 격률은 성정 밖에 있는 것이 아니라고有性情 便有格律 格律不在性情外”(『수원시화』) 생각하였다. 그는 격률을 부정한 것은 아니었고, 성정이 중심이 된 자연스럽고 활기찬 격률을 주장하였다. 사람의 성정을 구속하는 죽은 격률은 참된 격률이 아니라는 것이다. 원매가 공안파보다 가치 있는 미덕은 이론을 절대화하지 않았다는 사실이다. 그는 옛 사람들의 창작도 학습할 필요가 있다고 생각했는데, 다만 옛 것에만 집착해서는 안되고 자신의 성령을 기본적인 출발점을 삼아야 한다고 보았다. 그는 “평소에 옛 사람에 대해 생각한다면 배움의 힘이 바야흐로 깊어질 것이다. 글을 쓸 때에는 옛 사람이 없어야 할 것이니 그래야만 정신이 비로소 나오게 된다.平居有古人 而學力方深 落筆無古人 而精神始出”(『수원시화』)고 말했다. 그는 아울러 “많은 스승多師”을 둘 것을 권했다. “두보(소릉은 두보의 자)가 말하기를 ‘많은 스승이 나의 스승이니 스승 삼을 사람만 스승으로 삼지 않았다. 촌 동네의 아이나 목동들조차도 그들의 말과 웃음 하나 하나가 모두 나의 스승’이라고 하였다.少陵云 多師是我師 非止可師之人而師之也 村童牧竪 一言一笑皆吾之師”(『수원시화』)고 썼다. 그는 또 당시 또는 송시에 근거해서 시가의 우열을 정하는 태도를 받아들이지 않으면서,

"시에는 당이니 송이니 하는 것이 없다. 당이나 송은 한 나라의 이름일 뿐으로, 시와는 아무런 관련도 없다. 시는 각자의 성정일 뿐이지 당이나 송과는 아무런 관련도 없다. 만약 구차하게 당이나 송에 기대어 서로 적을 삼는다면 자신의 가슴속에 이미 망한 나라의 이름만 있을 뿐이며, 스스로 터득한 성정이 없다면 시의 근본 뜻을 이미 잃은 꼴이 될 것詩無所謂唐宋也 唐宋者一代之國號耳 與詩無與也 詩者 各人之性情耳 與唐宋無與也 若拘拘焉持唐宋以相敵 是己之胸中 有已亡之國號 而無自得之性情 于詩之本旨已失矣"(<답시란타시론서答施蘭垞詩論書>)이라고 못박았다.

③성령설은 솔직하고 진실하게 감정을 표현하기를 추구했고, 문학적으로는 자연스럽고 맑고 신선하면서 평이하고 유창한 아름다움을 옹호하는 한편 수식이나 일삼고 전고에만 힘쓰면서 학문적 바탕을 가지고 시를 짓는 태도는 거부하였다. 공안파는 시가의 참됨과 운취·담담함(眞·趣·淡)을 강조하면서 이것이야말로 참된 성정의 체현이라고 이해하였다. 그들은 질박한 문풍을 긍정하면서 치장하고 장식하는 행태를 거부하였다. 원굉도는 <행소원존고인行素園存稿引>에서 "무릇 바탕은 얼굴과 같아서 못생긴 상태에다 붉은 분으로 치장을 하면 아름다움은 반드시 감소할 것이고 추함만 늘어날 것夫質猶面也 以爲不華而飾之朱粉 姸者必減 媸者必增也"이라고 지적하였다. 동시에 그는 문학 언어는 구어에 가까워야 한다고 강조했는데, "마음이 가는 대로 말하고 입에서 나오는 대로 어깨로 쓴다.信心而言 寄口于腕"(원굉도의 <서매자마왕정고敍梅子馬王程稿>)면서 "입과 혀는 마음을 대신하는 것이고, 문장은 또 입과 혀를 대신하는 것口舌代心者也 文章又代口舌者也"(원종도의 <논문論文>)이라고 말했다.

그러나 공안파는 뜨고 옅은(浮淺) 병폐에 빠졌다. 원매의 경우 공안파와 다른 입장에 서있어서 문장의 수식을 바탕으로 삼아 자연스러운 아름다움에 도달해야 한다고 생각하였다. "곰 발바닥이나 표범의

태반은 먹는 것 가운데 가장 진귀한 것이다. 그러나 산채로 삼키고 껍질을 벗긴다면 한 조각 채소나 죽순만도 못하다. 모란과 작약은 꽃 가운데 가장 화려하고 넉넉한 것이다. 그러나 이를 잘 잘라 장식한다고 해도 들에서 자란 여뀌나 산에 핀 해바라기만은 못하다. 맛은 신선한 것을 바라고 운취는 참된 것을 찾는데, 이런 점을 반드시 아는 사람이라야 가히 더불어 시에 대해 논할 수 있다.熊掌豹胎 食之至珍貴者也 生呑活剝 不如一蔬一筍矣 牡丹芍藥 花之至富麗者也 剪綵爲之 不如野蓼山葵矣 味欲其鮮 趣欲其眞 人必知此 而後可與論詩"(『수원시화』)는 것이다. 공력을 기울이고 거듭 연마해서 평담하고 자연스러움에 도달해야 한다는 말이다. "밝은 구슬은 희지 않으며, 잘 제련된 금은 황색이 아니지만, 미인이 앞에 있으면 찬란하기가 아침 햇살과 같다. 비록 선골을 지니고 있다고 해도 또한 엄중한 단장에서 비롯되니 목욕하지 않는다면 어찌 깨끗할 수 있겠고 훈기를 받지 않는다면 어찌 향기로울 수 있겠는가. 서시가 봉두난발을 했다면 끝내 곱지는 않을 것이다. 만약 화려한 깃털이 아니라면 어찌 봉황을 구별할 수 있으리오.明珠非白 精金非黃 美人當前 爛如朝陽 雖抱仙骨 亦由嚴妝 匪沐何潔 非熏何香 西施蓬髮 終竟不臧 若非華羽 曷別鳳凰"(『속시품·진채振采』) 그는 "시는 질박해야지 기교를 좇아서는 안 되는데, 그런 뒤에 아주 공교로운 질박의 경지에 이르게 된다. 시는 마땅히 담박해야지 농밀해서는 안 되는데, 그런 뒤에 아주 농밀한 담박의 경지에 이르게 된다.詩宜朴不宜巧 然必須大巧之朴 詩宜澹不宜濃 然必須濃後之澹"고 생각하였다. 그리고 섭서산葉書山의 말을 인용해서 "그러니 인공이 극진하지 않으면 천뢰 또한 근거해서 지극해지지 못할 것然人工未極 則天籟亦無因而至"(『수원시화』)이라고 말했다. 원매가 주장한 성령설은 공안 삼원의 성령설과도 차이가 있다. 원매의 성은 정情에 가까우며 령 또한 재才에 근접해 있었다. "글을 쓰고 시상을 짜는 일은 오로지 천분에 의지한다.用筆構思 全憑天分"던가 "사람은 나무가 될 수 있어도, 시는 나무가 될 수 없다.人可以木 詩不可以木"(『수원시화』)는 등의 발언이 그것인데, 목은 재령才靈이 결여되어 있는 것을 비유한다.

성령설의 창도자는 모두 학문을 바탕으로 시를 쓰는 태도에 반대하는 입장을 취했다. 종영은 <시품서詩品序>에서 "비록 천재를 소중히 여기지만 학문을 표현하는雖謝天才 且表學問" 경향에 대해 비판을 가했다. 원매는 옹방강翁方綱(1733-1818)의 "남의 글 주머니나 뒤지는掉書袋" 것을 특징으로 삼는 기리설을 비판하면서 명확하게 자신의 견해를 밝혔다. 그는 시는 성령을 드러내는 일을 위주로 하지 "고증하고 근거를 대는 학문爲考據之學"은 아니라고 하면서 만약 "그릇되게 책에서 가려내어 시를 지어야 한다.誤把抄書當作詩"면서 무엇 때문에 시를 지을 필요가 있느냐고 되물었다. 이 말은 시를 쓰면서 용사나 전고를 사용하지 않을 수는 없는 일이지만 "시를 쓰면서 당연히 고증하고 근거를 대면서 써야 하는 것將詩當考據作"은 아니라는 지적인데, 이상은의 시를 예로 들면서 그는 비록 "전고를 많이 썼지만, 모두 재주와 정서를 이용해 구사했기 때문에 무작정 쌓아올리고 채워 넣지는 않았다.稍多典故 然皆用才情驅使 不專砌塡也"(『수원시화』)는 것이다.

④성령설은 참된 감정과 실감을 여하히 작품 속에 표현하느냐에 따라 작품의 우열을 평가했기 때문에 전통적으로 민간 문학을 경시했던 지배 계층의 편견을 불식시켰다. 동시에 통속 문학의 지위를 현격하게 향상시키기도 하였다. 원굉도는 "지금 여염의 부인네나 어린 아이들이 부르는 <벽파옥>이나 <타초간>과 같은 작품은 오히려 그들이 들은 것도 없고 무식하지만 참된 사람이 지은 것이기 때문에 참된 소리가 많다.今閭閻婦人孺子所唱擘破玉·打草竿之類 猶是無聞無識 眞人所作 故多眞聲"(<서소수기>)고 하였고, 원매도 『시경』은 "대부분이 고생하는 사람이나 그리워 하는 부인네들이 뜻을 진솔히 해

서 심정을 말한 일들인데半是勞人·思婦率意言情之事” “부인과 여자들 촌동네의 백성들이 배움이 옅다고 하지만 우연히 한 두 구절을 읊조리면 비록 이백이나 두보가 다시 살아난다고 해도 반드시 머리를 숙일 것婦人女子 村氓淺學 偶有一二句 雖李·杜復生 必爲低首者”(『수원시화』)이라고 말했다. 그들은 시뿐만 아니라 희곡이나 소설도 대단히 중시하였다. 그들은 관료 대부들뿐만 아니라 부녀자와 평민이라고 해도 참된 성정을 노래한 좋은 작품을 쓸 수 있는 능력이 있다고 인정하였다.

물론 성령설에도 간과할 수 없는 결점이 없지는 않다. 먼저 성령설을 존립케 하는 철학적 기초가 유심주의적이어서, 심心 또는 심령心靈을 문학의 원천으로 간주한다는 사실이다. 원중도는 원굉도의 문학관의 영향을 받아 “천하의 뛰어난 인물과 재주 있는 선비들이 비로소 심령이 끝이 없다는 것을 알아 찾을수록 더욱 나오니 서로 더불어 각각 그 기이함을 드러내어 변화가 다함이 없다.天下之慧人才士 始知心靈無涯 搜之愈出 相與各呈其奇 而互窮其變”(＜원중랑선생전집서袁中郞先生文集序＞)고 했다. 이것은 이지가 ＜동심설＞에서 동심을 가지고 문학의 원천으로 삼았던 것과 일치한다. 원매는 비록 학문적 식견의 작용에 대해 말하긴 했지만 근본적으로는 “시인은 어린아이의 마음을 잃지 말아야 한다.詩人者 不失其赤子之心也”(『수원시화』)고 강조하였다. 이 역시 유심주의 문학관을 벗어나지 못한 태도라고 할 수 있다. 다음으로 성령설은 문학은 감정의 표현이라는 사실을 부각시키면서 유가의 예교에 의한 속박을 반대하였다. 그러나 그들은 항상 지나친 극단을 향해 치달려서 감정만 진실하게 표현했다면 좋은 작품이라는 점만 일관되게 주장하였다. 그들은 그것이 어떤 감정이든 감정 속에 진보적인 정치적 도덕 규범조차 고려하지 않아서 결과적으로 색정적인 궁체宮體 작품조차 긍정하는 사태를 빚어냈다. 예컨대 원매는 “염시와 궁체는 절로 시가의 한 격식艶詩宮體 自是詩家一格”(＜재여심대

종백서>)이라고 하였다. 명나라 중엽 이후 문학 가운데 색정적이고
저급한 내용들이 대량으로 출현했는데, 성령설이 보여주었던 문예 사
상의 폐단과 일정 정도 관계가 있다. 성령설의 이러한 결점은 후세에
좋지 못한 영향을 끼쳤는데, 중국 현대 문학사에 있어서 20·30년대
의 몇몇 작가들도 성령성을 높이 평가해서 문학을 일종의 여흥이나
심심풀이 정도로 여기기도 하였다.

요내(1732-1815)

요내는 청대의 문학가이자 경학자다. 자는 희전姬傳, 몽곡夢穀이고,
세칭 석포선생惜抱先生으로 불린다. 동성桐城(안휘성) 출신이다. 건륭乾
隆 28년(1763) 진사가 되고 형부낭중刑部郎中, 기명어사記名御史 등의
관직을 지냈으며, 사고전서관四庫全書館의 편찬관으로도 봉직했다. 사직
한 뒤 양주揚州의 매화서원梅花書院과 강녕江寧의 종산서원鍾山書院 등
에서 강학했다. 문장에 있어 방포方苞의 '의법義法'을 강구하고 언어의
아결雅潔을 주장했다. 동성파 문학의 집대성자이자 증국번曾國藩의 상음
파湘陰派 고문 탄생에 영향을 끼친 인물로 알려져 있다. 편선한 저작에
『고문사류찬古文辭類纂』이 유명하며, 그밖의 저서에『석포헌집惜抱軒集』
과『구경설九經說』,『춘추삼전보주春秋三傳補注』,『장자장의莊子章義』등
이 있다.

■ 양강음유설 (陽剛陰柔說)

청나라의 요내姚鼐가 문장의 풍격風格에 대해 논의하면서 제시한
이론인데, 이 학설은 동성파桐城派 고문 이론가들의 문학의 풍격에 대

한 이론의 개괄이면서 이를 총결산한 논리였다. 문장 풍격의 구분은 유협劉勰(465?-520?)의 『문심조룡・체성體性』편에서 시작되었는데, 이후 교연皎然(?-?)의 『시식詩式』과 사공도司空圖(837-908)의 『시품詩品』, 엄우嚴羽(1175?-1264?)의 『창랑시화』에도 이에 대한 논의가 실렸다. 이것을 요내가 종합해서 양강과 음유라는 두 특징으로 구분했던 것이다.

요내는 <복노계비서復魯契非書>에서 "나는 천지의 도는 음양이 있고 강유가 있을 뿐이라고 들었다. 문장이라는 것은 천지의 극진한 꽃이니 음양의 강하고 부드러운 것이 피어난 것姚聞天地之道 陰陽剛柔而已 文者 天地之精英 而陰陽剛柔之發也"이라고 말했다. 이 글에서 그는 일련의 비유를 동원해서 이 두 풍격의 미학과 언어 예술상의 특징에 대해 논의하였다. 양강에 대해서 그는 "번쩍이는 번개불이 무지개를 타고 흐르는 것처럼 옅은 기운이 솟구쳐 나오는데, 웅장하고 위대하며 굳세고 곧은 것을 으뜸으로 친다.掣電流虹 噴薄出之 以雄偉勁直爲尙"고 하였다. 양유에 대해서 그는 "엷은 구름이 말렸다 펼쳐지며 온화한 기운이 쏟아져 나오는데, 따뜻하고 깊으며 부드럽고 아름다운 분위기를 귀하게 여긴다.烟雲舒卷 蘊藉出之 以溫深徐婉爲貴"고 하였다. 만약 이러한 요구를 만족시키지 못하면 "강은 강이 되기에 부족하며, 유는 유가 되기에 부족하다.剛不足爲剛 柔不足爲柔"고 보았는데, 성숙한 풍격이 되지 못한다는 말이다. 요내는 양강음유의 구분을 분명히 했을 뿐만 아니라 양자가 대립을 넘어 통일되는 관계를 설명하였다. 그는 <해우시초서海愚詩鈔序>에서 이에 대해 구체적인 설명을 남겼다. "음양과 강유는 함께 이루어져야지 편파적으로 한 쪽을 막아서는 안 된다. 그 중 한 가지 단서만 있다면 나머지 하나는 끊어져 없어지게 된다. 강은 강을 쓰러뜨려 사나움을 떨치게 될 것이고, 유는 무너지고 막혀버려 어둡고 가라앉게 될 것이다. 이렇게 되면 반드시 더불어 글이라 할 것도 없어진다.陰陽剛柔 幷行而不容偏廢 有其一端而絶亡其一 剛者至于僨强而拂戾 柔者至于頹廢而闇幽 則必無與

文者矣" 그러나 요내는 음강양유 두 풍격의 아름다움에 대해 동등한 관점을 가졌던 것은 아니다. 그는 "문장이 웅장하고 우뚝하며 굳세고 곧은 것은 반드시 따뜻하고 깊으며 부드럽고 아름다운 것을 귀하게 여긴다.文之雄偉而勁直者 必貴于溫深而徐婉"고 지적하였다. 이를 통해 요내는 음유보다는 양강이라는 풍격의 아름다움을 중시했음을 알 수 있다. 요내의 양강음유설은 미학적으로 볼 때 귀중한 유산임에 틀림없다. 그러나 부인할 수 없는 사실은 일정 정도 유심론적唯心論的인 요소가 그의 이론 속에 담겨 있다는 점이다.

옹방강(1733-1818)

옹방강은 청대의 금석학자이자 경학가, 사학자, 시인이다. 자는 정삼正三이고, 호는 담계覃溪이며, 대흥大興(북경) 출신이다. 건륭乾隆 17년(1752) 진사가 되고 내각학사內閣學士의 관직을 지냈다. 여러 지방을 돌아다니며 특히 양한兩漢의 금석 문헌을 수집하여 고증하였다. 시가 창작에도 왕성한 활동을 보였으며, 6천여 수의 시를 지었다. 그러나 논의적이고 학문적인 시를 많이 써 서정적이지 못하다는 평가를 받는다. 시론으로는 의리와 문사를 동시에 중시하는 '기리설肌理說'을 주창하였다. 저서에 『양한금석기兩漢金石記』, 『소미재난정고蘇米齋蘭亭考』, 『소석범정저록小石帆亭著錄』, 『석주시화石洲詩話』, 『소시보주蘇詩補注』, 『미해악원유산연보米海岳元遺山年譜』, 『경의고보經義考補』, 『복초재시문집復初齋詩文集』 등을 남겼다.

■ 기리설 (肌理說)

　청나라의 옹방강翁放綱이 제창한 시론에 관한 주장이다. 청나라의
문학은 건가建嘉(建隆·嘉靖) 연간에 이르자 신운설神韻說의 폐단이 확
연하게 드러나 이 무렵 격조설格調說과 성령설性靈說이 연이어 등장하
였다. 이런 상황에서 옹방강은 당시 유력한 학풍이었던 고증학考證學
과 동성파桐城派들이 주장한 의법설義法說의 영향을 받아 기리설을 제
출하였다.

　기리는 원래 피부에 난 무늬, 즉 살결을 뜻하는 말인데, 옹방강은
이를 비유로 들어 시를 논했던 것이다. 그는 “시는 반드시 살결을 좇
듯 연구해야 하고, 문은 반드시 그 실제를 구해야 한다.詩必研諸肌理
而文必求其實際”(『복초재문집復初齋文集·연휘각집서延輝閣集序』)라고
보고 “학문은 반드시 고증으로 기준을 삼아야 하고, 시는 반드시 기
리로 기준을 삼아야 한다.爲學必以考證爲準 爲詩必以肌理爲準”(<언
지집서言志集序>)고 주장하였다. 그가 기리설을 주장한 목적은 신운설
과 격조설에 새로운 수정과 해석을 가하고 성령설에 대항하기 위해
서였다.

　그가 말하는 기리는 유가의 중요 경전을 배우는 학문을 가리킨다.
그는 좋은 시는 학문에 의지해야 하고 정통한 경학 이론에 바탕을 두
어야 하며, 반드시 “성정에서 말미암아서 학문과 합치하는由性情而合
之學問” 방향으로 이루어져야 한다고 생각하였다. 시의 내용은 경전
과 서적에 실린 정보를 담아야 할 뿐만 아니라 시법詩法 또한 “옛 사
람의 작품을 스승으로 삼아야以古人爲師” 한다는 것이다. 때문에 기
리는 사실 의리(철학적 의리)와 문리(문학적 구성) 양자를 모두 포괄하는
것으로, “의리의 리는 문리의 리이고 기리의 리이다.義理之理 卽文理
之理 卽肌理之理也”(<언지집서>)라는 말로 대변될 수 있다.

　그는 문예 창작은 고증과 훈고訓詁가 조화를 이루어 일체감을 형성

해야 한다고 하면서, "고증하고 훈고하는 일은 창작하는 일과 구별해 다른 길이 될 수 없다.考證訓詁之事 與詞章之事 未可判爲二途"(<아술편서娥術篇序>)고 강조하였다. 때문에 그는 "학문을 바탕으로 시를 지었던以學問爲詩" 송시宋詩를 높이 평가했고, 그 묘경妙境은 실實에 있어서 시에 담긴 내용을 통해 당시 사회의 크고 작은 각종 일들을 고증할 수 있다고 보았다. 그래서 시를 지을 때에는 항상 경전과 역사서를 가지고 고증을 하며 금석문을 교감하고 연구하는 일도 포함될 수 있다고 보아 "책을 베껴다가 시라고 여기는誤把抄語當作詩"(원매袁枚의 말) 꼴이 되어, 메마르고 건조한 맛이 나는 이른바 학문시學問詩를 쓰는 유파를 만들고 말았다.

기리설은 강희康熙(성조聖祖 때의 연호, 1662-1722), 건륭 시대 통치자들이 강력하게 주장한 경전을 읽고 증거를 수집하는 고증학의 학풍이 미만했던 시기의 산물로서 신운설과 격조설에 대해 수정하고 보완하는 성격을 띠고 있었다. 정치적으로 볼 때 유가의 정통 사상을 선양하고 봉건 사회의 윤리를 옹호하는 경향이 농후했으며, 예술적으로는 예술 창작의 기본적인 원칙과 배치되는 논리였다. 그렇기 때문에 문학의 발전에 기여한 공로는 지극히 소극적이었다고 할 수 있다. 옹방강의 기리설은 나중에 일어난 송시운동宋詩運動의 선구자가 되기도 했지만, 당시에는 원매袁枚(1716-1797)에 의해 "책을 베껴다가 시를 지었다고 우긴다.誤把抄書當作詩"는 비난을 듣기도 하였다.

양계초(1873-1929)

양계초는 청대 말 민국 초의 정치가이자 사상가다. 자는 탁여卓如이고, 호는 임공任公이며, 광동성 신회新會 출신이다. 광서光緒 21년

(1895) 북경의 회시에 참가했다가 스승 강유위康有爲를 좇아 「공거상서公車上書」를 올렸다. 이듬해 상해에서 「시무보時務報」를 발행하고 「변법통의變法通議」, 「고의원고古議院考」, 「서학서목표西學書目表」 등의 글을 통해 유신변법을 선전했다. 이듬해 장사長沙의 시무학당時務學堂에서 강의를 맡고, 광서 24년(1898) 강유위 등과 함께 유신변법에 참가했으나 실패한 후 일본으로 망명했다. 일본에서 「청의보淸議報」, 「신민총보新民叢報」를 발행했다. 황권을 존속시키면서 입헌주의를 채택해야 한다고 주장했으며, 손문孫文 등의 혁명론에 반대했다. 신해혁명 후 입헌파를 규합하여 진보당을 조직하고 원세개袁世凱를 지지했다. 민국 성립 후 잠시 사법총장과 재정총장을 지냈다. 5·4운동 이후에는 개량운동을 견지하고 마르크스주의를 반대했다. 이밖에 신역사학新歷史學과 문체 개혁을 주창하기도 했다. 저서에 『음빙실합집飮氷室合集』이 전한다.

■ 소설의 예술적 영향력을 논하다 (熏浸刺提)

양계초梁啓超가 소설이 독자에게 미치는 예술적 영향력을 개괄하면서 사용한 말. 이 말은 그의 <소설과 군중 통치와의 관계小說與群治的關係>에 나온다. 양계초는 "소설이 사람을 지배하는 방식에는 다시 네 가지 힘이 있다.小說之支配人道也 復有四種力"고 생각하였다. 그 첫 번째가 훈熏이다. 훈은 소설이 독자를 감동시키는 힘을 가리킨다. 소설을 읽는 것은 "마치 구름이나 연기 속에 들어가 함께 어우러져 불타는 것과 같고, 먹이나 붉은 색을 가까이 해 그 빛깔에 물든 것과 같아서如入雲烟中而爲其所烘 如近墨朱處而爲其所染" 자신도 모르게 조금씩 빠져들어 영향력이 무궁한 것을 뜻한다. 이는 공간적 방향에서 말한 것이다. 두 번째는 침浸이다. 소설이 독자를 오랜 기간 감동의 정서 속에 묶어두는 힘을 말한다. 그는 이에 대해 이렇게 설명하였다. "스며든다는 것은 사람이 그와 더불어 조화를 갖춘다는 말이다.

사람이 한 편의 소설을 읽으면 때로 책을 완독한 뒤에도 며칠 또는 수십 일 동안 기분이 말끔히 풀리지 않을 때가 있다.『홍루몽』을 읽은 이는 그 연정과 슬픔이 가시지 않으며,『수호전』을 읽은 이는 통쾌함과 분노가 가시지 않는데, 이는 무엇 때문인가? 바로 침의 힘이 그렇게 만든 것이다.浸也者 人而與之俱化者也 人之讀一小說也 往往旣終卷後數日或數旬而終不能釋然 讀紅樓竟者 必有餘戀有餘悲 讀水滸竟者 必有餘快有餘怒 何也 浸之力使然也" 이는 시간적인 측면에서 말한 것이다. 세 번째는 자刺다. 소설이 사람의 감정을 격렬하게 환기시키는 작용을 말한 것이다. 양계초는 "찌른다는 것은 자극하여 격동시킨다는 뜻刺也者 刺激之義也"이라고 하면서, "찌른다는 것은 아주 짧은 순간에 들어가서 갑자기 기이한 느낌을 불러일으켜 자제할 수 없게 만드는 것刺也者 能入于一刹那頃 忽起異感而不能自制者也"이며, "자의 힘은 느끼는 이로 하여금 순식간에 깨닫게 만드는 것刺之力 在使感受者驟覺"이라고 설명하였다. 소설은 감정을 옮기는 강력한 효용을 갖추고 있어, 독자의 감정을 급격하게 변화시킬 수 있다는 말이다. 네 번째는 제提다. 소설의 공명적共鳴的 효과를 지적한 것이다. 즉 독자를 소설 속의 상황 속에 있는 듯한 느낌을 가지게 만들어 등장 인물과 자신을 동일시하며 자신의 실제 처지를 잊고 작품 속으로 빨려 들어가게 만드는 것을 말한다. "그렇기 때문에 책의 주인공이 워싱톤이면 독자는 자신이 워싱톤이 되어 버리며, 주인공이 나폴레옹이면 독자는 자신이 나폴레옹이 된다.然則吾書中主人公而華盛頓 則讀者將化身爲華盛頓 主人公而拿破侖 則讀者將化身爲拿破侖"

　양계초의 이러한 주장은 소설의 형상성과 감동을 주는 역량에 대한 대단히 독창적인 분석으로 소설의 발전에 크게 기여하였다. 당시 어떤 사람은 그의 주장에 대해 "그 많은 높은 논의가 가슴에서 쏟아져 나오니, 마치 천마가 굴레와 재갈도 없이 내달리는 듯하다. 패관소설이 능히 감정을 옮기니, 믿지 못하겠거든 이 네 가지 힘을 보라.高

論千言出胸臆 有如天馬無羈勒 稗官小說能移情 不信但看四種力"며 높이 평가하였다. 당시 이 논의의 영향력이 어떠했는지를 말해준다. 그러나 훈·침·자·제 네 가지 논의 속에 담긴 실제 현상의 문제에 대해서는 그렇게 치밀하게 분석하지 못해서 사람들에게 생경한 아쉬움을 남기기도 하였다.

■ 소설의 흥미에 대해 논하다 (現境界와 他境界)

양계초가 사람들이 왜 소설을 즐겨 읽는가에 대한 이유를 제시하면서 내놓은 견해의 하나. 그의 <소설과 군중 통치의 관계를 논함論小說與群治之關係>이라는 글에 나온다.

"무릇 사람의 본성은 항상 현재 경계로써 스스로 만족하는 것은 아니다. 이 떠들썩한 사람의 신체가 능히 접촉하고 받아들일 수 있는 경계란 또한 완고하고 좁으며 짧은 국면이어서 한계가 있다. 때문에 항상 직접 접촉하고 받아들이고자 하는 것 외에도 간접적으로 접촉하고 받아들이는 것도 있다. 이른바 몸밖의 몸이라는 것이고, 세계 너머의 세계라는 것이다. 이들 지식과 생각은 오직 예리한 근기를 가진 사람만 지닌 것은 아니고, 둔한 근기를 가진 사람에게도 있다. 그 근기를 이끌어서 날마다 둔한 곳으로 나아가게 하고 날마다 예리한 곳으로 나아가게 하는 것 가운데 역량이 소설만큼 큰 것은 없다. 소설이라는 것은 항상 사람을 다른 경계에서 노닐게 하여 일상적으로 접촉하고 받아들이는 공기(환경)를 변환시킨다.凡人之性 常非能以現境界而自滿足者也 而此蠢蠢驅殼 其所能觸能受之境界 又頑狹短局而至有限也 故常欲于其直接以觸以受之外 而間接有所觸有所受 所謂身外之身 世界外之世界也 此等識想 不獨利根衆生有之 即鈍根衆生亦有焉 而導其根器 使日趨于鈍 日趨于利者 其力量無大于小說 小說者 常導人遊于他境界 而變換其常觸常受之空氣者也"

현경계는 사람들에게 실재하는 생활 환경을 가리킨다. 개인들의 생활 환경은 유한한 것이어서 보고 듣는 내용 또한 협소할 수밖에 없다. 이에 대해 사람들은 불만을 가지게 되어 직접적으로 견문하는 것 외에 간접적인 견문을 가져 새로운 세계를 경험해 보고자 생각하게 되는데, 이는 사람의 본성이라고 할 수 있다. 타경계는 소설 속에 묘사되어 있는 생활 환경과 세계를 가리킨다. 소설가는 하나의 광활한 새로운 세계를 독자들의 눈앞에 펼쳐 놓는데, 때문에 "능히 사람을 이끌어 다른 경계 속에 노닐 수 있게能導人遊于他境界" 만드는 것이다. 이리하여 사람의 견문을 확장시키고 그들의 안목을 열어주는데, 이 점이 바로 사람들이 소설을 즐겨 읽는 이유라는 것이다.

양계초의 이러한 견해는 주목할 만한 논리를 갖추고 있다. 소설은 사회 현상과 생활에 대한 폭넓은 반영이며, 중요한 인식 작용을 갖추고 있다. 소설이 사람을 이끌어 다른 경계에 노닐게 할 수 있다는 말은 소설의 인식 작용에 대한 설명이며, 이렇게 소설은 인식 작용을 구비하고 있기 때문에 사람들이 알고 싶어하는 갈망을 충족시켜 줄 수 있는 것이다. 이런 이유가 소설이 애독되는 까닭을 설명하는 데 적절한 근거임을 의심의 여지가 없다.

왕국유(1877-1927)

왕국유는 청대 말 민국 시기의 경학가이자 역사가이다. 절강성 회녕會寧 출신이다. 자는 정안靜安이고, 호는 관당觀堂이다. 나진옥羅振玉과 함께 갑골문, 금문金文을 연구했으며, 이를 통해 『은주제도론殷周制度論』을 편찬했다. 또 전통 희곡을 연구하여 『송원희곡사宋元戱曲史』를 편찬하였다. 신해혁명 후 일본에 망명한 적이 있으며, 청조의 유신을 자처하여 변발을 하고 다녔다. 1927년 청의 완전 멸망을 확인하고 자살했다. 기타 저서에 『정안문집靜安文集』과 『유사추간流沙墜簡』, 『왕충의공유집王忠懿公遺集』, 『관당집림觀堂集林』 등이 있다.

■ 창작하면서 경계를 어떻게 다룰 것인가 (造境과 寫境)

왕국유王國維가 창작 방법의 입장에서 경계境界를 분석한 방식. 이 말은 『인간사화人間詞話』에 보인다.

"경계를 만드는 것과 경계를 모사하는 것이 있는데, 이것이 이상과 현실 두 파가 구분되게 된 이유다. 그러나 양자는 자못 분별하기가 쉽지 않다. 때문에 대시인이 만든 경계는 반드시 자연과 합치하는 것이고, 모사한 경계 또한 반드시 이상과 가까워지는 까닭이다.有造境有寫境 此理想與現實二派之所由分 然二者頗難分別 因大詩人所造之境必合乎自然 所寫之境亦必隣于理想故也"

그는 또 이런 말도 하였다.

"자연 속의 사물들은 서로 관계를 맺고 서로 제한을 가한다. 그러나 그것이 문학이나 미술에서 묘사될 때에는 반드시 그 관계 맺고 제한하는 곳을 버리게 된다. 때문에 사실을 중시하는 사람이라고 해도 이상가가 될 수 있는 것이다. 또 비록 어떻게든 허구로 만든 경계라고 해도 그 재료는 반드시 자연에서 구하는 법이고, 그 구조 또한 반드시 자연의 법칙을 따르기 마련이다. 때문에 비록 이상을 추구하는 사람이라고 해도 사실가가 되기 마련이다.自然中之物 互相關系 互相限制 然其寫之于文學及美術中也 必遺其關系 限制之處 故雖寫實家 亦理想家也 又雖如何虛構之境 其材料必求之于自然 而其構造 亦必從自然之法則 故雖理想家 亦寫實家也"

이것은 왕국유가 중국과 서구의 문학 이론을 결합해서 경계를 분석한 탁월한 업적이다. 이른바 조경造境은 주관적인 허구가 개입되어 창조한 경계이고, 사경寫境은 객관적인 현실을 진실하게 묘사한 경계를 말한다. 전자는 낭만주의 창작 방법이 만든 경계이고, 후자는 리얼리즘 창작 방법이 묘사한 경계다. 여기에는 낭만주의와 리얼리즘의 두 방법론의 기본적인 특징이 지적되어 있고, 리얼리즘과 낭만주의의 차이점이 기술되어 있다. 이 논의가 더욱 가치를 발하는 까닭은 두 종류의 창작 방법을 구분했다는 사실에 있기보다는, 그 상호 관련성을 논증하는 동시에 명쾌하게 분리해서 정리할 수 없다는 사실을 설명했다는 데 있다. 이른바 "사실가는 또한 이상가寫實家 亦理想家"라는 지적은 사실가가 현실을 반영할 때 필연적으로 생활을 선택해서 취급하지 않을 수 없다는 말이다. 즉 재료를 취사선택한다는 말인데, 이런 과정 가운데 작가의 이상은 생활 소재를 선별하는 기준이 되는 것이다. 역으로 "이상가는 또한 사실가理想家 亦寫實家"라는 지적도 이상가가 이상을 허구화할 때 그 재료는 필연적으로 자연에서 구할 수밖에 없다는 말이다. 즉 경계의 구조를 허구화하는 과정 가운데 현실 생활의 규율과 부합하기 마련이라는 것이다. 두 종류의 상이한 창작 방법이 비록 편향적인 성격은 갖고 있지만 또 결합되기도 하는데, 이는 모두 자연을 묘사하는 동시에 이상을 표현하는 결과를 가져오게 된다. 때문에 "자연과 합치되고合乎自然" "이상과 가까워지는隣乎理想" 변증법적 통일이 달성되기에 이르는 것이다.

왕국유의 논의는 기본 정신에 있어서 러시아의 소설가 고리끼가 말한 "위대한 예술가들의 작품에서는 낭만주의와 리얼리즘이 항상 결합된다"는 주장과 일맥상통한다. 이 사실은 그가 이미 두 종류 창작 방법의 변증법적 관계를 인식하고 있었음을 설명하는데, 이러한 인식은 중국의 고대 문예이론비평사에서 귀중한 의의를 갖는다. 그의 주장은 이전의 비평가들이 도달하지 못했던 사실에 접근하고 있다. 그러나 왕국유의 이러한 인식은 양자의 구별과 관계를 초보적으로 제시하고 논술한 것인 데다가 비교적 간략하고 소루해서, 풍부하고 전면적이며 정확한 이론의 제시까지는 이르지 못했다. 또한 그 이론의 기초는 서구 자본주의 철학과 미학 사상을 배경에 깔고 있는 것이어서, 그의 이론은 심각한 한계를 보여줄 수밖에 없었다.

■ 문학과 대상의 혼연일체 (無我之境과 有我之境)

1. 무아지경

시인의 감정적 생채가 비교적 은폐되어 있고 경물景物 속에 완전히 융화되어 있어 직접적으로 외부로 노출되지 않은 경계境界를 일컫는 말. 이 말은 왕국유의 『인간사화人間詞話』에 나온다.

"동쪽 울타리 아래에서 국화를 따다가, 유연히 남산을 본다거나 찬 물결은 담담하게 일어나고, 하얀 새는 유유히 날개를 접는다는 시구에는 무아의 경계가 담겨 있다.采菊東籬下 悠然見南山 寒波澹澹起 白鳥悠悠下 無我之境也"

"무아의 경계는 물상으로 물상을 관찰하기 때문에 무엇이 자아이고 무엇이 물상인지 알 수 없다.無我之景 以物觀物 故不知何者爲我 何者爲物"

"무아의 경계를 사람은 오직 고요한 가운데에서만 얻을 수 있다.無我之境 人惟于靜中得之"

왕국유는 또 무아지경을 우미지경優美之境으로도 설명하였다. 무아지경은 작품 속에 주관적 감정이 없다는 말은 아니다. 오히려 시인의 주관적 감정은 경물 가운데 숨어 있어 정경교융情景交融의 경계에 이르렀음을 말한다. 경물은 정서를 어려움 없이 전달하며, 정서는 경물과 역동적으로 대칭되고, 의意과 경경이 오묘하게 합치되어 자아와 물상이 혼연일체가 된 상태, 즉 "의와 경을 모두 잊었으니 경물과 자아가 한 몸을 이루고意境兩忘 物我一體" "의와 경이 융화되었다.意與境

渾"는 말이다. "동쪽 울타리 아래에서 술을 잡다가, 유연히 남산을 바라본다. 산 빛은 저녁이 되자 더욱 아름답고, 날던 새도 함께 집으로 돌아간다.把酒東籬下 悠然見南山 山色日夕佳 飛鳥相與還"(도연명陶淵明의 <음주飮酒>)든가 "가물가물 촌락은 먼데, 하늘하늘 마을의 연기. 개는 골목길 안에서 짖고, 닭은 뽕나무 위에서 운다.暖暖遠人村 依依墟里烟 狗吠深巷中 鷄鳴桑樹上"(도연명의 <귀원전거歸園田居>)는 등의 시구에는 시인의 주관적인 감정은 전혀 표출되어 있지 않지만 주변 경물의 객관적인 묘사를 통해 시인의 감정이 남김없이 전달되고 있다.

무아지경 속에서 시인의 감정은 담박하게 승화되며 작품 속에서 표현된 사물과 자아의 관계는 화해적和諧的이다. 바깥의 사물과 시적 자아는 이해 관계로 충돌하지 않으며, 나와 사물은 일체를 이룬다. 그리하여 물상 가운데 완전히 녹아 들어가 자신의 존재마저 망각한 채 바깥 사물과 결합하여 하나가 되는 단계에 이르게 된다. 이것이 이른바 "물상으로 물상을 관찰하기 때문에 무엇이 자아이고 무엇이 물상인지 알 수 없다.以物觀物 故不知何者爲我 何者爲物"는 것이다. 무아지경 속에서 시인의 감정은 때로 한적閑適하고 고즈넉한 운치를 드러내는데, 이는 선명하고 강렬하게 외부 세계로 감정을 표출하는 시적 경계와는 전혀 다른 경우다. 때문에 경계는 항상 우미한 미적 범주를 띠게 되는 것이다. 왕국유가 이같은 주장을 내세운 바탕에는 칸트의 영향도 없진 않았지만, 이는 중국의 고대 시문학사의 실제와도 배치되는 것이 아니었다. 때문에 지금도 이 개념은 문학 연구에서 광범위하게 원용되고 있는 것이다.

2. 유아지경

시인의 감정적 색채가 강렬하고 선명하며, 직접적으로 밖으로 노출되는 경계를 일컫는 말로, 역시 『인간사화』에 나온다.

 "'눈물 젖은 눈으로 꽃에게 물어도 꽃은 말이 없고, 어지러운 꽃잎은 흩날려 지나는데 그네는 나간다'와 '외로운 집 닫힌 봄은 차고, 두견 소리 속에 석양은 저문다.'는 시구는 유아의 경계를 담고 있다.淚眼問花花不語 亂紅飛過鞦韆去 可堪孤館閉春寒 杜鵑聲裏斜陽暮 有我之境也"

 "유아의 경계는 자아로써 물상을 관찰하는 것이기 때문에 물상 속에는 모두 시인 자신의 (정서적) 색채가 드러나 있다.有我之境 以我觀物 故物皆著我之色彩"

 "유아의 경계는 움직임에서 고요함으로 나갈 때 얻어진다.有我之境 于由動之靜時得之"

 왕국유는 또 유아지경을 굉장지경宏壯之境으로 파악하였다. 일반적으로 유아지경은 시인이 자신의 감정을 사물에 이입시키는 방식을 말한다. 즉 시인이 자신의 강렬한 주관적인 감정을 물경物境에 주입하여 자신의 감정이 경물景物 속에 스며들도록 고안하는 방식이 된다. 감정이 움직이면 사물을 통해 느껴지며, 사물은 감정으로 인해 옮겨가는데, 이 때 경물에는 모두 시인의 감정적 색채가 드러나게 된다. 이것이 "자아로써 물상을 관찰하는 것이기 때문에 물상 속에는 모두 시인 자신의 (정서적) 색채가 드러나 있다.以我觀物 故物皆著我之色彩"는 말이다. 인용문에 등장하는 첫 번째 시구에서 시인의 마음 속에는 봄날을 가슴 아파하는 강렬한 감정이 충만해 있음을 알 수 있다. 그는 눈물을 머금은 채 떨어지는 꽃잎을 향해 질문을 던지지만, 나부끼는 낙엽은 시인의 가슴에 맺힌 한에 대해서는 말하지 않고 그네 바람을 따라 떨어질 뿐이다. 여기서의 난홍亂紅이라는 시어에는 시인의 주관적인 색채가 배여 있는데, 이러한 경계가 바로 유아지경인 것이다. 이 밖에 "산에 피는 꽃은 나를 보며 웃는데, 술잔 들이킬 좋은 때라네山花向我笑 正好銜杯時"(이백李白의 <대주부지待酒不至>)라든가 "때를 느껴 꽃처럼 눈물 흘리며 피고, 이별이 서러워 새 인양 마음으로 놀랜다.感時花濺淚 恨別鳥驚心"(두보杜甫의 <춘망春望>), "변수의 물은 흐르고 사수의 물도 흐른다. 흘러흘러 과주의 옛 나루터에 닿으면, 오산은 온통 수심에 잠기겠네.汴水流 泗水流 流到瓜州古渡頭 吳山點點愁"(백거이白居易의 <장상사長相思>), "등잔불도 생각 있어 이별 슬퍼하는데, 가는 님은 눈물짓고 어느덧 새벽 왔네.蠟燭有心還惜別 替人垂淚到天明"(두목杜牧의 <증별贈別>) 등등의 시구에도 그 담겨진 경계는 모두 시인의 강렬한 주관적인 감정의 색채가 배여 있는데, 작품 속에 등장하는 사물들은 한결같이 의인화된 물상들이다. 이들 시구에 표현된 경계가 바로 유아지경이라고 할 수 있다. 유아지경은 시인의 강렬한 감정을 표출하는 일이 중심이 되어 때로 감정이 너무 앞서 "(시인의) 뜻은 경계 속에 남아있는意餘于境" 양상을 보이기도 한다. 감정이 폭발적으로 외부로 흘러 넘치기 때문에 작품은 비장미를 형성하게 되는데, 두보의 많은 영회시詠懷詩는 비장함이 침울하게 자리하고 있다. 그러므로 비장미는 유아지경의 중요한 특성이라고 말할 수 있는 것이다.

■ 소설가는 경험이 풍부해야 한다 (客觀之詩人)

왕국유가 소설 작가에 대해 쓴 용어로, 『인간사화人間詞話』에 나온다.

"객관적인 시인은 세상사에 대해 많은 견문을 가지지 않을 수 없다. 세상을 살피는 태도가 깊어질수록 소설 재료는 더욱 풍부해질 것이고, 변화 역시 폭이 넓어질 것이다. 『수호전』이나 『홍루몽』을 쓴 작가가 바로 그들이다.客觀的詩人 不可不多閱世 閱世愈深 則材料愈豊富 愈變化 水滸傳·紅樓夢之作者是也"

왕국유는 소설가는 객관적인 생활을 묘사하는 태도를 견지해야 한다고 보았다. 때문에 이를 총괄적으로 일컬어 객관적 시인이라고 한 것이다. 이런 식의 분류는 다소 편협한 관점이라는 문제가 있다. 소설 가나 시인은 사회 생활을 반영할 때에는 정서적 측면을 아울러 묘사 해야 하는데, 즉 주관과 객관의 통일을 꾀해야 한다.

그러나 왕국유가 이런 발언을 한 저변에는 소설가는 세상을 두루 관찰해야 한다는 점을 강조하려는 의도도 숨어 있다고 볼 수 있는데, 뒤이어 "세상을 살피는 태도가 깊어질수록 소설 재료는 더욱 풍부해 질 것이고, 변화의 폭 또한 넓어질 것閱世愈深 則材料愈豊富 愈變化" 이라는 부연 설명이 이런 사실을 분명하게 하고 있다. 이같은 관점은 소설을 창작할 때 요구되는 규율과 부합하는 것으로, 소설 창작에 있 어서 그 방향을 제시하는 의의가 있다.

■ 시인은 정서가 풍부해야 한다 (主觀之詩人)

왕국유가 시인과 사인詞人에 대해 쓴 용어로, 『인간사화』에 나온다. "주관적인 시인은 세상사에 대해 많은 견문을 가지지 않아도 된다. 세상을 살피는 태도가 옅어질수록 시인의 성정은 더욱 진실해진다. 후주 이욱李煜(937-978)이 바로 그 사람이다.主觀之詩人 不必多閱世 閱 世愈淺 則性情愈眞 李後主是也"

왕국유는 시인과 사인은 자신의 주관적 감정을 주로 토로하기 때 문에 주관적 시인이라고 불렀다. 물론 이러한 관점은 단편적인 사고 의 결과라고 하겠다. 시인과 사인이 감정을 주로 토로한다는 생각은 실제로 시가 창작을 할 때의 상황과 부합하며, 시가의 중요한 특징을 말해주는 것이다. 그러나 주관만 가지고 창작이 이루어질 수는 없는 일이다. 시인이 토로한 감정은 자신의 것이기도 하지만 사회의 것이 기도 하다. 감정은 또 객관적인 사회 생활의 경험이 바탕이 되어 격 발되는 것이다. 이 때문에 시인이 토로한 감정과 사상은 주관과 객관의 통합체라고 해야 한다. "세상을 살피는 태도가 옅어질수록 시인의 성정은 더욱 진실해진다.閱世愈淺 則性情愈眞"는 왕국유의 판단은 지나치게 경직된 사고방식으로, 완전히 유심론적唯心論的 관점이 아닐 수 없다. 이욱의 사가 토로한 감정이 진실할 수 있는 까닭은 바로 그가 망국의 군주라는 객관적인 생활 체험이 있었기에 가능했던 것이지 결코 그가 세상사에 무관해 하면서 경험이 옅었기 때문에 가능했던 것은 아니다. 이 밖에도 왕국유의 이러한 관점은 그가 강조한 "그 마음 속으로 들어갔다가入乎其內" 다시 "외부로 표출된 것出乎其外"이라는 예술적 원칙과도 모순된 주장이다.

■ 문학은 진정성을 담아야 한다 (隔과 不隔)

왕국유가 경계境界의 우열을 구분하면서 사용한 기준. 그는 격은 좋지 않은 경계이고, 불격이어야 좋은 경계를 낳을 수 있다고 생각하였다. 『인간사화』에 나온다.

"누군가 격과 불격의 구별에 대해 물었다. 대답하기를, 도연명과 사령운의 시는 불격이고, 안연지(연년은 그의 자)는 다소 격하다. 소식(동파는 그의 자)의 시는 불격이지만, 황정견(산곡은 그의 자)은 다소 격하다. '연못에는 봄 풀이 돋아난다'거나 '빈 대들보 사이로 제비 진흙 떨어진다'는 두 시구의 오묘한 본질은 오직 불격에 있다. 사 또한 마찬가지다. 한 작가의 한 작품으로 논해보자. 구양수의 <소년유>의 봄 풀을 노래한 앞부분 반 결(사를 세는 단위)에서 말하기를 '난간 열두 마디마다 홀로 봄에 기댔으니, 푸른 눈동자는 멀리 구름과 닿아 있다. 천 리고 만 리고, 2월이고 3월이고, 행색은 항상 괴롭고 수심에 찬 나그네라네'라고 했는데, 시어마다 모두 눈앞에 광경이 펼쳐진 듯하다. 바로 불격이다. 그러나 '사씨 집안의 연못과 강엄의 포구 주변'이라고 한 부분은 격이다. 강기(백석은 그의 호)의 <취루음>을 보면

‘이 땅에는 아마도 사선이 있는가 보다. 흰 구름과 누런 까치를 안고서, 그대와 함께 놀아보리라. 옥으로 만든 사다리에서 멀리 응시하며 서 있자니, 향기로운 풀에 감탄하노라. 풀은 우거져 천 리를 뻗었네’라고 했는데, 바로 불격이다. 그러나 ‘술로 재앙을 떨어내고 근심을 맑게 하노니, 꽃에서도 고운 기운이 사라진다’고 한 부분은 격이다. 그러나 남송 시대의 사는 비록 불격의 묘처가 있다고 해도, 이미 깊고 옅으며 두텁고 엷은 구별이 드러나 있다. 問隔與不隔之別 曰陶謝之詩不隔 延年則稍隔矣 東坡之詩不隔 山谷則稍隔矣 池塘生春草 空梁落燕泥等二句 妙處唯在不隔 詞亦如是 卽以一人一詞論 如歐陽公少年游 詠春草上半闋云 欄干十二獨憑春 晴碧遠連雲 千里萬里 二月三月 行色苦愁人 語語都在目前 便是不隔 至云 謝家池上 江淹浦畔 則隔矣 白石翠樓吟 此地 宜有詞仙 擁素雲黃鵠 與君游戲 玉梯凝望久 嘆芳草 萋萋千里 便是不隔 至酒祓清愁 花消英氣 則隔矣 然南宋詞雖不隔處 比之前人 自有深淺厚薄之別”

『인간사화』에서 왕국유는 구체적인 예를 들어 격과 불격의 차이를 논의한 뒤 다시 몇 가지 원칙을 제시하였다. 이를 요약하면 이렇다. 이른바 불격은 경계가 선명하고 구체적이며 핍진逼眞하고 정신이 전해지기를 요구하였다. 즉 “감정을 토로한 것이 반드시 사람의 마음과 비장을 녹여야 하고, 경치를 묘사할 때에는 반드시 사람의 이목을 활짝 열어야 하며其言情也必沁人心脾 其寫景也必豁人耳目” “시어 하나 하나가 모두 눈앞에 전개되는 듯이語語都在目前” 묘사해야 하는데, 그렇지 못하다면 격이 된다는 것이다. 시나 사를 쓸 때 불격의 경지에 이르기 위해서는 전고를 지나치게 남용하는 태도를 버려야 한다고 그는 주장하였다. 즉 작품에 “일에 얽매인 구절이 나오지 못하게 하고不使隸事之句” “수식이 요란한 시어를 쓰거나 글자를 바꿔 쓰는 태도도 피해야 한다.不用粉飾之字 忌用替代字”는 것이다. “진실하고 절박한眞切” “직설적인 시어直語”를 운용해서 생동감 넘치는 형상으로 그림을 직접 대하는 듯한 감흥이 일도록 묘사해야 좋은 작품이라고 그는 생각하였다. 예컨대 지당생춘초池塘生春草와 공량락연니空梁落燕泥와 같은 시구는 형상이 선명하고 핍진하여 마치 눈앞의 상황을 보는 듯해서 직관의 경지에 이르렀다고 말할 수 있다. <칙륵가勅勒歌>는 "하늘은 궁륭과 같아 사방 들판을 다 뒤덮었다. 하늘은 검푸르고 들판은 아득한데, 바람은 풀밭 사이로 불어 소나 양이 다 보인다.天似穹廬 籠蓋四野 天蒼蒼 野茫茫 風吹草低見牛羊"고 묘사하였다. 이 작품은 창망하고 광활한 초원의 형상을 선명하고 생동감 넘치게 묘사해서 독자로 하여금 한 눈에 풍광이 다 들어오도록 만들어 실제 경치 속에 자신이 스며든 듯한 감동을 자아낸다. 소식蘇軾(1037-1101)의 <수룡음水龍吟> 또한 버들 꽃을 묘사한 솜씨가 세밀하고 치밀해서 선명한 형상을 제시한 작품이다. 사달조史達祖(?-?)의 <쌍쌍연雙雙燕>은 봄날 제비의 어여쁜 자태를 묘사한 작품인데, 형상과 신사神似가 조화를 이루어, 모두 불격의 경지에 이르렀다고 할 수 있다. 그러나 강기姜夔(1155-1221)의 <염노교念奴嬌>와 <석홍의惜紅衣>는 비록 연꽃을 노래한 명작이긴 하지만, 단지 수면을 떠도는 연꽃을 기술한 구절만 있지 연꽃을 묘사한 명징한 형상은 찾을 수 없다. 때문에 왕국유는 "두 사 작품은 오히려 안개를 사이에 두고 꽃을 보는 듯한 아쉬움이 있다.二詞猶有隔霧看花之恨"고 말했던 것이다. 마찬가지로 강기의 <암향暗香>과 <소영疏影>은 비록 대대로 매화를 노래한 작품 가운데 절창으로 평가되어 왔지만, 이는 전고를 잔뜩 쌓아올린 놀라운 재주 때문이었을 뿐 매화의 자태를 선명하고 구체적으로 묘사한 부분은 없다고 하였다. 형상은 애매하고 혼란스러워서 구체적으로 체감할 여지를 마련하지 못하고 있다. 때문에 모두 "끝내 한 단계 격한 것終隔一層"일 수밖에 없다. 왕국유가 경계의 불격을 요구하는 한 편, 창작은 반드시 자연스럽고 진솔해야 한다고 역설하였다. "시어는 입에서 빠져나와야 하며, 어여쁘게 단장하고 고치는 자태가 없어야 한다.其辭脫

口而出 無矯揉妝束之態"면서, 자연에서 나와 혼연일체를 이루어 천연스럽게 완성되었을 때 경계는 선명해지고 핍진해질 수 있다고 생각하였다. 사람들이 조탁을 일삼고 수식과 꾸밈에 몰두하게 되면, 강기의 [양주만楊州慢]에 나오는 "스물 네 째 다리는 아직 있는데, 물결은 차게 흔들리는데, 달은 소리도 없다.二十四橋仍在 波心蕩 冷月無聲"는 구절이나, 강기의 [점강순點絳脣]에 나오는 "봉우리 몇 몇이 맑고 괴로운데, 황혼녘 비를 준비하고 있다.數峰淸苦 商略黃昏雨"는 등의 시구처럼 조탁한 흔적이 너무나 완연해서 자연히 "끝내 한 단계 격한 것終隔一層"일 수밖에 없다.

왕국유는 경계가 선명하고 활연豁然하기를 요구하는 한 편, 불격이 되어야 한다고 주장했지만, 함축적이고 온축된 풍격 등을 거부하거나 배척하지도 않았다. 그는 불격과 의경意境의 함축온자含蓄蘊藉함이 통일되기를 요구하였다. 그는 시가의 운율미韻律味를 대단히 중시하면서, "말을 넘어선 맛이나 악기 선율 밖의 울림이 없는無言外之味 弦外之響" 작품은 반대하였다. 그는 "담담한 시어 속에 그윽한 맛이 담기고, 천박한 어투에서도 모두 운치를 찾을 수 있는淡語皆有味 淺語皆有致" 작품을 쓰라고 주장하였다. 이 때문에 그는 경계의 선명성을 요구하는 동시에 경계의 함축미를 중시했던 것이다. 그는 원나라 시대의 잡극雜劇을 평가하면서 "말투는 명백해서 구어와 같으며, 말 밖에 무궁한 의미가 담기기語語明白如話 而言外有無窮之意"를 요구했는데, 불격한 경계에 대해서도 함축적인 특성이 갖춰진 예가 무엇인지 명확한 해설을 가하였다. 이는 매요신梅堯臣(1002-1060)이 말한 "묘사하기 어려운 광경을 눈앞에 전개된 것처럼 묘사하고, 다할 수 없는 의미가 말 밖으로 드러나도록 함축하라.狀難寫之景如在目前 含不盡之意見于言外"는 주장과도 완전히 일치하는 논의라고 하겠다.

<h1 style="text-align:center">□ 보 론 □</h1>

■ 당시(唐詩)와 송시(宋詩)

시를 당송唐宋으로 나누는 것은 두 가지 의미가 있다. 하나는 시대상 구분이고, 하나는 풍격상 구분이다. 당연히 풍격과 시대는 유관한 문제다. 그러나 당시에는 송나라의 시풍을 선도한 전통이 있는데, 한유韓愈(768-824)와 맹교孟郊(751-814)를 중심으로 형성된 시파와 두보杜甫(712-770)가 기주蘷州에 머문 뒤부터 쓴 시가 그것이다. 송시에도 당나라의 시풍을 계승한 측면이 있으니, 송나라 초기의 백체白體와 서곤체西昆體가 그것이다. 그리고 당시를 시대적으로 초初·성盛·중中·만晩 네 시기로 구분하듯이 송시는 강서江西와 영가永嘉로 구분된다. 그러나 전반적으로 정리한다면 당시와 송시는 풍격상 상당한 차이가 난다고 할 수 있다. 이러한 차이는 근대 무렵까지도 이어졌다. 당나라 이후 중국 고전 시가의 전통에서 당송 양대 유파를 벗어난 시풍이 형성된 적은 없었다고 해도 지나친 말은 아니다.

무월繆鉞은 『시사산론詩詞散論·논송시論宋詩』편에서 이렇게 말했다. "당시는 운치가 뛰어나기 때문에 혼연일체를 이루고 있으며 우아하고, 기풍이 온화하고 공허하며 신령한 기상을 중시한다. 송시는 의지가 뛰어나기 때문에 정교하고 능란하며, 심오하고 곡절이 많으며 투철하고 원칙적인 것을 귀하게 여긴다. 당시의 아름다움은 정서가 밴 문채에 있어서 풍부하고 기름지며, 송시의 아름다움은 기상과 풍골에 있어서 수척하고 굳세다. 唐詩以韻勝 故渾雅 而貴蘊藉空靈 宋詩以意勝 故精能 而貴深折透辟 唐詩之美在情辭 故豊腴 宋詩之美在氣骨 故瘦

勁” 이러한 분별은 대단히 정확한 평가라고 할 수 있다. 이백李白 (701-762)의 <동정호洞庭湖> 제1을 읽어보자.

洞庭西望楚江分　동정호 서녘을 보니 초강이 나눠지고
水盡南天不見雲　물은 남쪽 하늘에서 다해도 구름 보이지 않네.
日落長沙秋色遠　해 저문 긴 사장에 가을빛은 아득하여
不知何處弔湘君　어디서 상군을 조문할지 알 수 없구나.

단지 서쪽으로 펼쳐진 동정호의 광경을 묘사했지만, 손가는 대로 편안한 필치가 깃들어 조금도 힘을 쓴 흔적이 없다. 주제를 부각한 시안詩眼도 없고 특이한 시구도 눈에 띠지 않지만, 읽다보면 공허하고 신령스러운 기운이 만져지는 듯하며, 정서가 풍경 가운데 흐르고 있어 확실히 하늘이 빚어낸 듯한 풍치를 느낄 수 있다. 이것이 바로 운치가 뛰어나다는 것이다. 이번에는 황정견黃庭堅(1045-1105)의 <제정방화협題鄭防畫夾> 가운데 한 편을 읽어보자.

惠崇烟雨歸雁　혜숭은 가는비 속에서 돌아가는 기러기 보고
坐我瀟湘洞庭　나는 소성강 흐르는 동정호에 앉아 있다.
欲喚扁舟歸去　돛단배 불러 함께 돌아가려는데
故人言是丹青　사람들 말하기를 단청처럼 아름답다네.

앞 부분 세 구절이 묘사한 것은 호수의 경치와 그 경치 속을 오가는 사람이다. 시인의 감정도 자신에게서 직접 나오는 것은 아니었기 때문에, 배를 사서 한 번 유람하고 싶다는 말을 듣고서야 의도가 명백해진다. 그것도 실제 경치를 본 결과가 아니라 그림을 본 감상일 뿐이다. 앞 세 구절은 주제를 부각시키기 위한 복안이어서 마지막 구를 읽고서야 시인의 의식이 표출된다. 한 편의 작품을 쓰기 위해 노심초사하고 구성과 시어 배치에 주의를 기울인 흔적이 완연해서 심

오하고 굴곡이 많으며 투철하고 원칙적인 시풍을 잘 보여준다. 이것이 바로 의지가 승하다는 것이다.

당시는 운치를 중시하면서 대개 감정과 경치가 서로 어울리는(情景交融) 시풍을 유지했거나 감정이 경치 속에 잠입한(情寓景中) 경계境界를 형성하였다. 이백의 <망여산폭포望廬山瀑布>를 읽어보자.

日照香爐生紫烟	햇빛이 향로봉을 비추자 보라빛 안개 이는데
遙看瀑布掛前川	아득히 폭포가 앞 냇물에 걸린 것 보노라.
飛流直下三千尺	날 듯이 떨어지는 물줄기는 3천 척
疑是銀河落九天	은하수가 구천에서 떨어지나 의심했었네.

이 작품은 일관되게 서경을 유지하고 있을 뿐 심오한 의사가 담겨 있지는 않다. 그러나 시인의 탈속적이고 고원高遠한 풍치는 읽는 이를 저절로 작품 속으로 끌어들여 체감하게 만든다. 이것이 엄우嚴羽(1175?-1264?)가『창랑시화』에서 말한 "이치의 길을 넘어가지 않았고, 말의 통발에 떨어지지 않았다.不涉理路 不落言筌"는 것이다. 같은 여산을 묘사한 작품으로 소식蘇軾(1037-1101)의 <제서림벽題西林壁>이 있는데, 이백의 것과는 완연히 판이하다.

橫看成嶺側成峰	가로 보면 언덕이 되고 누워 보면 봉우린데
遠近高低各不同	멀고 가까우며 높고 낮은 모습이 다 다르네.
不識廬山眞面目	여산의 참된 모습 알기 어려우니
只緣身在此山中	이 몸이 산중에 머물러 있기 때문일세.

앞의 두 구절은 서경에 속하고 뒤의 두 구절은 완전한 의론議論이다. 그러나 바로 이러한 의론이 있기 때문에 여산의 봉우리와 굽이도는 산길의 모습을 독자들이 분명하게 인지하도록 만든다. 말 그대로

허상 속에서 실상을 발견하는 순간이다. 조익趙翼은 이 작품에 대해 "여산을 다룬 명작은 숲처럼 많아서, 만약 다시 실제로 만든다면 단언하건대 빛깔을 내기가 어려울 것이다. 소식의 상상은 하늘 밖에서 떨어진 것으로, 교우가 스승에게 치우쳐서 낫다고 한 것廬山名作如林 若再實做　斷難出色　坡公想落天外　巧于以偏師取勝"(심덕잠沈德潛의 『송금삼가시선宋金三家詩選』 인용)이라고 평가하였다. 그리고 그는 이 작품은 이전 작가의 그것과 다른 점에 유의해야 한다고 말했으며, 한 단계 상승한 언설을 거쳐 바른 위치를 깨뜨리지 않고도 기이함을 내고 장점을 누르기를 힘써 구하고 있다는 것이다. 이백의 시와 비교할 때 의미는 한층 멀고 심각해서 완전히 기상과 풍골로써 문학적 가치를 자랑하지만, 정서적인 문채가 풍부한 점으로 보면 확실히 이백의 것보다는 못하다.

　소식의 위 시가 가진 의의는 여기에서 그치지 않는다. 이 시에는 시적인 아름다움을 넘어서서 심각한 철학적 깨우침이 내포되어 있다. 즉 송시가 가진 특징 가운데 하나인 이취理趣가 풍부하다. 물론 당시에도 이취가 풍부하게 담긴 작품이 없는 것은 아니다. 왕유王維 (701-761)의 <증장소부贈張少府>가 그것이다.

晚年惟好靜	늘그막 되니 고요함만 좋아
萬事不關心	온갖 일에 관심이 없구나.
自顧無長策	스스로 돌아본들 별 수 있을까?
空知返舊林	옛 숲으로 돌아올 수밖에 없었지.
松風吹解帶	솔 바람 속에 허리띠 풀고
山月照彈琴	산 달빛 아래 거문고 탄다.
君問窮通理	그대는 빈궁과 형통의 이치 묻지만
漁歌入浦深	어부의 노래가 포구 안으로 들려오네.

남종선南宗禪의 입장에서 볼 때 자성自性은 원래 스스로 청정淸淨한 것이다. 이 마음이 만약 고요하다면 어디서 빈궁과 형통은 오는 것일까? 왕유가 갈파한 이치는 바로 이것이었다. 그러나 그는 다만 서사와 서경으로 일관해서 솔바람과 산 속의 달빛, 허리띠를 풀고 느긋하게 거문고를 켜는 것으로 오도悟道의 경지를 비유했을 뿐이고, 끝내 대답은 하지 않고 독자로 하여금 그윽하게 감상하기를 요구하였다. 경치 속에 이치를 담고 의미는 어구 속에 넉넉한데, 이것은 당시가 이치를 말할 때 구사하는 특징이다. 다시 황정견의 <차운답빈로병기독유낙원2수次韻答斌老病起獨遊樂園二首> 중 첫 번째 작품을 읽어보자.

萬事同一機	모든 일의 기미는 한결같으니
多慮卽禪病	생각이 많은 것이 선가가 말한 병통이다.
排悶有新詩	근심을 떨치려고 새로 시를 짓고
忘蹄出兎徑	토끼 올가미는 잊고서 토끼 길을 나선다.
蓮花出淤泥	연꽃이 진흙탕에서 피어나니
可見嗔喜性	화내고 기뻐하는 본성을 볼 수 있다.
小立近幽香	잠시 서 있자니 그윽한 향기 가까워지는데
心與晩色靜	마음은 저물녘 노을과 함께 고요하다.

이 시의 대의는 이렇다. 온갖 법칙이란 것은 자성自性을 떠나지 않는다. 자성은 본래 맑은 것이니, 어찌 생각을 많이 할 필요가 있는가? 빈노斌老가 이에 대한 생각이 있어 새롭게 시를 지어 근심을 떨어냈지만 끝내 뜻을 얻고 말을 잊지(得意忘言)는 못했다. 기뻐하거나 화내는 일이 모두 같은 본성에서 나오는 것임을 안다는 것은 마치 어여쁜 연꽃과 더러운 진흙탕이 같은 연못에 있는 것과 같다. 그러니 마음의 근원이 맑고 깨끗하다면 황혼의 고운 빛과 그윽한 향기처럼 고요를 공유하게 된다. 두 시에 담긴 숨은 의미는 일치하지만, 황정견의 작품

은 심원하고 곡절이 다양한 특성을 지니고 있어서 이치를 말하는 방식이 투철하면서도 원칙적이다. 그러나 언어가 구절 속에 무르녹아 있고 함축적인 운치는 다소 손색이 있다. 이것이 바로 송시가 이치를 말할 때 구사하는 특징이다.

이치를 말하는 것도 이와 같지만, 경치를 묘사하는 방식도 마찬가지다. 당시 가운데 잠삼岑參(715-770)의 <백설가송무판관귀白雪歌送武判官歸>를 읽어보자.

北風卷地白草折	북풍이 땅을 말아 뭇 풀은 쓰러지고
胡天八月卽飛雪	오랑캐 하늘엔 8월에도 눈이 흩날린다.
忽如一夜春風來	갑자기 한 밤에 봄바람이 불자
千樹萬樹梨花開	사방의 무성한 나무엔 배꽃이 피겠구나.
散入朱簾濕羅幕	흩어진 꽃잎은 주렴에 들고 비단 장막은 젖는데
狐裘不暖錦衾薄	여우 가죽도 따뜻하지 않고 금침도 엷구나.
將軍角弓不得控	장군도 각궁을 손이 얼어 당기지 못하고
都護鐵衣冷難著	도호의 철갑도 차가워 입지 못한다.
瀚海闌干百丈冰	넓은 바다 난간에는 긴 고드름이 주렁주렁
愁雲慘淡萬里凝	시름에 잠긴 구름 참담하게 세상을 덮었다.
………	

비록 음절이 번거롭고 빠르며 묘사를 가장 중요한 수사로 사용하고 있지만 완만하게 시상을 토로하고 거듭 운각韻脚을 변환시켜 진행을 중지시키는 등 완급이 조화를 이루고 있다. 송시의 경우를 소식의 <백보홍百步洪> 가운데 한 편을 읽어 확인하기로 하자.

長洪鬪落生跳波	긴 물줄기 다투어 떨어져 뛰는 파도 생기고
輕舟南下如投梭	작은 배 남으로 가는데 북을 던진 듯하구나.
水師絶叫鳧雁起	사공이 소리치자 오리와 기러기 날아오르고

亂石一線爭碊磨　　　어지러운 돌은 한 줄기 물길에 갈아 없어진다.
有如兎走鷹隼落　　　달아나는 토끼를 향해 매가 고꾸러지듯하고
駿馬下注千丈坡　　　날랜 말이 천 길 언덕 아래로 뛰는 것 같다.
斷弦離柱箭脱手　　　끊긴 줄 기러기발 떠나고 화살이 손을 벗어나듯,
飛電過隙珠翻荷　　　번개가 틈새를 지나고 구슬이 연잎을 구르는듯.
四山眩轉風掠耳　　　산들이 현란하게 뒤바뀌어 바람은 귀를 때리는데
但見流水生千渦　　　다만 흐르는 물에 소용돌이 이는 것만 보인다.
………

　　한유의 <송석처사서送石處士序>에 나오는 비유 방법을 모방해서 한 달음에 시상이 쏟아져 나오는데, 독자가 미처 음미할 여유마져 주지 않는다. 중간에 운각이 바뀌지도 않고 내리 떨어지는 기세 또한 웅장하다. 시가 지닌 우아한 맛과 산문이 지닌 유창한 멋이 아울러 갖추어져 있으며, 창작상의 기교 역시 잠삼의 시에 비해 크게 발전했음을 알 수 있다. 그러나 급한 물줄기가 내리 쏟아지는 듯하여 너무 급박한 흐름을 면치 못하고 있어 당시가 보여주는 온화한 자태는 찾아보기 어렵다.

　　작품의 전반적인 배치에서뿐만 아니라 송시는 시구를 만드는 방식에서도 당시의 전통을 크게 전환시켰다. 예컨대 양만리楊萬里(1127-1206)의 "기러기 오자 들오리는 문득 놀라 나는데, 나는 사공과 함께 우러러 보았다.雁來野鴨却驚起　我與舟人俱仰看"(<모박서산문명조유석당지험暮泊鼠山聞明朝有石塘之險>)는 시구에 대해 진석유陳石遺는 "세 번째와 네 번째 구는 대구가 이루어지지 않은 듯이 보이지만, 실상은 대구가 이루어지지 않은 글자가 없다. 유수구가 이와 비슷한데, 바야흐로 붓길을 좇아가지만은 않았다三四似不對　而實無字不對　流水句似此　方非趁筆"(『송시정화록宋詩精華錄』 권3)고 평가하였다. 두 시구는 한 숨에 내리쓴 듯이 완성되었을 뿐만 아니라 단순히 앞 시구만 보아

서는 이어질 구절을 추측하기가 지극히 어렵다. 이런 식의 시구 배치 방식은 당시에서는 찾기 힘든 경우이자 송시가 한 걸음 발전한 부분이기도 하다. 그리고 소식의 "세상살이 어디에 비유해야 할까? 기러기 눈 내린 진흙을 밟는다면 어떨꼬. 진흙에는 우연히 발자욱 남기지만, 날아가면 어디로 갈지 아무도 모른다네.人生到處知何似 應似飛鴻踏雪泥 泥上偶然留指爪 鴻飛那復計東西"(<화자유민지회구和子由澠池懷舊>)나 황정견의 "집이라야 다만 사방 벽만 덩그랗고, 병 다스린다 해도 세 번씩 팔뚝은 안 잘라야지.持家但有四壁立 治病不蘄三折肱"(<기황기복寄黃幾復>), "상수 동쪽 한 눈은 진실로 죽을 만하지만, 천하의 가운데가 나뉘니 이를 어찌 견디리오.湘東一目誠甘死 天下中分那可持"(<혁기정임공점奕棋呈任公漸>), "관성자(관성자는 붓을 말함)는 고기 먹을 운명이 아니요, 공방형(공방형은 돈을 말함)과는 절교의 편지가 있다.(인연이 없다는 뜻)管城子無食肉相 孔方兄有絶交書"(<희정공의부戲呈孔毅父>)는 등의 시구는 때로 생동감 넘치는 전고를 사용하거나 때로 산문을 쓰듯이 시를 써서 기이하고 경탄스런 대목이 연이어 얽혀지는데, 그러한 경계境界는 당시에는 없던 것이었다. 그러나 당시 가운데 높고 화려하며 맑고 먼(高華淸遠) 시풍이나 웅장하고 조화로우며 풍부하고 기름진(雄渾豊腴) 풍격을 가진 시구들, 예컨대 왕유의 "걸어서 다다르니 개울이 끝난 곳, 앉아서 바라보니 구름이 이는 때行到水窮處 坐看雲起時"(<종남별업終南別業>)라든가, "고을의 마을은 앞 포구에 떠있고, 물결은 두둥실 먼 하늘을 흔든다.郡邑浮前浦 波瀾動遠空"(<한강임범漢江臨泛>), 이백의 "뜬구름은 나그네의 마음이요, 떨어지는 해는 옛 친구 그리는 정일세.浮雲遊子意 落日故人情"(<송우인送友人>)나, "산은 평야를 따라 다하고, 강은 큰 사막에 들어 흐른다.山隨平野盡 江入大荒流"(<도형문송별渡荊門送別>), 두보의 "다함 없는 낙엽은 하염없이 떨어지고, 끝 모를 장강은 유유히 흐른다.無盡落木蕭蕭下 不盡長江滾滾來"(<등고登高>)나, "금강에 봄빛은 천지에 깔렸고, 옥루의 뜬구름은 해마다 바뀐다.錦江春色來天地 玉壘浮雲變古今"(<등루登樓>)는 표현은 송시에서는 드물게 발견되는 것들이다.

송시는 음조音調에 있어서도 많은 변화를 가져와 대개 여위고 굳센 기풍을 우뚝하게 자랑했는데, 특히 황정견이 가장 걸출하였다. 예컨대 "사람 말 아홉 가지 중 여덟이 법률이라, 강배 위에 있다면 문득 동으로 가고 싶다.人言九事八爲律 儻有江船吾欲東"(<사재수기2수寺齋睡起二首>)거나, "인간 세상 부는 바람 햇빛이 닿지 않는 곳 있어도, 하늘 나라 옥당에는 보배로운 책 가득하다.人間風日不到處 天上玉堂森寶書"(<쌍정다송자첨雙井茶送子瞻>), "벌집 같은 방에는 각각 들창이 열려 있고, 개미 구멍에서 때로 후왕에 봉해지는 꿈을 꾸었다.蜂房各自開戶牖 蟻穴或夢封侯王"(<제낙성사題落星寺>)와 같은 구절은 당시에 나오는 난새가 온화하게 지저귀는 듯한 혼아渾雅한 소리, 예컨대 "꽃이 검패를 맞이하자 별은 처음 떨어지고, 버들이 깃발을 흔드니 이슬은 마르지 않았다.花迎劍佩星初落 柳拂旌旗露未乾"(잠삼의 <화가지사인조조대명궁지작和賈至舍人早朝大明宮之作>)거나 "강 사이 큰 물결은 하늘 위로 솟구쳐 오르고, 변방의 바람과 구름은 땅에 닿아 어둑하다.江間波浪兼天涌 塞上風雲接地陰"(<두보의 <추흥8수秋興八首> 중 1수), "집은 높은 성에 있어 한나라 정원과 닿았는데, 마음은 밝은 달 따라 오랑캐 하늘까지 닿았다.家住層城臨漢苑 心隨明月到胡天"(<황보염皇甫冉의 <춘사春思>)는 등과 비교할 때 대단히 큰 차이가 난다.

송나라 사람들은 기이하고 새로운 시풍을 추구하는 한편 세상의 온갖 사물들과 희노애락과 같은 감정들을 모두 시화하였다. 학문과 예술, 인정과 세태, 불가와 도교 사상, 하찮은 생물체와 번거로운 일들에 이르기까지 모두 시인의 손을 거치면 자신의 성령性靈으로 묘사되어(소식과 황정견의 시에 이러한 예가 많다) 확실히 비좁은 창작의 길을 넓혀 놓았다. 당시에 자주 보였던 미인과 향초香草, 남녀간의 애정과 기쁨을 노래한 구절은 송시에서는 거의 찾아보기 어렵다. 그 원인을 살펴보면 당나라 말기 이래 등장한 사詞는 체제가 사소한 잡사를 다루고 감정을 토로하기에 적합해서 송나라 사람들은 이런 감정을 모두 사 작품 속에 담았기 때문이다. 넓은 의미에서 보면 사는 시의 일종으로, 이런 내용은 하나의 형식에서 다른 형식으로 전환한 것이기 때문에 송시의 폐단이라고 하기에는 부족하다.

당시와 송시에 대한 논의는 대대로 논쟁과 호오好惡, 취사선택이 사람에 따라 각기 달랐다. 객관적으로 논한다면 송시가 당시보다 뛰어난 점은 기교상의 진보와 의경意境의 심화, 시재詩材의 확대에 있다. 문학적 기교는 날로 진보했지만, 천뢰天籟는 날로 유실되어 조탁하고 다듬은 흔적이 완연해졌고, 온화하고 혼후渾厚한 아름다움은 찾아보기 어렵게 되어갔다. 이는 시대적인 조류가 도달한 귀결이어서 어쩔 수 없는 일이었다. 동시에 한결같이 새로움과 기이함, 심오함을 추구하던 풍조는 신의新意를 얻을 길이 없어지자 단지 시어와 시구에만 관심을 기울이고 근본은 버리고 여기餘技만 좇게 되어 시의 의경意境을 손상하게 되었다. 때문에 송시는 이런 점에서 당시의 장점에 미치지 못했던 것이다. 만약 당시를 받들어 준칙으로 삼는다면 송시는 당연히 당시에 미치지 못한다. 그러나 문학의 발전이라는 측면에서 말해 독창을 귀하게 여기고 한 번 이룬 뒤에 변화시키지 않는 태도를 문제시한다면, 송나라 시인들은 당시가 번성한 뒤에 이를 계승하기도 어려웠고, 변화하지 않자니 궁핍해질 수밖에 없게 되었다. 이에 새로운 활로를 개척하고 당나라 시인들이 미처 확보하지 못한 경지를 열어서 또 다른 풍격을 창조해서 당시의 전통 사이에 나름대로 개성적인 영역을 창조하기에 이르렀다. 원명元明 이후 시는 다양하게 변화했지만 당시와 송시 두 시파의 울타리를 넘어서지는 못했다. 때문에 당시를 가장 잘 배운 이로 송나라 사람을 따라갈 이가 없다고 말하는 것이다.

■ 당송고문운동(唐宋古文運動)

당송 시대에 일어난 문학 혁신 운동. 주요 내용은 유학을 부흥시키는 데 있었고, 형식상으로는 병려문駢儷文을 반대하고 고문古文을 제창하였다.

이른바 고문이란 것은 병려문에 대칭해서 쓰던 말이다. 선진양한先秦兩漢 시대의 산문은 특히 질박하고 자유로워 문체가 단구單句를 중심으로 이루어졌기 때문에 격식에 구애받지 않아 현실 생활을 반영하고 자신의 생각을 표현하기에 적합했다. 남북조 시대 이래로 문단에서 성행했던 병문은 대우對偶와 성률聲律, 전고典故, 사조詞藻 등 형식에 치우쳐 화려하긴 했지만 내실이 없어서 실용적으로 쓰이기에는 적합하지 않았다. 서위西魏의 소작蘇綽은 일찍이 『상서』를 모방해서 『대고大誥』를 지으면서 주나라 때의 고문으로 문체를 개혁하자고 주장했지만 실효를 거두지는 못했다. 수문제隋文帝 때에도 포고령을 내려 "문장이 겉만 화려하고 아름다운 것文表華艶"을 금지하고, 이악李諤은 글을 올려 화려한 문체를 개혁할 것을 건의했는데, 모두 그릇된 풍조를 바로잡지는 못했다.

당나라 초기 문단은 여전히 병문이 주요한 위치를 차지하고 있었다. 당태종은 글을 쓸 때 문장이 부화한 것을 좋아하였다. 사학자인 유지기劉知幾(661-721)는 『사통史通』에서 "말은 반드시 참되어야 하며言必近眞" "꾸미고 수식하는 따위를 숭상해서는 안 된다.不尙雕彩"고 주장하였다. 왕발王勃 또한 문장의 폐단을 바로잡을 것을 제의했지만, 자신의 글은 여전히 병문을 쓰고 있는 처지였다. 진자앙陳子昻도 복고의 기치를 높이 들어 올렸다. 당현종 천보天寶 연간부터 중당中唐 초기까지 소영사蕭穎士와 이화李華, 원결元結, 독고급獨孤及, 양숙梁肅, 유면柳冕 등이 앞다퉈 경전을 으뜸으로 삼고 도를 밝히는 글을 쓰자는 주장을 내세우며 산체散體로 문장을 지었는데, 이들은 고문 운동의 선구자들이었다. 한유韓愈와 유종원柳宗元은 특히 진일보하여 완비된 고문 이론을 내놓으면서 다수의 뛰어난 고문으로 된 문장을 썼다. 당시 일군의 문인들과 추종자들이 열렬히 그의 주장에 호응해서 마침내 문단에는 고문 운동의 큰 흐름이 형성되어 산문체의 발전은 새로운 국면으로 접어들게 되었다.

한유와 유종원은 당나라 고문 운동의 대표적인 인물이었다. 그들은 고문을 통해 과거의 전범적인 도를 실천해야 한다고 주장하는 한편 유학의 진흥을 위해 노력하였다. 한유는 "과거의 도를 배워서 그 문체에 통달하고자 한다. 문체에 통달한다는 것은 바로 과거의 도에 뜻을 두는 일學古道而欲兼通其辭 通其辭者 本志乎古道者也"(<제구양생애사후題歐陽生哀辭後>)이라고 힘주어 말했다. 때문에 그들의 고문 이론은 도를 밝히는 일을 가장 우선시하였는데, 한유는 특히 유가의 인의仁義와 도통道通을 강조하였다. 유종원은 "시대를 보완해서 만물에 미치는 것이 도以輔時及物爲道"(<답오무릉논비국어서答吳武陵論非國語書>)라는 주장을 내세웠다. 이 밖에 두 사람의 고문 이론은 다음과 같은 점들을 포괄하고 있다.

①"기를 기를 것養氣"을 주장하였다. 작가의 도덕적 수양을 제고하여 "뿌리가 든든한 이는 열매가 이루어질 것이며, 기름기가 넉넉한 이는 그 빛이 찬란할 것이다. 인의를 갖춘 사람은 그 말이 온화해질 것根之茂者其實遂 膏之沃者其光曄 仁義之人 其言藹如也"(한유의 <답이익서答李翊書>)으로 보았다. 작가의 도덕적 수양은 문장의 표현 형식을 결정하여, 때문에 "기가 풍성하면 말의 길고 짧음과 소리의 높고 낮음이 모두 마땅하게 된다氣盛則言之長短與聲之高下者皆宜"(<답이익서>)고 강조하였다.

②학습의 기준에 대해서 그들은 "삼대와 양한의 글이 아니면 보려고 하지도 말라非三代兩漢之書不敢觀"(<답이익서>)고 하였다. 경전과 역사서를 중시했을 뿐만 아니라 굴원屈原과 사마상여司馬相如, 양웅

揚雄 등이 일궈낸 예술적 성취도 중시해서 그들의 장점을 섭취해서 자신들의 창작을 더욱 풍부하게 다졌다.(한유의 <진학해進學解>와 유종원의 <답위중립론사도서答韋中立論師道書>)

③스스로 새로운 뜻과 새로운 문체를 만들어서 "기이하고 괴이한怪怪奇奇"(한유의 <송궁문送窮文>) 문체도 피하지 않았으며, 인습을 모방하는 태도를 거부하고 "진부한 말투를 없애는 데 힘 쓸 것惟陳言之務去"(<답이익서>)을 강조하였다. 아울러 "오직 문체가 옛스럽다고 해도 나에게서 나와야 하고 재능이 떨어져서 그렇게 할 수 없는 사람이 베끼고 훔친다.唯古于詞必己出 降而不能乃剽賊"(<남양번소술묘지명南陽樊紹述墓志銘>)고 생각하였다. 때문에 옛날 성현의 저작이라고 해도 "그 뜻을 본받아야지 말투를 본받아서는 안 된다.師其意 不師其辭"(<한유의 <답유정부서答劉正夫書>)고 하였다.

④예술적 형식을 중시함과 동시에 특히 문채만 요란하고 내용은 허황되고 빈약한 작품은 반대하였다. "이런 글은 비단결 같은 문장을 지어 함정을 덮어 빠뜨리는 꼴이다. 밝지 못하면서 나아갔으니 넘어지는 이가 많다.是猶用文錦覆陷穽也 不明而出之 則顚者衆矣"(<유종원의 <답오무릉논비국어서>)고 조심할 것을 충고하였다.

⑤글을 지을 때에는 진실을 이해하려는 태도를 가져야지 가벼운 생각(輕心), 안이한 생각(怠心), 어지러운 생각(昏心), 자랑하려는 생각(矜心)을 가지고 글을 써서는 안 된다고 하였다.

⑥맹목적으로 옛 것을 숭상하고 당대의 문학은 경시하는 태도를 반대하였다. 그들은 "옛 사람 역시 사람일 뿐이니 어찌 멀기만 하겠는가古人亦人耳 夫何遠哉"(유종원의 <여양경조빙서與楊京兆憑書>) 라면서 "옛 것이라고 무조건 좋다고 하고 당대의 것은 헐뜯는 이들이 어깨를 맞대며 자취를 남기고 있는榮古虐今者 比肩疊迹"(유종원의 <여우인논위문서與友人論爲文書>) 현실을 분개하였다. 그러면서 당대에도 좋은 작가가 적지 않다고 하면서 "만약 모두 이런 짓을 그치지 않

는다면 문장이 대성한 경우는 옛날부터 있지 않았다若皆爲之不已 則文章之大盛 古未有也"(<여양경조빙서>)고 못박았다. 확실히 두 사람이 주도한 고문 운동은 문학상 복고의 기치를 문학의 혁신에 이용하여 문학의 발전에 큰 공적을 남겼다.

한유와 유종원이 제창한 고문은 당시에 한 차례 논쟁을 거친 것이었다. 한유는 "내가 글을 쓴지 오래 되었는데, 매번 스스로 의중을 헤아려서 좋다고 생각되면 사람들은 반드시 나쁘다고 여겼다. 조금만 뜻을 드러내면 사람들도 조금 괴이하게 여기고 많이 드러내면 사람들도 반드시 크게 괴이하게 여겼다.僕爲文久 每自測意中以爲好 則人必以爲惡矣 小稱意 人亦小怪之 大稱意 則人必大怪之也"(<여풍숙논문서與馮宿論文書>) 그러나 당시 사람들의 비난과 조소를 받으면서도 한유는 조금도 자신의 뜻을 굽히지 않았다. "떨쳐 일어나 세속의 흐름을 돌아보지 않았으며, 조소와 비난을 받아도 후학들을 불러 모으면서奮不顧流俗 犯笑侮 收召後學"(유종원의 <답위중립론사도서>), 끊임없이 고문 운동의 대오를 확산시켰다. 한유의 제자들로는 이고李翶와 황보식皇甫湜, 이한李漢 등이 있는데, 이들은 서로를 격려하면서 고문 운동이 성공적으로 달성되도록 노력을 아끼지 않았다. 그들은 구어 가운데 담겨 있는 신선한 어휘를 흡수해서 구어에 접근한 새로운 산문 어휘를 개발하였고, 이를 바탕으로 많은 작품을 남겨 산문 언어의 표현 능력을 확대하여 중국 문학사상 새로운 산문 전통을 개창하였다. 당나라 말기의 피일휴皮日休와 육구몽陸龜蒙, 나은羅隱 등이 발표한 현실을 풍자했던 일련의 소품문小品文도 모두 고문체에 바탕을 둔 것으로, 고문 운동의 영향을 계승한 것이라고 하겠다.

중당 때의 고문 운동은 비록 당시 문단에서 빛나는 성과를 거두었지만, 병문이 완전히 자취를 감춘 것은 아니어서 만당晩唐 시기에 접어들자 다시 병문이 고개를 쳐들기 시작하였다. 오대五代부터 송나라 초기까지 부화하고 미려하며 화려한 문풍이 다시 범람하기 시작해

전촉前蜀의 우희제牛希濟(?-?)는 자신의 <문장론文章論>에서 당시 문장은 "교화의 도리를 잊고 요사스럽고 부염한 것을 능사로 안다.忘于敎化之道 以妖艶爲勝"고 개탄하였다. 송나라 초기 왕우칭王禹偁과 유개柳開가 다시 고문을 제창하면서 문장과 도가 합일해야 한다는 주장을 펼쳤는데, 이들의 주장은 호응하는 사람이 없어서 운동으로까지 발전하지는 못했다. 진종眞宗(998-1022 재위) 시기와 인종仁宗(1023-1063 재위) 초기에 양억楊億과 유균劉筠을 필두로 한 서곤파西崑派가 성률을 중시하고 병려문을 앞세운 형식주의 사조를 추구하여 당시 문단을 석권하였다. 석개石介(1005-1045)와 같은 문인이 등장하여 백여 년 동안 단절된 고문 운동의 명맥을 되살리면서 부화하고 화려한 문풍에 일대 타격을 가하였다. 석개는 <괴설怪說>을 써서 "양억의 아름다움이 극에 달한 모양을 탐구하고 음풍영월吟風詠月하면서 화초나 기롱하는 기교에 빠지고 사치하며 화려하고 부화한 문체만 잔뜩 짜집기한楊億之窮姸極態 綴風月 弄花草 淫巧侈麗 浮華纂組" 문풍을 맹렬히 비난하였고, <상범사원서上范思遠書>에서는 "여러 동지들이 힘을 다해 이를 배척하여 도를 해치지 못하도록 하여二三同志 極力排斥之 不使害于道" "글 쓰는 것을 배울 때에는 반드시 인의에 근본하도록學爲文必本仁義" 뜻을 세워 차라리 죽을지언정 부화하고 화려한 문장을 써서는 안 된다고 강변하였다. 그러나 석개의 창작은 그 성취한 바가 크지는 못했다. 송나라 때의 고문 부흥은 구양수歐陽修(1007-1072)에 의해 주도된 이후에야 비로소 하나의 운동으로 부상하였다.

구양수는 자신의 정치적 위치를 빌어 고문을 힘차게 제창하면서 일련의 창작 집단을 소집하였다. 그와 뜻을 같이 한 인물로는 소순蘇洵이 있었고, 제자에는 소식蘇軾과 소철蘇轍, 왕안석王安石, 증공曾鞏이 있었으며, 소식의 문하에 황정견黃庭堅과 진사도陳師道, 장뢰張耒, 진관秦觀, 조보지晁補之 등이 나왔다. 이들은 모두 고문의 대가들로 각자 기치를 세워 영향력을 넓혔기 때문에 송대의 고문 운동은 활발하게 전개되기에 이르렀다. 송대 고문 운동의 특징은 다음과 같다.

첫 번째는 도를 밝힐 것(明道)을 주장했다는 점이다. 구양수는 "도가 성숙한 사람은 문장도 어려움 없이 저절로 지극한 경지에 이른다道 勝者 文不難而自至"(<답오충수재서答吳充秀才書>)고 했으며, 소식도 "나는 문장을 쓸 때에는 반드시 도를 갖추게 하였다.吾所爲文必與道 俱"(<주자어류인朱子語類引>)고 주장하였다. 이런 견해는 당나라 때의 고문 운동의 전통을 계승한 부분이다. 두 번째는 선진양한의 문장을 배우는 것을 높게 평가하지 않고 곧바로 한유에게서 전범을 찾았다 는 사실이다. 왕우칭은 "근래 고문에 있어서 가장 으뜸은 한유일 뿐 近世爲古文之主者 韓吏部而已"(<답장부서答張夫書>)이라고 말했다. 그들이 한유에게서 배운 공통점은 한유의 문장이 보여주는 "문장은 글자를 좇아 순조로워진다文從字順"는 점이지 기이하고 오래되며 심 오하고 편벽된 것을 추구했던 편향적인 문풍을 배우지는 않았다. 이 때문에 송대의 고문은 진일보하여 한유와 유종원이 열어놓은 새로운 산문 언어를 기초로 하여 생각을 표현하고 남들에게 이해시키는 데 더욱 편리하게 다듬어 두 사람이 다져 놓은 새로운 산문 전통의 정신 을 발전시켰다.

명나라의 주우朱右는 구양수와 증공, 왕안석, 삼소三蘇 여섯 사람과 한유와 유종원을 합쳐 팔선생八先生이라 불렀다. 모곤茅坤이 『당송팔 대가문초唐宋八大家文鈔』를 편집하면서 당송의 고문은 서로 대등한 지 위를 얻게 되었다. 명나라의 송렴宋濂과 당순지唐順之, 왕신중王愼中, 귀유광歸有光 등이나 청나라의 동성파桐城派나 양호파陽湖派의 고문이 거둔 성과는 근원을 추적해보면 어느 하나도 당송 고문 운동으로부 터 영향을 받지 않은 것이 없다. 당송 고문 운동은 중국 산문 발전에 있어서 중요한 자리를 차지한다고 말할 수 있다.

■ 북송시문혁신운동(北宋詩文革新運動)

당나라 때 일어난 고문운동古文運動을 계승해서 북송 시대에 발생한 문학 혁신 운동. 주로 서곤체西崑體로 대표되는 부화하고 화려한 문풍을 거부하는 운동이다. 동시에 이 문학 운동은 시문에 있어서 혁신을 꾀하고 정치 투쟁과도 밀접한 관련을 맺으면서 파급되어 다수의 참여자가 나와 큰 영향력을 행사하였다.

북송 초기 천하가 통일되자 경제도 차츰 회복 국면으로 들어서고 사회도 안정되어 일부 상층 지도층은 태평성대를 맞아 시대상과 공덕을 노래하기에 골몰하였다. 이런 추세는 문학에도 반영되어 음풍농월을 일삼으며 만당晚唐 때부터 오대五代를 거쳐 발달한 부염浮艶한 문풍이 문단을 지배하게 되었다. 그러나 송나라는 개국 때부터 선천적으로 국력이 미약했고, 북에는 요遼나라가 자리잡고 있어 국경이 불안정했기 때문에 한나라와 당나라 때 보여준 제국으로서의 기상을 회복하지 못했다. 아울러 관료와 지주, 상인 계층의 지배가 날로 극성을 이뤄 각종 사회적인 갈등이 표면화되고 정치적인 내분도 첨예화되어 가는 실정이었다. 이에 이러한 현실에 위기감을 느끼고 국가의 장래를 염려한 일부 하층 사대부들은 정치적인 개혁을 요구하면서 현실 문제를 문학에 반영해야 한다는 주장을 내세우기 시작하였다. 그들은 한유韓愈(768-824)와 백거이白居易(772-846)의 문학을 높이 평가하면서 새로운 문풍을 조성하였다. 때문에 북송시문혁신운동은 정치상의 혁신운동과 궤를 함께 하면서 진행되었다. 진척 과정은 크게 세 단계로 나눌 수 있다.

제1단계는 태조(960-976년 재위)가 개국한 뒤부터 3대 황제인 진종眞宗(998-1022년 재위) 때까지로 10세기 70년대부터 11세기 초까지다. 이 시기의 선구자들은 유개柳開와 왕우칭王禹偁, 목수穆修, 석개石介, 요현姚鉉, 손복孫復을 들 수 있다. 유개는 일찍이 "한유를 존중하자.尊韓"

는 기치를 내걸고 도를 중시하고 실용적인 사업을 앞세우며 질박한 문풍과 산문에 가치를 두어 사회적 교화에 주력하자는 등의 입장을 제기하였다. 이는 전반적으로 당시의 화려하고 세련된 문풍을 반대하는 태도로 집약된다. 왕우칭도 경전을 존중하고 복고에 치중하자는 주장을 통해 창작에 있어서도 "도를 전하고 마음을 밝히는傳道明心" 고문을 쓰자는 논지를 전개하였다. 그는 한유의 문론인 문종자순文從字順을 힘주어 역설하였다. 또한 이백과 두보, 백거이가 남긴 현실을 반영했던 시풍을 찬성하고, 만당 이후 전개된 부화하고 방탕한 시풍을 거부하였다. 그는 창작에서도 자신의 주장을 실천에 옮겨 그의 작품을 읽으면 현실에서 취재한 내용이 많고 시어가 평이해서 이해하기 용이하며, 풍격 또한 맑고 신선해 시문혁신운동 초기의 성과로 손꼽을 만하다. 그러나 그들의 혁신운동은 아직 영향력이 크지 못했기 때문에 당시에는 여전히 양억楊億과 유균劉筠, 전유연錢惟演이 중심이 되어 활동한 서곤파의 화미華靡한 문풍이 범람하고 있었다. 이 때 뒤이어 등장한 목수는 도를 중시하면서 문장을 배우자는 주장을 펼치며 병문가駢文家들이 장구章句와 성우聲偶를 중시하는 풍조에 반기를 들었다. 그는 당시 문단의 비난도 무시한 채 직접 한류집韓柳集 수백 부를 도성에서 간행하는 등 한류의 문장으로 자임하였다. 얼마 후 석개는 <괴설怪說>에서 양억은 "풍월이나 엮고 화초로 농지꺼리나 하면서綴風月 弄花草" "성인의 도에 좀을 먹이고 위해를 가하는蠹傷聖人之道" 사람이라며 맹렬한 비판을 가했다. 다만 그들은 문학 이론 방면에서는 아직 이렇다 할 새로운 견해를 내놓지는 못했다. 그리고 도만 중시하고 문장 자체는 경시하였으며, 문장의 언어적 형식 부분은 경시하는 편이었다. 왕우칭을 제외하고 나머지 사람들의 산문은 대개 문체가 난삽하고 언어가 껄끄러운 병폐를 지니고 있었고, 창작상의 성과 역시 그리 높지 않았다.

  제2단계는 인종仁宗(1023-1063년 재위)조로 11세기 20년대부터 50년대를 전후한 시기다. 혁신운동도 고조되어 범중엄范仲淹과 이구李覯, 윤수尹洙, 석연년石延年, 소순흠蘇舜欽, 매요신梅堯臣, 송기宋祁, 구양수歐陽修, 소씨蘇氏 부자, 왕안석王安石, 증공曾鞏 등이 대표적인 문인으로 활약하였다. 먼저 범중엄은 천성天聖 3년(1025)에 당시의 폐정弊政을 개혁하자는 주장을 펼치면서 동시에 문풍의 개혁도 주장하였다. 천성 7년(1029)과 명도明道 2년(1033)에 조정에서는 두 차례에 걸쳐 부화한 문풍을 경계하고 산문을 제창하라는 조서를 내렸다. 이러한 조정의 움직임에 힘입어 문풍 개혁을 주장하는 인사들이 속속 등장하게 되었다. 그들은 빈번하게 교류를 가지고 서로 작품을 주고받으면서 이전에 볼 수 없었던, 당시 문단의 폐단에 대한 공격을 개시하였다. 이런 풍조는 하나의 세력으로 확산되어 이구는 문장으로 세상을 이끌자(文以經世)고 요구하면서 "시대를 다스리는 도구治物之器"로서의 역할을 할 것과 의고적擬古的 경향과 "새기고 장식하는 것만 능사로 아는雕鏤以爲麗"(<상이사인서上李舍人書>와 <상송사인서上宋舍人書>, <원문原文>) 풍조에 일침을 가했다. 윤수는 병문을 걸어치우고 간결하면서도 법도가 있고, 검약한 문채로 이치를 정확하게 표현하는 고문을 창작하는 일에 주력하였다. 소순흠은 고대의 관청을 두어 민풍民風을 채집했던 제도의 실용성을 높이 평가하고, 문장을 짓는 근본적인 목적은 "시대를 경계하고 민중을 고무시키며警時鼓衆" "세상을 돕고 잘못을 구하는補世救失" 일이라고 주장하였다. 동시에 화려한 문채가 범람하는 폐단을 지적하면서 "도덕이 이긴 뒤라야 문장도 진작된다.道德勝而後振"(<상손충간의서上孫冲諫議書>)고 하였다. 매요신도 시를 논하면서 『시경』과 <이소>의 전통을 강조하면서 비흥比興을 중시하는 동시에 부화한 문풍으로 점철된 악습을 꼬집어 폄하하였다. 그리고 시는 인정을 서술하고 물태物態를 표현하며 시의詩意는 새롭고 시어는 공교로우며, 풍경과 작가의 의도가 합치되어 평담平淡으로 다져진 높은 수준의 문학을 완성해야 한다고 역설하였다. 소순흠과 매요신 두 사람의 시풍은 호방하고 담원淡遠한 차이가 있지만, 두 사람 모두 현실적인 사회 생활을 반영해서 서곤체가 보여준 아픈 곳도 없이 신음하는(無病呻吟) 왜곡된 시풍에 일격을 가했다. 그들은 시문혁신운동의 발전에 커다란 공헌을 하였다.

이들의 뒤를 이어 구양수가 나왔다. 그는 시문혁신운동의 중요한 영도자였다. 그가 이 운동에 끼친 영향은 다음 몇 가지로 정리된다.

①초기 혁신운동이 범중엄을 중심으로 정치 개혁 운동과 맞물려 있었던 점을 염두에 두고 고문과 시가, 문학이론 및 비평이 정치 투쟁에 복무할 것을 주장하는 한편 이 운동의 참여자들이 스스로 각성하고 적극적인 활동을 하도록 인도하였다.

②이론적인 측면에서 논리를 극명하게 서술해 혁신운동의 지표를 제공하였다. 그는 "도가 지극한 사람은 문장 또한 어려움 없이 경지에 오른다.道勝者 文不難而自至"거나 도는 문장을 충실하게 만들지만 문을 대체할 수는 없다고 판단했는데, 이에는 작문을 할 때에는 모름지기 간략하면서 법도가 있어 자연스럽고 유창하게 표현되어야지 모방하거나 낙후된 것을 추종해서는 안 된다는 주장이 담겨 있다. 그는 시를 논하면서 미자美刺와 권계勸戒를 중시했고, 실제 경험을 통해 창작이 이루어져야 좋은 문학이 나올 수 있다고 보았다. "문학은 궁핍해진 다음에야 공교로워진다.文窮而後工"는 유명한 주장도 작가의 경험이 창작에 중대한 영향을 끼치는 사실을 강조한 말이다. 그는 두보와 이백의 문학을 높이 평가하였다. 그는 최초로 시화詩話라는 새로운 형태의 비평 방식을 고안했는데,『육일시화六一詩話』에는 문학에 대한 다양하고 정교한 논의가 수록되어 있다. 그의 문학 이론은 작가들에게 창작상의 실천을 수행하게 만들어 혁신운동이 성공적으로 달성되도록 유도하였다.

③과거 시험이 가진 폐단을 개혁하고, 사륙문四六文으로 구축된 시문時文의 모순을 혁파하였다. 구양수는 가우嘉祐 2년(1057)에 예부공거

禮部貢擧(과거 감독관)가 되었을 때 엄격한 규율을 세워 문장이 실용적이면서 소박한 산문으로 자리잡고 험괴기삽險怪奇澁하고 공동부화空洞浮華한 문풍을 척결하는 데 심혈을 기울였다.

④창작의 기풍을 크게 일으키고 후배들을 등용하는 일에 진력하였다. 구양수는 스스로 대단히 뛰어난 산문 작품을 썼는데, 내용이 충실하고 형식이 새로운 등 평이하고 자연스러우면서 유창한 문채를 구사하였다. 동시에 이야기가 간곡하게 전해지도록 문장을 구성하고 이치를 말하면서도 진심이 서정적으로 표현되도록 노력했는데, 이런 성과는 산문 창작에 새로운 활로를 활짝 여는 결과를 가져왔다. 그의 시는 예술적으로 한유의 시가 보여준 산문적인 성향을 본받았지만 한유시의 험괴하고 생경한 단점은 극복하였다. 그의 시와 산문은 시문혁신운동에 있어서 하나의 모범으로 간주되었다. 그는 인재를 소중하게 여겼기 때문에 그의 주변에는 노장老壯 양층의 작가들이 무리지어 모여들었다. 특히 그는 왕안석과 소씨 부자, 증공 등을 아껴 시문운동의 뒤를 이을 후계자로 양성하였고, 창작을 적극적으로 지원해서 혁신운동이 지속적으로 발전할 수 있도록 배려하였다. 이런 다양한 구양수의 노력은 큰 성과를 거둬 혁신운동이 전성기를 맞이하게 만들었고, 궁극적으로 성공하는 데 있어서 결정적인 공헌을 하였던 것이다.

제3단계는 5대 영종英宗(1064-1067년 재위) 시기부터 7대 철종哲宗(1086-1100년 재위) 때까지로, 11세기 50년대부터 11세기 말까지다. 이 시기는 운동이 완수되는 시기로, 대표적인 작가는 왕안석과 증공, 소식蘇軾, 소철蘇轍, 황정견黃庭堅, 진관秦觀 등이다. 왕안석은 혁신운동을 그가 시행한 신법新法의 중요한 성분으로 만들어 문장의 내용은 예교禮敎 정치와 유관하며, "세상에 도움을 주는 방향으로 힘써야 하고 務爲有補于世" "적용되는 것으로 근본을 삼아야 한다以適用爲本"(<상인서上人書> 등)고 주장하였다. 그는 거듭 "장구를 짜맞추고 성률에

골몰하는 병폐와 문사를 숭상하는章句聲病　苟尙文辭"(＜취재取材＞)
경향을 배척하면서 시가 방면에서는 특히 두보를 높이 평가하였다.
증공과 소철, 왕령王令 등도 각자 문학 이론과 창작을 통해 혁신운동
이 소기의 목적을 거두고 맡은 바 역할을 발휘하는데 중추적인 역할
을 담당하였다. 이 운동이 완전한 승리를 거둘 수 있도록 지도한 인
물은 바로 소식이다. 그는 구양수의 뒤를 이어 문단의 영수가 되었다.
그는 시문은 응당 "실천을 통해 이루어져 하고有爲而作" "동시대의
허물을 반드시 꼬집어 말해야 한다.言必中當世之過"(＜부역선생시집
서鳧繹先生詩集敍＞)고 하면서 작가는 "시인의 의로움을 따라 사실에
근거해 풍자하여 나라에 도움이 있어야 한다.緣詩人之義 托事以諷 庶
幾有補于國"(소철의 ＜동파선생묘지명東坡先生墓志銘＞)고 호소하였다.
한편 그는 문학의 예술적 특징도 중시해서 거듭 문학 자체는 좋은 금
이나 아름다운 옥과 같이 스스로 정해진 값이 있다.(＜답유면도조서答
劉沔都曹書＞ 등 참조)는 생각을 피력하였다. 그는 또 "사물을 좇아 형
태를 그린다.隨物賦形"거나 "문장이 달통해 있다辭達"·"마음 속에
대나무가 완성되어 있다.胸有成竹"·"정신을 전하고 의지를 묘사한다
傳神寫意"·"시 가운데 그림이 있다.詩中有畵"는 등 유명한 관점을
많이 제시하여 당대의 창작을 주도하였다. 그의 문학은 모두 북송 시
대 문학의 최고 경지를 구현했다고 할 수 있다. 소식도 역시 인재를
중시하였다. 소문사학사蘇門四學士로 불려지는 황정견과 진관, 장뢰張
耒, 조보지晁補之 등은 모두 북송 후기의 걸출한 작가들로, 북송 문학
의 번성에 크게 기여하였다.
　북송시문혁신운동은 당나라의 고문운동의 뒤를 이어 고대 문학, 특
히 산문 및 문학론의 발전에 성과를 거두었다. 이후 당송팔대가唐宋八
大家로 대표되는 고문 전통은 줄곧 후배 산문가들의 모범으로 자리하
였고, 특히 명청 시대의 산문은 구양수와 증공, 소식 등을 전범으로
삼았다. 시가 방면에서는 구양수와 왕안석, 소식 등이 영향력을 행사

해 당송파唐宋派와 공안파公安派, 경릉파竟陵派, 송시파宋詩派 등에 값진 자양분을 공급하였다. 그러나 이 운동은 정통에 대한 관념을 강하게 띠고 있었고, 문학이 현실 정치에 복무하도록 요구했기 때문에 시의 산문화와 "의론으로써 시를 쓰는以議論爲詩" 개념화 경향을 조장하기도 하였다. 남송 시대 이학가理學家들의 산문은 특히 이 점을 충실히 본받았다. 이 부분이 북송시문혁신운동이 지닌 역사적·사상적 한계라고 할 수 있을 것이다.

■ 문장과 도의 관계(1), 문이명도(文以明道)

문장(문학)으로써 도를 밝힌다. 중국 고대 문론에 나오는 관점으로, 문학 작품 속에서 실현되는 문文과 도道의 연관 관계를 설명하는 방식 중 하나다. 문이명도 사상은 일찍이 전국시대에 쓰여진『순자荀子』에도 단초가 보인다. 순자는 <해폐解蔽>와 <유효儒效>, <정명正名>편 등에서 도를 객관적 사물에 대한 규율로 제시하고, 유가에서 말하는 성인聖人은 객관적 규율의 체현자로 제시하여 천지 만물의 중심을 다스린다고 보면서, 이를 근거로 문장으로써 도를 밝히기를 요구하였다. 한나라 때의 양웅揚雄(전53-후18)은『태현太玄·현영玄瑩』편과『법언法言·오자吾子』편에서 한 걸음 더 나아가 작가는 모름지기 자연의 도를 추수해야 한다는 문제를 제기하면서 자연의 도를 가장 바람직하게 체현한 것을 유가의 성인과 경서로 보았다. 때문에 그는 명도明道와 함께 "경을 으뜸으로 삼는 것宗經"과 "성인을 징험할 것徵聖"을 연계적으로 제안하였다. 이러한 초보적인 명도 관념은 나중에 유협劉勰(465?-520?)에게 직접적인 영향을 끼쳤다. 유협은『문심조룡』에 <원도原道>편을 설정했을 뿐만 아니라 문이명도의 문제를 명확하고 실증적으로 논술하였다. 그는 "도는 성인을 따라 문장 속에 드리워지며, 성인은 문장으로 인해 도를 밝힌다.道沿聖以垂文 聖因文以明道"(<원

도>편)고 말했는데, 이런 발언은 문이야말로 도를 극명하게 밝히는 원천임을 강조한 것이다.

당나라 때의 고문 운동은 육조시대의 화려한 문풍에 반대하면서 일찍이 문이명도로써 이론적 강령을 마련하였다. 고문 운동의 선구자인 유면柳冕(?-?)과 같은 이는 "무릇 군자다운 유학자라면 반드시 그에 어울리는 도가 있어야 하고, 그런 도가 있다면 반드시 그에 어울리는 문장이 있어야 한다. 도가 문장에 미치지 못하면 덕이 승하고 문장이 도에 미치지 못하면 기가 쇠약해진다.夫君子之儒 必有其道 有其道必有其文 道不及文則德勝 文不及道則氣衰"<답형남배상서논문서答荊南裵尚書論文書>)고 하였다. 한유韓愈(768-824)는 고문 운동의 영수로써 그의 시에는 문서文書나 전도傳道와 같은 시어가 보이지만 산문에서 정식으로 문이명도라는 구호를 내세우지는 않았다. 다만 그의 문인인 이한李漢이 <창려선생문집서昌黎先生文集序>에서 문과 도와의 관계를 개관하면서 "문장은 도를 꿰뚫는 그릇文者 貫道之器也"이라는 말을 해서 사실상 한유의 문학 정신을 대변하였다. 여기에 나오는 문이관도文以貫道는 문이재도文以載道와 같다. 한유는 일찍이 여러 차례에 걸쳐 "나의 뜻은 옛날 도에 있으며, 또 그 언어와 문사를 몹시 좋아한다愈之志在古道 又甚好其言辭"(<답진생서答陳生書>)고 말했다. 그리고 "내가 옛 것에 대해 뜻을 둔 것은 그 문사를 좋아할 뿐만 아니라 그 도도 좋아하기 때문愈之所志于古者 不惟其辭之好 好其道焉耳"(<답이수재서答李秀才書>)이라고도 말했다. 한유는 스스로 유가 도통道統의 계승자로 자처했는데, 그가 존숭한 옛 도는 바로 요순우탕堯舜禹湯과 주공周公, 공맹의 도였다. 그러나 한유는 문학가였기 때문에 도도 중시했지만 문 역시 가볍게 여기지는 않았다. 주희朱熹(1130-1200)는 그가 "평생동안 힘쓰고 정교해지고자 한 것은 문자 언어가 공교로워지는 것을 벗어나지 않았다.平生用力精處 不離乎文字言語之工"고 비평했는데, 바로 이 점을 설명한 것이다. 유종원柳宗元(773-819)도 문이명도를 주장해서 일찍이 "처음 내가 어렸을 때 문장을 지으면 문사로써 공교롭고자 하였다. 장성해서는 문장은 도를 빛나게 하는 것인 줄 알았으니, 이는 바로 문장을 빛나고 화려하게 만들며 예쁘게 꾸미기에 힘쓰고 소리를 과장해야 능한 것이라는 관념에 얽매이지 않았다는 것始吾幼且少 爲文章以辭爲工 及長 乃知文者以明道 是固不拘爲炳炳烺烺 務彩色 誇聲音而以爲能也"(<답위중립논사도서答韋中立論師道書>)이라고 말했고, 또 "성인의 말은 도를 밝히는 데 기약을 두었으니 학자는 도에서 구하기를 힘쓰고 문사는 버려야 한다…도는 문사를 빌려 빛나고, 문사는 책을 빌어서 전해진다聖人之言 期以明道 學者務求諸道而遺其辭…道假辭而明 辭假書而傳"(<보최암수재논위문서報崔黯秀才論爲文書>)고 하였다. 문과 도의 관계를 바라본 관점은 한유와 유종원 두 사람이 일치한다. 다만 도에 대해 이해한 관점은 두 사람이 다르다. 한유는 옛 도를 제창하는 데 중점을 두어 위진魏晉 이후 끊겨진 도통을 회복하는 일에 치중했다. 반면에 유종원은 세상을 다스리는 도(治世之道), 즉 "세태를 보완하여 만물에 미치고輔時及物"(<답오무릉논비국어서答吳武陵論非國語書>) "사람에게 이익이 되며 일을 하는 데에도 쓰일 수 있는利于人 備于事"(<시령론時令論>) 이도理道에 비중을 두었다. 이는 사회적인 필요에서 출발하여 경세치용經世致用을 중시한 입장으로 한유의 도와 비교할 때 진일보한 견해였다.

송나라 고문 운동의 대표자인 구양수歐陽修(1007-1072)는 이 문제에 대해 자신의 입장을 밝히면서 한유의 견해를 지지했지만 한 걸음 더 나아가 새로운 발전을 달성하였다. 한유가 주장한 도道는 인의仁義를 제외하고도 『대학』에 있는 격물치지格物致知, 정심성의正心誠意와 제가치국평천하齊家治國平天下로, 비교적 추상적이었다. 구양수는 "가까운 것을 버리고 먼 것을 취하며, 고아한 말에 힘쓰고 사실은 드물게 한다.舍近取遠 務高言而鮮事實"는 논리를 거부하고, 대신 일상에서 벌어지는 온갖 일에 착안하여 "몸으로써 실천하고 일에 맞춰 시행하며 문장 속에서 드러나는履之以身 施之于事 而又見于文章"(<여장수재제 2서與張秀才第二書>) 방식을 주장했다. 아울러 "도를 실으려면載道" 모름지기 "큰 것을 실어야 한다.載大"면서 역사적으로 현실적으로 국가와 사회와 관련이 있는 대사건을 실어야 한다고 주장하였다. 이렇게 큰 것을 실을 때 비로소 "멀리까지 전해진다.傳遠"고 하였다. 문학 방면에 있어서 구양수는 문학의 상대적 독립성을 명확하게 인식하였고, 덕이 있는 사람이라고 반드시 말이 있지는 않다는 사실을 지적하면서, "문학과 도가 함께 갖추어지기文與道俱"를 강조하면서 도를 중시하고 문학을 가볍게 여기는 태도를 반대하였다.

송나라 때에는 이학理學이 성행해서 상황도 변화하기 시작하였다. 이학자들은 도만 중시하고 문학은 경시했는데, 이런 풍조로 말미암아 문학과 도가 대립하는 상황이 전개되었다. 북송 때의 이학자인 주돈이周敦頤(1017-1073)는 문이재도를 명확하게 표방한 사람이었다. 그는 『통서通書·문사文辭』편에서 "문학은 도를 싣는 것文所以載道也"이라는 점을 강조하였다. 그러나 그가 말한 문이재도는 당송 고문가들의 그것과는 사뭇 달랐다. 그는 문학은 도를 운용하고 싣는 도구이어야 하며, 재도는 수레에 물건을 싣는 것과 같지만 수레는 수레일 뿐이라고 못박았는데, 이는 고문가들이 문학과 도는 결합되어 있는 것이라는 주장과는 현격하게 차이가 나는 입장이었다. 주돈이는 『통서·누陋』편에서 "성인의 도는 귀로 들어와 마음에 존재하면서, 쌓여지면 덕행이 되고 실천하면 사업이 된다. 저것은 문사로써일 뿐이니 누추하기 그지없다.聖人之道 入乎耳 存乎心 蘊之爲德行 行之爲事業 彼以文辭而已矣 陋矣"고 말했다. 이런 발언은 그가 도를 중시하고 문학을 경시한 태도를 뚜렷하게 보여준다. 그리고 이학자들이 말한 도도 고문가들의 그것과는 개념상으로 차이가 있었다. 그들의 도에는 심성의 리지학心性義理之學의 내용이 뒤섞여 있었고 철학적 기반 역시 유심적唯心的이었다. 주돈이 이후 정호程顥와 정이程頤 형제도 동일한 주장을 들고 나왔다. 더구나 그들의 주장은 더욱 편향적으로 흘러가 심지어는 "글을 지으면 도를 해친다.作文害道"는 식이어서 문학과 도를 완전히 대립시켜 놓았다. 남송 때의 이학자인 주희는 문학을 도에 부용附庸하는 파생물로 만들어 버렸다. 그는 "도는 문학의 근본이고 문학은 도의 지엽道者 文之根本 文者 道之枝葉"이라고 했으며, "문학은 모두 도로부터 나온 것인데, 어찌 문학이 오히려 도를 꿰뚫을 이치가 있겠는가? 문학은 문학이고 도는 도다. 문학은 다만 밥을 먹을 때의 음식일 뿐이다. 만약 문학으로써 도를 꿰뚫는다면 본말이 뒤바뀐 것這文皆是從道之流出 豈有文反能貫道之理 文是文 道是道 文只如吃飯時下飯耳 若以文貫道 却是把本爲末"이라고 말했다. 그는 문학은 도에 의해 통일되어야 한다고 주장하면서 이한의 "문학은 도를 꿰뚫는 그릇"이라는 주장이나 구양수의 "문학은 도와 함께 갖추어져야 한다"는 태도를 반대하였다. 주희는 "도 밖에 사물이 없다.道外無物"고 보았는데, 도와 떨어져서 존재하는 문학은 없으며 문학은 도를 표현하는 형식 또는 반영으로 이해하였다. 이를 내용과 형식의 관점에서 보았을 때 합리적인 부분도 없진 않지만, 근본적으로 이학자들이 순문학을 배척하는 편견을 가지고 있었다는 사실을 부인하기는 힘들 것이다.

정주程朱 이후 이학은 유학의 정통으로 자리잡았다. 이후 수백 년 동안 문학과 도의 관계에 대한 발언들은 이학을 선양하거나 이학을 반대하는 측의 싸움으로 꾸준히 일관되었다. 진량陳亮(1143-1194)은 <송오윤성운간서送吳允成運幹書>에서 "도덕 성명의 학설이 한번 일어난 뒤부터……서로 몽매하고 서로 속여서 천하의 실질을 모두 없애버렸으니, 마침내 온갖 일들이 다스려지지 않게 되었을 뿐自道德性命之說一興……相蒙相欺 以盡廢天下之實 則亦終于百事不理而已"이라고 말했는데, 이런 발언은 이학자들에게는 치명상이 되었다. 문학과 도의 관계에 있어서 그들이 강조한 도는 이런 방면을 편향적으로 표현한 것이었다. 명청 시대에 들어서자 이학을 거부하는 예봉이 더욱 날카로워져서 이지李贄(1527-1602)는 "거짓 도학假道學"을 신랄하게 비판했는데, 이는 당시 문단에 대단한 영향력을 발휘하였다. 명말청초明末淸初 때의 사상가 황종희黃宗羲(1610-1695)와 고염무顧炎武(1613-1682) 등은 모두 조충전각雕蟲篆刻이나 일삼는 형식주의 문학을 반대하면서 도를 밝히고 세상에 쓰일 수 있는(明道致用) 문학을 하라고 주장하였다. 황종희는 "문학이 아름답고 나쁜 것은 도와 일치했는가 떨어졌는가에서 볼 수 있다.文之美惡 視道合離"(<이고당묘지명李杲堂墓志銘>)고 말했고, 고염무는 "문학이 세상에서 끊어질 수 없는 까닭은 도를 밝히고 정치를 기록하며 백성들의 숨은 마음을 살피고 도인의 선함을 기뻐하기 때문文之不可絶于天地間者曰 明道也 紀政事也 察民隱也 樂道人之善也"(『일지록日知錄·문수유익우천하文須有益于天下』)이라고 하였다. 그들이 말한 도는 이학자들의 실제와 유리되고 헛되이 심성만 말하는 도와는 다른 것이었다.

청나라의 장학성章學誠(1738-1801)은 육조 이후부터 내려온 문학과 도와 관련된 논쟁에 종지부를 찍었다. 그는 『문사통의文史通義』에서 <원도原道> 3편을 썼다. 이 글에서 그는 도에 대해 본격적인 논의를 펼쳤다. 그는 "천하의 사물과 인륜, 매일 사용하는 것들을 버리고 6적을 지키며 도를 말하는舍天下死物人倫日用 而守六籍以言道" 태도를 반대했는데, 이것이 바로 그가 도를 논한 관점이다. <원도하原道下>에서 그는 문학과 도의 관계에 대해 말하면서 "무릇 도는 6경에 갖춰져 있는데, 의리가 온축된 것이 그 앞에 감춰져 있으면 장구와 훈고가 이를 밝힐 수 있고, 일이 변화해서 그 뒤에서 나오면 6경도 능히 말할 수 없다. 진실로 귀한 것은 6경의 뜻을 요약하고 때때로 찬술해서 큰 도를 헤아리는 일이다……말을 세우는 일과 공을 세우는 일이 서로 준거가 되지만 대개 반드시 필요가 있은 뒤에 따라서 공급하는 것이고, 향기가 진동한 뒤에 따라서 퍼지는 것이다. 헛되이 성색을 과장하고 채색을 요란하게 해서 자기 한 몸의 명예로 여기지 않는다.夫

道備于六經 義蘊之匿于前者 章句訓詁足以發明之 事變之出于後者 六
經不能言 固貴約六經之旨而隨時撰述以究大道也……立言與立功相準 蓋
必有所需而後從而給之 有所郁而後從而宣之 有所弊之後從而救之 而非
徒誇聲音采色以爲一己之名也"고 하였다. 이 말에 담긴 기본적인 정신
은 실제에 바탕을 둔 문장을 지어, 문학이 사회 생활 가운데에서 나
와 작용해야 한다는 것이다. 이러한 문학은 곧 도와 부합하게 되고,
이것이 바로 문학과 도의 통일인 것이다. 한유는 단지 "6경의 뜻을
요약해서 문장을 쓴다.約六經之志而爲文"고 했지만, 장학성의 중요한
발전은 "때에 따라 찬술하여 큰 도를 헤아린다.隨時撰述以究大道"는
점이었다. 이른바 "때에 따라"라는 것은 시대의 실제적인 수요와 합
치시키고 시정의 폐단을 보면 들추어낸다는 뜻이다. 그가 말한 도의
함축적인 의미는 비록 유가 사상이 중심이 되기는 했지만 유가가 주
장하는 도를 넘어선 것이었다. 그는 "때문에 도라는 것은 성인의 지
혜와 능력이 할 수 있는 것만은 아니다故道者 非聖人智力所能爲"(<원
도상原道上>), "제자백가가 책을 쓰면서 그 책이 유지한 논리가 까닭
이 있고 말이 이치를 이루었던 것은 반드시 도의 본체의 일단을 얻었
기 때문諸子之爲書 其持之有故而言之成理者 必有得于道體之一端"(<시
교상詩敎上>)으로 이해하였다. 이런 지적은 모두 봉건적 유학자들이
도를 지키려는 식의 논리와는 다른 것이었다. 장학성도 문학의 특징
과 규율을 대단히 중시하였다. 그는 "대개 문학은 진실로 이치를 싣
는 것이니 문학이 갖추어지지 않으면 이치 또한 밝아지지 않을 것이
다. 문학 역시 스스로 이치를 가지고 있다.蓋文固所以載理 文不備則
理不明也 且文亦自有理"(<변사辨似>)고 말했다. 이른바 "문학에도 스
스로 이치가 있다.文自有理"는 것은 문학에도 나름대로의 규율이 있
고 도에 의지하는 것은 아니라는 사실을 긍정한 발언이다. 때문에 그
는 또 "문학은 도를 밝히기 때문에 귀하지, 어찌 성정과 색채로 기뻐
하기를 취하겠는가.文貴明道 何取聲情色彩以爲愉悅"와 같은 논리에

동의하지 않았다. 봉건 사회의 문학론 가운데 장학성의 문도통일론文道統一論은 고대 문론 중 비교적 독창적인 안목으로 평가받았다.

■ 문장과 도의 관계(2), 문이재도(文以載道)

문장(문학)으로써 도를 싣는다. 중국 유가에서 내세운 문학이론의 하나. 문학은 유가의 도통道統 이론을 지도하고 옹호해야 한다는 내용으로 이루어져 있다. 이한李漢이 <창려선생문집서昌黎先生文集序>에서 밝힌 "문학은 도를 꿰뚫는 그릇文者 貫道之器也"이라는 주장에서 비롯된 문이재도론은 송나라의 주돈이周敦頤(1017-1073)가 『통서通書·문사文辭』편에서 "문학은 도를 싣는 짓文 所以載道也"이라고 하면서 공식적으로 제기되었다. 그러나 이 주장은 중국에서는 비교적 초기 때부터 거론되었다. 유협劉勰(465?-520?)은 『문심조룡·원도原道』편에서 "문학으로 인해서 도를 밝힌다.因文明道"는 말을 남겼다. 이후 수隋나라의 왕통王通(584-618)과 이빙李聘, 당나라의 유면柳冕 등도 모두 재도에 관한 입장을 표방하였다. 문이재도를 가장 강력하게 내세운 인물은 당나라의 한유韓愈(768-824)다. 그가 창도한 고문 운동은 바로 고문古文을 강조하고 병려문을 거부하면서 유가의 정통 사상을 선양하는 동시에 불가와 도가의 학설을 부정하는 것을 중요한 강령으로 제출하였다. 그는 "옛 도를 배우면 그 문사를 아울러 통하도록 해야하는데, 문사를 통한다는 것은 옛 도에 뜻을 둔다는 말이고學古道則欲兼通其辭 通其辭本志于古道也"(<제구양생애사후題歐陽生哀辭後>), "내가 옛 것에 뜻을 둔 바는 그 문사가 좋기 때문만이 아니라 그 도를 좋아하기 때문愈之所志于古者 不惟其辭之好 好其道焉爾"(<답이수재서答李秀才書>)이라고 말했다. 그는 고문을 배우는 목적을 고도古道를 배우기 위한 방편으로 이해하였고, 고도를 회복하는 것이 고문을 배우는 이유라고 생각하였다. 때문에 도가 목적이고 문학은 수단으로 전락하고 말았다. 한유가 강조한 도는 사실상 유가의 정치·도덕·윤리·예교禮敎 등 정통 사상이었다. 한유의 문학사적 위치와 고문 운동의 영향력에 힘입어 문이재도론은 중국 문학 발전에 있어서 심원한 영향을 끼쳤다.

문이재도론은 유가의 정통적 지위를 옹호하면서 봉건 통치 이념에 충실히 복종하는 한계도 지녔지만, 문학과 정치의 밀접한 관련성을 강조하고 문학에 담기는 사상성을 중시하는 등 긍정적인 의의도 무시할 수 없다. 당나라 이전 육조六朝 시대까지 성행한 탈현실적이고 부화浮華하며 퇴폐적인 형식주의 문풍을 해소하는 데 점진적인 공헌을 하기도 하였다.

■ 시와 회화 사이의 관계(1), 신사(神似)

시와 회화와의 관계를 논할 때 쓰는 평어. 이 말은 형사形似와 대비하여 쓰는 것으로, 시와 회화가 사람이나 사물을 묘사할 때 "외형만 비슷한 것形似"만 추구할 수 있는 것이 아니라 이를 바탕으로 인물의 신령스런 자태와 기운이 도달한 경지를 오묘하고 직핍直逼하게 표현하여 정신을 전하는 솜씨를 가리킨다.

한나라 때에 이미 사람들은 예술을 표현하는 방식에는 형사와 신사의 구별이 있음을 알고 있었다. 이른바 "악사가 의지를 풀어 사물의 구경을 묘사하고 정신을 담아 더욱 자유롭게 춤추어서 거문고 줄 위에 형상화하는 것은 형이라고 해도 능히 아우에게 비유할 수는 없다.瞽師之放意相物 寫神愈舞 而形乎弦者 兄不能以喩弟"(유안劉安의 『회남자淮南子·제속훈齊俗訓』편)고 한 기록도 있으며, "항상 비슷할 수는 없고 때때로 비슷할 뿐이다. 항상 비슷한 것은 외형이고, 때때로 비슷한 것이 신이다.不恒相似 時似耳 恒似是形 時似是神"(유의경劉義慶의 『세설신어世說新語·배조排調』편)는 말도 있다. 이런 논의는 모두 형사와 신사를 구별한 것이다. 양자는 예술 표현상으로 볼 때 비록 구별하기 어렵지만, 비교해서 살펴보면 신사가 결국 도달하기 더욱 어려운 경지로, 예술상의 경계와 효과를 상승시키는 구실을 한다.『세설신어·교예巧藝』편에 보면 고개지顧愷之(346-407)의 말을 인용해서 "네 가지 체제가 아름답고 추한 것은 원래 오묘한 부분과는 관련이 없다. 신비함을 전해 묘사하고 비추는 바로 그 곳에 있는 것四體妍媸 本無關于妙處 傳神寫照 正在阿堵中"이라는 기록도 있다. 두보杜甫(712-770)는 시 <단청인증조장군패丹靑引贈曹將軍霸>에서 이렇게 말했다. "고기를 그려야지 뼈대를 그리면 안되니, 문득 천리마의 기상이 사라져 버렸다. 장군이 그린 짐승은 신령이 담겼으니, 우연히 좋은 선비 만나 또한 진실을 묘사하였다.幹維畵肉不畵骨 忽使驊騮氣凋喪 將軍畵獸盖有神 偶逢佳士亦寫眞"이렇게 모두 신사가 형사보다 중요하다는 사실을 강조하였다. 소식蘇軾(1037-1101)은 신사와 형사를 명확하게 대비해서 예술가는 형사를 초월하여 신사의 경지에 도달해야 한다고 주장하였다. 그는 <서언릉왕주부소화절지이시書鄢陵王主簿所畵折枝二詩>에서 다음과 같이 말했다. "그림을 형사로 논하는 것은, 견해가 어린이 수준에 가깝다. 시를 지을 때 이것으로 쓴다면, 그는 진정 시를 모르는 사람이리라. 시와 그림은 같은 것이니, 하늘이 준 듯한 공교로움과 맑고 새로움이다. 변방의 새떼를 살아 있는 듯이 그렸지만, 조창의 꽃이 신령을 전한다.論畵以形似 見與兒童隣 賦詩必此詩 定非知詩人 詩畵本一律 天工與淸新 邊鸞雀寫生 趙昌花傳神"소식은 "신령을 전하는 어려움은 눈으로 보이도록 하는 데 있다傳神之難在目"(<전신론傳神論>)는 말도 남겼다. 그러나 소식을 비롯해 이전 비평가들은 신사라는 용어를 명확하게 사용해서 개념을 정리하지 않고, 유신有神이나 전신傳神, 신묘神妙 등의 말을 두루 사용하였다. 그러다가 원나라에 들어서서야 유장손劉將孫이 신사란 말을 처음으로 사용하였다. 그는 <초달가문서肖達可文序>에서 이렇게 말했다. "옛 사람을 배울 때 신령을 전

하는 것과 같은 경우는 그 외형을 얻은 이도 있고, 그 정신을 얻은
이도 있다. 신사는 비록 외형은 닮지 않았을지 몰라도 오히려 닮은
것이다.學古人如傳神 有得其形者 有得其神者 卽神似 雖形不酷似 猶似
也"

■ 시와 회화 사이의 관계(2), 형사(形似)

시와 회화와의 관계를 논할 때 쓰는 평어. 예술 작품이 사물의 외
형을 완전히 흡사하게 묘사하는 것을 말한다. 예컨대 안지추顔之推
(531-590?)는 『안씨가훈顔氏家訓・문장文章』편에서 "하손의 시는 실로 맑
고 교묘해서 외형을 똑같이 묘사한 말이 많다.何遜詩實爲淸巧 多形似
之言"고 지적했고, 심약沈約(441-531)은 『송서宋書・사령운전론謝靈運傳
論』에서 "사마상여의 작품은 교묘하게 형체를 그대로 베낀 듯한 말을
썼다.相如巧爲形似之言"고 했으며, 종영鍾嶸(?-518)은 『시품詩品』에서
"장협은 또 교묘하게 외형을 빼다 박은 말을 구사했다.張協又巧構形
似之言"고 말했다. 이들은 모두 언어를 운용하는 수법이 신기의 경지
에 이르러 형상을 있는 그대로 묘사한 솜씨를 감탄한 경우다. 장구령
張九齡(678-740)도 특히 형사를 가지고 그림을 논하는 일에 관심을 기울
여 "의미는 신령이 전하는 듯하고, 필치는 외형을 닮아 정교하다.意得
神傳 筆精形似"(<송사군사진도찬병서宋使君寫眞圖贊幷序>)고 평가하였
다. 그러나 시를 평하든 그림을 평하든 형사를 평어로 사용한 경우
대부분이 긍정적인 평가였지 작품을 폄하하려는 의도는 전혀 없었다.

소식蘇軾(1037-1101)이 처음 이 말을 썼을 때 형사는 그렇게 긍정적인
의미를 담진 못했다. 그는 <서언릉왕주부소화절지2수書鄢陵王主簿所畵
折枝二首>에서 "그림을 논할 때 형사를 쓴다면, 견해는 아동의 수준에
가깝다. 시를 쓰면서 이렇게 짓는다면, 결코 시를 아는 이가 아닐 것
論畵以形似 見與兒童隣 賦詩必此詩 定非知詩人"이라고 지적하였다.

소식은 고작 형사를 얻은 시나 그림은 좋은 시도 그림도 아니라고 보았던 것이다. 좋은 시와 그림은 형사의 경계를 넘어서야 하며, "신령스러움을 전하는傳神" 경지에 이르러야 한다는 것이다. 즉 그는 형사보다는 신사神似의 경지를 더욱 고급스런 예술적 성과로 평가하였다. 이렇게 사물을 묘사하면서 전신傳神을 성취할 때 비로소 예술은 오묘하고 핍진한 경지에 다다를 수 있다고 소식은 보았다. 여기서 물론 소식은 형사의 중요성을 완전히 부정하지는 않았지만, 형사만 갖추어서는 이상적인 경계에 이를 수 없고 신사의 경계를 겸비하여 형신形神이 함께 구현되도록 하는 것이 최상승임을 강조한 것이다. 조보지晁補之(1053-1110)는 <화소한림제이갑화안和蘇翰林題李甲畫雁>에서 "그림은 사물 밖의 형상을 그려야 히니, 시물의 외형을 고쳐서는 안 된다. 시는 그림 밖의 의미를 전해야 하지만, 그림 속의 자태를 담는 일도 귀중하다.畫寫物外形 要物形不改 詩傳畫外意 貴在畫中態"고 말했다. 이 지적처럼 어떤 평자는 소식이 형사를 소홀히 했다고 평하지만, 사실이 아니다. 왕약허王若虛(1174-1243)는『호남시화滹南詩話』에서 이렇게 말했다. "오묘함을 논할 때 형사의 밖에 있다고 하는 말은 그 형사를 버린다는 뜻은 아니다. 제재에 얽매이지 않으면서도 그 제재를 놓치지 않는 것, 이와 같을 뿐이다.論妙在形似之外 而非遺其形似 不窘于題 而又不失其題 如是而已耳"

■ 문기(文氣)와 문기설(文氣說)의 역사

고대 중국의 문론文論에 관한 용어. 문장이 구현하는 작가의 정신과 기질을 설명하는 말이다. 다만 구체적인 내용에 있어서는 문론의 발전 단계에 따라 각기 다른 변화와 비중을 차지했다.

1. 문기라는 개념의 기원

문기는 고대의 철학적 개념인 기氣에서 유래하였다. 선진先秦 시대 철학 관념에서 기는 일종의 생명이나 생산적인 활력, 정신 등을 체현하는, 형체가 없으면서 없는 곳이 없는 추상물을 가리켰다. 옛 사람들은 우주가 개벽하기 이전에 세계는 한 조각 혼돈에 빠진 원기元氣였는데, 우주의 삼라만상은 모두 혼돈에서 생산되었기 때문에 원기로부터 만들어진 것으로 인식하였다. 그리고 만물의 영장인 사람은 바로 원기 가운데서도 가장 맑은 기운으로 형성된 것으로 보았다. 『주역·계사繫辭』상편 가운데 "맑은 기운이 만물이 되었다.精氣爲物"는 말이나, 『문자文子·십수十守』편에서 "맑은 기운은 사람이 되고 거친 기운은 벌레가 되었다.精氣爲人 粗氣爲蟲"는 발언은 모두 같은 철학적 근거에서 나온 것이다. 만물은 기가 있기 때문에 생명력과 활기를 획득한다. 사람의 몸과 영혼은 맑은 기운(精氣)을 가지고 있어 생명력을 얻었을 뿐만 아니라 신神도 갖추었기 때문에 정신精神이라고 부른다. 『문자·십수』편에는 "무릇 형체라는 것은 생명의 집이고, 기는 생명의 바탕이며, 신은 생명의 제어자이다.夫形者 生之舍也 氣者 生之元也 神者 生之制也"는 말도 나오는데, 이는 생명은 육체에 깃들어 원기로 구성되며 정신의 제어를 받는다는 뜻이다. 유가에서는 사람이 죽은 뒤의 신神과 귀鬼를 구별하여 "기는 신이 풍성한 것이고, 백은 귀가 풍성한 것氣也者 神之盛也 魄之者 鬼之盛也"(『예기·제의祭義』편)이라고 해석했는데, 생명은 원기로 구성되어 있어서 죽은 뒤에도 신은 있지만 혼백에서 떨어져 귀가 된다고 이해했던 것이다.

춘추시대의 대부분의 학자들은 기의 사회적 작용을 중시하였다. 정기가 구현된 정신은 사람의 심관心官을 지나 영향력을 발휘해서 행동을 주재한다는 것이다. 『관자管子·내업內業』편에서는 "마음이 가운데 있어 정해지면 귀와 눈이 총명해지고 사지가 단단해져서 든든한 집이 될만하다. 정하다는 것은 기가 정하다는 것定心在中 耳目聰明 四肢堅固 可以爲精舍 精也者 氣之精者也"이라고 하였다. 이 때문에 사람의 도덕은 모름지기 청결해야 하니 "삼가 그 사(정신적인 집)를 (새로움을 맞이하기 위해) 없애면 정이 장차 저절로 올 것敬除其舍 精將自來"이고, 국가의 정치는 청렴하고 공평해야 하니 모름지기 "바른 마음이 가운데 있다면 만물이 정도를 얻을 것正心在中 萬物得度"이다. 때문에 정기가 "안에 갈무려져 원천이 되면 호연히 화평해져 기운의 연못이 되는 것內藏以爲泉源 浩然和平 以爲氣淵"이라고 말한다. 개개인에 대해서 살펴보아도 "신령한 기운이 마음에 있어서 한 번 가고 한 번 오면 그 가늘기는 안이 없고 그 크기는 밖이 없게 되며靈氣在心 一來一逝 其細無內 其大無外" 내심內心이 이러한 무형이면서 존재하지 않는 곳이 없는 신령스럽고 오묘한 정기를 지켜 기르는 것이 지극히 중요한 일이 된다. 유가가 음악의 예교적禮敎的인 작용을 해석할 때에도 기를 강조하는데, 시와 노래, 무용 "이 세 가지는 마음에 근본을 둔 다음에야 악기가 뒤좇는 것이니, 때문에 감정은 깊어지고 문장은 밝아져서 기운이 풍성해지고 조화가 신비롭게 이루어질 수 있다.三者本于心 然後樂器從之 是故情深而文明 氣盛而化神"(『예기·악기樂記』편)고 이해하였다. 그리하여 음악은 시와 노래, 무용을 좇고 마음의 주재 아래 나오며, 마음은 정기가 머무는 집이 되고 발현되어 정신이 되는 것이다. 때문에 시가 문체의 명확함은 심각한 정리情理를 결정하게 되고, 정신이 감화를 입으면 충만한 원기로 말미암아 생명에 활기를 가득 채우게 된다. 이것이 유가가 철학 개념을 문예 창작 이론에 사용한 비교적 초기 모습에 대한 상세한 설명이다.

전국시대에는 장자莊子와 맹자孟子의 대립적인 양기설養氣說이 나온다. 장자는 마음을 오로지하여 일관되게 도를 구해야지 귀나 마음이 듣는 것을 끊어야 한다고 생각하였다. 그는 "기로써 듣는다.聽之以氣"는 입장이었는데, 왜냐하면 "듣는 것은 귀에 머물 뿐이고, 마음은 부호에 그칠 뿐이다. 기라는 것은 텅 비어 있어 사물을 기다리는 것이다. 오직 도만이 허를 모으니 허라는 것은 마음의 바탕이기聽止于耳 心止于符 氣也者 虛而待物者也 唯道集虛 虛者 心齋也"(『장자·인간세 人間世』편) 때문이라고 하였다. 그는 도는 허를 모은 것이고 허는 바로 도이니, 때문에 마음으로써 듣는 것은 도로써 듣는 것만 못하다며, 도로써 듣는 것이 바로 기로써 듣는 것으로 보았다. 이런 진술은 사실 기를 절대적으로 추상화한 것이고, 허무로써 사물을 대하고 절대적인 무위에 이르기를 요구한 것이다. 그러나 맹자의 입장은 이와 상반되었다. 그는 "나는 말을 알고 나는 나의 호연지기를 잘 기른다.我知言 我善養吾浩然之氣"고 말했다. 그가 길렀다는 기는 구체적인 내용이 있다. "지극히 크고 지극히 강하여 정직으로써 기르고 해침이 없으면 이 도가 천지 사이를 가득 채우며至大至剛 以直養而無害 則塞天地之間" "의와 도에 배합이 되고配義與道" "의리를 많이 모을 때 생긴다.集義所生"는 것이다. 기를 기름으로써 "말을 알 수 있으니知言"바로 각종 편벽한 말(詖辭)과 지나친 말(淫辭), 부정한 말(邪辭), 감추는 말(遁辭)(『맹자·공손추장구』 상편)을 가려낸다는 것이다. 이렇게 맹자는 추상적인 기를 구체적이고 충실한 사상으로 전환시켰는데, 다만 공통점은 하나의 조물적造物的인 철학 개념인 기를 사상상의 원칙 개념으로 만들어 사람의 행위를 규제하는 정신으로 성립시켰다는 점이다. 맹자의 양기관養氣觀은 이후 작가들이 작품을 쓰는 데 지대한 영향을 끼쳐 유가 문론의 전범적인 역할을 하였다.

2. 문학비평서에 쓰인 기의 개념

최초로 기의 개념을 문학 비평에 사용한 사람은 조비曹丕(187-226)다. 그는 <전론·논문典論論文>에서 "문장은 기를 위주로 하며 기에는 청탁의 구분이 있는데, 이는 억지로 힘으로 밀어붙여 이를 수는 없는 것이다. 이 사실을 음악과 비교한다면 곡조는 비록 고르고 절주가 같은 수법을 취했다고 해도 기운을 끌어들인 것이 가지런하지 못한 것과 같다. 공교로움과 졸렬함은 원래 타고난 바탕이 있는 것에 이르러서는 비록 아비와 형에게 있다고 해도 이를 자식과 아우에게 옮길 수는 없는 노릇文以氣爲主 氣之淸濁有體 不可力疆而致 比諸音樂 曲度雖均 節奏同檢 至于引氣不齊 巧拙有素 雖在父兄 不能以移子弟"이라고 지적하였다. 그가 말한 기는 바로 문기이고, 문장에서 드러나는 작가의 정신적 기질이며, 구체적인 내용은 작가의 천부적인 개성과 재능을 말한다. 때문에 기는 독자적인 것으로, 강제로 구하거나 억지로 전수할 수 없는 것이다. 그는 이와 같은 문기를 문장의 특징으로 삼아 칭적과 비평의 기준으로 삼았다. 그는 "서간에게는 때때로 제나라의 기운이 나온다.徐幹時有齊氣"고 하고 "공융의 체질과 기운은 높고 오묘하다.孔融體氣高妙"고 평가했다. 그리고 <여오질서與吳質書>에서는 유정劉楨(?-217)에 대해 "탁 트인 기상은 있지만 견고하진 못했다.有逸氣 但未遒耳"고 했는데, 이는 모두 그들의 개성과 재능을 형성한 정신적 기질이 각자의 문장에 체현되었음을 가리키는 말이다. 이 점이 바로 문장의 창작과 비평에 기의 개념을 최초로 사용한 근거다. 이에 따라 문기는 다시 고대 문론에서 중요한 개념과 용어로 쓰여지게 되었다.

위진시대의 문장은 점차 병려문화騈儷文化되기 시작하였다. 문론의 관심은 역시 예술의 형식 문제에 편중되었다. 육기陸機(261-303)는 <문부文賦>에서 작가의 재능과 학문, 작품의 정서와 감정, 창작할 때의 구상 방법 등의 문제를 상세하게 기술하였다. 그러나 문기에 대해서는 별 언급이 없었다. 다만 양진兩晉 시대 문론의 발전은 비교적 깊이가 있어 남조南朝 제齊나라의 유협劉勰(465?-520?)에 이르자 괄목할만한 변화를 보여 주었다. 그는 『문심조룡』에서 문기의 내용과 작용에 대해 이론적으로 논리정연하고 체계적인 기술을 시도하였다. 유협은 이

문제를 주로 <양기養氣>와 <신사神思>, <체성體性>, <풍골風骨>편
등에서 논의하였다. 기의 구체적인 내용이 항상 일치하지는 않는다.

①어떤 경우 그것은 작가가 글을 쓸 때 가지는 정신적 태도를 말하
기도 한다. <양기>편에서 그는 "온갖 종류의 형상이 혼란스러워 그
모습은 참으로 다양하며, 정신의 수고로움에는 무수한 생각과 근심이
스며 있도다. 심원하고도 미묘한 정신은 마땅히 우리가 소중히 해야
하는 것이며, 평상시의 기력은 그 보양에 달려 있다. 물은 움직이지
않을 때 비로소 사물을 비출 수 있고, 불 역시 움직이지 않을 때 더
욱 밝게 보이나니. 작품의 구상을 어지럽게 하지말고, 그와 같은 맑은
정신을 배양하라.紛哉萬象 勞矣千想 玄神宜寶 素氣資養 水停以鑒 火
靜而朗 無擾文慮 鬱此精爽"고 하였다. 작가는 마땅히 신체를 단련하
여 "그 기운을 고르게 드날려야 하고調暢其氣" 두뇌를 맑고 각성한
상태로 있고 심정이 펼쳐져 열리게 하여 창작을 할 때의 다양한 생각
들과 조화를 이루도록 해야 한다는 말이다.

②두 번째로 작가가 작품을 구상할 때의 생각과 기운, 문장을 완성
할 때의 재능과 학문적 소양을 가리킨다. 그는 <신사>편에서 "정신
은 마음 속에 거주하는데 그것의 활동 작용을 다스리는 것은 사람의
의지와 성격이고神居胸臆 而志氣統其關鍵" "사람이 가지고 있는 창
작의 재능을 말하자면 어떤 사람은 글을 쓰는 것이 느리고 어떤 사람
은 빠르며人之稟才 遲速異分" "학식이 천박한 데도 단지 쓰는 데에만
공허하게 노력을 들이려는 인물과 재능이 결여되어 있는 데도 헛되
이 신속함만을 추구하는 인물이 있다.學淺而空遲 才疎而徒速"고 했는
데, 이는 모두 문학적 그릇을 이루지 못한 경우다. 그는 작가의 사상
과 기는 작품을 구상하는 데 있어서 필요 불가결한 작용을 하며, 재
능과 학문에 대한 소질은 문장에 담긴 사상의 좋고 나쁨을 결정한다
고 보았다.

③세 번째는 작가의 성격을 가리키는 경우로, 이는 문장의 풍격을

형성하는 중요한 요인이 된다. 그는 <체성>편에서 문장의 풍격이 형성되는 것, 즉 체성의 요인은 작가의 재才·기氣·학學·습쬅이라고 하였다. "기에는 강하고 부드러운 성질이 있다.氣有剛柔"고 지적하면서 바깥 세상의 풍기風氣를 좇아 "기를 바꾸지改其氣"말고, 작가의 체성의 형성과 변화는 모두 "자신의 혈기에서 출발하는 것肇自血氣"이기 때문에 작가의 기질, 즉 성격에 근거를 두어야 한다는 것이다.

④네 번째는 바로 조비가 말한 "문장은 기를 위주로 한다"는 기로, 작가의 개성이나 재능을 구성하는 정신 기질을 말한다. 그는 <풍골>편에서 문장은 맑고 신선해야 힘이 있는데, "말을 맺는 것이 단아하고 곧은結言端直" 문골文骨과 "의기가 굳세고 시원한意氣駿爽" 문풍文風에서 나온다는 것이나. 이로 인해 "생각을 엮고 작품을 꾸릴 때에는 기운을 채우고 지키기에 힘써야 하고, 강건하면 이미 신실해졌고 빛을 내뿜으면 바로 신선해지고綴慮裁篇 務盈守氣 剛健旣實 輝光乃新" "감정과 기가 조화를 이루어 문체와 체제가 갖추어진다.情與氣偕 辭共體幷"고 하였다. 기는 바로 문장의 풍골을 결정하는 것으로 보았는데, 이는 조비의 관점에 근거한 주장이다. 유협이 말한 기는 실질적으로 작가의 정신 기질을 가리킨다. 그의 문기론은 작가의 천부적인 재질과 재능, 정신 기질은 작품을 쓰는 과정에 나타나고, 창작 과정을 완성하며, 작품의 특징과 작용을 체현한다는 사실을 논한 것이다. 때문에 양기관의 입장에서는 신체를 보양하고 정신을 조정하는 점을 강조하며, 문예론적으로는 조비의 관점을 계승하여 위진 시대 문론의 성과를 섭취하고, 병려문騈儷文의 창작 경험을 총결한 것이며, 작품을 구상하고 문장을 쓰고 풍격을 따지는 등의 방면에 착안점을 두었다. 그가 주장한 기의 구체적인 내용은 천부적인 재능에서 나올 뿐만 아니라 학습과 수양을 통해서도 변화시키고 제고할 수 있는 것이다.

3. 당나라 때부터 청나라 때까지 문기론의 발전

수나라 때부터 당나라 초기까지는 병려문이 크게 성행하였다. 북주北周에서 당나라 초기까지의 문론은 대개 풍골과 기조氣調를 중시하는 편이었고, 병우성률騈偶聲律을 없애지 않고 절충하면서 개량하는 태도를 취했다. 초당사걸初唐四傑 중 한 사람인 왕발王勃(649-675)은 골기骨氣를 논했고, 진자앙陳子昻(656-698)은 한위풍골漢魏風骨을 주장했는데, 모두 병우성률을 강구하는 시풍에 대해 언급한 것이다. 당나라 현종 천보天寶(742-756) 연간에 소영사蕭穎士와 이화李華, 원결元結 등이 복고를 창도했을 때에도 주로 유학을 부흥시키고 폐정을 쇄신하며 문풍을 강화시키는 일에 치중했지 문론에 대해서는 이렇다 할 언급이 없었다. 안사의 난이 진압된 뒤 복고풍의 사조는 더욱 번성해서 문론도 발전하였고, 양기관과 문기론도 따라서 변화하였다. 고문운동의 선구자들인 독고급獨孤及과 양숙梁肅, 유면柳冕 등은 모두 비록 문장의 정치적인 교화라는 효용을 강조했지만, 문론은 문장에 담긴 사상과 내용에 편중되어 있었다. 그들은 양기를 내세우면서 실은 풍조를 고치고 풍속을 바꾸는(移風易俗) 문제를 고취시키고, 사회 기풍의 배양을 중시하였다. 이른바 "풍속이 재능을 기르면 지기가 생긴다. 때문에 재능이 많으면 그것을 길러 천하의 기운을 고취시킬 수 있다.風俗養才而志氣生焉 故才多而養之 可以鼓天下之氣"(유면의 <답양중승논문서答楊中丞論文書>)는 것이다. 그들이 문기를 논한 방식은 사상과 지기를 강조하고 사람 마음의 정직한 웅기雄氣와 발랄한 생기를 고무시키자는 입장에 국한되어 있었다. 유면은 "무릇 글을 잘 짓는 사람은 발현되면 소리가 되고 고취시키면 기가 된다. 바르면 곧 기가 웅장하며 정하면 기가 발생한다. 오채가 두루 쓰이게 되면 기가 그 가운데서 운행하게 된다夫善爲文者 發而爲聲 鼓而爲氣 直則氣雄 精則氣生 使五采并用 而氣行于其中"(<답구주정사군논문서答衢州鄭使君論文書>)고 하었다. 이른바 직直은 맹자가 말한 "지극히 크고 지극히 강하여 정직으로써 기르고 해침이 없다.至大至剛 以直養而無害"는 도덕 정신이다. 때문에 "기가 웅장하다氣雄"는 것이다. 그리고 이른바 정精은『관자管子』에서 말한 "정이라는 것은 기운이 정하다.精也者 氣之精者也"는 뜻으로, 마음을 바르게 하고 총명한 상태인데, 때문에 "기가 발생한다.氣生"고 했다. "기운이 그 가운데서 운행한다"는 것은 조비가 말한 "문장은 기를 위주로 한다."는 것이다. 이렇게 유면이 말한 기는 사실 유가 도덕으로써 인도된 진취적인 정신을 가리키는데, 뒷날 한유韓愈(768-824)가 주장한 문기론의 선성先聲이라고 할 수 있다.

한유와 유종원柳宗元(773-819)이 선도한 고문운동은 고문을 주장하고 병려문을 반대하면서 진일보해서 맹자의 양기설과 지언론知言論을 앞세웠다. 한유는 맹자의 주장을 직접 원용하여 문기론의 내용을 채웠다. 그는 작가가 고문을 배울 때에는 우선적으로 고도古道를 배워야 하는데, 독서를 통해 기를 기르며 유가에서 강조하는 인의 도덕을 배양하여야 한다고 생각하였다. 그는 자신이 고문을 학습한 경험을 제시하면서 독서를 통해 뜻을 세우는 일부터 시작하라고 제안하였다. "삼대와 양한의 책이 아니면 감히 보지를 말고, 성인의 뜻이 아니면 두어서도 안 된다.非三代兩漢之書不敢觀 非聖人之志不敢存"고 하였는데, 그래도 의혹에 빠지거든 더욱 아래 시대로 내려갈 때 비로소 "고서의 바르고 그름과 비록 바르더라도 지극하지 못한 것古書之正僞與雖正而不至焉者"을 판별할 수 있고, 고도와 합치하지 않는 잘못된 논의에 대해 정확하게 대응할 수 있다고 하였다. "비웃으면 그것을 기쁨으로 여기고 칭찬하면 오히려 걱정하면笑之則以爲喜 譽之則以爲憂" 그제야 "성대하게 넉넉할 것浩乎其沛然矣"이지만, 게으름을 피우지 말고 "인의의 길에서 행하고『시경』과『서경』의 근원에서 노닐면서行之于仁義之途 遊之乎詩書之源" 삶을 마칠 때까지 견지해야 한다는 것이다. 그는 작가가 이러한 사상과 기질을 갖추었을 때 좋은 문장을 쓸 수 있는데, 마치 물과 물 위에 뜬 물건과 같이 "기는 물이고 말은 떠있는 것이다. 물이 크면 물건 가운데 크고 작은 것이 모두 뜰 것氣水也 言浮物也 水大而物之浮者大小畢浮"이라는 비유를 들었다. 그리고 "기운이 성하면 말이 짧고 길든, 소리가 높고 낮든 모두 마땅할 것氣盛則言之短長與聲之高下者皆宜"(<답이익서答李翊書>)이라고도 말했다. 이것은 "문장은 기를 위주로 한다"는 주장에 대한 생동감 넘치는 비유이기는 하지만, 문장의 형식과 내용에 착안한 발언을 넘어서지는 못한다. 기를 위주로 한다는 것은 언어의 형식을 결정하고, 유면의 문기론과 비교할 때 문론상에 있어서 한층 구체적인 문제에 접근한 것이기도 하다. 유종원의 문기론은 한유의 그것과 대동소이하지만, "문장은 도를 밝히는 것文者以明道"이라는 각도에 편중되어 펼쳐져서 작가가 글을 쓸 때에는 반드시 유가의 오경五經에서 도를 취하여 근본으로 삼아야 한다고 강조하였다. 창작 태도 역시 마땅히 맑고 깨어있으며 엄숙(淸醒嚴肅)하여 "경솔한 마음이 움직이거나輕心掉之" "게으른 마음으로 바뀌거나怠心易之" "어두운 기운이 나오고昏氣出之" "자만하는 태도가 일어나는矜氣作之" 일을 막아야 한다고 하였다. 아울러 선진先秦과 한나라 때의 제자諸子와 역사서 및 굴원屈原(전339-전278)의 『이소離騷』 등 각 작가들의 장점들을 두루 섭취해서 "골고루 통해서 미루어 나가면서 문장을 지어야 한다.旁推交通 而以爲之文"(<답위중립논사도서答韋中立論師道書>)고 주장하였다. 때문에 그가 말한 기는 유가의 도덕 철학이 근간을 이루고, 동시에 청성엄숙한 창작 태도와 도덕론에 충실히 복무하는 언어 예술이 될 것을 요구했는데, 이것은 일종의 내용과 형식이 결합된 창작 지도론이라고 할 수 있다. 실질적으로 그는 유협의 양기관과 문기론을 수용하였다. 때문에 그는 "무릇 문장을 지을 때에는 신지를 위주로 하고凡爲文以神志爲主" "문장을 궁구하는 데 뜻을 두어야 한다有意窮文章"(<여양경조빙서與楊京兆憑書>)고 말한 것이다. 한유와 유종원은 고문을 지을 때의 원칙과 방법론이라는 방향에서 작가의 사상적인 수양과 문장의 내용 및 형식과의 관계에 관한 기본적인 관점을 확립하였다. 그리고 유가의 양기관과 문기론의 문론상의 기초를 다져 놓았다.

송나라 때의 문기론은 기본적으로 한유와 유종원의 학설을 계승하였다. 고문 이론가들은 유가의 도덕 철학을 내용으로 삼았는데, 구양수歐陽修(1007-1072)는 "대개 도가 승한 사람은 문장 역시 어렵지 않게 저절로 지극해질 수 있다.大抵道勝者 文不難而自至也"(<답오충수재서答吳充秀才書>)고 말했다. 이는 한유가 말한 "기가 성하면 말은 마땅해진다.氣盛言宜"는 주장과 일치한다. 왕안석王安石(1021-1068)은 "이른바 문이라는 것은 세상에 보탬이 되는데 힘써야 할 뿐이고所謂文者 務爲有補于世而已矣" "요약하자면 적용되는 것으로써 근본을 삼는디要之 以適用爲本"(<상인서上人書>)고 하였는데, 역시 유면의 문장 교화론과 일치한다. 도학자들이 주장한 문장으로써 도를 싣는다(以文載道)는 입장에 이르자 도는 바로 이理가 되었고, "이는 또 구별되는 한 물건이 아니라 기 가운데 존재하는 것理又非別爲一物 卽存乎是氣之中"(주희朱熹의 『어류語類』 1)이라고 하였다. 즉 이기를 문기로 보았는데, 사실은 한유의 견해와 그대로 일치하는 주장이다. 문기론상에 새로운 발전을 가져온 이들은 소순蘇洵과 소식蘇軾, 소철蘇轍 부자다. 그들은 작가의 독특한 예술적 풍격과 문장의 독창성을 강조하였지, 창작론을 제시하면서 도 따위는 강조하지 않았다. 그들은 작가의 문학적 소양과 생활 경험을 중시하였다. 소순은 성현들의 "말을 쏟아내고 뜻을 쓰는出言用意" 자세를 배워야 한다고 하면서, 그 목적은 자신의 "흉중에 숨겨진 말이 날로 더욱 많아져서 스스로 참을 수 없게 되고 胸中之言日益多 不能自制" 작품을 쓸 때 "혼연일체가 되어 오는 것의 쉬움을 깨닫게渾渾乎覺其來之易" 되도록 하기 위해서이며, 고도의 문학적 소양을 갖추면 자유롭게 창작에 임할 수 있고 자신만의 독특한 풍격을 형성할 수 있기 때문으로 보았다. 그는 맹자와 한유는 각자

독특한 문장 풍격을 가졌고 구양수의 문장은 "맹자도 아니고 한자의
문장도 아닌 그 자신의 문장非孟子·韓子之文 而歐陽子之文也"(<상
구양내한제일서上歐陽內翰第一書>)이라고 생각했다. 소철은 "문장은 기
가 이루는 것이지만 문장은 배워서 능란해질 수는 없고 기가 길러질
때 이를 수 있다.文者 氣之所形 然文不可以學而能 氣可以養而致"(<상
추밀한태위서上樞密韓太尉書>)고 말했다. 그는 맹자가 호연지기를 길
러 문장의 풍격이 "넓고 두터우며 굉장하고 해박해졌다.寬厚宏博"고
지적하였다. 그리고 사마천司馬遷(전145?-전86?)은 천하를 두루 다니면서
훌륭한 식자층과 널리 교제했기 때문에 문장의 풍격이 "소탕하고 자
못 기이한 기상이 있게 되었다.疏蕩 頗有奇氣"고 말했다. 이처럼 이들
은 정신적 기질은 노력과 수양을 통해 이를 수 있다고 보았지만, 문
장의 독특한 풍격만은 단순히 배워서 얻을 수는 없다고 생각하였다.
이렇게 작가의 정신적 기질과 문장의 예술적 풍격을 구별하면서 그
들은 작가의 문학적 소양과 생활 경험을 강조하였다. 이에 따라 문기
론은 문장 창작의 실천 문제와 긴밀하게 연관되면서 개성과 예술성
이 부각되게 되었다.

　금金나라와 원元나라 때의 문론은 극도로 침체되었다. 명나라에 이
르자 문론은 다시 활기를 띠어 다양한 유파들이 나왔는데, 문기론의
발전에 기여한 유파는 당송파唐宋派와 공안파公安派, 그리고 희곡작가
인 탕현조湯顯祖(1550-1616) 등이다. 당송파는 당송 시대의 문장을 으뜸
으로 여겨 복고적인 사조에 속하긴 했지만, 전후칠자前後七子의 의고
擬古는 반대했는데, 때문에 후기에 변혁을 주도한 것은 공안파였다.
특히 귀유광歸有光(1506-1571)은 "문장은 천지를 지탱하는 원기다. 이를
얻은 이는 그 기운이 바로 천지와 함께 흐를 것文章 天地之元氣 得之
者 其氣直與天地同流"(<항사요문집서項思堯文集序>)이라고 말했다. 당
순지唐順之(1507-1560)는 문장의 본질은 "일종의 정신상의 명맥과 골수
이니 만약 마음의 근원을 깨끗이 씻어 물건의 표를 겉에서 독립하여

고금을 헤아릴 안목을 갖추지 않는다면 족히 이것과 함께 할 수 없을 것一段精神命脈骨髓 則非洗滌心源 獨立物表 具今古只眼者 不足以與此"이라고 보았다. 이 말은 유가와 제자백가의 문장은 각기 나름대로 근원이 있어 "오랜 세월이 지나도 마멸되지 않을 견해를 가지고 있고 一段千古不可磨滅之見" "맑은 광채가 부어져 있어서精光注焉" "세상에서 없어지지 않을 것不泯于世"(<답모록문서答茅鹿門書>)이라는 뜻이다. 그들의 문기론은 참된 지식과 빛나는 견해(眞知灼見)를 특징으로 하는 선명한 개성을 강조하였다. 공안파는 성령性靈을 표방하면서 참(眞)과 본질(本色)을 강조했는데, 이른바 "홀로 성령을 펴고 격식이나 어투에 얽매이지 않는다.獨抒性靈 不拘格套"거나 "자신의 마음 속에서 쏟아져 나온다.從自己胸臆流出"(원굉도袁宏道의 <서소수시敍小修詩>)고 하였다. 때문에 글을 쓸 때에는 "널리 배우고 자세히 설명하는博學而詳說" 소양을 갖추는 외에도 "마음에 딱 들어맞아야會諸心" 한다고 하였다. "마음 속이 확 풀려서胸中渙然" "물이 지극히 담담하고 파초가 지극히 비어 있는 것처럼 기미가 우연히 닿으면 문장이 홀연히 나오는如水之極于淡 而芭蕉之極于空 機境偶觸 文忽生焉"(<행소원존고인行素園存稿引>) 경지에 도달해야 한다는 것이다. 문장을 쓸 때의 이러한 기경우촉機境偶觸하는 영감을 희곡작가인 탕현조는 영기靈氣라고 하였다. 그는 "문장의 오묘함은 형용하여 닮아 가는 사이를 좇는 데 있는 것이 아니라 자연의 신령한 기운이 황홀하게 와서 생각지도 않게 이르는 것이다. 괴이하고 기이하여 이름지어 형용할 수 없으니 일상적인 상황 속에서 합치될 수 있는 것이 아니다.文章之妙 不在步趨形似之間 自然靈氣 恍惚而來 不思而至 怪怪奇奇 莫可名狀 非夫尋常得以合之"라고 말했다. 바로 이러한 영기는 생활 체험 가운데 만들어지는 것이기 때문에 영기가 있으면 "글 쓰는 따위의 작은 재주도 능히 입신의 경지에 들어 성인의 영역을 증명할 수 있다.筆墨小技 可以入神而證聖"(<합기서合奇序>)는 것이다. 후기의 당송파와 공안파, 탕현조 등은 양기養氣 문제에 대해 삼소三蘇보다 훨씬 엄격하게 지식과 경험을 강조하면서 유가 사상의 구속은 받지 않았다. 그들의 문기론은 진지작견眞知灼見을 갖출 것과 개성의 해방을 구현할 것을 요구하는 동시에 한 걸음 더 나아가 내용과 형식이 융화된 예술적 진실을 추구해서 한유와 유면의 복고적인 문기론과는 궤를 달리 하였다.

청나라 때의 문론은 한층 분화되고 심화되었다. 경학자인 대진戴震(1723-1777)이 "의리와 고증과 문장은 합하여 하나가 된다.合義理·考核·文章爲一事"(단옥재段玉裁의 『대동원연보戴東原年譜』)는 주장에 이어 동성파東城派의 "의리義理·서권書卷·경제經濟"(유대괴劉大櫆의 <논문우기論文偶記>)와 신리기미神理氣味, 격률성색格律聲色(요내姚鼐의 <고문사류편서古文辭類編序>)에 이르기까지 유가의 문론 유파들은 양기관에 있어서 대개 맹자가 기를 길러 "의리를 모은다集義"거나 "말을 안다知言"는 주장에 바탕을 두고 있다. 문체론은 기氣와 체體, 법法을 연관지어 생각한다. 문학사가인 장학성章學誠(1738-1801)은 문장을 논하면서 "문장과 율격은 맑음과 진실 두 글자를 벗어나지 않는다.文律不外淸眞二字"(여소이운與邵二雲>)고 보았다. 진眞은 문장의 내용에 담긴 학문의 이치가 마땅히 순수해야 한다는 뜻이고, 청淸은 문장의 체재와 문체가 마땅히 순수해야 한다는 말이다. 그는 문체는 엄격하게 구분해야 한다고 여겨 맑은(淸) 사부辭賦와 기전紀傳 등은 다른 체재로 나누어야 한다고 주장했다. 또한 맑음도 각 시기의 문체에 따라 나누어야 한다고 하였다. 그리고 문사文辭도 체재에 의거해서 명쾌하게 하고자 하였다. 때문에 그는 "맑음은 바로 기가 잡되지 않은 것이고 진실됨은 바로 이치가 나눠지지 않은 것淸則氣不雜也 眞則理無支也"(<여소이운>)이라고 말했고, "맑음은 바로 문장의 기체를 주장하여 淸則主于文之氣體" "사이에 잡스러운 것이 낄 수가 없다.不可有所夾雜"(<을묘차기乙卯箚記>)고 말했던 것이다.

동성파는 문장을 논하면서 의법義法을 내세웠다. 때문에 문기를 장악할 수 있는 방법론을 제시하였다. 그것은 "소리에 맞춰 기를 구한다.因聲求氣"는 것이다. 유대괴는 "신령스런 기운은 문장의 가장 정밀한 곳이고, 음절은 문장에서 다소 거친 곳이며, 자구는 문장에서 가장 거친 곳이다. 그런데 문장을 논하면서 자구에 머문다면 문장이 잘 할 수 있는 일은 다 없어지고 말 것神氣者 文之最精處也 音節者 文之稍粗處也 字句者 文之最粗處也 然論文而至于字句 則文之能事盡矣"(<논문우기>)이라고 하면서, 자구를 낭독하고 문장의 음운과 절주節奏를 장악한 뒤 작가의 정신적 기질이 체현된 상태에서 고문을 배우고 고문을 지으라는 방법론을 제출하였다. 요내도 "문장의 정묘함은 자구나 성색 사이에서 나오는 것이 아니니文章之精妙 不出字句聲色之間" "성음을 좇아 증녕해 들어가야 한다.從聲音證入"(『적독尺牘·여식보질손與石甫侄孫』)고 하면서 "문장을 배우는 방법은 다른 데 있는 것이 아니라 많이 읽고 많이 써서學文之法無他 多讀多爲"(<진석사서與陳石士書>) "깊이 읽는 것이 오래 되면 저절로 깨우치게 된다.深讀久爲 自有悟入"고 이해하였다. 나태산羅台山은 양기는 "조용히 앉아 7·8년 동안을 지내야 한다.端坐而通之七八年"(<태산논문서후台山論文書後>)고 말했다. 청나라 말기의 학자인 장유조張裕釗(1823-1894)는 이런 주장들을 결론지으면서 "문장은 뜻을 위주로 하며 문체가 능히 뜻을 돕고자 하면 기 또한 그 문체를 들어올릴 것이다. 수레에 비유하면 뜻은 모는 것이고, 문체는 싣는 것이며, 기는 가게 하는 것이다. 그 시작은 소리로 인해 기를 얻는 것이니, 기를 얻었으면 뜻과 문체는 때로 이로 인해서 함께 드러나니, 법 역시 여기를 벗어나지 않는다.文以意爲主 而辭欲能副其意 氣欲能擧其辭 譬之車然 意爲之御 辭爲之載 而氣則所以行也 其始在因聲以得氣 得其氣 則意與辭往往因之而幷顯 而法不外是矣"(<답오지부서答吳至父書>)고 하였다. 그는 내용이 문체를 결정하며 문체는 내용을 표현하는데, 다만 문체가 드러나고 통하는 데 힘이 있으면 이것은 작가의 신기神氣를 결정하고, 신기는 성절聲節에서 체현된다고 보았다. 때문에 이를 장악할 수 있는 방법은 바로 "소리로 인하여 기를 얻어서因聲以得氣" 낭독을 통해 정신과 기질과 습합시키는 것이라고 보았다.

동성파가 추상적인 이론을 활용이 가능한 구체적인 방법론으로 변화시키자 문기론상에서는 증국번曾國藩(1811-1872)의 자구탈락설字句脫落說이 출현하였다. 그는 "문장을 쓰기 위해서는 온전히 기가 풍성해야 하고, 기가 풍성해지기 위해서 온전히 단락이 맑아야 한다.爲文全在氣盛 欲氣盛全在段落淸"(『신해칠월일기辛亥七月日記』)고 이해하면서 "문장이 웅장하고 기이한 차이는 정교함은 기가 통하는 곳에 있고, 조야함이 온전히 글자를 만들고 문구를 고르는 곳에 있다.文章之雄奇 其精處在行氣 其粗處全在造字選句"(<함풍14년정월초4일가훈咸豊十四年正月初四日家訓>)고 하였다. 동시에 병려문을 짓는 일에 대해서는 "숨어 있는 기운이 안에서 구른다.潛氣內轉"는 주장(주일신朱一新의 <무사당답문無邪堂答問>)이 출현하였다. 이 말은 병려문의 문장 의미가 구르고 꺾이며, 기운氣韻이 유통되는 것은 "허자를 사용한 데 있으며以虛字使之" "또한 허자를 빌리지 않고도 뜻은 더욱 유통되고 이어서 안에서 구를 수 있다.亦有不假虛字而意仍流通 乃在內轉"(손덕겸孫德謙의 『육조려지六朝麗指』)고 하였다.

■ 언지설(言志說)과 연정설(緣情說)의 역사

중국 고대 문론文論에 있어서 두 가지 기본적인 개념으로, 시가의 기본적인 성분과 특징을 요약한 술어다. 양자는 각기 다른 내용을 담고 있는 동시에 대단히 밀접한 연관성을 맺고 있기도 하다.

1. 시언지설詩言志說

언지설이 최초로 언급된 서적은 『상서・요전堯傳』으로, "시는 뜻을 말하는 것이고, 노래는 말을 길게 읊조리는 것이며, 소리는 길게 읊조리는 데 의지하고, 운율은 소리와 화합한다.詩言志 歌永言 聲依永 律和聲"는 기록이 나온다. 주자청朱自淸(1898-1948)은 그의 <시언지변서詩言志辨序>에서 이에 대해 중국의 역대 시론의 서막을 연 "개산의 성격을 지닌 강령開山的綱領"으로 보았다. 선진先秦·양한兩漢 시대에 나온 적지 않은 저작에서 이 설을 채용했는데,『좌전·양공襄公 27년』조에는 조문자趙文子가 숙향叔向에게 "시로써 뜻을 말한다.詩以言志"고 한 기록이 있으며,『장자·천하天下』편에도 "시로써 뜻을 말한다.詩以道志"고 하였다. 그리고『순자荀子·유효儒效』편에서는 "시가 말하는 것은 그 사람의 뜻이다.詩言是其志也"고 했으며, <시대서詩大序>에서는 "시는 뜻이 가는 바이다.詩者 志之所之也"라고 했고,『한서·예문지』에서는 "시는 뜻을 말한다.詩言志"고 하였다. 이를 통해 당시에 시언지에 대한 사고는 일상적인 것이었고, 유가 뿐만 아니라 도가 계열의 사상가들에게도 수용되었음을 알 수 있다.

시언지의 지志에 대해서는 5`4운동 이후 줄곧 다른 해석이 쏟아져 나왔다. 주자청은 지는 지향志向과 회포懷抱에 속하며, 시언지는 시는 작자의 지향과 회포를 발산하는 것(<시언지변>)으로 보았다. 주작인周作人(1885-1967)은 시언지는 "감정을 말한 것言情"(『중국신문학원류中國新文學源流』)이라 했고, 문일다聞一多(1899-1946)는 금석문이나 갑골문에 쓰인 지의 의미에 천착해서 선진 시대 옛 문헌에 나오는 지라는 글자의 용법을 자세하게 고증한 뒤 원래 지에는 세 가지 뜻이 담겨 있다고 정리하였다. ①일을 기록한다(記事)는 말이다.『시경』중 <상송>과 <주송>에 보인다. ②암기해서 외운다(記誦)는 말이다. ③원래 시는 가요歌謠에 근거했기 때문에 지는 곧 서정抒情을 말한다. 즉 시언지의 지는 지志(기송記誦)·사事(기사記事)·정情(서정抒情)이라는 세 가지 뜻이 중복되어 있다는 것(『문일다전집·갑집甲集·노래와 시歌與詩』)이다.

2. 시연정설詩緣精說

실제 상황으로 따지자면 초기의 시언지는 비록 후대에 나오는 시연정설과는 다르지만, 고대 중국에서 가장 발달했던 것은 서정성이 비교적 강한 시詩·악樂·무舞가 결합된 예술 형식인 것을 생각하면 시언지는 주로 시가 창작에 있어서 감정의 중요성을 강조한 발언으로 볼 수 있다. 예컨대 『장자』를 보면 시이도지詩以道志를 논의하는 한편 동시에 진정한 감정의 중요성도 강조하면서 "때문에 억지로 통곡하는 사람은 비록 슬퍼해도 애통한 것은 아니며, 억지로 화를 내는 사람은 비록 엄격하기는 해도 두렵지는 않고, 억지로 가까이하는 사람은 비록 웃기는 해도 화애롭지는 않다. 진정 슬픈 사람은 소리 없이 애통해 하며, 정말로 화가 난 사람은 드러내지 않아도 두렵고, 진정으로 가까운 이는 웃지 않아도 화애롭다.故强哭者雖悲不哀 强怒者雖嚴不威 强親者雖笑不和 眞悲無聲而哀 眞怒未發而威 眞親未笑而和"(<어부漁父>편)고 말했다.순자도 먼저 언지에 대해 주장한 뒤 예술은 감정에서 발생하며, 감정으로써 사람을 감동시키는 특징이 있다는 사실을 힘주어 강조하였다. 그는 <악론樂論>편에서 "음악은 즐거운 것으로, 사람의 감정이 결코 피할 수 없는 것이다. 때문에 사람은 즐거워하지 않을 수 없으며, 즐거우면 반드시 음성으로 발현하고, 움직이고 머무는 가운데 모습을 드러낸다. 사람의 도는 음성과 동정, 본성과 기술의 변화가 극진한 그것夫樂者 樂也 人情之所必不免也 故人不能無樂 樂則必發于聲音 形于動靜 而人之道 聲音同情·性術之變盡是也"이라고 했으며, "족히 사람의 착한 마음을 감동시키고足以感人之善心" "마음 속 깊히 감동시키며其感人深" "사람을 교화하는 것이 빠르다.其化人也速"고 하면서 거듭 사람이 감정을 표현하는 당연한 현상을 소홀히 하는 태도를 거부하였다.(<정명正名>편) 또 『예기·악기樂記』편에서는 "모든 소리의 일어남은 인심에서 발생한다. 인심이 움직이는 것은 사물이 그렇게 시키기 때문이다. 사물에 느껴서 움직이면 소리로 나타나며, 소리가 서로 응하면 변화가 일어나고, 변화가 방향을 잡으면 이것을 음이라 한다……음악은 음이 있음으로써 생긴다. 그 바탕은 인심이 사물에 느끼는데 있다.凡音之起 由人心生也 人心之動 物使之然也 感于物而動 故形于聲 聲相應 故生變 變成方 謂之音……樂者 音之所由生也 其本在人心之感于物也"고 했고, "무릇 음은 인심에서 나온다. 감정이 마음 속에서 움직이면 소리로 나타나며, 소리가 무늬를 갖추면 이것이 음凡音者 生人心者也 情動于中 故形于聲 聲成文 謂之音"이라고 하였다. 그리고 <시대서>에서도 비록 "시는 뜻이 가는 바詩者 志之所之也"라고 했지만, 동시에 "마음에 있으면 뜻이 되고 말로 나오면 시가 된다. 감정이 마음 속에서 움직여서 소리로 나타난다.在心爲志 發言爲詩 情動于中而形于言"면서 "감정이 소리로 나타나서 소리가 무늬를 갖추면, 이것이 음情發于聲 聲成文謂之音"이라고 하였다. 『한서·예문지』에서도 "시는 뜻을 말한다.詩言志"고 한 뒤, 이어서 "때문에 슬프고 즐거운 마음이 느껴지면 노래하고 읊조리는 소리가 나온다.故哀樂之心感 而歌詠之聲發"고 하였다. 『회남자淮南子·무칭훈繆稱訓』편에서도 "문은 사물과 맞닿는 것이다. 감정은 마음 속과 연계되어 욕망이 밖으로 나오는 것文者 所以接物也 情系于中而欲發外者也"이라고 말했다. 이런 발언은 모두 정情의 작용을 강조한 것이다. 그 중 『예기·악기』편은 일정한 사상과 감정은 작품 속에서 일정한 표현으로 나타난다는 점을 말한 뒤, 시와 음악은 작자의 감정이 진실하고 자연스럽게 유출되는 것이기 때문에 헛된 일을 농지거리 삼아 할 수 없고 거짓을 빌려올 수 없다고 하였다. "이런 때문에 감정이 깊으면 문장도 밝아지고, 기운이 풍성하면 화합도 신비로워진다. 조화가 순조롭게 마음 속에 쌓이면 꽃 봉우리는 밖으로 피어나는 법이니, 오직 음악만은 거짓되게 할 수 없다.是故 情深而文明 氣盛而化神 和順積中 而英華發外 唯樂不可以爲僞"(<악상

樂象>편)고 했는데, 불가이위위라는 말은 실제로 훌륭한 예술 작품이 갖추어야 할 근본적인 조건임을 명시한 것이다. 예컨대 굴원屈原(전339-전278)은 <이소離騷>에서 자신이 이 작품을 쓰게 된 동기를 마음 속의 감정이 움직이는 것을 멈출 수 없었기 때문이라고 설명하면서 "나의 품은 충정을 나타내지 못하고, 내 어찌 차마 세상 사람들과 길이 어울리겠는가?懷朕情而不發兮 余焉能忍與此終古"라고 하였다. 한 나라에 이르자 분명하게 "시로써 정을 말한다.詩以言情"(유흠劉歆의 『칠략七略』)는 주장이 제기되었다. 『한서・익봉전翼奉傳』 가운데에는 일찍이 명청 시대 때 광범위하게 유행한, "시에 있어서 배워야 할 것은 감정과 본성일 뿐詩之爲學 情性而已"이라는 관점이 제시되어 있다. 즉 감정과 떨어져서는 시가 있을 수 없다는 말이다. 동시에 적지 않은 사람들이 언지 자체에도 감정을 발현하는 문제가 포함되어 있다고 보았다. 한나라 때의 왕부王符(85?-163?)는 『잠부론潛夫論・무본務本』편에서 "시와 부는 추하고 아름다운 덕을 기리고, 슬픔과 기쁜 감정을 쏟아내는데 쓴다.詩賦者 所以頌醜善之德 泄哀樂之情也"고 말했다. 이 때문에 당나라의 공영달孔穎達(574-648)은 『모시정의毛詩正義』에서 "시는 사람의 의지가 가는 바이다. 비록 가는 바가 있다고 해도 아직 입에서 나오지 않고 마음 속에 담겨 있다면, 이것을 일러 뜻이라 한다. 말로 발현되면 이를 이름하여 시라고 한다. 시를 짓는다고 말하는 것은 마음 속 뜻과 분함, 번민이 펼쳐져 마침내 노래하고 읊조리는 것이다. 때문에 <우서>에서는 이것을 '시는 뜻을 말한다'고 한 것이다. 온갖 생각을 포괄하고 관장하는 것을 이름하여 마음이라 하는데, 사물에 느껴 움직이면 이를 불러 뜻이라고 한다. 뜻이 가는 바는 바깥 사물을 느끼는 것이다……<예문지>에서 말하기를, '슬퍼하고 즐거워하는 감정이 느껴지면 노래하고 읊조리는 소리가 나온다'고 했는데, 이것을 이름이다.詩者 人志意之所之適也 雖有所適 猶未發口 蘊藏在心 謂之爲志 發見于言 乃名爲詩 言作詩者 所以舒心志憤懣

而卒成于歌詠 故<虞書>謂之 詩言志也 包管萬慮 其名曰心 感物而動 乃呼爲志 志之所適 外物感焉……<藝文志>云 哀樂之情感 歌詠之聲發 此之謂也"라고 말했다. 그는 『좌전정의左傳正義』에서도 "마음 속에 있으면 감정이고, 감정이 움직이면 뜻이 되니, 감정과 뜻은 하나在己爲 情 情動爲志 情·志一也"라고 확언하였다. 그의 입장에서는 감정과 뜻 사이에는 아무런 근본적인 구분이 없었는데, 그는 이렇게 언지와 연정을 결합시켰던 것이다.

이를 통해서 고대 중국 초기의 문론에서 감정이 예술 창작에 끼치는 작용을 대단히 중시했음을 알 수 있다. 비록 공자孔子와 한나라 때의 유학자들이 거듭 시가의 공리적 쓰임새를 강조하긴 했지만, 감정과 관련된 글이 그렇게 많지는 않았다. 그러나 결론적으로 말하면 감정을 근거로 글에 대해 논한 방식은 중국 고대 문론에서 가장 기본적이고 분명한 특색의 하나였다. 특히 위진魏晉 시대 이후 이 방면에 대한 인식은 더욱 분명해졌다. 서구의 초기 시대인 희랍의 문예 이론이 보편적으로 강조한 것이 모방과 천재天才 및 영감 등에 관한 것이었는데, 감정이 예술 창작에 미치는 중요성에 대한 저작이 쓰여진 것은 중국 고대 문론의 양상과는 사뭇 다른 경우였다.

위진 시대는 유가의 문화적 억압이 쇠약해지고, 노장 사상이 홍기하면서 불교 문화가 수입된 시기였다. 문학 또한 경학經學의 부수물에서 벗어나 나름대로의 지위를 획득하면서 문학의 자각시대로 진입하였다. 서정성이 강화된 5언시가 발전하였고, 문학 작품과 기타 경학 저술을 구별하게 되었으며, 예술 작품에 대한 규율과 특징에 대한 인식도 진일보해서, 많은 작가들은 시가 창작에 있어서 감정의 중요성을 더욱 강조하게 되었다. 예컨대 육기陸機(261-303)는 <문부文賦>에서 "시는 감정에 연유해서 아름다워진다.詩緣情而綺靡"고 했으며, 종영鍾嶸(466-518)은 <시품서詩品序>에서 "기는 사물을 움직이고, 사물은 사람을 감동시킨다. 때문에 성정이 꿈틀거려서 춤추고 읊조리는 것으로 나타난다.氣之動物 物之感人 故搖蕩性情 形諸舞詠”고 지적하였다. 이러한 설명은 시가 창작의 특징과 규율에 잘 부합하는 것으로, 후세 문인들에게 지대한 영향을 끼쳤다. 육기가 말한 시연정이기미는 본래 “부는 사물을 체득해서 맑고 밝아진다.賦體物而瀏亮”는 구절과 대응되는 말인데, 그는 시에서는 연정에 중점을 두고 부에서는 체물에 중점을 두었던 것이다. 이러한 구분은 기본적으로 실제 창작과 잘 부합된다. 나중에 연정체물緣情體物은 하나의 용어가 되어 시부를 짓는다든가 시체詩體 자체에 대한 대명사로 사용되었다. 예컨대『주서周書·왕포유신전론王褒庾信傳論』에서는 북조北朝 시대의 문학에 대해 논하면서 “장·주·부·격과 같은 글들은 아주 빛나서 볼 만하지만, 사물을 체득하고 감정에 연유하는 경우라면 이 시대에 찾아보기 어렵다.章奏符檄 則粲然可觀 體物緣情 則寂廖于世”고 했는데, 체물연정으로써 시가 창작을 대신 가리켰다. 연정설의 제시는 고대의 문학 관념이 심화된 사실을 시사하는 조짐으로, 문학 이론과 비평의 발전에 적극적인 의의를 띤 일이었다. 그러나 당시의 문학 창작이 보편적으로 내용을 가볍게 보고 화려하고 요란한 문풍을 다투어 추구했기 때문에 육기는 시가의 연정적 특징을 강조하는 동시에 시가에서 시어의 조탁이 “곱고 아름다워야 한다.綺靡”고 강조하였다. 그가 이러한 이론을 제창한 바탕에는 객관적으로는 남조南朝 시대의 화려하고 부화한 문풍에 의거했던 관계로 후세 사람들의 적지 않은 비판을 불러 일으켰다. 그리고 명나라의 사진謝榛(1495-1575)은『사명시화四溟詩話』에서 “곱고 화려한 문풍은 육조 시대의 폐단을 중시한綺靡重六朝之弊” 때문이라고 지적했는데, 그의 소극적 측면을 꼬집은 말이었다.

연정설이 제기된 이후 문학 이론에는 정情과 지志를 함께 제창하는 논의가 자연스럽게 많아졌다. 유협劉勰(465?-520?)은『문심조룡·징성徵聖』편에서 “뜻이 충족되어야 말도 문채를 갖추며, 감정이 진실해야 표현도 아름다워진다.志足而言文 情信而辭巧”고 했으며, <양기養氣>

편에서는 "진솔한 뜻으로써 바닥난 감정을 비교한다.率志以方竭情"고
도 했는데, 정과 지를 대비한 것이다. 그는 또 "감정과 뜻이 신비롭고
총명해진다.情志爲神明"(<부회附會>편)고 해서 정지를 하나의 용어처
럼 사용하였다. 그리고 대단히 개성이 강했던 시인인 이상은李商隱
(813-858)은 "작품을 짓는 것이 공교롭게 되는 데에는 뜻을 말하는 것
이 최고다……비록 시대에 따라 체제는 다를지라도 율조와 가락은
같은 곳으로 돌아간다.屬詞之工 言志爲最……雖古今異制 而律呂同
歸"(<헌시랑거록공계獻侍郎巨鹿公啓>)고 해서 시에서의 언지를 강조했
지만, 동시에 감정의 작용도 중요시해서 "사람이 오행의 빼어남을 받
아 칠정의 움직임을 갖추었다면 반드시 읊조리고 탄식하여 성령이
동하게 된다.人稟五行之秀 備七情之動 必有詠嘆 以通性靈"(<헌상공
경조공계獻相公京兆公啓>)고 하였다. 이어 명나라의 탕현조湯顯祖
(1550-1616) 또한 "뜻이란 감정志也者 情也"(<동해원서상제사董解元西廂
題辭>)이라고 규정하였다. 그러나 고대 문학 이론의 발달 추세는 시
간이 흐를수록 창작에 있어서 감정의 작용을 중시하게 되었다. 특히
유협의『문심조룡』은 언정설言情說의 대두에 결정적인 공헌을 하였다.
그는 "사물을 보고 감정을 일으킨다.睹物興情"(<전부詮賦>편)거나
"감정이 움직이면 문체로 발현된다.情動而辭發"(<지음知音>편), "감
정이 움직이면 말로 나타난다.情動而言形"(<체성體性>편)고 말했을
뿐만 아니라, "새해를 맞아 봄기운이 완연하게 되면 감정은 유쾌해지
고 상쾌하게 된다. 초여름이 되어 양의 기운이 왕성하게 되면, 심정은
초초해지고 답답해진다. 가을날 하늘이 높아져서 날씨가 적막하고 맑
아지면, 심정은 침울해지고 심원해진다. 겨울날 대지가 무성한 눈보
라로 뒤덮일 때, 영혼은 숙연하고 심오한 사색으로 깊이 가라앉는
다……감정은 바깥 사물의 상황에 따라 옮겨가고, 문체도 감정의 추
이에 따라 피어난다獻歲發春 悅豫之情暢 滔滔孟夏 鬱陶之心凝 天高
氣淸 陰沈之志遠 霰雪無垠 矜肅之慮深……情以物遷 辭以情發"(<물색

物色>편)고 했는데, 감정이야말로 작가가 작품을 창작하는데 있어서 전제가 됨을 인식한 발언이다. 아울러 감정이 창작에 끼치는 작용을 중시해서 "감정은 문장의 벼리情者 文之經"(<정채情采>편)라는 지위로 끌어올렸다. 이 또한 창작의 모든 과정에 미치는 감정의 공헌을 인정한 태도라고 할 수 있다. 시상을 가다듬는 것을 일러 "다양한 정서와 생각의 변화가 잉태한 것情變所孕"(<신사神思>편)이라고 했으며, 작품의 구조를 짜는 것을 일러 "부서와 대오를 가다듬고 정리해서 감정이 모이기를 기다린다.按部整伍 以待情會"(<총술總術>편)고 했다. 그리고 통변通變을 논하면서 "감정에 의지해 통함을 모으고, 기운을 등에 지고 변화로 나아간다憑情以會通 負氣以適變"(<통변>편)고 했으며, 장구章句에 대해 논할 때에는 "감정은 적합한 장소에 두고, 언어는 적당한 위치에 놓아야 한다.設情有宅 置言有位"(<장구>편)면서 "문채와 바탕은 본성과 감정에 맡긴다.文質附乎性情"(<정채>편)고 하였다. 그러면서 감정과 풍격, 체재 등도 모두 직접적인 관계가 있다고 지적했는데, 풍격에 대해 논하면서 "아름다운 문장을 토해내고 거둬들이는 바탕에 성정이 깔리지 않은 경우가 없다.吐納英華 莫非性情"(<체성體性>편)고 하여 성정이 "사람 몸에서 거듭 옮겨가면人體屢遷" 풍격의 변화에도 중요한 역할을 하는 사실을 인정하였다. 체재에 대해 논하면서 "감정으로 말미암아 체재가 서고因情立體"(<정세定勢>편), "감정을 펼쳐 체재를 자리잡게 한다.設情以位體"(<용재鎔裁>편)고 말했다. 이를 통해 유협이 감정에 대해 기술한 내용은 상당히 전면적이고 진지하며 충분한 예비적 검토가 있었음을 알 수 있다. 특히 그는 창작의 모든 과정에서 시종일관 중요한 역할을 하는 작자의 감정을 강조했는데, 이는 대단히 정확하고 실제 창작 상황과도 부합하는 것이다. 유협 이전에 이처럼 전면적으로 감정과 창작 과정의 관계를 논의한 사람은 없었다. 유협 이후 이 문제를 논의한 사람은 헤아릴 수 없을 만큼 많이 출현하였다. 예컨대 『주서・왕포유신전론』

과 백거이白居易(772-846)의 <여원구서與元九書>, 교연皎然의 『시식詩式·문장종지文章宗旨』와 소순흠蘇舜欽(1008-1048)의 <석만경시집서石曼卿詩集序>, 그리고 황종희黃宗羲(1610-1695)의 <마설항시서馬雪航詩序>와 <진위암연백시서陳葦庵年伯詩序> 등이 주목할 만한 글들이다.

이 밖에 송나라 때의 소설과 희곡 이론 가운데에도 창작에 있어서 감정의 작용을 강조하는 주장이 나타난다. 『취옹담록醉翁談錄·소설개벽小說開闢』에서는 "나라의 도적이 간사한 마음을 품고 방종스럽게 아부하는 모습을 말하면 어리석은 사람일지라도 화를 내며 욕을 하고, 충신이 뜻을 꺾고 원한을 삭히는 이야기를 들으면 쇠처럼 마음이 굳은 사람일지라도 눈물을 흘린다. 또 귀신이나 괴이한 일들을 말하면 도사라도 가슴이 서늘해지고 전율이 일어난다. 규방에서 일어난 비극을 전하면 미인의 고운 얼굴도 탄식과 근심으로 뒤덮이게 된다. 사람의 머리가 잘려져 뽑혀 나가는 이야기를 하면 도사도 통쾌하게 여기고, 양편의 진영이 둥그렇게 대치하고 있는 모습을 말하면 웅지를 품은 장부는 가슴이 설렌다.說國賊懷奸縱佞 遣愚夫等輩生嗔 說忠臣負屈銜寃 鐵心腸也須下淚 講鬼怪令羽士心寒膽戰 論閨怨遣佳人綠慘紅愁 說人頭厮挺 令羽士快心 言兩陣對圓 使雄夫壯志"고 했는데, 소설이 사람의 정서를 감흥시키는 특징을 지적한 말이다. 명나라 말기의 풍몽룡馮夢龍(1574-1646)은 <고금소설서古今小說敍>에서 한 걸음 더 나아가 소설이 사람을 "기쁘게 할 수도 놀래킬 수도, 슬프게 할 수도 눈물짓게 할 수도, 노래하게 할 수도 춤추게 할 수도可喜可愕 可悲可涕 可歌可舞" 있는 예술적 감동에 대해 지적하면서, 족히 "겁 많은 이를 용감하게 만들고, 음란한 이를 정숙하게 만들며, 경박한 이를 돈독하게 만들고, 완고하고 둔감한 이를 땀흘리게 만들 수 있다. 비록 『효경』과 『논어』를 조금 왼다고 해도 사람을 감동시키는 정도는 반드시 이처럼 빠르고 깊지만은 않을 것怯者勇 淫者貞 薄者敦 頑鈍者汗下 雖小誦孝經論語 其感人未必如是捷且深也"이라고 하였다. 왕기덕王驥

德(?-1623)은 『곡률曲律・잡론雜論』편에서 희곡의 여러 가지 특징에 대해 논하면서 "옛 사람들은 갔지만 나는 옛 이야기를 취해 오늘날의 소리를 아름답게 만들겠다. 좋은 것은 화려하게 장식하겠고, 간특한 것은 요란하게 꾸며서 무대에 올린다면, 보는 이들이 이에 맞춰 착한 일은 권하고 악한 일은 징빌해서 감흥을 일으킬 것이다. 심한 경우 팔뚝을 걷어부치고 눈을 부릅뜨거나 눈물을 줄줄 흘리며 멈출 줄 모를 것이니, 이것이 바로 세상을 가르치는 글들과 유관한 부분人往矣 吾取古事 麗今聲 華衮其賢者 粉墨其慝者 奏之場上 令觀者籍爲勸懲興起 甚或捲腕裂眦 涕泗交下而不能已 此方爲有關世敎文字"이라고 지적하였다. 이어李漁(1611-1679?)는 『곡화曲話』에서 전기傳奇에는 "차갑고 뜨거운冷熱" 감정이 없이 "다만 두렵기만 해 인정과 일치되지 않는다. 헤어지고 만나며 슬프고 기쁜 일들은 모두 인정에 있어서 반드시 오는 일들로, 사람을 울리게도 웃게도 하고, 노여워서 머리끝까지 화가 치밀게 하거나 두려워 기절할 정도에 이르게도 한다. 북 판이 움직이지 않게 하여 무대가 고요해지면 구경꾼들이 비명을 지르는 소리가 오히려 하늘을 울리고 땅을 흔들리게 만들 것只怕不合人情 如其離合悲歡 皆爲仁政所必至 能使人哭 能使人笑 能使人怒髮冲冠 能使人驚魂欲絶 卽使鼓板不動 場上寂然 而觀者叫絶之聲 反能震天動地"이라고 주장하였다. 그들은 모두 문예 작품에 담긴 감정적 요소들이 독자나 관중들에게 끼치는 강렬한 효과에 대해 심각하게 논의하였다.

예술과 냉담함은 서로 용납될 수 없다. 강렬한 감정은 예술의 기본적인 특징의 하나다. 작자는 다만 강렬하고 진지한 감정을 갖추고 있을 뿐이고, 이것이 작품 속에서 드러났을 때 "눈물이 간장을 끊을 듯이 붓끝에서 솟구쳐 나오는 것淚迸腸絶之筆"(김성탄金聖嘆(1608-1661)의 <서상기西廂記・수간비어酬簡批語>)이고, 울음에도 느낌이 있고 노래에도 감정이 담기게 되는 것이다. 그러나 이러한 진지한 감정이 없다면 강렬한 감동을 불러일으킬 수 없다. 이지李贄(1527-1602)가 말한 것

처럼 사람을 가장 감동시키는 경우는 "피부와 골육에까지 미칠 때達
于皮膚骨肉之間"가 아니면 "사람의 마음人之心"(<잡설雜說>) 속 깊이
감정이 다다르지는 못하는 법이다. 황종희 또한 이처럼 "메마르게 울
부짖고 넘쳐나도록 울어서 모두 피부에 와닿게 만들지乾啼濕哭 總爲
膚受"(<축재문집서縮齋文集序>) 못하는 작품은 근본적으로 독자를 감
동시킬 수 없다고 지적하였다.

3. 발분설發憤說과 경계설境界說

중국 고대 문학론 가운데에는 연정설과 관련이 있는 두 가지 특색
있는 논점이 있다. 그 중 하나는 사마천司馬遷(전145-전86?)이 제안한 발
분설인데, 분노에 사무쳐 터져 나온 감정만이 비로소 사람에게 감동
을 주는 작품을 쓰게 만든다는 주장이다. 이러한 관점은 문학 이론과
창작에 많은 영향을 끼쳐 후세의 문학 이론가들에게 적지 않은 시사
점을 던져 주었고, 실제로 고달픈 삶을 살았던 작가들을 격발시켜 우
수한 작품이 쓰여지도록 이끌었다. 두 번째는 위진魏晋 시대 이후 모
습을 드러낸 정경교융情景交融(또는 연정체물緣情體物)에서 발전한 경계
설이 그것이다. 이 이론은 특히 중국 고대 문학론 가운데 민족적 특
색이 강한 예술적 갈래들(시詩·사詞·회화·소설·희곡 등)에 지대한 영
향을 끼쳤다.

중국 고대 문학 이론에서 감정을 강조한 논리는 창작에 있어서 감
정의 개입이 낮거나 소극적인 작품에 대해서도 거론했기 때문에 후
대 비평가들로부터 비판의 대상이 되기도 하였다. 청나라의 왕사한汪
師韓은 "이론과 뜻이 어디로 돌아가는지 모르겠다.不知理義之歸"(『시
학찬문詩學纂聞』)며 배척하였다. 그러나 봉건 시대의 전반적인 예교적
경향은 사람들의 정상적인 감정의 발현을 억압하거나 말살하려는 경
향이 강했고, 이런 추세는 송명宋明 이후 이학理學이 지배 이데올로기

로 고정되면서 더욱 심화되었다. 그런 가운데 수많은 이론가와 작가들은 감정의 자유로운 표출을 강조하면서 반봉건적 기치를 높이 들었다. 이지와 탕현조, 서위徐渭(1521-1593), 공안파公安派의 삼원三袁, 정판교鄭板橋, 조설근曹雪芹(1715-1763) 등의 이론과 창작에 특히 이러한 조류가 강하게 나타났다. 이지는 특히 힘주어 봉건 사회의 "예교에 따른 조목의 번거로움敎條之繁"이 사람의 개성을 해치는 현실을 개탄하면서, 개인의 독특한 개성과 감정을 "억지로 평준화시키는强而齊之"(『명등도고록明燈道古錄』) 태도에 반대하였다. 동시에 그는 "예의에 머문다止乎禮義"는 예교의 조목으로써 사람의 자연스러운 성정을 "억지로 교정하려는矯强" 흐름도 문제시하였다. 그는 『분서焚書·독율부설讀律膚說』에서 이렇게 지적하였다. "대개 인간의 본색이 나오는 것은 성정에서이며 자연스럽게 피어나는 것이다. 이것을 이끌어 억지로 교정해서 도달하게 할 수 있겠는가? 때문에 자연스럽게 성정에서 나오면 즉 자연스럽게 예의에 머물게 될 것인데, 성정의 밖에 다시 예의가 있어 머물게 할 수는 없는 일이다. 오직 억지로 교정하면 곧 잃게 되리니, 때문에 자연스럽게 하는 것이 아름다울 뿐이다. 다시 성정의 밖에 이른바 자연스럽게 그렇게 되는 것이 있는 것은 아니다……이러한 격식이 있으면 이러한 격조가 있으니, 모두 성정의 자연스러움을 일컫는 말이다. 감정이 있지 않은 곳이 없으며, 본성이 있지 않은 곳이 없는데, 가히 일률적으로 이것을 구할 수 있겠는가!蓋聲色之來 發于情性 由乎自然 是可以率合矯强而致乎 故自然發于情性 則自然止乎禮義 非情性之外復有禮義可止也 惟矯强乃失之 故以自然之爲美耳 又非于情性之外復有所謂自然而然也……有是格 編有是調 皆情性自然之謂也 莫不有情 莫不有性 而可以一律求之哉" 그는 개성과 감정을 봉건적 속박에서 해방시키기를 요구하였고, 유가의 문예 이론가들이 신주처럼 받들던 "감정에서 피어나 예의에 머문다發乎情 止乎禮義"거나 "예의에 머무는 것은 선왕의 은택止乎禮義 先王之澤也"(<시

대서詩大序>)이라는 주장에 대해서도 날카로운 반박을 가했다. 이러한 관점은 중국 고대 문학론사에 있어서 민주적 요소가 풍부하게 가미된 이론의 하나였다.

■ 상상력의 역사(神思)

예술적인 상상은 시공의 제한을 받지 않으며, 변화가 신속해서 예측할 수 없다는 특징을 정리한 용어. 신은 변화가 신속하고 헤아릴 수 없는 성격을 가리키고, 사는 심사心思 또는 상상을 가리킨다. 신사는 두 단어가 모인 것으로, 신은 한편으로 사람의 심사나 상상이 가신 특징을 형용하고 있다.

신사의 신은 원래『역전易傳』에 기원을 두고 있다. 그 뜻도 다양한데, 그 중 하나가 변화가 빠르고 헤아릴 수 없다는 것이다.『주역·계사繫辭』상편에서는 신을 해석하기를 "음양을 헤아릴 수 없는 것을 신이라 한다.陰陽不測之謂神"고 했고, "오직 신하기 때문에 빠르지 않아도 신속하고, 가지 않아도 닿는다.惟神也 故不疾而速 不行而至"고 하였다. 또『주역·설괘說卦』에서는 "신이라는 것은 만물이 오묘한 것을 말한다.神也者 妙萬物而爲言者也", 즉 만물의 변화가 신묘하고, 다만 그런 것을 알 뿐 왜 그렇게 되는지는 알 수 없다고 설명하였다. 이를 통해 신이라는 단어의 의미를 정리할 수 있다. 신으로서 사를 묘사한다는 것은 심사나 상상의 변화가 신묘해서 헤아릴 수 없음을 가리킨다.

위진魏晉 시대에는 현학玄學이 일어나서『주역』과『노老』,『장莊』을 일러 3현三玄이라고 부르게 되었다. "오직 신하기 때문에 빠르지 않아도 신속하고, 가지 않아도 닿는다.惟神也 故不疾而速 不行而至"는 말은 이 시대의 일상적인 인용구가 되었다.『삼국지·위서魏書·하안전何晏傳』에는 배주裴注가『위씨춘추魏氏春秋』에 실린 하안이 당시 선비들을 품평한 말을 인용하고 있는데, 역시 같은 어구를 사용한 뒤 "내 그 말은 들었지만 그런 사람은 보지 못했다.吾聞其語 未見其人"는 말이 나온다.『열자列子·주목왕周穆王』편에 나오는 "내 왕신과 함께 노니는데, 어찌 형체가 움직이겠는가?吾與王神遊也 形奚動哉"라는 구절도 이 말을 답습한 것이다.

중국 고대 문헌을 읽다보면 그들이 사람의 사유나 상상력은 시공의 제한을 받지 않는다는 특징을 이미 인식하고 있었음을 보여주는 예들이 있다.『장자·양왕讓王』편에는 "중산공자 모가 첨자에게 '몸은 강가나 바닷가에 있으면서 마음은 위나라 궁궐 밑에 있다'고 했는데 무슨 소리입니까?中山公子牟謂瞻子曰 身在江海之上 心居乎魏闕之下 奈何"라고 물었다는 기록이 보이고,『순자荀子·해폐解蔽』편에는 "방 안에 앉았으면서 사해를 바라보고 현재에 머물러 살면서 아주 먼 미래를 논한다.坐于室而見四海 處于今而論久遠"는 글도 보인다. 그리고 『회남자·숙진훈俶眞訓』에는 "무릇 눈으로는 기러기와 고니가 나는 것을 보고, 귀로는 거문고가 울리는 소리를 들으면서도 마음은 안문(산서성 대현代縣에 있는 고을 이름. 관문의 하나)의 사이에 머물러 있다. 한 몸 가운데에서 정신이 분리되고 구별되는 것이 우주 전체 속에서 한 번 일어나면 천만리라는 거리로 벌어진다.夫目視鴻鵠之飛 耳聽琴瑟之聲 而心在雁門之間 一身之中 神之分離剖判 六合之內 一擧而千萬里"는 기록도 나오는데, 모두 사유의 한 특징을 비유한 글들이다. 몸은 이 곳에 있으면서 마음은 저 곳에 있듯이, 인간의 사유는 주체가 머물러 있는 시공의 제한을 받지 않는다는 것이다.

한나라 말기에 불교가 중국에 전파된 이후 불경을 번역하고 불가의 이치를 논술하는 한편, 인간 사고는 거침없이 변화해서 시공을 초월하는 성질이 있다는 논의가 광범위하게 펼쳐졌다. 승려 강회康會는 <안반수의경서安般守意經序>에서 "손가락을 튕기는 사이에 마음은 960번 돌고, 하루 날 동안에는 13억 가지 생각을 한다.彈指之間 心九

百六十轉 一日一夕 十三億意"(『전삼국문全三國文』권75)고 말하였으며, 구마라즙鳩摩羅什(344-413)이 번역한『유마힐소설경維摩詰所說經·제자품弟子品』에는 "모든 법은 서로 기다리지 않으며, 한 마음에만 머물지도 않는다.諸法不相待 乃至一念不住"고 했고, 후진後秦의 승조僧肇는 "손가락 튕기기는 사이에 60가지 생각이 지나간다.彈指頃有六十意過" 등이 그것이다.

예술상에 있어서 상상력의 문제를 최초로 언급한 경우는『서경잡기西京雜記』권2에 기록된 사마상여司馬相如(전179-전118)가 <상림부上林賦>와 <자허부子虛賦>를 지으면서 "생각이 고요해지고 흩어지면 다시는 바깥 일과는 상관하지 않으면서, 천지를 잡아당기고 고금을 뒤섞어 놓는다.意思蕭散 不復與外事相關 控引天地 錯綜古今"고 한 말을 들 수 있겠다. 진晉나라의 육기陸機(261-303)는 문학 창작을 논한 <문부文賦>에서 비록 신사라고 부르지는 않았지만, 예술적인 상상력의 자유로움과 시공을 초월하는 특징에 대해 상당히 상세하고 정확한 묘사를 한 바 있다. "시작할 때에는 모두 시선도 거두고 청각도 돌이켜서 고요히 생각에 잠겨 두루 구하게 된다. 정교함은 팔극(아주 먼 곳)을 내달리고, 마음은 만인(인은 7척, 아주 높은 곳)에서 노닌다……고금도 짧은 순간에 살피고, 사해도 일순간에 어루만진다.其始也 皆收視反聽 耽思傍訊 精騖八極 心遊萬仞……觀古今之須臾 撫四海於一瞬"거나 "천지가 넓다한들 몸(문장) 속에 이를 가두었고, 수많은 물건이라고 해도 붓끝으로 만물을 꺾어버렸다.籠天地于形內 挫萬物于筆端" "만리를 넓힌다고 해도 막힘이 없으며, 억 년의 세월을 관통해서 건널 수 있는 진리의 나루터가 된다.恢萬里而無閡 通億載而爲津"고 하였다.

처음으로 신사라는 사유의 한 특징을 가지고 예술 이론으로 정립시켜 전문적인 논의를 진행한 사람은『문심조룡』을 쓴 유협劉勰(465?-520?)이다.『문심조룡·신사』편에 보이는 논지는 육기의 <문부>와 다

소 나르다. 육기는 단지 예술적 상상력의 자유로움과 시공을 초월하
는 문제만 가지고 논의를 펼쳤지만, 유협의 <신사>편에는 한 걸음
더 나아가 예술적 상상력의 특징을 기술하면서 그 중요성을 "문장을
다스리는 첫 번째 기술이고, 작품을 계획하는 커다란 단서馭文之首術
謀篇之大端"라고 지위를 격상시켰다. "옛 사람들이 말하기를, '몸은
강과 바다에 있으면서 마음은 위나라 궁궐 아래를 떠돈다고 했는데,
이것이 신사다. 문장을 궁리하고 있으면 정신은 멀리까지 닿아 있다.
때문에 고요히 명상 속에 잠기면 생각은 천 년에 닿아 있고, 근심스
럽게 용모를 움직이면 시각은 만 리를 꿰뚫는다. 노래하고 읊조리는
사이에 그는 주옥같은 소리를 토해내고 들이킨다. 눈썹과 눈을 깜박
거리기 전에 그는 바람과 구름의 빛깔을 말고 풀어낸다. 이것이 바로
생각의 이치가 만든 것이 아니겠는가? 때문에 생각의 이치는 미묘해
져서 정신은 사물들과 어울려 놀게 된다. 정신은 마음 속에 머물러
있어서 사람의 의지와 기질을 다스리는 관건이 된다. 사물은 눈과 귀
를 통해 마음에 이르는데, 언사와 말투가 이를 주관하는 중추가 된다.
중추가 바야흐로 통하게 되면 사물은 모양을 감출 수 없게 되고, 그
관건이 막히게 되면 정신은 흩어져 숨어버린다……이것이 바로 문장
을 다스리는 첫 번째 기술이고, 작품을 계획하는 커다란 단서인 것이
다.古人云 形在江海之上 心存魏闕之下 神思之謂也 文之思也 其神遠矣
故寂然凝慮 思接千載 悄焉動容 視通萬里 吟詠之間 吐納珠玉之聲 眉
睫之前 卷舒風雲之色 其思理之致乎 故思理爲妙 神與物遊 神居胸臆
而志氣統其關鍵 物沿耳目 而辭令管其樞機 樞機方通 則物無隱貌 關鍵
將塞 則神有遁心……馭文之首術 謀篇之大端" 이렇게 유협은 생동감
넘치는 비유를 써서 예술적 상상력의 자유로움과 시공을 초월하는
특성을 묘사하였다. 적연응려 사접천재寂然凝慮 思接千載는 어떤 시간
상의 거리라도 초월하는 사실을 말한 것이며, 초언동용 시통만리悄焉
動容 視通萬里는 어떤 공간상의 격차라도 초월하는 사실을 말한 것이

다. <문부>에서 "고금도 짧은 순간에 살피고, 사해도 일순간에 어루만진다..觀古今之須臾 撫四海於一瞬"는 주장과 완연히 일맥상통한다. 예술적 상상력의 자유로움과 시공을 초월하는 특성은 후세에도 광범위한 논의와 묘사가 이루어졌다. 예컨대『전당문全唐文』권188에 실린 위승경韋承慶의 <영대부靈臺賦>에 보면 "한 실마리가 싹터 만 가지 변화가 이루어지며, 한 조각 기미가 조짐이 되어 만 가지 일에 부딪힌다……숨돌릴 사이에 인연은 만고에 이어지고, 눈 깜박일 사이에 흐름은 온 세상을 두루 다닌다.萌一緖而千變 兆片機而萬觸……轉息而延緣萬古 回瞬而周流八區"고 설파하였다.

유협의 <신사>편이 커다란 가치를 가지고 있음은 다음과 같은 점에서도 발견된다. 여기에는 예술적 상상력의 특성들이 생동감 있게 묘사되어 있을 뿐만 아니라 예술적 상상력에서 없어서는 안될 몇 가지 조건들이 논의되어 있다. 먼저 정신적인 심리를 허정虛靜의 상태로 두어 외부 세계의 간섭을 받지 말아야 한다고 하였다. "그렇기 때문에 문학적 사색을 잉태하게 하는 것은 허심虛心과 고요함이다. 이를 이루기 위해서는 마음 속을 깨끗이 하는 것과 정신을 맑게 씻는 일이 필요하다.是以陶鈞文思 貴在虛靜 疏瀹五臟 澡雪精神"고 하였다. 뒤의 두 구절은『장자·지북유知北遊』편에 나오는 "너는 재계하여 너의 마음을 깨끗이 하고, 너의 정신을 맑게 씻어야 한다.汝齊(齋)戒疏瀹而心 澡雪而精神"는 노자老子의 말을 인용한 것이다. 이는 선진 시대에 도가에 의해 제시되어 제자諸子들로부터 공인된, 사물을 사고하고 인식하는 데 있어서 필수 불가결한 심리 상태였다. 심리를 허정의 상태에 두는 점 외에도 "배움을 쌓아 보배를 갈무리하고, 이치를 짐작해서 재질을 풍부히 하며, 연구하고 열람해서 남김없이 대조하며, 문학적 사색과 조화를 시켜 아름다운 언어를 이끌어내야 한다. 그런 뒤에야 내부에 잠재되어 있는 신묘한 주재자를 시켜 성률을 살펴 글을 쓰고, 독특한 견해를 가진 장인을 시켜 직관적인 의상을 헤아려 도끼를 휘

두르도록 만들어야 한다.積學以儲寶 酌理以富才 硏閱以窮照 馴致以繹(懌)辭 然後使玄解之宰 尋聲律而定墨 獨照之匠 窺意象而運斤"고 주장하였다. 이렇게 하여 예술적 상상력에 있어서 필요로 하는 기본적인 몇 가지 조건들을 세밀하게 논술했던 것이다. 이런 점이 그의 이론이 진일보한 점이고, 중국의 고대 문학론 가운데 이 분야에 관한 독보적인 경지를 점유한 증거이기도 하다.

유협의 상상력 이론에서 특히 가치 있고 중시되는 논의는 이런 것이다. 그는 실제로 창작하는 과정에서 예술적인 상상력이라는 심리 활동 현상을 인식하면서, 이것이 비록 신비롭고 오묘해서 헤아리기 어려운 점이 있다고 해도, 외재하는 자연 현상과 시종 긴밀한 연관 관계를 맺으면서 떨어질 수 없는 성격이 있다고 보았다. "생각의 이치는 미묘해져서 정신은 사물들과 어울리게 된다.思理爲妙 神與物遊"거나 "정신은 모든 형상을 씀으로써 통한다.神用象通" "산에 오르면 감정은 산에 가득 차며, 바다를 바라보면 뜻은 바다에 넘친다. 나의 재주가 많고 적음에 따라 장차 바람과 구름과 더불어 함께 달릴 것登山則情滿于山 觀海則意溢于海 我才之多少 將與風雲而幷驅矣"이라고 말한 부분들이 이러한 활동 현상의 모습을 설명한 것이다. 사유의 자유로움과 시공초월성은 어떤 사유든 모두 갖추고 있는 특성으로, 유독 예술적 상상력에만 국한된 것은 아니다.

송나라의 주희朱熹(1130-1200)는 "옛날부터 지금까지 수 만 년 동안 만약 이 생각이 피어난다면 문득 여기에 다다를 수 있을 것이다. 후세로 내려가서 몇 천만 년인지 알 수 없어도 만약 이 생각이 피어난다면 문득 여기에 다다를 수 있을 것이다……비록 수 만 리 떨어진 먼 곳이고, 수백 세 올라가는 미래라고 해도 한 가지 생각만 피어난다면 문득 여기에 다다를 수 있을 것如古初去今是幾千萬年 若此念才發 便到那裏 下面方來又不知是幾千萬年 若此念才發 便也到那裏……雖千萬里之遠 千百世之上 一念才發 便也到那裏"(『주자어류朱子語類』

권18)이라고 했다. 이는 일반적인 사유와 상상력의 초시공적인 특성을 설명한 대목이다. 그러나 예술적 상상력의 활동은 항상 외재하는 사물을 버리고 추상적으로 진행되지는 않는다. 앞에서 인용한 신여물遊神與物遊나 신용상통神用象通 등등은 바로 예술적 상상력의 이러한 특성을 지적하는 것이지 일반적인 사유나 상상력의 특성에 대해 말한 것은 아니다. 이런 점이 그의 논의에서 귀중한 부분이다.

유협 이후 신사라는 용어로 예술적 상상력이 지니는 독특한 현상을 요약하는 흐름은 점차 광범위하게 채용되었다. 소자현蕭子顯은『남제서南齊書・문학전론文學傳論』에서 "글을 쓰는 방법은 일은 신사에서 나오고 감정은 무상을 불러들여 변화가 다함이 없는 데 있다.屬文之道 事出神思. 感召無象 變化不窮"는 등의 말이 그것이다.

■ 공감각적 표현의 역사(通感)

문학 이론상의 용어. 문학 작품을 창작하고 감상할 때 각종 감각 기관이 서로 협조하는 것을 가리킨다. 일종의 공감각적 표현을 말하며, 하나의 감각이 다른 감각까지 유추해내는 것을 가리키기도 한다. 작품을 창작하거나 감상할 때 시각과 청각, 촉각, 후각 등의 각종 기관이 서로 호응하여 이미지를 구축해 경계를 지을 수 없게 된다. 이는 인간이 공유하는 일종의 심리・생리 현상으로, 인간이 사회적으로 생활하는 가운데 발생하는 여러 현상과 뗄 수 없는 관련을 가지고 형성된다. 통감 속에서는 얼굴빛에도 온도가 있는 듯하고, 목소리에도 구체적인 형상이 있는 것 같으며, 차고 더운 속에서도 중량감을 느끼게 된다. 예컨대 "빛나고 밝다.光亮"든가 "울리고 밝다響亮"는 표현은 시각과 청각이 결합된 것이며, "덥고 떠들썩하다.熱鬧"든가 "차고 고요하다.冷靜"는 표현은 감각과 청각이 결합된 상태다. 현대심리학 또는 언어학적 용어로 말할 때 이런 것들은 모두 통감에 해당한다.

통감 가운데 하나가 "소리를 들으면 형상이 유추되는聽聲類形" 것이다. 마융馬融(79-166)은 <장적부長笛賦>에서 "이에 소리를 들으면 형상이니, 흐르는 물을 묘사한 듯하고, 또 나는 기러기를 상징한다.爾乃聽聲類形 狀似流水 又象飛鴻"고 하였다. 이러한 통감은 『좌전·양공襄公 29년』조에서 계찰季札이 음악을 들으면서 "<대아>를 노래하자 말하기를, 넓도다 빛나는구나! 굽었으면서도 바른 체제를 갖추었다.爲之歌大雅 曰廣哉 熙熙乎 曲而有直體"고 한 말에서도 확인된다. 두예杜預(222-284)는 이에 주석을 달면서 "소리를 논한 것論其聲"이라고 하면서 "굽었으면서도 곧은 체제를 갖췄다.曲而有直體"는 말에 대해서는 "굽었지만 굽히지 않는 것曲而不屈"이라고 설명하였다. 공영달孔穎達(574-648)은 정의正義를 내려 이렇게 말했다. "계찰은 때로 사람에게서 취하고 때로 물건에서 취하여 이 덕을 형상으로 드러냈다. 매 구절마다 모두 이어지는 글자는 앞자를 깨뜨려서 능히 그렇지 않음을 찬미하였다……물건에 굽은 것이 있음은 굽혀지고 꺾여버렸다는 것인데, 이것은 굽었지만 능히 굽히지 않았다는 말이다. 임금이 된 자는 감정과 의사를 굽히고 떨어뜨려 아랫사람을 접해야 하지만 항상 존엄함을 지켜 굽히거나 꺾여서는 않된다는 말이다.季札或取于人 或取于物 以形見此德 每句皆下字破上字而美其能不然也……物有曲者失于屈橈 此曲而能不屈也 謂王者曲降情意 以尊接下 恒守尊嚴 不有屈橈" 이런 설명은 <대아>의 음악 소리가 임금이 존엄함을 지키면서 아랫사람을 대하는 형상을 노래했다는 사실을 말한다. 『예기·악기樂記』편에는 "마른 나무처럼 머물렀으니, 거만해 보여도 법칙에 맞고 굽어 보여 갈고리에 걸린 듯하여 중첩된 모습이 구슬을 엮은 것처럼 단아하구나.止如槁木 倨中矩 勾中鉤 累累乎端如貫珠"란 말이 있다. 이에 대해 공영달은 이렇게 정의하였다. "지여고목止如槁木은 음성이 정지하고 고요해서 사람의 마음을 감동시키는 것이 마치 메마른 나무가 멈춰 있어 움직이지 않는 것과 같다는 말이다. 거중구倨中矩는 음성이 우아하고 곡진해서 사람의 마음을 감동시키는 것이 마치 곱자에 딱 맞아떨어지는 것과 같다는 말이다. 구중구勾中鉤는 크게 굽은 것을 말한다. 음성이 크게 굴곡이 져서 사람의 마음을 감동시키는 것이 마치 갈고리에 걸린 듯하다는 말이다. 누누호단여관주累累乎端如貫珠는 음성의 모습이 거듭 쌓여서 사람의 마음을 감동시키고 그 상태가 단정하여 마치 구슬이 가지런히 꿴 듯하다는 것으로, 음성이 사람에게 감동을 주고 사람의 마음이 형상을 연상하게 만드는 것이 이와 같음을 말한다. 止如槁木者 言音聲止靜 感動人心 如似枯槁之木 止而不動也 倨中矩者 言其音聲雅曲 感動人心 如中當于矩也 勾中鉤者 謂大屈也 言音聲大屈曲 感動人心 如中當于鉤也 累累乎端如貫珠者 言音聲之狀 累累乎感動人心 端正其狀 如貫于珠 言音聲感動于人 令人心想形狀如此" 모두 청성유형聽聲類形을 일컫는 지적이다.

청성유형은 혜강嵇康(223-263)이 <금부琴賦>에서 "높은 산을 묘사한 듯하고, 또 흐르는 물을 상징한 듯하다. 드넓도다, 거침없이 흐름이여. 향기롭구나, 산이 우뚝함이여!狀若崇山 又象流波 浩兮湯湯 郁兮峨峨"라고 한 표현에서도 찾을 수 있다. 거문고의 소리가 때로는 산이 우뚝 높은 것 같기도 하고, 때로는 물이 콸콸 소리를 내며 흐르는 것 같다는 말이다. 백거이白居易(772-846)는 <비파행琵琶行>에서 "굵은 줄 둥덩둥덩 소나기 쏟아지고, 가는 줄 소근소근 귓속말 속삭인다. 둥덩둥덩 소곤소곤 뒤섞어 타니, 큰 구슬 작은 구슬 옥 쟁반을 구른다. 꾀꼬리의 지저귐 소리는 꽃 아래 매끄럽고, 흐느끼는 샘물 소리 얼음 밑에 답답하구나. 찬 샘물이 얼어붙듯 줄은 응결되고, 응결되어 막히니 소리 잠시 끊어진다. 남다른 깊은 시름 맺힌 한 생겨나니, 이 때 소리 없음은 있는 것보다 낫구나. 은병이 문득 깨지니 물은 쏟아지고, 철기가 내리 달려 칼이 부딪친다. 곡이 끝나 발목을 거두고 마음을 그으니, 넉 줄은 한 소리 비단을 찢는 듯하다.大弦嘈嘈如急雨 小弦切切如私語 嘈嘈切切錯雜彈 大珠小珠落玉盤 間關鶯語花底滑 幽咽泉流

水下灘 水泉冷澁弦凝絕 凝絕不通聲漸歇 別有幽愁暗恨生 此時無聲勝
有聲 銀瓶乍破水漿迸 鐵騎突出刀槍鳴 曲終收拔當心畵 四弦一聲如裂
帛”고 묘사하였다. 이 구절들 속에 등장하는 수많은 소리들은 모두
비파 타는 소리를 비유한 말로, 소리로써 소리를 비유한 것이다.『여
씨춘추·본미本味』편에 보면 “백아가 거문고를 뜯으면 종자기가 그것
을 들었다. 바야흐로 거문고를 뜯는데, 생각이 태산에 가 있었다. 종
자기가 듣고서는 ‘좋구나, 거문고 소리여! 우뚝하기가 태산과 같도
다!’ 라고 말했다. 잠시 줄을 고르는 사이에 생각은 흐르는 물로 옮겨
갔다. 종자기가 듣고서는 ‘좋구나, 거문고 소리여! 콸콸 흐르는 것이
물과 같구나!’라고 말했다.伯牙鼓琴 鍾子期聽之 方鼓琴而志在太山 鍾
子期曰 善哉乎鼓琴 巍巍乎若太山 少選之間 而志在流水 鍾子期曰 善
哉乎鼓琴 湯湯乎若流水”는 장면이 나온다. 거문고 소리를 듣고 높은
산을 연상하거나 흐르는 물줄기를 연상한 방식도 청성유형의 일종이
다. 종자기가 태산이 떠오른다고 말했을 때 그의 마음 속에는 산의
형상이 자리했던 것이며, 콸콸 흐르는 물줄기를 말했을 때에는 물소
리가 들렸던 것이다. 이렇게 소리로 소리를 비유할 때에는 소리가 곧
형상까지 환기시키는 효과를 낳는다. 이 때문에 <비파행>에서도 그
많은 소리들은 오로지 소리를 비유할 뿐만 아니라 소나기가 내리고
칼날이 서로 부딪치며 비단이 찢어지는 형상까지도 환기시켜, 청각이
시각까지 호응하는 효과를 빚는다. 또한 “매끄럽다滑”든가 “차고 답
답하다.冷澁”는 촉각이 청각과 호응하기도 할 뿐만 아니라 “그윽하다.
幽”는 감각마저도 청각과 호응된다.

이처럼 소리로써 소리를 비유하는 방식은 또 다른 형상을 환기시
킨다.『문심조룡·비흥比興』편에 보면 다음과 같은 말이 나온다. “왕
포의 <통소부>에서 ‘음색이 따뜻하고 부드러운 것이 마치 자애로운
아버지가 자식을 정성 들여 기르는 것과 같다’고 했는데, 이것은 소
리로 마음을 비유한 것이다. 마융의 <장적부>에는 ‘풍부하면서도 끊

기지 않으니, 범수范雎와 채택蔡澤의 변설과 같구나.' 라고 했는데, 이 것은 소리로 변설을 비유한 것이다.王褒洞簫云 優柔溫潤 如慈父之畜 子也 此以聲比心者也 馬融長笛云 繁縟絡繹 范・蔡之說也 此以響比辯 者也"여기서 통소의 부드럽고 온화한 소리는 자애로운 아버지가 자 식을 기르는 것에 비유되었고, 피리의 풍부한 음향은 변사가 유세하 는 소리에 비유되었다. 역시 소리로 소리를 비유한 것이지만, 동시에 자애로운 아버지가 자식을 정성들여 키우고, 변사가 논변을 치열하게 전개하는 형상이 환기되는 것이다.

한유韓愈(768-824)의 <청영사탄금聽穎師彈琴>을 읽어보자. "다정한 아 녀자의 말소리, 은혜롭고 원망함이 서로 너로구나. 분명히 기운 찬 모 습으로 변해서, 용사는 전쟁터로 딜러간다. 뜬구름 버들 솜은 뿌리와 가시가 없고, 천지는 더없이 넓어 자유롭게 날고 떠다닌다. 뭇 새들은 떠들썩 울어대는데, 홀연히 외로운 봉황이 나타난다. 한 치 길도 디디 려 해도 오를 수 없으니, 미끄러져 한 번 떨어지면 천 길 아래로 내 려간다.昵昵兒女語 恩怨相爾汝 劃然變軒昂 勇士赴戰場 浮雲柳絮無根 蔕 天地闊遠隨飛揚 喧啾百鳥群 忽見孤鳳凰 躋攀分寸不可上 失勢一落 千丈强" 아녀자의 말소리는 소리로 소리를 비유한 것으로, 여성의 다 정한 이야기 소리를 환기시킨다. "용사가 전쟁터로 나가는勇士赴戰 場" 장면은 소리를 형상에 비유한 것이다. 뜬구름 위로 버들 솜이 흩 날린다는 표현은 거문고 소리가 사방으로 퍼져나가는 모습을 가리킨 것으로, 소리로써 형상을 비유하였다. 뭇 새들이 우짖는데 외로운 봉 황이 나타난다는 표현은 소리와 형상이 결합된 비유다. 마지막 두 구 절은 "오르는 것은 간신히 버티는 듯하고, 내려가는 것은 떨어지는 것 같다.上如抗 下如墜"는 사실을 실감나게 표현한 말로, 실제 등반을 할 때 육체가 느끼는 감각을 가리킨 것이다. 소리에서 상하와 고저가 발음되면서 읽는 이는 신체적으로 버티고 떨어지며, 오르고 떨어지는 감각을 느끼게 된다.

이하李賀(791-817)의 <이빙공후인李憑箜篌引>을 읽어보자 "곤산의 옥 부숴지는 소리에 봉황은 우짖고, 부용꽃에 흐르는 이슬은 향기로운 난초가 웃는 듯하다. 열 두 문 앞에서는 찬 빛이 뭉치고, 스물 세 줄마다 자황(신선의 이름)이 꿈틀거린다.昆山玉碎鳳凰叫 芙蓉泣露香蘭笑 十二門前融冷光 二十三弦動紫皇" 여기서 옥쇄봉황규玉碎鳳凰叫는 소리로 소리를 비유한 것이지만, 그 형상도 함께 환기된다. 왕기王琦(?-?)는 이 시에 주석을 달아 "옥이 부서짐은 그 소리가 맑고 부드러운 것을 묘사한 표현이고, 봉황이 우는 것은 소리가 온화하고 느린 것을 묘사한 표현玉碎狀其聲之淸脆 鳳叫狀其聲之和緩"이라고 설명하였다. 또 "부용꽃이 운다는 것은 소리가 참담한 것을 묘사했고, 난초가 웃는다는 말은 소리가 장식적이고 아름다운 사실을 묘사한 것蓉泣狀其聲之慘淡 蘭笑狀其聲之冶麗"이라고 지적하였다. 이 또한 소리로 형상을 비유한 경우다. 그리고 "차가운 빛이 뭉친다.融冷光"는 시구에 주석을 달아 "소리가 능히 기후를 변화시킬 수 있음을 말했다.言其聲能變氣候"고 했고, "자황이 움직인다.動紫皇"는 구절에는 "소리가 능히 하늘의 신을 감동시킬 수 있음을 말했다.言其聲能感動天神"고 주석하였다. 이 모두 청각이 촉각 또는 감각과 호응하는 사실을 지적한 것이다.

통감은 어떤 경우 비유의 기능을 수행하기도 한다. 곡유曲喩는 하나의 비유가 다른 감각을 빚어내는 형태를 말한다. 한유의 <화수부장원외선정아사백관앵도시和水部張員外宣政衙賜百官櫻桃詩>에 보면 "향기는 비취바구니를 따라 들려 처음 다다르고, 빛깔은 은 소반에 비춰 그려져도 머물지 않는다.香隨翠籠擎初到 色映銀盤寫未停"고 말했다. 앵두의 붉은 색 빛깔을 가지고 그 향기를 설명했는데, 시각이 후각과 호응한 예이다. 그러나 앵두는 원래 향기가 없으니, 이 향기는 붉은 색 꽃을 상징적으로 나타내면서 환기된 향기라고 보아야 할 것이다. 또 한유는 <남산南山>에서 "때로 두려워하니 놀란 장끼와 같다.或竦

若驚雉"거나 "때로 등지니 서로 미워하는 듯하고, 때로 마주 바라보니 서로 돕는 듯하다.或背若相惡 或向若相佑"고 말했다. 눈앞에 있는 돌덩어리가 두려운 듯 서있는 것이 꿩처럼 보였는데, 꿩에서 연상되어 꿩이 울며 날아간다는 연상을 하였다. 일종의 곡유다. 즉 시각적인 현상이 "놀란 장끼驚雉"란 청각으로 대비된 것이다. 그리고 돌이 서로 등지고 마주보고 있는 형상에서 서로 미워하고 도와주는 모습이 연상되었는데, 이 역시 곡유다. 즉 시각적인 현상이 미워하고 돕는다는 감각으로 전환된 것이다. 돌에게 그러한 사고가 있을 리 없는데도, 통감의 과정을 거쳐 시각과 감각의 한계를 넘어섰던 것이다.

송기宋祁(998-1062)는 <옥루춘玉樓春>에서 "붉은 살구 가지 위로 봄 뜻이 무르익었다.紅杏枝頭春意鬧"는 표현을 썼는데, 이어李漁(1611-1679?)는 <규사관견窺詞管見> 7칙則에서 이에 대해 이렇게 설명하였다. "이 말은 정말 이해하기 어렵다. 다투어서 시끄러운 것을 료라고 하는데, 복숭아꽃과 오얏 꽃이 봄을 다툰다면 있을 수 있겠지만, 붉은 살구가 봄을 다툰다는 비유는 나는 진실로 본 적이 없다.此語殊難看解 爭鬪有聲之謂鬧 桃李爭春則有之 紅杏鬧春 予實未之見也" 왕국유王國維(1877-1927)는 『인간사화人間詞話』 제7에서 "홍행지두춘의료 구절은 료자 하나로 작품의 경계를 모조리 드러냈다.紅杏枝頭春意鬧 著一鬧字而境界全出"고 지적했는데, 경계전출境界全出은 작가의 감정을 표시하는 말로, 봄날의 발흥하는 정취를 만끽한 상태를 암시한다. 전종서錢鍾書는 <통감>이란 글에서 "료자를 써서 사물의 소리 없는 자태를 빌어 소리 있는 형상으로 묘사한 것으로, 시각적인 영상 속에서 청각적인 감각을 획득하고 있는 것을 보여주었다."고 설명했는데, 바로 통감의 전형적인 사례라고 하겠다. 통감이 요구하는 것은 온몸으로 생생하게 감지해서 대상을 심미적으로 파악하여 완벽한 예술적 형상으로 포착하는 데 있다.

■ 의경론(意境論)의 역사

중국 고대 문론에서 쓰이던 용어로, 서정시와 기타 문학 창작 가운데 나타나는 예술상의 경계境界를 가리킨다. 이러한 예술적 경계는 주관적인 사상과 감정이 객관적인 사물이나 대상을 만나 융합하면서 생성되는 의미 또는 형상形象이다. 때문에 그 특징은 묘사가 회화적이고 의미가 풍부하며 독자의 연상과 상상을 계발해서 구체적 형상을 넘어선 광대한 예술적 공간으로 인도한다. 의경이라는 용어에 담긴 사상적 본질은 선진先秦 시대 철학으로까지 소급할 수 있다. 그러나 원래 이 말은 불교 용어에서 출발했는데, 문학 비평에 이용되다가 문론상의 술어로 정착한 것은 당나라 때의 시론에서부터이다. 그러다가 송나라 이후에야 본격적으로 널리 쓰이기 시작했다. 현재의 문학 비평에서는 각종 문학 창작에서 대단히 광범위하게 활용되고 있다.

1. 선진 철학에서의 의意와 상象, 불교 술어로서의 의意와 경境

선진 철학에서는 의경이라는 개념을 사용할 때 의와 상으로 불렀지 경이라고는 말하지 않았다. 의는 사람의 생각을 가리키는 것이고, 상은 물건의 표상表象을 말한다. 의와 상을 표현하는 물질적 매개는 언言, 즉 언어이다. 유가는 "성인이 상을 세워 의를 다하였다.聖人立象以盡意", "말씀을 엮어서 그 뜻을 다하였다.繫辭焉以盡其意"(『주역·계사상繫辭上』)고 이해했는데, 즉 성인이 사물의 표상을 창제하고 언어로 된 문사文辭를 기록한 것은 사람의 생각을 완벽하게 표현하기 위해서라는 것이다. 이것은 사람이 객관적 세계에 가하는 능동적인 작용을 강조한 말이다. 이와는 상반되게 『노자』에서는 "참으로 큰 소리는 소리가 들리지 않으며, 참으로 큰 형상은 모양이 없다.大音希聲 大象無形"고 말했다. 우주에서 가장 큰 음성은 들어도 아무 소리도 들을 수 없으며, 가장 큰 형상은 봐도 보이지 않는다는 말이다. 장자는 "천하에는 거대한 아름다움이 있지만 말로 표현할 수는 없다.天地有大美而不言"(『장자·지북유知北遊』편)고 하면서, 지상에서 가장 아름다운 사물은 말로 표현될 수 없다고 생각하였다. 그리고 "말하는 것은 뜻을 전하는 데 있다. 뜻을 얻었으면 말은 잊어야 한다.言者所以在言 得意而忘言"고 하였다. 언어가 비록 생각을 전달하는데 유용한 도구이긴 하지만, 사람들이 진정으로 객관 세계를 인식하는 방식은 주로 마음 내부에서의 이해가 있어야지 언어의 도움이 필수적인 것은 아니라는 말이다. 노자와 장자는 객관 세계의 인식은 상대적인 것이고 유한한 것이어서 완전하게 인식할 수도 없고 완전하게 표현할 수도 없다고 강조하였다. 때문에 물상物象과 사고의 연관성과 효용의 문제에 대해, 유가는 "뜻을 다하기盡意"를 요구하면서 애써 의와 상이 일치하는 방법을 모색했지 일치하지 않는 별개의 이해가 나오는 것을 용납하지 않았다. 이에 대해 노자와 장자는 "뜻을 얻는 것得意"만을 찾았을 뿐 상은 의를 만드는 모종의 매개체로 보았다. 사람들이 상을 통해 얻는 의는 일치하지 않으며 각자의 이해 정도에 따라 다르다는 말이다.

위진魏晉 시대의 철학자인 왕필王弼(226-249)은 상술한 유가와 도가의 차이점에 대해 절충적인 입장을 내놓았다. 그는 "말은 상에서 나오는 것이기 때문에 말을 찾음으로써 상을 살필 수 있다. 상은 뜻에서 나오는 것이기 때문에 상을 찾음으로써 뜻을 살필 수 있다.言生于象 故可尋言以觀象 象生于意 故可尋象以觀意"(『주역약례周易略例·명상明象』)고 말했다. 즉 언어는 이미 물상을 묘사하고 있기 때문에 역으로 언어를 빌어 묘사된 것을 통해 물상을 관찰할 수 있으며, 물상이 사람들에게 인식되어 언어를 매개로 묘사되는 것이기 때문에 역으로 묘사되고 있는 물상을 통해 사람의 인식을 살펴볼 수 있다는 것이다. 실제로 이 주장은 노장의 득의설과 유가의 진의설을 절충한 대안이다. 언어를 이용해 물상을 묘사하여 생각을 표현하는 점을 지적하여, 비록 주관적으로는 진의가 되지만 객관적으로 보면 사람의 주관적 인식을 표현했을 뿐이니 득의라고도 할 수 있다. 때문에 그는 "상이란 뜻이 존재하는 원인으로 뜻을 얻으면 상을 잊어야 한다.象者所以存意 得意而忘象"고도 말했고, "상에 머무는 것은 뜻을 얻은 것이 아니다.存象者 非得意者", "상을 잊을 때 비로소 뜻을 얻게 된다.忘象者乃得意者"고도 하였다. 이것은 장자의 망언忘言이 발전해서 망상忘象이 된 것이고, 언외지의言外之意가 발전해서 상외지의象外之意가 된 것으로, 후세에 상외로 예술적 특징을 내포한 의경이라는 관념이 형성하게 되는데 비교적 커다란 영향을 끼쳤다. 그러나 선진 시대부터 위진 시대에 이르기까지 의와 상에 대한 논의는 모두 철학적인 논의에 속한 것이었다. 이것은 후세 의경 관념을 형성하는데 철학적 기초를 제공하긴 했지만, 아직까지는 예술 형상에 대해 전문적인 논의라고는 할 수 없었다.

진晉나라와 남조南朝 시대의 문론은 점차 주관적인 사상과 감정이 객관적인 풍경과 물상과 어떻게 관련되는가 하는 문제를 논의하게 되었다. 진나라의 육기陸機(261-303)는 문학 창작에 있어서 가장 곤란한 것 중 하나는 "항상 걱정하기는 의도가 상황을 수용하지 못하고 문장이 의도를 따라잡지 못할까였다.恒患意不稱物 文不逮意"(<문부文賦·서序>)고 술회하였다. 그는 문학 창작은 "일정한 형식을 갖추었으면서도 다양한 모습을 띠고 있다.爲物也多姿"고 하면서 "주제를 잘 밝혀야 하지만 기교도 숭상하기會意也尙巧"(<문부>)를 강력히 요청하였다. 객관적 대상의 미묘한 측면을 제대로 인식하고 체득하면서 적당히 알맞게 이를 표현해야 한다는 것이다. 남조南朝 제齊나라의 유협劉勰(465?-520? 또는 532?)은 "정신이 형상을 꿰뚫음에 따라, 정서의 변화가 잉태된다. 사물이 모습으로써 작가에게 느껴지면, 작가의 마음 속에서는 이성이 나와 이에 응한다.神用象通 情變所孕 物以貌求 心以理

應”(『문심조룡·신사神思』편)고 지적하였다. 그는 창작할 때 내용의
구상은 작가의 감정에서 잉태되어 격발되어서 상상력을 통해 진행된
다고 이해하였다. 아울러 격정과 상상은 객관적 물상을 좇아 환기되
는, 사유 인식 과정으로 보았다. <물색物色>편에서는 이를 “이 때문
에 시인이 사물에 감응하고 연상이 흐르는 과정은 다함이 없다. 다양
한 현상들 가운데서 유연하게 즐겼으며, 눈으로 보고 귀로 듣는 세계
안에서 이것들을 깊이 음미하였다. 기운을 묘사하고 외모를 도형화하
면서 나아가 사물과 함께 밀착되어 사물에 따라 부드럽게 몰입하였
다. 아름다운 표현을 활용하고 다양한 소리들을 흉내내어 또한 자신
과 연관된 심정을 돌아보고 헤아려냈다.是以詩人感物 聯流不窮 流連
萬象之際 沈吟視聽之區 寫氣圖貌 旣隨物以宛轉 屬采附聲 亦與心而徘
徊”고 구체적으로 설명하였다. 시청각적인 감각을 이용해 객관적 물
상과 접촉하면서 느낌을 가지게 되고, 이에 따라 서정적으로 외모를
묘사하는 것이라고 하였다. 이 때문에 그는 언어적인 표현이 사람들
이 인식하는 객관적 물상과 반드시 일치하지는 않는다고 판단하였다.
그는 다시 <물색>편에서 “경물의 형상과 모양은 무궁무진하지만 생
각과 감정은 그렇지 못한데, 과거의 전통을 계승하여 새로운 변화를
추구하는 까닭도 여기에 있다.物色盡而情有餘者 曉會通也”고 부연하
였다. 즉 동일한 형상과 모양(물색)이라고 해도 사람에 따라 묘사하는
결과는 동일하지 않은데, 사람마다 감정과 물상이 서로 만나 만들어
내는 실정이 다르기 때문이라는 것이다. 유협의 주관적인 사고와 객
관적인 물상 사이의 관계에 대한 인식은 육기와 비교할 때 한 단계
발전한 것이었고, 예술 형상의 구성 문제에 더욱 가깝게 접근한 것이
었다. 그러나 대체적으로 살펴볼 때 그는 시인과 작가의 주관이 객관
과 대면할 때 발휘되는 능동적인 측면만 강조하여 진의盡意에 경도된
양상을 보였다. 다만 “말이 뜻을 다하지는 못하니, 이는 성인도 어려
워 한 일이었다.言不盡意 聖人所難”(<서지序志>)고 해서 진의의 어려

운 점을 감지하고는 있었다.

남조 때 불교가 번성하자 불교 용어가 유행하였다. 불경에서 말하는 의는 마음 속에서 진행되는 사고 활동을 가리키는 것으로, 일반적으로 사용되는 의와 의미가 비슷했다. 경은 마음이 의지해 오르는 바깥 사물을 지시하는 말로서, 경계는 사람의 자아 의식이 도달한 불가의 깨달음의 경지를 가리키게 된다. 경과 경계는 모두 객관적 물상과 환경을 지시하면서 사람의 주관이 객관 세계에 대해 느끼는 감각이나 체득 양상, 인식 등을 지시하기도 한다. 이 때문에 동진東晉과 남조 시대의 인사들이 대화를 나누면서 경·경계라는 불교 용어를 사용할 때에 그 함의는 대체적으로 노장 철학이나 위진 시대의 현학玄學에서 말하는 의·상이 득의得意한 상태와 가깝다. 예컨대 고개지顧愷之(346-407)는 사탕수수의 밑동을 먹으면서 "점점 아름다운 경계로 들어간다漸至佳境"(『세설신어·배조排調』편)고 했고, 왕승건王僧虔이 사정謝靜 등의 서예에 대해 평하면서 "또한 능히 경계에 들었다亦能入境"(『법서요록法書要錄·왕승건논서王僧虔論書』)고 말했다. 유협은 생각하기를, 논리들이 한 쪽으로 치우치는 것은 불교의 교의가 신기한 이치에 통한 최고 경지만은 못하다면서, 불교의 교의를 "그 진리의 절대적인 경계이지 않은가?其般若之絶境乎"(『문심조룡·논설論說』편)라고 찬미하였다. 위에서 본 것처럼 경이라는 불교 용어는 동진과 남조 시대에 광범위하게 사용되었는데, 다만 비유적으로 많이 사용해서 문론에서만 쓰는 전문 술어는 아니었다.

2. 당나라 시론에서의 의경설意境說

의경이 문론에서 사용하는 술어가 된 것은 당대부터다. 성당盛唐 때의 시인 왕창령王昌齡(698-756?)의 이름을 빌어 쓰여진 『시격詩格』에는 "시에는 세 가지 경지가 있다詩有三境"고 하였다. 첫 번째는 물경

物境인데, "분명하게 경계와 형상이 살아나 형사를 얻게 된다.了然境象 故得形似"고 설명하였다. 주로 산수 자연의 형태를 묘사하는 경우를 지적한 말이다. 두 번째는 정경情境인데, "뜻 속에서 펼쳐져 몸 안에 깃들게 되는데, 이런 뒤에야 시상을 내달려 그 감정을 깊이 얻을 수 있다.張于意而處于身 然後馳思 深得其情"고 설명하였다. 주로 시가 예술의 형상들이 몸으로 체험되는 진실한 감정에 대해 말한 것이다. 세 번째는 의경意境인데, "또한 뜻에서 그것을 펼치고 마음 속으로 그것을 생각하면 그 참됨을 얻을 수 있다.亦張于意而思之于心 則得其眞矣"고 설명하였다. 주로 시가 예술의 형상들이 표현하는 내적인 감수感受나 체득, 인식 문제를 지적한 말로, "그 참됨을 얻었다.得其眞"는 밀속에는 "뜻을 잃었다.得意"는 의미가 힘축되어 있다. 왕창령이 말한 의경은 득의를 중시하는 입장으로, 후세에 나오는 의경에 담긴 의미와 비록 차이는 있지만 문론의 개념으로서 의경이 논술된 문헌으로는 최초라고 할 수 있다. 그러나 『시격』은 위조된 책으로 이미 확정된 것이다. 그러므로 의경에 대한 논의를 왕창령이 처음으로 했다는 주장도 고려해 볼 문제가 아닐 수 없다.

먼저 의와 경이 시론에 사용된 예는 이미 성당 때의 저술에도 나타난다. 천보天寶(현종 때의 연호, 742-756) 연간에 은번殷璠이 편찬한 『하악영령집河岳英靈集』에 보면, 왕유王維(701-761)의 시를 평하면서 "문체가 빼어나고 율조가 우아하며 뜻이 신선하고 이치는 마음에 딱 맞는다. 샘물 속에 있으면 구슬이 될 것이고, 벽에 붙어 있다면 그림이 될 것이니, 한 구 한 자가 모두 평범한 경계를 넘어섰다.詞秀調雅 意新理愜 在泉爲珠 着壁成繪 一句一字 皆出常境"고 말했다. 의와 경, 의신意新이라고 나누면서 평범한 경계를 넘어섰다고 본 것이다. 그리고 상건常建(?-?)의 시를 평해서 "그 뜻은 멀지만 흥취는 편벽되어 아름다운 구절이 문득 나오지만 오직 뜻의 겉 부분만 말했다.其旨遠 其興僻 佳句輒來 唯論意表"고 지적하였다. 장위張渭(?-779?)의 시에 대해서는 "물정의 밖에 있다.在物情之外”고 했고, 왕계우王季友의 시는 “평상의 정서 밖을 멀리 벗어났다.遠出常情之外”고 평가하였다. 이들 평가는 한결같이 “모두 평범한 경계를 벗어났다.皆出常境”는 점에서 일치하며, 시가 예술 형상 중 상외象外라는 특징을 특히 중시한 사실이 주목할 만하다. 두 번째로 일본 승려인 편조금강遍照金剛이 편찬한『문경비부론文鏡秘府論』에 보면 왕창령의 <논문의論文意>를 인용해서 의와 경의 관계를 논의하고 있다. 아울러 창작 과정에서 운용되는 예술적 사유에 대해 설명하면서 “뜻은 모름지기 뭇 사람들의 경계에서 나와야 한다.意須出萬人之境”고 했는데, “평범한 경계를 넘어선다.出常境”는 의미가 바로 이것이다. 특히 물상을 깊이 관찰하는 태도를 강조하면서 “뜻을 배치해 시를 지을 때 모름지기 마음을 모아야 하는데, 눈으로 대상을 치면서(분석하면서) 동시에 마음으로 그것을 쳐서 그 경계를 깊이 뚫어야 한다.置意作詩 即須凝心 目擊其物 便以心擊之 深穿其境”고 하였다. 창작에 임해 생각을 엮으면서 감정과 경계가 서로 합치해야 함을 요구한 말이다. 그리고 “생각이 만약 나오지 않으면 반드시 감정을 풀어 이를 편안히 두어 경계가 생기도록 하고, 그런 뒤에 경계로써 이를 비추면 생각이 문득 나오게 되는데, 나왔을 때 곧 글을 지으라.思若不出 即須放情却寬之 令境生 然後以境照之 思則便來 來即作文”고 권했다. 이를 통해 볼 때 편조금강은 “의와 경이 서로 겸비되고 비로소 좋아지려면境與意相兼始好” 의와 경이 합일하여 의경이 되어야 한다고 여겼던 듯하다. 이를 통해 의와 경을 이용해 상외象外라는 특징이 갖추어진 시가 예술 형상에 대한 문론적인 관념은 성당 시기에 이미 널리 통행되었음을 알 수 있다.

의와 경으로 시를 논하는 방식은 중당中唐 시기에 의와 경을 결합한 의경설을 논의하는 방식으로 발전하였다. 아울러 이는 독특한 예술적 형상을 갖추기를 요구했는데 이론상으로 볼 때 상당한 진전이었다. 교연皎然(?-?)은『시식詩式』에서 취경설取境說을 주장하였다. 그는 의로써 경을 취하는 데에는 두 가지 상황이 있다고 지적하였다. 하나는 경에서 말미암아 나오는 것으로, "경을 취할 때에는 모름지기 대단히 어렵고 험난해야 비로소 기이한 구절이 나타난다.取境之時 須至難至險 始見奇句"고 하였다. 또 하나는 사思로 말미암아 나오는 것으로, "어떤 때에는 의경이라는 신비한 왕은 아름다운 구절이 종횡으로 쏟아져 나와 마치 막을 수 없는 것 같아 완연히 신의 도움이 있는 듯하다. 그렇지 않다면 대개 먼저 정묘한 생각을 쌓아야 하니, 신령한 왕으로 인해 얻는 것이겠는가?有時意境神王 佳句縱橫 若不可遏 宛若神助 不然 蓋由先積精思 因神王而得乎"고 하였다. 이 두 종류의 취경이 표현상 모두 모름지기 "관심이 없는 듯이 보여서 생각하지 않아도 언어지는有似等閒 不思而得" 것이어야 한다. 이 때문에 그는 풍격風格과 취경은 긴밀한 관련이 있는 점에 주의하면서 "무릇 시인의 생각은 처음에 나올 때 경을 취해 온통 고아하면 작품 전체가 문득 고아해지고, 경을 취해 온통 은일한 경지에 들면 작품 전체가 문득 은일한 경지에 빠진다.夫詩人之思 初發取境偏高 則一首擧體便高 取境偏逸 則一首擧體便逸"고 지적하였다. 교연의 취경설은 의와 경의 관련 문제를 염두에 둘 때 경에 대해서 시가 예술 형상의 효용에 있어 상당히 발전한 논의였다. 얼마 뒤 권덕여權德興(759-818)는 <좌무위주조허군집서左武衛冑曹許君集序>에서 허군의 시가를 평가하면서 "무릇 시를 지을 때에는 모두 뜻과 경계가 만나 자연스럽게 성정을 이끌어서 함축되고 묘사된 것이 날고 움직여 고요함에서 얻게 된다. 때문에 나아가는 곳이 모두 아득히 멀다.凡所賦詩 皆意與境會 疏導情性 含寫飛動 得之于靜 故所趣皆遠"고 하면서 분명하게 의와 경이 결합되어야 한다는 주장을 제기하였다. 유우석劉禹錫(772-842)은 <동씨무릉집기董氏武陵集紀>에서 "시라는 것은 문장이 온축된 것인가? 뜻은 얻지만 말은 잃으니, 때문에 희미해져 능하기 어려운 것이다. 경계는 상 밖에서 나오는 것이기 때문에 정교하지만 화합하는 경우가 드물다.詩者 其文章之蘊耶

義得而言喪 故微而難能 境生于象外 故精而寡和"고 하였다. 여기서도 역시 분명히 상외를 논시상의 중요한 개념으로 삼고 있는데, 그 이론의 요점은 중당 시기에 이미 제시된 것을 거듭 논의하였다. 그 가운데 가장 중요한 점은 의경에는 반드시 상외가 담겨 있어야 하는 특징과 그 효용을 강조한 것이다. 즉 신묘하기까지 한 수법으로써 물상을 묘사할 뿐만 아니라 상상력과 연상 능력을 계발하는 효과를 갖추어서 구체적인 형상을 초월한 폭넓은 예술 공간을 얻어내야 한다는 것이다.

만당晚唐 때의 사공도司空圖(837-908)는 더욱 논의를 진전시켜 의경을 결합시키면서 시가의 풍격까지 거론하였다. <여왕가평시서與王駕評詩序>에서 그는 "생각은 경계와 조화되어야 한다.思與境偕", 즉 권덕여가 말한 "뜻이 경계와 만나야 한다.意與境合"는 주장을 제시했고, <여극포서與極浦書>에서는 대숙륜戴叔倫(732-789)의 말을 인용해서 "시를 짓는 사람의 경관은 마치 푸른 들판의 따뜻한 햇살이나 좋은 보석에서 뿜어 나오는 섬광처럼 볼 수는 있지만 눈앞에 둘 수는 없다.詩家之景 如藍田日暖 良玉生烟 可望而不可置于眉睫之前也"고 하면서 "상 밖의 상, 경관 밖의 경관에 대해 어찌 쉽게 말할 수 있겠는가?象外之象 景外之景 豈容易可談哉"라고 되물었다. <여이생논시서與李生論詩書>에서는 "맛 밖의 맛味外之旨"과 "운치 밖의 운치韻外之致"에 대해 논의했는데, 이 또한 유우석이 말한 "경계는 상 밖에서 나온다.境生于象外"는 입장과 일맥상통한다. 이렇게 의경설에서 출발해서 그는 왕유와 위응물韋應物(737-792)의 시는 "취향과 맛이 맑고 멀어서 마치 맑은 연수의 물이 관류해 도달한 듯하다.趣味澄夐 若清沇之貫達"고 칭송했고, 원진元稹(779-831)과 백거이白居易(772-846)의 시에 대해 "힘은 세지만 기운은 여려서 도시의 힘깨나 쓰는 청년 아니면 장사꾼에 불과하다.力勍而氣孱 乃都市豪估耳"(<여왕가평시서>)고 평가하였다. 그의 『24시품二十四詩品』은 바로 각종 의경이 만들어내는 다양한 풍격을 서술한 비평서로, 뜻은 말 밖에 있다는 상외지취象外旨趣 문제를 일관되게 검토하고 있다. 그가 말한 "상 밖을 초월하면서도 범주 안에서 터득했다.超以象外 得其環中"거나 "한 글자도 드러내지 않았지만 풍류를 다하고 있다.不著一字 盡得風流", "형상을 떠나서 비슷함을 얻었다.離形得似"는 주장에서부터 "외모는 보내고 신묘함을 취했다.遺貌取神" 등의 언급에 이르기까지 모두 신사神似라는 예술 형상을 밟아 의경과 풍격을 활짝 드러내기를 강조하고 있다. 이런 점이 그가 의경설에 대해 공헌하고 발전시킨 측면이라고 할 것이다.

3. 송나라 이후 명청시대까지의 의경설의 발전

송나라 때의 시론 가운데 의경을 표방한 논문은 그리 많진 않지만 평담平淡한 시풍을 숭상하는 가운데 언외지의言外之意를 중시하고 있다. 그리고 당시 성행한 이선유시以禪諭詩에 결부된 시론 가운데 깨달음(悟)의 문제를 강조한 것은 실질적으로 모두 의경설에서 발전한 논의로 후대에 끼친 영향의 한 단면이라고 할 수 있다.

구양수歐陽修(1007-1072)는 『육일시화六一詩話』에서 선배인 매요신梅堯臣(1002-1060)의 시를 평하면서 "매요신(성유는 그의 자)는 넓은 사고가 정교하고 미세해서 깊고 먼 한담으로 뜻을 삼았다.聖兪覃思精微 以深遠閑談爲意"고 말했다. 또 매요신의 시론을 인용해서 "시인들이 비록 뜻을 잘 이끌어 시어를 만들기도 또한 어려운데, 만약 뜻이 새롭고 시어가 공교로워서 이전 작가들이 말하지 못한 바를 얻었다면 이도 훌륭하다고 하겠다. 그러나 반드시 묘사하기 힘든 경관을 눈앞에 있는 듯이 형상화하고 다하지 않는 뜻을 말 밖에 드러냈다면, 이런 뒤에야 지극하다고 할 수 있다.詩家雖率意而造語亦難 若意新語工 得前人所未道者 斯爲善也 必能狀難寫之景如在目前 含不盡之意見于言外然後爲至矣"고도 말했다. 상외의 특징을 갖춘 시가 예술이 가장 아름답고 가장 어려운 것임을 지적하고, 주제를 정할 때에는 모름지기 정교한 사고를 요하고, 시어를 고를 때에는 더욱 힘을 들여야 하며, 풍격에 있어서는 평담함을 추구해야 한다는 자신의 입장도 분명히 하고 있다. 때문에 매요신은 "시를 지을 때에는 고금을 따질 것 없이 평담함을 이루는 일이 가장 힘들다作詩無古今 唯造平淡難"(<독소불의학사시권讀邵不疑學士詩卷>)고 말했던 것인데, 강기姜夔(1155?-1221?)도 『백석도인시설白石道人詩說』에서 이 점을 분명하게 재확인하고 있다. 그는 시가란 "뜻 속에 경관이 있고 경관 속에 뜻이 담겨야 한다.意中有景 景中有意"고 하면서 "시가 공교롭지 못한 것은 다만 생각이 정교하지 못하기 때문詩之不工 只是不精思耳"이라고 강조하였다. 그는 시 가운데 "가장 좋은 것善之善者"은 "시구 속에 맛이 넉넉하고 작품 속에 뜻이 넉넉한 것句中有餘味 篇中有餘意"이라고 하면서 시를 쓸 때에는 "먼저 뜻과 격조에서 시작해서 시구와 글자에서 완성해야 한다. 시구의 뜻이 깊고 멀며, 구절의 격조가 맑고 고아하며 화합되고자 노력한다면 이것이 바로 시를 짓는 태도始于意格 成于句字 句意欲深欲遠 句調欲淸欲古欲和 是爲作者"라고 지적하였다. 이러한 주장은 구양수나 매요신의 입장과 접맥되어 있다. 이러한 이론을 바탕으로 창작을 진행한다면 그 작품은 마땅히 평담한 풍격과 다함 없는 의미가 담긴 예술 형상을 갖추게 된다. 실질적으로 이것은 의경설의 구체적인 현현이고, 의경이 갖춰진 시가를 창작한 경험의 총화이다. 또한 그 특징은 주제를 정하고 시어를 고르는 데 있어서 생각을 정교하게 하고 힘과 공력을 기울이는 태도를 강조한 것이다.

　송나라 때에는 불교, 특히 선종이 크게 번성하였다. 때문에 시인들이 시를 논할 때에도 선으로써 시를 비유하는 풍조가 유행하였다. 소식蘇軾(1037-1101)은 사공도의 시론을 극구 칭찬하면서 <서황자사시집후書黃子思詩集後>에서 "이백과 두보 이후 시인들이 이어져 나와 비록 간간히 원대한 운율을 가진 이는 있었지만 재주가 뜻에 미치지는 못했다. 오직 위응물과 유종원만이 간결하고 고아한 가운데 섬세하고 풍성한 아름다움을 갖추었고 담박함 속에 지극한 맛을 담았을 뿐 나머지 사람들은 미칠 수가 없었다. 당나라 말기의 사공도는 어지러운 전쟁의 와중에 살면서도 시문이 높고 우아해서 태평한 시대의 유풍을 지니고 있었다.李杜以後 詩人繼作 雖間有遠韻 而才不逮意 獨韋應物·柳宗元纖穠于簡古 寄至味于淡泊 非餘子所及也 唐末司空圖崎嶇兵亂之間 而詩文高雅 猶有承平之遺風"고 말했다. 여기서 말한 원운遠韻이나 지미至味는 사실 말 밖의 뜻(言外之意)을 담은 상외象外한 예술의 효용을 지적한 것이고, 의경설을 좀더 구체적으로 논술한 것이다. 실제로 소식은 여러 차례 선을 시에 비유하기도 하였다. 그는 좋은 시를 칭송하면서 "매번 아름다운 시구를 만날 때면 문득 선정에 든 듯했다.每逢佳句輒參禪"(<야직옥당휴이지의단숙시백여수독지야반서기후夜直玉堂携李之儀端叔詩百餘首讀至夜半書其後>)고 했으며, <송참요사送參寥師>에서는 "시어를 오묘하게 하고자 하거든, 공하고 고요함에 물리지 말아야 한다. 고요하니 뭇 움직임을 깨우치고, 공하니 온갖 경계를 담을 수 있다.欲令詩語妙 無厭空且靜 靜故了群動 空故納萬境"고 지적하였다. 이 또한 선오禪悟 가운데 지미至味가 있다고 본 것으로, 시법詩法도 이와 마찬가지라고 본 것이다. 그밖에도 한자창韓子蒼같은 이는 "시도는 불법과 같아 마땅히 대승과 소승, 사마, 외도로 나눠야 한다.詩道如佛法 當分大乘·小乘·邪魔·外道"(『시인옥설詩人玉屑』권5 <능양실중어陵陽室中語> 인용)고 했으며, 육유陸游(1125-1210)는 "배움은 대개 참선과 비슷하니, 내리 20년 동안 공부하였다.學者大略似參禪 且下工夫二十年"(<증왕백장주부贈王伯長主簿>)고 했는데, 이같이 선으로 시를 비유한 예들은 대개 시를 배우는 방법으로 거론해서 공부에 힘쓰기를 강조하였다. 엄우嚴羽(1175?-1264?)도 『창랑시화滄浪詩話』에서 선으로 시를 비유했는데, 묘오妙悟라는 용어를 들어 시가의 경계에 대해 상세하게 논의하였고 사공도의 시론을 더욱 발전시켰다. 그는 "시란 성정을 읊조리는 것이다. 성당 때의 여러 작가들은 홍취에 있어서 영양이 나뭇가지에 뿔을 걸어놓아 찾을 수 있는 자취가 없는 것과 같다. 때문에 오묘한 구석은 밝게 영롱함을 뚫어서 모여 머물게 할 수가 없으니, 마치 하늘에서 나는 소리나 상 속의 빛깔, 물 속에 드리운 달빛, 거울 속의 영상과 같아서 말은 다했어도 뜻은 무궁하다. 詩者 吟詠情性也 盛唐諸人惟在興趣 羚羊掛角 無迹可求 故其妙處瑩徹 玲瓏 不可湊泊 如空中之音 相中之色 水中之月 鏡中之象 言有盡而意 無窮"고 설명하였다. 그는 불가의 말을 빌어 언어 문자의 한계를 극복한 경지를 비유한 "영양이 나뭇가지에 뿔을 걸어놓는다.羚羊掛角"는 해설은 시가 예술의 형상이 언어의 한계를 넘어서는 경지를 강조한 말이다. 불가의 말을 인용해 속세의 얽매임을 초탈한 경지를 설명한 "하늘에서 나는 소리空中之音"와 같은 비유도 시가 예술 형상의 상외적象外的인 효과를 암시한 것인데, 사실상 선리禪理를 이용해 시가 비평론에서의 의경 이론을 직접적으로 설명한 것이다. 송나라 때 선으로써 시를 비유하거나 오랜 기간의 공력을 들이는 태도를 중시한 풍조와 비교할 때 그의 논리는 한 단계 발전한 것이었다. 때문에 전종서錢鍾書(1910-)는 "다른 비평가들은 선과 시를 비교하는데 불과했지만 엄우는 시에 선을 관통시키고 있다"(『담예론談藝錄 · 이선유시以禪諭詩』)고 지적했던 것이다.

　명청 시대로 접어들자 의경이란 용어는 더욱 광범위하게 문학 비평에 사용되었다. 예컨대 왕세정王世貞(1526-1590)은 부賦와 시를 논하면서, 심덕잠沈德潛(1673-1769)과 원매袁枚(1716-1797) 등은 시를 논하면서 경 또는 경계의 문제를 거론하였다. 『서상기西廂記』를 평하면서 경계에 대해 언급한 부분도 수십 군데에 이른다. 그러나 그들의 논의는 비교적 엉성했고 계통적이지 못했다. 그 가운데 의경설에 대해 비교적 심도있게 논의한 인물은 왕부지王夫之(1619-1692)와 왕사진王士禛(1634-1711)을 꼽을 수 있다.

　왕부지는 『강재시화薑齋詩話·석당영일서론내편夕堂永日緒論內編』에서 정경情景에 대해 논하면서 의경 문제를 거론하였다. 그는 경景에 대해 언급하면서 "대경이 있고 소경이 있으며, 대경 가운데 소경이 있다.有大景 有小景 有大景中小景"고 하면서 "소경으로써 대경의 신비함을 전하라.以小景傳大景之神"고 주장했는데, 왜냐하면 소경의 구체적인 묘사가 대경보다 낫기 때문이었다. 정경교융情景交融에 대해 말하면서도 "정서 속의 경관情中景", "경관 속의 정서景中情", "경관으로써 정서와 합치하고, 정서로써 경관이 생겨서 처음부터 서로 떨어질 수 없는데, 오직 의만이 닿을 수 있다.景以情合 情以景生 初不相離 唯意所適"고 이해하였다. 정경情景과 의意의 관련성에 대해서는 "의는 장수와 같으니, 장수가 없는 병사를 일러 오합지졸이라고 한다.意猶帥也 無帥之兵 謂之烏合"거나 "안개 자욱한 샘물과 바윗돌, 꽃 피고 새 우는 이끼 긴 숲 속, 금빛으로 장식된 비단 장막 등과 같은 대상에 뜻이 담기면 신령스러워진다.烟雲泉石 花鳥苔林 金鋪錦帳 寓意則靈"고 하면서 정경은 의로써 잣대를 삼는다고 지적하였다. 그는 또 작가가 묘사하는 정경은 마땅히 "몸으로써 연마하고 눈으로 본 것身之所歷 目之所見"으로 "든든한 문지방鐵門限"을 삼으라고 요구했는데, 직접 경험한 일과 느낌을 기초로 삼아 "오직 의만이 닿고唯意所適" "신령스러움과 이치로써 서로를 취하며以神理相取" "신령스러움과 이치가 모여 합치될 때 자연스럽게 터득해야 한다.神理湊合時 自然恰得"고 주장하였다. 이처럼 그는 정경의 관계를 통해 의경을 선명하게 드러내면서, 유협의 "감정과 외모에 남긴 것이 없다.情貌無遺"는 논지와 사공도의 "외모를 버리고 신령함을 취한다.遺貌取神"는 논리를 넘어섰는데, 여러 측면에서 후대 왕국유王國維(1877-1927)의 의경설에 영향을 끼쳤다.

　왕사진은 신운설神韻說을 제창했는데, 이것은 사공도와 엄우의 시론을 계승한 이론이었다. 그는 사공도의 『24시품』에 나오는 "한 글자도 드러내지 않았지만 풍류를 다하고 있다.不著一字 盡得風流”는 말을 높이 평가하였다. 아울러 “‘풍성하게 흐르는 물이요 흐드러지는 아득한 봄’이라는 두 구절은 시의 경계를 형용한 말로 더없이 절묘하다.采采流水 蓬蓬遠春二語 形容詩境亦絶妙”고 하면서 대숙륜의 “푸른 들판에 따뜻한 햇살이 비추니, 좋은 보석에서는 서기가 뿜어나온다藍田日暖 良玉生烟” 여덟 자에 담긴 의미와 같다(<향조필기香祖筆記>)고 지적하였다. 또 엄우의 이선유시 이론에 동의하면서 “5언이 더욱 가까우니, 왕유나 배적裵迪의 망천장에서 지은 절구는 글자마다 선의 경지에 들었다.五言尤爲近之 如王·裵輞川絶句 字字入禪”(<잠미속문蠶尾續文>)고 이해하였다. 그의 신운설은 사공도의 운외지치와 엄우의 선을 빌어 시를 논한 전통을 계승하여 발전시킨 이론이다. 신운설의 주장을 한 마디로 요약한다면 창작에는 일종의 맑고 먼 의경이 드러나고, 밖으로는 신령한 성정이 노출되며 안으로는 진실된 맛이 숨어 있어서 말 밖의 뜻이 담겨야 한다는 것이다. 그는 이러한 의경이 형성되기 위해서는 “흥취에 젖어들仔興” 필요가 있다고 보았다. 그는 남조 양나라의 소자현蕭子顯(487-535)이 말한 “높은 곳에 올라 눈을 아득히 주고, 물가에 서서 가는 이를 송별한다. 기러기 오고 꾀꼬리 문득 울 때 꽃은 피고 낙엽은 떨어진다. 이럴 때마다 응하는 것이 있으니 항상 그칠 수 없었다. 모름지기 절로 오기를 기다려야지 억지로 엮어서는 안될 것이다.登高極目 臨水送歸 早雁初鶯 花開葉落 有來斯應 每不能已 須其自來 不以力構”는 진술을 인용하면서 자신의 말로 맹호연孟浩然(689-740)은 “매번 시를 지을 때마다 흥취에 깊이 잠겼다가 글쓰기를 시작한다.每有制作 仔興而就”(『어양시화漁洋詩話』)는 생각을 덧붙였다. 이는 저흥仔興은 억지로 강요해서는 안되며, “사물과 색채가 움직일 때 마음도 따라 흔들린다.物色之動 心亦搖焉”는 설명으로 사물이나 대상을 보면서 일어나는 감흥은 자연스럽게 저절로 숙성되는 것임을 밝히고 있다.

4. 근대 문론에서의 의경설의 발전

의경에 대한 문제는 근대 문학 비평에서도 여전히 큰 힘을 발휘한 주제였다. 의경이라는 용어는 심지어 소설 비평에서도 쓰여져 상당히 보편적으로 경계가 있고 없음과 작품의 좋고 나쁨을 평가하는 기준으로 이용되었다. 강유위康有爲(1858-1927)와 양계초梁啓超(1873-1929)는 시를 논하면서, 황주이況周頤(1859-1926)와 유희재劉熙載(1813-1881)는 사詞를 논하면서, 임서林紓(1852-1924)는 문장에 대해 논하면서, 왕국유는 소설과 희곡에 대해 논하면서 모두 경 또는 경계라는 개념을 사용하였다. 그 중 가장 독창적인 논의는 왕국유의 이론이다.

왕국유는 『인간사화人間詞話』에서 의경설에 대한 새로운 논의를 전개하였다. 그는 "경은 단지 경물만을 말하는 것은 아니다. 희노애락은 또한 사람 마음 속의 한 경계이니, 때문에 참된 경물과 참된 감정을 능히 묘사할 수 있는 작품은 경계가 있다고 하겠고, 그렇지 못한 경우는 없다고 말할 수 있다.境 非獨謂景物也 喜怒哀樂亦人心中之一境界 故能寫眞景物·眞感情者 謂之有境界 否則謂之無境界"고 말했다. 경계란 감정과 경관의 결합만이 아니라 몸소 보고 듣는 가운데 얻어지는 참되고 간절한 느낌임을 지적한 것이다. 그는 예를 들어 다음과 같이 설명하고 있다. "'붉은 살구나무 가지 끝에 봄 뜻이 무르익었다'는 구절에서 무르익는다는 한 글자를 넣어 경계가 온전히 드러났고, '구름 헤치고 달빛 드니 꽃이 그림자를 희롱한다'는 구절에서 희롱한다는 한 글자를 넣어 경계가 온전히 드러났다.紅杏枝頭春意鬧 著一鬧字而境界全出 雲破月來花弄影 著一弄字而境界全出矣" 요鬧와 농弄은 작가의 진실되고 간절하며, 독특한 느낌을 축약한 시어다. 때문에 그는 이러한 느낌이 담겼으면 "떨어짐이 없다不隔"고 해서 참된 경물과 참된 감정을 묘사할 수 있어서 경계가 있다고 할 수 있으며, 그렇지 못하다면 "떨어졌다隔"고 해서 참된 경물이나 감정을 담아내지 못해 경계가 없다고 설명하였다. 그는 한 걸음 더 나아가 "경계를 만드는 경우와 경계를 묘사하는 경우가 있는데, 이 점이 이상과 실제 두 유파가 나와 갈라지는 이유有造境 有寫境 此理想與實寫二派之所由分"라고 지적하였다. 이렇게 그는 조경造景과 사경寫境의 관계를 변증법적으로 설명하였다. 이밖에도 그는 경계의 우미성優美性 문제에 대해서도 거론하였다. 그러나 왕국유는 의경 이론에 대해 개척적이고 발전적인 논의를 전개하기도 했지만 이를 제한하고 위축시키는 결과를 가져오기도 하였다. 예컨대 그는 "객관적인 작가는 세태를 다양하게 보지 않을 수 없는데, 세태를 보는 것이 깊어지면 질수록 재료는 더욱 풍부해지고 변화무쌍해진다. 『수호전』이나 『홍루몽』의 작자가 그들이다. 주관적인 작가는 굳이 세태를 다양하게 살필 필요가 없는데, 세태를 살피는 것이 옅을수록 성정은 더욱 진실해진다. 이후주가 바로 그다.客觀之詩人不可不多閱世 閱世愈深 則材料愈豊富 愈變化 水滸傳·紅樓夢之作者是也 主觀之詩人不必多閱世 閱世愈淺 則性情愈眞 李後主是也"라고 논의하였다. 여기서 객관적인 작가에 대한 논의는 정확하고 타당하지만 주관적인 작가에 대한 논의는 편견과 사려분별의 부족함을 어쩔 수 없는데, 이런 점이 그의 문학 작품에 대한 인식의 일면성을 보여주는 예일 것이다.

왕국유는 『송원희곡사宋元戱曲史』에서 원나라의 연극에 대해 기술하면서 "문장의 오묘함을 한 마디 말로 정리한다면 의경이 있느냐일 뿐이다. 무엇으로써 의경이 있다고 말할 수 있는가? 감정을 묘사할 때는 사람의 마음 속 생각이 스며들어 있고, 경관을 묘사한다면 사람의 이목이 닿는 듯하며, 사실을 기술한다면 입에서 쏟아지는 것처럼 느껴지는 것文章之妙 亦一言以蔽之曰 有意境而已矣 何以謂之有意境 曰 寫情則沁人心脾 寫景則在人耳目 述事則如其口出"이라고 하였다. 또 "원나라 희곡의 아름다운 부분은 어디에 있는가?…그것은 자연스러움일 뿐元曲之佳處何在…曰自然而已矣"이라고 설명하였다. 이는 의

경에 대한 비교적 전면적인 설명이다. 그는 의경설을 바탕으로 소설과 희곡을 포괄하여 내용상으로 다양한 각종 체재의 문학 창작에 적용시키고 있다. 창작을 할 때에는 사람의 참된 감정을 움직이고, 상황을 직접 목격하는 것처럼 묘사하며, 몸소 참된 경물과 사실을 경험해서 얻은 감각을 바탕으로 인물의 성격이 확연하게 드러나는 언어를 구사해야 하는데, 이렇게 되기 위해서는 모든 것이 자연스러워질 필요가 있다는 것이다. 왕부지가 "뜻은 장수意猶帥也"이고 뜻을 세워 쓰는 것은 장수의 지휘와 같다는 설명과 아주 유사한 왕국유의 논의는 고대 문학론 가운데 비교적 완비된 의경설이라고 결론지을 수 있을 것이다.

■ 재성론(才性論)의 역사

사람의 재능과 품성. 이 말은 조기趙岐(?-201)가 『맹자·고자장구告子章句』 상편에 나오는 "하늘이 재능을 내리는 것이 이와 같이 다른 것이 아니다.非天之降才爾殊也"에 대해 주석을 달면서 "하늘이 내린 것이 아니라 재성은 이와는 다른 것非天降下 才性與之異也"이라고 한 말에서 처음 등장한다. 왕충王充(27-97?)은 『논형論衡·명록命錄』편에서 "때문에 무릇 일에 임해 지혜롭고 어리석으며, 취하는 행실이 맑고 탁한 것은 품성과 재능에 달려 있다.故夫臨事知愚 操行淸濁 性與才也"고 하였다. 위진魏晉 시대에 현학玄學이 일어난 뒤 재성은 청담淸談에서 광범위하게 사용된 문제의 하나가 되었는데, 원준袁準은 <재성론才性論>(『예문류취藝文類聚』권21)을 남기기도 하였다. 나중에 문학비평에서 이 말이 쓰여지자 작가의 재능과 기질을 폭넓게 가리키게 되었는데, 문학 창작에 있어서 작가의 주관적 측면의 조건을 지적하였다. 재는 천재天才와 재능을 말하며, 성은 작가의 기질과 개성을 말하는데, 양자는 모두 직접적으로 작가의 창작에 영향을 끼친다.

　삼국시대 유소劉卲가 쓴 『인물지人物志』는 중국에서 최초로 성격의 유형에 대해 언급한 저작이다. 그 가운데 인물을 품평하면서 사람의 재성을 구분하는 데 비교적 주의를 기울였다. 『인물지・팔관八觀』편 가운데 일곱 번째 항목에서 "그의 단점을 보면 장점을 알 수 있다.觀其所短 以知所長"고 지적했는데, 사람에게는 치우친 재능(偏才)과 겸비한 재능(兼才)의 구별이 있음을 인식한 발언이다. 갈홍葛洪(284-364)도 『포박자抱朴子・사의辭義』편에서 재성의 편장偏長과 겸통兼通과 관련된 논의를 전개하였다. 중국의 고대 문학론 가운데 처음으로 작가의 기질과 창작과의 관련성에 대해 논의한 저술은 조비曹丕(187-226)의 <전론・논문典論論文>이다. 그는 작가의 독특한 기질과 개성은 각자의 독특한 풍격風格을 형성한다고 생각하였다. 그는 "문장은 기를 위주로 하는데, 기가 맑고 탁한 데에 따라 체가 갖추어진다.文以氣爲主 氣之淸濁有體"고 말했다. 청탁이란 작가의 기질과 개성의 강유剛柔를 가리킨다. 이에 앞서 그는 "응창은 조화로우나 웅장하지 않으며, 유정은 웅장하지만 엄밀하지 못하다. 공융은 체제와 기운이 높고 오묘해서 남들보다 뛰어난 점이 있지만, 그러나 능히 논리를 지키지 못하고 이치가 문사를 이기지 못했다.應瑒和而不壯 劉楨壯而不密 孔融體氣高妙 有過人者 然不能持論 理不勝辭"고 설명하였다. 그러나 그는 작가의 기질과 개성은 선천적인 것임을 지나치게 강조해서 "기운을 끌어들인 것이 가지런하지 못해서 공교로움과 졸렬함이 타고난 바탕이 있는 것에 이르러서는 비록 아비와 형에게 있다고 해도 이를 자식과 아우에게 옮길 수는 없는 노릇至于引氣不齊 巧拙有素 雖在父兄 不能以移子弟"이라고 생각하였다. 이처럼 그는 후천적인 사회적 습득이나 예술에 대한 소양이 작가의 기질이나 개성을 형성하는 데 미치는 영향은 전혀 고려하지 않았던 것이다.

　유협劉勰(465?-520?)의 『문심조룡』에 이르러 작가의 재능과 개성이 작가의 창작과 연관되는 문제에 대한 한 걸음 발전한 인식과 토의가 이루어졌다.

 유협은 거듭 작가의 천재와 기질은 다른 것임을 강조하고 있다. 그는 "재능은 나눠져 같지 않으며, 사고의 실마리는 제각기 다르다.才分不同 思緒各異"(『문심조룡·부회附會』편)거나 "생강과 계수나무는 같은 땅에서 나지만, 신맛이 나는 것은 본성에 달려 있다.薑桂同地 辛在本性"(<사류事類>편), "본성은 품부 받은 것이 각각 다르다.性各異稟"(<재략才略>편)며 여러 곳에서 지적하였다. 이러한 재능과 개성의 차이는 작가의 각기 다른 풍격을 결정한다는 것이다. "무릇 감정이 움직여서 말이 형성되고, 이치가 발동하여 문장으로 나타난다. 이는 감정과 이치가 숨어 있다가 밖으로 드러나고, 안에 있는 것으로 말미암아 밖으로 실현되는 것을 뜻한다. 그러나 재능에는 범용한 것과 준수한 것이 있고, 기질에는 강하고 부드러운 차이가 있으며, 학문에는 옅고 깊은 차이가 있고, 습성에도 우아하고 천박한 것이 있다. 이러한 모든 것들은 성정에서 조성되고 관습과 풍속에 의해 도야된다. 때문에 문학 작품들에는 구름 모양 같은 다양한 변화가 있을 수밖에 없게 되고, 예술 작품들에는 물결 모양과 같은 다양함이 드러나기 마련이다. 문장과 이치에서의 범용함과 준수함은 그 사람의 재능과 구분될 수 없고, 작품의 풍취가 굳고 부드러운 것도 그 사람의 기질과 구별될 수 있겠는가? 작품에 표현된 상황과 의리가 옅고 깊은 것이 그 사람의 학문과 다르다는 말은 들어본 적이 없으며, 작품의 체제와 격식이 우아하고 천박한 것은 그의 습관과 이반되는 경우는 극히 드물다. 그러므로 각자는 자신의 개성에 따라 창작하는 것인데, 작품이 각자 차이가 있는 것은 마치 얼굴이 각자 다른 것과 같다.夫情動而言形 理發而文見 蓋沿隱以至顯 因內而符外者也 然才有庸儁 氣有剛柔 學有淺深 習宇雅鄭 幷情性所鍊 陶染所凝 是以筆區雲譎 文苑波詭者矣 故辭理庸儁 莫能翻其才 風趣剛柔 寧或改其氣 事義淺深 未聞乖其學 體式雅鄭 鮮有反其習 各師成心 其異如面"(<체성體性>편) 이 글의 요지는 다음과 같다. 한 작가의 작품에 담긴 문체와 이치가 평범하기도 하고 걸출하기도 하며, 작품의 풍격이 굳세기도 하고 부드럽기도 한 것은 모두 작가 자신의 재성과 관련되는 것이라는 말이다. 즉 작가의 재능과 개성은 작품의 독특한 풍격을 형성하는 기초가 된다는 지적이다. 유협은 이러한 논리를 바탕으로 역대 작가들의 작품에 대한 비평을 전개하였다. <체성>편에 나오는 비유와 같이 그는 창작 작품의 풍격에 미치는 영향을 성격에 따라 분석하였다. "이렇듯 훌륭한 작품을 창작함에 있어 그 사람의 성정과 관련되지 않는 것이 없다. 이런 까닭으로 가의는 재기가 뛰어났기 때문에 문장이 간결하고 체제가 맑다. 사마상여는 행동에 막힘이 없기 때문에 이치가 과장되고 문채는 수사가 넘친다. 양웅은 성격이나 기질이 침잠되고 고요해서 뜻이 숨겨져 있지만 맛은 심오하……이런 사례에서 알 수 있듯이 밖으로 드러난 문장은 그 사람의 내면에 숨겨진 성격이나 기질과 반드시 부합한다. 이를 통해서 천부적인 자질과 재능의 대략을 살펴보는 일이 어찌 가능하지 않겠는가?吐納英華 莫非情性 是以賈生俊發 故文潔而體淸 長卿傲誕 故理侈而辭溢 子雲沈寂 故志隱而味深……觸類以推 表裏必符 豈非自然之恒資 才氣之大略哉" 작가가 밖으로 표현하는 문채와 풍격은 모두 그의 내부에 자리잡은 성격이 자연스럽게 반영된 것이라는 논리다.

작가의 재능과 개성의 발전은 시대 상황과도 불가분리의 관련이 있다. 때문에 유협은 <재략>편에서 전한과 후한, 진나라 때와 건안建安 시대의 창작에 대해 분석을 가하면서 전자가 후자와 동일할 수 없는 까닭을 시대마다 다른 기풍에서 영향을 받기 때문으로 정리하고 있다. 예컨대 동진東晉 때의 문학이 단조롭고 경박한 이유는 당시에 청담淸談이 유행한 사실과 떼어서 생각할 수 없다는 것이다. "어째서 그런가? 그것은 그 시대야말로 문학의 황금기였으며, 재능 있는 작가들이 모두 대우를 받던 성대盛代였기 때문이다. 옛 사람들이 시대를 중요하게 여긴 것도 이 때문이 아니겠는가!何也 豈非崇文之盛世 招才之嘉會哉 嗟夫 此古人所以貴乎時也"그리고 <제자諸子>편에서 그는 백가쟁명의 시대적 풍조가 그들로 하여금 "세상을 초월한 고담을 나누고 스스로 문호를 열게 만들었다.越世高談 自開戶牖"고 보았다. 한나라에 이르러서는 경전에 의거해서 논의를 세우던 시대였기 때문에 "비록 유가라고 하는 평탄한 대로에 대해서는 잘 알고 있었지만, 대개 유가의 학설에 문채를 덧붙인 것雖明乎坦途 而類多依采"이어서 어쩔 수 없이 제자들보다는 한 등급 낮게 평가할 수밖에 없다고 하였다. <시서時序>편에서 그는 한 걸음 더 나아가 건안 문학이 "비분강개하면서도 기력이 넘치는梗槪而氣多" 풍격상의 특징을 지적하면서 "세상은 난리로 어지러워져 풍속은 쇠야해지고 원망이 많았던世積亂離 風衰俗怨" 시대적 상황과 깊은 관련을 맺고 있다고 보았다. 그리고 진晉나라에 비록 "인재가 신실하고 풍성했지만人才實盛" 그 까닭은 "운세는 말세에 접어들었지만 사람 가운데 인재는 다하지 않았기運涉季世 人不盡才" 때문으로 생각하였다. 이러한 유협의 사고는 그가 제시한 "문학의 변화는 세태의 추이에 물들며 흥하고 무너지는 것은 시대적 순서와 관련된다.文變染乎世情 興廢系乎時序"는 관점에서 유추된 것으로 정리할 수 있다. 이러한 관점은 사람들이 풍격에 대한 이론을 연구하는 데 결정적인 기여를 하였다.

천재의 문제에 대해서 유협은 조비의 의견을 수용하는 한편 그것의 선천성을 크게 강조하였다. <체성>편에서 그가 "재능과 힘은 마음 속에 있으니, 근원은 혈기에서 나온다.才力居中 肇自血氣"거나 "재능은 하늘이 준 자질才有天資"이라고 한 발언에서 이를 확인할 수 있다. 그러나 유협에게는 조비와 입장을 달리한 부분도 있다. 그는 천재의 선천성을 인정하면서도 작가의 후천적인 학습과 노력 여하에 따라 재능은 얼마든지 계발될 수 있다고 판단하였다. 그는 "창작에 정통하기 위해서 작가는 반드시 그 기술에 정통해야 한다.才之能通 必

資曉術"(＜총술總術＞편)고 하면서 "재주와 능력을 풍부하게 다지기 위해서는 널리 견문을 넓히는 데 힘써야 한다.將瞻才力 務在博見"고 했고, "문장이 높아지는 것은 배우는 노력에서 유래하며 능력은 하늘이 준 자질에 좌우된다.文章由學 能在天資"(＜사류＞편)고 했으며, "다양한 문체가 거듭 바뀐다고 해도 공을 들여 배우면 이룰 수 있다八體屢遷 功以學成"(＜체성＞편)고 했던 것이다. 이러한 인식은 의심할 여지 없이 이 부분에 대한 전면적인 논의라고 할 수 있다.

유협 이후 재성이 문학 창작과 풍격에 미치는 연관성에 대한 이론적 논의는 많은 작가와 비평가들에 의해 거듭 연구되고 발전되었다.

■ 영감론(靈感論)의 역사

인간의 사유 활동 가운데 일종의 특수한 상태를 지칭해서 쓰이는 말. 이 용어는 고대 희랍에서 나온 것인데, 원래는 신의 영기靈氣를 가리켰다. 신성스런 귀신에게 홀렸음을 표현하는 말로써, 당시에는 이러한 상태에 빠진 사람을 신성한 귀신에게 홀린 자라고 불렀다. 작가가 작품을 창작할 때 이와 흡사하게 신의 영기를 흡입하는 가운데 놓여 작품 속에 비범한 매력을 갖추게 된다는 것이다. 영어의 INSPIRATION은 20세기 20년대에 중국으로 들어와 처음에는 연사피리순烟士披里純으로 음역되어 읽히다가 영감이란 말로 대체되었다. 고대 중국의 문학 이론서에 종종 등장하는 천기天機와 흥회興會, 신래神來, 돈오頓悟 등의 말은 이와 유사한 사유 현상을 가리킨 것으로 볼 수 있다.

중국의 고대 문헌을 보면 영감 또는 영감과 유사한 사유 형식에 대해 기록한 자료를 상당수 찾아볼 수 있다. 『주역·계사繫辭』에는 "아는 것이 거의 귀신과 같구나!知幾其神乎"라는 구절이 나온다. 여기서 말하는 신은 사람이 객관과 대비되는 신기한 인식을 하는 사실을 가리키는 것으로, 영감과 유사한 성격이 있다. 관자管子는 거듭 생각해도 얻을 수 없었던 사람이 "귀신의 가르침을 힘입어鬼神敎之" 획득했다는 말에 동의하지 않고, 그는 획득이란 마음을 다 쏟아 사색한 덕분에 생기는 필연적인 결과이며, "귀신의 힘이 아니라 정신과 기운의 극치非鬼神之力也 其精氣之極也"(『관자·심술하心術下』편)라고 규정하였다. 장자莊子가 말한 "마음의 뜻을 쓰되 헷갈리지 않으면 정신이 하나로 응축된다.用志不分 乃凝于神"(『장자·달생達生』편)는 지적 또한 마음을 오로지 한 곳에 집중시킬 때 영감이 발생함을 설명한 것이다. 서진西晉의 육기陸機(261-303)는 <문부文賦>에서 문학 창작 과정 중에 출현하는 영감 현상에 대해 거듭 세밀한 묘사를 하면서 이러한 사유 상태를 일컬어 천기天機라고 불렀다. 그는 영감의 작용을 높이 평가하면서 "바야흐로 천기가 내달리고 예리해지면 무릇 어떤 어지러움인들 다스려지지 않겠는가?方天機之駿利 夫何紛而不理"라고 했으며, 영감이 다다르면 작가는 "생각의 바람은 가슴속에서 나부끼고, 말의 샘물은 혀끝과 이빨 사이에서 흐른다.思風發于胸臆 言泉流于脣齒"고 하였다. 이러한 마음을 얻어 손길과 맞닿게 하면 별다른 노력을 기울이지 않고서도 훌륭한 작품을 자연스럽게 써낼 수 있다는 것이다. 그러나 영감을 잃어버린 뒤에는 작가의 사유 또한 "메마른 나무枯木"나 "말라버린 냇물涸流"처럼 되어 다시는 자유로운 정신을 운용해서 사람들을 감동시킬 작품을 쓰지 못하게 된다고 하였다. 이러한 "오는 것을 막을 수도 없고, 가는 것을 잡을 수도 없는來不可遏 去不可止" 사유 상태에 대해 육기는 이미 "이 물건은 나에게 있는 것이지茲物之在我" 하늘에서 내려오는 것이 아니라는 인식을 가지고 있었다. 그러나 그것이 "통하고 막히는 실마리通塞之紀"나 "열리고 막히는 까닭開塞之所由"에 대해서는 별다른 해석을 가하진 않고, "내 힘으로는 죽일 수 없는非余力之所戮" 대단히 괴로운 기운이라고만 말하고 있다. 그러나 육기는 영감이라는 현상의 발생에 대해 일찍이 "감응의 모임

感應之會"이고, "맑은 마음을 달려 생각을 응축시키고, 모든 사려를 다하여 말을 만든다.罄澄心以凝思 眇衆慮而爲言"는 관점을 제시하였다. 이는 작가가 생활하면서 다양한 감흥을 얻지 못하고 창작 과정에서 고도로 집중된, 심각하게 사고하는 상태에 오르지 못하면 영감에로 나아가는 통로를 열기란 불가능하다는 사실을 설명한 것이다. 육기 이후 제량 시대의 유협劉勰(465?-520?)이 『문심조룡・정채情采』편에서 말한 "자연의 법칙이 형성하는 사물의 복잡함神理之數"과 <여사麗辭>편에서 말한 "신비스런 이치가 작용하는 것神理爲用"이라는 등의 발언도 영감의 문제를 거론한 부분이다. 그는 <신사神思>편 등에서도 "자연스런 흥취의 모임自然興會"과 "선천적으로 부여받은 것先天稟賦", "정신을 지키고 기르는 일精神保養" 등의 관점을 가지고 영감이 발생하는 요소들에 대해 검토하면서, 작가는 평상시에 "학문을 쌓고積學" "이치를 참작하며酌理" "연구하고 살피는研閱" 등 꾸준히 끊임없는 학습과 사색을 거듭해야 한다고 강조하였다. 고대 중국의 문예 이론가들의 이러한 관점은 영감이라는 독특한 사유 방식 속에 숨겨져 있는 본질을 정확하게 해독한 성과라고 할 수 있을 것이다.

■ 응감론(應感論)의 역사

이는 영감靈感과 같은 개념이다. 작품을 구상하는 활동이 최고조에 달하면 예술가는 극도의 흥분 상태에 빠지게 되고 강렬한 창작 욕구에 파묻히게 되는데, 이러한 심리적 상태를 일러 보통 영감이라고 부른다. 중국 고대문학비평사에서 처음으로 이 문제를 논의한 이는 육기陸機(261-303)다. 그는 <문부文賦>에서 다음과 같이 말했다.

저 응감의 모여 통하고 흐르면서 기술하는 것은, 올 때 막을 수도 없고 간다고 잡을 수도 없는 것이다. 숨어버리면 아름다운 경치도 없어지며,

나타나면 가녀린 소리마저 일어난다. 바야흐로 천기가 약동하고 예리해지면 어떤 것이든 분분해져 이치가 아니겠는가? 생각의 바람은 가슴속에서 불어오고, 말의 샘물은 입술과 이빨 사이에서 샘솟을 것이다. 어지러운 꽃떨기가 뒤섞여 흩어지고, 비유는 터럭만한 비단 조각에도 모방되니, 문장은 아름답게 빛나 충일하고 화목하며, 소리는 차갑게 맴돌아 귓전을 울린다. 그러다가 온갖 감정이 가라앉아 엉켜버리면 의지는 가고 정신만 남아, 우뚝하기가 마치 메마른 나무와 같고 탁 트이기는 마치 물줄기가 말라버린 것처럼 되면 영혼을 다채롭게 움직여 깊은 이치를 찾고자 할 것이다. 상쾌했던 정신은 깨져버려 스스로 찾아 헤매고, 이치는 어둑어둑해지면서 더욱 낮게 누워버린다. 생각은 삐걱거려 마치 억지로 뽑아내는 듯하니, 이 때문에 때로 정신이 바닥나면 회한이 많아지고, 때로 의미는 진솔해서 부족함이 더하게 되는 것이다. 비록 이 물건이 나에게 있다고 해도 나의 힘으로 함께 할 수 없으니, 때문에 때로 비어버린 회포를 쓰다듬으며 스스로 한탄하기도 하지만, 나는 아직도 저 응감이 열리고 닫히는 까닭이 무엇인지 알지 못한다.

若夫應感之會 通塞之紀 來不可遏 去不可止 藏若景滅 行猶響起 方天機之駿利 夫何紛而不理 思風發於胸臆 言泉流於脣齒 紛葳蕤以馺遝 喻毫素之所擬 文徽徽以溢目 音泠泠而盈耳 及其六情底滯 志往神留 兀若枯木 豁若涸流 攬營魂以探賾 頓精爽而自求 理翳翳而逾伏 思軋軋其若抽 是以或竭精而多悔 或率意而寡尤 雖玆物之在我 非余力之所勠 故時撫空懷而自惋 吾未識夫開塞之所由

육기는 영감이 솟구쳐 나와 유창하게 흐르면서 문장이 자유롭게 쓰여지는 경우와 영감이 고갈되어 글자 한 줄 쓰기에도 벅차게 되어버린 경우를 선명한 대조를 통해 서술하였다. 예술가가 영감으로 충일할 때에는 창작 충동도 강렬하게 일어 시상은 바람이 이는 것처럼 불어오며, 언어는 샘물이 솟아나듯 끊임이 없고, 상상력은 극도로 풍부해져 생동감 넘치는 형상이 무수하게 일어나게 된다. 이럴 때에는 붓을 놀려 천 마디 말을 적더라도 한 달음에 완성할 수 있을 것이다. 그러나 감정이 메말라 창작 욕구가 소실되어 버리면 상상력은 막혀

통하지 않고 감정도 환기되지 않는다. 메마른 나무나 말라버린 물처럼 사라지면 아무리 애써 이를 회복하고자 해도, 상상력은 다시 일어나지 않고 붓끝은 더욱 무뎌져 버리게 된다. 육기는 예술 창작은 영감으로 충만할 때에만 우수한 작품을 써낼 수 있다고 생각하였다. 반대로 영감이 막혀버리면 아무리 각고의 노력을 들여도 기력만 낭비할 뿐 소기의 목적은 달성되지 않는다고 하였다. 이러한 인식은 실제 창작 상황과 잘 일치하는 논의다.

그러나 육기는 영감이 흐르고 막히기는 하지만, 그 과정은 흔적도 없고 규칙적이지도 않아 이를 파악할 능력이 자신에게는 없다고 토로하였다. 즉 영감이라는 문학 현상은 과학적으로 규명될 수 없다는 말이다. 그는 영감의 흐름과 막힘은 작가가 생활을 영위하면서 실천하는 문제와 긴밀하게 연관되며, 오랜 기간 창작을 하면서 터득하게 되는 미묘한 성향임을 인식하지 못했던 것이다. 이 점이 육기의 응감 인식의 한계라고 하겠다.

그의 응감 이론은 그가 실제로 창작을 하면서 얻은 경험의 소산이자 선진先秦 시대 이래 전해져 내려온 "마음과 사물의 감응心物感應"에 관한 논의의 영향도 받은 것이다. 『예기·악기樂記』편에 보면 "무릇 소리가 일어나는 것은 사람의 마음에서 생겨나는 것이다. 마음이 움직이는 것은 사물이 그렇게 만들기 때문이다. 사물에서 느껴 움직이기 때문에 소리로 형성된다.凡音之起 由人心生也 人心之動 物使之然也 感于物而動 故形于聲"는 말이 나오며, 『회남자淮南子·숙기훈俶其訓』편에는 "또 사람의 감정은 귀와 눈이 듣고 보는 바에 응해 움직이는 것으로, 마음의 의지가 이를 알고 걱정하거나 즐거워하게 된다. 且人之情 耳目應感動 心志知憂樂"는 기록이 있다. 이를 통해 육기의 응감 이론은 심물감응설心物感應說이 문학적으로 발전한 것임을 알 수 있다.

육기 이후 육조六朝 시대의 많은 비평가들은 문학 이론을 제출하거나 작가와 작품에 대해 평가를 내릴 때 영감의 문제를 줄곧 거론하였다. 심약沈約(441-513)은 시가에서 어떻게 성률聲律을 운용하며 음악미音樂美를 다채롭게 구성할 것인가의 문제를 논술하면서, 이에 대한 해결책으로 먼저 영감이 흐르고 막힌다는 사실에 주목하였다. "천기가 열리면 운율도 절로 조화를 이루고 감정이 막히면 음률 또한 어그러져 버린다.天機啓則律自調 六情滯則音律頓舛"(<답육궐서答陸厥書>)는 것이다. 이어 소자현蕭子顯(487-535)은 『남제서南齊書·문학전론文學傳論』에서 "만약 천기에 맡겨 이를 역사 전기물에 참고한다면, 생각은 있지만 말로 잘 표현할 수 없는 것들을 쉽게 구상하고 모을 수 있을 것若夫委自天機 參之史傳 應思悱來 易生構聚"이라고 지적하면서, 문학 창작을 할 때에는 영감의 도움이 있어야 집필이 가능하지 억지로 생각을 짜내서는 안 된다고 강조하였다. 유협劉勰(465?-520?)은 『문심조룡』에서 영감에 대한 일반론을 전개했을 뿐만 아니라 영감의 배양 문제에 특히 관심을 가지고 연구하였다. 그는 "이 때문에 마음을 가다듬어 술법을 양성할 때에는 생각을 괴롭게 가지는 일에 힘써서는 안 되며, 문장에 담긴 함축을 적절하게 일치시킬 때 반드시 감정을 수고롭힐 필요는 없다.是以秉心養術 無務苦慮 含章司契 不必勞情也"(<신사神思>편)고 말했다. 그리고 <양기養氣>편에서는 영감의 출현은 사람의 신기神氣가 왕성하고 정력이 충만한 결과 발생한 것임을 설명하였다. 육조 시대 이후에도 적지 않은 작가와 이론가들이 영감의 문제를 거론하였다. 희곡 이론가인 탕현조湯顯祖(1550-1616)는 "자연의 영기는 황홀하게 오고 생각지 않아도 닿으며, 기기괴괴해서 뭐라고 이름 붙일 수 없을 뿐만 아니라 평상적인 생활에서 결합되는 것도 아니다.自然靈氣恍惚而來 不思而至 怪怪奇奇 莫可名狀 非不尋常得以合之"(『옥명당문집玉名堂文集』 권5 <합기서合奇序>)라고 말했다. 이들의 논의와 문제 제기는 모두 육기의 응감설應感說을 계승해서 발전시킨 것이다.

■ 문학사에서의 계승과 혁신의 문제(通變)

중국의 고대 문학론에 나오는 관념의 하나. 정확하게는 문학이 발전하는 과정에서 발생하는 계승과 혁신의 관계를 지적한다. 이에 대한 중요한 논의는 유협劉勰(465?-520?)의 『문심조룡·통변通變』편이 가장 상세하다. 당시 문단에서는 "현재에 치중하고 과거는 소홀히 하는 競今疏古" 풍조가 성행하고 있었다. 그리고 "작품 전체를 대구의 화려한 수사로 뒤덮고, 기발한 한 구의 글귀를 얻기 위해 값을 따지지 않고 다투는儷采百字之偶 爭價一句之奇"(<명시明詩>편) 경향이 보편적이었다. 유협은 이러한 형식에 치우친 그릇된 문풍에 반대하는 의사를 표시하면서 "경전과 고문을 숭상하자.還宗經誥"고 주장하였다. 그리고 이에 맞춰 제출한 이론이 통변설通變說이었다.

통변은 단순한 복고는 아니다. 근본과 근원을 알아 "문학사를 꿰뚫어 부족함이 없이通而不乏", "변화시킨다면 오래갈 것變則可久"이라는 주장이다. 때문에 기윤紀昀(1724-1805)은 일찍이 이에 대해 다음과 같이 비평하였다. "제·량 시대의 풍조는 아름답고 화려한 것을 좋아했다. 게다가 신성한 문풍이 연달아 일어나 문인들이 지은 작품은 마치 한 사람의 손에서 나온 듯하였다. 때문에 유협(언화는 그의 자)이 통변으로써 논의를 세웠던 것이다. 그러나 세속을 숭상하는 가운데에서 새로움을 구했다면 작은 지혜와 전통을 스승 삼으려는 마음이 전환되어 섬약한 풍조로 기울어졌다……때문에 그 반조返照의 성향을 끌어당겨 옛 일에서 구했으니, 대개 당시의 새로운 소리였다. 이미 넘쳐 흐르고 조율하지 않은 것이 없으니, 옛 사람의 옛 방식이 바뀌어 새로운 소리에 어울리게 된 것이다. 옛 것을 회복하면서 이름하여 통변이라 한 것도 대개 이 때문이었다.齊梁間風氣綺靡 轉相神聖 文士小作 如出一手 故彦和以通變立論 然求新于俗尚之中 則小智師心 轉成纖仄……故挽其返而求之古 蓋當代之新聲 旣無非濫調 則古人之舊式 轉

屬新聲 復古而名以通變 蓋以此爾"(범문란范文蘭의 『문심조룡주文心雕龍注』인용) 이 논의는 편벽된 것을 보완하고 폐단을 구제하려는 유협의 의도를 잘 지적한 평가다. 그러나 복고와 통변은 최상이라고 구획하여 부를 수는 없는 일이다. 계승과 창조가 결합되어 진행될 때 비로소 통변의 진정한 효과는 달성될 것이다.

유협은 혁신과 창조를 주장했지만, 이를 지나치게 강조하지는 않았다. 이 점이 그가 당나라 때의 고문운동가와 구별되는 점이다. <통변>편에서 그는 매승枚乘(?-전140?)의 <칠발七發>과 사마상여司馬相如(전179-전118)의 <상림부上林賦> 등 다섯 가지 예를 들면서 "소리와 형상을 과장하려는 노력은 이미 한나라 초기 때부터 극성했다. 후대의 작가들도 거듭 이 경향을 좇았다. 비록 때로 그들은 옛 (전통의) 자취를 넘어서 날아오르긴 했지만, 결국은 (전통의) 새장 안에 머물 수밖에 없었다.誇張聲貌 則漢初已極 自玆厥後 循環相因 雖軒翥出轍 而終入籠內"고 평가하였다. 경관을 묘사하고 사물을 형상화하는 것에는 고금이 일치하는 부분이 있다는 것이다. 옛 사람들이 완성한 예술적 사고의 결정체들은 때로 후대 문인들의 학습을 위한 전범이 되는 등 일정하게 변화하는 것은 아니다. 또 무한히 변화하기만 한다는 것은 사실상 불가능한 일이다. 이는 비록 표현 기교상의 문제이긴 하지만, 통변의 개념 속에는 전통을 계승하고 혁신하는 양면이 있는 것이지 일방적으로 옛 전통을 변화시키는 것만은 아니라는 사실을 설명해준다. 때문에 유협은 <풍골風骨>편과 <통변>편에서 특별히 전통 계승의 중요성을 강조하였던 것이다. <풍골>편에서는 "만약 경전의 규범에 따라 녹이고 주조하며, 문집과 역사에 실린 기술에 따라 날고 모은다면 감정의 변화를 훤히 알게 되고 문체에 대해서도 밝게 이해할 수 있을 것이다. 그런 뒤에야 능히 새로운 뜻을 싹틔울 수 있고, 기이한 말을 새기고 그릴 수 있을 것이다. 문체에 밝기 때문에 뜻이 새로워도 어지럽지 않으며, 변화를 잘 이해하기 때문에 말이 기이해도 더럽지 않게 되는 것若夫熔鑄經典之范 翔集子史之術 洞曉情變 曲昭文體 然後能孚甲新意 雕畫奇辭 昭體故意新而不亂 曉變故辭奇而不黷"이라고 설명하였다. 신의新意와 기사奇辭는 귀중한 것이지만, "새로우면서도 어지럽지 않고新而不亂" "기이하면서도 더럽지 않기奇而不黷"위해서는 모름지기 "문체에 밝고昭體" "변화를 잘 이해할曉變"필요가 있다는 말이다. 오직 문체에 통달한 사람만이 고금의 변화를 꿰뚫어서 비록 변화하더라도 그 도리를 잃지 않게 된다. <통변>편에서는 역대 문풍의 변화에 대해 논의하였다. "유송劉宋 초기에는 속이는 가운데 새로웠다.宋初訛而新"고 말했는데, 왜 속였는가 하면 "가까운 것에만 의지하고 먼 것은 소홀히 했고近附而遠疏", "편벽된 이해를 버리지 못했으며, 한 가지 운치에만 자부심을 느끼고 격정을 토로했기齷齪于偏解 矜激于一致" 때문이었다. 새로움과 변화만 알고 통변을 모른다면, 그 까닭은 문장을 아름답게 표현할 줄만 알지 문체를 잘 알지 못하기 때문이다. 그 결과는 필연적으로 "화려함에 익숙해지고 사치를 좇으며, 맹목적으로 숨어들어 돌아올 줄 모르는習華隨侈 流遁忘反"(<풍골>편) 형세에 이르고 말 것이다.

통변은 어쩌면 모순된 두 개의 개념의 결합일 수도 있다. 문학이 발전하는 과정에서 선후의 전통을 계승한다는 측면에서 말한 것이 통通이다. 그리고 날마다 변화한다는 측면에서 말한 것이 변變이다. 이 두 개념을 연결시켜 하나의 완전한 용어로 성립시키는 작업은 대립을 통일시키는 문제와 연관지어 설명할 수 있다. 이 때문에 반드시 통 가운데 변이 요구되며, 변 가운데 통을 잃어서는 안 되는 것이다. 그리해야만 회통會通과 운변運變의 통일은 성취될 수 있다. 유협은 통변을 통해 이 양 방면을 겸비하고자 했던 것이다. 그는 <통변>편에서 계승을 강조했는데, 초사楚辭 가운데 <이소離騷>는 "주나라 사람들을 원칙으로 본받은 것矩式周人"이라든가 "잘못된 것을 바로잡고 옅은 것을 뒤집으며 다시 경전과 고문을 으뜸으로 삼는다.矯訛翻淺

還宗經誥”고 한 말이 모두 계승을 중시한 발언들이다. 특히 <찬>에서 그는 혁신을 강조했는데, 이른바 “나날이 새로워야 그 업을 이룰 수 있다.日新其業”든가 “시대를 좇는다면 반드시 결과가 있다.趨時必果”, “현실을 바라보면서 기이함을 제어한다.望今制奇”는 등이 그것이다. 그는 혁신의 중요성을 인식하긴 했지만, 중심은 폐단을 구제하는 데 있었기 때문에 계승에 더 비중을 두었다.

통변은 문학의 발전을 이해하는 관건이 되는 문제다. 청나라의 섭섭葉燮(1627-1703)은 『원시原詩』에서 이 문제에 좀더 집중적으로 접근하였다. 그는 문학적 사실들을 대량으로 끌어들이면서 문학의 변화에 대해 총결하는 논의를 진행했는데, 추진력 있게 논의를 이끌어갔다. 그러나 발전 과정이나 원인에 대해 논하면서 때로 전통을 계승해 변화시켜 풍성한 성과를 거두었다고 보기도 했고, 때로는 변화로 일관하다가 잘못되어 쇠약해지는 현상이 빚어졌다고 평가하기도 하였다. 쇠약해진 까닭에 대해 옛 전통에 너무 얽매였거나 새로움만 추구하다가 통변을 망각했기 때문이라고 보았다. 유협의 논의는 육조六朝 시대의 문풍에 대해 일침을 가한 입론이어서 “옛 것을 참조하여 법식을 정한다.參古定法”든가 전통을 계승하는 문제를 특히 강조하였다. 섭섭의 경우는 명나라의 전후칠자前後七子들이 “문장은 반드시 진한 시대를 본받고, 시는 반드시 성당을 본받으라.文必秦漢 詩必盛唐”고 주장한 의고론擬古論에 대해 불만을 가지고 한 발언이었다. 때문에 혁신을 강조하는 경향이 강했다. 폐단을 구제하고 편벽됨을 바로잡으려는 목적을 실현하기 위해 중점을 둔 부분은 일치하지 않았지만, 기본적인 정신은 동일하다고 정리할 수 있다.

■ 용사(用事)와 조탁(彫琢)

1. 용 사

작품을 쓰면서 전고典故를 인용하거나 이전 작가들의 전적典籍 속에서 창작 자료를 차용하는 관습을 말하는데, 종영鍾嶸(?-518)의 <시품서詩品序>에 나온다.

"만약 나라를 경영할 문부라면 마땅히 해박하고 옛 일을 두루 참조해야 하고, 덕행을 편찬하여 논박하고 아뢰는 상소문이라면 마땅히 지난날의 업적을 상세히 다뤄야 한다. 성정을 읊조리는 경우라면 무엇 때문에 용사를 귀하게 여기겠는가?若乃經國文符 應資博古 撰德駁奏 宜窮往烈 至乎吟詠情性 亦何貴于用事"

종영은 문학이란 객관적인 자연 경물과 사회 현상이 작가의 의식 속에 반영된 성과물로 인식하였다. 시가는 "성정을 읊조리는吟詠情性" 것으로, 작가가 생활에서 느낀 진실한 감정을 묘사하여 생동감 넘치는 예술 형상으로 승화시켜 우아하고 아름다운 의경意境을 창조하는 것이다. 시는 자미滋味가 있어야 하며, 상세하게 "사물을 가리켜 형상을 창조하고, 감정을 다하여 사물을 묘사하면指事造形 窮情寫物" 그 뿐으로, "용사를 귀하게貴于用事" 여기지는 않는다. 그러나 송제宋齊 이래 몇몇 시인들은 현실을 일탈하여 생활에 대해 진실한 감정을 가지지 않은 채 시를 쓸 때 경전을 인용하거나 학식을 바탕으로 창작에 임하는 등의 태도를 보여왔다. 그 결과 시인들은 다투어 새로운 일을 찾고 이를 차용하는 것이 습속이 되어 버렸는데, 종영은 이러한 풍조에 대해 비판하는 입장을 견지했던 것이다. 그는 이렇게 말했다.

안연지와 사장은 더욱 번거롭고 빽빽해서 당시 사람들에게 영향을 주었다. 때문에 대명(457-464)과 태시(465-471) 연간의 문장은 거의 같은 책을 베껴 쓸 듯하였다. 근래에 임방과 왕융王融 등도 문채가 기이함을 숭상하지 않고 다투어 새로운 전고에만 골몰해서 이후 작가들도 이에 물들어 습속이 되었다. 마침내 문구에는 전고가 없는 말이 없게 되고, 말에도 빈 글자가 없어졌다. 장구에 구애를 받고 이것저것 모아 이어 붙이는 등 문장을 좀 먹게 하는 일이 더욱 많아지고 말았다. 그러나 자연의 영지는 마땅한 사람을 만나는 경우가 드무니, 문장이 이미 고아함을 잃었으면 마땅히 일과 의리를 더해야 한다. 비록 하늘이 내린 재능일지라도 밖으로는 학문을 갖춰야 하니 또한 한 가지 이치일 것이다.

　　顏延(之)·謝莊 尤爲繁密 于時化之 故大明·泰始中 文章殆同書鈔 近任昉·王元長等 辭不貴奇 競須新事 以來作者 寖以成俗 遂乃句無虛語 語無虛字 拘攣補納 蠹文已甚 但自然英旨 罕値其人 詞旣失高 則宜加事義 雖謝天才 且表學問 亦一理乎

시가의 창작이 전고를 다투어 사용하고 기존 문장에 얽매이고 절취해 써서 문장이 같은 책을 베낀 지경에 이르렀다는 것이다. 이것이 비록 작가의 학문을 과시한 꼴은 되지만, 시가 속에 담겨야 할 "자연이 내린 영령한 뜻自然英旨"을 파괴하고 말아 시가의 예술적 생명력을 잃어버리기에 이르렀다. 시가를 창작하면서 어떻게 용사할 것인가 하는 방법론은 종영이 보기에 시가의 우열을 평가하는 중요한 기준이었던 것이다. 때문에 그는 임방(460-508)의 문학에 대해 "그는 이미 폭넓게 사물을 배워서 문장을 운용할 때마다 용사를 사용했기 때문에 시가 기이하지 못했다.昉旣博物 運轍用事 所以詩不得奇"고 비판했으며, 이어 안연지(384-456)에 대해서도 "옛 전고를 즐겨 써서 더욱 구속을 당했는데, 비록 수일한 풍격과는 어그러졌지만, 경륜을 담은 문장은 우아하고 재기가 넘쳤다.又喜用古事 彌見拘束 雖乖秀逸 是經綸文雅才"(『시품』)고 평가하였다.

창작을 하면서 옛 일을 빌어 현재를 증거할 경우도 때로 필요한 일이고, 시가도 예외일 수는 없다. 만약 그것이 성공적으로 이루어진다면 예술적 표현을 증강시키는 효과도 기대할 수 있다. 『문심조룡·사류事類』편은 이 문제를 구체적으로 논의한 글이다. 종영의 관점은 유협劉勰(465?-520?)과 그대로 일치한다. 그는 나라를 경영하는데 필요한 글이나 덕행을 편찬해서 아뢰는 글은 모두 전고를 충실하게 인용해야 한다고 했지만, 시가가 지나치게 이를 사용하게 되면 시의 참다운 경계境界를 해칠 수도 있다는 우려를 표명했다. 이는 종영의 문학 형상화의 문제에 대한 인식이 한층 정확한 것이었음을 설명해준다.

2. 조 탁

내용과의 적절한 합일은 고려하지 않고 오로지 형식과 언어적인 측면에서 장구章句를 다듬고 수정하여 조작한 흔적이 완연한 풍격상의 특징을 일컫는 용어. 이것은 자연自然과 소박素朴, 평담平淡과 완연히 대비되는 풍격으로, 항상 표현에 있어서 문채를 다듬고 수식하기에 급급하며, 전고를 즐겨 쓰고 생경하고 기이한 글자를 추리기에 골몰해서 인위적인 흔적이 곳곳에 남게 된다. 예컨대 사마상여司馬相如(전179-전118)의 <자허부子虛賦>는 초나라 운몽택雲夢澤의 정경을 묘사하면서 산 하나를 대상으로 "그 산을 보면 꼬불꼬불하고 덤불은 우거졌으며, 높은 하늘을 찌를 듯 높고 험준하다. 가파르고 우뚝하며 봉우리는 치렁치렁 연이어지는데, 해와 달도 가려버릴 듯이 서로 뒤엉켜 어지럽기 그지없다. 위로는 푸른 구름을 매만지고 연못이 다하도록 가파르게 비탈져 내린다. 아래로는 장강과 황하에 닿아서…其山則盤紆茀郁 隆崇律崒 岑崟參差 日月蔽霄 交錯糾紛 上干青雲 罷池陂陁 下屬江河…" 마치 "무수한 책을 찾아 모은 듯搜輯群書"한데, 비록 풍부하고 화려하며 생경하고 편벽된 문채로 가득차 있긴 하지만 형상화에 있어서 선명한 생동감을 주지는 못한다. 전고를 사용한 것도 지나쳐서 때로 합당하지 않은 경우도 있는 데다가 시어들이 회삽晦澁한 지경에까지 이르렀으며, 명랑하고 청신한 의경意境을 손상시켰다. 이런 것들이 조탁한 풍격의 병폐이다. 왕국유王國維(1877-1927)는 경계境界에 대해 논하면서 격隔과 불격不隔의 구분이 있다고 하면서 이렇게 논술하였다.

　　구양공이 〈소년유〉에서 봄풀을 읊은 앞부분 결(가곡歌曲이나 사詞를
세는 단위)에서 "높다란 난간에서 홀로 봄에 기대노라니, 맑고 푸르름은
멀리 구름과 닿아 있네. 사방은 천 리 만 리, 시절은 2월 3월, 행색은 괴
롭고 근심 많은 사람"이라고 했다. 글자 하나하나가 광경을 눈에 보는 듯
이 만드니, 바로 불격이다. 그러나 이어지는 "사씨 집안의 연못가요, 강엄
(444-505)의 포구로다"는 격이다. 강기姜夔(백석은 세칭, 1155-1221)
의 〈취루음〉을 보면 "이 땅에는 사의 신선이 살겠구나. 흰 구름 안고 누
런 학을 타고 다니리. 그대와 더불어 노니니 옥으로 만든 사다리에 서서
아득히 먼 곳을 한동안 응시한다. 향기로운 풀 보며 탄식하는데, 풀은 흐
드러지게 천 리에 뻗어있네"는 바로 불격이다. 그러나 이어지는 "술은 맑
은 근심을 얽고, 꽃은 영령한 기운을 삭힌다"는 격이다.
　　歐陽公少年遊詠春草上半関云 欄干十二獨憑春 晴碧遠連雲 千里萬里 二
月三月 行色苦愁人 語語都在目前 便是不隔 至云謝家池上 江淹浦畔則隔矣
白石翠樓吟 此地 宜有詞仙 擁素雲黃鶴 與君遊戱 玉梯凝望久 嘆芳草 萋萋
千里 便是不隔 至酒紋淸愁 花消英氣則隔矣

　　조탁한 흔적이 비교적 자주 눈에 띠는 것은 시를 쓰면서 구절을 만
들 때 남다른 마음의 심경을 드러내고 신기하고 기이한 형상을 세우
기 위한 것인데, 결과적으로 생경하고 난삽한 풍취를 더해 부자연스
럽고 유창하지 못하게 되었다. 예컨대 섭몽득葉夢得(1077-1148)의 『석림
시화石林詩話』에 보이는 만당晚唐 때의 시인이 쓴 "고기는 뛰어올라
물결을 갈라 옥척을 던지고, 꾀꼬리는 가는 버들을 뚫으며 금 북을
짠다.魚躍練波抛玉尺 鶯穿絲柳織金梭"는 구절이나 장효표章孝標의 "기
러기 날아 구름에 닿으니 올망졸망한 날개들, 뜰의 나무 바람을 가르
니 나란히 핀 꽃들雁行雲接參差翼 庭樹風開次弟花" 등이 그렇다. 때
문에 조탁은 대대로 사람들로부터 비루하다고 하여 혐의시되어 왔다.
육유陸游(1125-1210)도 이를 배척하면서 "조탁은 원래 문장의 병폐이지
만, 기험은 기골을 해치는 것이 더욱 많다.彫琢自是文章病 奇險尤傷
氣骨多"고 평가하였다. 유협劉勰(465?-520?)은 "옛날부터 문장은 새기고

채색하는 것으로 본체를 형성했다.古來文章 以雕縟成體"고 하면서 이 때문에 책이름도 『문심조룡』이라고 했다는 것이다. 그런 그도 대구對句에 대해 논하면서 "홀수와 짝수가 적절히 변하니 힘들이지 않고도 운영할 수 있다.奇偶適變 不勞經營"고 하면서 "아름다운 시구와 심오한 문채가 함께 흘러가고 뜻 밖의 사상은 그윽한 운치와 함께 피어난다.麗句與深采幷流 偶意共逸韻俱發"고 하였다. 그래서 "이치는 원만하고 사물은 긴밀해져 그 문장은 구슬을 엮어놓은 듯한理圓事密 聯璧其章"(『문심조룡·여사麗辭』편) 효과를 거두게 된다는 것이다. 이를 통해 형식이 내용과 통일을 이루는 것이 얼마나 중요한 관건인가를 알 수 있다.

□ 임종욱

　1962년 경상북도 예천에서 태어났다. 동국대학교 국어국문학과를 졸업한 뒤, 동 대학원 국어국문학과 박사과정을 수료(문학박사)하였다. 한성대학교 및 추계예술대학 강사를 역임했으며, 현재 동국대학교 한국문학연구소 전임연구원으로 재직하면서, 한문학을 강의하고 있다.

　저서로『耘谷 元天錫과 그의 文學』(태학사, 1998),『高麗時代 文學의 硏究』(태학사, 1998),『韓國漢文學의 이론과 양상』(이회, 2001)이 있으며, 편저로『고사성어대사전』(고려원, 1996),『동양문학비평용어사전-중국편』(범우사, 1997),『韓國文集所載 '論・說・辭賦' 資料集』(역락, 전17권, 2000),『한국한자어속담사전』(이회, 2001),『인물로 만나는 삶의 지혜와 철학①②』(해들누리, 2001),『산사에 가면 시가 보이네』(이회, 2001)가 있으며, 역서로『花潭集』(공역, 세계사, 1992),『艸衣選集』(동문선, 1994),『蒙求』(보고사, 1995) 등이 있다.

중국의 문예인식 ｜ 그 이념의 역사적 전개

2001년 12월 3일　제1판 1쇄 발행

지은이 • 임종욱
펴낸곳 • 이회문화사

주　소 • 서울시 동대문구 답십리동 488-338
　　　　원영빌딩 302호
등　록 • 1992. 5. 2(제1-1342)

전　화 • 02-2244-7912~3
FAX • 02-2244-7914
E-mail • ih7912@chollian.net

값 20,000원

ⓒ 2001, 임종욱　Printed in Korea

ISBN 89-8107-172-1　93820